KNAUR

Über die Autorin:
Michèle Rowe studierte zunächst an der National School of Arts in Johannesburg und schloss ihr Studium dann mit einem Master in Creative Writing an der Universität Kapstadt ab. Sie arbeitet als Drehbuchautorin und Dokumentarfilmerin; ihre Filme wurden mit zahlreichen Preisen ausgezeichnet. Sie war Mitbegründerin der *Free Film Makers,* einer Anti-Apartheid-Gruppe von Filmschaffenden, und setzt sich in ihren eigenen Arbeiten intensiv mit der Wirklichkeit des neuen Südafrika auseinander. Michèle Rowe lebt mit ihrer Familie in Kapstadt. *Kap der Lügen* ist ihr Debüt als Kriminalschriftstellerin, für das sie 2011 auf Anhieb den begehrten Debut Dagger der britischen Crime Writers' Association erhielt.
http://www.michelerowe.co.za

Michèle Rowe

KAP DER LÜGEN

Kriminalroman

Aus dem Englischen von
Alexandra Baisch

KNAUR

Die englische Originalausgabe erschien 2013 unter dem Titel
»What Hidden Lies« bei Penguin Books, South Africa.

Jegliche Ähnlichkeit mit den Polizeirevieren von Fish Hoek und Ocean View oder den dort Beschäftigten ist rein zufällig. Nur die Ortsnamen und Örtlichkeiten sind real, die restliche Geschichte entspringt meiner Phantasie. Dasselbe gilt für die Bewohner der südlichen Kap-Halbinsel.

Besuchen Sie uns im Internet:
www.knaur.de

FSC
www.fsc.org
MIX
Papier aus verantwortungsvollen Quellen
FSC® C083411

Deutsche Erstausgabe Dezember 2014
Knaur Taschenbuch

Ein Unternehmen der Droemerschen Verlagsanstalt
Th. Knaur Nachf. GmbH & Co. KG, München.

Gedichtzeilen stammen aus: Emily Dickinson, »Gedichte«,
Hanser Verlag, 2006, übersetzt von Gunhild Kübler
Redaktion: Viola Eigenberz
Umschlaggestaltung: ZERO Werbeagentur, München
Umschlagabbildung: Gabriel Passarelli / Getty Images
Satz: Adobe InDesign im Verlag
Druck und Bindung: CPI books GmbH, Leck
ISBN 978-3-426-51624-9

2 4 5 3 1

Für Warrick

Von dem die subversive, prägnante
Beobachtung stammt, Kapstadt sei ein
»Verbrechen mit Aussicht«,
die mich zu diesem Roman angeregt hat.

Doch was da ruht, steigt hoch.
Erklär die Himmel ich?
Das Rätsel regt sich nicht.

Emily Dickinson

ZWANZIG JAHRE ZUVOR …

W*artet auf mich!«*

Die Stimme war leise, aber durchdringend wie die eines Vogels und kam immer näher. Sie blieben stehen. Er sah den wütenden Ausdruck auf ihrem Gesicht, den sie immer dann bekam, wenn *er* ihnen nachlief und versuchte, Teil ihrer geheimen Welt zu sein.

»Er rennt uns hinterher!«

Sie nahm denselben Weg zurück, den sie gekommen waren.

»Wohin willst du?«, rief er, denn er wollte in dieser Finsternis, in der die Bäume immer dichter wurden, nicht allein zurückbleiben.

Über die Schulter rief sie ihm zu: »Geh schon, ich komme gleich nach.«

Dann verschwand sie. Erst wartete er ein paar Minuten, dann ging er allein weiter. Er hörte ihre gedämpften Stimmen, dann ihre, die anschwoll und durch die Bäume hallte: »*Voetsêk!* Geh heim!« Stille, gefolgt von erzürntem Aufheulen und klagendem Weinen.

Sie tauchte wieder zwischen den Bäumen auf, rannte, überholte ihn und rief ihm zu: »Los, schnell!«

Er setzte ihr nach, sah ihre dünnen braunen Beine, die abwechselnd in seinem Blickfeld auftauchten und wieder daraus verschwanden. Der Schrei der Verzweiflung und Wut hinter ihnen wurde leiser. Er spürte einen Anflug von Schuld, doch schon bald verlor sich das Weinen in den Bäumen, und das Einzige, was er dann noch hörte, war sein eigener heftiger Atem, während er sich mühte, sie einzuholen. Er war größer, aber sie war schneller – bei allem. Sie verfiel in ein schnelles Schritttempo, und er schloss zu ihr auf. Zu reden war überflüssig. Ihm genügte es vollkommen, bei ihr und außer Reichweite seines Vaters zu sein, einfach so umherstreifen zu können. Manchmal hatte er hier oben ein bisschen Angst, aber das sagte er ihr nie. Er wollte weder ihren spitzen Ellbogen zu spüren bekommen noch ihren spöttischen Tonfall hören: »Wovor hast du Angst? Wovor?«

Sie sollte nicht wissen, dass er Angst vor den schwarzen Bäumen mit ihren glänzenden, lederartigen Blättern hatte, vor dem Berg, der wie eine Festung über ihnen thronte, vor der unnatürlichen Stille des Milkwood-Waldes, in dem ihre Schritte keinen Laut verursachten. Er hatte schon vor langer Zeit gelernt, seine Furcht zu verbergen, da er wusste, dass sein Vater ihn bei dem ersten Anzeichen davon verdreschen würde. Sie fürchtete sich vor nichts und hätte sich niemals durch eine Tracht Prügel einschüchtern lassen; sie war sich der unbändigen Wut oder Verzweiflung anderer nicht bewusst. Sie sah nur das Schöne und Helle in der Welt.

Sie tauchten aus dem Tunnel der Bäume auf, die die offene Mine umgaben, wo die große Maschine still und untätig dastand. Unbemerkt von den Arbeitern, die, unterbrochen von plötzlichen rauhen Lachsalven, unter einem Baum ihr Mittagessen zu sich nahmen, gingen sie weiter.

Schließlich erreichten sie die höchste Stelle der steilen, abbröckelnden Terrassen und blickten über die Wipfel der Palmen und das Wellblechdach hinweg. Das Meer breitete sich unter ihnen aus, eine blendende, silbrige Masse. Sie nahmen zwei Stufen auf einmal, um hinunter zur hinteren Seite des Hauses zu gelangen. Er schob das morsche Schiebefenster nach oben, und sie kletterte hindurch, ehe sie es dann für ihn hochhielt. Er folgte ihr durch die Küche. Es war heiß und schwül. Feine Schweißtröpfchen glänzten auf ihrem Nacken, unter ihrem Zopf. Auf dem Weg zur Holztreppe durchquerten sie abgedunkelte, leere Räume. Dann stiegen sie hinauf, zu dem Raum unter dem Dach, und blieben auf der Schwelle stehen. Hier war das Geräusch des Meeres lauter, drang zwischen den Dachsparren herein. Sie blickten einander an, kicherten atemlos und sogen den vertrauten Geruch von Staub, feuchtem Holz und Meer ein. Staubpartikel flimmerten in einer Art Heiligenschein um ihren Kopf. Sie gingen zum Fenster und schauten nach unten auf die Straße, um sich zu vergewissern, dass er ihnen nicht gefolgt war.

Doch das war er.

Sie sahen ihn, seine kleine Gestalt von einem Sonnenstrahl erleuchtet, ehe ein Dröhnen sie ganz taub machte und der Boden unter ihnen erzitterte …

Danach gingen sie nach Hause, ohne ein Wort zu sagen. Die schwarzen Bäume umfingen sie wie ein Laken. Etwas Hartes, Schmerzhaftes schnürte ihm die Kehle zu, das niemals in Worte gefasst werden dürfte, denn durch sie würde es real. Das Schweigen machte es unwirklich, wie einen Alptraum, den man vergessen konnte, wenn man daraus erwachte. Eine Erinnerung, die man so tief in sich vergrub, dass sie nicht mehr heraufzuholen war.

Zu Hause würde man Fragen stellen. Er würde nichts sagen, genauso wenig wie sie. Auf diese Weise waren sie miteinander verbunden, durch ein Band, das sie stärker vereinte als Liebe.

1

Ocean View tauchte am Ende der Kommetjie Road auf, erstreckte sich über kleine Anhöhen und flache Senken in den Felsen, die sich vom Meer Richtung Misty Cliffs und Scarborough zogen. Detective Constable Persy Jonas hatte mal gehört, dass der Ort als »mediterran« bezeichnet wurde, vielleicht aufgrund der buntgestrichenen Häuschen, die die steinigen Hänge vor der Kulisse des blauen Atlantiks erklommen.

Doch an dieser Siedlung war kein Hauch Exotik – sie sah aus wie jede andere Township mit wildwuchernden Hütten, von Müll übersäten Straßen, abgemagerten Hunden und rostigen Autowracks. Sie bog in den Protea Drive ab, fuhr ostwärts in den als »Lapland« bezeichneten Bezirk und hielt am Ende der Carnation Street am Bordsteinrand. Als sie aus dem klimatisierten Nissan-Pick-up stieg, traf sie die trockene Hitze wie ein Schlag ins Gesicht. Es war noch immer früh am Morgen, später würden es um die dreißig Grad werden. Der Gestank von Müll und verrottendem Seetang, ein Mitbringsel der Frühjahrsflut, stieg aus dem »Kom« auf, niederländisch für »Schüssel«, der kleinen geschützten Bucht, in der die Fischerboote zu Wasser gelassen wurden. Ein paar junge Männer standen rauchend im dürftigen Schatten eines mickrigen Gummibaums; der Kontrast zwischen dem grellweißen Licht und dem Schatten verwandelte ihre Augen in schwarze Löcher. Unbedeutende Dealer, *hoekstaanders*, die auf Lieferungen warteten. Würde man sie durchsuchen, hätten sie nichts bei sich, alles war irgendwo in einem Loch oder unter irgendeinem Spülbecken versteckt. Sie spürte ihre Blicke im Rücken, als sie den ausgefahrenen Weg zu Sean Dollerys Haus hinauflief. Dollery, der im großen Stil mit Crystal Meth dealte – auch als *tik* bekannt –, stellte es vermutlich in einem der Häuser weiter oben in Ghost Town her. Schon das dritte Mal diese Woche war sie auf der Suche nach ihm. Im Verstecken war er Experte, schon von klein auf, als er noch den Prügelattacken seines Vaters aus dem Weg ging. Doch da Sonntag war, hatte sie vielleicht Glück, passte ihn möglicherweise ab, während er seine durchzechte Samstagnacht ausschlief. Sie wusste, dass sie nicht hier sein sollte. Nicht nur, weil sie keine Verstärkung dabeihatte, sondern auch, weil Ocean View genau genommen nicht in ihren Zuständigkeitsbereich gehörte.

In der Regel schickte man keine Cops in ihre Heimatgemeinden, aus Angst, sie könnten von den *skollies*, den ortsansässigen Kriminellen, einkassiert werden. Sie war jedoch berechtigt, herumzuschnüffeln, wenn sie einem Verbrechen in Fish Hoek nachging, das seinen Ursprung in Ocean View nahm. Was in den meisten Fällen auch zutraf. Momentan hatte sie elf Diebstahlsdelikte auf dem Schreibtisch, fünf davon mit demselben Modus Operandi. Und obwohl sie keine Beweise hatte, die Dollery damit in Verbindung brachten, kam es ihr doch gelegen, es danach aussehen zu lassen. Sie wollte ihn weggesperrt und außer Sichtweite wissen, um sich von der unterschwelligen Angst zu befreien, die sie jedes Mal überkam, wenn sie an ihn dachte. Und wenn sie dafür ein paar Regeln brechen musste, dann war es eben so.

Sie hatte Dollery hier und da gesehen, seit sie in Fish Hoek stationiert war, für gewöhnlich in Begleitung irgendeines schmierig lächelnden, fiesen Anwalts bei Gericht. Die Anklage konnte nie aufrechterhalten werden. Prozesslisten verschwanden, oder Zeugen tauchten nicht auf, der übliche Mist. Er bestach alle, selbst die Cops. Um Hand an ihn zu legen, musste man wissen, wie er funktionierte, wo seine Schwachstelle war.

Die Nummer 20 in der Carnation Road war ein grauer Klotz, bestehend aus zwei Fenstern mit weißen Gardinen und einer Tür, die schief in ihren Angeln hing – wie ein missmutiges, verdrossenes Gesicht. Die Satellitenantenne auf dem Wellblechdach glich einem kess aufgesetzten Hut. Etwa 60 Prozent Arbeitslosigkeit, aber kein Mangel an Satellitenantennen. Ganz bestimmt nicht für die Sean Dollerys dieser Welt, die an der Misere anderer verdienten. Für Typen wie ihn empfand sie abgrundtiefen Hass, da war von vergangenem Zusammenhalt nichts mehr zu spüren. Er war Abschaum, brachte die Gemeinde in Verruf. Als Kinder waren sie durch die Straßen mit den widersinnigen Namen – Margerite, Petunie, Nelke – gestreift, hatten im Staub nach irgendwelchem Schrott gewühlt, nach etwas, womit sie sich die Zeit vertreiben konnten. Der einzige schöne Ort, an den sie sich aus ihrer Kindheit erinnerte, war die Kirche auf dem Hügel gewesen, St. Norbert. Frangipani in den Vasen der Sakristei, das Kratzen des gestärkten weißen Kleides an ihren Oberschenkeln. Ihre erste Kommunion. Poppa war da, die Haare glatt nach hinten gekämmt. Stolz saß er in der ersten Reihe, reckte den Hals, um zu sehen, wie sie zum Altar lief, seine Augen glänzten wie braune Beeren. Auf der anderen Seite des Ganges bestaunte Charlene Dollery das engelsgleiche Gesicht von Sean, ihrem einzigen Sohn, ihrem Augapfel. Doch dann war Seans Vater für einen Überfall mit vorsätzlicher schwerer Körperverletzung zehn Jahre in den Knast gekommen, und Charlene musste allein mit Sean fertig werden. Und zwischen den beiden Männern, die sie »unterstützten«, und den paar Jobs hier und da gelang es ihr zwar, sich durchzuschnorren, doch sie verlor ihren Sohn aus den Augen. Sie zogen nach Bonteheuwel, und als sie von dort zurückkamen, hatte sich Seans dunkeläugige Schönheit in das verschlossene, misstrauische Gesicht der Bewohner der Cape Flats, der Townships am Rande Kapstadts, verwandelt. Als Nächstes arbeitete er dann mit Pietchie bei *Die Blokke*, bestahl jüngere Kinder und machte Botengänge für die ansässigen Senkrechtstarter. Bekam Ärger mit dem Jugendgericht.

Als Persy von der Polizeiakademie zurückkehrte, führte Sean bereits das Leben eines Gangsters wie so viele Gleichaltrige, die ihre farbige Gemeinde zerrütteten und alle anderen mit sich in den zwielichtigen Abgrund zogen.

Seans Pitbulls fingen an zu bellen, als sie sich dem Haus näherte – sie waren hinter dem Haus angekettet und lechzten nach Blut. Sie würden nicht lange hier sein, da sie für illegale Hundekämpfe vorgesehen waren. In ausgehobenen Gruben, bedeckt mit Wellblech, würden schweißbedeckte Männer mit leerem Blick und bloßem Oberkörper dabei zusehen, wie die Hunde einander blutige Stücke herausrissen. Man schaffte es nicht, das zu unterbinden – es war einfach eine weitere Form der Abhängigkeit von Gewalt, Schmerz und Vergessen.

Sie klopfte an die Tür.

Niemand öffnete. Nicht, dass sie damit gerechnet hatte. Doch sie sah, wie sich die Gardine etwas bewegte. Sie klopfte lauter.

»SAPS! Aufmachen!«

Widerwillig wurden Riegel und Schlösser geöffnet. Ein barfüßiges Mädchen mit verquollenen Lidern stand in der Tür, schwere Brüste verzerrten das Playboy-Logo auf ihrem Nachthemd. Auf der vorgeschobenen Hüfte hatte sie ein dickliches Baby aufgestützt, dessen Gesicht vor lauter Rotz einem glasierten Donut glich.

»Wo ist Sean?« Persy sprach Afrikaans.
»Arbeiten.«
Persy schluckte diese offensichtliche Lüge, die, ohne mit der Wimper zu zucken, ausgesprochen worden war. »*Ja*, und wo ist diese ›Arbeit‹?«
Das Mädchen schwieg, der Ausdruck auf ihrem verschlossenen, malträtierten Gesicht besagte jedoch eindeutig: »Leck mich!« Das Baby zupfte an ihrer Brust. Sie schlug auf seine dickliche Hand, als wäre sie eine Fliege, und bekundete mit einem schnalzenden Geräusch ihre Missbilligung.
»Ist Charlene da?«
»Sie ist drüben beim Deutschen.«
Seans Mutter, Charlene Dollery, arbeitete als Hausangestellte für Klaus Schneider, einen reichen deutschen »Zugvogel«, der die eine Hälfte des Jahres in Kommetjie, die andere in Hamburg verbrachte.
Ein älteres Kind heulte drinnen los, eine Frauenstimme herrschte es an, die Klappe zu halten. Charlene, die an diesem Sonntag zwar nicht arbeitete, aber eben keine Hausbesuche empfing. Zumindest nicht von der Polizei.
»Sag Sean, er soll vorbeikommen und mit mir reden. Ansonsten müssen wir ihn hier abholen und mit zum Revier nehmen. Verstanden?«
Die Tür wurde vor ihrer Nase zugeschlagen – und sie hörte, wie die Riegel wieder vorgeschoben wurden.
Es war an der Zeit, die Hütte aus Holz und Blech hinter dem Haus zu überprüfen. Ihre Hand wanderte zu ihrer Waffe. Nur für alle Fälle. In Persys Kindheit war Ocean View eine ruhige Gegend gewesen – jetzt war es hier genauso gefährlich wie in jeder anderen Township. Insbesondere für einen Cop.
Die Hunde kläfften wieder hysterisch los, und Persy hörte, wie sie sich gegen die dünne Umzäunung aus Stachel-

draht warfen. Vermutlich waren sie halb verhungert, oder sie kamen gerade vom *tik* herunter. Manchmal verabreichte man ihnen *tik*, damit sie vor einem Kampf so richtig heiß wurden. Ein Aufjaulen, dann Ruhe. Jemand war bei ihnen da hinten. Hatte ihnen einen gut gezielten Tritt verpasst.

Die Spanplattentür der Hütte war mehrfach aufgebrochen worden und wurde jetzt mit ein paar schweren Ketten und Vorhängeschlössern gesichert. Zwischen der Tür und dem Rahmen war allerdings ein Spalt, durch den Persy eine Sprühdose und das Heck von Dollerys Golf erkannte. So wie der Wagen aussah, funktionierte er nicht mehr. Sie kam sich ungeschützt vor, spürte ein rastloses Pulsieren im Nacken, das von der Anspannung herrührte – als würde sie beobachtet, und vermutlich war es Sean, der sie im Blick hatte. Zwischen ihr und Sean war alles nur eine Frage der Zeit. Eine ungesunde Aufregung überkam sie, Adrenalin wurde durch ihren Körper gepumpt. Sie stellte sich ihn mit Handschellen bei Gericht vor, wie er für Jahre weggesperrt würde. Aus dem Leben, aus dem Sinn.

Dann ertönte ein scharfes, schussähnliches Geräusch über ihrem Kopf – sie ließ sich auf den Boden fallen wie ein Stein, zog die Waffe, und ihr Herz hämmerte gegen ihre Rippen. Hatte etwa jemand auf sie geschossen? Sie blieb am Boden, kroch seitlich bis zu einem kleinen Überstand in der Nähe. Er bot ihr etwas Schutz, doch ihr Hintern stellte noch immer eine Zielscheibe für den Schützen dar. Auch keine schusssichere Weste. So dumm, so verdammt dumm, allein hierhergekommen zu sein. Titus würde ihr die Hölle heißmachen, sollte er das herausfinden. Sie presste sich mit dem Rücken an die Wand, ihre Ohren klingelten vor lauter angestrengtem Horchen, während die Hunde sich wieder wie wild gebärdeten. Wer auch immer sich auf dem Dach aufhielt, hatte einen schweren

Schritt, so wie er dort oben herumstapfte. Die Hunde drehten regelrecht durch, warfen sich gegen das Tor, ganz heiß auf einen Kampf. Gott sei Dank waren sie angekettet, ansonsten würden sie sie in Stücke reißen. Keine Schritte mehr zu hören. Ein lautes Stöhnen. Stille – fast noch schlimmer als der Lärm. Hatte jemand die Hunde nach drinnen geholt?

Wie bei einer Bürste stellten sich die Härchen in ihrem Nacken auf, und ihr Mund war mit einem Mal ganz trocken. An die verrostete Wand gepresst, rückte sie Zentimeter für Zentimeter zum hinteren Teil der Hütte vor, in der Hoffnung, es bis in den Schutz des nächsten Hauses zu schaffen. Dann ein Rums auf dem Blech über ihr, und gleich darauf landete ein schwarzes Etwas vor ihr auf dem Boden, wedelte mit einer Waffe vor ihr herum. Sie starrte in engstehende, rot unterlaufene Augen, darunter gebleckte Zähne mit gelblichen Reißzähnen.

Ein Pavian, offenbar ein Alphamännchen. Seine Waffe: ein zur Hälfte verspeister Butternusskürbis. Ihre Erleichterung war nur von kurzer Dauer. Ein bösartiges Männchen konnte gefährlich und unberechenbar sein. Er hatte ihren weiblichen Duft ausgemacht – und sie würde sich aggressiv geben müssen, um sich ihn vom Leib zu halten. Also wedelte sie mit den Armen, brüllte, zeigte ihm ihre gebleckten Zähne. Er kreischte, drehte sich dann um und verschwand hinter der Hütte. Sie hörte, wie er an der Seite nach oben kletterte, dann wieder den lauten Knall, als er auf dem Blechdach landete. Mit einem Satz wechselte er auf Dollerys Hausdach hinüber und ging die Regentraufe entlang, ohne den Blick von Persy abzuwenden, verspottete sie.

Bei der Satellitenschüssel kauerte er sich über seinen Butternusskürbis, biss ein Stück davon mit den Zähnen ab, die innerhalb von Sekunden eine menschliche Kehle aufreißen

konnten. Er musste in den Abfällen herumgewühlt haben und war dabei Gefahr gelaufen, angeschossen oder von den Anwohnern vergiftet zu werden. Sie beobachtete ihn, beruhigte sich, spürte, wie sich ihr Herzschlag wieder normalisierte. Der Pavian war erschreckend menschlich, allerdings ohne irgendein moralisches Bewusstsein, abgesehen von seinem Überlebenswillen. Einem durchschnittlichen Kriminellen ziemlich ähnlich. Sie steckte ihre Waffe wieder ins Holster. Mhlabeni hätte sich vor Lachen in die Hosen gemacht, wäre er Zeuge dieser Szene geworden – wie sie ihre Waffe vor einem Affen zog. Ihr Kollege suchte immer nach Möglichkeiten, um sie niederzumachen.
Calata würde sie erzählen, was passiert war, aber sonst keinem auf dem Revier.
Liefere den Scheißkerlen niemals etwas, das sie gegen dich verwenden könnten.

Sean Dollery beobachtete Persy, wie sie in ihren Nissan stieg und die Straße hinunterholperte. Er hatte sie mit dem Pavian gesehen – hatte sie in Unterhosen vom Fenster aus beobachtet, da er keine Zeit gehabt hatte, sich anzuziehen. Er musste sich ganz schön am Riemen reißen, um nicht laut loszulachen, damit sie ihn nicht hörte.
Diese dumme kleine Schlampe. Tauchte so verdammt früh bei ihm auf, um ihn zu schikanieren. Für wen hielt sie sich, verflucht noch mal? Sean gefiel es gar nicht, dass sie so viel über ihn wusste – wo er lebte, wo seine Ma arbeitete, diese ganze Geschichte ihrer gemeinsamen Vergangenheit. Verdammt, was musste sie auch herkommen und bei *Die Blokke* rumhängen, ihre Kontakte in Lapland und Ghost Town ausnutzen und seine Bewegungsfreiheit einschränken, ihm die Geschäfte versauen? Er wollte von ihr in Ruhe gelassen werden – sie glaubte wohl, sie könnte ein-

fach ungestört überall herumlaufen, glaubte, dass keiner Hand an sie legen würde, weil sie einst eine von ihnen gewesen war? Aber das war einmal. Diese hinterfotzige Schlampe benahm sich so herablassend, jetzt, wo sie Detective war, streifte den Staub der Township von ihren Füßen, stellte sich in gewisser Weise über ihn. Poppa hatte sie auf diesen Gedanken gebracht, hatte sich auf Booten abgerackert, um sie in die Kirchenschule mit diesen hochnäsigen, rotzigen Tussis in ihren Kilts zu schicken, während seinesgleichen in dem Betonklotz mit den eingeworfenen Fenstern und dem staubigen Spielplatz voll zerbrochener Flaschen und benutzter Kondome vermoderten.

Sie waren auf benachbarten kleinen Höfen aufgewachsen und gleichzeitig nach Ocean View umgesiedelt worden. Er hatte draußen mit ihr gespielt, sie zur Sonntagsschule begleitet, wo man ihnen die Geschichte von Jesus, Maria und Josef eintrichterte. Er verdrängte die Erinnerung daran, wie sie zusammen unter den dunklen Milkwood-Bäumen Schutz gesucht und er sich nach Pas Prügelattacken die Augen ausgeweint hatte. Verdrängte das angenehme, Sicherheit spendende Gefühl ihres dünnen Armes um seine Schultern, wenn sie ihn tröstete. Er wollte nicht weich werden, indem er darüber nachdachte, dass sie ihren Anteil an Trauer und Verlust durchaus auch abbekommen hatte – nur noch sie und Poppa lebten dort in dem Haus, nachdem ihre Mutter verschwunden war. Er spürte die Last ihrer gemeinsamen Schuld hinsichtlich der Trauer, die an ihm nagte wie eine kleine, unsichtbare Ratte.

Seans Ma liebte Poppa; jeder respektierte ihn, sogar die Verbrecher. Er war eine regelrechte Institution in Ocean View. Doch er würde es nicht mehr lange machen, lag irgendwo in einem Heim im Sterben. Jetzt hatte sich eine neue Generation in Lapland eingefunden – es war härter geworden, *tik*-Dealer und Senkrechtstarter zogen hierher, und mit dem alten Ocean View starb auch die alte Zusammengehörigkeit. Sean war diesbezüglich nicht sentimental, das konnte er sich nicht leisten. Er schaltete den Fernseher ein. MTV. Kanye West in einem Pelzmantel, halbnackte Schlampen, die sich an ihm rieben. Ein alter Lieblingssong. *Heartless, how can you be so heartless?* Begehrlich blickte Sean auf den Mercedes und die Diamanten. Eines Tages.

2

Vierzehn Kilometer trennen Ocean View von Noordhoek, zu Fuß gerade mal acht, wenn man einen reizvollen Spaziergang entlang des unberührten weißen Strandes bevorzugt, der am aufsteigenden Chapman's Peak endet. Doch die Nummer 39 der Keurboom Road, wo der Morgen für Marge Labuschagne schlecht begonnen hatte, lag meilenweit entfernt von Carnation Street Nr. 20. Halb versteckt von Milkwood-Bäumen, gut zu Fuß vom schönsten, urwüchsigsten Strand der Welt zu erreichen, fügte sich das bescheidene, traditionelle Kap-Cottage behaglich in die exklusive Ansammlung bürgerlicher Häuser ein.

Nach einer Nacht, in der sie sich ein Drittel einer Scotchflasche und zu viel schlechtes Fernsehen einverleibt hatte, wachte Marge mit benebeltem Kopf und trockenem Mund auf. Ohne irgendeine Art von Familienalltag, der den Wochenenden Rhythmus und Bedeutung verliehen hätte, zogen sich insbesondere die Samstagabende ins Unendliche. Bongo hatte ihre Laune nicht gerade verbessert, als er zu unchristlicher Uhrzeit an der Tür kratzte und sich sein Gejaule angesichts eines bevorstehenden Spaziergangs in ein Crescendo begeisterten Gekläffs steigerte, das sie aus dem Bett und aus dem Haus zwang.

Die Jahre der Kindererziehung hatten mit Will geendet, ihrem Jüngsten, der nach Woodstock gezogen war, wo er seinen Master fertig schrieb. Doch nicht, ohne ihr die Verantwortung für Bongo aufzubürden, einen hyperaktiven, jungen Deutschen Schäferhund. Was hatte Will sich nur dabei gedacht, als er mit dem Welpen auf dem Arm aufgekreuzt war?

»Aber der beschützt dich doch, Ma. Außerdem leistet er dir Gesellschaft.«

Die Welt gemäß Wills Vorstellungen; Eigennutz unter dem Deckmantel der Menschenliebe. Sie schalt sich, weil sie so lieblos über ihren Sohn dachte. Vermutlich machte er sich Sorgen um sie, so allein in diesem Haus, ohne richtige Alarmanlage. Trauriger und bitterer war der Gedanke, dass Bongo als Wiedergutmachung für Wills lange Abwesenheiten und seine sporadischen Anrufe dienen sollte. Heute wollte er jedoch für ein paar Tage nach Hause kommen, um an seiner Diplomarbeit zu arbeiten, also sollte sie wohl besser für die kleinen Geschenke dankbar sein und nicht länger darüber grübeln, dass er sich so selten meldete. Wenn sie früh mit Bongo nach draußen ging, dann wäre sie rechtzeitig zurück, um Mittagessen zu machen und etwas aufzuräumen, ehe Will eintraf. Wie immer war das Haus ein einziges Durcheinander.

Sie ging hinter dem Hund her, der durch das Tor sprang, wendete ihren Blick vom überwucherten Garten und dem vernachlässigten Swimmingpool ab. In ihrem unruhigen Schlaf war sie von grausamen Bildern seines mit Kröten übervollen, grünlich schmierigen Wassers verfolgt worden, eine Spiegelung ihrer Angst, wie sie es als alleinstehende Frau mittleren Alters schaffen sollte, Haus und Garten in Schuss zu halten. Sie sollte sich wohl besser mit Chlor und dem Kescher nach draußen begeben. Vorstädtische Trägheit musste überwunden, der äußere Schein gewahrt werden. Momentan hielten ihre Nachbarn sie im besten Fall für exzentrisch, im schlimmsten für vollkommen durchgeknallt. Sie wusste, dass hier in der Gegend über sie getratscht wurde, und nicht nur, weil sie ihr Haus

vergammeln ließ. Es wurde ebenfalls viel über ihren früheren Beruf mit seinen undurchsichtigen Verbindungen zur Kriminalität gemunkelt, über ihre »Freundschaft« mit Ivor Reitz und ihre schlecht laufende Praxis.
Der Anblick des Bewässerungssystems, das im benachbarten Garten auf vollen Touren lief, trug nicht dazu bei, ihre Stimmung aufzuhellen. Die Tinklers wieder einmal, die entgegen den städtischen Auflagen Wasser verschwendeten. Zurückgehalten von einem elektrischen Zaun, knurrten und geiferten die beiden Ridgebacks Gigi und Bella wie die Wahnsinnigen, als Bongo bei ihnen vorbeilief. In Marges Augen die bescheuertsten Hunde auf dem Planeten. Genau wie ihre Besitzer. George war bloß dumm, aber Fiona Tinkler war sowohl eine zwanghafte Unruhestifterin als auch eine Klatschbase der schlimmsten Sorte. Sie gehörte zu den Menschen, die ganz verrückt nach blutrünstigen Geschichten waren und es genossen, Neuigkeiten über Verbrechen und Gewalt weiterzutratschen.
Irgendwoher hatte sie Informationen über Marge zusammengetragen, herausgefunden, dass sie als Kriminalpsychologin gearbeitet hatte, und war überzeugt, dass ihr etwas zutiefst Verdächtiges anhaftete. Nicht, dass Marge weiterhin Kriminalfälle bearbeiten würde. Manche Fälle hatten sie völlig desillusioniert, einer im Besonderen, und sie war in Bezug auf ihren reduktionistischen Ansatz im Profiling, dem sie zuvor gefolgt war, misstrauisch geworden. Heutzutage war es sicherer, sich auf die Privatpraxis und die Nabelschau des verängstigten Bürgertums zu beschränken. Selbst wenn das den langsamen Tod bedeutete.
Direkt hinter dem *Red Herring*, der örtlichen Kneipe, traf sie auf Asha de Groots Maserati, der die Straße blockierte und über die Einfahrt seines 150 Jahre alten, für mehrere Millionen Rand umgebauten Anwesens hinausstand, das als *The Old School House* bekannt war. Aufgrund seines

auf mysteriöse Weise erlangten Reichtums wurde de Groot im Tal ein gewisses Interesse entgegengebracht; er hatte irgendetwas mit IT oder mit CO_2-Handel zu tun. Er musste in den frühen Morgenstunden zurückgekommen sein, nicht mehr fähig, den Wagen durch das Sicherheitstor zu schleusen. Marge empfand eine gewisse Genugtuung, als Bongo das Bein hob, um an einen der teuren Reifen zu pinkeln. June de Groot war mit ihren beiden hellhäutigen, blassgesichtigen Kindern im Garten und sah dabei zu, wie ihre Schildkröte sich mühsam über den Rasen schleppte. Marge hatte June »die Bekloppte« getauft und als »Müslifresserin« abgeschrieben, als einen dieser Menschen, die es nicht für nötig hielten, eine ordentliche Mahlzeit zu sich zu nehmen. Außerdem staffierte sie ihre beiden Kinder mit selbstgenähter Kleidung und lächerlich großen Sonnenhüten aus.

Als sie neu hergezogen waren, hatte Marge in einem untypischen Anfall von gutnachbarschaftlichem Verhalten, gemischt mit etwas Langeweile und Neugier, die Überreste eines Schokoladenkuchens als Willkommensgruß vorbeigebracht. June reagierte, als wäre der Kuchen vergiftet. Sie gab ihn ihr zurück und sagte: »Oh, tut mir leid, wir essen keinen Zucker!« Gleich darauf holte sie etwas aus ihrer quäkerartigen Schürze, das an steife grüne Papierstreifen erinnerte, und reichte es den Kindern, die so aussahen, als würden sie in Tränen ausbrechen. »Japanische Meeresalgen«, erklärte sie, »sehr eisenhaltig.«

Seitdem machte Marge einen großen Bogen um June.

Marge hob die Hand zum flüchtigen Gruß. Die Bekloppte blickte überrascht drein, aber Orlanda, das kleine Mädchen, kam zum Zaun gerannt, um Bongo zu streicheln.

Nach ein paar Metern fing Marge langsam an zu joggen, und Bongo hechelte neben ihr her. Die frische Luft und der starke Geruch nach Meer machten ihren Kopf wieder

frei. Das Gekreische der Zikaden wurde lauter, je näher sie zum Strand kam, und übertönte das Rauschen der Wellen. Sie sah, dass ein weiteres Haus in der Beach Road abgerissen worden war. Die ursprünglichen Holzbungalows, die man als Ferienhäuser errichtet hatte, wurden jetzt in pompösere Domizile mit festerer Bausubstanz verwandelt. Neuzugänge in der Gegend schienen wild entschlossen, die entspannte Atmosphäre mit ihren unablässigen Umbauten zu zerstören. Elektrische Zäune, metallene Rollläden und nachgemachte Säulengänge breiteten sich überall aus – sich ihrer zu erwehren würde bedeuten, beständig Verordnungen zu erwirken und endlose Bittschriften zu erstellen. Das war eine mühselige Arbeit, doch sie musste getan werden, selbst wenn es bedeutete, sich durch zähe, nicht enden wollende Meetings der Noordhoek Action Group zu quälen und sich mit den Belästigungen und Ärgernissen seiner Nachbarn auseinanderzusetzen.
Chapman's Peak ragte vor ihr auf, erhob sich über dem dichten Gebüsch an seiner Südseite, die noch immer in tiefem Schatten lag. Der abgehackte Schrei eines Sperbers erklang über das Donnern des Meeres hinweg. Auf der Suche nach dem Sperber ließ Marge ihren Blick über die sandigeren Hänge des Berges wandern, die von oliv- und zitronengrünen Buccos überwuchert waren. Über dem Dickicht ragten die neun unverwechselbaren Palmen von Bellevue auf, dem ersten Ferienhaus, das in Noordhoek gebaut worden war. Jetzt war es baufällig und marode, bot aber noch immer den besten Blick über das Tal, von Long Beach bis zum Leuchtturm in Slangkoppunt hinter Kommetjie. Laut der ortsansässigen Maklerin, Renuncia Campher, gehörte es irgend so einer adligen europäischen Idiotin. Das war die Art Lügenmärchen, die Renuncia erzählte, wenn sie zu viel intus hatte, was meist der Happy Hour im *Red Herring* geschuldet war.

Marge erreichte den Bohlenweg und ließ Bongo von der Leine. Er preschte über die ausgebleichten Holzplanken, die durch die Dünen zum Strand führten. Es war noch nicht einmal acht Uhr, doch schon sammelte sich Schweiß in ihrem Nacken und in den Achseln. Der weiße Himmel verschmolz mit der spiegelnden Fläche des Meeres, blendete durch seine Helligkeit. Salznebel und der grasige Geruch von Berg-Fynbos erfüllte ihre Nase, sie empfand ein beglückendes Gefühl von Weite. Südlich von diesem Punkt gab es kein Land mehr, nur unendlich viele Meilen Meer bis zum Pol. Während des langen Winters nach ihrer Scheidung vor fünf Jahren war sie jeden Tag über den Strand von Noordhoek nach Kommetjie und wieder zurück gestapft und hatte in den eisigen Wind gebrüllt, der direkt von der Antarktis hierherwehte. Erst die letzten paar Monate hatte sie das Gefühl gehabt, wieder ins Leben zurückzukehren. Doch noch immer kämpfte sie jeden Tag gegen das Gefühl der Einsamkeit an, fühlte sich überflüssig. Ihre beiden Jungs waren ausgezogen. Sogar die Katzen waren unabhängig. Einzig Bongo, jetzt nur noch ein Fleck am Meeressaum, schien sie zu brauchen. Sie pfiff, was Bongo allerdings zum Anlass nahm, sich in die entgegengesetzte Richtung zu den Felsen aufzumachen und dabei durch seichte Stellen zu springen, in denen das Wasser hochspritzte. Mit flatternder Zunge und wehendem Fell jagte er dahin. Er bräuchte einen jungen Besitzer, jemand, der genug Energie hatte, um mit ihm herumzutoben, dachte sie. Sie verlangsamte ihre Schritte, um wieder zu Atem zu kommen. Diese verfluchten Kippen würden sie noch umbringen, wenn ihre Leber nicht zuerst schlappmachte. Sie ließ sich einen Moment von der wunderschönen Aussicht gefangen nehmen. Mit einem leichten Nebel aus Meeresgischt überzogen, glänzte Long Beach und funkelte unter dem sich stets verändernden Himmelsgewölbe.

Zwei geisterhafte Reiter tauchten aus dem Nebel auf, hielten auf die Dünen und den Reitweg zu, der sie zum Gemeindeland führte, wo sie die Pferde im Schritt gehen und abkühlen lassen würden. Marge erkannte Ivor Reitz und seinen Pferdepfleger, Petrus. Jeden Morgen ritten sie bis zur Kakapo, dem rostigen Metallwrack eines alten Dampfschiffs, das auf halbem Weg nach Kommetjie zum Teil im Sand vergraben lag.

Grüßend hob sie die Hand, und Petrus winkte in seiner üblich zurückhaltenden Art zurück. Das Licht blitzte in den Metallteilen des Zaumzeugs auf. Ivor ritt weiter, ohne sie wahrzunehmen. Sie spürte einen Kloß im Hals. Vermutlich war sie einfach überempfindlich. Bestimmt hatte er sie nur nicht gesehen. Er wäre viel zu höflich, um sie nicht zu grüßen.

Kennengelernt hatte sie Ivor durch die Noordhoek Action Group. Er war eines der brauchbareren Mitglieder und übernahm viele der lästigen Arbeiten, traf sich mit Bauunternehmern und Leitern des städtischen Referats. Leidenschaftlich war er darum bemüht, die Umwelt so zu schützen, wie sie war, doch er war auch darin geübt, angesichts der bürokratischen Blockadepolitik Ruhe zu bewahren, und zeigte sich mit Neuankömmlingen im Tal geduldiger als Marge. Sie war für gewöhnlich die Hitzköpfige und Aggressive. Zusammen bildeten sie ein gutes Team.

Die Pferde fielen in einen kurzen Galopp und wirbelten Sand auf, Ivor vorneweg, Petrus, dessen Pferd erst trabte, dann im Schritt ging, weit dahinter.

Bongos dunkler Umriss tauchte bei den schwarzen Felsen am nördlichen Ende des Strandes auf und verschwand wieder. Sie rief nach ihm, obwohl sie wusste, wie unwahrscheinlich es war, dass er sie über das Tosen des Meeres hinweg hören würde. Mit wachsender Sorge suchte sie die Felsen nach ihm ab. Ein Hund konnte schnell in

Schwierigkeiten geraten, sogar an den flachen Stellen. Rufend und pfeifend machte sie sich zu den Felsen auf. Sie musste an die samtige Weichheit seiner aufgestellten Ohren und seiner schwarzen Schnauze denken, und ein Schauder der Angst überkam sie, als sie sich das Haus ohne ihn vorstellte. Dann vernahm sie das Echo seines aufgeregten Bellens etwas weiter oben am Strand. Mit aufgestellten Ohren und hocherhobenem Schwanz tauchte er zwischen den Felsen auf, rutschte über die nassen Steine. Wieder rief sie nach ihm, doch sein Kopf tauchte ab, war mit irgendeiner Entdeckung beschäftigt. Vermutlich ein toter Seehund oder ein Otter. Irgendetwas Abstoßendes, Stinkendes, ein Geruch, der ihm noch Tage anhaften würde. Sie erreichte die Tümpel bei den Felsen und erklomm einen davon, während sie immer noch nach Bongo rief. Als sie ihn fand, beschnüffelte er ein leuchtendes Gewirr von Plastik, ein Durcheinander von orangefarbenen und grünen Streifen, die sich über einen Felsen gelegt hatten und im Tümpel darunter herumschwammen. Der Schwanz eines Drachens. Einer Kinderhand von einer starken Bö entrissen. Die schwimmenden Schleifchen pendelten mit jeder eintreffender Welle hin und her wie Plastikanemonen.

»Bongo, komm her, mein Junge!«

Doch er war nicht an dem Drachen interessiert.

Ganz in der Nähe hüpfte ein Turnschuh auf und ab, ein Stück Jeansstoff, eingeklemmt zwischen den Felsen. Kurzsichtig wie sie war, musste sie die Augen zusammenkneifen; die Brille hatte sie zu Hause gelassen. Zwischen Schuh und Jeansstoff schien ein malvenfarbener Socken zu sein. Sie versuchte, näher heranzukommen, rutschte aber ab und schrammte mit dem Knöchel über die Seepocken. Den Schmerz nahm sie kaum wahr, denn jetzt sah sie, dass das, was sie für eine Socke gehalten hatte, ein Stück entblößter Knöchel war, der sich wegen des Turnschuhs zwischen den Felsen verkeilt hatte. Das Meer rollte bedrohlich heran. Schwarzglänzende Muscheln, die die Felsen bedeckten, ließen mit beeindruckender Schärfe jeden einzelnen Muschelrand erkennen. Langsam bewegte sie sich weiter, um einen besseren Blick zu erhaschen. Bongo stand mucksmäuschenstill da und beobachtete sie.

Aus der Nähe sah sie, dass der Knöchel Teil eines Beines und das Bein mit einer obszön aufgequollenen menschlichen Puppe verbunden war, die mit dem Gesicht nach oben auf dem Wasser dümpelte, die Gliedmaßen wie ein Seestern weit von sich gestreckt. In dieser Pose der Hingabe an den Himmel lag etwas grotesk Friedliches, als würde die Gestalt dieses endgültige Freisein von den Launen des Lebens genießen. Sie trat noch näher. Eine große Wunde klaffte weiß wie eine exotische Blume auf, verunstaltete eine Seite des Kopfes. Trotz des aufgedunsenen, zerschmetterten Gesichts erkannte Marge ihn sofort: Andrew Sherwood.

3

Als George Tinkler den Strand erreichte, mühte er sich mit den Ridgebacks ab, die er an der Leine führte. Gigi blieb stehen und hinterließ direkt auf dem verfluchten Parkplatz einen Haufen. Zum Glück war keiner da, der es sehen konnte. Das Schild auf der grünen Mülltonne wies vorwurfsvoll in seine Richtung: »HUNDEKOT BITTE HIER!« Warum zum Teufel sollte er ein Schäufelchen für Hundekot dabeihaben, wenn der ganze Strand voll davon war? In den 15 Jahren, die er nun schon in Noordhoek lebte, hatte er noch nie jemanden gesehen, der das Zeug aufsammelte.

Morgana Reitz joggte an ihm vorbei auf den Bohlenweg, ihren winzigen Miniatur-Yorkshire wie eine pelzige Handtasche unter den Arm geklemmt. Sie machte sich nicht die Mühe, ihn zu grüßen, aber wenigstens konnte er ihren Anblick bewundern. Ein kecker kleiner Pferdeschwanz, der hinten aus dem Loch einer Baseballkappe herausschaute, das wohl genau zu diesem Zweck dort angebracht war. Ein phantastischer Körper, ein fester Hintern, und ihre Titten erst! Sie war gut in Form, auch wenn sie weit über vierzig sein musste. Was für ein alter Glückspilz Ivor doch war. Warum er so verdammt unglücklich aussah, wo er doch das hier im Bett hatte, war George ein Rätsel. Da konnte sie noch so verwöhnt und dumm sein! Natürlich sahen die meisten ortsansässigen Frauen bei ihr rot. Fiona zum Beispiel ließ sich immer darüber aus, dass sie selbst auch wie ein Pornostar aussähe, wenn sie meh-

rere Tausender in Botox und Brustvergrößerung gesteckt hätte. George sagte nichts dazu, befand jedoch, dass Fionas schwerfällige, gedrungene Figur nicht einmal annähernd der eines Pornostars glich – abgesehen vielleicht für den perversesten aller Spanner.
Müßig hing er Morganas Reizen nach, nicht ohne einen gewissen sexuellen Aufruhr zu verspüren, als er den verflucht dummen Deutschen Schäferhund ausmachte, der dieser Psychologietante Marge Labuschagne gehörte. Das wiederum bedeutete, dass auch sie nicht weit sein konnte. Sie war ein komischer Vogel, unhöflich und herablassend, und ihm lag nicht viel daran, ihr zu begegnen. Doch zu spät, da war sie auch schon, kam ziemlich schnell auf ihn zu, rannte fast und sah etwas durcheinander aus. Sie schnaufte, hatte ein paar Kilo zu viel auf den Rippen, das ergrauende, schlechtgeschnittene schwarze Haar stand wirr von ihrem Kopf ab. Als er in Hörweite kam, keuchte sie laut: »Hast du ein Handy dabei?«
Wegen der Dringlichkeit in ihrer Stimme hielt er es ihr hin, ohne nachzufragen. Ungeschickt drückte sie darauf herum und gab mit zitternden Händen eine Nummer ein.
»Polizeistation Fish Hoek?«, schnauzte sie ins Telefon. »Ich rufe von Noordhoek Beach an. Ich möchte einen Leichenfund melden.«

»Marge Labuschagne sah ziemlich mitgenommen aus, muss ich sagen«, erzählte George später Fiona beim Essen.
»Sie war es vermutlich selbst. Das traue ich ihr durchaus zu.« Fiona nahm sich eine weitere großzügige Portion mit Käse überbackene Nudeln.
»Ach komm. Jetzt mach mal halblang.«
Fiona und Marge Labuschagne lagen in einem permanenten Zwist, weil Marges Klienten häufig vor dem elektroni-

schen Tor in Tinklers Einfahrt parkten. Ständig rief Fiona Marge deswegen an oder ging bei ihr vorbei, um sich deshalb zu beschweren. Der Zwischenfall mit dem Buch-Club hatte das Fass dann endgültig zum Überlaufen gebracht. Fiona war für ein Essen mit dem Lesekreis im Mount Nelson, bei dem der Ehrengast ein Bestsellerautor von Frauenromanen war, spät dran gewesen. Den ganzen Vormittag hatte Fiona, die ein großer Fan war, damit zugebracht, sich aufzubrezeln. Doch als sich das Tor öffnete, sah sie einen riesigen Geländewagen dort stehen, der sie zuparkte. Sie saß in ihrem Wagen, das Handy am Ohr, und lauschte dem Echo des Klingelns bei Nummer 39, das nicht beantwortet wurde. Mit ansteigender Wut stapfte sie schließlich hinüber und klopfte an die Tür. Keine Antwort. Sie ging um das Haus herum und wurde des verschlickten grünen Pools und des vernachlässigten Gartens ansichtig. Durch die Terrassentür erblickte sie ihre Erzfeindin, die sich in einem großen Sessel mit einer Katze auf dem Schoß entspannte.

Fiona klopfte wild an das Fenster und bedeutete ihr wütend, dass sie *wieder einmal!* zugeparkt war. Marge kam sofort zu ihr und schlüpfte durch die Tür nach draußen, das Gesicht rot wie eine Tomate, doch zuerst erhaschte Fiona noch einen Blick auf einen erwachsenen Mann im Anzug, der zusammengerollt wie ein Kind auf der Couch lag und flennte.

»Was zum Teufel fällt dir ein? Ich bin mitten in einer Sitzung!«, zischte Marge ihr zu. Doch Fiona war, nachdem sie in dem tränenüberströmten Flenner den ureigensten und höchst konservativen Versicherungsmakler ihres Mannes erkannt hatte, einen Moment lang sprachlos.

»Weiß der Geier, was sie mit ihm anstellt«, sagte Fiona nach diesem Zwischenfall zu George. »Ich hätte nicht übel Lust, es seiner Frau zu stecken.«

Danach hatte Fiona Schilder mit finsteren Warnungen bezüglich Abschleppzonen und illegalen Parkens am Tor angebracht. Als diese ignoriert wurden, ließ sie Betonpoller am Bordstein aufstellen. Eine nichtsahnende Klientin riss sich die ganze Stoßstange von ihrem brandneuen Wagen ab. Marge berief sich auf irgendeine städtische Verordnung, und Fiona musste die Poller entfernen und ebenso den Selbstbeteiligungsanteil der Autoversicherung übernehmen.

George machte sich einen Spaß daraus, Fiona zu provozieren.

»Trotzdem muss es ein ziemlich übler Schock für die Frau gewesen sein. So allein auf einen Toten zu treffen.«

Fiona warf ihm einen scharfen Blick zu, die Gabel mit dem Makkaroniauflauf blieb auf halbem Wege zu ihrem Mund stehen.

»Warum ist sie denn allein, hast du dich das schon mal gefragt? Ich kann es ihrem leidgeprüften Ehemann nicht verdenken, dass er sie hat sitzenlassen.«

George ließ ihre Bemerkung unkommentiert – wenn Fiona nur wüsste, wie oft er schon in Versuchung gekommen war, *sie* einfach sitzenzulassen! Fiona und er hatten keine Kinder, eigentlich hatte er also keine Ahnung, doch George war der Ansicht, dass ein Mann unterm Strich eine gewisse Verantwortung trug, und seine Familie hängenzulassen, wie Louis Piper es getan hatte, war einfach ziemlich beschissen. Er fühlte mit den beiden Jungs, besonders mit Will, dem jüngeren. Vor ein paar Jahren hatte er ihn in seiner Schuluniform ausgemacht, wie er von Fish Hoek Station nach Hause trampen wollte, und hatte ihn mitgenommen. Ein netter Kerl, ein kleiner Faulenzer, aber ziemlich höflich. Dabei stellte sich heraus, dass er sich genau wie George für Geschichte begeisterte. Im Laufe der Jahre hielt George immer an, wenn er ihn beim Trampen

antraf. Und dann war Will auch schon an der Uni, und ihre Heimreise war angefüllt mit heißen Diskussionen über die Kampfstrategien während der Burenkriege.
Eines Tages hatte sich George, der Louis Piper schon seit einiger Zeit nicht mehr begegnet war, nach dem Vater des Jungen erkundigt. Eine höfliche Frage, weiter nichts.
Will antwortete nicht. George blickte zu ihm hinüber und sah, dass er weinte. Er saß einfach still da, während Tränen über sein Gesicht rannen. Kurz darauf hörte George von der Scheidung. Dann legte sich Will ein Motorrad zu, und das Trampen hatte ein Ende.
»Ganz egal, irgendwas stimmt da nicht«, sagte Fiona.
George brauchte einen Moment, bis ihm klarwurde, dass sie von Sherwood redete.
Fiona war ganz besessen von Verbrechen. Immer durchsuchte sie die Zeitung nach den letzten blutigen Details. Ja, das hier war ein gewalttätiger, grausamer Ort. Aber es war schon schlimm genug, die Zeitung zu lesen und sich jeden Abend die Nachrichten anzusehen, sie musste nicht auch noch die ganze Zeit darauf herumreiten, dass Kapstadt *die* Hauptstadt war, in der auf der ganzen Welt die meisten Morde verübt wurden.
»Ach, Quatsch, wahrscheinlich war er in einer Kabbelung gefangen.«
»Glaub mir, das hier ist Mord.«
George hielt das in dieser Ecke Kapstadts für ziemlich unwahrscheinlich. Wenn es hochkam, gab es in Fish Hoek Station einen Mord pro Jahr. Er beglückwünschte sich noch immer zu seiner Gerissenheit, einen ganzen Haufen kleiner, erfolgloser Geschäfte in Fish Hoek aufgekauft und wieder auf Vordermann gebracht zu haben. Fiona war das natürlich peinlich. Nicht, dass sie sich über das Geld beschwert hätte, wohlgemerkt. Doch eine Herschel-Absolventin war von Geburt an darauf vorbereitet, einen ver-

flucht langweiligen Wirtschaftsprüfer zu heiraten, nicht den Besitzer eines *vetkoek paleis* und einer Installationsfirma.
Das Problem mit Fiona war, dass sie sich langweilte. Er würde sie diese Woche etwas arbeiten lassen – angefangen beim Videoverleih. Sie mit etwas beschäftigen, damit sie nicht länger so besessen von Marge Labuschagne war.

4

Phumeza rief sie an, als sie auf dem Rückweg von Ocean View gerade nach Fish Hoek fuhr. Commander Paul Titus sowie die meisten Detectives und uniformierten Polizisten der Wache waren draußen bei *The Flats*, wo sie zu einem sich ausbreitenden Brand in der Nähe von Monwabisi Beach gerufen worden waren. Dippenaar und Damoya hatten Urlaub. Mhlabeni, ein älterer Detective, hatte das ganze Wochenende über Dienst gehabt und wollte nach Hause.

Und somit war nur Persy übrig, der unerfahrenste der Detectives, um sich um die Leiche bei Noordhoek Beach zu kümmern. Sie gab Anweisungen, Sanitäter und Kriminaltechniker nach Noordhoek zu schicken, und wählte dann Titus' spezielle Nummer, die nur den Ermittlern seines Teams bekannt war. Beim ersten Klingeln hob er ab. Persy fragte sich, ob er sich wohl jedes Mal stählte, wenn sein Handy klingelte. Vermutlich nicht. Alles in allem glaubte er, es sei seine gottgegebene Mission, gegen das Verbrechen anzukämpfen, weshalb rein gar nichts seine Fähigkeiten überstieg. Er genoss es, sich dem Unmöglichen zu stellen, sein schnell arbeitendes Gehirn mit logistischen Problemen zu füttern.

»Eine Frau hat gerade angerufen; hat gesagt, sie hätte die Leiche eines Mannes gefunden, angeschwemmt am Strand von Noordhoek.«

»Diese verfluchten Tagesausflügler«, stöhnte Titus.

Persy wusste, was er meinte. Während des Sommers nahm

die Zahl der verletzten und ertrunkenen Touristen und Urlauber stark zu. Sie fielen in Kapstadt ein, verwechselten den Ort mit einem wunderschönen Spielplatz, wanderten in die Berge hinauf oder badeten im Meer, ohne die leiseste Ahnung vom trügerischen Wetter, den plötzlichen Temperaturschwankungen oder den tödlichen Strömungen zu haben. Das ging dem ohnehin schon überlasteten Rettungsdienst ungemein auf die Nerven.

»Offenbar nicht. Die Anruferin hat ihn erkannt – also ist er vermutlich von hier. Phumeza hat gesagt, sie sei so eine … Psycho-Irgendwas, hat wohl schon mit der Polizei zusammengearbeitet.«

»Das hört sich nach einer nützlichen Zeugin an.«

Da war Persy anderer Meinung. Sie hasste diesen Psycho-Mist. Reine Zeitverschwendung. Sehr häufig kam irgendso ein Scheißkerl auf freien Fuß, weil ein Seelenklempner seine beschissene Kindheit als »mildernde Umstände« anführte.

»Wo ist Mhlabeni?«

»Hat gerade den Nachtdienst beendet.«

Persy spürte, dass Titus zögerte. Vermutlich war es nur ein Badeunfall, doch es könnten sich Komplikationen ergeben.

»Ich kann die Ausgangsuntersuchung leiten, Sir.«

»Okay. Aber nimm Mhlabeni trotzdem mit.«

Bei der Erwähnung von Mhlabeni krampfte sich Persys Magen wie üblich zusammen.

»Und ruf die Sanis.«

»Schon erledigt.«

»Schick die Spurensicherung und die Fotografen raus. Und die Kriminaltechniker.«

»Sind schon unterwegs, Sir.«

»Gut. Lass keinen irgendetwas anfassen und nimm so viele Zeugenaussagen auf, wie du kannst.«

Persy legte auf. Gut möglich, dass es einfach nur ein ganz routinemäßiger Einsatz war. Badeunfall.

Sie rief Phumeza an. »Sag Mhlabeni, er soll sich fertig machen. Der Chef will, dass er mit mir nach Noordhoek kommt.«

Mhlabeni. Bestenfalls war er missmutig und unnachgiebig, nachdem er bei Beförderungen jahrelang übergangen worden war. Er arbeitete noch immer, trotz der internen Ermittlung, die ihm drohte, weil ein unbedeutender *tik*-Dealer, einer von Mhlabenis regelmäßigen Informanten, in der öffentlichen Toilette des Gerichts in Wynberg von einem »unbekannten Angreifer« erstochen worden war, nur wenige Minuten nachdem man ihn gegen Kaution freigelassen hatte. Gerüchten zufolge hatte man ihn bei einer Razzia festgenommen, und er war bereit gewesen auszupacken, also soll Mhlabeni den großen Fischen einen Gefallen erwiesen und ihn ausgeschaltet haben. Mhlabenis außerplanmäßige Aktivitäten waren allgemein bekannt, und jeder stimmte zu, dass an dieser Geschichte vermutlich etwas dran sein könnte. Im besten Fall war Mhlabeni also schwierig, doch jetzt kam er sich noch mehr hintergangen vor, insbesondere, da er einer der erfahreneren Detectives war.

Persy war zu Ohren gekommen, dass Mhlabeni sie verdächtigte, die Anschuldigung vorgebracht zu haben, die zur Ermittlung gegen ihn geführt hatte. Sollte bei der Untersuchung etwas herauskommen, würde ein anderer Officer mit gleichem oder höherem Rang von einem anderen Revier eine abteilungsinterne Untersuchung durchführen. Der Bericht ginge an die übergeordnete Leitstelle oder an die Landesdirektion. Erst dann würde herauskommen, von wem die Anschuldigungen stammten, und Mhlabeni würde erfahren, dass sie es nicht war. Doch so lange würde er sie als Verräterin und Spitzel niedermachen. Es würde

ihm gar nicht gefallen, Befehle von Persy entgegenzunehmen – oder Überstunden zu schieben.
Inzwischen war er seit 14 Stunden im Dienst und träumte von seiner dicken Frau und seinem warmen Bett. Er würde sie hassen, noch mehr, als er es ohnehin schon tat. Scheiße, hätte sie doch Dizu dabei statt Mhlabeni. Doch Detective Constable Dizu Calata wurde erst morgen von einer *bosberaad* in Pretoria zurückerwartet. Einer moralfördernden Konferenz darüber, wie mit dem Misstrauen der schwarzen Gemeinschaft gegenüber dem SAPS, dem South African Police Service, umgegangen werden sollte.
Persy fuhr auf den Hinterhof der Wache in Fish Hoek. Das Revier war für über 1200 Quadratkilometer Küstenlinie, Berge und Tal zuständig, von denen ein Großteil in den Schutz des Table Mountain Nationalpark fiel. Das bedeutete viel Fahrerei. Fahrzeuge, die zu einem Einsatz gerufen wurden, konnten mehrere Stunden unterwegs sein. Glücklicherweise hatte sie nach dem Nissan Pick-up verlangt, um nach Ocean View zu fahren.
Mhlabeni hievte seine schwere Masse auf den Beifahrersitz, schwitzte stark und verströmte einen Geruch nach billigem Alkohol. Er war deutlich übergewichtig und aß ununterbrochen. Brathähnchen hatten es ihm besonders angetan. Ein Diabetiker auf einer tickenden Zeitbombe. Sein Hemd aus Polyester klebte an seinen Fettpolstern, so dass seine Haut keine Möglichkeit zu atmen hatte. Persy trug ein leichtes Baumwoll-T-Shirt, Cargohosen aus dünnem Material und Puma-Turnschuhe – gebrauchte von Ferial, der Freundin ihres Cousins Donny, die fast genauso klein war wie Persy selbst. Größe acht. Eine Kindergröße. Vielleicht nahm sie deshalb keiner ernst.
Mhlabeni streckte die Beine aus, die Jeans spannte über seinen Schenkeln. Einen seiner fleischigen Arme legte er

über ihre Rückenlehne, die Hand nur wenige Zentimeter von ihrem Nacken entfernt.

»Worum geht's?«, knurrte er. Angepisst.

»Irgend so ein Typ ist am Ende des Long Beach in Noordhoek angeschwemmt worden. Hört sich nach 'nem Badeunfall an.«

Er hustete einen Brocken Schleim hoch und spuckte ihn aus dem Fenster.

»Dafür geht also mein sonntägliches Festmahl mit meiner Frau und eine ordentliche Runde Schlaf drauf. Ich wette mit dir, das ist nur so ein *dronkgat*, der beim Nacktbaden ertrunken ist.«

Persy zuckte mit den Schultern. »Du bekommst schon frei. Drei Tage oder so.«

Wohl wissend, dass er die meiste Zeit davon damit verbringen würde, sich in irgendwelchen Spelunken vor Ort zuzusaufen.

»Warum muss ich zu so einem verdammten Badeunfall? Wo sind die Uniformierten?«

»Alle anderen sind im Einsatz gegen den Brand oder sonst irgendwie beschäftigt. Keine Sorge, es ist mein Fall. Titus will nur, dass du dabei bist, falls es zu irgendwelchen Komplikationen kommt.«

Mhlabeni stieß einen unterdrückten Fluch aus, und sie startete den Pick-up.

Als Marge sah, dass sich die orangefarbenen Westen der Sanis, die eine Bahre zwischen sich trugen, über den Strand heranbewegten, gefolgt von zwei Polizisten in Zivil, hatte sie ein flaues Gefühl im Magen, und ihr Herz pochte wie wild. Vor gerade mal vierzig Minuten hatte sie der Wache von Fish Hoek Bescheid gegeben, doch es kam ihr so vor, als wären seitdem viele Stunden vergangen. Sie bekam langsam einen Sonnenbrand, war in Sorge, sie könnte Will verpassen, und ihr Brummschädel wurde in der glühenden Hitze auch immer schlimmer. Als die kleine Gruppe näher kam, bemerkte sie einen dicken schwarzen Detective in Zivil. Er schnaufte und schwitzte, war ganz eindeutig nicht in Form. Sein Handlanger war ein winziger farbiger Jungspund mit kurzen Dreads und Brille.

Marge stapfte durch den Sand auf sie zu. »Sie haben sich aber Zeit gelassen.«

Die Augen des dicken Cops waren halb geschlossen, und sie nahm einen strengen Geruch nach Alkohol wahr.

»Ich bin Marge Labuschagne. Ich habe die Leiche gefunden.«

Der junge Handlanger trat auf sie zu und verkündete eher unhöflich: »Sie können sich an mich wenden, Ma'am.«

Die Unverfrorenheit des Jungen, dessen Stimme anscheinend noch nicht einmal den Stimmbruch durchgemacht hatte, überraschte Marge. »Und wer sind Sie?«

Große braune Augen blinzelten sie hinter der randlosen Brille an. »Ich bin Detective Sergeant Persy Jonas. Das ist mein Kollege Detective Warrant Officer Mhlabeni.«

In diesem Augenblick ging Marge auf, dass Detective Jonas ein Mädchen war. Ein Mädchen, das kaum alt genug aussah, um wählen zu gehen. Der anfängliche Eindruck der Androgynität hatte sie getäuscht: Aus der Nähe waren die Züge der Polizistin ganz eindeutig weiblich. Ein leichter Schweißfilm hatte sich an ihrem Haaransatz gebildet und zog sich über die Nase nach unten, so dass ihr die Brille immer wieder von der Nase rutschte. Nervös schob sie sie ein ums andere Mal zurück.

»Wo liegt die Leiche, Ma'am?«

Der dicke schwarze Cop stieß einen Pfiff aus, als er zusammen mit dem Mädchen einen Blick auf die Leiche warf.

»Sie sollten sich besser beeilen«, sagte Marge. »Die Flut setzt ein.«

Das Mädchen blickte auf und suchte demonstrativ die Felsen ab, als würde sie dieser weisen Warnung nicht trauen.

Marge war durstig, ihr Gesicht spannte und fühlte sich wund an. Mit jeder Minute nahm ihre Gereiztheit zu. »Hat man Ihnen mitgeteilt, dass ich ihn kenne? Er heißt Andrew Sherwood, und meiner Meinung nach sieht es ganz danach aus, als wäre er ermordet worden.«

Das Mädchen kauerte sich neben die Leiche, holte Plastikhandschuhe aus ihrer Tasche und zog sie über. »Es ist unsere Aufgabe, das zu entscheiden, Ma'am.«

Was für eine wichtigtuerische dumme Kuh! Sie so herablassend zu behandeln, als wäre sie nur irgendeine beliebige Privatperson. »Ich weiß ja nicht, ob Sie es zufällig bemerkt haben, aber er hat eine verdammt weit aufklaffende Kopfwunde ...«

»Haben Sie ihn angefasst, Ma'am?«

»Jetzt werden Sie hier mal nicht lächerlich – natürlich nicht! Ich bin mit den polizeilichen Ermittlungsmethoden vertraut. Ich bin eine geschulte Kriminalpsychologin.«

»Sind Sie in dienstlicher Funktion bei diesem Fall zugegen, Ma'am?«

»Nein, aber ...«

»Dann möchte ich Sie bitten, von hier zurückzutreten. Detective Mhlabeni wird Ihre Aussage in Kürze aufnehmen.«

Marge starrte sie an, vorübergehend sprachlos. Hitze überzog mit einem Mal ihren Rücken, ihren Nacken und schließlich ihr Gesicht. Sie wollte nicht zulassen, wie ein gaffender Trottel behandelt zu werden!

»Ich denke, ich könnte behilflich sein ...«

Das Mädchen war damit beschäftigt, dem glücklosen, di-

cken Cop Anweisungen zu geben. »Lass uns den Bereich absperren.«
Der Cop blickte sie finster an. Jonas forderte den Schwachkopf geradezu zur Meuterei auf.
»Wer ist Ihr Vorgesetzter?«, wollte Marge wissen und war sich ihres herrischen Tonfalls dabei sehr wohl bewusst.
»Captain Titus.« Der Blick des Mädchens blieb stur auf den dicken Cop gerichtet, der Gefahr zu laufen schien, sich auf den glitschigen Felsen jederzeit den Hals zu brechen.
»Ich kenne Titus. Ich werde mich diesbezüglich mit ihm unterhalten.«
Der Gesichtsausdruck des Mädchens verhärtete sich durch die erzwungene Höflichkeit. »Tun Sie das, Ma'am. In der Zwischenzeit gehen Sie bitte zur Seite und lassen Sie uns unsere Arbeit machen.«
Marge wusste von dem chronischen Mangel an Detectives, aber mal ganz ehrlich, das war ja wohl wirklich das Allerletzte! Ganz eindeutig handelte es sich hier um positive Diskriminierung. Denn in Detective Jonas' Fall ließen sich bestimmt einige Punkte auf der Liste abhaken.
Schwarz. In gewisser Weise.
Weiblich. Ebenso.
Apartheid andersherum. Marge war sich durchaus bewusst, dass sie auf ihre tiefsitzenden Vorurteile zurückgriff, doch sie war zu aufgebracht, sich daran zu stören. Wie hatte ein Mädchen wie dieses es bis zum Detective gebracht? Zweifelsohne durch die üblichen politischen Verbindungen. Ein Familienmitglied in den oberen Rängen des SAPS. Nicht, dass Titus in so etwas wie Vetternwirtschaft involviert wäre. Nicht, wenn er sich seit ihrer letzten Zusammenarbeit nicht radikal verändert hatte.
Marge und Paul Titus hatten sich beim berüchtigten Cupido-Fall kennengelernt. Mit einem Mal wurde sie von einer

solch deutlichen Erinnerung überwältigt, als wären seitdem nicht 20 Jahre ins Land gezogen. Titus kauerte neben ihr in dem verwahrlosten, kleinen Raum mit der bedrückend niedrigen Decke und hörte zu, während Marge die Mutter und den Großvater des vermissten vierjährigen Clyde Cupido befragte. Ihr Häuschen musste sich hier ganz in der Nähe befunden haben. Abgesehen von wenigen Farmen und Häusern hatte es damals in Noordhoek hauptsächlich Dünen, Busch und vereinzelte heruntergekommene Arbeiterhäuschen gegeben, vermietet an farbige Pächter, die sich mühsam ihren Lebensunterhalt verdienten, indem sie Gemüse oder Blumen anbauten. In jenem frostigen Juni war Marge eine rasch aufsteigende, junge Fallanalytikerin gewesen und Paul Titus ein frisch erkorener Detective mit vielversprechender Zukunft.
Marge hatte versucht, Gloria Cupido zu versichern, dass sie jeder Spur auf der Suche nach ihrem Sohn nachgehen würden. Die Frau hörte zu, das hagere Gesicht vom Alkohol abgestumpft. Hinter ihr, auf dem billigen Sideboard, standen lauter gerahmte Fotos von Clyde, einem Kleinkind mit rundem Gesicht, das mit zusammengekniffenen Augen in die Kamera lächelte.
Der Großvater stand schweigend bei ihnen und hörte zu. Er trug einen Arbeitsoverall, strahlte allerdings eine gewisse Autorität aus. Seine großen Hände waren auf Hüfthöhe zu Fäusten geballt, als müsste er sich so aufrecht halten. Irgendwann war die kleine Tochter wie ein Schatten in den Raum geschlüpft und hatte die Arme um die Mutter gelegt, die sie allerdings grob beiseitestieß. Daraufhin hatte der Großvater das Mädchen am Arm genommen und mit den Worten »Komm mit, Mommy geht's nicht gut« weggebracht.
Marge erläuterte, welcher Typ Mensch am ehesten geneigt war, ein Kind zu entführen, und Gloria Cupido entgeg-

nete daraufhin, sie kenne so jemanden. Weiß, jung. Er gehe merkwürdigen Jobs nach, sei in der Gegend von Fish Hoek, Kommetjie und Noordhoek eine Art Mädchen für alles. Tatsächlich habe er ein paar Wochen zuvor auf dem Grundstück, das an ihres angrenzte, eine Mauer für die *witmense* hochgezogen. Er sei ein Sonderling – ein *moegoe*. Er habe Kinder gern und Kinder würden ihn mögen. Mit Erwachsenen könne er sich allerdings nicht unterhalten. In der Hauptstraße von Fish Hoek hänge er mit Straßenkindern ab, kaufe ihnen Pommes und Cola, und sie habe gehört, er würde sie mit zu sich in die Wohnung nehmen. Er lebe mit seiner Mutter zusammen über *Tex' Fish and Chip*-Laden. Gloria helfe dort manchmal aus, wenn sie noch jemanden benötigten, der die Ölwannen reinigte oder den Fisch ausnahm. Und manchmal nehme sie auch Clyde mit in den Laden, um dort ein Auge auf ihn zu haben. Wenn der Typ komme, um sich Fish and Chips zu holen, mache er immer einen großen Wirbel um Clyde, ihr habe er jedoch noch nie ins Gesicht gesehen. Ja, Clyde kenne ihn – und es sei gut möglich, dass er mit ihm mitgegangen sei, wenn er ihm Süßigkeiten oder eine Limo versprochen habe.
Das war das erste Mal, dass Marge den Namen gehört hatte, der sie seitdem immer wieder heimsuchte.
Theo Kruger.

Will war überrascht, das Haus leer, ohne seine Mutter oder Bongo, vorzufinden. Ihr kleiner Gebrauchtwagen stand auf der Straße. Sie stellte ihn nie in die Garage. Unter diesen Umständen würde er sich schnell in Rost auflösen. Als er noch zu Hause gewohnt hatte, hatte er ein Fenster über seinem Schreibtisch immer einen Spalt offen stehen lassen, damit die Luft zirkulieren konnte. Sechs Monate später hatte sein Computer den Geist aufgegeben. Der Typ von der Computerhotline hatte ihn sich angesehen und dann vorgeschlagen, ihn einfach mal zu säubern, um das loszuwerden, was er als »Flusenmist« bezeichnete. Als er ihn jedoch aufschraubte, stellte er fest, dass jedes einzelne Bauteil des Computers durchgerostet war. Der Computerfreak war völlig empört gewesen. »Das liegt an der Seeluft, Mann, das ist das reinste Gift für Elektronik.«

Will war der Meinung, dass die Seeluft auch für die Leute das reinste Gift war, ihnen das Hirn wegfraß, bis sie damit zufrieden waren, einfach nur dazusitzen und vor sich hin zu vegetieren. Er hatte es nicht abwarten können, an die Uni zu gehen und Noordhoek endlich den Rücken zu kehren.

Er lief um das Haus herum, wobei ihm auffiel, wie sehr das Unkraut im Gemüsegarten überhandgenommen hatte. Jedes Mal, wenn er nach Hause kam, machte das Haus einen heruntergekommeneren Eindruck. Seine alten Hanfpflanzen hinter dem Komposthaufen waren verwelkt. Er pflückte ein paar Kirschtomaten und genoss die heiße Süße, als sie in seinem Mund aufplatzten. Irgendwo im Haus klingelte ein Telefon. Er spähte durch die Terrassentür in das Büro seiner Mutter. Das übliche Chaos, alles voller Bücher und Katzen, die auf dem Sofa schliefen. Weiß der Geier, wie ihre Patienten darüber dachten. Jahrelang hatte sie ihm, seinem Bruder Matt und ihrem Dad wegen ihrer Unordnung in den Ohren gelegen, doch jetzt, wo sie allein lebte, war ganz klar, dass sie selbst genauso wenig Ordnung hielt. Na ja. In seinen Augen war es ganz gut, dass sie hier den ganzen Tag mit ihren Katzen, Bongo und dem Garten herumsaß. Statt sich mit gefährlichen Kriminellen herumzuschlagen.

Als Kind hatte er einmal eine Unterhaltung seiner Eltern über ihren Job belauscht, als sie ihn außer Hörweite glaubten. Manche ihrer Fälle verursachten ihm noch immer Alpträume. Er war ziemlich erleichtert gewesen, dass sie schließlich, als er fast mit der Highschool fertig war, die Arbeit mit Straftätern aufgegeben und eine Privatpraxis in Noordhoek eröffnet hatte, um von zu Hause zu arbeiten. Selbst wenn es sie langweilte. Für seinen älteren Bruder Matt war diese Entscheidung zu spät gekommen. Seine gesamte Kindheit über hatte ihre Mutter an Kriminalfällen gearbeitet, und er war derjenige gewesen, der am meisten unter ihrer Abwesenheit und unter der schlechten Stimmung zu leiden gehabt hatte. So bald wie möglich war er zum Studieren nach England gegangen und nicht wieder zurückgekommen. Einmal hatte er bezüglich ihrer Mutter zu Will gesagt: »Sie suhlt sich in Verbrechen und Gewalt. Ich werde nicht den Rest meines Lebens damit zubringen, dasselbe zu tun.«

Als träfe Mom in gewisser Weise die Schuld an der Verbrechensrate und der sinnlosen, grausamen Gewalt in diesem Land.

Doch so war Matt. Große Ähnlichkeit mit ihrem Dad. Machte immer einen anderen für das verantwortlich, was in seinem Leben gerade schieflief. Will kam mit seinem Bruder nicht sehr gut klar; er konnte nicht länger als zehn Minuten im selben Raum mit ihm sein, ohne dass es zu gegenseitigen Beschimpfungen kam. Und was Dad betraf – tja, vielleicht würde er ihm eines Tages vergeben, dass er ein Scheißkerl war, der sie einfach hatte sitzen lassen.

Will stieg wieder auf sein Motorrad – es sah ganz danach aus, als hätte Mom ihre Verabredung vergessen; das alte Haus wurde wohl etwas zerstreut. Er würde zusehen, ob er nicht jemanden im *Red Herring* treffen konnte, ein Bier trinken, vielleicht einen Joint rauchen, und wenn sie dann noch immer nicht zurück war, würde er wieder nach Woodstock fahren.

Eineinhalb Stunden später wartete Marge mit brennender Haut und völlig ausgedörrt noch immer darauf, dass Mhlabeni ihre Aussage aufnahm. Die Kriminaltechniker waren eingetroffen, und eine kleine Menschenansammlung hatte sich hinter dem Absperrband eingefunden. Es war immer wieder erstaunlich, wie Menschen sich am Unglück anderer weideten, ganz egal, wie tragisch oder brutal es war.

Sie entdeckte Gregory Crane unter den Schaulustigen, den Anwalt, der zum Bauunternehmer und selbsternannten Guru mutiert war. Marge kannte ihn von den Treffen der Noordhoek Action Group, wobei sie vermutete, dass er nur dort war, um für Asha de Groot, seinen neuen Arbeitgeber, herumzuschnüffeln. Heute trug er eine seiner gewöhnlichen »Aufmachungen« – ein bauschiges weißes Hemd, das er in die enge Jeans gesteckt hatte, und dazu einen weißen Panamahut, der seinen Augen Schutz vor der Sonne bot. Nur eine seiner vielen Persönlichkeiten. Diese hier legte nahe, bei ihm handle es sich um einen Mann mit tiefen, aber tragischen Empfindlichkeiten. Gustav von Aschenbach aus *Tod in Venedig* vielleicht. Durch und durch ein Exzentriker. Sie sehnte sich danach, zu Hause zu sein, einen doppelten Espresso zu trinken und wieder einen klaren Verstand zu erlangen. Das hier hatte sie mehr aufgewühlt, als ihr zunächst bewusst gewesen war. Außerdem machte sie sich Sorgen wegen Will. Wenn er sie nicht antraf, könnte er vielleicht einfach wieder abfahren, die Ausrede nutzen, dass sie ihre Verabredung wohl vergessen habe. Dieser Gedanke schnürte ihr schmerzhaft die Kehle zusammen. Will, ihr Jüngster, ihr *laatlammetjie*, der flügge gworden war und jetzt auf eine seiner seltenen Stippvisiten vorbeischaute. Ein schnelles Essen und, wenn sie Glück hatte, eine Übernachtung, ehe er zum Trommeln nach Clifton Beach oder zu irgendeinem Rave ins Hinterland fuhr. Und danach wieder zurück in seine Wohnung nach Woodstock. Dreißig Kilometer oder mehr von Noordhoek entfernt, auf der anderen Seite der Halbinsel. So weit weg von seiner Mutter wie nur möglich. Doch es könnte noch schlimmer sein. Er hätte das Land verlassen können wie sein älterer Bruder.

Bongo winselte und zog an der Leine, hechelte in der Hitze und brauchte ganz dringend etwas Wasser. Sie hatte ihm die letzten Tropfen aus ihrer Wasserflasche gegeben und musste ihn irgendwie bis nach Hause kriegen, oder wenigstens bis zu den Waschräumen in der Nähe der Strandpromenade, wo es draußen einen Wasserhahn gab. Allerdings war überhaupt nicht abzuschätzen, wie lange die Polizisten brauchen würden, um ihre Aussage aufzunehmen. Sie ging dorthin, wo Mhlabeni herumwuselte und versuchte, die Menge zurückzuhalten. Bongo neben ihr hechelte noch immer in der Hitze.

»Hören Sie, ich muss los, ich habe einen wichtigen Termin, und mein Hund braucht dringend Wasser.«

Er wollte sie mit einer groben Geste verscheuchen. »Ich bin hier gerade ziemlich beschäftigt. Jonas wird sich später um Sie kümmern.«

Was für eine Frechheit, sie hier so warten zu lassen! Also wirklich, die konnten sie doch mal kreuzweise. Sie würde nicht bis in alle Ewigkeit hier bleiben und zu einem dehydrierten Etwas in der Sonne verschrumpeln oder warten, bis Bongo zusammenklappte.

»In diesem Fall kommen Sie besser später vorbei, um meine Aussage aufzunehmen. Ich wohne in der Keurboom Nummer 39, direkt bei der Beach Road.«

Sie beachtete seinen mürrischen Blick nicht und machte sich auf den Weg über den heißen Sand. Der Strand reflektierte die Sonne, verursachte ihr Kopfschmerzen und verwischte die Details, hinterließ einen blendenden, grenzenlosen Eindruck von Licht und Raum. Bei den Waschräumen neben dem Bohlenweg hatte ein Hundeliebhaber einen Trinknapf aus einem aufgeschnittenen Farbeimer fabriziert und unter dem Hahn stehen lassen. Bongo steckte seinen gesamten Kopf in den Eimer und trank in großen, durstigen Schlucken. Marge drehte das Wasser auf, formte eine Schale mit den Händen und trank selbst. Das Wasser war warm und brackig, und dennoch – was für eine Erfrischung! Das Wasser, das sie sich ins Gesicht spritzte, verdunstete jedoch schnell und ließ ihre Haut nur noch mehr brennen und spannen.

Sie blickte kurz auf und sah Gregory Crane auf dem Bohlenweg vorbeigehen. Als sie den Parkplatz erreichte, brauste er mit einem brandneuen Mercedes an ihr vorbei. Vermutlich ein Geschenk seines Gönners Asha de Groot. Die beiden bildeten ein merkwürdiges Gespann. Anscheinend gab es zwischen ihnen eine geschäftliche Verbindung, auch wenn sie sich nicht vorstellen konnte, was sie miteinander gemein hatten. Früher war Crane ein heruntergekommener Pflichtverteidiger gewesen. Gerüchten zufolge waren er und de Groot sich während einer von Cranes »spirituellen Exerzitien« nähergekommen. Seitdem waren sie in verschiedene Bauprojekte im Tal involviert.

Marge ging so rasch wie möglich nach Hause. Ihr war schwindlig, ihr Kopf pochte, und bei dem Gedanken, sie könnte Will verpasst haben, schnürte sich ihr die Brust zusammen.

Bongo trottete mit gesenktem Kopf und hängender Zunge hinter ihr her.

Zu Hause blieb sie im kühlen, dämmrigen Flur stehen, konnte nach dem blendend hellen Licht draußen kurzzeitig nichts erkennen. Bongo ließ sich auf die Fliesen fallen. Kein Anzeichen von Will.

Sie ging in die Küche, schenkte sich ein Glas Wasser ein

und stürzte es hinunter, während sie erschöpft am Spülbecken lehnte. Der Schock, Sherwood gefunden zu haben, hatte sie völlig entkräftet, als hätte man jegliches Füllmaterial aus ihr herausgerissen. Gleichzeitig waren ungebetene Schuldgefühle in ihr wach geworden. Merkwürdigerweise hatte sie, nach mehreren Jahren der Funkstille, erst vor kurzem mit Sherwood gesprochen. Das teilte sie der Polizei wohl besser mit.

Das Tor quietschte. Bongo rannte zur Tür, seine Pfoten kratzten über die rutschigen Fliesen. Will! Gott sei Dank! Als sie die Tür öffnete, stand jedoch Ivor Reitz vor ihr. Er musste ihr die Überraschung angesehen haben.

»Entschuldige, dass ich so hereinplatze.«

Im Türrahmen wirkte er größer, als sie ihn in Erinnerung hatte. Wann war er das letzte Mal zu ihr nach Hause gekommen? Vor zwei, drei Monaten?

»Ich habe von George Tinkler gehört, was am Strand passiert ist, und komme vorbei, um zu sehen, ob es dir gutgeht.«

»Ach, entschuldige. Ich dachte, es wäre Will. Das ist sehr aufmerksam von dir – komm rein.«

Sie gingen ins Wohnzimmer, wo sie die Fensterläden öffnete und sich ihres roten Gesichts und der verschwitzten Kleidung nur zu unangenehm bewusst war. Ivor sah trotz der Hitze in seiner leichten Jacke und der zerknitterten Stoffhose frisch aus. Er musste direkt von den Ställen hergekommen sein.

»Wie fühlst du dich?« Er wirkte entspannt, doch seine Stimme klang leicht angespannt.

»Nicht prickelnd, aber ich habe schon schlimmere Tatorte gesehen …«

»Trotzdem muss es ein ziemlicher Schock gewesen sein.«

Ihr wurde bewusst, dass sie vermutlich leichtfertig geklungen hatte, doch seine Besorgnis war ihr unangenehm.

»Ja, das war es. Vor allem, weil ich ihn erkannt habe.«
»George sagte, es würde sich um Andrew Sherwood handeln.«
»Stimmt, du kanntest ihn ja auch! Ich habe vergessen, dass er einer deiner Mieter war.«
Sherwood hatte eines von Ivors Häuschen in Kommetjie gemietet.
»Richtig. Nicht, dass ich viel mit ihm zu tun gehabt hätte – Renuncia kümmert sich um alles.«
Wie die meisten Bewohner von Noordhoek beauftragte auch Ivor Renuncia Campher als Immobilienmaklerin, selbst wenn sie die Verwaltung eher halbherzig betrieb. Marge würde nicht erwähnen, dass sie mal aus beruflichen Gründen mit Sherwood zu tun gehabt hatte. Sie achtete peinlich genau darauf, mit niemandem über ihre Klienten zu sprechen.
»Setz dich doch, und entschuldige den Saustall ...«
Ivor blieb stehen, die Hände in den Hosentaschen. »Was genau ist passiert?«
Er hörte aufmerksam zu, als sie ihm die Geschehnisse des Vormittags schilderte. Sie spürte, wie sie nach und nach ihr Gleichgewicht wiederfand. Und während sie Ivors Zurückhaltung in der Vergangenheit häufig als frustrierend empfunden hatte, so war seine ruhige, besonnene Haltung jetzt eine Erleichterung.
»Hast du mit der Polizei gesprochen?«
»Nicht wirklich – tatsächlich hätten sie nicht weniger Interesse aufbringen können. Dieses absolut unhöfliche Detective-Gör ist mit der Sache betraut.« Sie musste wieder an Persy Jonas' Augen denken, wie sie hinter ihrer Brille aufblitzten. Sie erinnerte Marge an die lebensfernen lesbischen Trotzkisten der UWCs, der United World Colleges, die sie in den Achtzigern unterrichtet hatte. Sie konnte sich als Detective kaum eine weniger geeignete Person vorstellen.

»Sie haben irgendwie am Strand rumgewurstelt, keine Ahnung, was sie da gemacht haben.«

»Haben sie irgendeine Vorstellung von dem, was passiert ist?«

»Nein, es sieht aber ganz nach Mord aus.«

Erschrocken schaute er sie an. »Das behauptet die Polizei?«

»Ach, weiß Gott, was die denken – ich hatte den Eindruck, dass sie nicht die leiseste Ahnung haben, was da los ist, ganz ehrlich. Kann ich dir etwas anbieten? Ein Glas Wein, einen Tee? Ich brauche jetzt einen starken Scotch.«

»Gute Idee. Für mich auch einen.«

Sie holte in der Küche Eiswürfel. Dabei fiel ihr ein Zettel auf, der unter der Küchentür durchgeschoben war. Er war von Will. *Hallo, liebe Mutter, wo bist du? War um 12 da. Bin auf der Suche nach Gesellschaft.*

Marge spürte einen Stich der Enttäuschung. Sie konnte nur hoffen, dass er später noch einmal vorbeischauen würde. Zurück im Wohnzimmer sah sie Ivor am Fenster stehen und hinaus auf Chapman's Peak starren.

»Der McNaughty-Komet sollte bald zu sehen sein.« Damit reichte sie ihm seinen Drink und setzte sich auf das Sofa, von dem sie die protestierend miauenden Katzen vertrieb. »Eine Woche oder so soll er sichtbar bleiben, wenn wir Glück haben – und danach ist er wieder für Jahrtausende verschwunden. Ich würde ihn Will gerne zeigen. Aber er ist dann vermutlich mit Freunden unterwegs oder bei irgendeinem Mädchen.«

»Du kannst ihn mir zeigen.« Er lächelte ihr über den Rand des Glases zu.

Dieser unbeholfene Ansatz zu flirten brachte Marge in Verlegenheit, und sie fühlte sich etwas gönnerhaft behandelt. Sie hatte Ivor durch die Noordhoek Action Group kennengelernt, und nachdem sie herausgefunden hatten, dass sie beide leidenschaftlich gerne in den Bergen waren, hatten sie einander auf Wanderungen begleitet. Im Laufe des letzten Winters war er nach den Wanderungen meist noch auf ein oder zwei Gläser Wein geblieben. Eines Nachmittags, nach einer anstrengenden Wanderung die Nursery Ravine hinauf, hatte er es sich wieder auf ihrem Sofa bequem gemacht, und sie hatten eine Flasche Wein getrunken. Später hatte sie ein Feuer angezündet, und als der Abend hereinbrach, war ihre Unterhaltung etwas intimer geworden.

Ivor vertraute ihr an, seine Frau Justine habe ihn für seinen langjährigsten Freund sitzenlassen, und dass er daraufhin die unbedachte und übereilte Hochzeit mit Morgana eingegangen sei. Marge wiederum hatte von dem langsamen Zerfall ihrer Ehe gesprochen, der damit endete, dass Louis sie verließ. Wie vorherzusehen, waren sie im Bett gelandet. Beide stimmten darin überein, dass das nicht noch einmal passieren dürfe, und schon bald wanderten sie auch nicht mehr gemeinsam. Marge hatte sich ganz bewusst darum bemüht, diese Episode in einem realistischen Licht zu sehen. Wenn Ivor ihre Gedanken mehr beherrschte, als ihr lieb war, dann nur, weil sie sich einer Torheit hingab. Nicht mehr, nicht weniger.

»Tja, ich muss dann mal los. Es freut mich zu sehen, dass es dir gutgeht.« Ivor stellte seinen Drink ab, an dem er kaum genippt hatte, und machte sich ans Gehen.

»Bist du vielleicht hungrig? Ich habe alles für Wills Lieblingsgericht gekauft, aber wie es aussieht, wird er nicht zum Essen hier sein. Ein typisches Männeressen – Filet in Madagaskar-Pfeffersauce mit Bratkartoffeln. Und Schokoladenmousse.«

Ivor zögerte. »Hört sich verlockend an, Marge, aber leider habe ich schon eine andere Verabredung.«

Sie versteckte ihre Kränkung hinter einer wegwerfenden

Handbewegung. »Klar doch – und ich sollte besser etwas arbeiten.«
Er war bereits auf dem Weg zur Tür. »Aber danke für das Angebot. Lass uns das ein anderes Mal machen.«
Sie stand auf und folgte seinem breiten Rücken durch den Gang, spürte, dass sie unerklärlicherweise kurz davor stand, in Tränen auszubrechen. Wie dumm! Vermutlich nur der Nachhall des Schocks.
Auf der Türschwelle drehte er sich zu ihr um, wobei seine Haut durch den plötzlichen Lichteinfall dunkler, das Blau seiner Augen im Kontrast dazu geradezu weiß wirkte.
»Es war schön, dich mal wieder zu sehen, Marge. Ist schon eine ganze Weile her.«
»Ich bin nicht weg gewesen«, sagte sie scharf. Dann bemühte sie sich, das Thema zu wechseln. »Du solltest die Polizei wissen lassen, dass Andrew dein Mieter war.«
»Das werde ich.«
Sie sah ihm nach und erinnerte sich an die vielen Male, die er zuvor im Dunkeln heimwärts gewankt war, ehe er sich umdrehte und ihrer Silhouette in der Tür zuwinkte. Dieses Mal tat er das nicht.

Mhlabenis Gesicht war schweißüberströmt. Persy roch, wie der Alkohol des letzten Abends durch seine Poren hinaussickerte.
»Habe ich das richtig verstanden? Du hast ihre Aussage nicht aufgenommen?«
Er zuckte mit den Schultern und kaute auf seinem Kaugummi, wobei seine Kiefer enervierend malmten.
»Ich hab's doch schon gesagt – sie ist weg.«
Unwillkürlich ballte Persy die Hände zu Fäusten. Sie hätte wissen müssen, dass Mhlabeni alles versuchen würde, das hier für sie zu vermasseln. Um ihr eins auszuwischen. Und

nachdem die Kriminaltechniker die Sache jetzt zum unnatürlichen Todesfall erklärt hatten, würde Mhlabeni vermutlich zum leitenden Ermittler dieses Falls ernannt werden. Beim SAPS ging es einzig um den Dienstgrad, nicht um Kompetenzen.

Persy suchte die sich rasch lichtende Menge ab, rief sich Marge Labuschagnes unnachgiebige Haltung ins Gedächtnis, ihr quadratisches Kinn, ihre arrogante Haltung der Überlegenheit. War die alte Schachtel etwa schmollend von dannen gezogen? Sie holte ihr Handy hervor. »Ihre Telefonnummer?«

Mhlabeni zuckte mit den Schultern. »Keine Ahnung. Du hast mit ihr gesprochen. Und ich schiebe hier gerade die sechste Überstunde.«

Sie wandte sich ab, wollte ihm nicht die Befriedigung geben, sie wütend zu sehen, und überprüfte ihr Handy, da die Frau vielleicht eine Nachricht auf der Wache hinterlassen hatte.

Keine Nachrichten.

Sie rief Phumeza an, die versprach, Labuschagne ausfindig zu machen und ihr Bescheid zu geben. Sie wünschte sich, Dizu wäre hier, würde in seiner ruhigen Art mit ihr zusammenarbeiten und ihr den Rücken freihalten. Noch immer sah sie das bleiche Gesicht des Toten vor sich. Der Anblick der Leiche hatte sie erschüttert, die Altersflecken auf der knochigen Stirn, die Strähnen des blonden Haares, das am Haaransatz lichter wurde, die farblosen Wimpern vor dem grauen Himmel. Da sie niemals die Stimme des Mannes oder sein Lachen gehört, ihn niemals hatte gehen, essen oder lächeln sehen, sollte sein Tod sie nicht erschüttern. Er war nur mehr das Faksimile eines menschlichen Wesens. Es war einfacher, sich vorzustellen, wie eine Marmorstatue lebendig wurde, als diesen leblosen Körper voller Leben. Dennoch war sie erstaunt über ihre Wut und

das tiefsitzende Gefühl der Trauer angesichts seines Todes. Welche Bösartigkeit, Leidenschaft oder Furcht brachte einen dazu, einem Mitmenschen Derartiges zuzufügen?
Der Strand hatte sich geleert. Die Sonne stand hoch oben am Himmel, die Hitze zermalmte einen geradezu. Sie war so versessen darauf gewesen, zum Tatort zu kommen, dass sie die spektakuläre Kulisse gar nicht in sich aufgenommen hatte.
Jetzt, wo sie das tat, wurde sie von einer unerklärlichen Angst ergriffen – dieser Küstenabschnitt hier war so weit und unpersönlich. In dem viel zu grellen Licht kam sie sich unbedeutend und unangenehm ausgeliefert vor. Sie blickte auf den Chapman's Peak. An den unteren Hängen erhoben sich neun Palmen aus dem Busch, unnatürlich reglos, und überragten den rundherum wuchernden Fynbos. Eine dunkle Wolke schob sich vor die Sonne und machte die Palmen zu Silhouetten. Alle Geräusche wuchsen zu überschallartigem Lärm an: das Schwirren der Käfer, das Dröhnen und Donnern des Ozeans, das Pochen des überhitzten Blutes in ihren Ohren. Aus dem Nichts tauchte eine unerklärliche Furcht auf, die an Panik grenzte. Ein brennender Schauer durchzuckte sie und hinterließ einen eiskalten Schweißfilm auf ihrer Haut. Sie hoffte nur, nicht ohnmächtig zu werden. Wann hatte sie eigentlich zuletzt etwas gegessen oder getrunken?
Ihr Handy klingelte. Phumeza. Sie hatte kein Glück gehabt, diese Labuschagne ausfindig zu machen. Die Handynummer, mit der sie bei der Wache angerufen hatte, hatte Phumezas Anruf direkt mit dem Anrufbeantworter einer Firma verbunden. Marge Labuschagne war verschwunden und ihre Aussage mit ihr.
»Was ist mit dem Telefonbuch oder der Telefonauskunft? Irgendjemand muss doch wissen, wie man sie erreichen kann.«

»Da habe ich schon nachgesehen. Sie wird nirgendwo aufgeführt. Alles okay bei dir?« Phumeza war Persys Anspannung nicht entgangen.
»Ja, alles klar.« Sie beendete das Gespräch.
Die Pathologieassistenten kamen mit dem Leichensack an ihr vorbei. Sie sollte zurück zur Wache fahren, um Titus davon zu überzeugen, dass er ihr den Fall überließ. Den Kopfverletzungen und dem Zustand der Leiche nach zu urteilen, sah es ganz danach aus, als wären Sherwood seine Verletzungen zugefügt worden, ehe er im Wasser landete; möglicherweise war er bereits an Land gestorben. Auf eine derartige Gelegenheit hatte sie lange Zeit gewartet – Wochen und Monate, die mit den üblichen Fällen von Raub, Autodiebstahl und häuslicher Gewalt gefüllt waren. Tatsächlich stellte Fish Hoek in einer Region mit überdurchschnittlich hoher Mordrate eine Skurrilität dar. Ein Mord pro Jahr, wenn man Glück hatte. Und solange sie keinen Mord ermittelt hatte, würde sie immer darum kämpfen müssen, von ihren Kollegen respektiert oder von ihren Vorgesetzten wahrgenommen zu werden. Doch im Moment standen ihre Chancen, diesen Fall übertragen zu bekommen, sehr schlecht.
Dank Marge Labuschagne.

5

Um sieben war Titus zurück auf der Wache: angespannt, verärgert und über und über bedeckt mit grauer Asche. Er hatte die letzten 19 Stunden damit zugebracht, in Gugulethu und New Crossroads gegen die Brände anzukämpfen, Polizei und Freiwillige zu beaufsichtigen, bei der Evakuierung der Hüttenbewohner zu helfen und dem Katastrophenschutz zu assistieren. »Fürs Erste ist das Feuer unter Kontrolle, aber wenn der Wind etwas von der herumliegenden Glut mit sich nimmt, dann geht alles von neuem in Flammen auf.«

Er ließ sich auf den Stuhl hinter seinem Schreibtisch fallen. »Also, was hast du für mich, Jonas?«

Persy informierte ihn über die Leiche am Noordhoek Beach, während er ihre Notizen überflog.

»Die Kriminaltechniker konnten den genauen Todeszeitpunkt nicht bestimmen, haben aber gesagt, dass die Leiche mehrere Tage im Wasser war. Am Kopf befindet sich eine große Stoßverletzung. Sie könnte daher rühren, dass der Tote vom Meer gegen die Felsen geworfen wurde, oder von einem Sturz; mit großer Wahrscheinlichkeit ist sie ihm jedoch durch Dritte zugefügt worden. Genaueres wissen wir nach der Autopsie. Die Frau, die ihn gefunden hat, sagt, sie hätte ihn erkannt. Er heißt Andrew Sherwood.«

Titus saß reglos da und beobachtete sie genau. Das war etwas, was Persy an Titus mochte. Sein ruhiges, beständiges Wesen. Er hörte zu, als besäße er ein weiteres Ohr, als hörte er Dinge, von denen sie nicht einmal wusste, dass sie sie sagte. »Nichts an der Leiche zu finden, was die Identifizierung bestätigt, nehme ich an?«

Persy schüttelte den Kopf. »Keine Uhr, auch kein Schmuck. Nichts in den Hosentaschen seiner Jeans. Er trug ein kariertes Baumwollhemd ohne Brusttaschen. Ich habe allerdings eine Vermisstenmeldung zu ihm gefunden, die am Samstag von seinen Nachbarn eingegangen ist. Sieht so aus, als hätte er ihnen angeboten, ihren Hund zu füttern, solange sie nicht da waren, doch als sie Freitagabend zurückkamen, gab es weder von ihm noch vom Hund irgendeine Spur. Ihnen war aufgefallen, dass Sherwoods Auto nicht da war. Normalerweise stand es immer vor dem Haus. Sie machten sich genug Sorgen, um sich bei der Wache zu melden, auch wenn es ganz danach aussieht, als hätte ihre Sorge hauptsächlich dem Hund gegolten. Glücklicherweise erinnerten sie sich an sein Autokennzeichen. Wir haben eine Suchmeldung rausgegeben.«

Sie konnte sehen, dass Titus über ihre raschen Fortschritte erfreut war. So weit, so gut.

Er blätterte ihren Bericht durch.

»Fußabdrücke waren keine mehr da, bis wir dort eintrafen; selbst die der Frau, die die Leiche gefunden hat, waren nicht mehr auszumachen. So wie es aussieht, war er tot, ehe er im Wasser gelandet ist. Vermutlich hat ihn die Flut letzte Nacht an Land gespült, und dann ist er zwischen den Felsen stecken geblieben. Bei oder in der Nähe der Leiche hat nichts auf einen Tatort hingewiesen. Vermutlich hat man ihn woanders ermordet und dann ins Meer geworfen.«

»Wo ist die Aussage der Frau, die die Leiche gefunden hat?«

Die alles entscheidende Frage. »Sie ist verduftet, Sir.«

Titus runzelte die Stirn. »Wie war das möglich?«

»Mhlabeni sollte dem eigentlich nachgehen …«

»Soll das heißen, dass ihm ein Fehler unterlaufen ist?« Titus' Stimme war schneidend. Er schätzte Loyalität und hielt nichts davon, dass die Leute seines Teams einander in den Rücken fielen.
»Er war damit beschäftigt, den Tatort abzusichern. Er hätte ihre Aussage aufnehmen sollen, während ich mit den Kriminaltechnikern zu tun hatte. Aber ich habe ihre Kontaktdaten, ich werde sie finden.«
Sie gab den Schwarzen Peter weiter, aber sie würde die Chance auf ihre erste Mordermittlung nicht vertun, indem sie Mhlabenis Nachlässigkeit deckte.
»Eine Zeugenaussage hat immer Priorität. Das solltest du wissen, Jonas.«
»Ja, Sir. Ich habe alles im Griff.«
Titus stand auf und streckte sich. »Ich werde Mhlabeni damit beauftragen, die Untersuchung einzuleiten, während wir auf den vorläufigen Bericht der Autopsie warten.«
Persy war auf der Stelle ernüchtert. Also würde er Mhlabeni den Fall übertragen.
»Ich werde nach Hause fahren, meinen Mädchen einen Kuss aufdrücken, duschen und schlafen.« Titus kämpfte mit seiner Jacke. »Hoffentlich hat meine liebe Frau das Kricketspiel für mich aufgenommen.«
Persy folgte ihm nach draußen in den Gang. Sie würde nicht kampflos aufgeben. »Ich bin bereit, eine Mordermittlung zu leiten, Sir.«
Titus schloss das Büro ab und steckte den Schlüssel ein.
»Du konzentrierst dich auf diese Prozesslisten, die sich auf deinem Schreibtisch stapeln, Jonas. Habe ich übrigens richtig gehört, dass du heute Morgen in Ocean View warst?«
Verflucht. Diese Info konnte er nur haben, weil Mhlabenis Spitzel sie auf dem Radar hatten. Sie ging neben ihm den Gang hinunter.

»Ich habe mich etwas umgesehen. Ich glaube, Dollery ist in ein paar meiner Raubfälle verwickelt, Sir. Hat den frei gewordenen Platz eingenommen, zu dem die große Verhaftung früher in diesem Jahr geführt hatte. Hat sein eigenes Netzwerk mit ortsansässigen *hoekstaanders* ins Leben gerufen.«

»Darum kümmert sich das Revier von Ocean View«, sagte Titus.

Klar, dachte sie, und Dollery entwischte ihnen nun schon seit Monaten.

»Der Geheimdienst hat ein paar Leute als Teil einer Operation gegen das organisierte Verbrechen eingeschleust.«

»Ich weiß, Sir.«

Chinesische Triaden tauschten Chemikalien für die Herstellung von *tik* im Gegenzug für Abalonen, vor Ort als *perlemoen* bekannt, die von den ansässigen Fischern von den Felsen im Kelp gewildert wurden.

»Also, will ich nicht, dass du ihnen in die Quere kommst.« Titus blieb oben an der Treppe stehen, die zur Leitstelle führte.

»Mhlabeni sagt, Dollery ist ein kleiner Fisch, ein paar andere Cops sind der Meinung, dass er *tik* für die Gangs in Ocean View schmuggelt. Wie schätzt du das ein?«

Es gab ein Dutzend Gangs, die in den Cape Flats Drogen schmuggelten, und *tik* war ihre größte Einnahmequelle. Billig herzustellen aus unzureichend kontrollierten Bestandteilen. *»Tik«* aufgrund des Geräuschs, den das Methamphetamin machte, wenn man es in einer Glühbirne verbrannte und mit einem Strohhalm einatmete.

»Ich glaube nicht, dass er offiziell zu einer der Gangs gehört. Er ist ein Einzelgänger, dem es gefällt, sein eigenes Team für verschiedene Jobs zusammenzustellen. Er legt ungern jemandem Rechenschaft ab. Aber er ist kein Kleinkrimineller, und er erlangt mehr und mehr Einfluss. Nicht nur, was das *tik* betrifft. Er steht auch auf bewaffneten Raubüberfall, Einbrüche und Hunde. Er liebt den Reiz. Und die Abwechslung.«

Titus musterte sie aufmerksam. Jeder auf dem Revier wusste, dass sie und Dollery in irgendeiner Weise eine gemeinsame Vergangenheit hatten. Tja, sie würde ihn wohl nicht weiter darüber aufklären.

»Halte Augen und Ohren in Ocean View offen, aber misch dich nicht ein – und übrigens, was hat es mit diesem neuen Rastafari-Haarschnitt auf sich?«

Sie spürte, wie sie rot anlief. Sie hatte sich die Dreads am Freitagabend in Ocean View bei jemandem machen lassen, der bei sich zu Hause eine Art Friseursalon betrieb.

»Das geht nicht gegen die Bestimmungen des SAPS, Sir. Ich habe das überprüft.«

»Dann ist ja alles gut. Schönen Abend, Jonas. Und Gott segne dich.«

Er ging die Treppe hinunter; Persy sah ihm dabei zu. Um den Scheitel wurden seine Haare lichter. So sah er verletzlicher aus.

Sie verschwand auf der Damentoilette, um sich frisch zu machen, ehe sie den langen Weg nach Hause in die nördlichen Vororte antrat. Sie wusch sich die Hände mit heißem Wasser, fühlte sich schmutzig von diesem Tag. Sie hatte ihren eigenen Kulturbeutel, den sie immer bei sich trug. Niemals würde sie die Seife an einem solchen Ort verwenden, geschweige denn die schmutzigen Handtücher. Feuchtpflegetücher – das war die Lösung. Benutzen und wegwerfen. Und dann ein zweites nehmen, nur für den Fall, dass ihre Hände den Rand des Mülleimers berührt hatten.

Sie trat aus der Toilette und traf geradewegs auf Mhlabeni.

»Hast du schon wieder deine Tage?« Er sah nervös und aufgedreht aus, hatte entweder wieder getrunken, oder irgendeine andere illegale Substanz machte ihn ganz rappelig. Von ihm ging immer eine gewisse Anspannung aus, ein allgegenwärtige drohende Gefahr.

»Ich dachte, du wärst ganz scharf darauf, nach Hause zu fahren?«

»Und dir freie Bahn zu lassen? Damit du Titus einen blasen und Mist über mich verzapfen kannst?«

»Sei doch nicht so verdammt paranoid.« Sie versuchte, sich an ihm vorbeizudrängen, aber er versperrte ihr den Weg.

»Ich habe gehört, dass du über deinen alten Freund Dollery geredet hast.«

Er wusste, dass sie zusammen mit Dollery in Ocean View aufgewachsen war. Tatsächlich wusste er sehr viel mehr über Persy, als ihr lieb war. Dank all seiner bezahlten Informanten in Ocean View.

»Lass das mal meine Sorge sein.«

Er schubste sie gegen die Wand und presste ihren Kopf zwischen seinen Händen zusammen. Sein Gesicht war ihr so nah, dass sie seine Mitesser und eingewachsenen Haare sehen konnte. Auch der scharfe Minzgeruch konnte seinen übelriechenden Atem nicht überdecken. »Ihr Farbigen. Haltet immer zusammen, wie Fliegen auf einem Scheißhaufen.«

Plötzlich wurde sie sich ihrer geringen Größe bewusst. Er war groß und, selbst wenn er nicht gut in Form war, wesentlich stärker als sie. Und sie waren weit weg von irgendjemandem in der Leitstelle.

»Bist ganz heiß auf diesen Noordhoek-Fall, was?«

Mhlabeni würde sie auf alle erdenkliche Weise davon abzuhalten versuchen, dass sie diesen Fall übernahm. Nicht, weil er sich zusätzlich Arbeit aufbürden wollte, sondern weil er sie daran hindern wollte, den Durchbruch zu schaffen.

»Wenn du mir einen bläst, dann lasse ich dich mit mir zusammenarbeiten.«

»Eher lecke ich einem Esel den Hintern«, sagte sie. »Du Arschloch!«

Nach einer widerlich leckenden Zungenbewegung trat er von ihr zurück, lachte und zog seinen Hosenbund hoch, zufrieden, dass er seine Überlegenheit klargestellt hatte. Ein weiterer männlicher Pavian.

Es brachte nichts, sich über diese Einschüchterung zu beschweren. Sie würde ihres Lebens nicht mehr froh, wenn sie damit heulend bei Titus aufschlug. Erneut verspürte sie das Bedürfnis, sich die Hände zu waschen, Mhlabeni abzuwaschen, ebenso ihre Wut auf diese Labuschagne. Aber sie musste sich beherrschen. Das war alles, was ihr blieb: ihre Fähigkeit, unempfindlich zu wirken, ganz gleich, was passierte.

Es war nach sieben Uhr abends, aber die Sonne stand noch immer hoch über dem Ozean, als Persy schließlich wie üblich von Sergeant Cheswin April mitgenommen wurde. Sie war auf diese Mitfahrgelegenheit angewiesen, da die öffentlichen Verkehrsmittel hier eine einzige Katastrophe waren. Mit ihrem Gehalt als Sergeant hätte sie sich in der Zwischenzeit ein kleines Auto leisten können, aber Poppas medizinische Behandlung verschlang all ihre Ersparnisse. Cheswin war aus Malmesbury und sprach in dem für diese Region typischen, blökenden Dialekt. Er war hellhäutig, hatte lockiges Haar, viele Sommersprossen und sehr helle grüne Augen. Er hatte eine gewisse lokale Berühmtheit erlangt, weil er in seiner Jugend die Nummer 8 im Rugbyteam der unter Zwanzigjährigen von Boland gewesen war. Wenn man nicht wie er Rugby lebte und atmete, dann konnte man keinerlei Unterhaltung mit Cheswin führen. Folglich waren er und Persy die meiste Zeit, die sie zusammen im Wagen verbrachten, sehr schweigsam. Für gewöhnlich setzte er sie beim Cash Crusader ab, einem Einzelhandelsgeschäft in der Voortrekker Road in Milnerton, von wo ihr Cousin Donny sie weiter nach Parklands mitnahm.

Manchmal hatte sie Glück, und Donny schloss gerade ab, wenn sie ankamen. Manchmal hatte sie weniger Glück. Manchmal kamen seine Kumpel von der Werkstatt vorbei, er war schon völlig zu, und im Hinterzimmer wurde Poker gespielt. Es konnte Stunden dauern, ehe Ferial anrief und ihn anbrüllte, er solle seinen verdammten Arsch nach Hause bewegen, das Essen würde kalt. An Sonntagen wie heute würde er ungeduldig auf dem Gehsteig auf sie warten. Da stand er auch schon an der Ecke, sie konnte seinen kräftigen, kugelförmigen Kopf ausmachen. Donny trainierte gerne in der Mittagspause, und das ganze Gewichtestemmen hatte sich bezahlt gemacht. Er war ein einziges Muskelpaket. Bei sich hatte er eine Plastiktüte. Vermutlich hatte er die Gesetze des Kaps bezüglich des Verkaufsverbots von Alkohol am Sonntag umgangen und Brandy und ein paar Bier an der Bar des National Hotels unter der Hand gekauft. Hatte vermutlich getrunken, seit er den Laden vor ein paar Stunden geschlossen hatte. Sie bekam ein mulmiges Gefühl. Betrunken wurde Donny gemein und neigte dazu, handgreiflich zu werden. Wenigstens war nicht Freitag – das war Donnys Sauftag, an dem er im Morgengrauen nach Hause kam, Möbel umwarf und Ferial schikanierte. Jedes Mal, wenn Persy Ferial mit blauen Flecken oder einem blauen Auge antraf und sich danach erkundigte, wurde Ferial stinksauer und redete sich mit irgendeiner Geschichte heraus: Sie wäre die Treppe heruntergefallen; jemand hätte ihr im Zug den Ellbogen ins Gesicht gestoßen. Persy hielt sich da raus. Häuslicher Unfrieden bedeutete immer Ärger. Und war ziemlich heimtückisch, wenn es sich dabei um die eigene Familie handelte. Sie stieg aus, verabschiedete sich von Cheswin und folgte Donny zu seinem neuen BMW. Weiß Gott, wie er sich den leisten konnte. Vermutlich ging sein gesamtes Gehalt dafür drauf, und dann schnorrte er Ferial an, die im Personalbereich arbeitete – was auch immer das sein sollte – und die sich dabei ganz wacker schlug; sie verdiente fünfmal mehr als Persy. Kaum dass sie im Auto saß, wurde ihr klar, dass Donny sehr viel mehr intus hatte, als sie im ersten Moment angenommen hatte. Betrunken Auto fahren, der nationale Zeitvertreib in Südafrika, der in über 16 000 Verkehrstoten jedes Jahr resultierte. Trotz strenger Gesetze gab es viel zu wenig Verkehrspolizisten, um den unzähligen Verstößen nachzugehen.

Donny schwenkte in die Voortrekker, streckte einem Taxifahrer den Stinkefinger entgegen, der hinten auf seinem Minibus den Aufkleber »Jeder Schwarze ein Verdächtiger« und einen mit einem Deutschen Schäferhund und den Worten »Legen Sie sich einen Polizeihund zu« hatte.

Ein weiterer Polizeianhänger.

Das brachte sie dazu, über Mhlabeni nachzudenken. Dizu meinte, Mhlabeni müsste irgendwie »einen an der Klatsche« haben. Mhlabeni stammte von der berüchtigten westlichen Grenze der Kapregion, und Gerüchten zufolge hatte er in den frühen Neunzigern mit der ehemaligen Spezialeinheit gearbeitet. Er kam mit anderen Völkergruppen nicht klar und war sehr geschickt darin, die Beschwerden der schwarzen Polizisten zu schüren. Schon allein deshalb fasste Titus ihn mit Samthandschuhen an. Mhlabeni sprach fließend Xhosa, Zulu, Sotho und Afrikaans und hatte genug Erfahrung, um ein qualifizierter Detective zu sein, doch der Alk und die Politik hatten es ihm gründlich verdorben. Einmal hatte er zu ihr gesagt: »Die

Öffentlichkeit hält uns für Müll. Den Leuten ist es scheißegal, ob wir unser Leben jeden Tag für sie aufs Spiel setzen.« Aus seiner Sicht konnte sie ihm diese Einstellung nicht vorwerfen. Überarbeitet, unterbezahlt, und nach einem ganzen Leben im Polizeidienst stand ihm jetzt ein Disziplinarverfahren bevor. Doch auch wenn Persy seine Bitterkeit zum Teil nachvollziehen konnte – sie mochte ihn einfach nicht. Er war unzufrieden mit seinem Job und klebte trotzdem daran wie die Fliege an der Scheiße. Um seine eigene Redewendung zu benutzen.

Donny fädelte sich in den Verkehr ein, dann überholte er wieder und fuhr ein paarmal über Rot.

»Hey, mach mal langsam!«

»Willst du mir etwa sagen, wie ich zu fahren habe?« Donny grinste, aber nicht, weil er glücklich war.

»Nein, ich will einfach nur, dass du ein bisschen langsamer machst.«

»Ich hab's eilig, okay? Ständig geht mir Ferial damit auf den Keks, dass ich zu spät komme. Ihr Cops wollt irgendwas gegen die Unfallstatistiken machen? Dann stopft den nörgelnden Schlampen die Klappe. Sie verursachen die Unfälle mit ihrem *gaaning aan*. Machen uns Druck, dass wir nach Hause kommen und ihr *kak*-Essen futtern.«

Persy hütete sich davor, dieses Gespräch mit Donny voranzutreiben. Er würde sich nur immer mehr sperren und noch waghalsiger fahren. Auch wenn sie ein Cop war, so war sie doch in dem gleichen Mist gefangen, in dem auch andere Frauen jeden Tag festsaßen. Männer, die sie schikanierten und einschüchterten und das Auto als Folterinstrument benutzten. Würde sie es darauf anlegen, würde er sie einfach hier in der Voortrekker Road rauswerfen, und es wurde bereits dunkel. Da war es besser, durchzuhalten und zu hoffen, dass sie es in einem Stück nach Hause schafften.

6

Marge wachte mit einer klebrigen Masse feuchten Haars auf, das ihr an Nacken und Stirn klebte. Ihr Mund war ausgetrocknet, ihr Kopf hämmerte vor Dehydrierung. Ein Hitzschlag. Das Schmerzmittel, das sie aufgrund ihrer Kopfschmerzen eingenommen hatte, machte sie benebelt. Der Raum lag im Halbdunkel da. Wie spät war es? Durch das Schlafzimmerfenster zeichnete sich Chapman's Peak als massiver, dunkler Block vor der schwindenden Helligkeit des Himmels ab. Die ersten Sterne waren aufgetaucht. Es musste später sein, als sie angenommen hatte. Der Vormittag am Strand fiel ihr wieder ein: Ivor Reitz und sein Pferd, die wie ein Geist im Nebel aufgetaucht waren, Bongo, der unbeweglich am Horizont stand, der bunte Schwanz des Drachens und Sherwoods leerer Blick. Ihr ursprüngliches Zusammentreffen mit Sherwood vor sieben Jahren hatte sie in dem Glauben zurückgelassen, eine schwierige Situation falsch gehandhabt zu haben. Es war ein aufreibender Zwischenfall gewesen, der an Theo Kruger und den Cupido-Fall erinnerte. Jetzt quälte es sie. Wenn etwas davon mit Sherwoods Tod zu tun hatte, wie würde die Polizei davon Kenntnis bekommen? Sie konnte nicht offenlegen, was in Sitzungen offenbart wurde.

Sie kämpfte sich aus dem Bett und ging ins Badezimmer, um sich kaltes Wasser ins Gesicht zu spritzen. Durch das elektrische Licht sah sie im Spiegel, wie ihre Augen in ihrem geröteten Gesicht brannten.

Das Wohnzimmer unten war vor gestauter Hitze stickig. Sie öffnete die Terrassentür, die zum Garten führte. Das Summen der nächtlichen Insekten drang herein. Eine große Motte flatterte an ihr vorbei ins Licht über der Tür und knisterte auf.

Von den Tinklers auf der anderen Straßenseite wehte Essensgeruch herüber, und Marge wurde bewusst, dass sie den ganzen Tag noch nichts zu sich genommen hatte. Kein Wunder, dass sie sich so miserabel fühlte!

In der Küche wärmte sie sich eine Fertig-Minestrone auf und toastete ein paar Scheiben altbackenes Brot, dann schenkte sie sich einen Scotch ein. Machte gleich einen doppelten daraus. Sie trug ihr Tablett mit dem Abendessen ins Wohnzimmer. Sie könnte sich dafür in den Hintern beißen, einen so großen Essbereich im Wohnzimmer eingerichtet zu haben. Jetzt saß sie ganz allein an einem Ende des langen Tisches. Auf dem anderen Ende lagen Bücher und Zeitungen, damit sie die neun leeren Stühle links und rechts nicht sah. Neun Stühle, auf denen einst Louis, die Kinder und ihre vielen Freunde Platz gefunden und unter dem Sternenhimmel langer Sommernächte gegessen und Wein getrunken hatten, während das Haus im Bau war.

Ihre übliche Schwermut drohte sich auf sie herabzusenken. Kein Anzeichen von Will, und das Detective-Gör hatte sich nicht die Mühe gemacht, sie zu kontaktieren. Marge hatte diesem verflucht dicken Cop mit dem *babbelas* alle wichtigen Angaben gegeben, so dass sie in der Zwischenzeit hätten vorbeikommen können. Wenn sie denn die Absicht hatten, ihre Aussage aufzunehmen. Der Whisky in Kombination mit dem Hitzschlag und der Enttäuschung, dass Ivor ihre Esseneinladung ausgeschlagen hatte, entfachten ein wachsendes Gefühl des Grolls in ihr. Man schenkte ihrer Expertise keine Beachtung. Dieses verfluchte auseinanderbrechende Land brauchte Leute

mit ihren Fähigkeiten, oder es würde der Verbrechensepidemie nie Einhalt gebieten können. Aber wen zum Teufel kümmerte das schon? Tja, sie kümmerte es, und sie hatte die Absicht, diesbezüglich etwas zu unternehmen.
Sie ging zu ihrem Telefon. »Jetzt gibt's ein Donnerwetter!«, sagte sie zu Bongo, als sie den Hörer abhob. Interessiert schaute er ihr zu, ein Ohr aufgestellt.
»Es tut mir leid, dich so spät am Sonntag zu stören, Paul.«
»Keineswegs. Wie lange ist das jetzt her?«
»Etwa fünf Jahre?«
»Viel zu lange. Wie geht's dir, Marge?«
Titus hörte sich überrascht, aber erfreut an. Zunächst tauschten sie ein paar Förmlichkeiten aus, die sie hinter sich bringen mussten: sich nach der Familie des jeweils anderen erkundigen, das Thema ihrer Scheidung von Louis umgehen. Sie erhaschte einen Blick auf ihr verbranntes Gesicht und ihr ungekämmtes Haar im Spiegel über dem Telefontischchen. Gütiger Himmel, sie sah aus wie eine verflixte *bergie*. Gott sei Dank konnte er sie nicht sehen. Dann wiederum sah auch Titus schon seit langem nicht mehr so zum Anbeißen aus wie bei ihrem ersten Treffen, als er noch der immer hungrig wirkende Lederjacken-Typ gewesen war. Jetzt war er Captain. Eigentlich sollte er bereits Commander sein, doch er hatte sich in politischer Hinsicht nicht so geschickt verhalten. War zu unabhängig. Kein Partygeher. Und dann war da noch der zunehmende Druck der Quotenpolitik.
»Was kann ich für dich tun, Marge?«
Sie erläuterte, was sich zuvor am Strand zugetragen hatte.
»Detective Jonas hat mir mitgeteilt, dass ihr ein Zeuge abhandengekommen ist. Ich hatte ja keine Ahnung, dass es sich dabei um dich handelt.«
Ärger keimte in Marge auf. »Ich bin ihnen nicht wirklich abhandengekommen. Ehe ich gegangen bin, nachdem ich

eine Ewigkeit in der Hitze herumgestanden habe, habe ich ihnen meine Kontaktdaten dagelassen.«

Titus war zerknirscht. »Ich muss mich im Namen meines Teams entschuldigen, Marge. Das ist unzumutbar. Ich werde jemanden zu dir schicken, um deine Aussage aufzunehmen.«

»Danke, aber ich würde ganz gerne Jonas sehen. Sie schuldet mir noch eine Entschuldigung.«

»Sicher doch. Ich kümmere mich darum.«

Nach einer herzlichen Verabschiedung legte Marge den Hörer auf und fragte sich, ob sie etwa zickig war.

Ach, Scheiß drauf. Es hatte nicht mit ihrem Ego zu tun, es war ihre Pflicht, der Polizei behilflich zu sein. Sie würde Persy Jonas in die richtige Richtung weisen, dann würde die junge Frau hoffentlich die Zusammenhänge herstellen. Sie ging in ihr Büro, um den Computer auszuschalten und das Licht zu löschen. Doch sosehr sie auch versuchte, es von sich wegzuschieben – das Bild von Andrew Sherwoods aufgedunsener Leiche drängte sich immer wieder in ihre Gedanken.

Seit dem unschönen Zwischenfall in der Schule hatte sie ihn nicht mehr getroffen oder ein Wort mit ihm gewechselt, obwohl sie ihn hin und wieder, immer nur von weitem, gesehen hatte: im Supermarkt, in der Schlange vor dem Kino, im Buchladen und einmal allein beim Essen im *Ocean Basket*. Doch durch Zufall hatte sie vor ein paar Wochen beim jährlichen Markt in Noordhoek mit ihm geredet.

Die Noordhoek Action Group hatte sie an einem kleinen Informationsstand über die Belange des Naturschutzes eingeteilt. Wie sich herausstellte, war es eine ziemliche Zeitverschwendung. Die meisten Leute kamen, um mit Nachbarn und Freunden ein paar schöne Stunden zu verbringen. Keiner war sonderlich interessiert daran, gegen die Bebauung des Feuchtgebiets zu kämpfen oder die bedrohte Leopardenkröte zu schützen. Frauen und Kinder drängten sich um die Stände mit Essen und Kunsthandwerk, während die Männer von dem leuchtend gelben Bierzelt direkt gegenüber von ihrem Stand angezogen wurden, wo sie mit Bier und *boerewors*-Brötchen ein Bombengeschäft machten, obwohl noch nicht einmal Mittag war. Der Geruch der *braaiing*-Würste schwebte in den kleinen Wirbeln des aufsteigenden Windes umher.

Die einzige Person, die von den Fotos der Leopardenkröte auf der Wand hinter Marge fasziniert schien, war die kleine Orlanda de Groot. Sie hatte rote Bäckchen unter einem ihrer lächerlichen Sonnenhüte. Eine kleine, rosafarbene englische Rose, welk durch die afrikanische Sonne.

»Magst du Frösche?«

Orlanda nickte. »Ist Bongo da?«

»Nein, der ist zu Hause. Er mag keine Menschenansammlungen. Genau wie seine Besitzerin.«

»Was ist das?«

Eine klebrige Hand griff nach einer der Broschüren. Marge brachte sie schnell außer Reichweite, ehe Orlanda zufällig auf das Bild einer überfahrenen Leopardenkröte gestoßen wäre. Dazu bestimmt, Autofahrer auf die Anwesenheit der Kröten auf der Straße während der Paarungszeit aufmerksam zu machen.

»Macht dir der Markt Spaß?«

Orlanda nickte feierlich. »Ich will mir das Feuerpoi ansehen.«

Dunkel erinnerte sich Marge daran, dass später am Nachmittag ein Feuerpoi-Spektakel und ein anschließendes Jonglieren mit Kettensägen auf dem Programm standen.

Die Raver und Hippies aus dem Tal waren große Anhänger von Feuertänzen und Feuerpoi. Das Feuerpoi bestand aus zwei armlangen Ketten mit Griffen an einem und einem

Knäuel aus Dochtband am anderen Ende. Der Artist tränkte die Knäuel in Paraffin, zündete sie an und wirbelte sie dann um sich herum, wobei Feuermuster entstanden. Schön und gut, wenn man ein tätowierter Maori bei irgendeiner Stammeszeremonie war, dachte Marge, ansonsten fand sie es einfach nur zutiefst bescheuert.

»Orlanda!« Die Bekloppte rief von dem Verkaufsstand mit Windspielen auf der anderen Seite herüber; sie sah in ihrem unförmigen Hanfkleid ziemlich mitgenommen aus, wiegte den kleinen, in Tränen aufgelösten Jungen mit einer Hand auf der Hüfte und hielt mit der anderen seinen Kinderwagen fest. Glücklicherweise wurde das Geschrei des Kindes von einem zunehmenden Südostwind fortgetragen. Von Asha de Groot war weit und breit nichts zu sehen. Aber der jährlich stattfindende Markt in Noordhoek war auch nicht unbedingt sein Ding.

Orlanda ging eher widerstrebend zu ihrer Mutter hinüber. In dem Moment fiel Marge ein Mann auf, der sich in der Nähe ihres Sonnenschirms herumtrieb.

»Hallo«, sagte er zaghaft, »erinnern Sie sich an mich?«

Er stand im Gegenlicht, also mussten sich ihre Augen erst einen Moment neu fokussieren.

Nach ein paar peinlichen Minuten erkannte sie Andrew Sherwood. Er war merklich gealtert, seit sie ihn das letzte Mal gesehen hatte. Seine Jeansjacke schien zu groß für ihn zu sein, und er machte einen nervösen, verwahrlosten Eindruck.

Sie zwang sich ein höfliches Lächeln ab. »Natürlich, Andrew. Wie geht es Ihnen?«

Sherwoods Augen mit den hellen Wimpern starrten sie an. »Haben Sie einen Moment Zeit?«

Sie zögerte. Er blickte sich demonstrativ um. Als bräuchte sie jemanden, der sie daran erinnerte, dass an ihrem Stand kaum viel los war.

»Warum? Gibt es etwas, das ich für Sie tun kann?«
»Ich denke, das wissen Sie.« Sein Starren war unangenehm intensiv geworden.
»Wenn Sie auf den Zwischenfall an der Logos-Schule anspielen …«
Er unterbrach sie. »Ja, genau.«
»Es wäre mir lieber, das nicht einfach so zu besprechen, wenn es Ihnen nichts ausmacht.«
»Es macht mir etwas aus! Colette war eine ziemlich kranke Frau, wie konnten Sie das nicht sehen?«
»Hier ist weder der richtige Ort noch der richtige Zeitpunkt …«
»Tja, tut mir schrecklich leid, Ihnen Unannehmlichkeiten zu bereiten, aber ich werde nicht die Klappe halten.«
»Was wollen Sie von mir, Andrew?«
»Ich will, dass Sie Colette und mich zusammenbringen, damit wir das durchsprechen können. Ihr klarmachen, dass sie sich total getäuscht hat.«
Marge war entsetzt. »Das kann ich nicht tun!«
Sein Gesicht verfinsterte sich. »Sie wollen das also einfach so stehen lassen. Wie jemand, der irgendwo eine Bombe deponiert und nicht dableibt, um den Schaden mit anzusehen. Ich musste Jahre mit diesem Schandfleck leben. Man hat mich aus meinem Job geekelt, ich habe Freunde verloren …«
Er verschluckte sich an den Worten und musste innehalten.
Marge wurde klar, dass sie die Kontrolle über die Situation verlor.
»Ich habe Colette aus tiefstem Herzen geliebt«, sagte er heiser, »und sie hat mich geliebt. Wir hätten zusammen glücklich werden können.«
»Es tut mir leid, aber ich kann Ihnen nicht helfen.« Zu ihrer Erleichterung stellte sie fest, dass zwei Frauen von

der Leopardenkröten-Gruppe auf ihren Stand zukamen. »Ich glaube, es ist besser, wenn Sie jetzt gehen.«
Mit geröteten Augen starrte er sie anklagend an. »Ihr Seelenklempner richtet mehr Unheil als Gutes an. Sie sollten sich schämen!«
Dann drehte er sich abrupt um und ging.
Einen Moment lang fragte sie sich, ob sie ihm nachgehen sollte, aber die Froschliebhaber nahmen ihre ganze Aufmerksamkeit in Anspruch, und Sherwood wurde zu einem verschwommenen, unangenehmen Gedanken, der am Rande ihrer Wahrnehmung lauerte.
Später entdeckte sie sein schütter werdendes rötliches Haar bei den Trinkern im Bierzelt. Sein abgezehrtes Gesicht sah durch die Spiegelung des gelben Plastiks gelbsüchtig aus.
Um die Mittagszeit machte sie eine Pause und übertrug es Hamish McCormac, einem weiteren Mitglied der Aktionsgruppe, auf den Stand aufzupassen. Er war der kosmische Typ, ganz vegan und die Reinheit selbst. Meistens war er auch stoned, außerdem hatte er viele Piercings und Ringe überall im Gesicht. Am besten war es, ihn nicht zu lange sich selbst zu überlassen. Aber sie brauchte eine Pause. Der Zwischenfall mit Sherwood war merkwürdig beunruhigend gewesen. Sie holte sich einen Kebab vom Schawarmastand. Ganz in der Nähe des Standes waren ein paar Heuballen aufeinandergestapelt und aufgereiht worden, um einen Pferch für das Ponyreiten abzugrenzen, doch jetzt wurde der Kreis für eine Feuerpoi-Darbietung benutzt – geradezu beängstigend.
Ein faszinierter Kreis hauptsächlich kleiner Kinder schaute zu, wie der Künstler die Arme herumwirbelte und damit komplizierte Feuerkreise schuf, wenn auch nicht gerade sehr professionell, wie sie fand. Einmal stolperte er sogar, und das Poi kam den Zuschauern erschreckend nahe. Man

hörte ein »Ohh!«, und ein paar Kinder traten mit weit aufgerissenen Augen etwas zurück. Erstaunt stellte Marge fest, dass es sich bei dem Artisten um Andrew Sherwood handelte. Sie verspürte einen schmerzhaften Stich dunkler Vorahnung. Sie rief sich den prekären Zustand ins Gedächtnis, in dem er zuvor gewesen war, und sein Trinken im Bierzelt. Dann machte sie Orlanda auf einem der Heuballen aus, die zusah.

In diesem Moment ging etwas schief. Sherwood beugte sich zur Seite, führte die Hand mit dem Poi zu der Hand hinter seinem Rücken, kämpfte darum, das brennende Dochtband in der Luft zu halten, und berührte den Boden. Das Paraffin entzündete einen kleinen Streifen trockenes Gras um ihn herum. Die Hitze und der Geruch des brennenden Paraffins waren überwältigend. Ein paar Kinder fingen an zu weinen. Marge bewegte sich unwillkürlich nach vorn, holte Orlanda vom Heuballen und stellte sie außerhalb des Kreises ab.

»Such deine Mutter, schnell!«, sagte sie ihr.

Sie rannte zurück. Sherwood wedelte jetzt wie wild mit den Armen, verteilte noch mehr Paraffin, entzündete Gras. Eine Feuerlinie rückte einem Heuballen immer näher. Innerhalb von wenigen Sekunden würde hier alles brennen, und mit dem starken Südostwind, der zunahm, Wimpel, Sonnensegel und Sonnenschirme flattern ließ, Staub und trockenes Gras aufwirbelte, stand das Unglück unmittelbar bevor. Marge brüllte der umherstehenden Menge zu: »Jemand muss ihn aufhalten, um Himmels willen!«

Als den Leuten bewusst wurde, was gerade geschah, rannten sie schreiend und gestikulierend auf Sherwood zu. Marge erkannte zwei Väter von kleinen Kindern aus Noordhoek, die sich ihm von zwei Seiten näherten. Bei ihrem Anblick schien Sherwood kurz zu Sinnen zu kommen. Er reichte ihnen gehorsam die brennenden Poi. Alle waren viel zu sehr damit beschäftigt, die auflodernden Flammen zu löschen, als dass jemand bemerkt hätte, wie er zielgerichtet zu einem kleinen Tisch ging, auf dem zwei batteriebetriebene Kettensägen lagen. Er hob eine hoch und riss ein paarmal an der Kordel.

Mit einem Aufheulen sprang die Kettensäge schließlich an. In ramboartiger Haltung hielt Sherwood sie in die Höhe, die Sägekette gefährlich nahe an seinem Kopf.

Eine Frau schrie auf. Einen Augenblick hielten alle erschrocken inne.

Um noch zu diesem surrealen Moment beizutragen, tauchte Hamish plötzlich innerhalb des Kreises auf, wie durch Magie, und bewegte sich vorsichtig auf Sherwood zu, beide Hände beschwichtigend erhoben.

»Hey, *man!*«, rief er. »Leg die Kettensäge hin. Hier sind kleine Kinder.«

Sherwood fand das urkomisch. Er lachte unbändig und täuschte einen Angriff mit der Kettensäge auf Hamish vor. Ein Keuchen ging durch die Menge. Sherwood legte die dröhnende Kettensäge auf den Boden, wo sie abgeschnittenes Gras und Staub in die Luft wirbelte, und griff nach der zweiten Säge. »O Gott!«, sagte ein junges Mädchen neben Marge und schlug sich die Hand vor den Mund. In diesem Moment stotterte die Kettensäge auf dem Boden und erstarb. Hamish nutzte den Moment, um Sherwood zu überwältigen. Zwei Sicherheitsbeamte und die beiden Väter aus Noordhoek eilten ihm zu Hilfe. Sherwood setzte sich zur Wehr, brüllte und gestikulierte, ehe es der kleinen Gruppe gelang, ihn gewaltsam wegzubringen.

Marge musste gegen ein aufkommendes Lachen ankämpfen, obwohl ihr Herz vor Angst wie wild pochte. So etwas passierte auch nur in Noordhoek!

»Alkohol-Psychose«, verkündete ein stämmiger, bärtiger

Umstehender in einem peruähnlichen Poncho wissend. »Der Typ hat in diesem Zelt Unmengen Bier in sich reingeschüttet. Ist wegen irgendwas völlig ausgeflippt und einfach ausgetickt.«

Der Rest der Menge stand noch immer verdutzt da und starrte auf den leeren Kreis mit dem verkohlten Gras und dem Rauch.

Später war Marge zu Ohren gekommen, die Sanitäter hätten Sherwood in die nächste Klinik gebracht, wo man ihm den Magen ausgepumpt, Beruhigungsmittel verabreicht und ihn dann nach Hause geschickt hatte.

Der Vorfall ließ Marge mit einem schuldbewussten, jämmerlichen Gefühl zurück, als wäre sie in irgendeiner Weise dafür verantwortlich, ein Gefühl, das mit erstaunlicher Wucht zurückgekehrt war, seit sie Sherwoods Leiche am Strand gefunden hatte.

Sie schloss die Terrassentür und schaltete das Licht aus. Es hatte keinen Sinn, auf Will zu warten. Am besten nahm sie ein Bad und ging dann ins Bett. Vielleicht noch ein weiterer Scotch, um das auszulöschen, was sich als äußerst schwieriger Tag herausgestellt hatte.

7

Montagmorgen. Der Beginn einer neuen Woche. Kein Anzeichen von Regen oder vom Nachlassen der Hitze. Persy war seit fünf Uhr wach, war zehn Kilometer gejoggt, hatte etwas Papierkram erledigt und war von Cheswin April abgeholt worden, der den Nissan mit nach Hause genommen hatte, um einen Verdächtigen zu verfolgen, und jetzt der Rushhour in Parklands trotzte. Sie mochte Cheswin, aber er war der typische rechtschaffene Bulle, mit Brille, aber ohne Durchblick, ohne irgendwelche Ambitionen, der sich auch mit einem Bürojob zufriedengeben würde, damit er für die Telefongebühren und Klamotten seiner sehr viel jüngeren Xhosa-Freundin aufkommen konnte. In Persys Augen war er als Cop so gut wie nutzlos. Er hätte Verkäufer oder Büroangestellter werden sollen.

Der Nissan war nichts weiter als ein besserer Pick-up mit einer schwergängigen Kupplung und einer widerspenstigen Gangschaltung. Cheswins Stop-and-go-Fahrweise war ermüdend in dem langsam dahinschleichenden Verkehr. Die ganze Fahrt über war sie in Gedanken bei dem Sherwood-Fall und bei Marge Labuschagnes fehlender Aussage. Doch warum weiter darüber grübeln? Der Fall war an Mhlabeni gegangen. Sie sollte sich besser mit den Fällen von Kleinkriminalität beschäftigen, die sich in ihrem Eingangskorb stapelten. Darunter befanden sich mehrere Hauseinbrüche in Capri, einer neuen Siedlung in der Nähe von Masiphumelele.

Ungewöhnlich dabei war die Tatsache, dass der Einbrecher sich Zeit nahm, die Annehmlichkeiten des Zuhauses zu genießen, wenn er erst einmal drin war. Er aß, machte sich ein, zwei Drinks, hörte Musik, sah fern, nahm ein Bad, und wie es aussah, zog er auch die Klamotten der Bewohner an, wobei er diejenigen ausmusterte, die nicht auf seine Zustimmung trafen. Cheswin war vor kurzem bei zwei ähnlichen Fällen gewesen, und die Spurensicherung hatte denselben Täter ausgemacht. Mit ihrem Anflug von Stalking und dem Eindringen in Privatsphären sorgten die Einbrüche im Tal für einen gewissen Aufruhr, der unnötigerweise von der örtlichen Zeitung aufgebauscht wurde. Das war ungewöhnlich für Fish Hoek. Für einen Cop war die Versetzung nach Fish Hoek ein entspanntes Ding – fast wie Urlaub. Ein Durchatmen für einen Karriere-Cop oder ein vorübergehendes Dankeschön für jemanden wie Titus, der viel Zeit in den größten Wachen der Townships zugebracht hatte und ein paar Monate Pause verdiente. Wenn Persy sich nicht bewies, indem sie einen ernsthaften Fall wie einen Mord löste, könnte sie in Fish Hoek hängenbleiben und so enden wie der phlegmatische, vertrauenswürdige Cheswin, der keine Chance nutzte, um jemals über den Rang eines Sergeant hinauszukommen. Sie erfüllte die Frauenquote, genau wie Constable Louise Loggerenburg, der einzige andere weibliche Detective der Einheit, die Mietzuschuss und bezahlten Mutterschaftsurlaub ausnutzte, um zu heiraten und ein paar Kinder in die Welt zu setzen, ehe sie aus der Einheit ausscheiden würde.

Als sie eine Stunde später in Fish Hoek eintrafen, hatten Hitze, Wind und Cheswins übervorsichtige Fahrweise sie ganz kribbelig gemacht. Durch die verschwommene Windschutzscheibe betrachtete sie sehnsuchtsvoll die kleinen Häuser und von Salz durchdrungenen Wohnblöcke, die man hinter der verlotterten Ladenzeile entlang der Hauptstraße gerade so erkennen konnte und die unerklärlicherweise durch die Hauptstraße und die Eisenbahnlinie vom Strand abgeschnitten waren. In den Siebzigern hätte das hier gut ein Badeort sein können, eine alte Apartheid-Enklave »nur für Weiße«. Doch Persy hätte ihren linken Arm dafür gegeben, hier leben zu können, direkt in False Bay, wo die warmen Wellen des Indischen Ozeans an den Strand plätscherten und sie zu Fuß zur Arbeit gehen könnte.

Ein Traum.

Phumeza saß in der Leitstelle am Computer. Für gewöhnlich hielt sie sich in der Leitstelle auf, wo sie Berichte vorbereitete, die Daten zusammentrug, die ihr die Computer-Typen lieferten, und sie an die Detectives und Spezialeinheiten weitergab. Sie war Zivilistin, aber ein unverzichtbares Mitglied des Teams. Und im Gegensatz zu Persy wusste sie, wie man mit Männern umspringen musste. Auf der Arbeit war sie sehr professionell, aber es war bekannt, dass sie in ihrer Freizeit gerne mal »Party machte«.

Heute trug sie ihr Haar in einem geglätteten, glänzenden Bob, und stahlblauer Kajal umrahmte ihre Augen.

»Ist Sherwoods Leiche schon eindeutig identifiziert worden?«, fragte Persy, als sie am Schreibtisch vorbeikam.

Phumeza blickte kurz auf. »*Ja.* Mhlabeni ist gerade im Leichenschauhaus.«

Es stand also endgültig fest. Titus hatte Mhlabeni den Fall übertragen.

»Wer übernimmt die Identifizierung?«

»Eine alte Freundin von Sherwood, Colette McKillian. Ich habe sie über das Autokennzeichen gefunden – sie hat ihm den Wagen verkauft, und er läuft noch immer auf ihren Namen. Sie sagte, Sherwood hätte ihn nie umgemeldet, weil er nicht davon ausgegangen wäre, dass er noch als verkehrstauglich eingestuft würde.«

»Irgendeine Spur vom Wagen?«

»Nein …« Phumeza warf ihr einen fragenden Blick zu.

»Ich habe den Erstbericht zu diesem Fall geschrieben«, erläuterte Persy.

»Aaahh – okay. Nur um dich schon mal vorzuwarnen, Titus will dich in seinem Büro sehen. Und er sieht nicht glücklich aus.«

Titus goss gerade seinen Bubikopf auf dem Fenstersims im Büro. »Ich habe gestern Abend einen Anruf von der Frau bekommen, die die Leiche am Strand gefunden hat – du weißt schon, die fehlende Aussage?« Er stellte seine kleine Gießkanne ab.

Persy dachte bei sich, *jetzt ist es so weit …*

»Ich wollte schon Mhlabeni zu ihr schicken, aber sie hat ausdrücklich nach dir gefragt. Hat gesagt, du müsstest dich noch bei ihr entschuldigen.«

»Sir …«

Er hob eine Hand, um sie zum Schweigen zu bringen. »Nein, lass mich ausreden. Offenbar weißt du nicht viel über Marge Labuschagne.«

Persy zuckte mit den Schultern.

»Die hochangesehene Kriminalpsychologin? Die bei Anhörungen der Wahrheitskommission beratend anwesend war?« Er machte eine Pause. »Die eine Ex-Kollegin und alte Freundin von mir ist?«

»Scheiße.«

Titus zuckte zusammen. Als praktizierender Christ verabscheute er ordinäre Sprache, ganz egal wie harmlos. »Ich will, dass du zu ihr nach Hause fährst, dich bei ihr entschuldigst und ihre Aussage aufnimmst. Calata ist zurück

von seiner Konferenz, er soll dich begleiten. Er könnte hilfreich sein, um die Situation zu entschärfen.«
Sie wusste, was er damit sagen wollte. Dizus Charme konnte Eis in Windeseile zum Schmelzen bringen. Und er würde bestimmt davon Gebrauch machen müssen. »Sir …«
»Mach schon, Jonas. Marge mag es nicht, wenn man sie lange warten lässt.«

Detective Constable Dizu Calata war ein Jahr nach Persy vom Ostkap zum Revier von Fish Hoek versetzt worden. Er war in New Brighton geboren und aufgewachsen, hatte einen Abschluss in Rechtswissenschaften von Rhodes und dann beschlossen, Detective zu werden. Sein Vater, ein bekannter engagierter Geistlicher, hatte ihn daraufhin verleugnet. Dizu sagte, er hätte den Gedanken nicht ertragen, hinter einem Schreibtisch zu sitzen und Firmenzusammenschlüsse oder Grundstücksstreitigkeiten zu regeln. »Ich will da sein, wo das Gesetz vollzogen wird, vor Ort. Alles andere ist einfach nur heiße Luft.«
Doch Persy wusste, dass von oben viel Druck ausgeübt wurde, um ihn ins Management zu bringen, wo es an qualifizierten schwarzen Gesichtern nur so mangelte. Ein intelligenter, eloquenter schwarzer Detective mit einem Abschluss in Recht und einem tadellosen Lebenslauf ließ die Führungsspitze nur so geifern. Insbesondere am Westkap, dem man misstraute, weil es zu weiß, zu farbig und unter Umständen sogar zu rückschrittlich war.
Während Dizu sie nach Noordhoek kutschierte, unterhielt er Persy mit seinen Geschichten über die *bosberaad*. Diese Konferenzen wurden an abgeschiedenen Orten im Busch abgehalten, in diesem Fall auf einer kleinen Großwildfarm weiter oben an der Westküste. Es sei reine Zeitverschwendung gewesen, meinte er. Managertypen, die

noch nie ihre Büros verlassen, geschweige denn mit Polizisten gearbeitet hatten und die ihm jetzt erklärten, wie er ein gutes Verhältnis zur Öffentlichkeit aufbauen sollte. »Die sollten ihren dicken Allerwertesten mal in Bewegung setzen und herausfinden, mit welcher Art Öffentlichkeit wir tagtäglich zu tun haben. Diese Typen wissen einfach nicht, wovon sie sprechen, ehrlich.«

Wenn sie ihn so betrachtete, entspannt und cool mit seinem mintfarbenen, offenstehenden Hemd, Chinohose und Slippern, würde keiner Dizu für einen Cop halten, dachte Persy. Er sah ganz nach dem Anwalt aus, der er ursprünglich hatte werden sollen.

»Die ziehen dich für ihre Führungsspitze zurecht, *boetie*«, sagte sie.

»Ich will nicht ins Management gepäppelt werden. Dann habe ich den Job, habe ihn mir aber nicht erarbeitet. Das sehe ich bei all meinen Freunden von der Uni, die von einem Job in den anderen, von diesem in jenen Vorstand wechseln, ohne jemals die Möglichkeit zu haben, herauszufinden, worin sie gut sind.«

Sie bogen von der Hauptstraße in Fish Hoek auf die Straße nach Kommetjie ab und dann weiter in den Ou-Kaapse-Weg, vorbei an der Long Beach Mall, zur Linken die hässliche Baptistenkirche aus Backstein und das McDonald's mit dem riesigen gelben Plastik-M. Entlang der windgepeitschten Straße mit den hässlichen städtischen Ausläufern verkauften Händler Körbe, Brennholz und malawische Gartenmöbel. Der Südostwind wütete weiter, heiß und trocken, rüttelte mit seinen Böen an den Autos, verteilte Müll über die Straße und hinterließ auf allem eine graue Schicht. »Was hast du für ein Problem mit Marge Labuschagne, Persephone?«

Dizu war der Einzige, dem Persy zugestand, sie mit vollem Namen anzureden, und auch nur dann, wenn sie allein waren. Bei ihm hörte es sich okay an, fast schon schön, mit seiner rauchigen Stimme. Für die anderen auf der Wache war es ein unaussprechbarer, manierierter Witz. Poppa hatte ihren Namen ausgesucht. Seine Kenntnisse über die griechische Mythologie waren ihm eine Quelle des Stolzes gewesen, ein Weg, sich als Schüler hervorzuheben, ein Autodidakt in einer Familie von Analphabeten.

Es stellte sich heraus, dass Dizu Marge Labuschagne kannte.

»Sie hat uns in Rhodes mehrfach in Kriminalwissenschaft unterrichtet. Sie hat viel mit den Ermittlern in der Wahrheitskommission gearbeitet. Die kennt sich aus.«

»Tja, über ihre sozialen Kompetenzen möchte ich mich nicht äußern«, ließ Persy säuerlich verlauten.

Er grinste. »Du magst sie nicht, was?«

»Ich hatte gute Chancen, diesen Fall übertragen zu bekommen, bis sie sie zunichtegemacht hat. Also lautet die kurze Antwort: nein.«

Sie kamen an ein paar hässlichen neuen Bauprojekten vorbei, die meisten von Mauern umgebene Grundstücke, die sich an der Belvedere-Seite des Tales ausbreiteten.

»So ein wunderschöner Ort«, sagte Dizu, »und sie ummauern alles. So ist es einfach ein Gefängnis.«

»Du kannst den Leuten nicht vorwerfen, dass sie in Sicherheit leben wollen.«

»Das ist eine Illusion. Es gibt keinen sicheren Ort. Du weißt doch, was man so sagt – die Reichen können nicht schlafen, solange die Armen vor den Toren stehen.«

Sie kamen an der östlichen Seite des hoch aufragenden Chapman-Gipfels vorbei, mit der Kaolin-Mine wie eine weiße Narbe, die sich in die tieferen Hänge grub.

Der Anblick des Berges ließ das Unbehagen vom Vortag erneut in Persy aufsteigen. Sie war erleichtert, als sie in die Beach Road abbogen, vorbei an dem Gemeindeland von

Noordhoek, und der wie ein Mund aufklaffende Riss der Mine hinter den Bäumen verschwand. Pferde grasten friedlich auf der weiten grünen Fläche, beschattet von Reihen knorriger Eichen, deren Blätter durch die Hitze vertrocknet und braun waren. Eine lang vergessene Erinnerung tauchte mit überraschender Klarheit vor ihr auf.

»Als Kind bin ich hier früher geritten.«

»Du steigst auf diese Dinger? Wie kommt das denn?«

Verlegen zögerte sie. Die Erinnerung machte ihr auf unerklärliche Weise Angst. »Na ja, ich habe hier mit meinem Großvater gelebt, es muss also zu der Zeit gewesen sein – aber ich weiß auch nicht, ich hatte das bis jetzt praktisch völlig vergessen.«

»Du hast als Kind hier gelebt?«

»Sie haben uns umgesiedelt, alle Farbigen – haben uns nach Ocean View geschickt, um Platz für die Weißen zu schaffen.« Sie erinnerte sich daran, wie sie Poppa beim Packen geholfen hatte, während ihre Mutter ihnen mit leerem Blick dabei zugesehen hatte. »Wir waren unter den Letzten, die gegangen sind. Das muss schon fast zwanzig Jahre her sein.«

Sie fragte sich, warum sie Dizu das alles erzählte. Es gehörte nicht zu ihren Gewohnheiten, Persönliches untereinander auszutauschen. Ihre Beziehung beruhte hauptsächlich darauf, dass sie beide Außenseiter und einander sympathisch waren. An ein paar Fällen hatten sie zusammengearbeitet und dabei ein gutes Team abgegeben. Für sie war Dizu ein Verbündeter und, abgesehen von Titus, der Einzige auf dem Revier, dem sie vertraute. Und dennoch ging sie auch bei ihm auf Distanz wie bei allen. Außer bei Poppa.

»Wo ist dein Großvater jetzt?«

»Poppa? Er ist in einem Heim. Er hat Krebs.«

»Scheiße, tut mir leid.«

Sein Mitgefühl war ihr unangenehm. *Ich will dein Mitleid nicht.*
Sie zuckte mit den Schultern. »Er ist über achtzig.«
Die Angst erdrückte sie geradezu, der gespenstische Schatten der undeutlichen Erinnerung.
»In der Gegend hier ist es wunderschön.« Dizu, der ihr Unbehagen bemerkt hatte, wechselte das Thema. »Es erinnert mich an das Ostkap. Mboyti. In der Nähe von Lusikisiki. Warmes Meer, dichtes Gebüsch und Elanantilopen am Strand. Das hat was Magisches, ganz ehrlich.«
»Ich war noch nie am Ostkap. Tatsächlich war ich noch nie irgendwo.«
»Du solltest mich dort besuchen kommen. Dann stelle ich dir meine Familie vor und zeige dir, was man unter Xhosa-Gastfreundschaft versteht.«
Sie wusste, dass das vermutlich nie geschehen würde, aber sie freute sich, dass er es vorgeschlagen hatte. »Das würde ich gerne machen.«
Ihre Antwort schien ihn zu überraschen. Mehr noch.
Zu berühren.

8

Colette McKillians Hände zitterten so stark, dass sie Mühe hatte, den Schlüssel ins Schloss zu stecken. Was, wenn Andrew eine Alarmanlage installiert hatte, seit sie das letzte Mal hier war, oder ein Dienstmädchen eingestellt hatte? Der Schlüssel drehte sich, die Tür schwang auf. Staubige indische Stoffe hingen vor den Fenstern, blendeten das meiste Licht aus. Es war heiß, seit Tagen war die Hitze hier im Inneren eingeschlossen. Es roch nach verrottendem Gemüse, auch ein Hauch Gas lag in der Luft. Sie begab sich zum Herd und drehte den Hahn der Gasflasche fester zu, hängte dann die Schlüssel ans Schlüsselbrett und ging ins Wohnzimmer. Einen Moment lang war sie desorientiert – das Zimmer sah anders aus, es war praktisch völlig leer. Mit trockenem Mund ging sie hinüber ins Schlafzimmer. Keine Bettwäsche, nur eine abgezogene Matratze. Sie blickte zum Schreibtisch, auf dem für gewöhnlich der Computer gestanden hatte. Der Computer war weg. Sie öffnete Schubladen und Schränke, auf der Suche wonach? Beweismitteln? Fotos, Briefe, Tagebücher? Doch alles war leergeräumt worden.

Der Ort hier fühlte sich auf unheimliche Weise unbenutzt an. Sie hatte sich abgehetzt, um von dem Leichenschauhaus in Salt River herzukommen, sie wollte unbedingt im Haus sein, ehe die Polizei es durchsuchte. Jetzt trocknete ihr Schweiß, und sie zitterte.

Was, wenn Andy sie beobachtete?

Andy war tot, sie hatte ihn mit eigenen Augen gesehen.

Als er auf dem Seziertisch lag.
Als die Leiche aus dem Leichenschauhaus gerollt wurde, hatte Colette einen raschen Blick auf das Gesicht und dann auf das vertraute Tattoo mit dem keltischen Muster um seinen Oberarm geworfen. Sie hatte dem Detective zugenickt, um Sherwoods Identifizierung zu bestätigen, weil ihr so übel war, dass sie nicht sprechen konnte.
In der Sonne vor dem Leichenschauhaus hatte sie sich hinter ihrer übergroßen Sonnenbrille versteckt und in ihrer bestickten Handtasche nach der Flasche Mineralwasser gekramt. Ihre Hände zitterten, während sie kleine Schlucke nahm.
Detective Mhlabeni, der dicke schwarze Polizist, hatte sich neben sie auf die schmale Betonbank gesetzt, von der aus man über den Parkplatz des Leichenschauhauses blickte. Er stank nach Alkohol. Der Verkehr dröhnte über den zweispurigen Highway. Eine schmutzige Taube landete neben ihnen und pickte an dem Müll auf dem Boden um sie herum. Sie blieb steif aufrecht sitzen, als hätte sie Angst, ein Stück ihrer Haut könnte seine berühren. Er war nicht neugierig gewesen, hatte nur ein paar allgemeine Fragen gestellt und nur geringe Erwartungen an die Antworten gehabt.
Colette ging in die Küche, trank direkt vom Hahn, trocknete ihre Hände an einem schmuddeligen Geschirrtuch ab und rieb das Spülbecken aus, in dem sie Tropfen verteilt hatte. Dann begab sie sich ins Schlafzimmer. Ein halbes Dutzend Kleiderbügel hingen durcheinander an der Stange des Kleiderschranks, als hätte man die Kleidung achtlos von ihnen heruntergezogen. Wo waren seine Klamotten, seine persönlichen Gegenstände? Ein weiteres Rätsel. Wie die anderen unbeantworteten Fragen zu Andy. Was auch immer geschehen war, all ihre Ahnungen würden jetzt mit ihm begraben werden. Sie empfand unglaubliche Erleich-

terung, gleichzeitig ein Schuldgefühl angesichts dieser Erleichterung, doch tief in ihr nagte noch immer eine andauernde Wut.

Er hatte sie betrogen.

Wieder einmal.

Jetzt würde sie niemals Gewissheit darüber haben. Er hatte zuletzt gelacht. Ihre Pein würde andauern. In der Endgültigkeit seines Todes hatte er sein Geheimnis mit ins Grab genommen und ihr die befreiende Erkenntnis verwehrt, ob sie denn nun richtig- oder falschgelegen hatte. Sein Betrug blieb fortbestehen, und sie würde sich dieser anhaltenden Zweifel niemals entledigen können.

9

Marge Labuschagne lebte in einem kleinen, typischen Kap-Haus zwei Blocks unterhalb der gewundenen Beach Road, das nach Norden auf Chapman's Peak blickte. Ein bescheidenes Haus vor einer beeindruckenden Kulisse.

Persy erschauderte, als sie aus dem Wagen stieg. Ein starker Geruch nach Meer war mit dem gedrehten Wind aufgekommen, der ein gewisses Frösteln vom Atlantik mitbrachte. Sie hatte keinen Pulli mitgenommen, da sie mit einem weiteren glühend heißen Tag gerechnet hatte. Sie hätte es besser wissen müssen. Das Wetter hier in Kapstadt war immer für eine Überraschung gut. Ein dämlich dreinblickender Deutscher Schäferhund kam zum Tor gerannt. In ihm erkannte sie den Hund, der die Leiche gefunden hatte. Sein aufgeregtes Bellen brachte einen schlaksigen jungen Mann mit zerzausten Haaren an die Tür. Er stellte sich als Will vor. Das musste der Sohn der alten Schrulle sein. In den weit auseinanderstehenden blauen Augen lag eine gewisse Ähnlichkeit.

Persy zückte ihren Ausweis und stellte sich und Dizu vor. Will warf Dizu einen flüchtigen Blick zu und taxierte Persy leicht verschlafen und interessiert.

»Was hat sie dieses Mal angestellt?«, wollte er grinsend wissen.

»Wir sind nur hier, um eine Aussage aufzunehmen«, erklärte Persy.

»Da bin ich ja erleichtert. Kommen Sie rein.«

Er führte sie durch den offenen Wohnbereich mit einem langen Refektoriumstisch in ein angrenzendes Büro.
Es handelte sich um einen großen Raum mit schwach beleuchteter Decke und Glastüren, die zu einem verwildert aussehenden Garten führten. An allen Wänden standen Regale voller Bücher, Fotos und Nippes. Und überall waren Katzen. Ausgestreckt auf dem Diwan, zusammengerollt auf dem Schreibtisch. Auf dem Fenstersims lag eine rotgetigerte Katze, die Persy böse anstarrte. Mit einem Mal spürte Persy, wie ihre Augen tränten und ihr Gaumen juckte.
Will verschwand, und sie hörten ihn »Mom! Die Bullen wollen dich sprechen!« rufen.
Marge Labuschagnes Stimme dröhnte durch das Esszimmer. »Wo hast du sie hingesetzt?«
Beim Eintreten wirkte sie etwas gestresst, fuhr sich mit den Händen durch ihren Bob und hielt dabei eine brennende Zigarette in der Hand. Dizu erhob sich. Widerwillig folgte Persy seinem Beispiel. Die Psychologin trug ein beigefarbenes Männerhemd und weite Jeans mit merkwürdig unattraktiven Sandalen, außerdem eine afrikanische Ethno-Perlenkette.
»Guten Morgen, Ma'am«, sagte Persy hölzern. »Das ist mein Kollege, Detective Constable Calata. Wir sind hier, um Ihre Aussage aufzunehmen.«
»Das wird aber auch höchste Zeit«, erwiderte Marge. »Nehmen Sie bitte Platz. Leute, die herumlaufen, machen mich nervös.«
Angewidert blickte Persy auf die Decke, auf die sie sich setzen sollte. Das Letzte, worauf sie Lust hatte, war, lauter Katzenhaare auf ihre schwarze Veloursjeans zu bekommen. Sie nahm auf einem seltsam aussehenden Holzstuhl Platz. Ärgerlicherweise plazierte sie das etwas tiefer als die anderen, ein eindeutiger Nachteil für jemanden ihrer Größe.

Dizu bedachte Marge mit seinem umwerfendsten Lächeln. »Ich bin mir sicher, dass Sie sich nicht an mich erinnern können, Ma'am, aber ich habe Ihre Vorlesungen in Rhodes besucht. Über Kriminalpsychologie, Gerichtspsychologie und Profiling. Die waren faszinierend. Ihretwegen habe ich Jura aufgegeben und bin Detective geworden.«

Während Persy beobachtete, wie sich Dizus umwerfender Charme entfaltete, bemerkte sie, dass sein hervorstehender oberer Eckzahn ihm ein nahezu wölfisches Grinsen verlieh. Wenn sie sich richtig erinnerte, dann bedeutete ein solch ausgeprägter Eckzahn, dass man einen starken Geschlechtstrieb hatte. Sie versuchte, diesen Gedanken gleich wieder zu verscheuchen.

Die ältere Frau wurde angesichts dieser Mischung aus Charme und perfektem Gebiss sichtlich nachgiebiger. »Lasten Sie mir das bitte nicht an«, sagte sie lachend, ganz eindeutig geschmeichelt. »Es wäre sehr viel gewinnbringender für Sie gewesen, wären Sie bei Jura geblieben.«

Flirtete sie etwa gerade mit Dizu? Unglaublich.

»Ich verschaffe dem Gesetz lieber Geltung, als darüber zu debattieren. Ich bin da eher der zupackende Typ.«

»Da hat der SAPS aber Glück. Menschen von Ihrem Kaliber schließen sich nicht oft der Polizei an.« Dabei funkelte sie Persy bewusst an.

Es war an der Zeit, sich der Herausforderung zu stellen und das Notwendige zu tun.

»Ich möchte mich für das Durcheinander gestern entschuldigen, Ma'am. Ihre Nummer und Adresse waren nicht auf der Wache hinterlegt, und Sie stehen nicht im Telefonbuch«, sagte Persy.

Ein kurzer Ausdruck der Verwunderung huschte über Marges Gesicht. »Mein Ehename lautet Piper, und das, Detective Jonas, hätten Sie gewusst, wenn Sie Ihren Kollege nach meinen Kontaktdaten gefragt hätten.« Sie runzelte die Stirn. »Und warum, um Himmels willen, sitzen Sie auf dem Gebärhocker der Dogon? Warum nehmen Sie nicht den Lehnstuhl?«

»Katzenallergie, Ma'am. Wegen der Haare.«

»Wie Sie wollen.« Verärgert paffte Marge an ihrer Zigarette. Der Raum füllte sich langsam mit Rauch.

Inhalierte sie überhaupt etwas davon? Es fiel Persy schwer, zu atmen. Sie ging hinüber zu den Terrassentüren. »Macht es Ihnen etwas aus, wenn ich … Ich bin allergisch gegen Zigarettenrauch.«

»Tun Sie es nur, wenn es sein muss.«

Während sie sich damit abmühte, die Türen zu öffnen, spürte sie, dass Marges Blick auf ihr ruhte.

»Sie sind hyperallergisch, Detective.« Marges Tonfall war nüchtern.

Es war bestimmt die Hölle, mit ihr zu leben.

Persy nahm auf dem Rand des Lehnsessels Platz und zog ihr Notizbuch heraus. »Ist Ihnen gestern am Strand etwas Ungewöhnliches aufgefallen?«

»Abgesehen von der Leiche, wollen Sie wissen?« Marge ließ ein kurzes, bellendes Lachen ertönen, das sich in einen verlängerten Raucherhusten verwandelte. »Nein, nur ein paar Reiter, Leute aus Noordhoek, mein Freund Ivor und sein Pferdepfleger Petrus. Sie kamen von der Kakapo zurück, sind zu den Dünen abgebogen und nach Hause geritten.«

»Geben Sie uns bitte seine Kontaktdaten?« In dem Versuch, sich ein offizielles Auftreten zu verleihen, schlug Persy ihr Notizbuch auf. »Vielleicht hat er ja etwas gesehen.«

Marge drückte ihre Zigarette aus. »Das bezweifle ich stark, er war in der entgegengesetzten Richtung unterwegs.«

Persy fiel diese betont beiläufige Bemerkung auf.

»Aber ich bin mir sicher, dass er Sie anrufen wird. Er war Sherwoods Vermieter.«

Will kam herein, brachte ein großes Tablett mit einer Kanne voll frischem Kaffee, rustikalen, getöpferten Tassen und selbstgemachtem Zwieback. Marge strahlte ihn an. »Danke, *skat* – stell es einfach hier ab.«
Will stellte das Tablett ab und fuhr sich dann durch die widerspenstigen dunkelblonden Strähnen. Die Tassen machten keinen allzu sauberen Eindruck auf Persy.
»Ich bin oben – beim Arbeiten.« Er warf Persy einen letzten Blick zu, ehe er wieder hinausging.
Marge wendete sich an Dizu. »Will kommt mit Leichen nicht so gut klar. Liegt vermutlich daran, dass seine Mutter Kriminologin ist.«
Persys Ansicht nach sah Will nicht danach aus, als könnte er überhaupt mit etwas klarkommen.
»Es sei denn, die Leichen sind seit Jahren tot. Er ist Historiker. Schreibt gerade ein Buch. Übrigens über Noordhoek.« Sie schenkte Kaffee in die drei Tassen ein. »Was ist bezüglich Sherwoods entschieden worden?«
»Wir ermitteln noch immer«, verkündete Persy.
»Ach, kommen Sie schon. Er hatte eine riesengroße klaffende Wunde am Kopf! Jemand hat ihn *bliksem'd*.«
Persy erwiderte nichts. Warum ging Labuschagne automatisch davon aus, dass sie den Fall mit ihr besprechen würden? Ihre Arroganz verschlug ihr die Sprache.
Marge warf Dizu einen Blick zu. »Was halten *Sie* davon?«
Dizu ignorierte die Frage geschickt und nahm die angebotene Tasse wie ein Friedensangebot entgegen.
»Woher kannten Sie Andrew Sherwood?« Persy nahm einen Schluck Kaffee. Eine braune Brühe, noch dazu lauwarm.
»Er hat sich in Noordhoek und Kommetjie rumgetrieben. So ein Hippietyp, ein Strandgammler. Von denen haben wir hier viele. Liegt an der Seeluft, die macht das Hirn mürbe.«

»Wann haben Sie ihn zuletzt lebend gesehen?«
»Ähm, auf dem regionalen Markt hier in Noordhoek, vor etwa zwei Wochen. Eine trostlose Angelegenheit, verfluchte Müsli-Fresser und Didgeridoo-Spieler. Ist eine kleine Welt, Noordhoek. Hier kennt jeder jeden. Und jeder weiß, was man so macht. Und was sie hier nicht wissen, erfinden sie einfach.« Wieder ertönte ihr bellendes Lachen.
»Haben Sie mit ihm gesprochen?«
»Ja, kurz. Es kam zu einer kleinen Szene. Er hat irgend so eine Feuer-Jongliererei gemacht, war aber betrunken. Tatsächlich hat er eine gewisse Gefahr dargestellt. Die Sicherheitsleute mussten die Show unterbrechen.«
»Was ist passiert?«
Marge zuckte mit den Schultern und sah zum ersten Mal so aus, als wäre ihr unwohl. »Er hätte fast den ganzen Markt abgebrannt, die Sanis haben ihn weggebracht und ihm anscheinend den Magen ausgepumpt.«
»Hat er sich immer so verhalten?«
»Ich habe keine Ahnung. Ich bin nicht weiter mit ihm bekannt.«
»Gibt es jemanden, der einen Grund hätte, ihn umzubringen?«, wollte Persy wissen.
»Meiner Erfahrung nach bietet jeder einen Grund, warum man ihn ermorden könnte«, erwiderte Marge scharfzüngig.
Besonders in deinem Fall, dachte Persy. »War er einer Ihrer Patienten?«, fragte sie.
»Wir verwenden das Wort ›Klient‹. Und ja, ich habe beruflich mit ihm zu tun gehabt. Früher einmal. Vor sieben, acht Jahren. Man hat mich gebeten, bei einem … einem bestimmten Fall zu assistieren.«
»Einem Kriminalfall?«
»Ich nehme keine Kriminalfälle mehr an. Nur Alltags-

oder Feld-, Wald- und Wiesen-Neurosen«, sagte sie ironisch. »Sprechen Sie doch mit Yoliswa Xolele. Sie unterrichtet an der Logos-Schule. Sie kann Ihnen mehr dazu sagen.« Marge griff nach ihren Zigaretten und schob dabei eine große graue Katze mit einem heftigen Schubs vom Schreibtisch. Die Katze ließ sich schwer und mit einem Fauchen auf den Boden fallen. »Ignorieren Sie ihn einfach«, sagte Marge und zündete sich eine Zigarette an. »Schlecht gelaunter alter Mistkerl. Fast genauso alt wie ich.« Sie stieß den Rauch aus, und ihre blauen zusammengekniffenen Augen waren wie Glassplitter, die Persy durch den Rauch betrachteten. »Es tut mir leid, mehr kann ich Ihnen dazu nicht sagen. Ein Therapeut darf keine vertraulichen Informationen offenbaren.«

Persys Kaffeetasse blieb nach dem ersten Schluck unberührt auf dem Tablett stehen. »Selbst wenn der Klient verstorben ist?«

»Während der Sitzungen war noch eine weitere Person zugegen. Die noch am Leben ist. Zumindest war sie's das letzte Mal, als ich sie gesehen habe.« Marge nahm einen tiefen Zug an der Zigarette und drückte sie dann energisch aus. »War's das dann? Ich habe ein Treffen der NAG.« Sie stand auf, zog eine zerknautscht aussehende Jacke von der Lehne ihres Stuhls und streifte sie über. Die Jacke war zu eng, und sie kämpfte mit den Knöpfen. »Noordhoek Action Group.«

Dizu erhob sich. »Vielen Dank für Ihre Zeit, Ma'am.«

Persy stand ebenfalls auf. Marge scheuchte sie hinaus in den Gang.

»Ich bin froh, dass Sie meine Aussage aufgenommen haben.« Ihre Augen bohrten sich in Persys. »Endlich.«

Persy erwiderte nichts darauf. Diese Befriedigung würde sie der dummen Kuh nicht geben.

Marge schloss den unteren Teil der zweigeteilten Tür,

sperrte sie aus. Licht und Wind trafen sie wie ein Schlag nach dem kühlen Halbdunkel des Büros.

»Es war mir ein Vergnügen, Sie zu treffen, Ma'am«, sagte Dizu.

»Ganz meinerseits«, erwiderte sie, dann starrte sie Persy ganz demonstrativ an. »Vergessen Sie es nicht, Detective. Yoliswa Xolele. Von der Logos-Schule.«

Persy bedachte sie mit einem steifen Lächeln. »Ich werde diese Information an Detective Mhlabeni weitergeben, Ma'am.«

Marge hielt beim Schließen der oberen Türhälfte kurz inne. »Ich dachte, dieser Fall würde Ihnen obliegen.«

Persy konnte sich ein süffisantes, kleines Lächeln nicht verkneifen. »Captain Titus hat ihn einem erfahreneren Officer übertragen. Sollte Ihnen noch etwas Wichtiges einfallen, dann können Sie die Information ihm zukommen lassen.«

Mal sehen, wie es ihr gefiel, sich mit Mhlabeni abzugeben.

Dizu beobachtete im Seitenspiegel des Nissan, wie Marge kleiner wurde, als sie davonfuhren. »Das mit Mhlabeni gefällt ihr nicht.«

»Sie ist einfach nur angepisst, weil ich nicht mehr ihr Punchingball bin«, erwiderte Persy gereizt.

»Ich muss zugeben, ich mag sie. Sie ist eine Type.«

»Über Geschmack lässt sich streiten.«

Dizu war amüsiert. Fühlte sich Persy von Marge Labuschagne angegriffen? Er kurbelte das Fenster nach unten. Es wurde wieder wärmer.

Der Wind kam von beiden Ozeanen durch den Kanal zwischen den Fish Hoek und den Noordhoek Mountains. Zwei Ozeane, die zwei verschiedene Winde brachten. Einen vom warmen Indischen Ozean, den anderen vom eisigen Atlantik. Unmöglich, das Wetter hier vorherzusagen.

Nach zwei Jahren in Kapstadt kam er sich noch immer wie ein Ausländer vor, und das nicht nur aufgrund des merkwürdigen Wetters. Der Rassismus war hier so fest verwurzelt, dass nur Auswärtige ihn sehen konnten. Es war nichts, was absichtlich geschah, nur eine gewisse Selbstgefälligkeit der Weißen und manchmal offen gezeigte Feindseligkeiten von den Farbigen.

»Sie weiß sehr viel mehr, als sie herauslässt, das kannst du mir glauben«, fuhr Persy fort.

»Zugegeben, wenn sie Sherwood behandelt hat, dann darf sie nichts über ihn preisgeben.«

Mit gerunzelter Stirn und einem Schmollmund sackte Persy in sich zusammen. Wie ein kleines Kind.

»Sie hält Informationen zurück.«

Sein Blick wanderte nach unten zu dem Knopf, der ihr gestärktes Hemd zusammenhielt. Keine schlechte Figur. Vielleicht ein bisschen knabenhaft, doch er zog es vor, wenn eine Frau etwas im Kopf hatte, er war nicht der Typ Mann, der auf Pamela Anderson stand. Er beschwor ein Phantasiebild herauf. Persy im Bikini, wie sie neben David Hasselhoff ins Meer rannte. Er musste wohl geschmunzelt haben.

»Lässt du mich an dem Witz teilhaben?«

Er schüttelte den Kopf, wimmelte das Bild ab. Verdammt, er war auch nur ein Mensch. Das galt selbst für einen braven Missionsschuljungen wie ihn.

Sie blickte aus dem Fenster. »Glaubst du, Mhlabeni lässt mich mit ihm an dem Fall arbeiten?«

»Träum weiter!«

Sie grinste ihn an. So wie jeder auf der Station wusste auch Dizu, dass Mhlabeni davon ausging, Persy wäre für die Ermittlung gegen ihn verantwortlich.

Persys Handy klingelte.
»Phumeza, was gibt's?«
Sie hörte zu und drehte sich dann zu ihm. »Bewaffneter Raubüberfall auf eine Videothek in der Fish Hoek Main Road, vor etwa zehn Minuten.«

10

Das hübsche farbige Mädchen der *Fanatix*-Videothek schluchzte in ein Papiertaschentuch, während sie ihre Aussage machte. Doch Persy machte sich größere Sorgen um Fiona Tinkler, die untersetzte Blondine mittleren Alters, die sich so am Ladentisch festklammerte, dass ihre Knöchel ganz weiß waren. Unter der Ladentheke zitterte eines ihrer Beine unkontrolliert. Sie war die Frau des Besitzers, George Tinkler, und auf Anweisung ihres Mannes im Laden vorbeigekommen, um die Wocheneinnahmen abzuholen, und war dabei mitten in den Raubüberfall geplatzt.

»Ich hoffe, Sie befragen mich nicht in Afrikaans«, sagte sie. »Ich spreche nämlich kein Wort.«

In anderen Worten, dachte Persy: *»Ich möchte einen weißen Polizisten, der so gebildet ist wie ich und versteht, wovon ich spreche.«*

»Wir sprechen beide Englisch«, teilte Dizu ihr mit.

Doch nachdem Fiona Tinkler erst einmal angefangen hatte zu erzählen, dachte Persy, sie würde niemals wieder aufhören. Sie lieferte eine gute Beschreibung der Täter, zwei junge Männer, ein Schwarzer und ein Farbiger. Der Farbige hätte das Sagen und die Pistole gehabt. Sein Gesicht sei von einer Sonnenbrille und einer Baseballkappe verdeckt gewesen, außerdem habe er Handschuhe getragen. Er habe von dem Safe gewusst und müsse auch gewusst haben, dass sie das Geld montags zur Bank brachten. Sie erzählte, der Besitzer des Ladens, ihr Mann George, hätte während der Weihnachtszeit Zeitarbeitskräfte eingestellt, und sie glaubte in dem schwarzen Jungen einen davon erkannt zu haben.

Ihr Mann George war bei einem Meeting, folglich war sein Handy ausgeschaltet. Ihm gehörten mehrere kleine Geschäfte in Fish Hoek. Sie schien sich etwas zu sträuben, preiszugeben, um welche es sich handelte: eine Klempnerei, den *vetkoek paleis*, der Pendler am Bahnhof mit frittiertem Gebäck versorgte, und eine gut besuchte Biergarten-Sportbar an der Hauptstraße. Von Letzterer wusste Persy, dass ältere weiße Anwohner, von denen in der Zwischenzeit viele erwerbsunfähig waren, sich dort gerne trafen und mit Auswanderern aus Zimbabwe, die infolge des Landraubs von Mugabe in Fish Hoek eingewandert waren, Horrorgeschichten über das neue Südafrika austauschten. Fiona Tinkler kannte weder die Namen der Zeitarbeiter, noch wusste sie, wo sie wohnten. Ihr Mann habe diese »an einer Straßenecke« eingesammelt.

Stoisch machte sich Dizu Notizen. Die Weißen waren völlig paranoid, was Verbrechen betraf, unterzogen sich aber selten der Mühe, Namen oder Referenzen der Schwarzen einzuholen, die sie beschäftigten, oder herauszufinden, wo sie lebten. Es ging ihnen nur darum, jemanden zu bekommen, der für ein paar Mäuse pro Tag für sie arbeitete, ohne irgendwelche Fragen zu stellen.

Er hasste es, so zu denken, aber manche Weiße hatten es nicht besser verdient.

Die Spurensicherung machte sich auf die Suche nach Fingerabdrücken, während Persy und Dizu bei den anderen Läden um die Videothek herum Erkundigungen einholten, doch keinem war etwas aufgefallen. Die Täter hatten schnell zugeschlagen und die Gunst der Stunde genutzt – ohne irgendeinen Hinweis wäre es nahezu unmöglich, den Überfall aufzuklären.

11

Die Noordhoek Action Group traf sich am ersten Montag des Monats nach der Arbeit im Saal der Baptistenkirche in Fish Hoek, in Marges Augen einem der hässlichsten Gebäude auf der ganzen Welt. Und das in einem Land, das es zur Kunstform erhoben hatte, hässliche Gebäude hervorzubringen. Anhänger der Erweckungsbewegung gab es zur Genüge in Fish Hoek, eine Gruppe, der Marge besonders misstraute. Nach ihrem Dafürhalten waren alle Religionen fragwürdig, ganz besonders stieß sie sich aber an der fröhlich-geistlichen Gruppierung. Durch ihren Beruf war sie Religion gegenüber generell etwas voreingenommen; ganz zu schweigen von der hochgestochenen Ausdrucksweise und den sogenannten Wundern. Sie kannte sich viel zu gut mit Autosuggestion aus und damit, wie einfach es war, hypnotische Zustände hervorzurufen, um an irgendwelche befremdlichen Vorstellungen von übernatürlicher Intervention zu glauben.

Im Saal standen weiße Plastikstühle um einen Tisch mit Resopalplatte herum. Durch den nüchternen Betonboden und die bloßen Dachsparren war es dort unerträglich heiß, doch die Fenster blieben geschlossen, um den heulenden Südostwind und den feinen Sand, der vom Strand herüberwehte, draußen zu halten. Sie versuchten zwar immer, die Treffen auf eine Stunde zu beschränken, doch das gelang ihnen nur selten.

Die übliche Gruppe hatte sich um den Tisch versammelt. Ivor und Morgana Reitz saßen mit George Tinkler auf

einer Seite, während Marge auf der anderen Seite zwischen Hamish McCormac, dem Biogärtner, und Gregory Crane feststeckte. Hamish hatte den Vorsitz. Das Treffen kam nur langsam in Gang, weil sie zunächst nur über Andrew Sherwoods Tod gesprochen hatten.
»War der Typ vielleicht surfen? Mich hätte es bei Dungeons nämlich selbst fast total zerlegt, *bru*«, sagte Hamish. Er war ein begeisterter Surfer, der jeden Morgen vor der Arbeit auf der Suche nach der perfekten Welle an dem äußerst gefährlichen Abschnitt des Noordhoek Beach surfte, der als The Dungeon bekannt war.
»Es könnte auch Selbstmord gewesen sein«, meinte Morgana Reitz. »Hatte er auf dem Markt nicht eine Art Zusammenbruch?«
Morgana lehnte sich in ihrem Stuhl lasziv nach hinten und brachte so ihre figurbetonte Jodhpurhose und ihr eng anliegendes T-Shirt zur Geltung. Auf den ersten Blick und aus einer gewissen Entfernung heraus konnte sie für dreißig durchgehen, doch aus der Nähe sah man ihr die Mittvierzigerin an. Ihre Kieferpartie war gestrafft und ihr Gesicht von der farblosen, plastikartigen Porenlosigkeit, die von wiederholten chemischen Peelings herrührte. Zu viel Botox zwischen den Augenbrauen hatte ihr einen Ausdruck starrer Unerschütterlichkeit verliehen.
Nachdem das Gespräch über Sherwood abgeebbt war, eröffnete Hamish ihr Meeting. Jeder versuchte Hamish zu ignorieren, obwohl er ursprünglich derjenige gewesen war, der die Aktionsgruppe in einem Anfall von naivem, inzwischen nachlassendem Hippie-Eifer ins Leben gerufen hatte.
Ein typischer Bewohner vom Planeten der südlichen Kap-Halbinsel, dachte Marge. Dennoch war es am besten, ihn nicht zu reizen, denn er konnte durchaus schwierig werden – wenngleich in sehr passiver Weise. Widerwillig

hatte Marge ihn aufgrund seiner schnellen Reaktion bei Sherwoods Kettensägendebakel in einem anderen Licht betrachtet, doch nun fragte sie sich, ob er da nicht einfach nur zugedröhnt gewesen war.

»Hey, schön, euch alle zu sehen.« Hamish rieb sich die Nase. Oder zumindest das kleine Stückchen, das nicht voller Eisenwaren steckte. Marge unterdrückte ein Seufzen. Wenn Hamish das Ruder in der Hand hatte, würde es eine lange Sitzung werden. Tatsächlich wäre es sogar möglich, dass das Schiff überhaupt nicht anlegte, sondern geradewegs an seinem Zielort vorbeisegelte und sich in unbekanntes Terrain manövrierte.

»Ähh – erstens. Ähm, ach, *ja*, Renuncia lässt sich entschuldigen.«

Renuncia Campher verpasste die Meetings regelmäßig, meist weil sie einen Kater hatte. Marge traf sie öfter mal heiser lachend am Arm eines jungen Mannes auf der Veranda des *Red Herring* an. Und bei den NAG-Meetings kam sie häufig in einen Interessenkonflikt, so dass Marge dachte, sie sollte besser ausscheiden. Aber Renuncia liebte Noordhoek und war klug genug zu wissen, dass Bauprojekte die Gans vernichteten, die goldene Eier legte. Sie versuchte, sich ihren Lebensunterhalt in einem dreckigen Geschäft zu verdienen. Nicht, dass sie eine tolle Verstärkung für die Gruppe wäre, wenn man mal ganz ehrlich war. Nur zwei der Mitglieder waren wirklich effektiv. Marge und Ivor Reitz. Der Rest der Truppe bestand in Marges Augen aus völligen Versagern.

Als erster Punkt auf der Tagesordnung standen neue Bauprojekte. Diese waren immer umstritten. Gregory Crane erhob sich und zog Baupläne aus einer Papprolle. Er war gelegentlich als »interessierter Beobachter« bei ihren Meetings zugegen – wozu er durchaus berechtigt war –, doch Marge vermutete, dass Asha de Groot und sein Konsortium von golfspielenden Bauunternehmern ihn als Spion einsetzten.

»Das hier sind die überarbeiteten Pläne für unser neues Vorhaben.« Er entrollte die Pläne auf dem Tisch, hielt die sich hochwölbenden Ecken mit Wassergläsern und seinem Aktenkoffer nach unten. Heute trug er eine Reitjacke mit Lederapplikationen und eine Art Jägerhut. Der Boheme-Architekt. Gleich einem Chamäleon hatte er die Angewohnheit, sich dem jeweiligen Milieu anzupassen, in dem er unterwegs war. Sie erinnerte sich daran, Crane am Strand zwischen den anderen blutrünstigen Gaffern gesehen zu haben, wie er zu dem abgesperrten Teil hinüberstarrte, wo die Polizisten Sherwoods Leiche untersuchten. Die morbide Faszination der Öffentlichkeit für Tote war einfach unglaublich. Ihr wurde klar, dass Crane mit seinem üblichen gütigen Gesichtsausdruck auf ihre Reaktion wartete. Sie konnte nicht anders, er tat ihr einfach leid. Was für ein Spinner!

Eingehend betrachtete sie die Pläne. Irgendwie kamen sie ihr bekannt vor. Tatsächlich ähnelten sie den Bauplänen, die Crane und de Groot vor ein paar Jahren auf dem Land der Logos-Schule hatten umsetzen wollen. Sie hatten versucht, mehrere Hektar zu erstehen, doch der Deal war in den Gremien der zuständigen Politiker versandet. Kurz darauf hatte ein ziemlich verdächtiges Feuer die halbe Schule zerstört.

Fragend drehte sich Marge zu Crane. »Ich dachte, die Schule wollte das Land nicht verkaufen.«

»Gleiche Pläne, anderes Grundstück.« Crane lächelte freundlich.

»Welches Grundstück?«, fragte Marge alarmiert.

»Am Berghang, unterhalb von Chapman's Peak Drive.«

Diese Unverschämtheit konnte Marge kaum glauben. Der Berg war mit ursprünglichem Fynbos bedeckt und unter-

lag strikten Richtlinien. »Das Gebiet ist aber durch die neue Gesetzgebung für Umweltverträglichkeit geschützt«, sagte sie.
»Es ist kein Neuland. Es ist bereits erschlossen, und ein Gebäude steht auch darauf«, sagte Crane.
»Welches Gebäude?«, wollte Marge wissen.
»Bellevue.«
Marge war schockiert. »Bellevue steht zum Verkauf?«
»Ja. Wir sind dabei, ein Angebot dafür zu unterbreiten, von dem wir hoffen, dass es angenommen wird.«
Marge spürte, wie sich ein Knoten in ihrem Magen bildete. Sie warf einen Blick auf Ivor. Sein Ausdruck ließ nichts von der Bestürzung erahnen, die er empfinden musste. Wenn es Crane und de Groot gelungen war, sich dieses äußerst begehrenswerte Grundstück zu sichern, dann würden sie demnächst direkt vor Reitz' Haustür bauen. Unfassbar, dass Crane einen solchen Deal allein an Land gezogen haben sollte, ohne dass jemand etwas mitbekommen hatte. Von dem, was Marge von Renuncia erfahren hatte, ergab sich aus der Eigentümerschaft ein Wirrwarr komplexer rechtlicher Probleme, was nicht zuletzt daran lag, dass die Besitzerin, die sogenannte »Gräfin Szabó«, außer Landes lebte. Doch dieser Sache würde Marge später nachgehen. Zunächst musste die NAG dieses Vorhaben vereiteln.
»Sind das Mauern?«
»Niedrige Mauern, ja.«
»Bezogen auf die Richtlinien der Eigentümer-Vereinigung sind ummauerte Anwesen nicht mehr drin.«
»Wir können Palisaden errichten«, erwiderte Crane und blickte ängstlich von einem zum anderen.
»Es geht nicht darum, welche Art Einzäunung zulässig ist, wir wollen überhaupt keine umzäunten Siedlungen auf dem Berg«, verkündete Marge spöttisch.

»Man könnte etwas um die Palisaden pflanzen«, warf Morgana ein. »Das kann sogar ziemlich gut aussehen.«
Marge kämpfte gegen ihren aufsteigenden Ärger an. Aus ganz offensichtlichen Gründen hasste sie Morgana: Abgesehen davon, dass sie Ivors Frau war, war sie auch völlig irre. Eine habgierige Irre. Seit Marge sich für Naturschutz engagierte, hatte sie die bittere Erfahrung gemacht, dass sich finanzielles Eigeninteresse immer gegen Umweltbelange durchsetzte.
Ärgerlicherweise gab jetzt auch noch Hamish seinen wertlosen Senf dazu und schwafelte in seiner Kiffermanier: »Hey, also mir gefallen ja diese Pfähle. Und wenn dann noch 'n bisschen netter Fynbos gepflanzt wird. Das macht echt was her, ehrlich. Also ich meine, Aloen sind eigentlich genauso gut wie elektrische Zäune.«
»Marge«, sagte Crane ernst, »es geht darum, dass der Bedarf für günstige Wohnungen am westlichen Kap sehr groß ist.«
»Das ist ja so richtig, Gregory«, erwiderte Morgana. »Es ist an der Zeit, dass in Kapstadt die Integration vorangetrieben wird. Wenn die Bebauung mit Bedacht durchgeführt wird, wovon ich überzeugt bin, dann kann ich darin kein Problem erkennen.«
George Tinkler hatte keinen Moment den Blick von Morgana abgewendet und strahlte jetzt zustimmend über diese schamlose Demonstration der Selbstbereicherung, getarnt als soziales Gewissen.
Marge erhaschte einen Blick von Ivors gequältem Gesichtsausdruck. Seine eigene Frau argumentierte für eine Bebauung, wo jeder wusste, dass er dagegen sein würde. Warum sagte er nichts? Also, Marge würde ihre Klappe nicht halten!
»Ach, bitte, versuch nicht, das als eine Erschließung für billigen, dichtbesiedelten Wohnraum für Hüttenbewoh-

ner zu verkaufen. Was sollen diese Einheiten hinterher kosten?«

Ivor schien ihr Ausbruch leicht verlegen zu machen. Er gehörte zu diesen wohlerzogenen Typen, die offener über ihr Sexleben redeten als über ihren Geldbeutel. Ach, der konnte sie mal, der und seine blöde, verklemmte Haltung immer.

»Wir haben nationale und regionale Zustimmung für dieses Projekt«, sagte Crane. »Sie wollen eine Verdichtung in Elite-Wohnvierteln.«

»Wir sprechen hier aber hoffentlich nicht von Sozialwohnungen?«, wollte Tinkler angesichts dieser eventuellen Bedrohung wissen.

»Natürlich nicht!«, erwiderte Marge schroff. »Regierungskumpane werden ihre Provisionen einstreichen, während sie es als eine Initiative für Sozialwohnungen ausgeben, die Bauunternehmer machen ein Riesengeschäft, und die reichen Käufer werden sich in ihren elektrisch gesicherten Schuhschachteln sicher fühlen. Eine Win-win-Situation.«

Crane blickte beschämt drein. Ungemütliches Schweigen breitete sich aus. Sie glauben, dass ich ihn schikanieren will, dachte Marge.

»Ich mache mir nur Sorgen um die Bauarbeiter und meine Privatsphäre«, sagte Morgana und schüttelte kokett den Kopf. »Ich laufe bei mir zu Hause gerne nackt herum.«

Jeder Mann im Raum war von dieser Enthüllung ganz gefesselt.

»Warum sollte man ihnen diese kleinen Freuden nicht zugestehen?« Tinkler zwinkerte ihr lüstern zu. Morgana tat so, als wäre sie entrüstet, und gab ihm einen leichten, tadelnden Klaps.

Ivor sah gequält aus. »Wir müssen uns die Pläne unter Berücksichtigung der Naturschutzbestimmungen ansehen, Gregory.«

»Aber du bist in dieser Angelegenheit kein neutraler Beteiligter«, ließ Crane verlauten.

»Warum nicht?«, fragte Marge.

»Ivor hat für dasselbe Grundstück geboten.«

Ivor vermied es, Marge anzusehen, und starrte Crane konzentriert an. »Das trägt hier kaum etwas zur Diskussion bei.«

»Man könnte es als Interessenkonflikt sehen«, erwiderte Crane höflich.

»Ich habe das Recht, Stellung dazu zu nehmen, da das geplante Bauvorhaben an mein Grundstück grenzt. Und ich habe etwas gegen eine ummauerte Siedlung vor meiner Haustür«, entgegnete Ivor irritiert.

»Das treibt den Preis für unser Anwesen in die Höhe, Liebling«, widersprach Morgana.

»Sie hat recht«, sagte George Tinkler. »Es ist wesentlich besser, eine Siedlung zu bekommen als unkontrolliertes Bebauen.«

»Quatsch«, konterte Marge. »Überall schreckliche, riesengroße Klötze mit Mauern drum herum hinzustellen wird die einzigartige Natur des Tales zerstören.«

»Lasst uns eine Teepause machen, Leute«, schlug Hamish vor, der Konflikte hasste und spürte, dass sich ein solcher zusammenbraute. »Nur noch eine kurze Sache – wie ihr alle wisst, werde ich für ein paar Monate zum Surfen nach Jeffreys fahren. Kennt ihr jemanden, der bei mir zu Hause auf meine Katze aufpassen würde? In der Katzenpension dreht sie irgendwie immer durch.«

Da Hamish in einem heruntergekommenen Urlaubsort in einem Wohnwagen lebte, hielt Marge es für unwahrscheinlich, dass er unter den vornehmlich bürgerlichen Leuten mittleren Alters der Umweltweltschutzgruppe einen Freiwilligen fände.

»Ich werde mich umhören«, sagte sie und machte sich

mental eine Notiz, sich Hamishs Einspruch für dieses Bauprojekt einzuholen, ehe er die Stadt verließ.

Während der Teepause kam Ivor zu Marge, die gerade lauwarmen Rooibostee aus einem Styroporbecher trank.

»Hallo, Marge.«

Seine breite, vorgebeugte Gestalt blendete den zischenden Teekessel und die erzwungene Jovialität der anderen um den Tisch herum aus.

»Hi.« Marge war sich unangenehm des großen Stücks Schokokuchen bewusst, das sie auf ihrem Pappteller balancierte. »Ich hatte ja keine Ahnung, dass du Bellevue kaufen wolltest.«

»Das war meine Absicht, ja. Aber es gab … Komplikationen.«

Er wirkte nervös, nicht so gelassen wie gewöhnlich.

»Das hättest du mir sagen sollen – ich bin bei Crane völlig in die Defensive geraten.«

»Tut mir leid, ich wollte es dir schon eine ganze Weile erzählen.«

»Tja, abgesehen von deiner Stippvisite am Sonntag habe ich dich in letzter Zeit nicht viel zu Gesicht bekommen.«

Ihr anschuldigender Tonfall überraschte sie. Die langen Spaziergänge und Winterabende voll vertraulicher Gespräche hatten dazu geführt, dass sie offenbar glaubte, seine Zuneigung einfordern zu können – was ihr jetzt töricht vorkam.

»Wir sollten irgendwann eine unserer Silvermine-Wanderungen machen«, sagte er zerstreut. Diese halbherzige Einladung ließ ihren Kummer nur stärker werden. War er tatsächlich so begriffsstutzig, oder war er sich ihrer Gefühle wirklich nicht bewusst? Andererseits hatte er ihr nie Anlass gegeben zu glauben, er wäre in mehr als einem Wanderpartner interessiert, ungeachtet dessen, was in dieser einen Nacht passiert war. Er hatte wohl etwas von ihrer Unzufriedenheit wahrgenommen, denn er schob hastig nach: »Entschuldige, Marge. Ich habe gerade nur viel um die Ohren. Dieses Bellevue-Ding ist von größter Wichtigkeit.«

Sie bemerkte, dass Crane von seinem Platz neben dem Teekessel alles mitbekam. Also sprach sie laut weiter, ohne sich darum zu kümmern, ob er sie hörte.

»Mach dir keine Sorgen. Diese Erschließung wird nur über meine Leiche das Tageslicht erblicken. So viel ist sicher.«

12

Persy blieb lange auf der Wache, sie tippte Marge Labuschagnes Befragung für Mhlabeni und den Bericht über den Raubüberfall in der Videothek ab, ehe sie Feierabend machte. Aus Erfahrung wusste sie, dass Papierkram die Angewohnheit hatte, exponenziell zu der Zeit anzuwachsen, die man ihn ignorierte. Der ganze todlangweilige Verdruss mit der Kleinkriminalität musste gewissenhaft festgehalten werden: Diebstähle aus geparkten Autos, Handydiebstähle auf offener Straße, Wasserhähne, die wegen ihrer Kupferrohre aus Gärten geklaut wurden, anhaltender Vandalismus von öffentlichem und privatem Eigentum. Die Detectives mussten 50 Prozent ihrer Fälle lösen, um die Leistungsvorgabe zu erfüllen, die an die Regierung weitergegeben wurde. Infolgedessen manipulierte jeder die Statistiken, ein politischer Fußball, der zwischen den Polizeistationen, Area Commanders und dem National Commissioner hin und her gekickt wurde. Eine völlig sinnlose Übung, eine Beruhigungsspritze für die Öffentlichkeit, der man mitteilte, die Kriminalitätsraten gingen nach unten. Was die Öffentlichkeit nicht wusste, war, dass die meisten Akten in die Kontingente des folgenden Monats geschoben wurden. Manche würden niemals geschlossen werden; sie waren für das Niemandsland der Archive bestimmt – gestohlene Autos, die nie wieder zurückgebracht, Menschen, die niemals gefunden wurden.
Die sogenannten geschlossenen Fälle machten zu einem gewissen Prozentsatz fallen gelassene Fälle aus.

Eidesstattliche Erklärungen wurden zurückgezogen; die Mutter fand heraus, dass ihr pubertierender Sohn den Wagen entwendet hatte; die Freundin wurde unter Druck gesetzt, damit sie den Vergewaltigungsvorwurf gegen ihren betrunkenen Freund fallen ließ; dass entführte Kind entpuppte sich als Ausreißer.

Oder ein Detective nahm die mühselige Plackerei auf sich, um einen Fall abzuschließen, und brachte ihn vor Gericht, nur um dort abgeschmettert zu werden; oder es wurde eine Vereinbarung mit einem Staatsanwalt getroffen, der einen weiteren Rüpel auf freien Fuß entließ. Es war entmutigend und ermüdend. Die guten Cops wurden verbraten und suchten sich eine grünere Wiese; die schlechten wurden Teil des maroden Systems. Persy fragte sich, zu welchen sie in zehn Jahren gehören würde.

George Tinkler hatte ihre Nachricht von dem Raubüberfall auf seine Videothek erhalten, nachdem er aus seinem Meeting gekommen war, und hatte sie umgehend auf dem Revier zurückgerufen. Er wurde ziemlich aufbrausend, zog über die Ineffizienz der Polizei, das Verbrechen und die Korruption her. Persy war so verdammt *gatvol*, der Prügelknabe der Öffentlichkeit zu sein. Die Leute hielten sich nicht damit zurück, bei der erstbesten Gelegenheit all ihre Angst und Abscheu den Cops gegenüber zum Ausdruck zu bringen. Das Problem war – sie hatten nicht ganz unrecht. Das Image des SAPS hatte sich durch eine Aufeinanderfolge von korrupten Polizeichefs so stark verschlechtert, dass es kaum mehr möglich war, einen Bürger zu finden, der etwas Positives über den Polizeiapparat zu sagen hatte. Das zermürbte die Polizisten, genau wie das Verbrechen und die Unfähigkeit ihrer Vorgesetzten.

»Wir erschaffen das Verbrechen nicht, Sir«, erwiderte sie, nachdem er mit seiner Tirade fertig war. »Wir versuchen nur, das Gesetz aufrechtzuerhalten.«

Tinkler hatte keine neuen Erkenntnisse für sie, konnte sich kaum an die Zeitarbeiter erinnern, die er über Weihnachten eingestellt hatte, nur, dass er sie außerhalb von Masiphumelele aufgesammelt hatte. Persy teilte ihm die Aktennummer für Versicherungszwecke mit und legte die fertigen Berichte für den nächsten Morgen auf Titus' Schreibtisch. Er kam immer mindestens eine Stunde vor den Detectives aufs Revier.

Ehe sie ging, rief sie Phumeza in der Leitstelle an.

»Was Neues zu Sherwood?«

Phumezas kehliges Lachen ertönte. »Warum fragst du nicht Mhlabeni?«

»Komm schon, Phumi – was weißt du?«

»Die Autopsie ist erledigt, die Leiche freigegeben. Morgen ist die Einäscherung. Irgendein entfernter Verwandter kommt aus PE. Mehr weiß ich nicht.«

Persy wurde von Cheswin bis zu Voortrekker Road mitgenommen. Sie hing dort etwas ab, während Donny Inventur im Laden machte und nebenher ganz ungezwungen eine Flasche Wodka gemischt mit Cola hinunterkippte. Deshalb kamen sie erst um 20 Uhr beim *Dorchester Place* in Parklands an. Persy fragte sich, was den Bauunternehmer geritten hatte, ein Projekt nach einem protzigen Londoner Hotel zu benennen. Na ja, man konnte wohl nicht erwarten, dass raffgierige Spekulanten, die sich jedes Fleckchen ursprünglicher Natur einverleibten, mit angemessenen Namen für ihre Greueltaten aufwarteten. Und vielleicht wäre es noch schlimmer, wenn sie die Projekte nach dem benannten, was sie zerstört hatten: Protea-Siedlung oder Aloe-Weiler. Egal mit welchem Namen, es war schlicht und ergreifend eine Entweihung. Die Kinder heutzutage taten ihr leid. Zu sehen, wie die Natur

Stück für Stück verschwand, wie eine Reihenhaus-Siedlung nach der anderen entstand. Zu wissen, dass sie niemals durch das Buschland rennen oder die naturgegebene Wildnis erkunden würden. Das ganze wunderschöne Land – zugemauert, zubetoniert und mit Elektrozäunen umspannt. Sie war in den Bergen über Slangkop aufgewachsen, in den Sumpfgebieten fischen gegangen, im Boot, zusammen mit Poppa und dem Geruch des Ozeans. Die schäbigen Einheiten von *Dorchester Place* waren so streng in ihrer Konformität, sie hätten auch maschinell zugeschnitten worden sein können. Keine Aussicht, abgesehen von den grauen Steinmauern des kürzlich erstellten Komplexes gegenüber. Ferials Traum war es, auf der anderen Seite der Mauer zu leben, wo bessergestellte farbige Yuppies sich in die Seriosität hangelten, indem sie Schulden machten und Möbel von Mr. Price Home auf Raten kauften. Keine Chance, dass das in nächster Zeit mit Donny möglich sein würde.

Während der Fahrt hatte er geschwiegen. Er wurde verdrießlich, der Alkohol klang ab und hinterließ eine existenzielle Leere. Ein Grübeln, das für den Abend nichts Gutes vorhersagte. Er setzte Persy ab und murmelte ihr noch etwas zu. Sie solle Ferial sagen, dass er noch etwas zu erledigen hätte, und wenn es ihr nicht passe, dann könne sie sein Abendessen in den Müll kippen.

Sayeed, der auch in der WG lebte, war gerade auf dem Weg nach draußen, als Persy hereinkam. Er grüßte sie verhalten, war von dem schwachen Geruch nach Halal-Lamm, seinem Abendessen aus der Mikrowelle, umgeben. Er schlief hinter einem Paravent im Wohnzimmer, war gläubig, trank nicht und ging regelmäßig in die Moschee. Donnys Vorliebe für Alkohol und Porno missfiel ihm, weshalb er so viel Zeit wie möglich außerhalb der Wohnung zubrachte; er studierte Computerwissenschaften am Technikon und nahm Unterricht in Kampfsport. Es war nur noch eine Frage der Zeit, bis er zu seiner Schwester nach Athlone ziehen würde, die eine kleine Wohnung in ihrem Garten für ihn baute.

Ferial stand am Herd. Donny ging davon aus, dass die Frauen alles Kochen und Putzen übernahmen. Ein weiterer Grund, warum Persy liebend gerne ausgezogen wäre: Sie war *gatvol*, wie ein Dienstmädchen behandelt zu werden, das hinter ihm und seinen Kumpeln sauber machen konnte.

Ferial war in Ordnung, ließ aber sehr wohl durchblicken, dass Persy im Weg war und sie nur deshalb toleriert wurde, weil sie zu Donnys Familie gehörte.

Tatsächlich saß Persy in der Klemme. Mit ihrem mickrigen Gehalt konnte sie niemals auch nur in die Nähe von Fish Hoek ziehen oder an einen halbwegs akzeptablen Ort in den Arbeitervierteln der südlichen Vororte. Sie konnte von Glück reden, ein angemessenes Zimmer in einer angemessenen Gegend zu haben – selbst wenn sie sich dafür mit Donny herumschlagen musste.

Sie ging ins Badezimmer und wusch sich die Hände einmal, dann noch einmal, um den ganzen Dreck von der Heimfahrt abzuwaschen. Dann verschwand sie in ihr Zimmer, das einer Mönchszelle glich. Es war kaum groß genug, um die Einbauschränke aus Resopal zu öffnen, aber es war ein Ort, an dem sie allein sein konnte, und ihr Bett war bequem. Später, sobald Donny zurück war und er und Ferial gegessen hatten und der Fernseher in voller Lautstärke lief, würde sie in die Küche gehen und sich ein getoastetes Sandwich und eine Tasse Tee machen. Ein bisschen fernsehen, um etwas gesellig zu sein. Und wenn diese Scharade dann vorbei war, würde sich eventuell die Gelegenheit ergeben, ins Badezimmer zu gehen und vielleicht sogar ein Bad zu nehmen. Gesetzt den Fall, Ferial brauchte mit ihren Lotionen und Salben nicht zu lange und Sayeed hatte nicht den letzten Tropfen heißes Wasser mit seinem häufigen Duschen verbraucht. Das Badezimmer war auch der sicherste Ort, um hinter ein paar losen Kacheln im Waschtisch, der mit Ferials Tampons und Enthaarungscremes gefüllt war, ihre Waffe zu verstauen; ein Ort, wo der unberechenbare Donny nicht danach suchen würde. Dann ab ins Bett. Diesen Teil des Tages, wenn sie mit ihrer Angst allein war, fürchtete sie. Mit Hilfe von Schlaftabletten, die alles ausblendeten, gelang es ihr, sie sich vom Leib zu halten. Die meiste Zeit. Heute Abend, das wusste sie, würde sie darüber grübeln, den Sherwood-Fall an Mhlabeni verloren zu haben, sie würde frustriert über Titus sein, der ihr keine Chance gegeben hatte – und über Marge Labuschagne, die irgendein Spiel mit ihr spielte. Selbst unter idealen Bedingungen traute Persy keiner Frau. Ihre Mutter war unzuverlässig gewesen, eine Trinkerin, die eines Tages einfach verschwunden war. Persy dachte nicht gerne an sie und tat es nur selten. Irgendetwas an Marge Labuschagne ließ sie unsicher, ängstlich werden. Sie wünschte, sie könnte der Frau Behinderung der Ermittlungen oder Ähnliches vorwerfen, ihr dieses überlegene Lächeln auf dem Gesicht vergehen lassen. Ein Teil von ihr begrüßte die Wut, sie würde die Furcht heute Abend vielleicht übertreffen. Ihr die Alpträume vom Hals halten.

Gegen zwei Uhr morgens stolperte Will in Begleitung von Fleur Brident, einer hübschen Kunststudentin im letzten Jahr an der Michaelis, nach Hause in die Keurboom Road. Den größten Teil der Nacht hatten sie damit zugebracht, sich Ecstasy einzuwerfen und in ihrem brandneuen Mini Cooper – einer Gefälligkeit zum Geburtstag von ihrem Vater – wilden Sex zu haben.

Als er sie in seinem Zimmer bis auf ihre Designerunterwäsche auszog, kicherte sie. Sie war nahtlos gebräunt.
»Das ist Airbrush«, gab sie zu, als er die beeindruckende Gleichmäßigkeit ansprach. Er amüsierte sich damit, nach einem helleren Fleck zu suchen, der übersehen worden sein könnte.
Danach legte er das letzte Album von den Kalahari Surfers auf. Ganz leise, damit er seine Mutter nicht weckte, die nur einen leichten Schlaf hatte.

»Corrugated iron won't protect you from the storm
Won't protect you from extended families
When the Black southeaster blows
everyone who lives here knows
It's going to take the town by storm«

Fleur drehte einen Joint und betrachtete das Panorama der Fotos, die er vergrößert und über seinem Schreibtisch angebracht hatte. »Wo ist das?«
»Noordhoek, vor zwanzig Jahren. War schön, nicht wahr?«
»Da ist ja gar nichts.«
»Genau darum geht's.«
Sie betrachtete einen verblichenen Schnappschuss einer Familie, einer malaiischen Hochzeit in den Vierzigern. Die Männer in weißen Fes, die Mädchen in aufwendig gearbeiteten Kopfbedeckungen aus Spitze, die mit Blumen übersät waren.
»Wer sind diese Leute?«
»Die Familie Manuel.«
»Keine Verwandten, hoffe ich.« Sie kicherte wieder.
Will spürte einen Stich von etwas, das er erst nach einem kurzen Moment als Abneigung erkannte. Dieses Foto, das er vom Original im Bürgerhaus in Ocean View kopiert hatte, faszinierte ihn ganz besonders.

»Sie waren eine ziemlich bedeutende Familie in diesem Teil des Kaps. Nachkommen von Sklaven aus Indonesien.« Er war ganz entsetzt über seinen aufgeblasenen, politisch korrekten Tonfall. »Sie lebten einige Jahrhunderte in Simon's Town. Viele Farbige halfen, Boote zu bauen und den Hafen während des Krieges zu verteidigen. Für ihre Mühen wurden sie dann umgesiedelt und in Ocean View unter dem ›Group Areas Act‹ zusammengepfercht.«
Fleur streckte die Hand nach ihm aus und drückte seinen Arm. »Ach bitte, genug von der Apartheid, Süßer – das ist zu langweilig. Ich habe keine Lust, mich für Dinge fertig zu machen, die passiert sind, ehe ich geboren wurde.«
Mit einem Mal wurde er sich ihrer dummen, blonden Indolenz und des falschen englischen Akzents bewusst, den sie auf einer Privatschule für Mädchen aufgeschnappt hatte. Ein verwöhntes Häschen mit Treuhandfonds, wie so viele andere ihrer Schicht in Kapstadt. Würde sie in ihrem Leben jemals einer ehrlichen Arbeit nachgehen? Aus irgendeinem Grund tauchte das Bild von Persy Jonas mit ihren mandelförmigen Augen und dem entschlossenen kleinen Kinn vor ihm auf.
Fleur unterbrach sein Phantasiebild. »'tschuldigeeee! Ich weiß, dass du Geschichte im Hauptfach belegst und so.«
»Schon in Ordnung.«
Und das war es auch, denn in ihrem durchsichtigen Spitzen-BH und dem winzigen brasilianischen Designerhöschen mit der Spitzenbordüre sah sie zum Anbeißen aus. Er rieb ihren Nacken, doch ihre Aufmerksamkeit galt jetzt der Vergrößerung von Bellevue, die 1910 aufgenommen worden war.
»Wow! Interessantes Haus – ich liebe die Palmen.«
»Mhmm«, er strich mit den Fingern über ihren Rücken, »das ist Bellevue. Das erste Ferienhaus, das in Noordhoek gebaut wurde. Noch bevor hier Kaolin gefördert wurde.«

»Das heißt ›Schöne Aussicht‹. Bellevue. Auf Französisch.« Fleur hatte ihre einjährige Auszeit nach der Schule in Paris verbracht. Wo auch sonst? »Wer lebt jetzt dort?«
»Keiner. Es verfällt gerade. Es gehört Eva Szabó, einer verrückten Witwe. Ich glaube, sie lebt in Ungarn.«
»Hört sich exotisch an.« Sie hielt den Joint hoch. »Hast du Streichhölzer?«
Will reichte ihr sein Feuerzeug und ließ sich wieder aufs Bett fallen. Es fühlte sich überraschend gut an, zu Hause zu sein. Er hatte das Haus, die Berge und den Strand vermisst. Sogar seine Mutter. Vielleicht würde er noch eine Weile hierbleiben. »Rauch aus dem Fenster raus. Meine Mom ist bei Gras ziemlich uncool.«

13

Ein heißer Wind wehte durch die offenen Fenster des Nissan herein und wirbelte Staub und Müll auf der Kommetjie Road auf, eine Straße, auf der man alle Widersprüche der Apartheidvergangenheit durchquerte, mit der Township auf der einen und den neu hervorsprießenden mittelständischen Vororten auf der anderen Straßenseite. Persy und Mhlabeni waren auf dem Weg zum Leuchtturm von Slangkop.
Nach Persys Eintreffen auf dem Revier hatte Phumeza sie auf den neuesten Stand gebracht und gleich wieder losgeschickt. »Sherwoods Auto wurde auf dem Parkplatz bei dem Leuchtturm gefunden, aber Cheswin ist zu einem weiteren von diesen Einbrüchen in Capri gerufen worden, deshalb will der Captain, dass du mit Mhlabeni dorthinfährst, damit ihr euch ein Bild macht.«
Persy war mit Mhlabeni kurz davor Marges Aussage durchgegangen, und er war bereits ziemlich säuerlich gewesen. Sie mit nach Slangkop nehmen zu müssen verbesserte seine Laune nicht gerade.
Sie kamen an der seit zehn Jahren wachsenden Township Masiphumelele vorbei, die errichtet worden war, um die illegalen Siedler im Tal aufzunehmen, die für neue mittelständische Bauprojekte Platz machen sollten.
Persy versuchte, Mhlabeni etwas auftauen zu lassen, der mit seinem üblich mürrischen Ausdruck über das Steuer gebeugt dasaß. »Wie läuft's gerade so in der Township?«
Er lebte nun schon seit fünf Jahren in Masiphumelele, war

von Langa hierhergezogen und genoss ganz eindeutig das gemächliche Tempo der kleinen Township mit der dörflichen Atmosphäre, die klein genug war, dass er die Ortsansässigen herumkommandieren konnte, und angenehm nah bei Einkaufsmöglichkeiten und der Arbeit lag.

»Ist okay da«, erwiderte er, »abgesehen von den *kwerekwere.*«

Kwerekwere. Der abschätzige Ausdruck für Ausländer: die Zimbabwer, Somalier, Sambier und Malawier, die kontinuierlich hierherzogen, viele von ihnen traumatisierte Flüchtlinge aus kriegsgebeutelten Ländern. Das Problem war, dass Geschäfte und Haushalte im Besitz von Weißen es bevorzugten, sie anstelle der Ortsansässigen einzustellen. Die Gehälter für Ausländer waren niedriger, und man sagte ihnen nach, dass man weniger »Ärger« mit ihnen habe. Viele waren sehr geschäftstüchtig, richteten sich als Hinterhofmechaniker und Schuster ein, eröffneten kleine Läden, *spaza*- oder Handyshops. Diese unternehmerische Ader, in Kombination mit der Erkenntnis, dass sie anderen die Jobs wegnahmen, ließen Neid und Missgunst aufkommen.

Mhlabenis Einstellung war nicht untypisch für manche der hiesigen Vorurteile. Vor ein paar Jahren war Masiphumelele von einer xenophobischen Gewaltwelle erfasst worden, die sich über das gesamte Land erstreckte. Läden waren geplündert und niedergebrannt, einige Ausländer brutal zusammengeschlagen oder sogar ermordet worden. Sicherheitshalber hatte man sie zu einem provisorischen Zeltplatz in der Nähe des Leuchtturms von Slangkop gebracht, wo sie über Monate in menschenunwürdigen Zuständen hausten. Manche von ihnen waren erneut in die Gemeinschaft integriert worden, doch viele waren nicht wieder zurückgekommen. Trotz aller Versuche der Aussöhnung schwelten noch immer Furcht und Misstrauen.

Ein Pulverfass, das darauf wartete, angezündet zu werden.
Persy wechselte zu einem neutralen Thema: »Und wie geht's deiner Frau?«
Mhlabenis Frau Barbara war eine Hexe – sowohl im wortwörtlichen als auch im übertragenen Sinn. Die meisten Leute in der Gegend legten sich nicht mit ihr an. Gerüchten zufolge hatte sie ein paar ihrer Feinde mit unbekannten Krankheiten ins Krankenhaus gebracht.
»Sie hackt dauernd auf mir herum, aber ich kann nichts machen – sie verdient mehr als ich.«
Barbara Mhlabeni besaß eine große Kaschemme an der Endhaltestelle der Buslinie, eine Kaschemme, für die sie irgendwie eine offizielle Lizenz erhalten hatte, wodurch ihr der respektable Status »Kneipe« verliehen wurde. Es war eine rechtliche Grauzone, in die Persy nicht weiter vordringen wollte, Tatsache war jedoch, dass Mhlabeni ein neu gebautes Haus am Rand von Masiphumelele hatte, er und Barbara beide neue Nobelkarossen fuhren und sie importierte Designertaschen und -schuhe trug.
Sie kamen zu der Kreuzung bei der Imhoff-Farm, die an der Abzweigung nach Ocean View stand, ein Überrest der ursprünglichen Farm, die man aufgeteilt hatte, um die Township zu bauen. Im ursprünglichen Farmhaus mit Strohdach hatte sich eine bunte Mischung aus Restaurants und Läden versammelt. Kamelritte und Schmuck für Touristen wurden hier feilgeboten, ebenso wie unzählige Reihen von kitschigen afrikanischen Specksteinfiguren. Auf der gegenüberliegenden Seite der Straße markierten zerfledderte Eukalyptusbäume die Abzweigung in den Milky Way, die Hauptstraße durch Ocean View, deren billig errichtete Ziegelsteinhäuser und Hütten sich über die niedrigen, felsigen Hügel zogen.
Mhlabeni neigte den Kopf zur Seite. »Du kommst hier aus der Gegend, was? Dem Paradies der Gangster.«

»Tatsächlich wurde ich in Noordhoek geboren, wo mein Großvater ein Stück Land hatte, ehe sie uns umgesiedelt haben.«

Der »Group Areas Act«, die raffinierte Vorgehensweise der Apartheid, um die traumhaften Ecken für Weiße blütenrein zu halten, während alle anderen, Schwarze, Farbige und Inder, in die versandeten, versumpften und windgepeitschten Gegenden verbannt wurden. Schlafstädte füllten sich mit Jobbern, die zur Arbeit in die weißen Gebiete und abends zurück in ihre Hölle pendelten. Es hatte sich nicht viel geändert, obwohl das Gesetz vor über zwanzig Jahren abgeschafft worden war.

Persy, ihre Mutter und Poppa hatten zu denen gehört, die man, zusammen mit der ursprünglichen farbigen Bevölkerung von Simon's Town, Glencairn und Noordhoek, in Ocean View abgeladen hatte. Poppa wurde gezwungen, den langfristigen Pachtvertrag für die kleine Farm abzutreten, auf der er Gemüse zog, das er in Simon's Town verkaufte.

»Du hörst dich nicht so an, als würdest du aus der Township kommen.« Mhlabeni hustete und spuckte aus dem Fenster. Das stimmte. Dank ihrer Erziehung im Konvent hörte sie sich wie ein »C-Modell« an, ein schwarzes Kind von einer der vornehmeren Gesamtschulen in den Vororten. Man konnte St. Norbert hoch oben auf dem Hügel in der Rubbi Road erkennen, und im Stillen dankte sie Poppa dafür. Er war schon immer ein treuer Katholik gewesen und hatte seinen Einfluss in St. Norbert genutzt, damit die Nonnen an der *Star-of-the-Sea*-Schule in dem weißen Vorort von St. James zustimmten, Persy als Schülerin aufzunehmen. Erleichtert hatte sie sich in die Schularbeit gestürzt und war jeden Abend erst spät zurück nach Ocean View gekommen. Sie war erleichtert darüber gewesen, an einer vernünftigen Schule zu sein. Nachdem sie sich eingeschrieben und beschlossen hatte, sich dem SAPS anzuschließen, konnte Poppa seine Enttäuschung kaum verbergen. »Mit dem, was du im Kopf hast, könntest du Ärztin werden. Oder Anwältin.« Doch wie in allem anderen hatte er sie unterstützt. Und er war sehr stolz gewesen, als sie zum Detective ernannt wurde.

Sie fuhren ein paar Kilometer nach Ocean View weiter, durch den durchwachsenen Schatten der struppigen Pinien und sich schälenden Eukalypten, bis nach Kommetjie, dem Dorf am Meer. Es erstreckte sich entlang des Küstenstreifens, der sich um die felsige Landspitze schlängelte, von wo aus sich ein majestätischer Ausblick bot: Chapman's Peak und dahinter der Sentinel, der emporragende Granitblock, der über den Eingang in die Hout Bay wachte. Am fernen Ende war der Leuchtturm von Slangkop zu sehen.

Mhlabeni fuhr auf den fein säuberlich geteerten Parkplatz vor der großen, weißgestrichenen Stahlkonstruktion mit den umzäunten Gebäuden, die nach Verwaltung aussahen. Sherwoods ausgebleichter roter Honda Ballade aus den späten Achtzigern stand allein und verloren am nördlichen Ende, in der Nähe des hölzernen Bohlenwegs. Eine schiefe Stoßstange und ein leicht verbeulter Kofferraum verstärkten seinen *skedonk*-Zustand.

Der Leuchtturmwächter, ein untersetzter Mann in einer Khaki-Uniform mit einem befremdlich trägen Auge, war nicht besonders hilfreich. »Er war mir aufgefallen, als ich am Freitag gegen achtzehn Uhr zur Arbeit gekommen bin. Hab gedacht, er würde ein paar jungen Typen gehören, die ich bei Misty Cliff surfen gesehen habe. Hab gedacht, ich melde es mal besser, da jetzt schon Dienstag ist und er immer noch dasteht.« *Seit fünf Tagen.*

Das Auto war nicht abgeschlossen. Persy zog Handschuhe über und fing an, sich akribisch durch das Auto zu arbeiten. Mhlabeni tat es ihr gleich, wenn auch sehr viel planloser. Überreste eines Joints im Fußraum des Autos, ein paar Cannabis-Pfeifen und Dreck lagen herum. Eine leere Johnny-Walker-Flasche befand sich auf der Rückbank, zusammen mit einer abgetragenen schwarzen Strickmütze, auf die eine südafrikanische Flagge genäht war. Persy öffnete den Kofferraum. Abgesehen von einem ausgebleichten Handtuch, einer benutzten Tube Sonnencreme und einem Paar abgetragener Surfschuhe, die in einer zerknitterten, einen Monat alten *Cape-Argus*-Zeitung eingewickelt waren, war er leer.

Im Auto gab es ein Radio und ein altes Kassettendeck. In dem kleinen Fach lag eine Auswahl von Kassetten, die mit Marker beschrieben waren, und ein Flyer von der *Boma*-Bar in Kommetjie, auf der für »Duncan, der rechtschaffene Rasta. Get-together mit dem legendären Soulja der Local Grooves« geworben wurde. Sie zeigte ihn Mhlabeni.

»Das ist im Dorf.«

Persy warf die Kassette aus dem Kassettenspieler. »Bob Marley und die Wailers. Exodus. Der Typ hatte Geschmack.«

»Musik für *zol*-Kiffer«, murmelte Mhlabeni.

Persy steckte alles in Beweismittelbeutel und beschriftete sie sorgfältig. Mhlabeni folgte ihr zu dem hölzernen Bohlenweg, an dem Wanderer einen geruhsamen Spaziergang zum Kom beginnen konnten. Ein paar Fischerboote waren auf den Strand der kleinen Bucht gezogen worden. Eine Holzbank stand neben dem Weg, bot freie Sicht bis zum Sentinel. Die leichte Brise brachte den strengen Geruch nach faulen Eiern mit sich.

Mhlabeni hielt sich die Nase zu. »Oh, *verdammt*, was für ein Gestank.« Der Gestank war ein Nebenerzeugnis der Algen, die in den kalten Atlantikströmen vor der Küste gediehen. Stürme hatten Büschel davon an den Strand geworfen, wo sie sich jetzt in der Sonne zersetzten. Persy schnüffelte genüsslich. Über der schwefelhaltigen Note der Algen lag der salzige, krautartige Geruch von Küsten-Fynbos. Eine Flut der Erinnerungen überkam sie, wie sie und Poppa frühmorgens mit den Booten rausgefahren waren und das erste Licht silbrig auf der spiegelglatten Wasseroberfläche glänzte.

»Mein Großvater hat mir gesagt, meine Vorfahren, die Strandloper, hätten den Kom über hundert Jahre als Jagdgrund genutzt«, sagte Persy, während sie den Boden nach Anzeichen einer gewalttätigen Auseinandersetzung absuchte. »Sie blockierten seine Öffnung mit Felsbrocken, um die Fische bei Ebbe zurückzuhalten.«

Mhlabeni blickte gelangweilt auf das Meer hinaus. Die Farbigen konnten ihm gestohlen bleiben. Persy hatte einmal gehört, wie er mit einem schwarzen Cop gescherzt und sie als »Township-Mischling« bezeichnet hatte, nach den Hunden nicht identifizierbarer Abstammung, die dort die Straßen durchstöberten.

Sie zog eine weitere Johnny-Walker-Flasche und zwei zusammengeknüllte Chipstüten aus einem nahe gelegenen Gebüsch. Unter der Bank fielen ihr die Kippen von ein paar Joints und ein paar zur Hälfte leere Zigarettenhülsen auf, die wohl für die Mischung benutzt worden waren. Sie bemerkte, dass es sich um zwei unterschiedliche Marken mit Filter handelte. Auch diese verstaute sie in Beweismitteltüten.

»Er ist hergekommen, um ein paar *dops* zu kippen und zu rauchen«, sagte Mhlabeni.

»*Ja*, und wie es aussieht, hatte er Gesellschaft«, verkündete Persy. »Wir lassen den Wagen besser aufs Revier bringen und nach Fingerabdrücken untersuchen. Und dann sehen wir uns mal die *Boma*-Bar an.«

14

Nachdem er den Vormittag über mit der spirituellen Führung eines Kundenpaars beschäftigt gewesen war, beugte sich Crane jetzt in einem Internetcafé über den Computer und versuchte, irgendwelchen Dreck über Marge Labuschagne ans Licht zu bringen. Bislang hörte sich ihre Geschichte ziemlich unauffällig an. Er fand Links zu ihrer Praxis, wo ihre Diplome und Schulungen aufgeführt wurden. Es sah ganz danach aus, als würde er hier seine Zeit vergeuden. Doch er konnte ihren bösartigen Blick nach dem NAG-Treffen einfach nicht abschütteln, genauso wenig wie ihre an Ivor Reitz adressierte, laut ausgesprochene Drohung neben dem Teekessel. Auf der Suche nach Streit. Ab einem gewissen Alter wurden Frauen irrational und widersetzten sich. Hatten sie sich erst einmal der Fesseln der Heirat und Mutterschaft entledigt, drängten sie aggressiv nach vorne. Wie Männer. Er musste etwas unternehmen. Durfte nicht zulassen, dass ihre kleine Kampagne an Fahrt gewann. Er hatte es zu weit geschafft, hatte viel zu viel riskiert, als dass ihm der Preis jetzt entgehen dürfte. Und er wusste, wo Labuschagne wohnte.

Er war wie gewöhnlich zu ihrem Montagvormittagstreffen im Haus der de Groots gewesen. Wie er diese Frühstücksmeetings hasste: June de Groots klumpiges Essen, Asha noch schlaftrunken, die Bälger auf dem Küchenboden, Orlanda, das kleine Mädchen, das wegen der Schule quengelte, das Kleinkind über und über mit Getreidebrei beschmiert, der an Erbrochenes erinnerte. Besonders stark war seine Abneigung gegen Orlanda, die ihn aus schwarzen Augen, so glänzend wie Oliven, furchtsam anstarrte, als wäre er ein Monster. Glücklicherweise hatten er und Asha sich zur Abwechslung in dessen hobbyraumähnliches Arbeitszimmer gesetzt. Es war das Zimmer eines heranwachsenden Jungen: Ein großer Flachbildfernseher dominierte eine Wand. Regale mit Computerspielen waren ein guter Hinweis darauf, wie Asha den Großteil seiner Zeit verbrachte. So ein dummer, verwöhnter Mistkerl. Erstickte noch an seinem silbernen Löffel. Doch es war sinnlos, deshalb beleidigt zu sein, wenn man bedachte, dass derselbe Löffel Crane ernährte. Das Treffen war optimistisch verlaufen. Genau wie erwartet. Im Grunde genommen schien gerade alles zu ihren Gunsten zu stehen. Alles war startklar jetzt, wo sie sich nicht mehr um so unnachgiebige Deppen wie Andrew Sherwood kümmern mussten.

Er war die Oak Road im Mercedes entlanggefahren, genoss die Klimaanlage, die das mit Leder ausgestattete Innere angenehm kühl machte, und hatte die Abkürzung durch Keurboom genommen, in der Hoffnung, die Bauarbeiten an der Beach Road zu umfahren, als ihm die junge Kriminalbeamtin und ein junger schwarzer Mann auffielen, die aus Marge Labuschagnes überwucherter Bruchbude herauskamen. Er hatte einmal einem Treffen der Noordhoek Action Group in ihrem Wohnzimmer beigewohnt, als der Saal in der Baptistenkirche nicht zur Verfügung stand. Ihn schauderte, wenn er an die Katzen überall auf den Möbelstücken und die allgemeine Unordnung dachte. Da sie früher für die Polizei gearbeitet hatte, musste Labuschagne ihre Nase natürlich in die Ermittlungen stecken. Er sah ihren riesigen Deutschen Schäferhund, der ihn durch das Tor anstarrte, und fuhr schnell weiter.

Dieses schreckliche, verfluchte Vieh. Wie viele Singlefrauen hing sie ungewöhnlich stark an ihrem Hund. Er machte sich eine mentale Notiz, diese Info für künftige Verwendung abzuspeichern. Manchmal überraschte ihn seine Antipathie ihr gegenüber. Es hatte etwas mit der Geringschätzigkeit zu tun, die sie ihm gegenüber an den Tag legte, mit dem mangelnden Respekt. Einmal hatte er bei einem Zusammentreffen, als jemand seinen Namen nannte, zufällig gehört, wie sie daraufhin erwiderte: *»Er ist so ein verfluchter Scharlatan.«*

Er wurde sich wieder des Internetcafés und des Geplappers der anderen Kunden bewusst, hauptsächlich Hausfrauen aus Fish Hoek und eine Mischung an Nigerianern, Somaliern und Malawiern. Das waren Menschen, die sich keinen eigenen Computer leisten konnten, und es beleidigte ihn, sich unter sie mischen zu müssen. Doch er brauchte die Drucker und Scanner, die hier zur Verfügung standen, und er wollte es nicht riskieren, seinen Laptop aus dem Safe zu holen.

Den nutzte er ausschließlich für private Zwecke. Mehrfach hatte er Asha de Groot darum gebeten, ihm einen Arbeitscomputer zu stellen, ohne Erfolg – dieser geizige, kleine Mistkerl. De Groot genoss die Macht, gewisse Dinge zurückhalten zu können. Auf der einen Seite ließ er Crane im Haus in Misty Cliffs wohnen und leaste seinen Mercedes, auf der anderen verweigerte er ihm einen Laptop oder ein regelmäßiges Einkommen.

Crane spürte, wie ihn eine Welle der Wut übermannte. Damit wurden unerträgliche Erinnerungen an Lance geweckt, seinen »Pflegebruder« und sogenannten Betreuer, dem es ebenfalls gefallen hatte, ihm als jungem Schützling gewisse Dinge vorzuenthalten. Wie Essen. Oder saubere Kleidung. Oder Zuneigung. Wenngleich er dafür Ersatz bekommen hatte. Ja, Lance hatte sich ganz gut um ihn ge-

kümmert. Aber nicht in dem Sinn, in dem das Jugendamt sich das vorstellte. Diese Erinnerungen waren der Zündstoff, der ihn dazu antrieb, anderen zu helfen, denen Schmerz und Erniedrigung widerfahren waren.
Crane wollte sich gerade ausloggen und seinen Computer einer übergewichtigen Frau überlassen, die immer mal wieder einen ungeduldigen Seufzer ausstieß und ihr Gewicht von einem Fuß auf den anderen verlagerte, als ihm einfiel, dass Labuschagnes Name Piper gewesen war, ehe ihr Mann sie hatte sitzenlassen. Er gab Piper ein. Ähnliche Seiten wie die bisherigen öffneten sich, Links zu Kriminalwissenschaft in Südafrika, Dozentenstellen, Abhandlungen, die sie verfasst hatte, ihre Arbeit bei der Wahrheits- und Versöhnungskommission. Der einzige neue Link führte zu einem Archiv von Zeitungsberichten. Er klickte darauf und scrollte nach unten. Nach wenigen Minuten wurde er fündig. Der Artikel stammte aus der *Cape Times* vom 28. September, zwanzig Jahre zuvor.

SELBSTMORDOPFER WURDE VON TOP-PROFILER »ANVISIERT«

Dr. Marguerite Piper könnte sich dazu gezwungen sehen, vor Gericht zu erscheinen, sollte die Mutter des Selbstmordopfers Theo Kruger, die die renommierte Kriminalpsychologin für den Tod ihres Sohnes verantwortlich macht, Anklage wegen vorsätzlicher Tötung erheben …

Er las weiter und konnte sein Glück kaum fassen. Ein neuerlicher Beweis, wie das Universum zusammenwirkte, um ihm die Hilfe zukommen zu lassen, die er benötigte. Tatsächlich standen die Sterne gut: Ein nur einmal im Millennium auftauchender Komet war im Anmarsch, ein Zeichen für Vorherbestimmung. Zu guter Letzt sah es so aus,

als würden sich die harte Arbeit und die Unverwüstlichkeit gegenüber der rohen Behandlung, die das Leben ihm hatte zukommen lassen, in einen Sieg verwandeln.
Er druckte den Zeitungsartikel aus und meldete sich ab. Das war gut investierte Zeit gewesen. Jetzt würde er nach Hause fahren, sich einen Chai-Tee machen und gründlich darüber nachdenken, wie er diese Bombe platzen lassen sollte.

15

Noch bis vor ein paar Jahren war Kommetjie ein buntes Durcheinander von Steinbungalows aus den fünfziger Jahren gewesen, ein kleiner Ort mit Ferienhäusern und Rentnern. Doch neuerdings waren Spekulanten aufgetaucht und fingen an, stattdessen moderne, zweigeschossige Villen zu errichten. Die besseren davon erinnerten an die traditionellen Kap-Häuser oder die Cape-Cod-Strandhäuser, doch hässlichere, protzigere Bauwerke nahmen stark zu, wie überall am Küstenstrich. Jetzt verfügte das kleine Dorf über mehrere Restaurants, und wenige Kilometer entfernt lag die neu errichtete Long Beach Mall. Arbeitende Weiße zogen hierher, begeistert vom Lebensstil der Surfer und der Strandkultur und beruhigt darüber, dass sie ihre Kinder relativ gefahrlos mit dem Fahrrad zu der kleinen Ansammlung von Dorfläden und wieder zurück fahren lassen konnten. Der Boom hatte ebenfalls einen Zustrom von Leuten nach Ocean View und Masiphumelele gebracht, die in den Häusern und kleinen Geschäften arbeiteten. Doch die Arbeitslosenquote war noch immer hoch und trug zu ansteigenden Verbrechensraten bei. Trotz dieser Veränderungen bewahrte sich Kommetjie eine dörfliche Atmosphäre mit ein paar vereinzelten Shops entlang der Hauptstraße, die aus einer Pizzeria, einem Eckcafé, einer Apotheke und dem allgegenwärtigen Immobilienmakler bestanden.

Schräg gegenüber von den Läden befand sich die *Boma*-Bar neben einem Hotel im Stil der vierziger Jahre, das in die Entzugsklinik *Phoenix* umgewandelt worden war. Persy fragte sich, was die Patienten wohl von den Zechgelagen vor ihrer Tür hielten, während sie versuchten, das teuflische Verlangen nach Alkohol und Drogen zu bekämpfen. Die Dealer von Ocean View hockten ganz frech auf den niedrigen Mauern um die Einrichtung, im Vertrauen darauf, dass einer der Insassen früher oder später einknicken würde.

Die *Boma*-Bar inklusive Fischrestaurant hatte durchaus ihre Reize. Es handelte sich um eine offene, reetgedeckte Konstruktion, umgeben von einer niedrigen Mauer. Bougainvilleen und sich ausbreitende Milkwood-Bäume verliehen ihr ein exotisches, karibisches Flair.

»Nett«, sagte Persy.

Es war etwas früh fürs Mittagessen und gab nur wenige Gäste. Persy schickte den Kellner nach dem Besitzer, während sie und Mhlabeni an einem Tisch im Schatten Platz nahmen und jeder eine Cola trank. Gerne hätte sich Persy eine Portion Pommes geteilt, doch ihr war nicht nach so viel Geselligkeit mit Mhlabeni. Der Besitzer kam zu ihnen, band sein dünner werdendes Haar mit einem Gummiband nach hinten und entblößte dabei ein sommersprossiges, onkelhaftes Gesicht mit schlaffen Lippen, das vor lauter geplatzten Äderchen ganz fleckig war. Ein alter Säufer, wie es aussah. Ein dreckiges Unterhemd war in zerknitterte Khaki-Shorts gestopft, die sein überhängender Bauch festhielt. »Hi, ich bin Charl Human. Sie wollten mich sprechen?«

Persy stellte sich und Mhlabeni vor.

»Wir ermitteln den Tod von Andrew Sherwood«, sagte Mhlabeni.

Charls Gesicht verwandelte sich in eine ungläubige Fratze. »Ich hab von Andy gehört. Schrecklich, einfach nur schrecklich …«

»Wann haben Sie ihn zuletzt gesehen?«, wollte Persy wissen.
»Kann ich Ihnen nicht sagen, hab ein Gedächtnis wie ein Sieb. Aber ich glaube nicht, dass er am Wochenende hier war. Das ist ungewöhnlich, denn der gute alte Andy trinkt gerne ein paar Bierchen zum Essen, und normalerweise hat er hier gegessen. Ihm hat die lockere Stimmung hier gefallen. Und die Musik natürlich.«
Im Hintergrund baute ein Rastafari-Gitarrist gerade ein Mikrofon auf.
»Aber vielleicht hat Duncan ja Andy gesehen. Hey, Duncan!«
Der Gitarrist blickte auf. Seine Dreadlocks wurden von einer langen, sockenähnlichen Mütze nach hinten gehalten, und er trug ein gebatiktes Shirt und Hosen mit Kartoffeldruck. Er schlenderte barfuß zu ihnen herüber, machte einen freundlichen Eindruck. Aus der Nähe zeigte sich, dass er sehr viel älter war, als sein Kleidungsstil vermuten ließ, Mitte fünfzig, die Haut nussbraun, wettergegerbt von Sonne, Meer und Wind wie ein schönes Stück Treibholz.
Persy war er aus Ocean View bekannt. Er war einer der »heiligen« Rastas, die in scheinbarer Zurückgezogenheit in den Bergen über Ghost Town lebten. Sie tat, als würde sie den Haschisch-Geruch nicht bemerken, der seiner Kleidung und jeder Pore seiner Haut anhaftete. Die meisten Rastas in Ocean View waren gute, verlässliche Bürger – und abgesehen von ihrem umfassenden und exzessiven Gebrauch des »Krauts« für »religiöse Zwecke« gehörten sie für gewöhnlich zu den friedfertigeren und gesetzestreuen Bürgern der Gegend. In letzter Zeit waren jedoch ein paar andere hergezogen, bekannt als »verruchte Rastas«, die *tik* und Marihuana verkauften, genau wie billiges Heroin, und Spannungen und Revierkämpfe mit den

etablierten Dealern verursachten. Charl Human stellte Duncan Persy und Mhlabeni vor.
Duncan umgab eine gewisse Sorglosigkeit, es schien ihm nichts auszumachen, mit den Cops zu sprechen. Bestimmt konnte keine Sorge oder Angst seiner glückseligen Miene einen Dämpfer verpassen. Viel zu zugedröhnt, um sich Sorgen zu machen, dachte Persy.
»Diese Leute wollen wissen, wann du Andy das letzte Mal gesehen hast«, sagte Charl Human.
Duncan riss die Augen auf. »Andy! Schrecklich, ganz schrecklich, was da passiert ist.« Er schüttelte den Kopf ein paarmal, kniff dann die Augen zusammen und fletschte seine braungefleckten Zähne, seine Mimik eine Parodie zwanghaften Erinnerns. »Ich habe ihn am Freitag um die Mittagszeit gesehen. Er hat das Tagesgericht gehabt – Snoek, Tintenfisch und Pommes. *Lekker.*«
»Wie spät war es da?«, fragte Mhlabeni.
»Zwischen eins und ... ich glaube, er ist so um halb vier, vier Uhr gegangen, so um den Dreh.«
»Hat er gesagt, wo er hinwollte?«, erkundigte sich Persy.
Schwermütig schüttelte Duncan den Kopf. Die dumpfe Erinnerung an eine Tragödie bahnte sich ihren Weg durch den Marihuana-Nebel. »Nein. Hätte er es nur getan. Ich würde gerne sehen, dass Andy Gerechtigkeit widerfährt.«
»Gibt es sonst noch jemanden, mit dem wir reden könnten?«, unterbrach ihn Mhlabeni. »Hatte der Mann irgendwelche Freunde, Verwandte?«
»Mir fällt keiner ein«, antwortete Duncan. »*Sjoe*, dieses Verbrechen ist schrecklich. Das sind bestimmt die *tik*-Händler, *man*. Die bringen Verbrechen und Gewalt in die Township.«
»Wo wir gerade von Verbrechern sprechen – Sean Dollery in letzter Zeit gesehen?«, konnte sich Persy nicht verkneifen.

Duncans Gesicht nahm einen steinernen Ausdruck an. »Ich spreche nicht über Dollery. Ich will keinen Ärger mit diesen *tik*-Verrückten.« Er schlenderte zurück, um seinen Soundcheck zu machen. Ein paar Minuten später ließen sich zwischen den Rückkopplungen die Klänge von *A Change Is Gonna Come* ausmachen.

Auf dem Weg nach draußen hielt Charl Human sie auf. »Nur noch eine Sache. Andy hat mir gesagt, dass er eine großartige Stelle gefunden hat, um den Kometen zu beobachten.«

»Den Kometen?« Persy fragte sich, ob sie richtig gehört hatte.

»*Ja*, der Komet McNaught. Er fliegt gerade sehr nah an der Erde vorbei, mit einer Geschwindigkeit von 85 Stundenkilometern pro Sekunde. Andy hat gesagt, Kapstadt sei einer der wenigen Orte auf der Erde, von wo aus man ihn sehen könne, *man*. Sie sollten danach Ausschau halten, wird nur noch ein paar Wochen zu sehen sein. Andy hat gesagt: ›Wenn du nicht rausgehst und es dir ansiehst, dann musst du 85 000 Jahre warten, bis er wiederkommt.‹ Typisch Andy.«

Marge starrte sich im Spiegel der Umkleidekabine des AP-Jones-Kaufhauses an. Das krasse Neonlicht von oben trug nicht dazu bei, den Schock abzumildern. Der lila-türkisfarbene Zweiteiler, der auf dem Bügel so verführerisch ausgesehen hatte, schmiegte sich an jede Wölbung. Die Speckröllchen an ihrem Rücken, die pummeligen Schenkel und den herabhängenden Hintern konnte sie im Spiegel hinter sich betrachten. Der Anblick der Vorderseite traf sie wie ein Schlag, und das verblassende Achtziger-Jahre-Tattoo auf ihrer Schulter machte es auch nicht besser. »Oh, mein Gott!«, rief sie aus.

»Kann ich Ihnen behilflich sein, Ma'am?« Marge vermutete, dass die gertenschlanke Assistentin kichernd hinter dem Vorhang lauerte.
»Alles in Ordnung«, erwiderte sie barsch, eine Warnung an die Frau, es nur ja nicht zu wagen, einzutreten. Marge hasste shoppen und hätte sich dem auch nicht unterzogen, würde sich ihr alter Badeanzug durch das ständige Tragen nicht auflösen. Mindestens dreimal pro Woche schwamm sie in Fish Hoek im Meer. Mit einem Seufzer griff sie nach dem knallbunten Einteiler, der auf dem reduzierten Ständer für »fülligere Formen« gehangen hatte. Es hatte eine Zeit gegeben, da hätte sie den Zweiteiler einfach mitnehmen können, und das war noch gar nicht mal so lange her, doch jetzt musste sie den Tatsachen ins Auge blicken. Sie zog den schulisch aussehenden Einteiler von Speedo über ihren Hintern und ärgerte sich maßlos, dass sie sich beim Scotch einfach nicht zurückhalten konnte. Da könnte sie genauso gut reines Zuckerwasser trinken. Und hatte tatsächlich geglaubt, sie könnte das Interesse von Ivor Reitz entfachen. »Träum weiter, meine Liebe«, murmelte sie.
Sie kaufte den Badeanzug und eine knallorangefarbene Badekappe, die einzige Farbe, die sie dahatten. Während sie in der Schlange wartete, überflog sie das Anzeigenbrett, das sich an der Wand hinter der Kasse erstreckte: viele Malawier – erkennbar an ihrer Missionsschulhandschrift –, Anzeigen für Kinderwagen, erbärmlich hingekritzelte Gesuche nach Jobs, Garten- und Hausarbeiten. Unter der »Abzugeben«-Sparte sah sie: »Campingwagen. Sofort verfügbar, zwei Schlafplätze, bester Stellplatz, Nasszellen und Wachdienst.« Eine Handynummer, unter der *Hamish* stand und ein Peacezeichen gemalt war. Hamish hoffte also immer noch, einen Katzen-Sitter zu finden.
Sie tauchte in die glühende Hitze und das gleißende Licht des frühen Nachmittags ein und betrachtete ungläubig die

»modernisierte« Schaufensterauslage. AP Jones gab es seit 1963 auf der Hauptstraße von Fish Hoek, und das Dekor hatte sich seitdem kaum verändert. Traurigerweise hatten die Besitzer in dem verzweifelten Versuch, mit den No-Name-Ladenketten mithalten zu können, das wunderbar nostalgische Image ruiniert, indem sie am Eingang des Ladens willkürlich merkwürdige Artefakte plaziert hatten; unzweckmäßige Waren wie afrikanisches Kunsthandwerk und Surferklamotten mit Markennamen. Damit vergraulten sie ihre treue Kundschaft, die ihnen während der unzähligen Launen der wechselnden Modetrends hindurch die Stange gehalten hatte. Die Kunden mittleren Alters und der pensionierte, konservative Kreis: alte »Rhodies« und christliche Konservative, die Fish Hoek über Jahrzehnte alkoholfrei gehalten und den treibenden Kräften des Fortschritts, die sich für einen Spirituosenladen einsetzten, Widerstand geleistet hatten. Eine Institution, die Marge insgeheim schätzte, diesen Kompromiss mit haarsträubendem Modernismus eingehen zu sehen trug nur dazu bei, Marges Stimmung, die ohnehin schon im Keller war, einen weiteren Dämpfer zu verpassen. Sie verabscheute »Fortschritt«. Veränderungen verunsicherten sie und waren sowieso nur selten eine Verbesserung. Da hatte man sich gerade mal daran gewöhnt, dass die Dinge so waren, wie sie waren, und dann änderten sie sich. Ehemänner verschwanden während einer Midlife-Crisis, Kinder wurden erwachsen und verließen in einem unbarmherzigen Prozess des Verlusts das Zuhause … Treibsand.
Sie beschloss, ihre einsetzende Schwermut mit einem Mittagessen im *Bohemian Rhapsody* zu bekämpfen. Das war ein Zuwachs aus jüngster Zeit in Fish Hoek, ein Restaurant mit Kabarett in einem vor kurzem umgebauten alten Kino. Es wurde von Julian Duval, einem ihrer Klienten, geführt. Normalerweise war sie heikel, wenn es darum

ging, ihre Kunden außerhalb der Sitzungen zu treffen, aber sie mochte die fröhliche Atmosphäre dort. Außerdem genoss sie inmitten der hauptsächlich schwulen Kundschaft ein Gefühl der Unbeschwertheit, und sie wurde hier aufgrund ihres Singledaseins weniger verurteilt. Julian hieß sie gerne willkommen und schien sich an ihrer Gegenwart nicht zu stören.

Zunächst war die Kundschaft aus Fish Hoek aus Neugierde vorbeigekommen, doch schon bald widerstrebte es ihr, die Wucherpreise für die eher farblose und merkwürdige Küche zu bezahlen. Also strömten sie wieder zu ihren üblichen Treffpunkten wie *Pizza Romano*, der familienfreundlichen Pizzeria in der Hauptstraße, oder dem *Black Marlin,* die Küste weiter hinauf, wo es gute Meeresfrüchte gab. Innerhalb von wenigen Monaten stand das Lokal vor dem Ruin. Glücklicherweise schlug Amor gerade dann zu, als Julian das Restaurant schließen wollte: Er traf Mustafa und verliebte sich in ihn – einen reichen, tätowierten Mauretanier mit schwarzen Zähnen, der wie ein Biker aussah, aber überaus kultiviert war und Djuna Barnes und Rimbaud las. Darüber hinaus war er ein großzügiger Liebhaber – und seine gutgefüllten Taschen hielten das Restaurant über Wasser.

Doch heute fand Marge das *Bohemian Rhapsody* geschlossen vor. Sie lief zurück zur *Pizza Romano* und sagte sich, sie würde ein Stück Pizza und ein Glas Sangria trinken – obwohl sie doch genau wusste, wohin sie eigentlich wollte und warum sie ihre Zeit in Fish Hoek vergeudete, wo sie doch Papierkram und jede Menge anderer Dinge zu erledigen hatte.

Der Eingang zu dem bescheidenen Wohnblock war zwischen einen Laden für Küchenzubehör und *Tex's Fish and Chips* gequetscht. Sie spähte in das dunkle Foyer, das durch das verschmierte Glas der Doppeltür kaum zu erkennen war. Sie konnte noch immer den Geruch nach frittiertem Snoek riechen, der sie und Titus verfolgte, als sie vor zwanzig Jahren an jenem regnerischen Tag die Treppe zu Theo Krugers Wohnung hinaufstiegen.

Die Räume waren klein und schäbig gewesen. Der Fernseher lief laut im Zimmer nebenan, der säuerliche Geruch kam von der älteren Frau mit den geschwollenen Beinen, die davor saß.

»Was ist los? Was geht hier vor?«

»Nichts, Ma – ich erzähle es dir später.« Damit hatte Kruger die Tür geschlossen, so dass sie sie nicht hören konnte. Er hatte blondiertes Haar und sah so aus, als würde er nie an die Sonne kommen. Er spielte an den Ärmeln seines Pullis herum. In einem hatte er ein kleines Loch, in das er unablässig seinen Daumen hineinsteckte und wieder herauszog. Manchmal rieb er sich nervös mit dem Ärmel über die Wange, wie ein kleines Kind mit seiner Lieblingsdecke. Unreifes, regressives Verhalten, verursacht durch Stress, hatte Marge gedacht. Er passte perfekt auf das Profil. Antisozial, kaum in der Lage, Beziehungen einzugehen, psychosexuelle Probleme. Er gab zu, Clyde mehrfach bei Tex gesehen und mit ihm gesprochen zu haben, wenn Gloria Cupido ihn mit zur Arbeit gebracht hatte, doch er behauptete, ihn in den letzten Tagen nicht gesehen zu haben. Marge schlug vor, Titus solle ihn zur Befragung mit aufs Revier nehmen.

Kruger wurde aufgeregt. »Ich komme mit Ihnen, aber sagen Sie bitte meiner Mutter nichts.«

Bei der Befragung gab er zu, auf einem nahe gelegenen Anwesen in Noordhoek gearbeitet zu haben, er konnte sich aber nicht entsinnen, wo er zu der Zeit gewesen war, als Clyde Cupido von dem kleinen Bauernhof seines Großvaters verschwand.

Titus hatte ihn bei der Befragung hart rangenommen, und

Kruger wurde immer verwirrter und ängstlicher. Erst viel später wurde ihm klar, dass man ihn verdächtigte, Clyde entführt zu haben, und von da an war er sehr aufgewühlt. »Ich würde einem Kind niemals weh tun!«

Marge hielt ihm vor, dass man ihn häufig in der Gesellschaft von Kindern antraf.

»Na und, ich liebe Kinder – ist das ein Verbrechen?«

Am Ende der Befragung sagte Marge zu Titus: »Er passt ins Profil, und er verheimlicht etwas. Außerdem hat er kein Alibi für den Zeitpunkt, zu dem Clyde verschwunden ist, oder für die Stunden danach.«

Titus sagte, er habe nichts, mit dem er Kruger festhalten könnte. Marge wendete ein, dass sie Clyde Cupido niemals finden würden, sollten sie ihn laufen lassen. Titus knöpfte sich Kruger noch einmal vor, knallte ihn gegen die Wand, ließ seiner Wut aber nicht freien Lauf. Hielt sich zurück. Beherrschte sich. Ein junger farbiger Detective musste vorsichtig sein, wenn er einen Weißen grob anpackte.

Kruger ertrug die Schikanen mit einem merkwürdig passiven Stoizismus. Erst Marges letzte miese Bemerkung brachte den K.-o.-Schlag.

»Weiß deine Mutter von deinen kleinen, widerwärtigen Geheimnissen, Theo? Was wird sie sagen, wenn wir es ihr erzählen?«

Sein Gesicht verlor mit einem Mal alle Farbe und Kontur. Nach Stunden in dem heißen Raum verströmte er einen säuerlichen Geruch nach Schweiß und Angst. »Bitte, ich bitte Sie, ziehen Sie sie da nicht mit rein.«

Schließlich entließen sie Kruger, weil sie nichts hatten, mit dem sie ihn hätten festnageln können. Auf dem Heimweg bekam Marge regennasse Windböen zu spüren, die aus Falls Bay hereindrängten und die Zypressen und Pinien von Norfolk entlang des Boyes Drive verdunkelten. Das

Telefon klingelte, als sie durch die Tür trat, erleichtert, wieder hier zu sein, Louis und die Jungs in ihren Pyjamas vor dem Fernseher zu sehen, in Sicherheit vor Menschen wie Theo Kruger.

Sie ging ans Telefon. Titus' Stimme am anderen Ende der Leitung klang sehr leise, als wäre er sehr weit weg. Der Regen schlug gegen die Fenster, während sie zuhörte. Theo Kruger hatte sich vor den vollbesetzten Vier-Uhr-dreißig-Zug nach Simon's Town geworfen und war vor den Augen der Pendler auf den Schienen zerfetzt worden.

»Als ich es erfahren habe, war ich gerade dabei, die eidesstattlichen Aussagen von zwei Zeugen aufzunehmen, die aufs Revier gekommen sind, nachdem du gegangen bist.«

Titus' Stimme klang müde und als wäre ihm übel. Marge wollte zwar nicht, musste aber trotzdem zuhören.

»Sie sagten, sie seien den ganzen Mittwoch mit Theo Kruger in einer Bar in Muizenberg gewesen, von der Mittagszeit bis um zehn Uhr abends.«

Von dort seien sie dann zu dritt bis nach Mitternacht zum schwulen Klappensex in die öffentlichen Toiletten beim Pavillon gegangen.

Wenn die beiden Zeugen nicht unter Eid logen, dann war, wer auch immer Clyde Cupido entführt hatte, nicht Theo Kruger.

Jetzt, zwei Jahrzehnte später, blickte Marge zu der Wohnung im zweiten Stock mit den großen Fenstern hinauf, die zur Straße hinausführten. Und sah Gwen Kruger. Grauhaarig und eingefallen, die dünnen Knochen standen unter ihrer papierenen Haut hervor. Sie starrte sie aus ihrem ausgezehrten Gesicht an. Ein Gesicht, das Marge zuletzt in der Dunkelheit der klaustrophobischen Wohnung gesehen hatte, vor dem flackernden Fernseher mit dem Nachmittagsprogramm, den anschuldigenden Blick auf Marge gerichtet: *»Was ist los? Was geht hier vor?«*, ehe

Theo Kruger die Tür schloss, sie ausblendete und sagte: *»Ich komme mit Ihnen, aber sagen Sie bitte meiner Mutter nichts.«*
Als sie zu der Frau hinaufblickte, öffnete sich ein schwarzes Loch in ihrem Gesicht, und sie stieß einen lautlosen Schrei aus. Es war, als würde man in einen Abgrund untröstlicher Trauer gezogen. Marge wollte sich gerade voller Entsetzen abwenden, als ihr klarwurde, dass sie nicht Gwen Kruger anblickte und auch niemanden, der ihr ähnelte. Es war eine junge Frau, die sich das lange, dunkle Haar aus dem Gesicht strich und hinten zusammenband. Vor Erleichterung zitterten Marges Beine. Es konnte ja auch gar nicht Gwen Kruger sein! Sie wäre jetzt um die neunzig, wenn sie noch immer lebte. Was sie gesehen hatte, war eine Sinnestäuschung, wie bei diesem schwarzweißen Bild, bei dem das Hirn hin und her schaltete und man entweder eine alte Hexe mit einer Kapuze oder aber ein hübsches junges Mädchen mit einem Hut erkannte. Erschüttert über die Art, wie ihr Unterbewusstsein eine Halluzination hervorgerufen hatte, und vor Gewissensbissen von Übelkeit heimgesucht, eilte sie zu ihrem Wagen zurück.

Sean erinnerte sich daran, dass Dienstag war, was bedeutete, dass sich Schneider, der Arbeitgeber seiner Mutter, in Durbanville aufhielt, wo er irgend so ein Weltverbesserer-Projekt leitete und »ehemals Benachteiligte« eingestellt hatte, um irgendwelchen billigen elektronischen Mist zusammenzubauen, den ohnehin keiner wollte. Was bedeutete, dass Charlene alleine beim Deutschen war und Sean Zugang zum Haus und den Autoschlüsseln haben würde. Ach, Schneider konnte ihn mal – er war *poes*-ängstlich, was Sean betraf, und das sollte er auch durchaus sein, dieses fette weiße Schwein. Der hatte es nur wegen einer Sache auf seine Ma abgesehen. Sean dachte, dass er hinübergehen und die Schlüssel für Schneiders Toyota TwinCam holen könnte. Ein paar Stunden damit herumfahren. Die *hoekstaander*, die vor dem *Phoenix* abhingen, hatten gesehen, dass Persy Jonas mit Mhlabeni herumgefahren war. Vielleicht war es an der Zeit, ihr eine Lektion zu erteilen.

Auf dem Weg von Kommetjie zurück zum Revier entdeckte Persy den Namen. *Afrikander Street.* »Hier hat Sherwood gelebt«, sagte sie.

»*Ja* – und?«

»Sollten wir da nicht vorbeifahren?«

Mhlabeni trat das Gaspedal weiter durch. »Nee, *man* – wozu? Ein Team hat das Haus bereits durchsucht, da ist nichts.«

»Sein Auto könnte vor dem Haus oder aber aus der Garage gestohlen worden sein. Das nachzuverfolgen könnte nützlich sein«, sagte Persy, als sie auf dem Weg aus Kommetjie daran vorbeidüsten.

»Ich bin jetzt seit zehn Tagen ohne eine verdammte Pause im Dienst, Kleine, und ab sofort habe ich dienstfrei.« Mhlabeni räusperte sich und spuckte aus dem offenen Fenster. Wenn dieses Räuspern ein Zeichen seines Missfallens sein sollte, so war ihr das egal. Es war einfach nur ekelhaft.

»Ich bin nicht deine verfluchte Kleine, und willst du nicht deinen eigenen verdammten Fall lösen?«

An der einzigen Tankstelle in Kommetjie bog Mhlabeni plötzlich unerwartet rechts ab, entlockte einem Bauarbeiter in einem vollbeladenen Pick-up ein langgezogenes, wütendes Gehupe und dreckige Beschimpfungen, als der ihm auswich. Persy schwieg, sie hielt es für angebracht, ihn nicht weiter auf die Palme zu bringen. Er fuhr mit dem Wagen auf den Vorplatz, hievte sich aus dem Pick-up, knallte die Tür zu und ließ die Schlüssel stecken. Dann schob er den Kopf durch das Fenster auf der Fahrerseite wieder herein, ein schwarzer Schatten, der das Licht blockierte.

»Ich hole jetzt meinen verfluchten Wagen aus der Werkstatt, und dann fahr ich nach Hause. Und stell du gefälligst niemals wieder meine Arbeit in Frage, du kleine Schlampe. Ich habe schon Leute aus brennenden Autos in den Straßen von New Brighton gezogen, da hast du noch in die Windeln geschissen.«

Persy wartete, bis er in der Werkstatt verschwunden war. Kurzzeitig war ihre Stimmung gedrückt, aber nicht lange. Was auch immer Mhlabeni einst gewesen war, jetzt war er einfach nur ein fauler Hund. Sie kletterte auf den Fahrersitz, ließ den Motor an und fuhr davon. Als die Afrikander Street auftauchte, bog sie links ab und blieb vor der Nummer sieben stehen.

Es handelte sich um ein kleines Backsteinhaus aus den Sechzigern mit einem schieferbedeckten Außenkamin, der mit dem A-förmigen Dach verbunden war. Im windgepeitschten Garten kämpfte ein schiefer Pfefferbaum ums Überleben. Persy stieß das trostlos in seinen fast völlig verrosteten Angeln hängende Tor auf und ging den gepflasterten Weg hinauf, der halb von Sand und Gras bedeckt war, das in der Sommerhitze welk und braun wurde. Über der abblätternden Tür hing ein staubiger Traumfänger vom verzogenen Rahmen. Sie klopfte – stark und bestimmt. Am Fenster des vorderen Zimmers hing ein behelfsmäßiger indischer Vorhang. Sie blickte nach drinnen, schirmte die Augen gegen das blendende Licht des Nachmittags ab. Von der salzigen Luft waren die Fenster ganz verschmiert. Sie konnte die Kontur eines Bücherregals ausmachen, das leer aussah, sowie einen billigen Kiefernholztisch. Das zwei, drei Blocks entfernte Meer war als gedämpftes Dröhnen zu hören.

Ein kleiner, schmuddelig aussehender Fußabtreter lag vor der Tür. Persy blickte sich kurz um, bückte sich dann und griff unter die Matte. Sie entdeckte einen großen Tontopf in Form eines Vogels, in dem ein fast abgestorbener Farn stand. Sie griff zwischen die trockenen Stengel und abgestorbenen Blätter, bis sie ein Stück Schnur fand. Sie zog daran. Am Ende baumelte ein Schlüssel. Erstaunlich, wie viele Menschen einen Schlüssel an der Eingangstür bunkerten und ihn dann vergaßen.

Sie öffnete die Tür und trat ins Wohnzimmer. Durch die verhüllten Fenster war es im Inneren dämmrig. Es befanden sich keine weiteren Möbel im Raum als die, die Persy von außen gesehen hatte, abgesehen von einer Tischlampe mit einem zerrissenen Lampenschirm, der achtlos danebenlag.

Das Haus bestand aus zwei Schlafzimmern, einer Küche, einem Badezimmer und dem Wohnbereich. In Sherwoods Schlafzimmer stand ein kleines Doppelbett aus Kiefernholz mit einer Schaumstoffmatratze ohne Bettwäsche. Persy öffnete den Schrank. Im Dunkeln klapperten leere Kleiderbügel aus Draht.

Sie ging zur engen Küchenkombüse und öffnete den Kühlschrank. Zwei Sixpacks Castle-Bier, von denen fünf Büchsen fehlten. Ein Stück ausgetrockneter Käse und mehrere bereits geöffnete Flaschen mit scharfer Chilisauce.

Sie knallte die Tür wieder zu. Die Küche führte zu einem kleinen Hinterhof. Vom Fenster über dem Spülbecken konnte Persy ein paar Badehosen und ein dünnes, afrikanisch bedrucktes Tuch an der Wäscheleine ausmachen, alles ausgebleicht von der Sonne. Ein verschlissen aussehendes Surfboard lehnte an der Rückwand dessen, was eine Garage zu sein schien. Sie drehte den Wasserhahn auf und wusch sich die Hände, versuchte, etwas von der Trostlosigkeit des Ortes von sich abzuwaschen. Der Fenstersims war mit Staub und schwarzen Punkten von toten Fliegen überzogen. Ein Geschirrhandtuch hing steif vor Dreck an einem Nagel neben dem Spülbecken. Das wollte sie nicht benutzen. Stattdessen schüttelte sie die Hände, damit sie trockneten. In dem Moment fiel ihr der Abflussbereich im Spülbecken auf. Kein Anzeichen von Staub. Es war sauber ausgerieben worden, vermutlich von Mhlabenis Suchtruppe. Eine geschlossene Tür in der Speisekammer zog ihre Aufmerksamkeit auf sich. Neben der Küchentür entdecke sie einen Schlüsselbund, der mit Plastikschildchen versehen war. Sie nahm ihn vom Haken. Auf einem Schildchen stand »Garage«. Der Schlüssel öffnete die Speisekammertür, die in die Garage führte, zu einem Stapel gepackter Kartons. Mit schwarzem Marker stand darauf: Bücher. Kleidung. Besteck. Sonstiges.

Persy starrte auf die Kartons. »Er wollte abhauen«, sagte sie laut.

Marge Labuschagnes Freund, Ivor Reitz, war Sherwoods Vermieter. Wusste er, wohin Sherwood gewollt hatte und warum?

Sie schloss ab und verließ das Haus. Dann fuhr sie mit heruntergelassenem Fenster zurück auf die Kommetjie Main Road in Richtung Revier und genoss die kühle Brise, als sie plötzlich ein Dröhnen hinter sich vernahm, einen aufheulenden, hochtourig laufenden Motor. Im Rückspiegel erkannte sie einen teuren weißen Viersitzer-Pick-up, der mit Lichthupe von hinten auf sie zugerast kam. Schnell verarbeitete sie diese Information. Getönte Scheiben, kein Nummernschild. Innerhalb weniger Sekunden klebte er an ihrer Stoßstange, fuhr dicht auf. Sie drückte das Gaspedal durch, düste mit 140 Stundenkilometern und mehr davon. Für kurze Zeit fiel der Wagen etwas hinter ihr zurück, verlor an Boden, beschleunigte dann wütend und war wieder dicht hinter ihr.

Sie wusste sofort, dass sie als SAPS erkannt worden war, trotz Zivilkleidung und Zivilfahrzeug. Auf diese Weise wurden Cops immer wieder in Hinterhalte gelockt, sogar am helllichten Tag, und in der Regel hatte man es auf ihre Dienstwaffen abgesehen. Sie kamen zu einem Stück Straße, das perfekt für einen Übergriff war: Blaue Eukalyptusbäume und müllüberzogene Zäune auf der einen Seite, und in Kürze würde eine gekieste Zufahrtsstraße auf der linken Seite auftauchen, die nach Masiphumelele führte. Dort wollten sie sie haben, auf diesem Feldweg, würden versuchen, sie in diese Richtung zu bugsieren, der Pick-up würde neben ihr ausscheren, sie auf den Kies abdrängen, so dass sie sich gezwungen sähe, den Feldweg zu nehmen. Das Polizeirevier von Ocean View kam auf der rechten Seite, war aber noch immer zwei, drei Kilometer entfernt. Sie fuhr jetzt 160, und der Nissan fing an zu schlingern, ihm gefiel die Straße nicht. Wenn sie nicht langsamer wurde, könnte sie über das geteerte Stück hinausgeraten und sich überschlagen.

Der Pick-up tauchte neben ihr auf, das Fenster ging nach unten und eine Pistole wurde auf sie gerichtet. So ein Irrer! Wollte er etwa direkt hier auf der Straße eine verfluchte Schießerei haben? Das Geräusch war ohrenbetäubend, der Pick-up schlitterte, als der Gang gewechselt wurde, runter, hoch, runter, Aufheulen – er fiel zurück, kam dann aber wieder angeprescht, jagte sie wie ein Tier. Sie würde noch austicken, mit diesem schleifenden Geräusch, *diesem schrecklichen schleifenden Geräusch*, ihre Nerven lagen bloß, sie hielt dem hier nicht stand, wurde von einer Panik ergriffen, die sie mit sich reißen wollte. Irgendwie musste

sie das durchstehen. Wenn sie vor dem Pick-up an der Anliegerstraße vorbeikäme, dann hätte sie eine Chance.
Es kam zum Zusammenstoß, die Frontschutzbügel des Pick-ups knallten in ihren Wagen. Durch den Aufprall schlugen ihre Zähne aufeinander, Schmerz zuckte durch ihre Wange, als sie nach vorn geschleudert wurde, ihr Handgelenk krachte gegen das Armaturenbrett, ihr Kopf war nur noch Millimeter von der Windschutzscheibe entfernt. Der Sicherheitsgurt riss sie wieder nach hinten, das Lenkrad entglitt ihr, und der Nissan kam gefährlich ins Schlingern. Das linke Vorderrad geriet auf den Randstreifen, wodurch ihr Wagen stärker schleuderte. So wollte sie nicht sterben! Sie griff nach dem Lenkrad und trat mit zusammengekniffenen Zähnen voll auf die Bremse – brachte den Nissan durch reine Entschlossenheit wieder unter Kontrolle, steuerte zu stark dagegen und schlingerte gefährlich auf die andere Straßenseite – noch so ein Stoß, und sie würde in irgendetwas hineinknallen. Ein Bus der Golden-Arrow-Linie tauchte auf, eine Rostlaube mit nutzlosen Bremsen, und bog an einer Haltestelle nur wenige Meter vor ihr langsam auf die Straße. Sie verfehlte den Bus nur um Zentimeter, sah das schreckerfüllte »Oh!« des Fahrers, als sie an ihm vorbeirauschte, sein dröhnendes Gehupe folgte ihr wie Protestgeheul. Rasch kurbelte sie ihr offenes Fenster nach oben und sperrte so erleichtert Motoren- und schleifende Schaltgeräusche aus.
Das Polizeirevier von Ocean View kam in Sichtweite. Sie hätte nie geglaubt, dass sie einmal so glücklich sein würde, diese bescheidene Steinfassade mit ihrer vom Wind zerfetzten Flagge zu sehen!
Der Pick-up brauste auf die rechte Straßenseite, überholte sie an einer weißen Doppellinie und verfehlte knapp einen beladenen Minibus, schoss an einem Polizeitransporter vorbei, der vom Hof des Polizeireviers fuhr und nichts

von diesem Drama mitbekommen hatte. Sie verlangsamte das Tempo, Adrenalin jagte durch ihren Körper, und sah zu, wie der Pick-up ein Auto nach dem anderen überholte und mit voller Geschwindigkeit auf die Kreuzung am Ou-Kaapse-Weg zusteuerte, wo er in eine der drei Richtungen verschwinden konnte.

Sie bog auf den Hof des Polizeireviers von Ocean View und schaltete den Motor ab. Sie meldete sich per Funk in Fish Hoek, mit unnatürlich hoher Stimme, obwohl sie merkwürdig ruhig war. Die Antwort vom Revier schien unerträglich lange auf sich warten zu lassen, dann kam langsam das knisternde Feedback der Straßen-Patrouillen. Aber sie hatten den Pick-up verloren.

Ihre Arme und Beine zitterten mit einem Mal unkontrolliert, und sie presste ihre Hände auf die Knie, um sie ruhig zu halten. Das Funkgerät knisterte. »Alles okay bei dir, Jonas?« Es war Dizus Stimme, ängstlich angespannt. Aber sie konnte nicht sprechen. Mit klopfendem Herzen saß sie da, lauschte ihrem rasselnden Atem, ihre Kehle war wie zugeschnürt von dem Gestank nach verbranntem Gummi und Öl.

»Bist du da?«

»Ja. Alles klar.«

»Wer war das?«

Persy konzentrierte sich darauf, ihre Beine ruhig zu halten. »Die Fenster waren getönt. Auch kein Nummernschild.«

»Verkehrsrowdys?«

Ja, nur dass ihr Angreifer genau wusste, was er tat. »Er hatte eine Pistole.«

»Verdammt! Bleib dran. Titus will dich sprechen.«

Titus sagte ihr, sie solle sich den Rest des Tages freinehmen und von einem der Cops in Ocean View nach Hause fahren lassen. Doch ihr war nicht danach, einen ganzen Haufen

Fragen zu beantworten. Sie sagte, sie schaffe das schon noch selbst, versprach aber, nach Hause zu fahren. Sie legte den ersten Gang ein und fuhr langsam aus dem Hof. Sie sollte nach Hause fahren, aber sie wusste nichts mit sich anzufangen, wenn sie nicht arbeitete. Ihre Gedanken kreisten um das Haus in der Afrikander Street.

Wusste Mhlabeni etwas von Sherwoods Umzugskisten? War ihr der Pick-up-Fahrer von dort gefolgt? Wer würde ihr derart übel mitspielen wollen? Und war die Absicht gewesen, sie zu erschrecken oder sie zu töten?

16

Colette drückte ihre dritte Zigarette aus. Ihr Auto hatte sich mit Rauch gefüllt, aber der Südostwind heulte zu sehr, als dass sie das Fenster hätte öffnen können. Gregory Crane kam zu spät. Wo war er? Wusste er denn nicht, wie sehr sie ihn in solchen Momenten brauchte? Er hatte am Telefon sehr verständnisvoll reagiert, hatte ihr aber gesagt, dass es nicht für einen Kaffee reichen würde und er nur ein schnelles Treffen im Auto in Fish Hoek auf dem Weg zu seinem nächsten Termin einrichten könne. Sie war kurz davor, sich die vierte Zigarette anzuzünden, als er mit seinem neuen Mercedes ankam, eine Gefälligkeit seines neuen Geschäftspartners Asha de Groot.

Sie stieg aus, als er den Motor abschaltete, er öffnete die Türverriegelung, und sie setzte sich bei ihm auf den Beifahrersitz. Im Wagen roch es schwach nach teurem Aftershave, einer angenehmen Sandelholznote. Beruhigende New-Age-Musik lief. Er sah gut aus, trug ein wunderschön besticktes afrikanisches *dashiki*. Er drehte sich zu ihr und konzentrierte sich auf ihr Gesicht. Er war immer so wunderbar aufmerksam und nett. Augenblicklich fühlte sie sich entspannter.

»Ach, Greg! Vielen Dank, dass du gekommen bist. Ich war ganz aufgelöst.«

Es sprudelte nur so aus ihr heraus, und sie schämte sich. Er war so ein beschäftigter Mann, musste sich um wichtige Dinge kümmern in seinem neuen Geschäft und natürlich seiner Praxis, musste anderen helfen.

»Erinnerst du dich daran, was ich immer sage?«
»Ja.« Sie spürte, wie sich ihre Augen mit Tränen füllten.
»Alles geschieht zu einem übergeordneten Wohl.«
»Das stimmt.«
»Ich musste ihn im Leichenschauhaus identifizieren.« Bei dieser Vorstellung glaubte sie, sie würde ohnmächtig. Sie erschauderte. »Das war schrecklich. Ihn so zu sehen.«
Sie schloss die Augen.
Seine warme Hand umfasste ihre.
»Du Ärmste. Was für eine entsetzliche Tortur.«
Sie wollte nicht losheulen, doch seine wohltuende Stimme berührte sie ganz tief in ihrem Inneren. Er war kein gewöhnlicher Mensch. Er war ein sehr spiritueller Mensch. Jemand mit einer höheren Bewusstseinsebene.
»Sein Cousin hat angerufen, um mich zur Gedenkfeier einzuladen. Aber das halte ich nicht durch. Ich mache mir zu große Sorgen um Jasper.«
Tröstend drückte er ihre Hand. »Ich habe dir gesagt, du sollst deine Phantasie nicht mit dir durchgehen lassen.«
»Schwörst du, dass du nichts sagen wirst?«, platzte sie heraus.
Einen Moment lang hatte sie das Gefühl, als würde sie in tausend Stücke zerbersten. Sie kämpfte um ihre Fassung. Sie musste stark bleiben. Für Jasper. Musste sich selbst sagen, dass sie gesund war, dass sie das irgendwie überstehen würde, dass sie nicht in einem von diesen schrecklichen »Pflegeheimen« weggesperrt würde.
»Natürlich nicht, meine Liebe.«
»Hat die Polizei dich kontaktiert?« Sie hasste sich für ihren ängstlichen Tonfall.
Er zog seine Hände zurück. »Nein, warum sollte sie? Es sei denn, du gibst ihr Grund dazu.«
»O nein – natürlich nicht, das weißt du!«
Er starrte durch die Windschutzscheibe auf die Käufer in

Fish Hoek mit ihren Päckchen von Shoprite, Woolworth, AP Jones, sein Blick wanderte von einem zum anderen.
Als er wieder sprach, war seine Stimme eisig. »Ich schlage vor, du vergisst, was *ich* den Cops sagen könnte, und wendest dich an Marge Labuschagne. Immerhin weiß sie alles über die Geschichte. Und zurzeit hat sie wieder mit der Polizei zu tun.«
Sie fing an zu weinen, sie konnte einfach nicht anders. »Greg … Es ist nicht so, dass ich dir nicht vertraue. Das tut mir leid, ich weiß, ich habe dich nicht genug zu schätzen gewusst …«
Abwehrend hob er die Hände. »Mach dich nicht lächerlich.«
»Wir könnten … es noch mal versuchen … du und ich.« Ihre Worte wurden zu brüchigen Splittern, als das flüchtige Aufflackern einer Regung – Missfallen oder Abscheu – über sein Gesicht huschte.
»Oh! Es tut mir so leid … ich wollte nicht …«
»Ich verstehe.« Seine Stimme war wieder weicher. »Das ist gerade ein schwieriger Moment, und wir hatten einst eine schöne Zeit miteinander. Aber jetzt sind wir nur Freunde.«
Sie nickte, ihr Gesicht brannte.
»Es tut mir leid, Colette, aber ich habe jetzt ein Treffen mit einem Kunden bei mir zu Hause.« Er beugte sich hinüber, öffnete die Tür und ließ ihr keine andere Wahl, als auszusteigen.
»Aber denk daran, was auch immer du brauchst, ruf einfach an.«
»Ja, natürlich. Danke, dass du gekommen bist.«
Sie stieg aus und schloss die Tür. Er ließ den Motor an, winkte ihr durch die Windschutzscheibe zu, setzte vorsichtig zurück und fuhr ohne einen weiteren Blick davon.
Zitternd ging Colette zu ihrem Wagen. Sie lehnte den

Kopf auf das Lenkrad, atmete den säuerlichen Geruch ihres schweißnassen Haares ein. *Reiß dich zusammen, denk an Jasper.* Um seinetwillen musste sie einen klaren Kopf behalten.

Doch Greg war auf eine Bedrohung zu sprechen gekommen, die sie bis dahin übersehen hatte. Marge Labuschagne. Colette wünschte, sie würde sich mit den rechtlichen Aspekten der ärztlichen Schweigepflicht besser auskennen. Sie spürte, wie alte Dämonen wieder zurückkehrten, wusste, dass sie niemals wirklich gegangen waren, sondern einfach nur auf den richtigen Augenblick gewartet hatten. Verborgen hinter den Medikamenten hatten sie die nächste Katastrophe abgewartet, um wieder hervorzubrechen. Sie brachten Verwirrung, Dissoziation und das vertraute Gefühl, über allem zu schweben, auf sich selbst hinunterzublicken, als wäre sie eine völlig Fremde. Ihr fielen die letzten Worte ein, die Andy ihr gesagt hatte, als hätte er es vom Grab aus getan: *»Du bist verrückt! Völlig verrückt! Die hätten dich in dieser Klapse einsperren und den Schlüssel wegwerfen sollen!«*

Persy überlegte kurz, nach St. Francis zu fahren und Poppa zu besuchen, entschied sich dann aber dagegen. Seinen Adleraugen würde nicht entgehen, dass sie einen Schock erlitten hatte, und das würde ihn nur beunruhigen.

Sie parkte auf dem Parkplatz hinter der Spielhalle an der Fish Hoek Main Road. Sie sollte Mhlabeni wegen der Umzugskartons anrufen, auch wenn er ihr die Hölle heißmachen würde. Das Anruf-abgelehnt-Zeichen wurde bei ihm angezeigt – wahrscheinlich ließ er sich gerade volllaufen und wollte nichts von ihr hören. Sie hinterließ ihm eine Nachricht, informierte ihn über die Kartons in der Garage von Sherwoods Haus und den Übergriff auf sie auf der Straße. In einem Auto auf der anderen Seite stritt ein Pärchen gerade miteinander. Eine kaputte, hippiemäßig aussehende Frau hing am Arm eines Mannes in einem afrikanischen Hemd, wie Madiba sie immer trug. Von irgendwoher kannte Persy ihn – dann fiel ihr ein, dass sie ihn unter den Gaffern am Noordhoek Beach gesehen hatte. Ein weiterer Durchgeknallter; die südliche Halbinsel war voll davon.

Sie machte sich auf den Weg zu den Läden, die die Fish Hoek Main Road zu beiden Seiten säumten. Das Polizeirevier lag am nördlichen Ende der Straße, und hier tätigte sie alle ihre Bankgeschäfte und Einkäufe. Merkwürdigerweise konnte sie sich nicht daran erinnern, als Kind hierhergekommen zu sein, obwohl die Fish Hoek Main Road die einzige Einkaufsmöglichkeit in weitem Umkreis gewesen sein musste, ehe die Long Beach Mall ein paar Jahre später erbaut wurde. Persy war im Allgemeinen auf ihr ausgezeichnetes Gedächtnis stolz, musste aber zugeben, dass es um ihr Langzeitgedächtnis eher schlecht bestellt war.

Sie hatte zum Beispiel kaum eine Vorstellung von dem Haus, in dem sie in Noordhoek gelebt hatten. Gelegentlich verschafften sich Gedanken Zugang zu ihrem Gedächtnis, und merkwürdige Erinnerungsfetzen sickerten in ihr Bewusstsein wie langsam dahinfließendes Gewässer, dann wieder blitzten beunruhigende Erinnerungen auf, die genauso schnell wieder verschwunden waren, wie sie auftauchten, und sie einsam und voller Panik zurückließen. Wie dieses Déjà-vu, das der Anblick der Pferde auf dem Gemeindeland verursacht hatte. Oder die Furcht, die sie bei Chapman's Peak am Strand übermannt hatte. Sie fragte sich, ob dieses Aufblitzen überhaupt Erinnerungen waren. Sie ähnelten eher einer Art Alptraum als einer tatsächlichen Erfahrung.

Aus dem Nichts überfiel sie jetzt eine davon.
Sie war im Kaufhaus AP Jones. Aus ihrer kindlichen Perspektive war es ein beeindruckendes Kaufhaus mit glitzernden Schätzen gewesen, die hinter Holztresen verborgen waren und von ernst dreinblickenden Frauen mit gestärktem Zuckerwattehaar bewacht wurden. Das Licht wurde von Glasflächen und Spiegeln zurückgeworfen, der rauhe Kragen ihres Mantels kratzte an ihrem Nacken. Sie wurde sich der klebrigen Wärme einer kleineren Hand in ihrer bewusst. Im Nu war die Erinnerung auch schon wieder verflogen, ließ sie zitternd zwischen den Fußgängern auf dem Bürgersteig zurück, denen nichts aufgefallen war. Rasch überquerte sie die Straße. Das Verkehrsgeräusch war mit einem Mal ungewöhnlich laut. Sie musste gegen den Impuls ankämpfen, sich einfach unter einen vorbeifahrenden Laster oder Bus zu werfen, egal was, nur um dieses plötzliche Aufwallen des Entsetzens zu unterbinden. Sie gab sich Mühe, eine rationale Erklärung dafür zu finden. Vielleicht war sie gerade etwas unterzuckert, erlebte ein Art Nachbeben auf den Angriff vorhin.
Sie kaufte sich bei dem deutschen Feinkostladen neben Woolworth eine Frankfurter im Brötchen zum Mitnehmen, biss einmal hinein, und da sie den Rest nicht hinunterbekam, warf sie ihn in einen Mülleimer. Auf dem Weg zurück zum Auto schaute sie bei dem Laden mit Secondhand-Möbeln vorbei. Zwischen dem ganzen Durcheinander auf dem Bürgersteig entdeckte sie einen kleinen Couchtisch, der ihr gefiel. Wenn sie ihn ordentlich schrubben, die Farbe und Keime herunterbekommen würde, dann könnte er ganz »famos« aussehen, wie Poppa sagen würde. Wie gerne hätte sie ihre eigene Wohnung, die sie mit lauter ausgefallenen Dingen einrichten könnte. Nicht so wie Donny und Ferial. Alle Möbel wanderten direkt vom Laden in die Wohnung. Keine Phantasie, nichts Indi-

viduelles. Immer schön der Herde nach, brav die Punkte miteinander verbinden.

Wieder auf dem Parkplatz, startete sie den Wagen mit einem gewissen Widerwillen. Zu Donny und Ferial nach Parklands zurückzufahren war das Letzte, worauf sie jetzt Lust hatte.

Sie setzte gerade zurück, als ein Tazz anfuhr, dessen Fahrerin nicht darauf achtete, wohin sie lenkte, und geradewegs auf sie zuhielt. Persy hupte, und der Tazz kam mit quietschenden Reifen zum Stehen. Einen Moment lang schaute sie in die aufgerissenen, erschrockenen Augen der Fahrerin und erhaschte einen Blick auf ihr bleiches Gesicht. Es war die Hippiefrau, die mit dem Mann in dem afrikanisch bedruckten T-Shirt im Mercedes gesessen hatte. Sie betrachtete im Rückspiegel, wie der Tazz nach links in die Fish Hoek Main Road einbog und verschwand. *Verdammt!* Es hätte sie schon wieder fast erwischt! Am besten machte sie für heute Schluss und fuhr nach Hause, bevor ihre Glückssträhne abbrach.

Orlanda de Groot ging ein paar Schritte hinter ihrer Mutter her, die Dashiell im Kinderwagen schob. Sie hatten warten müssen, bis die Sonne untergegangen war, damit die Sonnenstrahlen sie nicht verbrannte und sie alle an Krebs sterben mussten. Orlanda mochte den Strand nicht. Sie hasste den Sand, das helle Licht und das Getöse des Meeres. Es machte ihr Angst. Die weite Fläche schien ihr ohne Grenzen, die Menschen wie Streichholzmännchen hier und da verteilt. Sie vermisste England, die Häuser dort, das sanfte, graue Licht und den tiefhängenden Himmel, die Straßen voller Leute. Sie kamen am Haus der mürrischen Dame vorbei. Ihr unordentlicher Garten war durch die dunkel glänzenden Blätter der Bäume zu sehen.

Orlanda mochte die Dame, die March hieß und sie vor dem verrückten Feuerjongleur auf dem Jahrmarkt gerettet hatte. Sie hatte es ihrer Mutter zwar noch nie erzählt, aber sie war schon mehrmals zum Tor gegangen, und wenn March sie entdeckte, bekam sie Kekse und einmal sogar Schokolade. Eigentlich war Orlanda immer dorthin gegangen, um Bongo zu sehen. Sie durfte keine Haustiere haben, abgesehen von der Schildkröte, da ihre Mutter behauptete, sie hätte eine »Tierallergie«. Gerade hörte sie Bongo winseln und jaulen. Das machte er manchmal, wenn March mit dem Auto weggefahren war und ihn allein im Garten ließ, aber er jaulte nie lange. Er würde sich neben das Tor legen, so dass seine große feuchte schwarze Nase herausschaute, und zusehen, wie die Leute vorbeigingen. Wenn der Postbote kam, würde er bellen, knurren und gegen das Gitter springen. Aber das war nur ein Spiel, denn einmal hatte die Dame das Tor offen stehen lassen, als der Postbote kam, und Bongo war auf den Gehsteig gelaufen, hatte mit dem Schwanz gewedelt und sich vom Postboten streicheln lassen. Am nächsten Tag war das Tor geschlossen, und als der Postbote kam, bellte Bongo und sprang wieder gegen das Gitter. Orlanda hörte, dass er jetzt an der Eingangstür kratzte. Als Nächstes hörte sie, wie die Tür geöffnet wurde und March sagte: »Ach, dann komm halt rein, du dicker, dummer Kerl, du.« Das sagte sie aber in einem Tonfall, als ob sie es gar nicht böse meinte. Bei ihr war es nämlich so: Sie wirkte mürrisch, aber sie war ganz nett. Orlanda war diese Sorte Erwachsener lieber als diejenigen, die nur so taten, als wären sie nett, eigentlich aber ganz böse waren. Wie der Zahnarzt, der lächelte, wenn er einem weh tat, oder Daddys Freund Mr. Crane, dessen Blick so kalt wie Stein war, wenn er sie anstarrte.

»Ach verdammt, es ist soooo kalt!«
»Die Temperatur fällt, wenn sie da sind. Bleib ganz ruhig, wenn du Kontakt herstellen willst.«
Gregory Crane ließ die Klimaanlage für Julian Duval auf vollen Touren laufen. Die Kunden gingen davon aus, dass die Temperatur geisterhaft niedrig sein musste, um Besucher von der anderen Seite zu empfangen. Die Klimaanlage in seiner alten Wohnung war ein bisschen unzuverlässig gewesen, sie war gebraucht und machte einen Heidenlärm, doch diese neue Anlage war auf dem allerneusten Stand der Technik, wie auch alles andere hier, und völlig geräuschlos. Er saß Julian auf dem großen tibetischen Teppich entspannt im Schneidersitz gegenüber.
»Schließ bitte die Augen. Konzentrierst du dich auf deine Visualisierung?«
»Ich glaub schon, aber ich bin mir gar nicht sicher, wie eine Lotosblume aussieht. Kann ich auch an eine Chrysantheme denken? Die Nationalblume der Afrikaans *tannies*.«
Crane biss die Zähne zusammen. Er war nicht in Stimmung für irgendwelchen Unverstand. Dieses ganze theatralische Beiwerk war notwendig für seine Kunden, aber es könnte sich nicht mehr von seinen ernsthafteren okkulten Techniken unterscheiden. Nicht zum ersten Mal fragte er sich, wie seine Kunden mit den »echten« Stimmen umgehen würden. Mit den Stimmen, die Crane zum ersten Mal erschienen waren, als er noch ein Kind war, in einem Moment größter Not und Machtlosigkeit, in den Fängen von Lance und den älteren Jungs im Heim. In jenen Momenten sprachen die Stimmen zu ihm – hauptsächlich kleine Jungen wie er selbst, die Geister derer, die es vor ihm über sich ergehen lassen mussten. Es war diese gemeinsame Erfahrung, die ihn »empfänglich« gemacht hatte, zu jemandem, der intuitiv Energien, welche starke Emotionen freisetz-

ten, erahnen und lesen konnte wie Dampf, der in die Atmosphäre aufstieg.

Er bemerkte den Ring, der seit seiner letzten Beratung hier an Julians linker Hand aufgetaucht war. Ein dünnes silbernes Band mit einer morgenländischen Gravur. Der musste von seinem arabisch aussehenden Freund sein, es war bestimmt nicht Julians üblicher Geschmack. Er bevorzugte adrette Shirts und Chinohosen. Nur wenn er sich für das Kabarett zurechtmachte, wo er sich als »Juliana« in voller Drag-Montur zeigte, befreite er sich vom konservativen Afrikander-Image.

»Wie geht es dir?«

»Du hörst dich an wie meine Therapeutin.« Julian lachte, ließ die Augen aber geschlossen.

»Wie findest du deine Therapeutin? Marge Labuschagne, richtig?«

»Ja.«

»Klappt das gut? Ich selbst habe Therapien nie für sehr effektiv gehalten.«

»Das hängt vermutlich vom Therapeuten ab.«

»Bestimmt. Sollen wir jetzt anfangen?«

Julian hatte zum ersten Mal Cranes Rat erbeten, als es um die Eröffnung des *Bohemian Rhapsody* ging, doch Crane wusste sofort, dass es noch einen weiteren Grund gab. Und tatsächlich, nach den entsprechenden Sympathiebekundungen kam alles auf den Tisch. Julian hatte seiner Familie erst vor kurzem mitgeteilt, dass er schwul war. Eine Woche später war sein Vater an einem Herzinfarkt gestorben.

Crane nutzte die Gelegenheit, um Julian Shamil vorzustellen, den »Aufgestiegenen Meister«, der mit den Toten kommunizierte. Seitdem war Julian dreimal wiedergekommen und hoffte auf Nachricht von seinem Vater. Irgendwann würde Crane seiner Bitte nachgeben und ihm

die entsprechende Nachricht der Vergebung zukommen lassen, schließlich ließ sich mit einem lähmenden Schuldgefühl so schlecht leben.
Er missbrauchte sein Wissen über die höheren Welten auf diese Weise nur ungern, doch er trug die Verantwortung für Julian, genau wie für seine anderen verlorenen und gebrochenen Kunden. Was er ihnen gab, war Trost und Hoffnung. Mehr als die Zwillingsteufel Psychiatrie und Psychologie jemals vermochten.
Jetzt konzentrierte Crane seinen Blick auf etwas links von Julians Kopf. Nach ein paar Minuten sprach er.
»Shamil schickt Grüße. Er sagt, du sollst deinen Frieden finden, dein geliebter Mensch ist dir ganz nahe.«
Crane machte eine Pause. Der nächste Teil der Nachricht musste bedacht übermittelt werden. Julian saß nun regungslos da, bereit, zuzuhören.
»Dieses Mal kommt er mit einer Warnung.«
Julian riss die Augen auf.
»Schließe die Augen. Kein Grund zur Besorgnis, du wirst beschützt sein. Shamil sagt, ein Komet zieht momentan an der Welt vorbei. In deinem Fall deutet das auf dunkle Kräfte in jemandem hin, der die nahesteht.«
»Wer ist es?«
»Er weist auf eine Frau.«
»Eine Frau?« Julian wirkte überrascht. »Ich würde nicht sagen, dass ich meiner Mutter sehr nahestehe …«
»Vielleicht eine Vertraute?«
Julian runzelte die Stirn. »Na ja, da gibt's meine Therapeutin, Marge Labuschagne. Sie ist die einzige Frau, der ich mich anvertraue.«
Crane machte erneut eine Pause, ehe er fragte: »War sie für den Tod von jemandem verantwortlich?«
»Was? Ich habe keine Ahnung! Warum? Ist jemand gestorben?«

Crane hob abwehrend die Hand, um ihn zum Schweigen zu bringen. »Warte, Shamil zeigt mir etwas … O nein …« Die nächste Pause reizte er bewusst aus. Das richtige Timing war alles.

»Was? Was ist es?«, fragte Julian ängstlich.

»Es ist … ein Bild. Von einer Leiche. Ein Mann, der auf schreckliche Weise gestorben ist. Das ist schrecklich, so schrecklich! Er wurde entzweigeschnitten. Ein Zugunglück!«

»Wie entsetzlich!«

Crane erlaubte sich eine weitere Pause.

»Jetzt zeigt er mir etwas. Eine Zeitung.« Crane schloss die Augen.

»Es ist die *Cape Times*. Ich kann gerade so das Datum erkennen.« Crane tastete herum. »Schnell, etwas zu schreiben!«

Julian drückte ihm Stift und Papier in die Hand, und Crane schrieb rasch ein paar Zahlen darauf. Dann wartete er, als müsste er sich einstimmen. Etwas Zeit verstrich, dann schüttelte er den Kopf. »Tut mir leid, das war zu verwirrend. Ich musste die Verbindung abbrechen.«

Julian starrte auf das Stück Papier mit dem Datum.

»Dieses Bild – ein zweigeteilter Mann«, Julian schauderte, »warum hat Shamil mich davor gewarnt?«

»Die Antwort befindet sich vermutlich in der Zeitung.«

»Aber was hat das mit Marge Labuschagne zu tun?« Vor Schreck war Julian ganz bleich.

»Ich habe keine Ahnung.«

Mit gerunzelten Augenbrauen eilte Julian davon. Seine Ängstlichkeit und seine natürliche Neugier würden ihn zweifelsohne dazu bringen, so bald wie möglich nach dieser Zeitung zu suchen. Die homophoben Untertöne des Skandals und Julians Publikumssehnsucht würden den Rest erledigen. Die Besitzer des *Bohemian Rhapsody* würden die Nachricht im Tal verbreiten. Und schlussendlich würde allen klar, dass Marge Labuschagne hier der Scharlatan war und dass sie nicht in der Lage war, irgendjemanden zu behandeln, schon gar nicht Verhaltensgestörte oder psychisch Labile.

Sie würde Klienten verlieren. Und ihre Glaubwürdigkeit in der Noordhoek Action Group. Marge war nichts anderes als eine Nervensäge. Eine Nervensäge, eine Schrulle, ein Störenfried. Tja, er würde es ihr mit gleicher Münze heimzahlen.

17

Marge war noch nicht aus ihrem jugendlichen Musikgeschmack vor dreißig Jahren herausgewachsen, und während sie die Kartoffeln für das Abendessen schälte, hörte sie ein Medley der örtlichen Golden Oldies aus den Achtzigern von Shifty Records: The Happy Ships, The Cherry-faced Lurchers, The Kalahari Surfers. Will war oben, und wie es aussah, wollte er wohl noch ein paar Tage bleiben. Sie würde natürlich nichts dazu sagen. Eben tauchte er in der Tür auf, nickte zustimmend zu ihrer Musik. Er war insbesondere ein Fan von Warrick Sony von den Surfers, den er als Genie erachtete. Er warf einen Blick über ihre Schulter, um zu sehen, was sie gerade machte.

»In der Schublade gibt es noch ein Schälmesser«, sagte sie.

Er streckte die Hand aus und nahm sich eine Olive aus der Salatschüssel.

Sie gab ihm einen Klaps auf die Hand. »Nicht naschen.«

Er steckte sich die Olive in den Mund und ließ sich auf einen Stuhl am Küchentisch fallen. »Ich bin am Verhungern, liebste Mama. Wann gibt's Essen?«

»Bald. Ich dachte, wir essen auf der Veranda. Obwohl der vermaledeite Wind anscheinend wieder aufkommt.«

Er sprang auf. »Habe ich noch Zeit zu duschen?«

»Nein!«

Doch er war bereits zur Tür hinaus.

Sie rief ihm hinterher. »Ich bin fast fertig!«

Und er brüllte irgendeine unverständliche Antwort.

Sie deckte den Tisch mit Kerzen und einer guten Flasche

Pinotage, als etwas im Garten ihre Aufmerksamkeit erregte. Eine bleiche, schwach beleuchtete Gestalt stand am Tor. Sie spähte durch die Terrassentür nach draußen in die Abenddämmerung, verfluchte ihre schlechten Augen, doch wer auch immer es war, er stand regungslos da. Sie machte die Musik leiser und öffnete mit Bongo neben sich die Eingangstür.

Die Gestalt war verschwunden.

Sie bekam nicht leicht Angst, doch als sie Bongo befahl, ruhig zu sein, verspürte sie einen Schauer der Besorgnis. Sie trat in den Garten hinaus, ihre Wahnvorstellung von Gwen Kruger kurz zuvor drängte sich ihr wieder auf.

Der Südostwind hatte sich erhoben, und Wolken zogen über den Himmel. Kein Anzeichen des Kometen heute Abend. Sand und Staub wurden über die Straße gepeitscht, es brauste und raschelte in den Milkwood-Bäumen. Blätter, die von den trockenen, heißen Winden schon ganz brüchig und farblos waren, knisterten wie Weihnachtslametta, als sie hin und her geweht wurden.

Dann sah sie Bongo.

Er stand stocksteif am Tor, das Fell am Hals gesträubt, der Schwanz starr. Ein tiefes Knurren drang aus seiner Kehle.

Ein Schatten huschte am Tor vorbei.

»Wer ist da?« Vor Furcht war ihre Stimme ganz schrill.

Der Schatten trat ins Licht. Es war eine Frau. Ihre Lippen bewegten sich, Marge musste sich anstrengen, um über den Lärm von Wind und Bäumen hinweg zu hören, was sie sagte.

Sie sprach wieder, lauter dieses Mal. »Dr. Labuschagne? Es tut mir leid. Ich wollte Sie nicht erschrecken.«

Marge ging zum Tor, und langsam wurde die Frau deutlicher.

Colette McKillian. Sie sah zerbrechlich genug aus, um in ihren dünnen Kleidungsstücken einfach weggeblasen zu werden. »Es tut mir leid, einfach so hereinzuschneien, aber ich muss mit Ihnen reden.«

Marge nahm erste Anzeichen von Unannehmlichkeiten wahr. Colette konnte nur aus einem Grund hier sein.

»Kommen Sie besser herein.«

Beim Anblick des Tisches mit den zwei Tellern und den brennenden Kerzen sah Colette verlegen aus. »Ach herrje, ich bin in Ihr Essen geplatzt.«

»Das ist in Ordnung, nehmen Sie Platz.« Dabei war es ärgerlich. Und unangenehm. Eine Ex-Klientin in ihrer großen, nicht aufgeräumten Küche zu haben, dazu ihr mit Büchern, Zeitungen und Katzen bevölkertes Wohnzimmer und die nicht mehr allzu frischen Blumen im Gang. Es war eine der Situationen, die ein Therapeut fürchtete: ein aufgelöster, psychisch labiler Patient, der in den persönlichen Raum eindrang.

Genau wie Sherwood hatte Marge Colette über die Jahre hier und da gesehen, einem oder zwei ihrer Pianokonzerte beigewohnt, doch abgesehen von einer kurzen Begrüßung, hatten sie kaum miteinander gesprochen. Jetzt hatte sich Colette steif auf den Rand des Sessels in Marges Wohnzimmer gesetzt. Sie war so dünn geworden, dass sie das Polster kaum nach unten drückte. Ihre einst so zarten präraffaelitischen Züge waren verschwunden. Ihre kastanienbraunen Locken waren noch immer lang, aber sie waren strähnig, ungekämmt, mit Grau durchzogen, und unter den Augen hatte sie dunkle Schatten.

»Ich bin wegen Andy hier«, sagte sie und wrang dabei die Hände. Indische Armreifen klimperten an ihren dünnen Handgelenken. »Ich habe gehört, dass Sie ihn gefunden haben. Am Strand.«

»Ja, das habe ich«, erwiderte Marge und wünschte sich eine Zigarette.

»Ich habe ihn identifiziert«, fuhr Colette fort. »Seine Leiche, meine ich. Zu diesem Zeitpunkt war noch kein Familienangehöriger hier gewesen. Das war schrecklich. Wirklich schrecklich.«

»Ja, das war es bestimmt.«

Colette war die Letzte, die Sherwoods aufgedunsenen Leichnam auf dem Seziertisch hätte identifizieren sollen.

»Es tut mir so leid, dass ich so hereinplatze, aber ich habe mich gefragt, ob Sie der Polizei … von … der Sitzung erzählt haben … die Sie mit uns hatten … mit mir und Andy?« Colette brachte die Worte kaum heraus. Ihre Besorgnis war so greifbar, als wäre sie eine weitere Person im Raum.

»Ich habe ihnen gesagt, dass Andy mich vor ein paar Jahren aufgesucht hat. Aber was in den Sitzungen gesagt wird, ist vertraulich. Ich habe ihnen nicht gesagt, dass Sie anwesend waren oder worum es ging.«

Nervös wischte sich Colette den Mund ab. »Danke. Ich will Jasper schützen. Er weiß nichts von meinen … Vermutungen.«

»Das verstehe ich. Aber Jaspers Fall war vielleicht nicht der einzige so gelagerte Fall. Es könnte noch andere geben. Was auf ein mögliches Motiv weist.«

»Ein Motiv!« Colette wurde ganz blass.

»Nun ja, es sieht so aus, als wäre Andrew ermordet worden.«

Colette umklammerte ihre Schultern und zitterte. »Das waren bestimmt die Drogendealer.«

»Drogendealer?« Marge war verwirrt.

»Andy hatte eine Zeitlang Drogen genommen …« Jetzt war Colette aufgeregt, ihre Worte überschlugen sich. »Diese Drogendealer sind gefährliche Leute …«

»Vielleicht sollten Sie der Polizei mitteilen, was Sie wissen.«

Colette schüttelte heftig den Kopf. »Das kann ich nicht. Ich will Jasper da nicht mit reinziehen.«

»Jasper ist besser dran, wenn die Polizei es von Ihnen erfährt, statt durch irgendwelches Getratsche von anderen Eltern vor der Schule.«

Colette verzog gequält das Gesicht und verbarg es hinter den Händen. Besorgnis erfasste Marge in Bezug auf Colettes mentalen Zustand. Sie war schrecklich dünn und verwirrt. Nahm sie ihre Medikamente etwa nicht mehr?

Genau in dem Moment tauchte ein frisch geduschter Will in der Tür auf, mit roten Backen, zerzausten Haaren und dem Geruch nach Seife. Mit einem Mal wurde Marge bewusst, wie frei und unabhängig er war.

»Du bleibst zum Abendessen hier, hoffe ich?« Ihre Stimme klang schärfer als beabsichtigt, da sie wusste, dass sich seine Pläne von einem Moment zum anderen ändern konnten.

Abrupt erhob sich Colette. »Tut mir leid, ich störe Sie beim Essen. Ich gehe jetzt besser.«

Marge brachte sie zum Tor. Der Wind war plötzlich abgeflaut, wie so oft, wenn es dunkel wurde. Ein kleines Auto stand auf der Straße unter den Milkwood-Bäumen; sie erfüllten die Nacht mit dem chemischen Geruch ihres Saftes. Gott sei Dank verströmten sie den nur im Spätsommer. Der konnte einen geradezu überwältigen.

Marge sagte: »Wenn Sie jemanden brauchen, dann kann ich Ihnen da jemanden empfehlen.«

»Nein, nein, mir geht es gut. Wirklich.« Colette mühte sich ab, den Schlüssel in das Schloss ihres Autos zu bekommen, sie wollte so schnell wie nur möglich von hier weg.

Zurück im Haus, wo Will es kaum erwarten konnte, endlich auszugehen. Da schwand ihre Hoffnung dahin, dass sie einander beim Essen gemütlich auf den neuesten Stand bringen würden. Stattdessen sah sie ihm zu, wie er sein *steak au poivre* mit *pommes au gratin* hinunterschlang, während er gleichzeitig SMS schrieb und in den Garten verschwand, um dort unter dem Vorwand des »besseren

Empfangs« Anrufe entgegenzunehmen. Etwas besänftigt war sie dann über den nachlässigen Kuss, den Will ihr auf dem Weg nach draußen auf den Kopf drückte. »Das war klasse, Ma. Du machst die besten Steaks weit und breit.«
Sie gewöhnte sich langsam an seine gedankenlose Gleichgültigkeit und Nachlässigkeit. Ihn hatte sie wenigstens noch in ihrem Leben, egal wie unregelmäßig. Zum wiederholten Mal an diesem Tag kreisten ihre Gedanken um Gwen Kruger.
Sich das Gesicht der Frau in jenem Fenster vorzustellen war eine verwirrende Erinnerung an den tragischen Ausgang einer fatalen Fehleinschätzung gewesen. Die Furcht, die sie seither zu verdrängen versuchte, war auferstanden wie ein Geist, seit sie Sherwoods Leiche gefunden hatte. War Andrew Sherwood fälschlicherweise angeklagt worden, genau wie Theo Kruger? Sie konnte die Ahnung einfach nicht abschütteln, dass beide Fälle auf irgendein Versagen ihrerseits deuteten.
Als sie abräumte, kehrten ihre Gedanken zu Colette McKillian zurück. Verständlicherweise machte sich die Frau Sorgen um ihren Sohn. Oder hatte sie etwa Angst, selbst verdächtigt zu werden? Als ob die Polizei oder sonst irgendjemand diese nervöse, flüsternde Frau zu Gewalttaten fähig erachtete. Natürlich könnte ihre Krankengeschichte ein paar Fragen bezüglich ihres Geisteszustands aufwerfen. Dann wiederum gab es einige Leute, die Sherwood vielleicht aus denselben Gründen hatten tot sehen wollen. Nicht dass es Marge freistand, eine dieser Informationen weiterzugeben. Es war frustrierend. Was sie brauchte, war ein Stellvertreter, der es an ihrer Stelle weitergab. Ganz von selbst musste sie an die kurzsichtigen braunen Augen und die undurchdringliche Miene von Persy Jonas denken.

Titus klang überrascht, und das konnte er auch durchaus sein, als sie ihn nach einer längeren Funkstille zum zweiten Mal in zwei Tagen anrief. Ihre kryptischen Andeutungen verwirrten ihn ebenfalls. »Ich verstehe nicht ganz, was du sagen willst, Marge.«

»Ich deute nur an, dass ich über heikle Informationen verfüge, die bei den Ermittlungen helfen könnten. Aber ich kann das, was in Therapiesitzungen besprochen wird, nicht offenlegen.«

Im Hintergrund lachten seine Töchter, redeten lauthals miteinander und stimmten dann in den Gesang eines Kandidaten im Fernsehen mit ein. Sie war in kostbare Zeit mit der Familie hineingeplatzt und verspürte einen brennenden Stich des Neids.

»Ich sage Detective Mhlabeni, dass er dich anrufen soll«, sagte Titus.

Mhlabeni. Der dicke, schwitzende Unkompetente mit dem *babbelas*. Niemals.

»Warum nicht Detective Jonas?«

»Ich dachte, du hättest ein Problem mit ihr.«

»Sie ist etwas arrogant, aber ich denke, wir könnten zusammenarbeiten«, murmelte Marge, der plötzlich bewusst wurde, dass sie sich vielleicht selbst ins Bein geschossen hatte.

»Verstehe«, Titus klang wachsam.

»Also, nur wenn du glaubst, dass ich bei den Ermittlungen behilflich sein könnte …«

»Keine Frage …«

Sie spürte sein Zögern.

»Ich erwarte natürlich nicht, offiziell an diesem Fall mitzuarbeiten, aber wenn ich irgendwie helfen kann …«

Langes Schweigen am anderen Ende der Leitung, dann sagte er: »Sherwood war einer deiner Patienten …«

Marge fragte sich, ob Theo Kruger der unausgesprochene

Subtext ihrer Unterhaltung war. Oder äußerte Titus etwa berechtigte Zweifel?

»Klienten.«

»'tschuldige. Klienten.«

Mit einem Mal wollte sie Titus ganz verzweifelt überzeugen.

»Ich kann mein privates und berufliches Leben trennen, sollte dich das beschäftigen.«

»Ich musste fragen, Marge.«

»Das verstehe ich.«

Marge hörte Letitias Stimme, die ihn im Hintergrund rief.

»Mal sehen, was ich tun kann.«

Marge legte auf. Sie war überrascht, wie groß ihr Interesse auf einmal war, an diesem Fall mitzuarbeiten. Sie war voller Energie und so aufgeregt wie schon seit Jahren nicht mehr. Sie wollte wieder das tun, was sie am besten konnte. Die Besonderheiten in der Psyche eines Killers entziffern.

18

Sie rennt vorneweg, war seit jeher gelenkiger als er, schneller im Denken und Handeln. Er ist stets vorsichtiger, begreift Dinge langsamer, erwartet die Antworten von ihr. Das schwarze Baumkronendach der Milkwood-Bäume über ihnen fängt den feinen Regen ab und dämpft das tiefe Grollen des Meeres.
Sie muss sich beeilen.
Die Furcht steigt wieder in ihr auf, zieht an ihren Füßen.
Sie weiß, was passieren wird, doch sie kann nichts dagegen unternehmen.
Es ist dunkler jetzt, die Bäume sind überwuchert, aber der Weg ist ihr vertraut. Eine Karte, eingebrannt in die Netzhaut ihres Auges. Jetzt übermannt die Furcht sie – und sie weiß, was kommt. Glücklicherweise werden sie von den schwarzen Bäumen versteckt, versteckt vor dem schrecklichen Himmel, der gerade mit dem bösen Omen einer anderen Welt in Flammen steht. Ein unheilverkündendes Phänomen, mit brennendem Gas und Eis im Gefolge. Dann kam das schreckliche, schleifende Geräusch aus dem Unterholz immer näher …
Persy zwang sich, die Augen zu öffnen, um die verwischten Konturen ihres Zimmers wahrzunehmen. Das Bild verblasste, tauchte dann erneut auf, während sie krampfhaft versuchte, ihre verklebten Augenlider auseinanderzubekommen und die reale Welt von ihrer Traumwelt zu trennen. Sie erkannte die verschwommenen Umrisse des Einbauschreibtischs und des Stuhls, die zugezogenen Vor-

hänge, beleuchtet vom Lichtbogen ihrer Nachttischlampe. Diese hatte noch gebrannt, als sie eingeschlafen war. Sie strampelte die Bettdecke weg, unter der ihr viel zu heiß war. Sie war ganz verschwitzt.

Hinter ihrem erwachenden Bewusstsein lauerte noch immer der Schrecken, dessen Wurzeln in den wiederkehrenden Alptraum ihrer Kindheit führten. Manchmal vergingen Wochen, Monate, aber dann kam er wieder zurück. Niemals würde sie sich davon lösen können. Der Traum war häufig mit Eindrücken aus der Gegenwart verflochten, dieses Mal der angreifende weiße Viersitzer-Pick-up und der Komet, von dem Charl Human von der *Boma*-Bar gesprochen hatte. Manchmal gelang es ihr, aufzuwachen, wenn der Traum begann; dann wiederum blieb sie darin gefangen bis zum Schluss. Und ganz egal, wie es sich abspielte, der schreckliche, schleifende Laut war immer Teil der Geräuschkulisse. Steif wie ein Brett lag sie da und wartete darauf, dass ihr pochendes Herz sich beruhigte. Ihr Schweiß kühlte ab, und ihre Haut wurde eiskalt. Eine Erinnerung aus ihrer Kindheit tauchte auf. Wie sie in Poppas schmalem Bett lag und dem Schrei einer Schleiereule in den Bäumen ganz in der Nähe lauschte. Zweimal hatte sie sie gesehen, einmal im tiefen Sturzflug in der Abenddämmerung, wie sie nach unten tauchte und dann wieder aufstieg, eine vor Schreck erstarrte Feldmaus in den Klauen. Und einmal hatte sie sie unheimlicherweise bei Tag gesehen, und sie hatte sie mit ihren runden, gelben blinden Augen von einem niedrigen Ast des Baumes angestarrt, der bis zum Haus reichte. Wieder ertönte der Schrei, und es war der verlassenste und einsamste Laut, den sie jemals gehört hatte. Sie blieb eine weitere Stunde einfach liegen und musste wieder eingedöst sein, denn als sie das nächste Mal auf die Uhr schaute, war es sieben. Sie hatte verschlafen.

Sie stolperte ins Badezimmer, schrubbte sich die Hände unter heißem Wasser mehr als gründlich und wusch sich das Gesicht. Als sie damit fertig war, holte sie die Waffe aus ihrem Versteck. Sie schaute zu Ferial hinein. Ein kleiner Haufen unter der Bettdecke, eine Flasche Panado neben der Nachttischlampe.

»Alles klar bei dir?«

Ein Ächzen.

Ferial, die niemals einen Arbeitstag verpasste, noch immer im Bett. Persy machte einen weiteren Schritt in den Raum.

»Ferial, alles okay bei dir?«

Ferial linste unter der Bettdecke hervor, entblößte dabei nur einen Teil ihres Gesichts. Das reichte auch völlig.

»Was ist passiert?«

»*Ach* – Donny, du weißt schon.«

Das brauchte keine weiteren Ausführungen. Die blutunterlaufenen, geschwollenen Augen sagten mehr als genug. Eine Woge des Mitleids und des Hasses überkam Persy, ein übler, bitterer Geschmack, ein bleiernes Gewicht in ihrem Magen. Sie hatte geschlafen, während das im Raum nebenan passiert war.

»Verdammt! Warum hast du mich nicht geweckt?«

Aus verschwollenen Augenschlitzen starrte Ferial sie trotzig an. Ihr für gewöhnlich fanatisch geglättetes Haar war verfilzt und durcheinander.

»Ach – ist nichts Ernstes. Ich habe ihm gut Paroli geboten.«

Das bezweifelte Persy. Sie und Ferial waren von derselben zierlichen Statur. Maximal wog sie 50 Kilo. Persy ließ sich neben sie plumpsen. Ferial rutschte etwas zur Seite. Dabei stöhnte sie schmerzerfüllt auf.

»Verdammt, Ferial!«

»Was kann ich denn schon machen, hm?«, wollte Ferial gereizt wissen.

»Das habe ich dir doch gesagt. Eine einstweilige Verfügung erwirken.«
Ferial lachte herb auf. »Das macht ihn nur noch wütender.«
»Wenn du nichts unternimmst, dann bringt er dich eines Tages noch um.«
»Bitte. Halte dich einfach raus, du machst das Ganze nur noch schlimmer für mich.«
Persy stand auf, kam sich hilflos vor. Plötzlich begann Ferial zu weinen, und ihr kleiner Körper zitterte unter der Bettdecke. »Ich halte das nicht mehr aus.«
Es war das erste Mal, dass sich in ihrer Abwehr Risse zeigten. Erleichterung durchströmte Persy. Würde sie endlich auf die Stimme der Vernunft hören?
»Triff mich später am Caledon Square. Ich helfe dir, eine einstweilige Verfügung aufzusetzen. Das muss ein für alle Mal ein Ende haben.«
Ferials Antwort zwischen den Kissen klang nach zustimmendem Gemurmel.
Persy beuge sich zu ihr und tätschelte ihren Rücken.
»Mach dir keine Sorgen. Ich helfe dir, alles wird gut.«

Julian Duval, Marges erster Kunde an diesem Mittwochmorgen, war nicht zu seinem Meeting um sieben Uhr gekommen, glücklicherweise, wie sich herausstellte. Denn ansonsten hätte sie Ivors unerwartete Einladung zu einem Morgenspaziergang nicht annehmen können. Wie betreten die Stimmung zwischen ihnen auf dem NAG-Meeting auch gewesen war, alles verflüchtigte sich in der duftenden Morgenluft.
Sie nahmen den höchsten Rundweg zu dem zerklüfteten Aussichtspunkt, der die Hout Bay überblickte. Silvermine war in einen dünnen Nebel gehüllt, der schnell vollständig von der Sonne verschlungen wurde.

Gegen neun sollten sie den Berg wieder verlassen haben. Der niedrig wachsende Fynbos bot nur wenig Schatten. Außerdem war es in dem sanften Morgenlicht einfacher, die kleinen Wildblumen auszumachen. Sobald einer von ihnen ein interessantes Heidekraut oder eine Bucco-Pflanze entdeckte, riefen sie einander zu, und es folgte eine intensive Diskussion über Geruch, Form oder Farbe der Pflanze.

»Freut es dich nicht, mitgekommen zu sein?«, fragte Ivor lächelnd. Im Schatten des Hutes leuchteten seine Zähne weiß in seinem gebräunten Gesicht.

»Doch, natürlich.« Aber Julians Nichterscheinen beunruhigte Marge leicht. Sie war von der nagenden Sorge erfüllt, dass Julian sich einem Durchbruch widersetzte. Es war nicht ungewöhnlich, dass es einen solchen Rückzug gab, ein letzter verzweifelter Versuch von Seiten des Klienten, an dem Schutzmechanismus festzuhalten, der einst so nützlich gewesen war, um schmerzhafte Erkenntnisse oder Erinnerungen im Unterbewusstsein zu verschließen. Julian, der sich selbst als »schwulen *boereseun*« bezeichnete, war das Einzelkind einer tief gläubigen, konservativen Familie aus Potchefstroom. Während der Therapie verarbeitete er die Trauer und Schuld über den Tod seines homophoben Vaters. Sie waren an einem heiklen Punkt angelangt: einem kritischen Moment, in dem der Patient nach Gründen suchen konnte, um sich aus der Therapie zurückzuziehen, in dem sich entweder Zweifel an der Seriosität seines Therapeuten einstellen oder er dessen Motive in Frage stellen konnte. Marge musste vorsichtig sein, musste selbst den leisesten Anschein von Zwang vermeiden.

Glücklicherweise hatte Julian in Mustafa einen unterstützenden Partner.

»Ich kann Gott nur für Mustafa danken, mehr kann ich nicht sagen«, hatte er bei seiner letzten Sitzung verkündet.

»Ich sehe ihn als meinen Schutzengel, aber sagen Sie ihm das bitte nicht! Er hasst diesen ganzen Quatsch.«
Julian hatte eine Schwäche für Scharlatane und Wahrsager, die sich seiner Unsicherheit bedienten. In ihren dunkleren Momenten fragte sich Marge, ob sie selbst soviel besser war als sie. Psychoanalyse konnte nach überdeterminiertem Rätselraten und theoretisierter Intuition aussehen. Ihre Tätigkeit im Bereich Strafrecht hatte immer greifbarer gewirkt, die Ergebnisse waren auf eine befriedigendere Weise quantitativ zu bestimmen gewesen.
Marge und Ivor waren gute eineinhalb Stunden unterwegs, hauptsächlich in angenehmem Schweigen. Sie erreichten einen kleinen Bach und blieben stehen, damit Bongo trinken konnte. Marge schöpfte etwas von dem gelblich rot gefärbten Wasser an ihren Mund. Direkt aus den Bergen, süß und sauber.
»Vielen Dank für deinen Vorschlag«, sagte sie. »Bongo brauchte dringend mal wieder einen Spaziergang, aber nach Sonntag konnte ich mich einfach nicht dazu überwinden, an den Strand zu gehen.«
»Das kann ich mir vorstellen.« Ivors Tonfall war verständnisvoll, doch unter der Hutkrempe waren seine Augen so undurchdringlich wie eh und je. »Hast du etwas von der Polizei gehört?«
»Tatsächlich assistiere ich ihnen in gewisser Weise bei diesem Fall. Inoffiziell natürlich.«
Er sah überrascht aus. »Ich dachte, damit hättest du abgeschlossen.«
»Habe ich auch, aber du weißt schon … Ich dachte, ich müsste es anbieten. Und bei Gott, sie brauchen alles Fachwissen, das sie bekommen können.«
Damit rief sie ihm in Erinnerung, dass sie über wichtiges Wissen verfügte, dass sie immer noch gefragt war.
»Ich hoffe, du bist vorsichtig.« Diese Warnung beinhaltete

eine gewisse Dringlichkeit. Machte er sich Sorgen um ihre Sicherheit? Bei diesem Gedanken überkam sie leichtsinnigerweise ein unbeschwertes Gefühl.

»Es handelt sich nur um eine unterstützende Funktion. Nichts Gefährliches.«

Tatsächlich stand ja noch gar nicht fest, ob sie überhaupt hinzugezogen würde. Sie wartete immer noch auf Rückmeldung von Titus. Sie waren auf dem Hochplateau mit der Aussicht auf die erhabene, gezackte Bergspitze des Sentinel angekommen, der direkt aufs Meer hinausragte und den Eingang in die Hout Bay bewachte. Von Süden her hatte sich ein heißer, böiger Wind erhoben. Fischerboote holten ihre Netze und Leinen ein und steuerten auf den Hafen zu. Es war bereits spät für einen Fang, da die Fische sich in die kühleren Tiefen des Ozeans zurückzogen.

Ivor zeigte auf die Robben, die sich als tintenschwarze Masse auf den Felsen von Duiker Island gruppiert hatten, und auf die Siedlungen in Hout Bay, die hervorsprießenden hässlichen Einkaufszentren und Wohngebiete. »Sieh dir nur diesen Schandfleck an«, seine Stimme klang angespannt. »In meiner Kindheit war das alles noch mit Steineiben und Silberbäumen bedeckt. Es gab eine einzige Straße hinunter zum Strand.«

»Ich erinnere mich.«

»Noordhoek wird genauso, wenn wir nicht aufpassen«, sagte er bitter.

»Deshalb ist die Noordhoek Action Group so wichtig«, erwiderte sie.

»Manchmal habe ich den Eindruck, dass es eine unaufhaltsame Flut ist.« Ivor sprach weiter, als hätte er sie nicht gehört. »Keiner hat eine Ahnung davon, was hier verloren geht, und es ist ihnen auch völlig egal.«

Sie bemerkte, dass er sich in Rage redete. »Will hat bei

einem Seminar an der Universität vor ein paar Monaten von der Entdeckung von Hout Bay gesprochen«, sagte sie in dem Versuch, das Thema zu wechseln. »Das war die Voraussetzung für dieses angesehene Stipendium, das er erhalten hat.«

Will hatte auf dem Podium so selbstbewusst ausgesehen, war so unterhaltsam und eloquent gewesen, und sein Haar hatte im Licht geleuchtet. Er hatte dem Publikum das Gefühl gegeben, als wären sie zusammen mit den ersten portugiesischen Entdeckern dort gewesen, als hätten sie an Bord des knirschenden Holzschiffes das Cabo das Tormentas – das Sturmkap – umsegelt, als würden sie die Bucht so zum ersten Mal sehen, bewaldet und voller Wildtiere. Ob es sich nun um die zunehmende Traurigkeit handelte, weil ihr Jüngster sich von ihr entfremdete, oder die Melancholie über den Anblick der ruinierten Bucht – jedenfalls wurde Marge von einem unerwarteten und erschütternden Verlustgefühl ergriffen.

»Geht's dir gut?« Ivor hörte sich besorgt an.

Marge wandte sich ab, blinzelte die Tränen weg – Mitleid fand sie ganz schrecklich.

»Allergie. Das ist dieser verfluchte Wind, der die Pollen aufwirbelt und meine Augen reizt. Ich sollte mich wohl besser auf den Rückweg machen, ich erwarte einen Klienten.« Sie bedauerte ihre dünnhäutige Empfindlichkeit, mit der sie Ivor von sich wegstieß, statt die Chance für ein innigeres Annähern zu ergreifen.

Mit schnellen Schritten gingen sie wieder zurück; Bongo vorneweg, Marge ein paar Schritte vor Ivor. Bis er sie eingeholt hatte, hatte sie ihre Fassung wiedererlangt, und ohne sich ihrer düsteren Gedanken bewusst zu sein, lief er schweigend neben ihr her.

Der Südostwind erhob sich wieder. Seit Oktober hatte er unablässig geweht. Müll flog herum, Plastik und Papier wurde hierhin und dorthin geblasen, blieb kurzzeitig an Wänden hängen, ehe es erneut hochgewirbelt wurde. Feiner, knirschender Sand vom Strand bedeckte die Bürgersteige und die salzverschmierten Schaufenster.

Persy stemmte sich gegen den Wind, als sie die Fish Hoek Main Road überquerte, ihre Gedanken kreisten um den Sherwood-Fall. Dizu behauptete, sie wäre wie ein Hund, dem man den Knochen weggenommen hatte und der immer noch herumschnüffelte und darauf hoffte, er würde ihn finden. Er hielt es für vergeblichen Ehrgeiz. Sie konnte ihm nichts von ihren nagenden Ahnungen einer bevorstehenden Katastrophe erzählen. Als würde sich etwas Schreckliches ereignen, das nur sie verhindern könnte.

Dieses starke Gefühl der Vorahnung war in dem Moment aufgekommen, als sie Sherwoods Leiche im Wasser gesehen hatte, und hatte sich durch die lebhaften Alpträume verschlimmert, die sie mit einem Gefühl des Grauens zurückließen, das sich unterschwellig immer weiter in ihren wachen Tag hinüberzog. Es war, als würden äußere Kräfte sie dazu zwingen, Sherwoods Tod zu untersuchen.

Was völlig verrückt war.

Beim Zeitungsverkäufer an der Ampel holte sie sich eine *Cape Times* und ging dann zum *Wishing Well*, dem Coffeeshop, wo sie sich mit Dizu zum Frühstück verabredet hatte. Der unergründliche Kaffee war schlecht, aber billig, das Café lag unweit des Reviers und war ein guter Ort, um außer Hörweite der anderen Detectives Informationen auszutauschen.

Dizu hatte sich nach dem Zwischenfall auf offener Straße gesorgt und sie angerufen, nachdem sie das Revier verlassen hatte. Sie schalt ihn, weil er ein solches Aufhebens

machte, aber es hatte etwas Beruhigendes. Seit Poppa krank geworden war, fühlte sie sich sehr allein.
Dizu saß an ihrem üblichen Fensterplatz, machte einen zufriedenen Eindruck und grinste breit.
»Was gibt's?«, fragte sie.
»Komme gerade vom Revier.«
Ihr Kaffee war bereits bestellt und stand für sie bereit. Sie rutschte auf den Sitz ihm gegenüber, und plötzlich war sein Gesicht ganz nahe. Warme dunkelbraune Augen. Wie schaffte er es nur, dass seine Augenbrauen so gepflegt aussahen?
»Dann warst du früh dran«, erwiderte sie.
»Du weißt doch, was man über den frühen Vogel sagt.«
Der Kellner kam mit einem Thunfischsandwich für Dizu.
»Und um welchen Wurm handelt es sich?«
»Die Fingerabdrücke sind ausgewertet. Dollerys Fingerabdrücke waren in Sherwoods Auto.«
Sie hielt inne, die Kaffeetasse auf halber Höhe zwischen Tisch und Mund. »Du lügst!«
»Nein, ehrlich.« Glücklich wickelte Dizu sein Sandwich aus. »Wir haben, wie man so schön sagt, Konvergenz.« Und damit verschlang er eine Hälfte seines Sandwiches mit einem Bissen.
»Wusste ich es doch!«, entfuhr es Persy. »Dollery steckt bis zum Hals in dieser ganzen Scheiße hier. Weiß es Mhlabeni?«
»Yep. Er ist genau in dem Moment bei einem Sondereinsatz in Ocean View. Auf der Suche nach Dollery. Er hat keine Chance. Wenn sie diesen kleinen Fisch erst hopsgenommen haben, wird keiner mehr mit ihm sprechen.«
»Ich will nichts von korrupten Cops hören«, sagte Persy. Sie hatte bereits an genügend Fronten zu kämpfen und wollte sich nicht auch noch um die Kollegen Gedanken machen.

»Das Rechtssystem wird kollabieren, wenn wir die Augen vor der Korruption bei der Polizei verschließen.«
»Hör auf, so ein verfluchter Rechtsanwalt zu sein, Calata. Du hast das alles aufgegeben, erinnerst du dich?«
»O ja. Sag mir doch noch mal, warum?«
Sie zuckte mit den Schultern, schlug die *Cape Times* auf und blätterte zu den Wohnungsanzeigen.
»Warum liest du die Kleinanzeigen?«
»Muss was zum Wohnen finden.«
»Was passt nicht in Parklands?«
»Donny, du weißt schon, mein Cousin. Er ist ein Arschloch.« Persy erzählte Dizu, was mit Ferial passiert war, dass sie vorhatten, sich später zu treffen, um eine einstweilige Verfügung zu erwirken. »Es ist nur noch eine Frage der Zeit, bis Donny und ich uns an die Kehle gehen, also verziehe ich mich besser vorher.«
»Bei so was fühle ich mich echt beschissen als Mann, ganz ehrlich«, sagte Dizu. »In jeder Minute am Tag lässt irgendso ein Irrer seine Frustrationen an seiner Lady und den Kindern aus. Pass bloß auf, Persy. Versprich mir, dass du mich anrufst, wenn er dir Schwierigkeiten macht.«
Sie konnte ihm ansehen, wie aufgebracht er war. Dizu hasste solche Drangsalierer. Wenn die Starken sich an den Schwachen vergriffen. Er nahm ihr den Hauptteil der Zeitung ab und blätterte sie durch. Ihn interessierte es, was die Politiker im Schilde führten. Je mehr Dreck aufgewirbelt wurde, umso besser. Persy war das ziemlich gleichgültig. Es war nicht so, als ob einer von ihnen die Belange der Farbigen im Auge hätte. Sie waren nur zwischen den weißen und den schwarzen Interessen hin und her gerissen, wie schon immer.
»Oh, verdammt, sieh dir mal die Mietpreise hier an.«
»Wo suchst du denn?«, wollte Dizu wissen.
»Mit dem, was ich verdiene, kann ich nicht wählerisch

sein. Ein Zimmer in einer WG? Retreat oder Muizenberg wäre nicht schlecht. In der Nähe. So könnte ich ein Auge auf meinen Großvater in Grassy Park haben. Aber in diesen Gegenden etwas in meiner Preisklasse zu suchen ist so, als wollte man die Nadel im Heuhaufen finden.«

Dizu drehte die Seite um, die er gerade las, so dass sie sie lesen konnte. »Schau dir das mal an.«

Persy lehnte sich nach vorn. Der Artikel stand auf der Seite für »Verbrechen und Gerichtsverhandlungen«. MANN AUS KOMMETJIE AN DEN STRAND GESPÜLT. Darunter ein Foto von Sherwood in einem Hawaiishirt, sein Gesicht ziemlich nichtssagend. Durch die verräterische Reihe von Palmen und die Zwölf Apostel, die in der Ferne aufragten, schloss sie, dass es sich um Camp's Bay handelte.

»Nicht gerade ein schönes Modell«, befand Persy.

»Für mich macht er den Eindruck eines Unschuldslamms«, meinte Dizu.

»Nicht ganz so unschuldig«, erwiderte sie. »Jemand hat ihn aus einem bestimmten Grund umgebracht.«

19

Sean Dollery packte die Sachen von Schneiders Haus in seinen Schuppen. Ein netter neuer Breitbildfernseher, eine gute Digitalkamera, ein Laptop und noch ein paar Kleinigkeiten.

Und die Luger.

Gregory Crane wollte eine Pistole haben. Er war ein Sammler. Diese hier würde seiner Eitelkeit schmeicheln, und es war kein Gegenstand, den Sean auf dem freien Markt verkaufen konnte. Viel zu gut zurückzuverfolgen. Aber es war ein schönes Stück. Vielleicht würde er sie auch selbst behalten. Mit diesem Einbruch beschmutzte er praktisch sein eigenes Nest, aber die Versuchung war einfach zu groß gewesen, um es nicht zu tun, und abgesehen davon würde Klaus ihn niemals auffliegen lassen, ganz egal, was er vermutete; zumindest so lange nicht, wie er von Charlene bekam, was er wollte. Außerdem machte der Deutsche sich vor Angst viel zu sehr in die Hose, um irgendetwas zu unternehmen, Charlene hin oder her. Natürlich würde er die Bullen rufen, das musste er, wenn er wollte, dass die Versicherung zahlte, aber was sollten die schon machen? Das war sein zweiter Job diese Woche – der schnelle Überfall auf die Videothek hatte etwas Bargeld gebracht, und er hatte das Gefühl, gut bei Kasse zu sein. Sobald er hier fertig war, würde er zum *Pick n Pay*-Zentrum in Sun Valley fahren, im Fitnesscenter ein bisschen trainieren, in Form bleiben, sich Fischfrikadellen von seiner Mutter holen – bis dahin hätte sich auch ihre *vet lip* wegen des Einbruchs beruhigt –, und dann wollte er sich bei Pietchie ein paar neue Hunde ansehen. Hundekämpfe waren heutzutage fast genauso lukrativ wie Drogen. Tatsächlich war sein Tag recht gut verlaufen, bis Mhlabenis Anruf kam, der sich darüber beschwerte, dass Persy ihre Nase in seine Geschäfte steckte, in *ihrer beider* Geschäfte. Sean versuchte krampfhaft, nicht an Persy zu denken, aber dieser ganze Mist in der letzten Zeit ging ihm auf die Nerven, ließ ihn durchdrehen. Er wollte nicht daran erinnert werden, was passiert war, wollte nicht von den alten Dämonen heimgesucht werden. Doch alles in Ocean View steckte voller Erinnerungen. Die Berge über Kommetjie, wohin sie von den windgepeitschten *blokke* und armseligen kleinen Häusern flohen, die schimmernden Sümpfe oder *vlei* mit dem Chapman's Peak in der Ferne, der sie daran erinnerte, woher sie kamen, was sie vergessen wollten.

Als *laaitie* konnte Persy Jungs umhauen, die zweimal so groß waren wie sie. Sie war schon immer schneller gewesen als er. Und härter. Sie zeigte ihm, wie man im *vlei*, zwischen den Binsen und dem Wasser, ein Versteck baute, und von dort aus angelten sie und schossen mit Katapulten auf kleine Vögel. Sie machten offene Feuer, und kein Essen schmeckte jemals so gut wie das Fleisch, das sie von den Knochen dieser kleinen Fische und *voëltjies* knabberten, oder so angenehm säuerlich wie die wild gewachsenen Früchte und Beeren, die *sierangs* und *skilpadbessies*, die sie in den Bergen und entlang des *vlei* fanden.

Im letzten Sommer an der Marine Primary wurden ihm ihre braunen Beine und die Wölbung ihrer kleinen Brüste bewusst. Bei diesem Anblick hatte er eine ganz trockene Kehle bekommen und konnte nicht mehr schlucken, doch er konnte den Blick auch nicht abwenden. Ihr ging es nicht viel anders. Sie fingen damit an, wie die älteren Kinder miteinander herumzublödeln, ein bisschen *skaam* – verlegen –, konnten es aber auch nicht sein lassen. Das Jahr darauf kamen sie in die Highschool. In dem Gang aus Sichtbackstein standen die Fotos vom Schulball am Jahresende in einer Vitrine. Sean starrte sie an, während alle anderen in Ohs und Ahs ausbrachen, die Jungs sich über die *ouens* in ihren schicken Anzügen lustig machten, sie gleichzeitig aber auch bewunderten, genau wie die Mädchen mit ihrem leuchtenden Make-up, in den langen, von der Damenschneiderin Gadija genähten Kleidern oder den total angesagten, die für drei Monatsgehälter oder mehr in Claremont geliehen worden waren. Alles *lekker*, eine große Party, sogar eine Band war da, und jeder hielt sich an einem Glas mit sprudelndem süßem Wein fest.

Diese Bilder verliehen ihm eine Vorstellung davon, wie sein Leben sein könnte. Von Persy in einem langen Kleid, er selbst in einem schicken Anzug, den Arm um ihre Taille gelegt, wie sie beide in die Kamera lächelten. Dieses Bild trug er den ganzen Tag mit sich herum, bis spät in der Nacht. Ein Bild, in dem sein Vater nicht vorkam. Etwas Sauberes und Gutes, an dem er sich festhalten konnte, etwas ohne Schmutz, Angst oder Schmerzen.

Dann kam Persy in die Nonnenschule. »Star of the Sea«. Als ob sie etwas Besonderes wäre. Auf seinem Weg nach Hause warf er Steinchen an ihr Fenster, woraufhin sie den Kopf herausstreckte und sagte: »Ich kann nicht rauskommen. Ich lerne gerade.«

Sie hörte sich an wie eine *laanie*, sah in ihrem Schottenrock und den ordentlichen Rattenschwänzen aus wie jemand anderes. Die Mädchen hier machten sich über sie lustig, wenn sie an ihnen vorbeilief. Manchmal machte er dabei mit.

Er fing an, nach der Schule bei Samodien zu arbeiten. Kehrte das Sägemehl zusammen, spritzte das Blut in den großen Steinbecken im hinteren Bereich ab. Wenn er damit fertig war, ging er bei Poppa vorbei. Er pfiff, und sie kam heraus. Alle Leute kamen in der Abenddämmerung von der Arbeit. Im Halbdunkel wirkten ihre Augen riesig. Er wollte sie gerne berühren, spürte das vertraute Sehnen. Er versuchte, wie früher mit ihr herumzualbern, aber sein Straßenjargon war zu roh, und er war *skaam* und fragte sich, ob er nach Fleischerei stank.

Und schließlich wurde sein Vater eingelocht. Vorsätzliche Körperverletzung. Die Prügel hörten auf, aber jetzt gab es *fokkol* Knete – kein Geld. Seine Mutter liierte sich mit Jansen, dem Mandrax-Dealer, und nahm ihren Sean mit in sein Drecksloch nach Bonteheuwel. Das Paradies der Gangster. Keine Bücher und Lehrer mehr, nur noch die Schule des Lebens. Als Jansen etwas mit einer anderen Frau anfing, kamen Charlene und Sean wieder zurück nach Ocean View. Doch in den fünf Jahren, die er weg gewesen war, hatte sich alles verändert. Seine Klassenkameraden von der Marine Primary waren in der Oberstufe. Er hatte seine Chance verpasst, es gab keinen Weg zurück. Wenn er es in seinem Leben zu irgendetwas bringen wollte, dann musste das draußen auf der Straße sein, als Boss. Oder er würde als *moegoe* enden, als Loser, der irgendwann an Drogen oder durch die Hand eines anderen Gangsters starb.

Er schloss sich mit Pietchie, Junaid und Bandiet zusammen, alles zwielichte Gestalten wie er selbst auch, die die Schule abgebrochen und nichts zu verlieren hatten. Er biederte sich bei den alteingesessenen Gangstern an und ging seinen früheren Freunden und Bekanntschaften aus dem Weg.

Lange Zeit hielt er sich fern, aber irgendwann konnte er es nicht mehr.

Eines Abends ging er wieder zu Poppas Haus.

Die Eingangstür war offen, und Persy stand in einem langen hellen Kleid im Türrahmen. Eingerahmt, als wäre sein Bild zum Leben erwacht.

Am liebsten wäre er zu ihr gegangen, hätte ihre Hand ergriffen, doch mit seiner ausgefransten Jeans und seiner glänzenden Gangsterjacke fühlte er sich beschissen, schämte sich, ein *skollie* zu sein.

Ein Mittelklassewagen fuhr vor, und ein Junge mit Fliege und Smoking stieg aus. Ein Farbiger aus den Vororten, der glaubte, er wäre ein Weißer, was man an seinem steifbeinigen Gang erkennen konnte. Außerdem stellte er sich ungeschickt an, als er die Blume um ihr Handgelenk band.

Sie ging zu ihrem Highschool-Ball. Und dieser *moegoe* war ihr Date.

Etwas in seiner Brust zerbarst, zersplitterte, wie wenn sein Vater ihm eine Rippe brach. Er wollte sie rufen, glaubte auch, es getan zu haben, denn sie blickte in seine Richtung, starrte in die Dunkelheit. Doch sie hatte ihre Brille nicht auf. Dann stieg sie ein. Ohne anzuhalten, fuhr der Wagen an ihm vorbei.

Er kam niemals wieder zu Poppas Haus.

Als er hörte, dass sie auf die Polizeiakademie ging, wusste er, dass sie auf Kollisionskurs waren und nichts Gutes dabei herauskommen konnte.

Er traf Mhlabeni hinter Samodiens Fleischerei, im Hinterhof, wo keiner sie sehen würde außer Samodien, der gerade Fleisch abpackte und so einfach gestrickt war wie ein Snoek.

»Also? Was ist gestern passiert?«, wollte Mhlabeni mit gerunzelter Stirn wissen.

»Ich hab sie zu Tode erschreckt. Was wolltest du denn sonst?«

»Und deine Fingerabdrücke? Überall in Sherwoods Mazda.«
»Verdammt – das waren diese *laaties*, verdammt …«
»Das Revier hat es auf dich abgesehen, Dollery, das wird heiß. Ein Rollkommando ist auf dem Weg hierher, also machst du dich besser dünne. Was hast du für mich?«
Sean reichte ihm die Rolle, und Mhlabeni zählte das Geld fachmännisch – 18 Prozent von den Drogenumsätzen und den Hundekämpfen. Nettes kleines Nebeneinkommen für einen Cop dafür, keinen Finger krumm zu machen. Er verdiente jetzt schon seit Monaten an Sean. Und seit kurzem wollte er noch zwei Prozent mehr aus ihm herausquetschen. Dabei konnte man seine pathetischen Warnungen und sonstigen Scheiß wohl kaum Schutz nennen.
»Du weist Jonas besser in ihre Schranken – sie hat einen Pik auf mich«, sagte Sean. Sollte Mhlabeni zur Abwechslung doch mal wirklich etwas tun. Er hatte die Schnauze voll, sich von allen herumschubsen zu lassen. Wenigstens zahlte Crane ganz gut. Solange das nicht wieder abgeblasen wurde. Und falls doch, dann musste Mhlabeni sich seinen Anteil verdienen und das in Ordnung bringen.
»Crane will, dass du einer weißen Schlampe in Noordhoek ein bisschen Druck machst. Sie bereitet ihm etwas Schwierigkeiten bei seinem Job.«
Gregory Crane, dieses bescheuerte Arschloch. Er machte Sean Angst mit seinem ganzen Voodoo-Scheiß – genau wie die Schwarzen mit ihrem *muti*, mit ihren Seilstücken und abgeschnittenen Ohren. Es gab noch genügend Überbleibsel aus Seans katholischer Kindheit, um den Teufel und sein Werk nicht ohne weiteres abzutun. Crane hatte so einiges zu verbergen. Er hatte sich bereits ein paarmal an Sean gewandt, damit er die Drecksarbeit für ihn erledigte. Das bedauerte er jetzt bestimmt.
»Ich mach sie klar«, sagte er.

Und was Persy betraf – die hatte er gebraucht, als er klein und schwach gewesen war. Jetzt nicht mehr. Er war nicht mehr länger diese erbärmliche kleine *snotneus*. Diese Tage waren vorbei. Persy hatte ihn verraten, war jetzt ein Erbfeind.

Keiner würde ihm mehr das Gefühl geben, klein und hilflos zu sein.

Niemals mehr.

20

Die Spezialeinheiten – das FCS oder »Familiäre Gewalt«, die Einheit für Kinderschutz und Sexualverbrechen, bekannt als »Windel-Einheit«, die Einheit für Organisiertes Verbrechen sowie die für Kapital- und Gewaltverbrechen – hätten eigentlich in Muizenberg stationiert sein sollen. Doch das Vorhaben, eine großes, neues Polizeirevier zu bauen, lag auf Eis, und da sie in dem existierenden, heruntergekommenen Revier kaum Platz hatten, waren sie in den Block D des Sichtbackstein-Komplexes umgezogen, der zum Revier von Fish Hoek gehörte.
Die Einheit des »Weiß der Geier, was die machen«-Geheimdienstes sah sich gezwungen, sich den kleinen Block B mit Titus' Einheit zu teilen; folglich fehlte es überall an Platz, Schreibtischen, Computern und Stühlen.
Zu ihrem Briefing in der Wochenmitte versammelten sich die Detectives in Titus' Büro. Niemals gab es genug Stühle, da diese häufig in den Sitzungssaal gebracht wurden und dann verschwanden. Alles, was nicht festgenagelt war, tendierte dazu, dem Revier abhanden zu kommen. Dizu scherzte häufig, dass es mehr Ganoven innerhalb eines gewöhnlichen Polizeireviers gäbe als davor.
Cheswin April pflanzte sein breites Hinterteil auf den letzten freien Stuhl, und Persy und Dizu lehnten sich an die Wand.
Die religiösen Kultobjekte an den Wänden seines Büros machten eindeutig klar, wer im Leben des Commanders das Sagen hatte.

Wo aber seine Kinder mein Gesetz verlassen und in meinen Rechten nicht wandeln, / so sie meine Ordnungen entheiligen und meine Gebote nicht halten, / will ich ihre Sünde mit der Rute heimsuchen und ihre Missetat mit Plagen.

Titus war ein unerschrockener Anhänger der Erweckungsbewegung und Teilzeitpastor in seiner Kirche. Als er jetzt seine Jacke auszog und über die Lehne seines Stuhls hängte, schien er entspannt und Herr der Lage zu sein. Er rieb sich die Hände. »Okay, Zeit für die Berichte, Leute.«

Heute waren sieben von seiner neunköpfigen Truppe zugegen. Jeder von ihnen berichtete über den Fortgang seiner Ermittlungen. Constable Louise Loggerenburg, zwei Jahre älter als Persy und die einzige andere Frau, war im sechsten Monat schwanger. Persy hielt sie für ein Mimöschen und ging ihr aus dem Weg. Sergeant Zama, ein älterer schwarzer Cop, war Mister Zuverlässig und sonderte sich ab. Welwyn McClaren, ein farbiger Constable, seit kurzem von Langa hierher versetzt, war noch ein Unbekannter. Es fehlte »Lappies« Dippenaar, der einzige weiße Cop in der Einheit und Spaßvogel der Truppe; er hatte Urlaub, genau wie das frisch beförderte schwarze Ass, Captain Damoya. Dann waren da noch Cheswin April, Dizu und Persy. Mhlabeni war bei einer Razzia in Ocean View.

Sie ackerten sich durch die Arbeitsrückstände und Berichte der Bagatelldelikte. Titus ging mit seinem Team hart ins Gericht und erwartete gute Arbeit. Lob verteilte er großzügig, und er unterstützte, wo es ging, aber er hasste Faulpelze. Zwangsläufig würde jemand einen Rüffel einstecken müssen. Heute traf es Zama, der Titus mit seinen gesammelten Informationen zu einer Dragracing-Serie nicht beeindrucken konnte, mit der die Bewohner von Fish Hoek entlang der Hauptstraße terrorisiert wurden.

Persy und Dizu berichteten vom Überfall auf die Videothek, und Cheswin und Persy brachten ihn auf den neues-

ten Stand der Einbrüche in Capri. Bei Cheswin war eine weitere Strafanzeige von Irene Grootboom eingegangen, einer Einwohnerin von Ocean View. Sie hatte einen Einbrecher in ihrem Haus überrascht, doch er war verschwunden, ehe sie ihn richtig gesehen hatte. Ihre Wertsachen waren unberührt, allerdings hatte er eine volle Tasche Lebensmittel mitgehen lassen. Es gab Anzeichen von Vandalismus, zerbrochene Scheiben und verstreutes Essen, das aus der Tasche gefallen sein musste, als er wegrannte.
Titus war nicht beeindruckt. »Dieser *skollie* macht uns zum Gespött. Er ist in den letzten zehn Tagen in ein halbes Dutzend Häuser in der Gegend eingebrochen. Ich brauche hier Ergebnisse, Leute.«
Er briefte die Gruppe bezüglich des Sherwood-Falls.
»Eine Mordermittlung wurde eröffnet. Die Autopsie bestätigt, dass Sherwood an einer stumpfen Kopfverletzung gestorben ist. Kein Hinweis darauf, wo er umgebracht wurde. Handy, Hausschlüssel und Geldbeutel wurden nicht gefunden, und wir warten noch immer auf die Auswertung seines Handys.«
Er blickte zu Persy. »Jonas, was kannst du uns zu seinem Auto sagen?«
»Nicht abgeschlossen, kein Anzeichen für Einbruch, mit der Zündung ist alles in Ordnung. Sieht so aus, als wäre ihm das Benzin ausgegangen. Ein paar Indizien für Hasch- und Alkoholkonsum. Sherwood hat in der *Boma*-Bar in Kommetjie zu Mittag gegessen und diese gegen 15 Uhr verlassen.«
»Abgesehen von Dollerys Fingerabdrücken haben die Forensiker noch die von drei weiteren Personen im Wagen gefunden, inklusive denen von Sherwood«, verkündete Titus. »Mhlabeni ist bei einer Razzia in Ocean View auf der Suche nach Dollery, aber so wie es aussieht, ist der abgetaucht.«

Persy und Dizu wechselten einen Blick. Das war nicht überraschend. Dollery war bestimmt gewarnt worden. Von einem korrupten Cop, entweder in Fish Hoek oder in Ocean View. Trotz Nachforschungen konnte man die undichte Stelle nicht finden.
Titus wurde über die Fortschritte bei den Fällen der anderen Detectives unterrichtet. Zwei Fälle abgeschlossen, wenig Neues bei den übrigen.
»Jonas und Calata – ich möchte, dass es bei diesem bewaffneten Überfall auf die Videothek vorangeht, und bis Freitag will ich etwas zu diesem ›dreisten Einbrecher‹. In der Zwischenzeit werde ich weitere uniformierte Patrouillen nach Capri schicken. Und ich werde mit dem übergeordneten Leiter sprechen, ob wir mehr Straßensperren für die Dragracer aufstellen können.«
Fish Hoek gehörte neben Ocean View, Fish Hoek, Simon's Town und Muizenberg zu den Polizeirevieren, die für die südliche Halbinsel zuständig waren. Wenn Titus Initiativen oder langfristige Strategien und Einsätze wie Straßensperren, gebündelte Überraschungszugriffe oder PR-Kampagnen plante, um die Öffentlichkeit einzubeziehen, dann musste er das mit dem übergeordneten Leiter koordinieren. Das bedeutete eine frustrierende, bürokratische Zeitvergeudung.
Dann war es Zeit für Gebete. Wenn man in Titus' Team kam, dann gehörte das einfach dazu. Persy hatte genug von ihrer katholischen Erziehung zurückbehalten, um sich in diesem Ritual ein Stück weit wiederzufinden. Abgebrühte Typen weigerten sich zunächst, die Augen zu schließen oder Amen zu sagen, aber ihr Widerstand hielt niemals länger als drei oder vier Wochen an. Den Gebeten des Commanders wohnte nahezu Zauberkraft inne. Wenn sie sich im Kreis versammelten, einander an den Händen hielten und der lauten, unerschütterlichen Stimme lausch-

ten, dann empfanden sogar die größten Skeptiker unter ihnen etwas. Vielleicht lag es auch daran, dass sie für diesen kurzen Moment ihre Unterschiede außen vor ließen und sich als Team fühlten.

»Lieber Gott, bitte schütze diese guten Menschen und hilf ihnen in ihrem täglichen Kampf gegen das Böse. Amen.«

Ein Chor inniger »Amens« folgte.

»Zurück an die Arbeit, Leute. Gott schütze euch.«

Während die Detectives nach draußen gingen, bat Titus Persy, zu bleiben. Er schloss die Tür. »Mhlabeni hat mir gesagt, du wärst gegen seine Einwände zu Sherwoods Haus zurückgekehrt und hättest es durchsucht.«

War ja klar, dass Mhlabeni damit sofort bei Titus aufschlagen würde. Persy blieb keine andere Wahl, als sich unverfroren zu behaupten.

»Sir, Sie haben uns losgeschickt, um den Diebstahl von Sherwoods Auto zu untersuchen. Ich wollte in der Garage nach Hinweisen suchen, wie das Auto gestohlen worden sein könnte. Ich konnte nur durch das Haus in die Garage gelangen.«

Das war etwas überzogen, und Titus wusste es auch. »Wie hast du dir Zugang verschafft?«

»Die Schlüssel waren in Sichtweite«, log sie.

Er klopfte mit seinem Stift auf den Schreibtisch, ein Zeichen seiner Verärgerung. »Treib es nicht zu weit, Jonas. Ich bin nicht bescheuert.«

»Nein, Sir. Es hat mich dazu geführt, herauszufinden, dass Sherwood die Räumlichkeiten verlassen wollte, Sir. Ich habe diese Information an Warrant Officer Mhlabeni weitergegeben.«

»Ich weiß, dass du darauf aus bist, zusammen mit Mhlabeni an diesem Fall zu arbeiten, aber er kann dich nicht ausstehen, und ich nehme an, dieses Gefühl beruht auf Gegenseitigkeit. Das wird also nicht passieren.«

»Ich entschuldige mich dafür, mich seinen Anweisungen widersetzt zu haben. Es wird nicht wieder vorkommen.«

»Das will ich hoffen.« Titus nahm hinter seinem Schreibtisch Platz. »Setz dich, Jonas.«

Sie setzte sich ihm gegenüber.

»Warum willst du diesen Fall?«

Aus irgendeinem Grund erfüllte diese Frage sie mit unerklärlicher Furcht.

Ich weiß es nicht.

»Ich möchte eine Chance, um mich beweisen zu können.«

»Tja, glücklicherweise bekommst du Unterstützung von unerwarteter Seite. Marge Labuschagne.«

Sie war sich sicher, dass ihre Kinnlade gerade nach unten klappte.

»Stimmt etwas nicht, Jonas?«

»Nein, Sir.«

Er betrachtete sie eingehend. »Gut. Denn ich werde dir den Fall übertragen, unter der Bedingung, dass du mit ihr zusammenarbeitest, wenngleich inoffiziell.«

Persy konnte das kaum glauben. Irgendetwas stimmte da nicht. Warum wollte die alte Schrulle mit ihr zusammenarbeiten?

»Mhlabeni wird da sein und assistieren oder beraten, sollte das vonnöten sein. Für eine gewisse Kontinuität.«

Da wurde ihr wahrlich ein vergifteter Kelch gereicht. Marge Labuschagne *und* Mhlabeni. Aber wenn es nötig war, um den Fall zu bekommen, dann würde sie das schlucken.

»Sei vorsichtig, du weißt, wie gefährlich Dollery sein kann. Calata wird mit dir arbeiten.«

Sie stand auf. »Vielen Dank, Sir. Das werden Sie nicht bereuen.«

»Das hoffe ich. Geh jetzt zu Mhlabeni, damit er dich briefen kann.«

Als sie das Büro verließ, rief er ihr noch hinterher: »Ich sollte dich besser warnen. Er hat es nicht gut aufgenommen.«

Mhlabeni warf ihr die Sherwood-Akte zu, lehnte sich dann in seinem Stuhl zurück und kratzte sich anzüglich die Eier. »Du musst Titus ja verdammt gut einen geblasen haben.«

Persy ging nicht darauf ein.

»Irgendwelche Hinweise durch die Razzia?«

»Bin zehnmal von den verdammten *Blokke* nach Ghost Town und wieder zurück gefahren und habe nach dem verfickten *poes* Dollery gesucht!« Mhlabeni sprach vier einheimische Sprachen, konnte aber den Mund nicht aufmachen, ohne dass Obszönitäten herauskamen, und sagte niemals bitte oder danke.

Persy nahm die Akte und schlug sie auf. Sie erkannte ihre Beine, die an der Hüfte abgeschnitten waren, ihre neuen Pumas, die Leiche im Vordergrund, obszön aufgequollen, ein Michelin-Männchen in Jeans und aufgerissenem kariertem Hemd. Der Erstbericht der Autopsie mit detaillierten Fotos lag ebenfalls bei. Die Pornographie eines gewaltsamen Todes.

»Viel Glück mit dem verfickten *moffie* in der Leichenhalle – wer weiß, ob er den endgültigen Autopsiebericht überhaupt schon gemacht hat. Er hat so viele Leichen da unten und kann seinen Arsch die meiste Zeit kaum von seinem Ellbogen unterscheiden.«

Mhlabeni zollte Coombes, dem Pathologen des Bezirks, keinerlei Respekt. Zunächst einmal war Mhlabeni homophob. Außerdem empfand er Forensikern gegenüber Hass und gab ihnen die Schuld dafür, dass sie seine Fälle nicht mit Beweisen untermauerten.

In der Akte waren zwei weitere Aussagen, abgesehen von der, die Persy bereits gesehen hatte.

»McKillian ist die Ex-Freundin, die ihn identifiziert hat«, sagte Mhlabeni. »Sie ist völlig am Arsch, eine Irre. Hat *fokkol* Ahnung und Sherwood außerdem seit Jahren nicht gesehen.«

»Was ist mit den Nachbarn, die ihn vermisst gemeldet haben?«

»Senile alte Rentner, die gerade erst nebenan eingezogen sind. Sagen, sie würden ihn nicht kennen.«

»Sie konnten sein Kennzeichen genau angeben.«

»Vorhang-Spanner. Sonst gibt's in Kommetjie verflucht noch mal nichts zu tun.«

Mhlabeni schloss die Augen. Mit einem Mal sah er alt und müde aus. Überrascht wurde Persy klar, dass er kurz vor der Rente stehen musste.

»Hör zu, das war nicht meine Idee ...«

Er öffnete die Augen und starrte sie an. »Weißt du, ich bin jetzt schon seit dreißig Jahren Detective, und bislang hat man mir noch nie einen Fall entzogen.«

Einen flüchtigen Moment lang sah sie etwas Unerwartetes in seinen Augen: Furcht.

»Wie ich gesagt habe ...«

»Ich hab's gehört. Und jetzt verpiss dich.«

Sie verließ sein Büro mit der Akte. Das hatte sie gewollt, darum hatte sie all die Monate auf dem Revier gekämpft. Warum also war sie von einer bösen Vorahnung erfüllt? Ehe sie die Akte zu Calata brachte, würde sie auf die Toilette gehen und sich die Hände waschen. Etwas von der unerklärlichen Angst abwaschen, die sie verfolgte, seit sie Sherwoods Leiche am Strand von Noordhoek erblickt hatte.

21

Persy folgte Henry Coombes den Gang der Leichenhalle hinunter. Flackernde Neonbeleuchtung, die meisten Röhren kaputt, geflieste Wände und dazu der allgegenwärtige Geruch nach Desinfektionsmittel. Henry war vor lauter Schlafmangel völlig überdreht, in der papieren wirkenden Haut unter seinen Augen zeichneten sich Ringe ab. Unentwegt plapperte er von seinem Visum für Australien, auf das er wartete – er hatte einen Job in Brisbane angenommen. Ein weiterer erfahrener Pathologe, der auswanderte.

Salt River Mortuary war eines der geschäftigsten Zentren für Gerichtsmedizin in der ganzen Welt und zuständig für die gesamte Kap-Metropole bis hoch nach Atlantis an der Westküste. Die forensischen Laboratorien, die etwa 3500 Autopsien im Jahr durchführten, kollabierten fast aufgrund des Mangels an erfahrenen Mitarbeitern und des Vermächtnisses der katastrophalen Politik des vorherigen Gesundheitsministers. Allein im letzten Jahr mussten 5000 Proben weggeworfen werden, sie konnten nicht mehr analysiert werden, da sie abgelaufen waren.

»Unter solchen Bedingungen kann ich nicht mehr arbeiten. So kann ich meinen Job nicht machen, wenn ich jeden Tag so viele Leichen durchnehmen muss.«

Persy folgte Coombes in sein Büro. Es wirkte klinisch, wies nichts Persönliches auf. Eine spartanische, wissenschaftliche Umgebung. Persy breitete den Bericht und die Bilder auf dem Tisch aus. Coombes war das alles mit

Mhlabeni während der Erstobduktion durchgegangen, nahm sich aber die Zeit, sich noch einmal die Fotos mit ihr anzusehen. Seine kurzen, dicken Finger bewegten sich geübt über die großen Farbausdrucke, während er sich selbst wieder mit der Autopsie vertraut machte. Sie hatten Glück gehabt, Coombes für diesen Job zu bekommen, angesichts des akuten Mangels an forensischen Mitarbeitern. Dunkelblond, blass und brillant im Job, kämpfte er genau wie Persy gegen die Vorurteile der Cops an, die niemals eine Gelegenheit ausließen, sich darüber lustig zu machen, dass er »so schwul wie ein Elf-Rand-Schein war«, um Mhlabeni zu zitieren.

»Der Aufblähung nach zu urteilen, befand er sich mehrere Tage im Wasser.«

Er deutete auf eine Nahaufnahme von Sherwoods Mund, der einen merkwürdig schlaffen, unförmigen Anblick bot.

»Aufgrund der Hitze hat die Leiche sich sehr schnell zersetzt.«

Mit überraschender Klarheit tauchte die Szene am Strand wieder vor Persys Augen auf: der Gestank von verrottendem Fleisch, vermischt mit dem schwefligen Geruch der Algen, die an den Strand gespült worden waren, dicke bernsteinfarbene Stränge, die dunkleren Blätter von der Flut zerfetzt. Meerasseln huschten über seinen Kopf, unter seine Kleidung, über seine aufgedunsenen Hände. Das Wasser hatte das T-Shirt bis zu seinen Achseln hochgeschoben, entblößte den angeschwollenen Bauch über den Mr.-Price-Jeans. Weder Uhr noch Schmuck. Auch nichts in seinen Hosentaschen. Alles war vom Meer herausgeschwemmt worden.

»Leider konnte ich keine Identifikation anhand des Gebisses durchführen«, sagte Coombes. »Nicht ein einziger von Gott gegebener Zahn in seinem Mund. Auch das Gebiss muss herausgespült worden sein.«

Coombes deutete auf das stark angeschwollene Stück Haut im Nackenbereich. »Er ist ein bisschen hin und her gestoßen worden. Eine Verletzung am Hinterkopf. Dem Zustand des Gewebes und seiner Lungen nach zu urteilen, war er tot, bevor er ins Wasser kam.«

Persy schauderte.

Er bemerkte es und lächelte sie resigniert an.

»Das ist der einzige Vorteil der Leichenhalle. Gute Klimaanlage.«

Er eröffnete ihr damit einen Ausweg; er wusste, dass es ihr erster Mordfall war.

»Ein Weißer, dessen Alter wir jetzt mit 45 beziffern können, Gewicht 73 Kilo. Ungefähre Todeszeit zwischen 21 Uhr und Mitternacht am Freitagabend. Todesursache: Gehirnblutung, verursacht durch mehrere Schläge gegen den Kopf mit einem schweren Gegenstand. Im Schädel haben wir Fragmente von etwas gefunden, das nach Zement und Backstein aussieht, aber es kann dauern, bis eines der Fragmente analysiert ist.«

Sorgfältig sichtete Coombes die nächsten Fotos. Er ergriff eines mit Sherwoods aufgedunsenen Händen. Dunkle Flecken bedeckten seine Handflächen.

»Prämortale Schürfwunden an Händen und Knien, als wäre das Opfer vor seinem Tod gestolpert und gefallen. Postmortale Verletzungen: gebrochenes linkes Bein, ebenso sechs Rippen und das Schlüsselbein. Der rechte Oberschenkelknochen ist gebrochen, genau wie das Handgelenk und der linke Arm. Diese Art Verletzung treffen wir in der Regel bei Leichen an, zu deren Tod ein Kletterunfall geführt hat, oder im Fall eines Selbstmordes ein Sprung. Es gibt weitere Hinweise darauf, dass die Leiche unsanft behandelt, vielleicht über eine rauhe Fläche gezerrt wurde. In manchen der Schürfwunden haben wir Späne gefunden, die nach verrostendem Metall aussehen, und Asphaltsplitter. Er könnte zum Beispiel in einem rostigen Fahrzeug transportiert oder über eine Straße gezogen worden sein.« Müde rieb sich Coombes die Augen. Seine Haut wirkte fettig. Während ihrer praktischen Ausbildung hatte Persy hier gearbeitet, weswegen sie ganz genau wusste, wie er sich ernährte. Kaffee, Cola, Fastfood – genau wie sie auch. Und sie wäre nicht überrascht, würde er noch andere, weniger legale Aufputschmittel verwenden. Er arbeitete hart, und den Gerüchten zufolge ließ er es auch sonst ziemlich krachen. Brannte die Kerze von beiden Seiten ab.

»Schlechte Leber«, fuhr Coombes fort. »Auch das Herz ist nicht in Bestform. Ich würde sagen, dass er alkoholabhängig war und Partydrogen genommen hat. Mehrere Stunden bevor er verstarb, muss er ziemlich viel Alkohol getrunken haben. Im Magen Reste von Fisch und Kartoffeln, vermutlich acht, neun Stunden vor seinem Tod – ich tippe auf Mittagessen.«

Persy erinnerte sich daran, dass Duncan, der Rasta, ihr gesagt hatte, Sherwood hätte am Freitagmittag das Tagesgericht in der *Boma*-Bar gehabt.

»Wann bekomme ich einen toxikologischen Bericht?«

»Frühestens in drei bis vier Wochen. Ich bin unter wahnsinnig viel Stress bei dem Arbeitsrückstand. Aber ich gebe mein Bestes.«

Als Marge von Titus erfuhr, dass er Persy Jonas den Fall übertragen hatte, rief sie sie umgehend auf dem Revier an. Zunächst kam das übliche lästige Verbundenwerden von einem zum anderen, dem eine elektronische Version von *Greensleeves* folgte. Schließlich hatte sie eine Frau namens Phumeza am Telefon, die ihr mitteilte, Jonas sei in der Leichenhalle, doch sie gab ihr Jonas' Handynummer. Persy antwortete beim ersten Klingeln.

»Also, Detective. Wie es scheint, entkommen Sie mir nicht.« Marge konnte sich ein leichtes Frohlocken nicht verkneifen.
»Sieht nicht so aus.«
Marge hätte mit etwas mehr Dankbarkeit gerechnet. Doch es war an der Zeit, die Egos außen vor zu lassen. Sie brauchte Jonas auf ihrer Seite. »Lassen Sie uns die Sache vorantreiben. Ich habe um 14 Uhr ein Treffen mit Yoliswa Xolele für Sie arrangiert. Sie ist Lehrerin an der Logos-Schule und kann Ihnen von Sherwoods Zeit an der Schule berichten. Ich simse Ihnen die Adresse zu.«
Das Schweigen hielt so lange an, dass Marge sich fragte, ob Persy aufgelegt hatte. Als diese antwortete, war ihr Tonfall hasserfüllt. »Nur damit Sie Bescheid wissen, Ma'am. Wir haben einen Verdächtigen und werden ihn bald in Gewahrsam nehmen.«
»Tatsächlich! Wen?«
»Einen einheimischen Drogendealer namens Sean Dollery. Seine Fingerabdrücke sind überall in Sherwoods Wagen. Sieht ganz nach einem fehlgeschlagenen Drogengeschäft oder einer misslungenen Entführung aus.«
»Das hört sich nicht gerade stichhaltig an.« Marge konnte ihre Skepsis nicht verbergen. »Yoliswa Xolele nimmt sich extra Zeit, Detective, und ich glaube, Sie werden sehr aufschlussreich finden, was sie Ihnen zu sagen hat.«
»Unter den gegebenen Umständen halte ich das für Zeitverschwendung.«
Das Mädchen wollte sich also widersetzen. Am besten belehrte sie sie sofort eines Besseren. »Detective, wenn ich es richtig verstehe, dann arbeiten wir zusammen. Und da Sie diesen Fall meinetwegen bekommen haben, sind Sie es mir wohl schuldig, meinen Hinweisen nachzugehen.«
Ja, genau, bring sie auf die Palme, dachte Marge. *Und das als ausgebildete Psychotherapeutin!* Marge hatte sich im-

mer gefragt, wie sich bedeutungsschwangeres Schweigen anfühlte. Jetzt wusste sie es.

»Ich verstehe, Ma'am.«

Persys Stimme verriet nichts. Das verfluchte Mädchen mauerte, das stand schon mal fest. Marge erinnerte sich an die braunen Augen, die unbeirrbar hinter den Brillengläsern geblinzelt hatten. Da sie sich stets vor versteckten Pathologien in Acht nahm, war ihr klar, dass hinter Detective Persy Jonas' Fassade mehr steckte. Und dummerweise brachte sie auch Marges schlimmste Seite zum Vorschein. In Bezug auf Würde war die erste Runde an Jonas gegangen.

Die Silvermine-Berge umschlossen die Logos-Schule an drei Seiten. Ein halbes Dutzend Fertigbau-Klassenzimmer standen um einen begrünten Spielplatz herum, der an eine von großen Eichen beschattete Dorfwiese erinnerte. Persy fragte sich, wie es einer kleinen, unabhängigen Schule gelungen war, ein solch wertvolles Grundstück zu erstehen.

Ihr Handy klingelte, und Dizus Name erschien auf dem Display. »Soeben hat jemand Anzeige wegen eines Einbruchs in Kommetjie erstattet. Klaus Schneiders Haus.«

»Der Arbeitgeber von Charlene Dollery?«

»Genau der. Hört sich nach einem Innentäter an, also rate mal, wer hier unter Verdacht steht.«

»Was wurde mitgenommen?«

»Das Übliche. Neuer Fernseher, Fotoapparat, Laptop, Klamotten – und Schneiders Faustfeuerwaffe. Eine Luger.«

»Wer fährt mit dir hin?«

»Mhlabeni.«

»Scheiße. Wäre ich nur da.« Sie sollte weiter Dollery verfolgen, ihren Hauptverdächtigen, statt sich der Laune von

Marge Labuschagne zu beugen. Ihr erster Mordfall, gefährdet durch eine alte Wichtigtuerin, die ihren vergangenen Ruhm wiedererleben wollte.

In dem kleinen Empfangsbereich saß eine kugelrunde Farbige mit einem Kopftuch am Telefon und tratschte mit großer Begeisterung die grauenhaften Details der tödlichen Krankheit eines Verwandten weiter. Persy sah sich die Kinderbilder und Fotos in den Vitrinen entlang der Wand an. Darunter war eine Reihe von beeindruckenden Fotos eines Brands. Brennende Gebäude vor dem Nachthimmel, die Silhouetten der Feuerwehrmänner, die gegen die Flammen ankämpften, schwarze Ruinen.

»Entschuldigung, dass ich Sie habe warten lassen.« Die Empfangsdame hatte aufgelegt.

Persy zeigte auf die Fotos. »Ein schreckliches Feuer.«

»Ja. Die Schule ist bis auf die Grundmauern abgebrannt. Das war vor sieben Jahren.«

Die Frau kam zur Vitrine. »Und wir hatten keine Versicherung.«

Sie stellte sich als Mrs. Yasmin Fortuin vor – Sekretärin und Frau des Direktors. Persy teilte ihr mit, sie sei hier, um Yoliswa Xolele zu sprechen.

»Sie hat noch Unterricht. Aber das dauert nicht mehr lange.«

Persy zeigte auf die umgebenden Gebäude. »Man würde nie auf die Idee kommen, dass es hier gebrannt hat.«

»Wir haben es wieder aufgebaut. Ganz von vorne.« Yasmin Fortuin ging zu ihrem Schreibtisch und holte einen Umschlag hervor. Sie zog einen Haufen Fotos heraus und kam damit zu Persy, ging sie durch und reichte ihr eines nach dem anderen. Sie zeigten einen Bauplatz: Leute mit Schubkarren, Schaufeln und Kellen. »Das sind die Lehrer und Eltern der Gemeinschaft. Aus Masiphumelele, Ocean View, Kommetjie, von überallher. Schwarze, Weiße, Farbige. Es war wunderbar zu sehen, wie die ganze Gemeinschaft zusammenhielt.«

Persy versuchte, interessiert auszusehen, aber sie fragte sich, wie lange sie noch auf Yoliswa Xolele warten musste.

»Ich nehme an, Sie sind wegen Andy hier?« Yasmin Fortuin reichte ihr ein Foto. »Das ist er, der da.« Persy schaute sich Sherwoods so wenig einprägsames Gesicht genau an. Er lächelte, seine hellen Augen und sandfarbenen Augenbrauen durch den hellen Blitz kaum auszumachen. Dieses Foto wurde von dem kurz aufflackernden Bild seines aufgedunsenen Gesichts in der Leichenhalle überlagert. Leben – ausgelöscht in einem Moment. An ihrer Stirn und in ihrem Nacken brach kalter Schweiß aus, und damit kam auch die Furcht zurück. Sie betrachtete das nächste Foto im Stapel. Zwei Männer, einer von ihnen jung und sehr elegant mit angenehmen indischen Gesichtszügen und dunklem glattem Haar, der in einer gut geschnittenen Jacke und einem weißen Shirt mit offenem Kragen posierte. Er wirkte ausgesprochen fehl am Platz zwischen den anderen Arbeitern. »Ist er ein Lehrer?«

»O nein! Das ist Asha de Groot«, erwiderte Yasmin. »Sehr schick. Engländer. Er ist unser großzügigster Gründer. Hat hier Urlaub gemacht und ist in die Schule mit eingestiegen. Es hat ihm hier so gut gefallen, dass er hergekommen ist, um in Kapstadt zu leben. Hat Frau und Kinder hergeholt.«

Persys Augenmerk fiel auf den älteren, kleineren Mann neben ihm. Er sah aus, als trüge er ein Kostüm. Ein Bauer in einem Theaterstück vielleicht: ausgeleierte Hosen und Schuhe. Sein listiges Gesicht unter dem zerknautschten Filzhut wirkte vertraut. Sie hatte ihn unter den Gaffern am Strand gesehen. Derselbe Mann, der auf dem Parkplatz

mit der Hippiefrau gestritten hatte. Wie klein die Welt doch war. Oder doch ein zu großer Zufall? »Wer ist das?«
»Gregory Crane. Er war eine Zeitlang unser Rechtsbeistand und Treuhänder.« Sie wurde vom schrillen Klingeln der Schulglocke unterbrochen.
»Jetzt ist Pause. Sie können zu Yoliswa.«

Eine Gruppe Kinder verschiedener Volksstämme und unterschiedlichen Alters waren sehr ernsthaft dabei, in einem blühenden Gemüsegarten zu graben, zu pflanzen und zu gießen. Weiße Schmetterlinge flatterten zwischen wildem Hanf und blühenden Rosmarinbüschen hin und her. Sanftes Licht verlieh der Szene einen nostalgischen, pastoralen Touch, die Momentaufnahme einer idyllischen Kindheit. Kein Anzeichen von einem Lehrer. Persy konnte kaum glauben, dass sie ihre Zeit im Pausenhof einer Grundschule vergeudete. Als ob sie nichts Besseres zu tun hätte!
Ein anmutiges, älteres Mädchen in einem traditionellen Xhosa-Shirt und Kopfschmuck erhob sich aus ihrer gebückten Haltung bei den Kindern und kam auf sie zu. Als sie näherkam, erkannte Persy, dass sie kein Mädchen, sondern eine elegante Frau Anfang dreißig war. Auf ihrer dunklen Haut schimmerte ein leichter Schweißfilm von der Gartenarbeit. Kleine Silberohrringe in Form von Kaprosen glitzerten in ihren Ohren. Sie streckte die Hand aus. »Guten Morgen. Ich bin Yoliswa Xolele.«
»Detective Jonas.«
»Mein Klassenzimmer ist gleich hier drüben.«
Persy folgte ihr in die kleine Hütte. Eine Markise aus Leintuch schützte die Veranda vor der Sonne. Durch die offen stehende Doppeltür hatte sie die Kinder im Blick. Im Inneren war es drückend heiß und feucht. Holzstühle in Kindergröße standen um niedrige Tische, auf denen

eine bunte Mischung aus Stiften, Puzzeln und Spielzeug lag. »Machen Sie es sich gemütlich, wenn das irgendwie geht.« Sie grinste, wobei eine Lücke zwischen ihren Schneidezähnen sichtbar wurde. »Hier werden wir weniger von den Kindern gestört.«

Sie füllte einen Wasserkessel in dem kleinen Spülbecken, das voller Glasgefäße mit Pinseln war. »Marge sagte, Sie wollten mich zu Andrew befragen. Ich werde versuchen, Ihre Fragen zu beantworten, aber ich kannte ihn nicht sehr gut.«

Yoliswas Gesicht wirkte zugleich äußerst freundlich und undurchdringlich. *Genau wie Dizu*, dachte Persy. Auch er konnte völlig unerreichbar wirken. Gab sich überaus förmlich. Und im nächsten Moment strahlte er sein umwerfendes Lächeln und ließ wieder seinen Charme spielen. Ihre Ungeduld verflog rasch, als Yoliswa duftenden Tee einschenkte und ihnen ein Stück frischen Karottenkuchen dazu abschnitt. Sie reichte Persy eine Tasse Tee und einen Teller mit Kuchen.

»Darf ich fragen, ob das, was wir besprechen, zwischen Ihnen und mir bleibt?«

Normalerweise scheute Persy sich nicht, eine unverbindliche Zusage zu machen, doch der unverblümte Blick der Lehrerin verlangte nach einer ehrlichen Antwort.

»Wenn es nichts mit den Ermittlungen zu tun hat, erfährt keiner davon, das kann ich versprechen.«

Yoliswas zierliche Hände lagen verkrampft in ihrem Schoß. Persy nahm an, sie hatte auf eine beruhigendere Zusage gehofft. »Es geht nicht nur um Andrew. Da ist auch ein Kind involviert. Und die Mutter des Kindes.« Sie atmete tief ein. »Wie auch immer, Marge hat gesagt, es sei wichtig, dass ich es Ihnen erzähle, und ich vertraue ihr.«

Die ruhige Eloquenz der Frau beeindruckte Persy. »Zunächst möchte ich Ihnen sagen, dass keine Anklage gegen

Andrew erhoben wurde. Er war hier der Schulleiter vor sieben, acht Jahren und hatte eine Beziehung mit der Musiklehrerin, deren Kind zu diesem Zeitpunkt in meiner Klasse war. Ein siebenjähriger Junge. Die Musiklehrerin wurde krank. Depressionen. Zur Erholung kam sie in eine Klinik. Nachdem sie zurück war, machte sie mit Andrew Schluss. Kurz darauf kam sie ziemlich aufgeregt zu mir und wollte wissen, ob mir etwas Ungewöhnliches im Verhalten ihres Sohnes aufgefallen sei. Er war ein ruhiger Junge und war noch ruhiger und nervöser geworden, aber ich hatte das der Krankheit seiner Mutter und ihrem Klinikaufenthalt zugeschrieben. Sie erzählte mir, sie verdächtige Andrew, sich sexuell an ihrem Sohn vergangen zu haben. Ich habe das sofort Rektor Joel Fortuin mitgeteilt.«

Ein zierlich aussehendes indisches Mädchen um die acht Jahre kam weinend ins Klassenzimmer. Sie rannte zu Yoliswa und verbarg den Kopf in ihrem Schoß. Beruhigend strich Yoliswa ihr über das Haar. »Was ist los, Orlanda?«

Orlanda hob ihr tränenüberströmtes Gesicht. »Josh hat mich von der Schaukel gestoßen.« Sie hatte einen überraschend versnobten englischen Akzent.

Yoliswa entschuldigte sich und brachte das Kind zu den anderen.

Ihre markante Stimme, warm und vermittelnd, erklang quer durch den Garten bis zu Persy. Dann kam sie wieder zurück und strich sich die Schürze glatt. »Entschuldigen Sie die Störung, aber Orlanda wird gerne mal schikaniert.«

Persy stellte fest, dass sie Yoliswa Xolele mochte. Und, was noch viel wichtiger war, dass sie ihr vertraute. Sie fuhren in ihrer Unterhaltung da fort, wo sie aufgehört hatten.

»Ist die Schule den Behauptungen nachgegangen?«

»Die Mutter wollte das Kind nicht dem Trauma einer Begutachtung unterziehen. Das brachte uns in eine schwierige Situation: Wir hatten keinen Grund, Andrew grundlos zu kündigen, aber wir haben über 200 Kinder in unserer Obhut, die wir nicht in Gefahr bringen wollen. Andrew hat alles vehement abgestritten. Er sagte, die Musiklehrerin hätte sich das nur aufgrund ihres Zusammenbruchs vorgestellt, und bat darum, einen Experten als Vermittler hinzuzuziehen. Also habe ich mit Joel Fortuin gesprochen, und er hat Marge Labuschagne hinzugezogen. Sie hat sie interviewt, getrennt und zusammen. Ihr Gutachten war nicht eindeutig. Aber sie riet uns, die Kinder nicht mit Andy allein zu lassen. Verständlicherweise hat die Musiklehrerin gekündigt und ihren Sohn von der Schule genommen.«

»Und Sherwood?«

»Die Sache ist die, Andy hatte eine besondere Gabe mit Kindern. Sie liebten ihn. Doch danach gaben wir darauf acht, dass er nicht mehr mit einem Kind allein war. Dann jedoch hat der Rechtsbeistand der Schule davon Wind bekommen.«

Der Mann mit dem listigen Gesicht von dem Foto im Foyer. Der neugierige Gaffer am Strand.

»Gregory Crane?«

»Ja, genau. Ich dachte, er wäre Andys Freund, aber er hat die Unterstellung weitergetragen. Das führte zu Tratsch auf dem Parkplatz. Das ist verwerflich, aber man kann nichts dagegen unternehmen. Andrew hat gekündigt. Für uns war das eine Erleichterung.«

Sie atmete tief ein und sah Persy an.

»Andrew hat das sehr mitgenommen. Und bis heute weiß ich nicht, was an der Geschichte dran ist.«

22

Colette McKillians Hand zitterte, als sie zusah, wie die rotbraunen Tropfen sich wie Blut in das cremige Gelb mischten. Sie gab Vanillearoma in das aufgeschlagene Ei für Jaspers French Toast. Er war im Wohnzimmer, lag ausgestreckt auf dem Sofa und sah MTV. Unter der Woche versuchte sie, das Fernsehen zu unterbinden, aber sie wollte ihn gerade auch nicht in der Küche haben, sonst würde er nur sehen, wie aufgewühlt sie war. Sie hatte soeben den Hörer nach dem Gespräch mit Yoliswa Xolele aufgelegt, die ihr vom Besuch der Polizistin vom Revier in Fish Hoek berichtet hatte.

»Sie wollte wissen, warum Andrew die Schule verlassen hat. Es tut mir leid, Colette, ich musste es ihr sagen.«

Ein Zucken war durch Colettes Arm gegangen, als hätte man ihr einen elektrischen Schlag verpasst, und fast hätte sie den Hörer fallen lassen. »Wie konntest du nur? Das ist so was von gewissenlos! Ich werde dem Bildungsministerium schreiben!« Obgleich sie wusste, dass sie das niemals tun würde.

Wann war sie schon jemals für sich eingestanden, abgesehen von diesem einen Mal? Und das hatte sich als katastrophal erwiesen. Sie wollte einfach nur ihre Ruhe haben. Nachts wieder schlafen können, ihren inneren Frieden finden. Den inneren Frieden. Wann hatte sie den schon erfahren? Noch nicht einmal vor der Sache mit Andy, wenn sie ehrlich war. Solange sie sich erinnern konnte, rückten diese dunklen Wände auf sie zu. Nur Wachsamkeit und

beständige Medikation hielten die Wände davon ab, sie tatsächlich zu zermalmen.
Sie warf einen Blick auf Jasper, um sicherzugehen, dass er nichts von ihrem Ausbruch mitbekommen hatte. Wie die meisten Jungs seines Alters schien er dauerhaft geistesabwesend zu sein, doch häufig überraschte er sie mit dem, was er dann doch alles mitbekam. Oft rückte er Wochen später mit etwas heraus, wodurch sie feststellte, dass in ihm noch immer der sensible kleine Junge steckte, der er vor dem undurchdringlichen Gefühlschaos gewesen war. Doch seit kurzem hatte er sich vollkommen verändert. War verschlossen geworden, ein missmutiger, unzugänglicher Fremder. Wenn er in ihrer Nähe war, nahm sie seine physische Präsenz unangenehm wahr. Seine Größe, seine breiten Schultern, seinen männlichen Geruch. Die Hände, einst pummelig und dicklich, sahen jetzt riesig und brutal aus, mit spitzen, bedrohlichen Knöcheln. Wenn sie an seinem Zimmer vorbeiging und er die Tür schnell zuschlug, damit sie draußen blieb, verblüffte sie der Anblick seiner Joggingschuhe im Gang mit den verknoteten Schnürsenkeln. Sie sahen aus, als wären sie für einen Riesen gemacht. In letzter Zeit war er dazu übergegangen, sich nur noch schwarz zu kleiden, und an den Handgelenken trug er immer diese Schweißbänder wie Tennisspieler, obwohl er keinen Sport machte. Er musste sie für dumm halten. Sie hatte einen Cutter in seinem Zimmer gefunden, und als er einmal aus der Dusche kam, hatte sie die symmetrischen Schnitte an seinen Handgelenken gesehen. Sie hatte über Selbstverstümmelung gelesen. So etwas machten Kinder, die ihren Schmerz nicht ertragen konnten. Dieser physische Schmerz schaffte Erleichterung für den unerträglichen emotionalen Schmerz. Manche Experten hielten es für eine Marotte oder für Langeweile, glaubten, dass Teenager sich nach gefährlichen Aktionen ohne Beaufsichti-

gung in der Natur draußen sehnten, dass es ein Substitut für einen Übergangsritus war. War es tatsächlich nicht mehr? Hatte er den Cutter nur dazu benutzt, sich selbst zu ritzen? Oder könnte man ihn verdächtigen, dass er ihn, wie sie sich in ihren dunkelsten Stunden vorstellte, für andere, blutdürstigere Taten benutzte?

Charlene Dollery öffnete die Tür prompt. Dizu vermutete, dass sie schon auf sie gewartet hatte. »Mr. Schneider ist mit den Hunden spazieren. Ich werde ihn gleich anrufen, um ihm mitzuteilen, dass Sie hier sind.«

Charlene hatte sich gut gehalten. Sie war Anfang vierzig, großbusig, trug ein enges gelbes Top, viel glitzerndes Make-up und hatte das Haar zu einem glatten Bob frisiert. Sie bat sie nicht herein, aber Mhlabeni drückte die Tür unsanft auf, und sie machte einen Schritt zurück in den Gang. Dizu folgte ihm. »Wir haben eine Meldung erhalten, dass hier eingebrochen worden sein soll.«

»Das ist richtig. Klaus, Mr. Schneider, er war übers Wochenende nicht in der Stadt. Und dann komm ich rein, und alles ist weg, der neue Fernseher, Anlage, *alles.*«

»Haben Sie die Alarmanlage überprüft?«, fragte Dizu. Sie folgten ihr durch das Haus, überprüften die ferngesteuerte Alarmanlage.

»Die Alarmanlage war eingeschaltet. Das hat Klaus selbst gemacht.«

Das Haus war eine Festung, Überwachungskameras in jedem Raum.

»Was ist mit den Kameras?«

»Sind gelaufen. Aber die Bänder sind leer, wenn man sie sich ansieht.«

Natürlich sind sie das, dachte Dizu.

»Wer sonst kennt die Codes?«

»Nur ich. Und Boniface Osman. Der Malawier. Ich habe Mr. Schneider gesagt, er soll ihm die Codes nicht geben. Man kann Ausländern nicht trauen.«
Es war ein starkes Stück, das aus dem Mund der Mutter von Ocean Views berüchtigtstem Gauner zu hören, fand Dizu.
»Arbeitet Boniface Osman für Mr. Schneider?«, wollte er wissen.
»Er sagt, er ist Gärtner – Sie kennen doch diese Leute, kommen aus dem Busch und sagen, sie können alles – malern, gärtnern, Haushalt führen.« Angesichts dieser Vermessenheit zog sie verächtlich die Nase hoch.
»*Ja, ja*, und wo findet man diesen *kwerekwere*?« Mhlabeni schloss sich dieser Xenophobie selbstredend an.
»Vrygrond. Da bei Muizenberg. Ich weiß, wo er wohnt.« Sie riss eine Seite aus dem Notizbuch neben dem Telefon und schrieb es auf.
»War Sean in der Gegend?«, fragte Dizu, als sie ihm die Adresse reichte.
Sie blickte ihn streng an. »Sean hatte *fokkol* damit zu tun!«
»Er kennt doch bestimmt die Codes. Hab gehört, er soll sich hier wie zu Hause fühlen«, sagte Mhlabeni.
»Mein Junge hat ein neues Kapitel aufgeschlagen.«
»*Ja*, das ist genau wie bei einem Komposthaufen, darunter kommt nur noch mehr Scheiße zum Vorschein«, erwiderte Mhlabeni.
»Das ist Polizeischikane!«, beschwerte sie sich bei Dizu.
»Wo ist denn Ihr hübscher Junge, hm?«, fragte Mhlabeni.
»Arbeiten.«
»Tatsächlich?« Mhlabeni genoss es, sie aufzuziehen. »Und welcher ›Arbeit‹ geht er nach?« Er war ihr auch körperlich viel zu dicht auf die Pelle gerückt.
Dizus Magen verkrampfte sich. Verhielt sich Mhlabeni auch Persy gegenüber so?

»Können wir uns oben mal umsehen?« Dizu versuchte, die Aufmerksamkeit des Älteren auf etwas anderes zu lenken.
Sie folgten Charlene über die Wendeltreppe nach oben in den Wohnbereich, der mit Ledersofas ausgestattet war. Große Schiebetüren aus Glas, die Wände bedeckt mit gerahmten Goldenen Schallplatten. Der Raum war vollgestopft mit allerlei Zubehör für Musikinstrumente, mit einem Schlagzeug, ein paar elektrischen Gitarren, einer Marimba und pompöser afrikanischer Kunst. Ein einziger nicht angeschlossener Kabelsalat, der einst zum Surround-Sound der Heimkinoanlage geführt hatte, lag kreuz und quer über den Boden verteilt.
Dizu richtete sein Augenmerk auf Charlene. »Ich würde Ihnen gerne ein paar Fragen stellen, Ma'am.«
»Wozu? Ich hatte nichts damit zu tun.«
»Es geht da um einen anderen Fall. Kennt Sean einen Mann namens Andrew Sherwood?«
»Nie von ihm gehört.«
Dizu fuhr höflich fort. »Wo war Sean am Freitagabend?«
Charlene war mit einem Mal hellhörig. »Er war natürlich hier bei mir, wir haben ferngesehen.«
Mhlabeni ließ sein freudloses Glucksen ertönen. »Fernsehen mit Mama.«
Charlene wurde gereizt. »Stellen Sie mich als Lügnerin hin?«
»Das ist in der Tat kein besonders stichhaltiges Alibi«, erwiderte Dizu.
Charlene verschränkte die Arme. »Es ist die Wahrheit. Fragen Sie Klaus.«
»Wie findet Schneider es, dass ein bekannter Verbrecher bei ihm zu Hause abhängt?«
»Klaus ist glücklich. Und ich rufe ihn jetzt an, damit er vom Strand zurückkommt.« Sie polterte die Treppe nach unten.

»Sie lügt.« Mhlabeni war zur Bar geschlendert, die den meisten Platz im Raum beanspruchte. »Sie ist Schneiders Schlampe. Die Deutschen stehen auf unsere Schokolade hier.«

Dizu beschloss, diese Geschmacklosigkeit zu ignorieren. Mhlabeni sah die vollbestückte Bar durch, die sich über die ganze Länge des Raumes erstreckte. »Ganz nach meinem Geschmack«, sagte er.

Er trat hinter den Tresen und begutachtete die Whiskyflaschen auf dem Regal. Er nahm eine hoch, betrachtete sie genauer und stellte sie dann angewidert zurück. »Keine Unzucht mit Minderjährigen.« Er griff nach einer Flasche Laphroaig. »Erst ab sechzehn oder älter.« Er zwinkerte Dizu zu, schraubte dann die Flasche auf und nahm einen Schluck.

Dizu trat auf den Balkon hinaus, um Mhlabenis Gesellschaft zu entkommen. Er lehnte sich an das verchromte Geländer und betrachtete die Aussicht über das lange, weiße Stück von Long Beach, den Ozean bis zum Chapman's Peak mit dem Sentinel dahinter und noch etwas weiter dahinter die Hout Bay.

Unter ihm ritten die Surfer die wogenden Wellen, während die Bewohner von Kommetjie mit ihren verschiedenen Hunden am Ufer entlangspazierten. Dizu machte einen Mann aus, den er für Klaus Schneider hielt. Der Mann lief mit seinem weißen Bullterrier, der geifernd an der Leine zog, vom Strand Richtung Haus.

»Was haben die Weißen nur immer mit ihren Hunden?« Mhlabeni war hinter ihn getreten. Seine Kiefer malmten in einer Mischung aus Neid und Frustration. »Die setzen diesen Viechern besseres Zeug vor, als wir in den Townships essen.«

Dizu wusste, dass das nicht wirklich übertrieben war, auch wenn es in Mhlabenis Fall kaum zutraf. Mit all den Bestechungen, die Mhlabeni einkassierte, speisten seine Kinder wie die Könige.

Klaus Schneider war ein alternder Produzent und Promoter von Rockmusik und ein paar Jahrzehnte älter als der Hipster, für den er sich noch immer hielt. Er hatte sein dünner werdendes Haar zum Pferdeschwanz gebunden, trug ein Juluka-Shirt, das seinen *boep* – seinen Bierbauch – betonte, und die enge Jeans hing von seinen schlaffer werdenden Schenkeln. Was den Einbruch anging, hatte er nur wenig beizutragen. Er zeigte sich etwas bestürzt über die verschwundene Pistole, konnte die Polizisten ansonsten aber nicht schnell genug aus dem Haus bekommen. Er drängte auf eine Fallnummer des Polizeiberichts, damit er seinen Versicherungsanspruch geltend machen konnte.
Als Dizu auf Sean Dollery zu sprechen kam, wirkte er ganz gefasst. »Können Sie bestätigen, dass Sean am Freitagabend hier war?«
»*Ja*, kann ich. Absolut. Ich war hier mit Charlene im Schlafzimmer und habe DVD gesehen, und Sean war unten und hat im Fernsehzimmer ferngesehen.«
»Hätte er das Haus verlassen können, ohne dass Sie es mitbekommen haben?«
»Nein. Ich war mal hier oben und dann wieder unten in der Küche, um was zu essen zu holen – es ist wohl kaum eine Stunde vergangen, ohne dass ich ihn gesehen habe.«
Charlene blickte selbstgefällig drein, als sie sie zur Tür brachte.
Dizu konnte nicht verbergen, wie verärgert er war. »Wir suchen seit fast einem Monat nach Sean. Wenn er nichts zu verbergen hat, warum geht er uns dann aus dem Weg?«
Sie schnaubte verächtlich, hatte die Hände über ihrer massiven Brust verschränkt. »Er ist nicht dumm.« Wissend

blickte sie die beiden an. »Er weiß, dass ihr ihn für Dinge verhaften werdet, die er gar nicht getan hat.«
»Richten Sie ihm aus, dass wir mit ihm sprechen wollen«, sagte Dizu. »Es wäre besser, er würde freiwillig vorbeikommen, sonst wird es für ihn nur schlimmer.«
Charlene sagte nichts dazu und machte ihnen die Tür vor der Nase zu.

Das Polizeirevier Caledon Square, die Hauptwache im Zentrum der Stadt. Persy saß draußen im Nissan und wartete darauf, dass Ferial aufschlug. Der Südostwind heulte unablässig. Sie musste die Fenster geschlossen lassen, damit der Staub nicht hereingewirbelt wurde, und der Nissan glich langsam einem Ofen. Sie schwitzte in ihrem T-Shirt und der Stoffhose, und ihre Füße in den Pumas waren eingeschnürt und angeschwollen. Flipflops wären jetzt nicht schlecht. Sie erinnerte sich gut an Titus' Gesicht, als sie einmal mit Flipflops und einem Bob-Marley-T-Shirt aufs Revier gekommen war. Nur um ihn aufzuziehen.
Ihr Telefon klingelte. Dizu rief sie vom Revier an und erstattete ihr Bericht über den Besuch bei Schneider. »Keine Spur von Dollery. Charlene und Schneider lügen sich um Kopf und Kragen.«
»Es könnte Versicherungsbetrug sein. Warum sollte Schneider ihn sonst decken?«
»Schneider muss keinen Versicherungsbetrug riskieren«, sagte Dizu. »Er ist stinkreich. Mhlabeni glaubt, dass Schneider Dollery um Charlenes willen schützt. Und in der Zwischenzeit tut Charlene ihr Bestes, um alles auf Schneiders malawischen Gärtner abzuwälzen.«
»Das ist ja das Tolle an Malawiern«, bemerkte Persy trocken. »Sie geben hervorragende Sündenböcke ab.« Sie erzählte ihm von ihrem Treffen mit Yoliswa Xolele.

»Glaubst du, da gibt es eine Verbindung zu Sherwoods Tod?«, wollte Dizu wissen.
»Nicht wirklich. Ist 'ne alte Geschichte.«
»Warum glaubt Marge Labuschagne das dann?«
»Keine Ahnung.« Persy wurde ärgerlich. Sie hoffte, dass Dizu Marge Labuschagne die schwachsinnigen Theorien nicht abkaufte. Genau aus diesem Grund sollten Cops nicht auf die Uni gehen. Sie verloren ihren Instinkt – da ging es nur noch um Bücher.
»Es war reine Zeitverschwendung«, entgegnete sie scharf.
»Aber es könnte sich lohnen, dem Brand an der Schule nachzugehen. Irgendwas stimmt damit nicht.«
Nachdem Dizu aufgelegt hatte, blickte Persy aus dem Fenster und sah, wie Büchsen und Plastikflaschen wie Geschosse die Straße hinunterpolterten. Blätter verschrumpelten in der Hitze, wurden in kleine Schnipsel zerrissen und von Mini-Tornados fortgetragen. Weiße Plastiktüten hingen an den Zäunen, bauschten sich ab und an zu exotischen Blüten auf. Südafrikas Nationalblume. Arbeiter auf dem Weg nach Hause stemmten sich gegen den Wind, pressten Päckchen und Taschen an sich, die Frauen hielten die Röcke nach unten. Persy warf einen Blick auf die Uhr am Armaturenbrett. Zwanzig nach fünf.
Noch immer kein Anzeichen von Ferial.
Ferial war schon seit einer Stunde mit der Arbeit fertig. Sie würde sich doch nicht drücken? Persy hatte angeboten, sie zum Polizeirevier am Caledon Square zu begleiten, das in der Nähe von Ferials Arbeit lag. Doch wieder einmal ließ man sie auflaufen.
Ihr Telefon klingelte. Marge Labuschagnes Nummer wurde angezeigt. Nicht die Person, mit der sie jetzt reden wollte.
»Haben Sie Yoliswa getroffen?«
»Ja.«

»Wunderbar. Treffen Sie mich um sieben im *Red Herring*, um mir davon zu berichten.«
Ehe Persy etwas erwidern konnte, hatte sie auch schon aufgelegt. Erst versetzte Ferial sie, und jetzt sollte sie nach Marge Labuschagnes Pfeife tanzen, wurde herumkommandiert wie ein Kind. Ein schmerzhafter Druck lag auf ihrer Brust. Was zum Teufel hatte diese Frau überhaupt mit diesem Fall zu schaffen?

23

Geh von diesem verfluchten Fenster weg und hör auf herumzuspionieren, Frau!«

»Da geht sie schon wieder, geht aus. Ich habe Ivor Reitz seit Ewigkeiten nicht mehr bei ihr gesehen.«

»Vielleicht ist seine Therapie erledigt.« George blätterte eine Seite der *Cape Times* um. Wieder voll mit diesem verfluchten Kometen. Wen interessierte das schon? Keine einzige Zeile über den bewaffneten Raubüberfall in seinem Laden. Verbrechen waren hier so an der Tagesordnung, dass es offenbar nur noch Morde in die Zeitung schafften. Und was die Polizei betraf, da nahm er kein Blatt vor den Mund. Ein Haufen Schwachköpfe.

»Wo ist der verflixte Sportteil, Frau?«

»Die haben keine berufliche Beziehung, das kannst du mir glauben. Für gewöhnlich sitzen sie zusammen, leeren eine Flasche Wein und lachen sich kaputt.«

Ausnahmsweise musste George Tinkler Fiona zustimmen. Er hatte die beiden zusammen gesehen. Marge Labuschagne halb verdeckt von den Milkwood-Bäumen, Reitz in der Sonne frech wie Oskar, ein Glas Weißwein in der Hand. Mit seiner teuer aussehenden Sonnenbrille. George hielt ihn für einen Playboy. Und es war schwierig, sich zu entscheiden, ob er den Kerl verachten oder beneiden sollte. Unerklärlicherweise schien Reitz Marge Labuschagnes Gegenwart tatsächlich zu genießen. Immer mal wieder lehnte er sich nach vorn, als würde er konzentriert zuhören, dann warf er den Kopf nach hinten und lachte lauthals.

»Das muss platonisch sein, das kann ich dir sagen. Er kann nicht hinter ihr her sein, wenn er so eine heiße Braut wie Morgana zu Hause hat.«

»Sex ist nicht alles, weißt du.«

Für dich vielleicht nicht, dachte er bitter und erinnerte sich daran, wie sie ihren massigen Körper von seinen leidenschaftlichen Annäherungsversuchen meistens abwandte.

Es war der 25. Hochzeitstag der Tinklers, und George fand das überaus deprimierend. Hätten sie ein paar Kinder, die auf die Universität gingen, dann würde es sich jetzt vielleicht weniger anfühlen, als hätte er sein Leben vergeudet. Sie hatten sich heute bereits gestritten. Fiona nervte ihn damit, auf einen Sundowner im *Bohemian Rhapsody* vorbeizuschauen. George hasste die Bar, eine Abzocke sondergleichen, voller Schwuler und Ex-»Rhodies«, wie sie sich selbst nannten, Pensionäre, die aus Simbabwe geflohen waren, sich in Fish Hoek durchschlugen und wegen der billigen Piña Coladas vorbeischauten. Außerdem war er nicht sehr begeistert von diesem Julian. Fiona himmelte ihn natürlich an. Wie die meisten Frauen fühlte sie sich durch die Aufmerksamkeit der Schwuchtel geschmeichelt. Abgesehen davon hasste er marokkanisches Essen. Er hatte absolut keine Lust auf dieses Durcheinander von unappetitlichen Gewürzen. Was sprach denn um Himmels willen gegen ein gutes Rumpsteak im *Cattle Barn*?

»Ivor Reitz geht ihr aus dem Weg. Er hat vermutlich gehört, dass sie diesen unschuldigen Mann in den Selbstmord getrieben hat.«

»Was schwafelst du da, Frau?«

»Theo Kruger, erinnerst du dich? Die Geschichte, die Julian mir erzählt hat? Der arme Mann, der sich vor den Zug geworfen hat. Du meine Güte, George, du hörst mir ja überhaupt nicht zu.«

»Das interessiert mich verdammt noch mal nicht. Er war eine Schwuchtel, oder? Die sind alle labil.«
Fionas Blick klebte am Fenster. »Shamil hat Julian gesagt, er soll die Leute vor ihr warnen. Hoffentlich verliert sie ihre Kunden, dann kann ich problemlos bei uns rein- und rausfahren.«
»Wer zum Teufel ist ›Shamil‹?«
»Er ist der Aufgestiegene Meister.«
»Wie bitte?«
»Ach, vergiss es, George, das verstehst du nicht.«
Verflucht richtig, das würde er nicht verstehen. Weitere Lügenmärchen von Crane, diesem Scharlatan. Fiona nahm das alles natürlich begierig auf. Und bei ihrer großen Klappe würde es heute Abend die ganze Halbinsel wissen. Nach dem Überfall war sie ein paar Tage etwas aufgewühlt gewesen, aber jetzt war sie wieder ganz die alte Klatschbase.
»Und erzähl bloß nicht weiter, was ich dir über Shamil erzählt habe«, sagte Fiona. »Die Erweckten aus Fish Hoek denken sonst noch, dass ich unter die Satanisten gegangen bin oder so. Du weißt ja, wie die so sind.«
In der Tat! Und wenn Gregory Crane nicht mit dem Teufel unter einer Decke steckte, dann weiß der Himmel, wer sonst. Andererseits hatte man keine große Auswahl jenseits von Christentum, dem Teufel oder Baal, wenn man so wollte. Für George war Religion einfach nur lächerlich. Keine vernünftige oder intelligente Person würde einem dieses abergläubische Geschwätz abkaufen. Auf Georges Nachttisch lag gerade *Der Gotteswahn*.
»Mach dir mal keine Sorgen um mich, Frau. Halte besser selbst die Klappe. Labuschagne gehört zu den Leuten, die einen wegen Verleumdung verklagen.«
Er fand den Sportteil. Die Stormers. Was war mit den verdammten Idioten nur los, dass sie wie Mädchen spielten?

Er seufzte. Das reichte, um dem Rugby den Rest seines Lebens den Rücken zu kehren.

Persy entdeckte den nicht sehr attraktiven Rücken von Marge in einer der mit Holz verkleideten Nischen des *Red Herring*. Dem Stil nach ganz die verklärte Studentenkneipe. Sie hätte nicht gedacht, dass Marge einen derartigen Ort aufsuchen würde, allerdings lag die Kneipe gleich um die Ecke der Keurboom Street. Sie würde sich eine eiskalte Cola bestellen, zu ihr rübergehen und so tun, als beugte sie sich der vermeintlich überlegenen Analyse der Älteren. Der Tisch, den Marge ausgesucht hatte, war klein, und sie nahm bereits einen Großteil davon ein. Sie trug nicht nur einen sehr weiten Kaftan, sie hatte den Tisch auch mit Büchern, Unterlagen und einer von diesen abgenutzten Ledertaschen belagert, die Hippies immer bei sich hatten, um ihre verbotene Ware zu transportieren.
Persy bestellte sich eine Cola und rutschte auf den Sitz ihr gegenüber. Marge blickte kurz auf, hielt den Finger auf eine Zeile dessen, was sie gerade las. »Moment bitte, ich will nur Coombes Pathologiebericht fertiglesen.«
»Wie zum Teufel sind Sie an den gekommen?«
»Phumeza hat ihn mir freundlicherweise zugemailt.«
Verdammt. »Phumeza ist nicht befugt, Polizeiberichte an Gott und die Welt rauszugeben.«
Überrascht blickte Marge auf. »Oh, machen Sie ihr mal keinen Vorwurf. Titus hat es erlaubt.«
Persy lenkte sich von ihrer Wut ab, indem sie eine leere Kaffeetasse und einen Teller mit ein paar Kuchenkrümeln abräumte. Außerdem war da noch ein Aschenbecher mit ausgedrückten *stompies*. Sie hatte große Lust, dem Management ein Bußgeld aufzubrummen, weil gegen das erlassene Rauchergesetz verstoßen wurde. Ihre Cola traf

genau dann ein, als Marge die Akte zuklappte und sie mit einem durchbohrenden Blick bedachte.

»Okay, kommen wir zur Sache. Warum glauben Sie, Dollery könnte für Sherwoods Tod verantwortlich sein?«

Persy musste gegen ihren aufsteigenden Ärger ankämpfen. »Seine Fingerabdrücke sind überall in Sherwoods Auto, und er hat kein Alibi für Freitagabend.«

»Das Motiv?«

»Vermutlich ein Drogendeal, bei dem etwas schiefgelaufen ist. Bei Leuten wie Dollery gibt es keine tiefenpsychologische Erklärung für das, was sie tun.«

Marge blickte sie durchdringend an. »Es gibt bei jedem tiefenpsychologische Erklärungen für das, was er tut.«

Persy wünschte sich, sie würden an einem richtigen Tisch und nicht eingezwängt in dieser Ecke sitzen. Sie hatte das Gefühl, in dieser kleinen Nische gefangen zu sein, war sich überdeutlich des aufgesprungenen Kunststoffs in ihrem Rücken und der waldartigen Dunkelheit der Wände bewusst.

»Stimmt irgendwas nicht?« Marges helle Augen waren ganz auf sie gerichtet.

»Etwas stickig hier drin.«

»Sie haben also mit Yoliswa gesprochen?« Marges fragender Auftakt endete in einem krampfartigen Raucherhusten. Persy wartete, bis er vorbei war.

»Das war vor sieben Jahren. Ich sehe nicht, was das mit dem Fall jetzt zu tun haben soll.«

Ärgerlich schüttelte Marge den Kopf. »Lüsterne Pädophile hören niemals auf. Angenommen, Sherwood *war* derjenige, dann gibt es ganz bestimmt weitere Opfer, und das könnte ein Motiv sein. Es lohnt sich, dem nachzugehen«, krächzte sie mit ihrem letzten Husten hervor.

»Yoliswa sagte, Sie konnten keine eindeutigen Beweise gegen Sherwood finden.«

Marge beugte sich nach vorne. »Es ist immer schwierig, die Wahrheit herauszufinden, wenn ein Kind involviert ist.«

Persy gefiel es nicht, wie Marge sie anstarrte. Auf unerklärliche Weise war ihr diese Unterhaltung unangenehm – als würden sie sich mit Hilfe eines Codes unterhalten. Oberflächlich betrachtet unterhielten sie sich über Sherwood, doch im Grunde genommen ging es um etwas ganz anderes.

Marge klopfte eine Zigarette aus ihrem zerknitterten Päckchen. Ein Feuerzeug flammte auf, ließ ein überraschendes Blau in ihren Augen aufblitzen. Sie blies den Rauch zu einer Seite aus, doch er kehrte zurück und schwebte über dem Tisch. »Lüsterne Pädophile sind Experten darin, von ihrer Abartigkeit abzulenken, sie zu kaschieren oder zu verbergen. Sie gehören zu den schlausten aller Perverslinge. Und wissen Sie, warum? Weil sie nicht wirklich glauben, dass das, was sie tun, falsch ist.«

Das hatte Persy alles schon gehört. Sexueller Missbrauch war so weit verbreitet, dass es an einen Nationalsport grenzte. Sie war dieses Thema leid, das sie doch nirgendwohin führte. Ein Übeltäter blieb ein Übeltäter. Da gab es keine Rechtfertigung. Keine Zweideutigkeit.

Es war an der Zeit, das Gespräch wieder auf die laufenden Ermittlungen zurückzubringen.

»Ich möchte mit Ihrem Freund, Mr. Reitz, sprechen, wenn Sie mir seine Kontaktdaten geben.«

Marge runzelte die Stirn. »Was hat Ivor damit zu tun?« Asche fiel von ihrer Zigarette und lag in einer anklagenden Rolle auf dem Autopsiebericht.

»Sherwood hatte gepackte Umzugskartons in der Garage. Es sieht so aus, als hätte er ausziehen wollen, und ich habe mich gefragt, ob er Reitz etwas darüber gesagt hat, da er ja sein Vermieter war.«

»Wenn Ivor etwas gewusst hätte, dann hätte er das erwähnt, da bin ich mir sicher.«

Persy bemerkte den leicht verlegenen Ausdruck, den Marge bekam, wann immer die Rede von Reitz war.

»Wenn wir wüssten, wohin Sherwood wollte, dann könnten wir eine Spur zu Dollery finden.«

»Was hat es mit Ihnen und diesem Dollery nur auf sich?«

»Ich hasse Gangster, Punkt. Ganz besonders die, die ihre eigene Gemeinde ausbeuten – wir haben keine elektrischen Zäune oder einen privaten Sicherheitsdienst wie Ihresgleichen.« Damit meinte sie Weiße. Das war vielleicht unfair, aber, zur Hölle, sie wollte Marges selbstgefällige Blase zum Platzen bringen.

Marge starrte sie an. »Warum sind Sie Cop geworden?«

Dieser plötzliche Kurswechsel traf Persy völlig unvorbereitet. »Bitte?«

»Es gibt da diese Theorie, nach der Menschen, die die Welt als chaotisch empfinden, Cops werden. Ordnung wiederherzustellen verleiht ihnen ein Gefühl der Kontrolle. Aus diesem Grund landen viele von ihnen bei der Polizei. Oder die, die bestrafen wollen.«

»Ist dem so?«, fragte Persy und spürte, wie sich an ihren Schläfen Druck aufbaute. »Ich weiß nicht, wovon Sie sprechen, Lady.«

»Es ist eine Theorie, das ist alles.«

»Eine schwachsinnige Theorie.«

»Sie müssen nicht so in die Defensive gehen.« Durch den violetten Rauchschleier sah Marge wie ein böser Geist aus. »Ich wollte Sie nicht angreifen.«

Nein, natürlich nicht, dachte Persy, *und wie alle wissen, sind wir Farbigen dünnhäutiger, als gut für uns ist.*

Mit kurzen, abgehackten Bewegungen drückte Marge ihre Zigarette aus und wechselte dann wieder unerwartet das Thema. »Ich werde Ivor auf die Kartons ansprechen.«

»Ich glaube, das ist mein Job.«
»Ivor ist ein Freund von mir. Ich bekomme sehr viel mehr aus ihm heraus.«
Persy spürte, wie sie im Gesicht und am Hals ganz heiß wurde. »Da bin ich mir sicher. Es handelt sich hierbei aber nicht um ein gesellschaftliches Ereignis. Die Aussage muss eventuell vor Gericht standhalten.«
Im Handumdrehen wurde Marge herrisch. »Ich habe mehr Mörder hinter Gitter gebracht, als Sie Frühstücke in Ihrem Leben hatten. Ich weiß, wie man eine Befragung durchführt.«
Sie würde nicht länger hier sitzen bleiben und sich noch mehr Mist von Labuschagne gefallen lassen. Sie rutschte aus der Sitzecke und stand mit klopfendem Herzen auf. »Sie sind nicht offiziell mit der Ermittlung betraut, und Sie sind auch nicht meine Vorgesetzte, Ma'am.«
»Ich versuche, zu helfen …«
»Schwachsinn!« Persy blickte in ihr überraschtes Gesicht. »Sie helfen nicht. Sie hängen sich an meine Ermittlung, weil Sie aus irgendeinem Grund von diesem Fall besessen sind. Wir haben unseren Mörder, und meine Aufgabe ist es, ihn hinter Gitter zu bringen. Wenn Ihnen das nicht passt, dann rufen Sie den Captain an und lassen Sie Ihre Beziehungen spielen. Wie Sie bereits hervorgehoben haben, haben Sie mir diesen Fall verschafft, also sollte es auch kein Problem für Sie sein, ihn mir wieder wegzunehmen.« Sie knallte etwas Geld auf den Tisch. »Für die Cola«, sagte sie und stolzierte nach draußen.
Tja, Marge beobachtete, wie Persys schlanke Silhouette durch die Tür verschwand. Sie hatte das Mädchen gepiesackt, und es war ihr gelungen, sie aufzuhetzen. Doch Persy wusste auch ganz genau, was sie sich erlauben konnte, wusste, dass Marge ihre Chance, an den Ermittlungen teilzunehmen, nicht gefährden würde, indem sie sich bei

Titus über seinen begünstigten Detective beschwerte. Persy war intelligent, abgesehen von ihrem Schwachpunkt hinsichtlich Dollery. Was hatte es damit auf sich? Vom ersten Moment an, als sie Persy mit ihrem zurückhaltenden Wesen gesehen hatte, vermutete Marge, dass sie etwas verheimlichte. Jetzt musste sie herausfinden, was es war, ehe noch jemand ungestraft mit Mord davonkam.

24

Schon seit dem frühen Morgen spürte Persy, wie ihre innere Anspannung sich aufbaute. Sie fürchtete sich davor, in die Wohnung zurückzugehen, Donny und Ferial gegenüberzutreten, fühlte sich innerlich zerrissen, als steckte sie in der falschen Haut, und sie war gereizt und nervös. Das Treffen mit Marge hatte alles nur verschlimmert; sie wäre noch auf einen Drink im *Red Herring* geblieben, einfach nur auf ein Bier, um alles etwas zu lindern, aber sie würde es niemals wagen, mit der Psychologin zu trinken. Scheiße, nein, die Frau wartete ja geradezu darauf, dass sie unvorsichtig wurde, um in ihren Kopf vorzudringen und Chaos anzurichten.

Diese Psycho-Leute liebten es, in der Kindheit von Menschen herumzuwühlen, wo die meisten doch genau diese vergessen wollten.

Die Abenddämmerung hatte eingesetzt – der Anfang des langen Zwielichts des Sommers. Sie könnte irgendwo in der Gegend der Voortrekker Road einkehren, so lange wollte sie aber nicht warten. Sie fuhr in Richtung Grassy Park, wo es eine Kaschemme gab, die sie kannte, aber sie war dort schon einmal zu oft gewesen, was den Leuten auffallen und sie zu einer Bemerkung veranlassen könnte. Die schwefelgelben Lampen leuchteten auf wie blasse Blumenköpfe auf ihren Stengeln. Sie fuhr mit dem Wagen unter ihrem Schein hindurch, zum Strand hinunter, über die

Brücke bei der Lagune und dann in den Kreisverkehr, der sie zum St. Georges Drive bringen würde, der hinter dem Gewerbegebiet Marina and Capricorn lag. Überall in dieser Gegend gab es Anzeichen für Verdichtung. Betonklötze mit unzuverlässigem Fundament, gebaut auf Wanderdünen. Gier verschlang die natürliche Schönheit des Kaps. Sobald sie an den neuen Erschließungsgebieten vorbei war, befand sie sich wieder auf bekanntem Terrain. Lavender Hill. Hier lebten die Vergessenen in Mietshäusern aus Backstein, allein mit ihren Wäscheleinen, dem Wind, der Hitze, dem Sand und ihrer Verzweiflung. Persy hatte hier Familie. Leute, die sie gerne nie wieder gesehen hätte, auch wenn Poppa noch Kontakt zu ihnen hielt. Das ließ sie an den letzten Besuch bei Poppa vor ein paar Wochen denken. Er hatte draußen im Garten des Pflege- und Altenheims St. Francis gesessen. Eine der Nonnen hatte die dürren Geranien in den Rabatten gegossen. Durch den Südostwind war die Erde in den Blumenbeeten aufgesprungen. Der Rasen war lückenhaft und windgepeitscht. Ein Pfefferbaum drängte sich an die Hauswand. Nur der giftige, unverwüstliche Oleander gedieh.
Poppa spielte mit Maria Erntzen, einer anderen Patientin, mit der er sich angefreundet hatte, Schach. Ein schmerzhafter Stich durchzuckte Persy, als sie feststellte, dass seine Schultern in dem leichten Baumwollpulli, den sie ihm bei Woolworth gekauft hatte, schmächtiger waren als noch vor einer Woche. Man hatte ihr gesagt, dass der Krebs das tun würde, ihn von innen auffressen. Im Sonnenlicht wirkte seine Haut papierartig, sein Gesicht wies mehr Flecken und Anzeichen seines Alters auf. Die Hand, die er ausstreckte, um seinen Läufer weiterzuziehen, war so leicht wie die Kralle eines Vogels, seine Haut erinnerte an zerknittertes lilafarbenes Seidenpapier, durch Alter und schlechte Durchblutung verblichen.

Doch er hatte einen guten Tag. Das war ihr sofort aufgefallen, wegen der Art und Weise, wie seine Augen aufleuchteten, als er sie sah, und das Lächeln, das den ausgemergelten Eindruck einen Augenblick lang vertrieb.

»Persephone!«

Er hatte den Namen seiner Enkelin aus den griechischen Mythen ausgewählt. Als Kind hatte Persy verzückt den Geschichten der Götter des Olymp, der Schlacht von Troja und den Abenteuern von Odysseus gelauscht. Als Einziger seiner Familie konnte er lesen und schreiben, dank der Schule, die zur St.-Francis-Kirche in Simon's Town gehörte. Mit mehr Bildung und entsprechender Förderung, wer weiß, was aus Poppa hätte werden können, was aus egal welchem Mann oder welcher Frau seiner Generation hätte werden können.

Maria Erntzen blickte vom Schachbrett auf. »Du hast mich gerettet, Liebes. Dieser niederträchtige Mann wollte mich gerade schachmatt setzen!«

Sie war dünn wie ein Vögelchen, eine dunkelhäutige, von Arthritis gebeugte Frau. Ihr dichtes schwarzes Haar war im Nacken zusammengebunden, es hatte einen gelackten, steifen Glanz.

Persy beugte sich hinunter und küsste Poppa auf die Wange, die sich an ihren Lippen wie ein trockenes Blatt anfühlte. »Wie geht's dir, Poppa?«

»Gut, mein Liebling, ganz gut.« Seine zerbrechliche Hand tätschelte ihren Arm ein paarmal. »So ein schöner Tag heute.«

In Ermangelung anderer Abwechslungen kreisten die Unterhaltungen der alten Leute um das Wetter. Und ihre OPs. Nicht so Poppa, er sprach nie über seine Krankheit, er beschwerte sich nie. Jedes Mal, wenn sie versuchte, auf die Vorbereitungen dessen zu sprechen zu kommen, was unweigerlich bevorstand, erhielt sie dieselbe Antwort.

»Mach dir keine Sorgen, meine Kleine. Jesus schaut schon nach mir. Jesus kümmert sich um alles.«
Seine Frömmigkeit hatte Persys Mutter wütend gemacht; sie hasste die brennenden Kerzen in ihren roten Gläsern, die auf dem Sideboard des Hauses in Ocean View brannten, das schauerliche Kreuz über dem Fernseher. Insbesondere war sie gegen den Schrein gewesen, den Poppa für die Marienfigur errichtet hatte, deren schmerzerfüllter Blick zum Himmel gerichtet war. Sie hatte ihn beschworen, ihm gesagt, die Geistlichen seien Lügner und machten Leuten falsche Hoffnungen. Persy wusste kaum noch etwas von ihrer Mutter, hatte nur eine Erinnerung an Launenhaftigkeit und betrunkene Ausbrüche zurückbehalten, ein undurchsichtiges Miasma gewalttätiger Misere. Und dann war sie weg. Und zurück blieben Persy und Poppa. Um die Zeit, als ihre Mutter verschwand, hatte Persys Erinnerung große Lücken, insbesondere tat sie sich damit schwer, sich an ihren Bruder zu erinnern. Es war, als befände er sich außerhalb ihrer Wahrnehmung. Sobald sie den Blick auf ihn richtete, verschwand die Erscheinung. Sie brachte ihn mit befremdlichem Schrecken in Verbindung, mit den heftigen Ausbrüchen der Trauer ihrer Mutter, ihrem vernunftlosen Hass. Sie konnte sich nur an seine grünen Sandalen erinnern. Vielleicht war ihr dieses Bild in Erinnerung geblieben, weil sie selbst sie einst getragen hatte, ehe sie an ihn weitergereicht wurden. Sie waren pistaziengrün, aus billigem Gummi. Made in China.
Poppa hievte seinen zerbrechlichen Körper aus dem Stuhl. Seine Arme zitterten bei dieser Anstrengung wie zerbrechliche Zweige im Wind. »Tee, mein Liebes?«
»Ich hole ihn, Poppa, bleib sitzen.«
Frustriert und schwer atmend sank er zurück auf den Stuhl. Abhängigkeit ertrug er schlechter als Schmerzen.
In der kleinen Küche wusch Schwester Clare gerade ab.

Eine breite, energische Frau in den Sechzigern mit der Haut eines jungen Mädchens. Sie war in Irland geboren, kümmerte sich aber bereits seit dreißig Jahren um die Leute in Grassy Park.
Persy nahm sich ein dünnes Tablett, dessen bemalte Oberfläche durch Jahre des Scheuerns abgerubbelt war, während Schwester Clare darüber tratschte, was für ein Geschenk Gottes Maria Erntzen für Poppa doch sei. »Sie sind hier so einsam, weißt du. Alle vergessen ihre Alten.«
Persy hatte ein schlechtes Gewissen. Sooft sie konnte, besuchte sie Poppa, doch mit den langen Arbeitstagen, den Überstunden und ihrem Zimmer in Parkland konnte sie sich glücklich schätzen, wenn sie ihn öfter als drei- bis viermal im Monat sah. Sie stellte Tassen und Untertassen auf das Tablett, legte ein paar Päckchen Zucker und einen Aluminiumlöffel dazu. Heute würden sie sich mit Trockenmilchpulver begnügen müssen. Dann wickelte sie den mitgebrachten Kuchen aus der Plastiktüte aus – Naschereien gab es selten bei den Nonnen, das Heim war für seinen sparsamen Kurs bekannt. Da blieb nicht oft etwas für verschwenderischen Kuchen übrig.
»Du weißt, dass du bereit sein musst, meine Liebe.«
Persy vermied den besorgten Blick aus blauen Augen.
»Er ist ein starker alter Mann.«
Schwester Clare legte ihr eine Hand auf den Arm. »Diese Krankheit verschont keinen. Wenn du jemanden zum Reden brauchst, ich bin immer da.«
»Ich nehme an, ich sollte ein paar Vorkehrungen treffen.«
»Wir kümmern uns hier um ihn. Und er hat sein Testament und alles andere gemacht.«
Natürlich hatte er das. Poppa wollte niemals eine Last für jemanden sein.
»Sag ihm einfach nur alles, was du ihm sagen willst, meine Liebe. Solange er dich noch hören kann.«

Persy nahm das Tablett; sie spürte, wie Furcht ihre Kehle zuschnürte. Poppa war das einzig Beständige, das sie hatte. Wenn er verschied, dann würde alles, was in ihrem Leben real und zuverlässig war, verschwunden sein. Ein schwarzer Abgrund zeichnete sich ab, ein einsames, nur von Arbeit erfülltes Leben. Sie nahm das Tablett mit nach draußen, wo die alten Leute über ihr Schachspiel gebeugt dasaßen, als sich eine Wolke vor die Sonne schob, sie ausblendete und einen dunklen Schatten über den Garten warf. Sie hatte zufällig ein Gespräch zwischen ihm und Maria Erntzen mitgehört.

»Sie ist ein gutes, liebes Mädchen. Nicht wie ihre Mutter, die sich immer mit Männern in Kaschemmen herumtrieb.«

»Was ist mit ihrem Vater?«

Er zuckte mit den Schultern. »Ich bin ihr Vater gewesen. Und das war ein Segen für mich.«

Als sie jetzt durch Muizenberg fuhr, erinnerte sich Persy an die alte Kneipe im Dorf. Warum nicht? Dort würde sie keiner kennen, und sie hatte schon früher Farbige dort herauskommen sehen, also war die Kneipe gemischt. Sie konnte sich nicht vorstellen, dass Cops dorthin gingen. Also riss sie das Lenkrad herum, machte eine verbotene Kehre an der Kreuzung; sie spürte die vertraute Rastlosigkeit in der Magengrube, die aufkommende Furcht, die nur einen Atemzug entfernt war.

Jetzt, wo die Stoßzeit vorbei war, wurde es ruhig in Muizenberg. Die Silhouetten der hässlichen Sechziger-Jahre-Pavillons hoben sich deutlich vor dem metallischen Schimmern des dunkler werdenden Meeres ab. Sie parkte in der Church Street und betrat die alte Eckkneipe. Ein Breitbildfernseher übertrug die Wiederholung eines Formel-1-Rennens. Ein paar weiße Typen spielten Billard mit jungen schwarzen Frauen, Ruanderinnen oder Nigerianerinnen. Eine typische Nachbarschaftsbar mit Stammkunden, die noch aus der Zeit vor der sogenannten »Verjüngung« von Muizenberg datierten, auch wenn irgend so ein Witzbold einmal gesagt hat: »Muizenberg wird jedes Jahr größer. Bis der Südostwind in die Stadt einfällt.« Sie bestellte sich einen doppelten Wodka mit Zitrone und Eiswürfeln. Auf dem Barstuhl, der ihr am nächsten war, saß ein Mann in einem billigen Anorak mit dem Logo eines Autoreifenherstellers in seine Misere versunken da. Er blickte sie trübsinnig über leere, verschmierte Gläser und einen Aschenbecher voller *stompies* an. Eine dichte Dunstglocke blauen Rauchs hing unter dem Blechdach, das vom Nikotin ganz gelb war. Das hier war kein Ort, an dem Rauchergesetze beachtet wurden. Sie nahm ihren Drink und setzte sich damit an die Tür. Nach dem ersten Schluck spürte sie, wie ihre Furcht langsam nachließ. Schnell leerte sie das Glas. Keiner schien auf sie zu achten. Gut. Das Dröhnen des Formel-1-Rennens blendete alle anderen Geräusche aus. Sie rief dem Barmann zu und bestellte einen weiteren Doppelten. »Können Sie das ein bisschen leiser stellen?«, brüllte sie und zeigte auf den Fernseher. Er zuckte unverbindlich mit den Schultern. Ein großer Mann, der hinter dem mit dem Anorak saß, stand auf und drehte den Ton leiser. Ging zurück, setzte sich an die Bar, schaute nicht zu ihr hin. Junger Typ, Ende dreißig, leicht vernarbtes Gesicht, in engen Jeans und einem schwarzen T-Shirt. Eines der schwarzen Mädchen ging zu ihm, und er legte vertraut den Arm um sie.

Könnte ein Zuhälter sein, sah aber nicht danach aus. Er war älter, als sie zunächst vermutet hatte, breite Schenkel zu jeder Seite des Barhockers, rauhe, große Hände. Also vermutlich ein Bauarbeiter oder irgendein Handwerker. Trank Bier, war nicht zu betrunken.

Das schwarze Mädchen wollte etwas von ihm. Dealte er etwa? Unwahrscheinlich, das Monopol hier in Muizenberg hatten die Nigerianer. Ihm wurde bewusst, dass Persy ihn beobachtete, und ihre Blicke trafen sich über den Kopf des Mädchens hinweg. Jetzt war es nur noch eine Frage der Zeit. Sie war bei ihrem dritten Doppelten, ehe er auf sie zukam, vielleicht ein bisschen zugekifft, die Augenlider schwer, starker Rauchgeruch, als hätte er neben einem offenen Feuer gestanden, und darunter ein Hauch Schweiß. Das männliche Tier. Klapperte die Wasserstellen nach Beute ab. Na gut, sollte er doch denken, er wäre das Raubtier.

Er war ein Zimmermann, und sein Name war Raoul. Er arbeitete im Dorf und baute Möbel. »Alles speziell angefertigt.« Er stellte es so dar, als handelte es sich um sein Geschäft, was Persy bezweifelte.

»Und du?«

»Ich studiere. An der Technikon, Lebensmitteltechnologie«, log sie rundheraus.

Sie wollte nicht wirklich reden, also ließ sie ihn erzählen, von all den wichtigen Leuten, die seine Möbel kauften und welches *laanie* Restaurant unten an der Waterfront für zweihundert Riesen bei ihm bestellt hatte.

Er lud sie auf einen weiteren Drink ein, dann spielten sie Billard, wobei sie den Körper des jeweils anderen abtaxierten. Er war ein schlechter Spieler, doch sie ließ ihn gewinnen. Als Nächstes spielten sie ein Doppel gegen einen verwahrlost aussehenden Weißen um die fünfzig und seine viel zu junge schwarze Freundin. Raoul lehnte sich über sie, presste sich an ihren Rücken, führte ihre Stöße, wobei seine großen, schwieligen Hände über ihren lagen. Die Gesichter von Marge Labuschagne, Poppa, Mhlabeni und Sean Dollery zogen sich langsam in einen warmen Hintergrund zurück, nahmen ihre Ängste mit.

Das letzte, was noch blieb, war – wie immer – die kleine gesichtslose Gegenwart, eine Stimme, die vorwurfsvoll in ihrem Hinterkopf ertönte.
»Wartet auf mich, wartet auf mich.«

In den frühen Morgenstunden des Donnerstags, als der Himmel über Chapman's Peak bereits heller wurde, schlich Will sich ins Haus. Bongo döste in seinem Korb bei der Eingangstür. Als er den Schlüssel im Schloss hörte, hob er kurz den Kopf und ließ ihn dann mit einem lauten Seufzen wieder zwischen seine Pfoten sinken.
Kein Anzeichen von Marge. Will stahl sich leise die Treppe zu seinem Zimmer hinauf, hoffte, dass ihn kein Knarzen verriet. In der letzten Nacht hatte er gehört, wie seine Mutter getippt hatte. Sie war voller Energie, fast schon enthusiastisch; sie war wieder auf dem Kriminalistiktrip. In den letzten beiden Wochen war sie im Übrigen toll gewesen.
Ihm wurde bewusst, dass ihm die Zeit zu Hause nicht so viel ausmachte, wie er gedacht hatte. Merkwürdigerweise genoss er die Gegenwart seiner Mutter sogar; es war wie früher. Fleur Brident würde vermutlich nicht auf ihre Zustimmung treffen, doch er musste zugeben, dass sie mit ihrem Urteil für gewöhnlich eher richtiglag. Es würde ihn nicht stören, zur Abwechslung mal jemanden nach Hause zu bringen, den sie bewunderte. Wie Persy Jonas. Ihm war aufgefallen, dass seine Mutter diesem Mädchen widerwillig Respekt zollte, trotz ihrer Unterschiede. Und für einen Cop war Persy ziemlich heiß – untertrieben ausgedrückt. Schöne Augen, sogar hinter den Brillengläsern, und eine gute Figur.
Sie wäre eine größere Herausforderung, als er gewohnt war, aber warum nicht? Er war die weißen, protestanti-

schen, angelsächsischen Abkömmlinge der Privatschule langsam leid.
Vielleicht wurde er ja endlich erwachsen. Er ließ sich auf das Bett fallen, hörte den Motor eines unbekannten großen Fahrzeugs, das direkt unter seinem Fenster stehen musste. Er vernahm, wie eine Autotür geöffnet wurde, dann Bongos unverwechselbares Bellen, unterbrochen von einem überraschten, schmerzvollen Aufjaulen. Er sprang auf, war mit einem Mal nüchtern und spähte hinunter auf die Straße.
Im Morgenlicht sah er, wie zwei Männer mit einem dritten rangen, versuchten, ihn in das Heck eines weißen TwinCam zu zwingen. Dann wurde ihm klar, dass der dritte Mann gar kein Mann war, sondern Bongo mit einer Art Sack über dem Kopf. Will nahm zwei Treppen auf einmal, brüllte »Mom! Mom!« und riss die Haustür auf, wodurch der Alarm losging, gerade noch rechtzeitig, um zu sehen, wie der Mann die hintere Tür zuschlug und auf den Beifahrersitz sprang. Ohne Licht fuhr das Auto an und verschwand in der Dunkelheit, der Motor beschleunigte, als er von der Keurboom in die Oak Street abbog und davonbrauste.

»Bongo ist gestohlen worden!«
Persy war an ihr Handy gegangen, ohne nachzudenken, kämpfte im grauen Morgenlicht darum, die Nacht abzuschütteln und gegen einen beginnenden Kater auszutauschen, mit pochendem Kopf und trockenem Mund.
»Können Sie mich hören?«
Persy war ebenso verwirrt von der harschen, leicht vertraut klingenden Stimme wie von den digitalen Zahlen auf dem ungewohnten Wecker.
»Ich habe Sie gehört.« Aber sie kämpfte darum, es zu be-

greifen. Rief Marge Labuschagne sie tatsächlich um fünf Uhr morgens wegen eines *Hundes* an?

»Will hat gesehen, wie zwei Männer ihn in einen Lieferwagen gezerrt haben!«

Neben Persy lag ein schlafender Mann, nackt, den schlaffen Penis auf dem Oberschenkel, samoanische Tattoos an den Waden. An den Sex konnte sie sich kaum erinnern, eine undeutliche Mischung aus Keuchen und Herumrollen und ihrem Kopf, der rhythmisch gegen das Kopfteil des Bettes klopfte. Vage kam ihr sein Name wieder in den Sinn … *Raoul.*

»Ich weiß, dass das keine Priorität hat, aber können Sie mir helfen? Ich habe gehört, Deutsche Schäferhunde werden für Hundekämpfe gestohlen!« Marge Labuschagne hörte sich an, als wäre sie den Tränen nahe.

»Ich werde sehen, was ich machen kann«, sagte Persy mit trockenem Mund.

Sie legte auf und fluchte, als die Nachwirkungen des Wodkas spürbar wurden. Als Nächstes kämen dann die Gewissensbisse. Sie schlüpfte aus dem Bett, ihre Jeans lag auf dem Boden, zusammen mit ihrem T-Shirt und ihrem Höschen. Für gewöhnlich wurden sie ordentlich gefaltet und aufgehängt. Anzeichen für einen ihrer »Ausbrüche«, wie sie sie nannte. Rasch zog sie sich an, wurde sich dann aber einer Gestalt in der Tür bewusst. Sie fuhr herum und sah ihn: Wie ein Storch stand er auf einem Bein da, vier oder fünf Jahre alt, ein rundes Gesicht mit Korkenzieherlocken, Shorts bis über die Knie. *Ein kleiner, verlorener Junge.* Dieser Anblick raubte ihr den Atem. »Was willst du?«, flüsterte sie und starrte ihn an. Der Alkohol war wie eine Wolke, die die Sonne ausblendete.

»He, Barnabas«, nuschelte Raoul hinter ihr, dann rannte der Junge auch schon an ihr vorbei, sprang auf das Bett, wo er auf und ab hüpfte. Das war nicht *er* – wie sollte das

möglich sein? Dieser Junge war älter, seine Haut heller, Milchkaffeefarben. *Weiße Mutter*, dachte sie.
»Das ist mein Junge«, Raoul betrachtete sie vom Bett aus. »Sag hallo zu der hübschen Lady, Barney.«
Persy zog ihre Jeans an, roch den modrigen Geruch von Schweiß und Sex der vergangenen Nacht. Poppas Worte fielen ihr wieder ein. *»Nicht wie ihre Mutter, die sich immer mit Männern in Kaschemmen herumtrieb, sich volllaufen ließ und von einem Bett ins nächste wechselte.«*
Sie machte, dass sie wegkam. Wollte Raoul oder dem Kind niemals wieder begegnen, wollte vergessen, dass sie sie jemals gesehen hatte. Später würde ihr einfallen, dass ihr Blick als Erstes auf der Suche nach den grünen Sandalen zu den bloßen Füßen des Jungen gewandert war, nachdem sie seine Gegenwart bemerkt hatte.

Als sie nach Ocean View kam, stand die Sonne schon am Himmel, aber es waren nur wenige unterwegs. Persy fuhr durch Lapland, kam am Beerdigungsinstitut Nu Destiny mit seinen falschen griechischen Säulen am Eingang vorbei, fuhr durch die engen Straßen mit ihren heruntergekommenen Häusern, die nach Blumen benannt waren. Daisy, Petunia, Daffodil. Hier war niemand unterwegs. Nur Hunde, überall. Die meisten von ihnen waren kleine staubfarbene *braks*, manche von ihnen hatten Besitzer, die sie liebten, doch die meisten waren Streuner. Die Tierschutzvereinigung SPCA kam immer mal wieder vorbei und führte Massensterilisationen durch, doch das schien keinen Unterschied zu machen. Sie vermehrten sich dennoch. Früher einmal hatten Dealer in dieser Ecke gewohnt, doch als ihr Geschäft florierte, mieteten die Gangster Häuser in Ghost Town in der Nähe der *spaza*-Shops. Wo man alles fand, was man brauchte. Und für die, die es richtig zu etwas gebracht hatten, gab es Beverley Hills und die neueren, schickeren Häuser an der östlichen Seite der Township mit atemberaubendem Ausblick über das Meer. Ein Fernsehstar, der in der Township aufgewachsen war, hatte ein Haus an der höhergelegenen Ostküste errichten lassen. Keiner im weißen Kommetjie konnte diese Aussicht toppen. In ihren Kindertagen war Kommetjie nichts Besonderes gewesen, eine winzige Fischergemeinde mit ein paar Ferienhäusern. Da es um Immobilien jetzt anders stand, waren diese Aussichten sehr geschätzt, und so kam es selbst in Ocean View zu einem winzigen Immobilienboom.

Sie erreichte die Marine Primary School, den Milky Way und schließlich *Die Blokke* – die Mietskasernen mit ihren gitterartig gespannten Wäscheleinen und der flatternden Wäsche zwischen den Wohnblocks. Ein paar von Dollerys Bekannten lebten hier. Dämmerung am Donnerstagmorgen, alles war ruhig, fast schon friedlich. Zu früh für *hoekstaanders*. Irgendwo lief ein Radio. Eine einzelne Frau mit Haarnetz hängte ihre Wäsche auf. Persy hielt neben ihr an.

»Ist Pietchie da?«

Pietchie war eine ihrer zuverlässigeren Quellen.

»*Nee.*« Die Frau schüttelte den Kopf. Sie würde es ihr nicht sagen, auch wenn er da wäre. Ohne irgendeinen Tipp würde Persy Bongo niemals finden. Die Hunde waren mal hier, mal da; die Kämpfe fanden niemals am selben Ort statt.

Sie wendete und fuhr Richtung Süden nach Ghost Town – so benannt, da die Siedlung direkt neben und – wenn man der örtlichen Legende Glauben schenkte – auf einem Friedhof errichtet wurde.

Sie machte die kleinen Holzhütten auf den Hängen der steinigen Felsnase aus und steuerte darauf zu. Die gläubigeren Rastas, die »Heiligen«, hatten sich in die Hügel zurückgezogen, weit weg von der unerträglichen Menschenmenge, wo sie in Ruhe und vereint mit der Natur ihren *zol* rauchen konnten. Die meisten von ihnen waren harmlos, aber es gab auch die »verruchten Rastas«. Als Machtgebilde waren sie gut organisiert, dafür bekannt, sogar ein paar der schwergewichtigsten Gangster in der Gegend eingeschüchtert zu haben. Keiner in Ocean View war jemals durch und durch gut oder durch und durch schlecht. Es waren einfach nur Leute, die versuchten, über die Runden zu kommen.

Sie fuhr bei einem steilen, felsigen Pfad an den Rand, stieg aus dem Nissan und erklomm den Weg zur ersten Hütte. Marihuanarauch hing in der Luft, und hypnotisches Trommeln ertönte, hallte von der Bergflanke wider. Mit der höhersteigenden Sonne wurde es schnell wärmer. Der Typ, den Persy in der *Boma*-Bar gesehen hatte, tauchte mit einer Gitarre aus der Hütte auf. Nichts auf dem Berg würde ihm entgehen.

»Duncan, nicht wahr?«

»*Ja* – Detective –, was habe ich jetzt gemacht?«

»Nicht du. Ich suche nach einem Hund. Deutscher Schäferhund, großer Rüde, schwarzes Gesicht, gut gepflegt.«

Er kicherte, zeigte seine braunen Zähne und streckte Persy seinen sehnigen Arm hin. Sie erkannte ein paar verblichene Gefängnistätowierungen. »Ich dachte, du wärst auf der Suche nach einer anderen Art Hund.«

»Das heißt?«

»Sean Dollery.« Er blickte sie aus verschmitzten Augen an.

»Wenn du Informationen zu Dollery hast, dann lass besser mal hören.«

Er winkte ab und sagte irgendwelches sinnlose Zeug.

Bekiffter Mist. Sie hatte so *gatvol* genug davon, hatte das ihr ganzes Leben gehört.

Sie packte ihn am Kragen. Sie war sehr viel kleiner, doch sie hatte ihn überrascht, und seine Reaktionsfähigkeit war durch die frühmorgendliche Pfeife verlangsamt. Sie rückte ihm dicht auf die Pelle. Er wich zurück.

»Hör mir gut zu – ich kann dich mitnehmen und in einer Stunde wieder gehen lassen. Dann wird aber jeder in Ocean View denken, du hättest geredet. Auch Dollery.«

»Schon gut, schon gut. Immer mit der Ruhe, Schwester. Easy ...« Sie ließ ihn los. Er versuchte, seine Würde zurückzuerlangen, indem er den Kragen seines T-Shirts in Ordnung brachte. »Ich habe Dollery am Freitag in Andys Auto gesehen. Mit den beiden Jungs.«

Plötzlich war sie ganz aufgeregt, doch das legte sich sogleich wieder. Er war bekifft, hatte seinen Verstand verloren. Sie durfte nicht zu viel auf das geben, was er sagte. »Was für Jungs?«

Duncan wurde klar, dass er mehr verraten hatte, als er wollte. Er zuckte mit den Schultern, sein Gesicht war mit einem Mal undurchdringlich, seine Augen glasig. Die Marihuanaparanoia hatte eingesetzt. Mehr würde sie aus ihm nicht herausbekommen. Er schlurfte zurück in seine Hütte. Von der Tür rief er ihr zu: »Wenn du nach einem Hund suchst, dann versuch Samodien, den Metzger. In seinem Laden oder da, wo er jetzt wohnt, in Beverley Hills.« Damit verschwand er hinter dem zerfledderten Tuch, auf dem Peter Toshs Gesicht abgedruckt war und das ihm als Tür diente.

Sie fuhr hinunter zu Samodien, parkte um die Ecke und stieg aus. Kein Spicken hinter Vorhängen, die meisten Leute schliefen noch. Leichtfüßig stieg sie die zwei Stufen zum Ladeneingang hoch und blickte an dem GESCHLOSSEN-Schild vorbei durch die Scheibe. Das Licht war gelöscht, der Laden leer, die Theke abgewaschen und keine Auslage hinter der langen Glasvitrine. Der rotgestrichene Betonboden, eine schwarze Tafel, auf der in Kreide die Sonderangebote angepriesen wurden. Diese Woche Hackfleisch und Leber. Das Fleisch war weggepackt, abgesehen von ein paar *boerewors* und etwas, das nach fertig gekochten Innereien aussah. Kein Anzeichen von Samodien. Oder Hunden.

Sie ging wieder zum Wagen und fuhr nach Beverley Hills. Der Name klang toll, angesichts der paar unsolide gebauten Häuser mit schlechtsitzenden Aluminiumfenstern, verzogenen Türen, halbfertigen Mauern oder Teilen von Dächern, die noch immer auf Blech warteten. Billig von ortsansässigen Bauunternehmern errichtet, ohne Pläne oder eine Genehmigung der Kommune. Ihr war zu Ohren gekommen, Samodiens neues Haus wäre dasjenige oben auf der Felsnase. Beste Aussicht und ziemlich abgeschieden – geschützt vor neugierigen Blicken. Sie fuhr die steile Straße, die in einer Sackgasse endete, bis ganz nach oben. Ein heruntergekommener Kühllaster mit einem aufgesprayten SAMODIEN'S und ein silbergrauer Golf GTI mit getönten Scheiben standen in der Straße. Keine Spur von dem weißen Twin-Cam, den Marges Sohn vom Fenster aus gesehen hatte. Sie hielt an und stieg aus.

Das Haus lag ein kurzes Stück Fußweg über offenes Feld weiter oben. Samodien hatte hoch hinaus gewollt, doch dann war ihm das Geld ausgegangen. Die davorgeklebten Plastikabdeckungen waren von den fensterlosen Fensterrahmen weggerissen worden und gaben den Blick auf eine unverputzte Wand und eine halb fertiggestellte Treppe ins Nirgendwo frei. Sie kletterte über Felsen, vorbei an einem großen, elektrisch summenden Kasten, der in dieser Stille bedrohlich wirkte. Sie blickte nach unten über die Township und Kommetjie hinweg zur muschelförmigen Bucht des Kom, zum Strand und, weit entfernt auf dem Meer, zur flachen, dunklen Gestalt eines Tankers. Als sie sich dem Gipfel des Hügels näherte, hörte sie Hundegebell und tiefe Männerstimmen, unterbrochen von gelegentlichem Schreien und Fluchen. Sie ging um einen halb fertig gemauerten Grill mit Pizzaofen herum, hinter dem eine Gruppe Männer mit dem Rücken zu ihr um einen leeren Pool herumstanden oder hockten, völlig vertieft in das, was darin vor sich ging.

Leise und bedacht trat sie näher, doch sie hätte sich keine Mühe geben müssen, denn das Knurren übertönte alle anderen Geräusche. Der Gestank nach Hund und Blut war überwältigend. Sie zog ihre Waffe, obwohl es völliger Wahnsinn war, sich dem hier allein zu stellen. Bestimmt hatten sie Messer bei sich, vielleicht sogar Schusswaffen, allein das Überraschungsmoment war auf ihrer Seite. Aber sie hatte keine andere Wahl. Wenn Bongo dabei war, konnte er jeden Moment in Stücke zerrissen werden. »SAPS!«, rief sie. Nur Samodien hörte sie. Er wirbelte herum und rief etwas. Sie erkannte die beiden Williams-Jungs, verfluchte Wichser, und einen Mann, den sie noch nie zuvor gesehen hatte. Langsam zogen sie ihre Waffen, aber ihre Augen waren überall, suchten nach ihrer Verstärkung. Geübt zielte sie auf sie, während sie sich zum Rand des Pools begab. Das Innere – eine Höllengrube. Zwei Hunde waren in einem Kampf um Leben und Tod ineinander verkeilt, glänzten vor Speichel und Blut. Einer war Bongo, kaum wiederzuerkennen, der einen knurrenden Boerboel abwehrte, welcher sich auf seinen Hals und seine Vorderbeine stürzte. Die Fliesen im Pool waren mit getrocknetem und frischem Blut verschmiert. Die ursprüngliche Gewalt dieses Anblicks füllte ihren Mund mit Galle und entfachte eine Wut in ihr, die stärker war als ihre Furcht.

Sie zielte auf den Boerboel. »Holt den verfluchten Köter

da raus, oder ich erschieße ihn!«, brüllte sie. Sie rechnete damit, dass sie den Hund behalten wollten, dass er zu wertvoll war, als dass sie es auf eine Schießerei ankommen lassen würden.

Einer der beiden Williams-Brüder sprang in den Pool, rutschte fast auf dem Blut aus und stach dem Boerboel brutal mit einer Nadel in die Hüfte. Das Tier schien zu erschlaffen und stolperte dann benommen, als die Wirkung des Beruhigungsmittels einsetzte; blutige Fetzen hingen von seinen Fängen. Bongo wich erschöpft zurück, das Fell am Rücken gesträubt. Er schwankte, legte sich dann keuchend und zitternd auf die Seite. Mit vorgestreckten Händen kam Samodien auf sie zu. »Ich will keinen Ärger.«

Sie zielte wieder mit ihrer Waffe. »Dann nimm deinen Hund und verschwinde!«

Den beiden Williams-Brüdern war es gelungen, dem Boerboel ein Würgehalsband und einen Maulkorb umzulegen und ihn die Treppen des Pools hochzuziehen, während er würgte und keuchte. Samodien schlich sich davon, hoffte, nicht weiter beachtet zu werden. Alle verschwanden sie über die Betontreppen nach unten. Sie hörte, wie Fahrzeuge angelassen wurden und davonbrausten. Sie war allein. Rasch stieg sie die Stufen zum leeren Pool hinunter. Der Gestank nach Fäkalien und der Angst des Tieres ließen sie fast erbrechen.

Langsam trat sie zu Bongo. Schwer atmend hoben sich seine Rippen. Es war nahezu unmöglich, seine Verletzungen einzuschätzen. Von Blut und Speichel war sein Fell ganz dunkel. Leise rief sie seinen Namen. Er schaute sie an, und in dem Moment hätte sie schwören können, dass er sie erkannte. Behutsam trat sie näher, streckte sachte eine Hand aus und streichelte ihm über den Kopf. Als er mühevoll versuchte, den Kopf anzuheben, rollten seine Augen nach hinten. Das hier war kein professioneller Kampf gewesen, sonst hätten sich sehr viel mehr Zuschauer eingefunden, und es wären Wetten gelaufen. Bongo war für den Hund der Williams nichts weiter als ein bisschen Training gewesen.

Sie rief die SPCA an, die ihr rieten, Bongo nicht anzufassen. Man würde den örtlichen Tierarzt informieren, der hoffentlich sofort vorbeikommen konnte. Dann meldete sie sich bei der Wache in Ocean View. Die Hälfte der Cops dort wusste vermutlich über den Kampf Bescheid, aber scheiß drauf, sie würde ihnen Samodiens Name und den der beiden Williams geben. Die Beweismittel waren alle hier. Mal sehen, ob sie den Mumm hatten, sie festzunehmen.

Und jetzt musste sie Marge anrufen. Und mit aller Macht hoffen, dass der Hund durchkam.

25

Dizu saß in Titus' Büro und ging auf der Suche nach dem Brand in der Logos-Schule die Datenbank alter Fälle durch. Als hätte er nicht schon genug Papierkram um die Ohren. In ihrer Abteilung gab es nur drei Terminals für alle, wodurch sich immer eine Schlange vor den Computern bildete. Titus ließ zu, dass man hin und wieder seinen benutzte, aber manchmal war es einfacher, alles in einem Notizbuch festzuhalten, dachte Dizu.
Persy hatte zuvor angerufen, um Neuigkeiten zu Marge Labuschagnes Hund durchzugeben und um ihm mitzuteilen, dass sie beim Tierarzt war.
»Warum hast du mich nicht angerufen?«
»Es war so gegen halb fünf morgens.«
Sie wich ihm aus. Auf eigene Faust einen Hundekampf auflösen! Was hatte sie sich nur dabei gedacht? Sie vertraute ihm nicht, vertraute tatsächlich niemandem, behielt alles für sich, ließ keinen an sich ran. Manchmal hatte er den Eindruck, als würde sie sich absichtlich in gefährliche Situationen bringen, die Dinge so weit auf die Spitze treiben wie nur möglich. Persy hatte Probleme, das wusste er. Übles Zeug in der Vergangenheit vielleicht, nicht dass sie jemals darüber gesprochen hätte. Immer, wenn er versuchte, etwas weiter vorzudringen, wurde er abgewiesen.
Er fand den Fall zur Brandstiftung. Lag auf den Tag fast acht Jahre zurück. Einer von Mhlabenis Fällen. Scheiße, Pech gehabt. Na, dann holte er sich mal besser die Akte von unten. Er ging den senffarbenen Gang hinunter –

irgendein Scherzkeks hatte wohl gemeint, er könne der Polizei die Arbeit mit Farbe erleichtern, da sie sich schwertat, ihr altes Image der Apartheid loszuwerden. Leuchtende Poster in Englisch, Afrikaans und Xhosa hingen an den Wänden, priesen die Tugenden des SAPS. Primitive, comicartige Zeichnungen zu häuslicher Gewalt oder Aids sowie Aufrufe an die Öffentlichkeit, sich den Gemeinschaftsforen der Polizei anzuschließen.
Unten in der Leitstelle war es ruhig. Mhlabeni saß am Computer. Lädt vermutlich Pornos herunter, dachte Dizu säuerlich. Die junge Polizistin hinter dem Schalter hatte zwar ein breites Lächeln, sprach aber kein Englisch. Sie grüßten einander in Xhosa. Dizu schüttelte den Kopf, wieder so ein Fall von Aktionismus, aber verdammt, manchmal wunderte er sich über das Niveau der Zugänge, die sie momentan von der Polizeiakademie bekamen.
Er wusste, dass er auf dem Revier Anlass zu Spekulationen gab. Und zu Misstrauen. Regelmäßig wurde er von Vorgesetzten hinter Titus' Rücken angesprochen, die ihn so schnell wie möglich als Aushängeschild ins Management holen wollten – vielleicht für die Öffentlichkeitsarbeit oder als Sprecher. Boten ihm ein dickes Gehalt und Vergünstigungen. Viele seiner Unifreunde gingen Jobs nach, die sie hassten, nur um einen *waBenzi*-Lebensstil haben zu können. Keine Chance, dass er denselben Weg einschlug. Sie verstanden einfach nicht, dass er seinen Job liebte; es liebte es, Detective zu sein und auf Streife zu gehen. Als Kind hatte er sich *Kojak* und *Columbo* im Fernsehen angesehen. Und später dann, zu Tode gelangweilt vom Jurastudium an der Universität, hatte er Kriminalromane verschlungen, von Cheswin Himes, dem Autor aus Harlem, und er begeisterte sich für den Südafrikaner James McClure und Zondo, seinen Detective aus der Apartheid-Ära.

Die Akte über die Logos-Schule war überraschend dünn. Sie beinhaltete eine kurze Aussage von Yoliswa Xolele, Joel Fortuin, dem Schulleiter, und Asha de Groot, der als »Treuhänder« beschrieben wurde. Jemand sagte aus, Gregory Crane sei während der Befragungen anwesend gewesen, angeblich, um eine juristische Sichtweise zu vertreten.

Die Brandermittlung war nicht umfangreich und kam zu keinem Schluss. Der Brand hatte in den Milkwood-Bäumen angefangen, die die Häuser der Township von Masiphumelele abtrennten, an der östlichen Grenze der Schule. Die Akte beinhaltete ebenfalls die Aussage eines Anwohners, Philip Makana, der berichtete gesehen zu haben, wie Vagabunden am späten Nachmittag unter den Milkwood-Bäumen Fisch gekocht hatten. Vielleicht war etwas glühende Asche zurückgeblieben, während die betrunkenen Fischfresser ihren *dop* ausgeschlafen hatten. In dieser von der Hitze ausgetrockneten Landschaft herrschte überall Brandgefahr. Starker Südostwind, heiße Temperaturen. Die Fertiggebäude aus Holz waren so trocken wie Anzündholz. Der Brand hatte sich während der Schulferien ereignet, also war wundersamerweise niemand verletzt worden, aber die Schule war niedergebrannt. Niemand war verhaftet worden.

Dizu betrachtete die Fotos, auf denen die Schule eine schwelende Ruine war. Und sie war nicht versichert, also kamen keine Gutachter vorbei, um herumzuschnüffeln und nach Unstimmigkeiten zu suchen. Dizu schloss die Akte, nachdem er sich Makanas Namen notiert hatte. Es war kein sehr umfangreicher Bericht, doch Mhlabeni war auch nicht für seine Schreibarbeiten bekannt, da er sein Handwerk zu einem Zeitpunkt erlernt hatte, als man noch keinen großen Wert auf diese Fähigkeit legte. Manchmal konnten seine Ergebnisse sich sehen lassen, waren besser als die der meisten. Und er sprach fünf nationale Sprachen. Doch ihm haftete der Makel seiner vergangenen Verbindungen zum Special Branch an. Da herrschten Faustrecht und Fußtritte. Ein Mistkerl aus East London. Dizu kannten diesen Typ Mann; die Gemeinde seines Vaters war häufig genug von einem von ihnen schikaniert worden. Er schüttelte den Gedanken ab, er wollte nicht über seinen Vater oder die ungelösten Spannungen zwischen ihnen nachdenken, die Enttäuschungen und Ressentiments. Er war erleichtert, als er durch einen Anruf von Phumeza aus der Leitstelle unterbrochen wurde.

»Hier sind ein paar Touristen, die behaupten, dem Capri-Einbrecher zum Opfer gefallen zu sein. Cheswin und Persy kümmern sich um diese Fälle, aber sie sind beide nicht da.«

»Okay – ich sehe nach ihnen.«

Monika Wolff und Olga Berg waren einfach eine Wucht – egal nach welchem Maßstab. Groß, gebräunt und blond mit sehr knappen Shorts. Dizu hatte sie rasch in ein abgetrenntes Büro geführt, um sie vor den lüsternen Blicken und Bemerkungen der diensthabenden Polizisten abzuschirmen.

Monika erklärte in einem Englisch mit starkem Akzent, dass sie Austauschstudentinnen aus Hamburg waren, die für die Zeit, die sie als Ehrenamtliche in Masiphumelele bei sozialen Förderprojekten mitwirkten, ein Haus in Capri gemietet hatten. Dieser Freiwilligen-Tourismus war sehr verbreitet in Kapstadt. Die meisten solcher Projekte waren seriös, aber manche waren auf verwöhnte junge Europäer zugeschnitten, die unter dem Vorwand der Sozialarbeit auf Kosten ihrer Eltern in Kapstadt Urlaub machten, wobei die Betonung mehr auf dem »Sozialen« als auf der »Arbeit« lag. Sie waren Stammkunden in exklusiven Nachtclubs, lagen in Clifton in der Sonne und aßen in teu-

ren Restaurants. Dann flogen sie zurück nach Hause und prahlten damit, »armen Afrikanern« geholfen zu haben.
Dizu vermutete, dass Monika und Olga in letztere Kategorie fielen, aber Monika starrte ihn so flehentlich aus ihren blauen Augen an, dass er sich dazu durchrang, nicht ganz so zynisch zu sein.
Sie erzählte, wie sie und Olga nach einem Partyabend feststellten, dass bei ihnen eingebrochen worden war. Und obwohl zunächst nichts auf die Einbrecher hinwies, fanden sie eine große Überraschung in einem der Schlafzimmer vor.
»Ein Mann lag in meinem Bett und schlief«, sagte Monika. »Ein armer Schwarzer.«
Er hätte ihnen erzählt, er sei obdachlos und habe seit Tagen nicht geschlafen.
»Er hatte nicht einmal Geld, um sich etwas zu essen zu kaufen.«
»Außerdem ist sein Sohn krank und braucht eine teure Operation«, fiel Olga ein.
Die Herzen der Frauen waren bei seiner Leidensgeschichte nur so dahingeschmolzen.
»Er hat uns so leidgetan«, fuhr Monika fort. »Wir haben groß gekocht, eine Flasche Wein aufgemacht. Er hat sogar geduscht.«
»Ich habe ihm auch eine Reflexzonenmassage gegeben, damit er sich etwas entspannen konnte.« Olga lächelte Dizu an. »Vielleicht wollen Sie das ja auch mal versuchen?«
Dizu, von Natur aus zurückhaltend und Frauen gegenüber eher schüchtern, fand die deutschen Mädchen ziemlich befremdlich.
»Wir haben ihm auch Geld und Kleidung gegeben, und dann ist er gegangen.«
Olga nickte bestätigend und schaute Dizu unablässig an.
»Als wir uns dann im Haus umgeschaut haben, hatte er

meine Prada-Lederjacke, meine Uhr, unsere Handys, Wein und sogar das Shampoo mitgenommen!«

»Über die Zeitung haben wir von den Einbrüchen erfahren und daraus geschlossen, dass er ein Krimineller ist.« Traurig runzelte Olga die Stirn.

Herzlich willkommen in Kapstadt, *frauleins*, dachte Dizu. Und bei den *bergies*, den Obdachlosen von Kapstadt, die nach den Bergen benannt wurden, wo sie oft auch lebten. Mit ihren Lumpen, Bündeln und Einkaufswagen voller Kartons schlugen sie sich mit Betteln und dem Durchsuchen von Mülleimern durch, eine allgegenwärtige Mahnung der Besitzlosen an die Betuchten. Manche von ihnen mussten sich schon seit Generationen auf diese Weise durchschlagen und waren zu routinierten Betrügern und Schwindlern geworden.

»Können Sie mir eine Beschreibung des Typen geben?«, wollte Dizu wissen.

»Olga hat ein Foto.«

Olga zog eine hochmoderne Digitalkamera aus einer teuer aussehenden Ledertasche und klickte sich schnell durch die Speicherkarte.

Sie beugte sich zu Dizu über den Schreibtisch und bot ihm dabei einen aufreizenden Blick auf nahtlos gebräunte Brüste.

Auf dem Foto waren Olga und Monika lachend und in Kleidern zu sehen, die nur wenig der Phantasie überließen. Wohlig eingezwängt zwischen diesen knackigen weiblichen Schönheiten, einen Arm liebevoll um Olgas Taille gelegt, in der anderen Hand ein Glas Wein zum Toast ausgestreckt, grinste der betrunkene *bergie* glücklich in die Kamera.

Strahlte regelrecht wie die Grinsekatze.

Sean Dollery hörte von Pietchie, dass Persephone Jonas bei *Die Blokke* nach ihm gesucht hatte. Dass sie mit dem Rastamann gesprochen hatte. Dieser versiffte alte Duncan hatte vermutlich etwas von Samodien ausgeplappert. Duncan würde ihn jederzeit in die Pfanne hauen. Sean hasste ihn, wollte aber nichts gegen die Rastas unternehmen; sie hatten in Ocean View eine große und noch dazu wachsende Fangemeinde. Außerdem waren sie sehr gut darin, sich zu organisieren und im Parlament einzumarschieren, ihre eigene Partei zu bilden und politische Forderungen zu erheben. Sie waren Unruhestifter, trotz des Love-and-Peace-*kak*, über den sie redeten.

Er hätte niemals zustimmen dürfen, den Hund der Seelenklempnerin zu klauen – wieder einmal eine von Mhlabenis bescheuerten Ideen. *Versuchte immer, Druck zu machen, und versaute ihm immer alles.* Er hätte wissen müssen, dass die alte weiße Schlampe nicht eher ruhte, bis sie ihren Hund wiederhatte. Und jetzt flippte Samodien wegen der Bullen aus, die überall bei ihm herumschnüffelten, ihn zum Verhör mitnahmen. Er hätte gerne gewusst, wozu sie Mhlabeni bezahlten, wenn er diesen *kak* nicht von ihnen fernhalten konnte. Mit Samodien verscherzte man es sich besser nicht. Einem der Boten, der beim *Phoenix*-Zentrum abhing, war zu Ohren gekommen, die Cops suchten Sherwoods Wagen nach Fingerabdrücken ab. Alle Spuren führten zu ihm – und warum zum Teufel sollte er derjenige sein, der den Kopf dafür hinhielt? Persy Jonas steckte ihre Nase in alles, sie hatte Mhlabeni sogar dazu bekommen, Charlene in Schneiders Haus zu belästigen und ihren Job zu gefährden.

Was war ihr Problem? Mhlabeni sagte, Jonas sei ihr eigenes Gesetz. Sie verstand einfach nicht, dass sie ihn in Ruhe lassen sollte. Mhlabeni hätte gerne, dass Sean sie beseitigte, die Drecksarbeit für ihn erledigte. Doch Mhlabeni wusste nichts von den alten Zugehörigkeiten in Ocean View. Auch die jungen Leute vergaßen das, es blieben nur noch die Alten, die auf den Farmen arbeiteten und sich erinnerten. Er musste an Poppa denken. Er konnte einen mit seinem moralisierenden Mist ganz schön auf die Nerven gehen, aber er war *integer*. Jeder in der Gemeinschaft respektierte ihn. Sean kaute auf diesem Rätsel herum: Wie kam es, dass er, Sean, sich Respekt von diesen Ärschen erkaufen musste, während sie ihn diesem bettelarmen alten Fischer einfach so entgegenbrachten? Dabei hatte Poppa sich in diesem Leben durchaus auch mit genügend Scheiß herumschlagen müssen. Mit Persys Mutter, die einfach abhaute. Und nein, die Dinge zwischen Sean und Persy waren überhaupt nicht geklärt, und das ärgerte ihn. Mit Persy verhielt es sich genau wie mit Poppa. Sie wurde respektiert, obwohl sie noch immer wie ein Kind aussah. Sean fühlte sich schlecht, und dieses schlechte Gefühl breitete sich in ihm aus, machte ihn schwach. Er verbockte es, er wurde *soft*. Es war an der Zeit, die Vergangenheit hinter sich zu lassen, sich auf das gegenwärtige Problem zu konzentrieren. Wie die Warnung des *laanie* schwarzen Cops an Charlene. *Sagen Sie ihm, Mord ist ein Kapitalverbrechen.* Und jetzt hatten sie die Fingerabdrücke aus Sherwoods Wagen.

Tja, Sean Dollery würde nicht für den Mist untergehen, den ein anderer gebaut hatte, so viel war sicher.

26

Dizu rief Cheswin April wegen der Aussage der deutschen Mädchen an und fuhr dann nach Masiphumelele. Philip Makana, der Zeuge des Schulbrands, war leicht zu finden in seiner Hütte auf einer Landzunge, die in die Sümpfe hinausragte. Dizu traf ihn an, als er gerade über einer Feuerstelle *pap* kochte, in einem Topf, dessen Griff aus einem Kleiderbügel bestand. Der illegale Siedler hatte eine atemberaubende Aussicht über die Sümpfe bis zum Sentinel und zu Chapman's Peak. Doch das war der einzige Vorteil seines eigenartigen Wohnsitzes. Die Wasserstraßen um seine Hütte waren mit Bergen von stinkendem Unrat verstopft. Seine Wäsche hing an einer Leine, ein zerlumpter Overall und ein graues T-Shirt. Sein lahmes Bein war mit dreckigen braunen Binden umwickelt und mit Plastiktüten verschnürt.

»Wir nennen den Ort hier Robben Island. Vielleicht werde ich eines Tages frei sein und in einem großen Haus in Houghton leben«, witzelte er.

Bei diesem Bezug auf Mandela lächelte Dizu ironisch. Er hielt Philip Makana für einen ehrlichen Mann, ganz egal, wie misslich die Umstände waren, in denen er lebte. Doch die Geschichte, die er Dizu jetzt erzählte, unterschied sich gänzlich von der Aussage im Polizeibericht, die Mhlabeni angeblich von ihm bekommen hatte. Nachdrücklich betonte er, einen verdächtig aussehenden »weißen Mann und einen farbigen Jungen« auf dem Schulgelände gesehen zu haben. Der Jüngere trug einen Kanister Benzin und eine

Tasche, die im Gebüsch versteckt gewesen war. Philip hatte ihn als den jungen Rowdy erkannt, der in Ocean View Drogen verkaufte.
»Wissen Sie, wie er heißt?«
»Ja – und das habe ich der Polizei auch mitgeteilt. Jeder kennt ihn. Den hübschen Kerl. Sie nennen ihn Dolly. Oder so ähnlich.«
Den weißen Mann hatte Makana schon zuvor bei der Schule gesehen. Und in Fish Hoek.
»Er läuft so«, Makana stand auf und watschelte wie eine Ente, »mit einem Stock im Arsch.« Abgehackt kicherte er vor sich hin. Dizu fragte ihn nach seiner Aussage bei Mhlabeni, nach den *bergies*, die einen Fisch-*braai* unter den Bäumen veranstaltet hatten. Das bestritt Makana rundheraus, widersprach, er würde »nicht lügen«. Verwirrt blickte Dizu auf die Aussage in seiner Akte.
Er bat Philip Makana, seine Geschichte erneut zu erzählen, was er auch tat. Keine Abweichung, keine Veränderung. Entweder war er ein Lügner, der sich seine abgeänderte Aussage von vor sieben Jahren gut eingeprägt hatte, oder aber er war ein toller Zeuge mit überraschend guter Erinnerung, dessen ursprüngliche Aussage es nie in den Bericht geschafft hatte.
Als Dizu nach Masiphumelele fuhr, rief Cheswin an. Er wollte, dass er ihn zum Haus von Irene Grootboom begleitete. Anscheinend hatte der Capri-Einbrecher wieder zugeschlagen, dieses Mal auf besonders dreiste Weise.

Whisky, Butter, Toilettenpapier, Aspirin, Oliven. Viel Fleisch für Will, der glücklicherweise noch nicht den Anschein erweckte, als wollte er wieder fahren, Spülmittel und billiges Shampoo. Die *Cape Times*. Das Einkaufszentrum von Long Beach stellte einen kunterbunt zusammengewürfelten Querschnitt durch Südafrika dar: Ocean View, Fish Hoek, untere Mittelschicht aus Sun Valley und die Bessergestellten aus Noordhoek und auch zunehmend aus Kommetjie. Die üblichen Megaläden – Mr. Price, Pep, Pick n Pay. Läden, die Glockenblumen verkauften, ein Buchladen, ein chinesischer Imbiss. Einzelhandelsläden mit billigen, bunt leuchtenden Klamotten. Der Ausverkauf hatte begonnen, die Läden hofften auf die letzten mageren Erträge, jetzt, wo Weihnachten vorbei war und die Kinder wieder zur Schule gingen. Marge wollte nur schnell einkaufen und dann zu Dr. Pillays Praxis fahren und nach Bongo sehen.

»Der hat vielleicht Glück gehabt«, hatte Dr. Pillay gesagt. »Hat es gerade noch rechtzeitig hergeschafft.«

Dr. Pillay war die junge, wunderschöne Tierärztin am Ort, die sich auf Pferde spezialisiert hatte. Sie kam gut mit allen Tieren zurecht, aber Pferde waren ihre Leidenschaft. Mit ihrer imponierenden Größe, den muskulösen Beinen und den breiten Zähnen erinnerte sie selbst ein wenig an ein Pferd.

»Da können Sie der mutigen kleinen Polizistin danken.« Dr. Pillay blickte vom betäubten Bongo auf, während sie die letzten Stiche setzte. »Sie hätte gut und gerne selbst in Stücke zerrissen werden können.«

Später dann, noch angeschlagen von der Betäubung, rasiert und zusammengenäht, hatte Bongo rührend ihre Hand geleckt. »Du dummer Kerl, du hast mir einen solchen Schrecken eingejagt.« Marge konnte die Tränen der Erleichterung nicht zurückhalten und war überrascht, wie panisch sie wegen des dummen Tieres geworden war. Sie hätte dem Mädchen gerne gezeigt, wie dankbar sie ihr war, doch als sie Persy angerufen hatte, hatte diese ihren Dank kurz angebunden abgewehrt. »Ich habe nur meinen Job gemacht.«

Was natürlich völliger Mist war. »Trotzdem danke. Bongo kann richtig nervig sein, aber ich hänge schrecklich an ihm.«
Marge verdrängte Persy aus ihren Gedanken und konzentrierte sich auf den bevorstehenden Tag. Sie musste Unterschriften für die Petition gegen die Bebauung von Bellevue sammeln. Morgen würde sie Ivor treffen, damit er unterschrieb, und eine Liste bei Hamish lassen.
Als sie mit ihrem Einkaufswagen durch den Supermarkt fuhr, hing sie diesen Gedanken nach und bemerkte Julian nicht, bis sie buchstäblich in ihn hineinrannte.
Er sah überrascht aus und schien nicht gerade erfreut, ihr zu begegnen.
»Hallo, Julian! Was ist Mittwochvormittag passiert?«
»Oh, hallo.« Sein Gesicht spiegelte eine merkwürdige Mischung aus Feindschaft und Verlegenheit wider, als hätte sie ihn bei etwas gänzlich Zwielichtigem erwischt.
»Ja, ich bin nicht gekommen, weil ich beschlossen habe, mit der Therapie aufzuhören.«
»Wirklich?« Marge war erstaunt. Julian hatte bislang niemals auch nur den leisesten Anschein von Unzufriedenheit gezeigt. Eher im Gegenteil.
»Ja. Ich glaube, wenn es kein wirkliches Verständnis zwischen Therapeut und Klient gibt, dann können diese Dinge mehr Schaden anrichten, als Gutes tun.«
»Entschuldige bitte, aber ich dachte, wir hätten dieses Verständnis …«
»Ich lasse den ganzen Therapieprozess gerade Revue passieren.« Julians Auftreten war eindeutig feindselig geworden. »Ich glaube, dass er möglicherweise sehr schädigend ist.«
»Also, da bin ich wirklich überrascht. Ich dachte, wir kommen gut voran. Darf ich fragen, weshalb du so empfindest?«

Er zögerte. »Ich würde lieber nicht darüber sprechen. Wenn du mich jetzt entschuldigen würdest, Mustafa wartet im Auto auf mich.«
Und damit war Julian verschwunden. Das war absolut nicht nachvollziehbar. Was war in der letzten Woche passiert, dass er so verärgert war? Hatte er Angst vor den schmerzlichen Gefühlen, die so langsam in ihm hochkamen? Zuvor schien er begierig, darüber zu sprechen. Oder hatte er etwa finanzielle Probleme? Marge könnte etwas arrangieren, das wusste Julian doch hoffentlich? Nicht, dass sie in der Lage wäre, Klienten zu bezuschussen. Tatsächlich hatte ihr ein weiterer Klient die Therapie ohne Angabe von Gründen aufgekündigt. In einem Monat zwei Einnahmequellen weniger. Was auch immer Julian befallen hatte, schien ansteckend zu sein. Es wäre eine verpasste Gelegenheit für Julian, wenn er den Prozess jetzt abbrach. Sollte sie ihn zu einer Erklärung zwingen? Sie wollte ihm nicht nachjagen. Doch die Sitzungen bei ihr ohne Vorwarnung oder Erklärung zu canceln war leichtfertig und respektlos. Nicht das, was sie von dem kultivierten Julian erwartet hätte.
Sie schob ihren Einkaufswagen zum Auto. Dieses Treffen ließ sie mit dem unangenehmen Gefühl der Schuld zurück, dass es »herausgekommen« war. Denn tatsächlich langweilte sie der langsame, banale Prozess der Psychotherapie.
Manchmal hatte sie das Gefühl, als würde sie ihre Patienten hintergehen, da sie nicht mit vollem Einsatz bei der Sache war. Wohingegen sie überaus aufgeregt war, endlich wieder mit der Polizei zu arbeiten. Sie genoss das Spannungsfeld einer polizeilichen Ermittlung, freute sich auf die Verbrecherjagd und empfand ein angenehmes Gefühl der Erfüllung, wenn die Schuldigen hinter Gittern und die Unschuldigen auf freiem Fuß waren. Seit jeher war sie von

der Psyche der Kriminellen fasziniert gewesen. Sie hatte viel von einem Detective in sich, was vermutlich der Grund war, weshalb sie mit Persy aneinandergeraten war. Doch Marges Ermittlungen liefen viel mehr innerlich als äußerlich ab. Sie fühlte sich dazu hingezogen, die Psyche von Missetätern zu durchleuchten, ihre Geheimnisse und dunkelsten Orte zu durchforschen und aufzudecken. Vielleicht hatte Julian nicht unrecht damit, sich vor ihr in Acht zu nehmen.

Oder auch Persy.

Als Cheswin und Dizu Ocean View erreichten, wartete Irene Grootboom am Tor auf sie, umringt von ihrer Großfamilie. Irene Grootboom war eine schrecklich aussehende Frau mit einem auffälligen Schnurrbart, schäbigen Schuhen und einem abgetragenen Morgenmantel. Sie wendete sich in Afrikaans an Cheswin, als wäre Dizu überhaupt nicht anwesend.

Aus dem Nichts versammelte sich bald ein größerer Menschenauflauf. Wie Dizu klarwurde, hatte sich die Nachricht von ihrer Ankunft verbreitet, und die meisten Anwohner waren vorbeigekommen, um Cheswin anzugaffen, der bedrängt wurde, Autogramme zu geben und den Rugbyball eines Kindes zu signieren. Seine kurzlebige Karriere bei den unter Zwanzigjährigen im Boland-Team war eindeutig noch nicht in Vergessenheit geraten. Dizu war sich durchaus bewusst, dass Ocean View für ihn als schwarzen Xhosasprechenden voller Zeichen und Hinweise war, die er nicht verstehen konnte.

Irene führte sie und all diejenigen, die noch hineinpassten, in ihr winzig kleines Wohnzimmer. Der Raum war voller Sesselschoner, Plastikblumen und Familienporträts von Hochzeiten, Abschlussbällen und Firmungen, die einige

Jahrzehnte zurückreichten. Die Polstermöbel standen heiligenschreinartig um einen großen Fernseher herum.
Irene nahm auf der Seite des Sofas Platz, die zum Fernseher zeigte. »Hier hab ich gesessen und *Isidingo* angesehen«, sie klopfte auf den Sitz neben sich, »und auf meine Nachbarin Elsie gewartet.«
Elsie, spindeldürr und ganz offensichtlich sehr nervös, bekundete ihre Zustimmung mit heftigem Nicken. »Seit die Serie angefangen hat, haben wir nicht eine Episode verpasst.«
Ein kleines Mädchen schlängelte sich an Dizu vorbei, um besser sehen zu können. Sie spuckte einen Kaugummi aus und klebte ihn an seinen Schuh. Cheswin erblickte sie und hob drohend seinen fleischigen Arm. »Willst du eine *klap? Voetsêk!*«
Das Mädchen wand sich heraus und rannte weg. Cheswin rieb sich die schwitzende Stirn mit einem großen Taschentuch ab und schickte dann bis auf Elsie alle Gaffer aus dem Wohnzimmer. Dizu war beeindruckt von dem neuen, autoritären Cheswin, der im eigenen Umfeld selbstbewusst agierte.
Irene hielt eine leere Plastikschüssel hoch. »Die Chips waren in einer Schüssel wie dieser, direkt hier neben mir, auf dem Sofa.«
»Ja, machen Sie weiter«, brummte Cheswin.
»Ich sitze hier, sehe fern, höre Schritte, also sage ich: ›Komm schon, setz dich Elsie‹, das habe ich gesagt. ›Du verpasst das Beste noch!‹«
Elsie nickte so wild, dass Dizu befürchtete, sie könnte eine Nackenzerrung davontragen.
»Ich spüre, wie sie sich neben mich setzt, wir sehen fern, und ich erzähle ihr, was sie verpasst hat, aber sie antwortet nicht. Ich höre, wie sie alle Chips wegfuttert, einen nach dem anderen, also greife ich auch zu, sehe dabei noch immer

zum Fernseher, spüre ihre Hand und denke mir, ›Nein, das ist doch nicht Elsie!‹. Dann sehe ich nach unten und ich sehe das – diese Hand! Tiefschwarz, wie Leder, mit langen Nägeln, und ich bekommen einen solchen *skrik* – und da sitzt der größte Pavian, den man je gesehen hat! O Mann, ich habe so laut geschrien, als hätte man mich ermordet, ich schreie und schreie, und er hat solche Zähne …« Irene zog ihre Lippe nach oben, so dass gelbe Zähne und viel Zahnfleisch entblößt wurden.

»Dann schnappt er sich die Schüssel, und *tjoeps* – weg ist er.«

27

Persy rannte den Milnerton Golf Course hinunter, das Meer zu ihrer Linken, der Wind peitschte die verstreut stehenden, vertrockneten Palmen, und Abfall sammelte sich in der struppigen Vegetation am Boden. Vorbei an dem pyramidenförmigen Bauprojekt für Reihenhäuser und der Bucht, in der die Wellen durch den starken Wind Gischtkronen trugen. Es war acht Uhr abends, doch der Himmel über dem westlichen Horizont wurde noch von der Sonne erleuchtet. Bis neun Uhr würde es nicht vollständig dunkel sein, und die Postkartenansicht des Tafelbergs war noch über die Bucht hinweg zu sehen. Eine Kniesehne tat Persy höllisch weh; nach den Läufen der letzten Tage hatte sie sich nicht gedehnt. Dehnen kam ihr immer wie Zeitvergeudung vor, bis sie spürte, dass sie steifer wurde. Es war angenehm, die Wohnung zu verlassen und sich die Reste ihres Katers, ihre Anspannungen und Ängste wegen des Sherwood-Falls, die tief sitzende Furcht, die sie bei diesem Hundekampf fast überwältigt hätte, aus dem Leib zu laufen. Außerdem die nagende Angst vor Donnys Jähzorn.

Sie war heute früher in die Wohnung zurückgekommen, und alle waren bei der Arbeit gewesen, keiner da. Sie hatte geduscht, ein paar Schmerztabletten eingeworfen und ein, zwei Stunden geschlafen. Keine Spur von Donny oder Sayeed. Ferial, die zusammengerollt im Schlafzimmer lag, hatte keine Erklärung dafür geliefert, weshalb sie nicht gekommen und eine einstweilige Verfügung erwirkt hatte, und Persy hatte nicht die Kraft, sie zu fragen. Eine düstere Atmosphäre, angespannt und verbittert. Daraus konnte sich alles Mögliche entwickeln. Wenn Donny zurückkam, konnte er entweder zerknirscht oder rachsüchtig sein. Um Ferials willen hoffte Persy, dass er zerknirscht sein würde, auch wenn sie nicht wusste, ob sie seine üblichen Krokodilstränen ertragen konnte. Wenn Donny seinem gewöhnlichen Muster folgte, würde er heute Nacht unterwegs sein, sich verstecken, er wäre zu beschämt, ihnen gegenüberzutreten. Und am nächsten Tag würde der Zyklus wieder von vorne beginnen.

Zurück von ihrem Lauf, rannte sie die Treppe nach oben. An der Eingangstür schnappte sie nach Atem und dehnte sich. Sie holte ihren Schlüssel heraus und steckte ihn ins Schloss. Noch ehe sie die Klinke herunterdrücken konnte, ging die Tür auf, sie wurde nach innen gezogen und gegen die wieder geschlossene Tür gestoßen. Donnys geweitete Pupillen starrten sie an. Betrunken und mit dem sauren Brennen nach *tik* in seinem Atem. Ihre fünfzig Kilo gegen Donnys achtzig Kilo Muskelpaket.

Ein Kampf, den sie niemals gewinnen könnte.

Schwach konnte sie Ferials Bitte hören. »Lass sie, bitte, Donny, tu ihr nicht weh!«

Noch ehe sie wusste, was vor sich ging, presste ihr Donny den Unterarm unters Kinn, packte sie mit der anderen Hand am Haar und riss ihren Kopf zur Seite. Mit einem Mal war sie kraftlos, ihre Beine gaben fast nach. Er stand ganz dicht vor ihr. »Glaubst du, du kriegst meine Frau dazu, eine verfluchte einstweilige Verfügung gegen mich zu bekommen, du verfickte, nuttige *hoer-kont?* Ja? Ja?« Spucke traf ihr Gesicht.

Er ließ ihre Haare los und presste seine Hand zwischen ihre Beine. Er drückte so fest zu, dass sie fast ohnmächtig wurde. Sie versuchte zu treten, ihre Beine zu verschränken, aber sein Würgegriff an ihrer Kehle wurde nur fester. Sie glaubte schon, sie würde das Bewusstsein verlieren, doch stattdessen flog sie auf einmal quer durch den Raum. Ihr Rücken knallte gegen den Tisch und den neuen LCD-Fernseher, rutschte über den kleinen Couchtisch mit der Mr.-Price-Lampe, den pathetischen Artefakten von Ferials ehrbarem Leben. Ganz egal, wohin man auch floh, diese Gegend holte einen immer wieder ein. Sie rollte auf die Seite, was bei ihrer Größe nicht schwierig war, und kroch dann zwischen das Sofa und die Wand. Als Donny mit voller Wucht auf dem Polster landete, um sie zu packen, hatte sie die schreckliche Gewissheit, dass er sie umbringen würde. Er warf sich auf der einen Seite gegen das Sofa, so dass es gegen die Wand knallte, doch da es gleichzeitig gegen die Ecke stieß, bildete sich unten eine enge Lücke für Persy. Ansonsten hätte ihr der Aufprall die Rippen gebrochen. Mit dieser Feststellung wurde Adrenalin in ihr freigesetzt. Sie brach auf der anderen Seite aus, gerade als Donny das gesamte Sofa von der Wand wegzog, und sah Sayeed in der Eingangstür auftauchen – sein schreckerfüllter Ausdruck ließ sie wissen, dass sie nicht wirklich auf ihn zählen konnte. Sie flitzte hinter ihn, benutzte ihn als Puffer, doch Donny war bereits bei der Tür und blockierte ihren Fluchtweg. Sie schob sich hinter Sayeed hervor und sprintete ins Badezimmer, betete darum, die dünne Badezimmertür möge die paar Sekunden halten, die sie brauchte. Zu ihrer Überraschung sah sie Sayeed auf Donny losgehen, er stieß einen Schrei in einer seltsamen Sprache aus – dann fiel es ihr wieder ein – sein Qigong oder was auch immer das war. Seine Bewegungen waren größtenteils wirkungslos, lenkten Donny aber für die kritischen Sekunden ab, die sie brauchte, um ins Badezimmer zu kommen, die Tür zuzuknallen und den dünnen Riegel vorzuschieben.

Auf Knien tastete sie die hintere Wand des Toilettentischs ab, riss die lose Fliese heraus und griff nach dem Putzlappen, den sie um ihre Dienstwaffe gewickelt hatte. Gerade als Donny gegen die Tür trat und der Rahmen splitterte, stand sie wieder auf. Sie trat nach hinten in die Dusche, spürte die kalten Fliesen an ihren Rippen, hielt die Waffe mit ruhiger Hand, so wartete sie auf ihn. Donny trat durch die Tür und blieb stehen, als er die Waffe sah. Sein Gesicht war verschwollen, und er starrte sie aus verquollenen Augen an. Eine *tik*-erregte Bestie, die auch eine Kugel nicht aufhalten würde.

Es kostete sie größte Anstrengung, die Waffe ruhig zu halten. Ferial und Sayeed starrten sie aus dem Gang dahinter an. »Haut ab aus der Wohnung«, brüllte sie – verdammt, warum benutzten sie denn ihr Hirn nicht und beeilten sich, hier rauszukommen?!

Beim Klang ihrer Stimme machte Donny einen Satz auf sie zu. Sie betätigte den Abzug, zerschmetterte seine Kniescheibe. Er würde nie wieder normal laufen können. Sie lehnte sich gegen die Wand, während er stolperte und dann gegen die Schiebetür der Duschkabine knallte und das Glas zum Bersten brachte, ehe er zu Boden ging, den Wasserhahn vom Rohr abriss und das Wasser hervorsprudelte. Als sie versuchte, über ihn hinwegzusteigen und sich in Sicherheit zu bringen, griff er nach ihrem Knöchel. Sie drehte sich um und zog ihm ihre Waffe über den Kopf, ein dumpfes Geräusch wie bei einem Schuss. Er ließ sie los, und sie stolperte in den Gang, die zerbrochenen Scherben knirschten unter ihren Turnschuhen. Nach einem Moment der geistigen Leere fiel ihr ein, das Telefon aus ihrem Zimmer zu holen. Sie hörte ihn im Badezimmer fluchen, als er versuchte, aufzustehen. Ihre Hände zitterten so sehr, dass sie zweimal die falsche Nummer eingab, ehe sie das Revier von Milnerton in der Leitung hatte.

Zusammen mit dem bestürzten Wachmann wartete sie am Eingang des Gebäudes auf sie. Persy war überraschenderweise ruhig. Sayeed saß neben ihr, schweigend, erschüttert. Ferial war wieder nach oben zu Donny und seinen Verletzungen gerannt. Der Transporter brauchte vierzig Minuten, ehe er eintraf. Zwei Polizisten. Sie hätten sich nicht weniger für ihre Aussage interessieren können, selbst als sie ihnen mitteilte, sie sei Polizistin. Sayeed wurde von seiner Schwester abgeholt und mitgenommen, noch immer schweigend und erschüttert.

Die Sanitäter brachten Donny auf einer Trage nach unten. Ferial stieg mit ihm in den Krankenwagen, hielt seine Hand fest. An der Stelle, wo Persy ihm die Pistole über den Kopf gezogen hatte, klaffte eine Wunde. Vermutlich würde er sie anzeigen, und sie würde beweisen müssen, dass sie sich nur verteidigt hatte. Dieser Mist würde sich ewig lange hinziehen, und sie würde hier verlieren. Ferial würde nicht als Zeugin aussagen, und Sayeed würde vermutlich auch einen Rückzieher machen, da er keinen Ärger wollte.

Sie ging nach oben in die Wohnung, um etwas aufzuräumen und das Blut wegzuwischen. Dann wollte sie ihre Sachen packen und verschwinden.

28

Persy ging hinunter an den Strand von Fish Hoek in der Hoffnung, dort die unbequeme Nacht im Krankenzimmer des Reviers abzuschütteln, wo sie sich bis um halb sechs hin und her gewälzt hatte. Der Strand war leer. Frühes Morgenlicht färbte die Hottentots Holland Mountains auf der anderen Seite der False Bay. Das Meer war am Horizont rosafarben und ging in Graugrün über, wo sich die kleinen Wellen entlang der Küste brachen. Es war kalt, doch sie hätte keinen Moment länger in dem Krankenzimmer mit den ekelhaft stinkenden Decken und dem klumpigen Kopfkissen durchstehen können. Sie hatte eine verschwitzte, ruhelose Nacht hinter sich, in der sie Donnys Angriff wieder und wieder in ihrem Kopf durchspielte und aus dem Halbschlaf mit dem Nachbild aufschreckte, wie er durch die zersplitterte Badezimmertür trat.

Sie zog ihre Turnschuhe aus, ebenso die leichte Stoffhose und das T-Shirt. Darunter trug sie den brauchbaren blauen Speedo-Badeanzug, den sie im Sommer immer dabeihatte, für den Fall, dass sie es zum Strand schaffte. Ihre Füße versanken im nassen Sand, die grobkörnige Kälte drang zwischen ihre Zehen. Die Luft, frisch und mit einem Hauch Salz, bescherte ihr eine Gänsehaut. Am Vormittag würde der Südostwind wieder einsetzen, der sogenannte Kap-Doktor, zunächst sanft, dann immer stärker werdend. Doch momentan herrschte eine ruhige Windstille, genauso erwartungsvoll wie der Moment vor einem Flüstern.

Ehe der Mut sie verlassen konnte, rannte sie in das seichte Wasser, setzte Knöchel und Schienbeine unerschrocken den kalten Fluten aus, die an ihr heraufspritzten. Als sie bis zur Hüfte im Wasser war, tauchte sie unter der nächsten Welle hindurch. Wieder an der Oberfläche, stieß sie einen gellenden Schrei aus und tauchte dann wieder unter. Sie kam direkt vor einer sich brechenden Welle hoch, die sie umwarf und ihr einen gepfefferten Schwall Wasser die Nase hinaufjagte. Taumelnd kam sie auf die Beine, kämpfte gegen den Sog der Strömung an, schüttelte den Kopf, dass ihr die Haare links und rechts ums Gesicht schlugen und in den Augen brannten. Langsam watete sie hinter die Linie, wo sich die Wellen brachen, genoss die Stärke ihrer Arme und Beine, den brennenden Salzgeschmack in ihrer Kehle. Sie ließ sich auf dem Rücken treiben und schaute in den Himmel, der sich langsam mit einem roséfarbenen Schimmer überzog, von dem die Bucht erhellt wurde. Das sanfte Rauschen des Wassers an der Oberfläche in den Ohren blendete das Rauschen der Tiefe etwas aus. Sie war eins mit dem Ozean, eine Meereskreatur in ihrem natürlichen Lebensraum.

Donnys Angriff, der Rückschlag ihrer Dienstwaffe in der Hand, als sie mit einem Schuss sein Knie zerschmetterte, Ferials leerer Blick, als sie hinten aus dem Rettungswagen herausstarrte, verblassten wie in einem Film, an den man sich nur noch halb erinnerte, und die immer gegenwärtige Angst, die sich in jeden wachen Moment hineinzog, schien zu schwinden.

Sie hörte das Platschen nicht, bis eine Gummibadekappe in einem merkwürdig orangeroten Farbton neben ihr auftauchte. Die Augenbrauen, zusammengequetscht von der Bademütze, ließen den Schwimmer ein bisschen wie einen Shar-Pei aussehen, und Persy war kurze Zeit verunsichert, bis sie das Markenzeichen, die rauhe Stimme, vernahm.

»Zwei große Weiße in der Bucht heute Morgen. Dachte, Sie sollten es wissen.«

Einen Moment lang sahen sie und Marge Labuschagne sich an, dann tauchte die ältere Frau unter und schwamm mit kräftigen Schwimmzügen hinaus in Richtung Sunny Cove.

Als Persy an den Strand zurückwatete, war sie benommen und fühlte sich schwindelig. Ausgerechnet Marge Labuschagne! Man konnte sich darauf verlassen, dass sie einem die Stimmung verdarb. Vor kurzem hatte es einen tödlichen Angriff von einem großen weißen Hai nur hundert Meter von diesem Strand entfernt gegeben. Am besten ging man kein Risiko ein, insbesondere deshalb, weil die Haibeobachter ihrem Job noch nicht nachkamen.

Sie ließ sich mit dem Gesicht nach unten auf ihr Handtuch fallen, keuchte und spürte die ersten Sonnenstrahlen, die ihre Haut wärmten und ihr Haar trockneten. Sie drehte den Kopf von einer Seite zur anderen. Ein angenehmes Ploppen ertönte, als das warme Wasser aus ihren Ohren floss. Sie saugte an ihren Haarspitzen, kostete den salzigen Geschmack. Trotz Marges unerwünschtem Eindringen hielt ihre entspannte Stimmung an, als hätte sie die Gewalttätigkeit der letzten Nacht abgewaschen.

Sie suchte den Ozean ab. Weit hinter der Sicherheitslinie tauchte die orangerote Mütze auf, tauchte rhythmisch auf und ab, bewegte sich überraschend schnell auf die Felsen zu.

Nach einer Dusche in dem Sanitärhäuschen, in dem es nach Salz und Urin roch, zog Persy die frische Kleidung an, die sie am Abend zuvor eingepackt hatte, und ging dann nach draußen in die Sonne. Sie hockte sich auf die niedrige Mauer, die den Strand vom geteerten Parkplatz trennte, ohne große Lust, zum Revier zurückzukehren. Es war bereits heiß, zu heiß für Turnschuhe, und wieder einmal wünschte sie, sie könnte Sandalen in der Arbeit tragen. Sie stellte sich Mhlabenis Gesicht vor, wenn sie mit den silberfarbenen Highheels im Revier auftauchte, die sie bei einem Spontankauf erstanden, sich bislang aber noch nicht zu tragen getraut hatte. Wenn sie ganz ehrlich war, dann interessierte Dizus Reaktion sie mehr; sie hätte gern gewusst, ob sie seine freundliche Gelassenheit erschüttern konnte.

Sie machte Marge aus, die sich langsam den Weg durch das seichte Gewässer zum Strand pflügte. Sie hatte ein paar Kilo zu viel an Hüften und Oberschenkeln, eine aus der Form geratene Birnenform, doch ansonsten hatte Persy schon Fünfzigjährige gesehen, die sehr viel schlimmer aussahen. Marge wirkte gesund und kräftig, nicht betagt oder muttihaft – eher wie eine mächtige Matriarchin. Allerdings war ihre aufdringliche Art beunruhigend. Zum ersten Mal gestand sich Persy ein, dass Marge sie durcheinanderbrachte.

Marge bückte sich, um ihr Handtuch vom Sand aufzuheben, und ging zur Sanitäranlage. Persy wäre gerne davongeeilt, um ihr aus dem Weg zu gehen, aber zu spät – sie hatte sie bereits gesehen. Marge wich etwas von ihrem Kurs ab und hielt auf sie zu. Verdammt!

Marge zog die orangerote Badekappe herunter: »In diesem Ding komme ich mir völlig bescheuert vor.« Sie schüttelte ihren graumelierten Bob und rubbelte sich dann trocken.

»Nette Runde?«, fragte Persy, um etwas zu sagen zu haben.

»Wunderbar – nur etwas kalt.« Marge verzog das Gesicht, und Persy ging auf, dass sie versuchte, ein Lächeln zustande zu bringen. »Ich hatte noch nicht die Gelegenheit, mich persönlich bei Ihnen zu bedanken.«

»Bedanken?«
»Dafür, dass Sie Bongo gerettet haben.«
Persy hatte das mit Bongo völlig vergessen, seine Rettungsaktion war durch ihren Zwischenfall mit Donny vollständig in den Hintergrund gedrängt worden. »Ach ja, wie geht's ihm?«
»Erholt sich gut. Dank Ihnen.«
Es folgte ein peinliches Schweigen. Etwas hatte sich verschoben, und keine der beiden wusste, welche Position sie einnehmen sollte.
»Sie sind früh auf«, sagte Marge.
»Ich habe auf dem Revier geschlafen.«
»Nachtschicht?«
»Nein.« Dann brach es aus ihr heraus. »Ich wurde letzte Nacht zwangsgeräumt.« Warum zum Teufel hatte sie das gesagt?
Marge hielt mit dem Abrubbeln inne und warf ihr einen entnervenden Blick zu, eine tiefe Runzel zwischen den breiten Augenbrauen. »Ärger mit dem Freund?«
Persy fühlte sich unbehaglich, hüpfte von der Mauer herunter. »Familie.«
»Da haben Sie ja eine ganz schöne Woche beieinander.«
Und du weißt noch nicht mal die Hälfte davon, Lady, dachte Persy mit dem Gefühl, bereits zu viel gesagt zu haben und nur noch wegzuwollen.
»Können Sie nicht ins Wohnheim für Polizisten?«
»Das ist voll.«
Die Leichtigkeit, die Persy erfüllt hatte, verschwand in Anbetracht des bevorstehenden Tages. Obdachlosigkeit, ihre Sachen bei Ferial holen zu müssen … die Tatsache, dass sie noch nicht einmal ein Bett besaß.
»Ich hätte da vielleicht etwas für Sie«, sagte Marge. »Eins der Mitglieder der Noordhoek Action Group, Hamish McCormac, braucht jemanden, der nach seinem Camping-

wagen sieht. Er will zum Surfen nach Jeffrey's Bay oder wohin auch immer.«

Persy empfand gegenüber jedem Gefallen, der von Marge kam, eine gewisse Abneigung. »Danke – aber ich komme schon klar. Muss mich nur ein, zwei Stunden ans Telefon hängen, um etwas zu finden.«

»Sie werden nicht einfach so, *mos,* einen Platz finden. In jedem Fall nicht für heute Abend.«

Der herablassende Tonfall war nervtötend. Als würde sie sich nicht schon unsicher genug fühlen, ohne dass Marge Labuschagne darauf herumritt. Einen Augenblick lang war sie verloren, panisch. Ganz egal, wie unerwünscht sie bei Ferial gewesen war, wenigstens hatte sie ihr eigenes Zimmer gehabt, einen Ort, wo sie sich von den Spannungen des Lebens als Cop erholen konnte. Die Öffentlichkeit wusste nichts von diesen Spannungen. Machte einen ständig runter, hasste einen. Sie fühlte sich niedergeschlagen und war ganz unerwartet den Tränen nahe.

Verrückt. Sie wendete den Blick ab. Marge Labuschagne war die letzte Person, bei der sie das Visier runterlassen sollte.

»Ich werde mit Hamish sprechen«, sagte Marge bestimmt. »Das ist eine gute Übergangslösung, bis Sie etwas gefunden haben.«

In dem Moment empfand Persy es als Erleichterung, dass die ältere Frau das Kommando übernahm.

»Okay. Danke«, erwiderte sie verlegen.

Marge machte eine abwehrende Geste. »Das ist das Wenigste, was ich tun kann. Ich gehe mich jetzt umziehen. Ich hasse es, wenn mich jemand so sieht – mit zwanzig Kilo Übergewicht, Tendenz steigend. Igitt!«

Ein angenehmes Gefühl der Vorfreude überkam Marge, als sie später am Morgen im Gemüsegarten arbeitete. Die Sonne in ihrem Rücken war warm, doch die Hitze wurde von einer frischen Brise vom Atlantik abgemildert. Zum Abendessen würde sie Wills Lieblingssteak machen und dazu frisch gepflückten Salat aus dem Garten. Die Vögel waren über die Stachelbeeren hergefallen, hatten sie hinter dem kleinen gitterartigen Netz herausgepickt, doch es gab noch genug für den Nachtisch. Nach dem Steak würden sie gut zu etwas italienischem Eis aus der Tiefkühltruhe passen. Sie schnitt blühenden Fenchel für die Kommode im Wohnzimmer ab und genoss das Gefühl, wieder gebraucht zu werden, diejenige zu sein, die verpflegte und versorgte und in die kleinen Annehmlichkeiten eines Familienlebens involviert war. Erschöpfend, gewiss, aber wie sehr hatte sie das vermisst!

Sie hatte Dr. Pillay zuvor angerufen und erfahren, dass Bongo gute Fortschritte machte, was ihre Gedanken wieder zu Persy Jonas führte. Ihre mutige Rettungsaktion des Hundes und ihr kurzer Moment der Verletzlichkeit am Strand hatten Marge gegenüber dem Mädchen etwas weicher werden lassen. Ein kaum zugelassener Schmerz, der Tag für Tag direkt unter der Oberfläche lauerte, stieg in Marge auf. Gedankenlose Freunde sagten manchmal: »Gott sei Dank habe ich eine Tochter«, oder »Meine Tochter ist ein solcher Schatz«, oder »Söhne verschwinden, aber Töchter verlassen dich nie.«

Ihre Tochter, Elizabeth Jane, war am 25. August geboren worden, eine Totgeburt in der 42. Woche nach qualvollen Wehen. Dieses Schattenkind verfolgte sie. Manchmal machte sich ihre Gegenwart in unerwarteten Momenten wie diesem bemerkbar – an einem sonnenbeschienenen Morgen im Gemüsegarten. Marge verspürte eine vertraute, dumpfe Sehnsucht nach dem Mädchen, das niemals sein würde. Sie zwang sich, ihre Konzentration auf das Abendessen zu lenken, als sie in die Küche ging. In dem Moment nahm sie das Geräusch von fließendem Wasser wahr. Hatte sie irgendwo einen Hahn nicht zugedreht? Es schien von der Straße zu kommen.

Sie spähte über ihren Zaun und sah einen steten Strom Wasser von Tinklers Garten die Keurboom Road hinunterfließen. Die halbe Straße war überflutet. Jetzt platzte ihr der Kragen. Das verfluchte Wasser lief Tag und Nacht, leerte die unterirdischen Flüsse. Was für ein egoistischer Blödsinn.

Sie stiefelte zu Tinklers Haus hinüber. Eine dünne Rauchwolke stieg über ihrer Mauer auf, begleitet von dem Geruch nach *braaiing* Fisch. Sie ging um die einen Meter zwanzig hohen Dorngewächse herum, die Fiona gepflanzt hatte, um Marges Patienten daran zu hindern, vor ihrem Tor zu parken, und klingelte an der Gegensprechanlage, die sich in dem protzigen kleinen Portikus befand. Der Anblick der Doppelkübel mit ordentlich geschnittenen Kamelien neben dem Tor trieb ihre Wut auf den Höhepunkt. Wer zum Teufel hatte schon Zeit, das zu machen? Manche Menschen sollten wirklich mal was mit ihrem Leben anfangen.

Fiona Tinkler wirkte untersetzt in ihrem steifen gestreiften Shirt, den weißen Hosen und den Mokassins, als sie das schwere Tor öffnete. Ihr mit blonden Strähnchen durchsetztes Haar war kunstvoll hergerichtet, um die Illusion von Volumen zu erwecken. Alles in allem ein grauenhafter Anblick.

»Morgen.« Marge versuchte, ein freundliches Gesicht zu machen.

»Kann ich behilflich sein?« Fionas schmallippiges Herschel-Geblöke ging Marge, die snobistische Privatschulen verabscheute, auf die Nerven, weil sie solch streng verteidigte Wagenburgen des weißen Privilegs waren. »In der Tat, ja. Es geht um deinen Wasserverbrauch.«

»Was ist damit?«

»Bei dir läuft das Wasser Tag und Nacht.«

Fiona reagierte gereizt. »Zu deiner Information, wir haben unser eigenes Bohrloch.«

»Das ist keine Entschuldigung für Wasserverschwendung. Ihr verbraucht das ganze Wasser, das von den Bergen herunterkommt.«

Fionas ohnehin schon hochrotes Gesicht nahm ein noch tieferes Rot an. »Was ich mit meinem Wasser mache, geht dich nichts an.«

»Das ist eine egoistische und unentschuldbare Einstellung …«

»Egoistisch! Das musst du gerade sagen! Deine Patienten parken mich jeden Tag zu, und dir ist das schnurzegal!«

»Ach, diese alte Geschichte. Halt doch endlich die Klappe deswegen! Sie haben dich nur ein- oder zweimal zugeparkt.«

Zu spät wurde Marge bewusst, dass sie es bei der dummen Frau etwas zu weit getrieben hatte.

»Du blöde Kuh! Warte es nur ab! Ich werde deinen Laden noch dichtmachen. Einer gefährlichen Person wie dir sollte es nicht gestattet sein, das zu tun – was auch immer du in diesem Raum da machst.«

Marge spürte, wie das Blut in ihrem Kopf rauschte. »Drohst du mir etwa?«

Fiona ging daran, das Tor zu schließen. »Julian Duval hat mir erzählt, wie du einen Mann in den Selbstmord getrieben hast! Was, glaubst du, werden deine Patienten dazu sagen?«

Marge klemmte einen Fuß zwischen Tor und Sturz. »Was hast du da gesagt?«

Fiona versuchte, das Tor zuzubekommen, doch Marge

zwängte sich mit der Schulter dazwischen. Ein paar Minuten rangen sie würdelos miteinander.

Irgendwann setzte Marges rationales Denken ein, und sie ließ davon ab.

Das Sicherheitstor knallte vor ihr zu. Hinter der Mauer konnte sie Fionas gedämpftes Gekrächze hören.

»Mörderin!«

29

Der Sunny Acres Caravan Park bildete eine Grenze zwischen einem sozialen Wohnungskomplex und einem größer werdenden Kindergarten, der an Masiphumelele grenzte. Eukalypten und windzerzauste Palmen boten etwa einem Dutzend Wohnwagen und Wohnmobilen Schutz vor dem Südostwind. Hamishs Wohnwagen war nicht zu übersehen, geschmückt, wie er war, mit hängenden Bojen, Glockenspielen und Topfpflanzen, zwischen denen Skulpturen mit entfernt östlichem und afrikanischem Einfluss herumstanden. Überraschenderweise schien hier alles auf Beständigkeit eingerichtet zu sein: Die Räder des Wohnwagens waren abmontiert und ein Zementfundament errichtet, das sich bis zu einer kleinen *stoep* mit hölzernem Geländer erstreckte.

Hamish war älter, als er sich am Telefon angehört hatte, vom Wetter gegerbt und trug ungezwungen Shorts und Baseballkappe. Er beschrieb sich selbst als »biodynamischen Landwirt« und sagte, er würde den Rest des Sommers, nach einer Trance-Party in den Outeniqua Mountains, in »Jay Bay« zum Surfen sein.

Persy stellte sich vor.

»Marge hat gesagt, Sie sind ein Cop?« Er grinste sie breit an.

»Detective.«

Er unterdrückte aufsteigendes Gelächter, was sich anhörte, als würde ein kleines Tier niesen.

»Was ist daran so lustig?«

»Hey, gar nichts. Ich bin da ganz locker.« Er wischte sich die Tränen aus den Augen. »Leben und leben lassen und so.«

Im Inneren des Wohnwagens befanden sich ein Doppelstockbett und eine kleine Küche mit Gaskocher. Hamish mietete ihn *voetstoots*, also so, wie er war, vollständig möbliert, inklusive Bettwäsche. Es war fast schon gemütlich, wenn auch ganz entschieden unhygienisch. Persy wusste, dass sie hier alles von oben bis unten würde abschrubben müssen oder sie würde kein Auge zubekommen. Doch fürs Erste reichte ihr das. Hamish zeigte ihr seinen Garten, einen kleinen, verwahrlosten Fynbos-Garten voller Aloen, Königs-Proteas und Pelargonien, umzäunt von einem niedrigen Lattenzaun. Bienen flogen um einen blühenden Geißblattbaum herum, und Persy spürte, wie sich ihre Stimmung hob. Der Geruch von *boerewors* wehte von den benachbarten Wohnwagen herüber, wo gerade gegrillt wurde.

Hamish folgte ihrem Blick und schüttelte angewidert den Kopf. »Das ist der einzige Nachteil, wenn man hier lebt. Jeden Abend stinkt es nach irgendwelchem Tiergerippe. Ich lebe ganz vegan, und das ist die reinste Tortur für mich.«

Persy beschloss, nicht zu erwähnen, wie sehr sie einen guten *braai* liebte und dass sie vorhatte, einen solchen abzuhalten, sobald er in seinem Land Rover von hier verschwunden wäre. Eine räudige, einäugige Katze rieb sich an ihren Beinen. Hamish hob sie hoch. »Hey, Gaia. Bist gekommen, um der netten Detective hallo zu sagen?« Er gluckste, fand das noch immer urkomisch.

»Sie haben eine Katze?« Sie war bestürzt.

»Ja. Könnten Sie sie füttern?«

»Ich bin allergisch gegen Katzen, aber ich werde mein Bestes tun.«

»Keine Sorge, Gaia ist sehr unabhängig. Stellen Sie ihr

Futter einfach in den Baum, dann ist sie völlig zufrieden. Unter dem Bett ist eine Katzenklappe, aber hey, die benutzt sie nie. Ich lasse immer ein Fenster für sie offen. Vorsicht nur mit den Pavianen.«

Nachdem der heruntergekommene Land Rover mit den Surfbrettern auf dem Dach weggefahren war, packte sie ihre kleine Tasche aus, stattete dem nächstgelegenen Supermarkt einen Besuch ab und legte sich einen Vorrat an Putzmittel zu.

Mit Handschuhen ausgestattet, fing sie dann an, den Wohnwagen sauber zu machen, während sie sich gleichzeitig über die Zeitvergeudung ärgerte. Sie musste erst um 14 Uhr zum Dienst erscheinen, aber sie sollte nach Dollery suchen. Titus erwartete Ergebnisse. Und obwohl aller Wahrscheinlichkeit nach nichts dabei herauskäme, so bestand die einzige Möglichkeit, Sean zu finden, doch darin, einen Tipp von jemandem zu bekommen. Aber keiner in Ocean View würde ihn verraten. Eine düstere, noch abschreckendere Möglichkeit war, dass Sean vom chinesischen Syndikat beschützt wurde, die Pseudoephedrine und andere für die Herstellung von *tik* benötigte Chemikalien gegen *perlemoen* oder Abalone tauschten. Das unerlaubte Tauchen nach Abalone hatte sich seuchenartig ausgebreitet, denn für das unter Artenschutz stehende Schalentier erzielte man in China hohe Preise, da es als sexuelles Reizmittel gehandelt wurde. Jedes Mal, wenn sie nach Ocean View zurückkam, verstärkte sich der Eindruck, dass immer mehr Menschen, die einst ein ehrliches Leben geführt hatten, ins organisierte Verbrechen abrutschten. Und keinen schien es einen feuchten Dreck zu scheren. Es war leicht, Verbitterung zu verspüren – *die Farbigen zogen immer den Kürzeren.*

Sie stopfte ihre Wäsche in die rostige Waschmaschine mit Trockner im zementierten Nassbereich in der Nähe des

Büros. Sie warf ihre neuen Turnschuhe mit hinein, die noch immer mit Bongos Blut verschmiert waren.
Als sie aus der Anlage fuhr, konnte sie nicht umhin, festzustellen, wie nachlässig hier für Sicherheit gesorgt wurde. Abgesehen von einem Sperrbaum am Tor, der die meiste Zeit offen stand, gab es nur eine einen Meter achtzig hohe Mauer, die oben mit Stacheldraht versehen war – eine optimistische, letztlich aber nicht haltbare Verteidigung gegen die vorrückenden Hütten von Masiphumelele.
Nicht, dass es auf Sunny Acres viel zu stehlen gegeben hätte. Sie nahm die Reste eines heruntergekommenen, auf Backsteinen aufgebockten Lasters auf dem benachbarten Zeltplatz unter die Lupe. Ein wild aussehender, flachsblonder Junge stand in der fensterlosen Fahrerkabine und gab vor, nicht vorhandene Räder zu lenken. Sein Vater sah ihm dabei zu, trank ein Bier auf den Treppen ihres baufälligen Wohnmobils, und die abgetragene Trainingsjacke hing von seinen dünnen Schultern wie ein billiger Anzug von einem Kleiderbügel. Er blickte Persy böse an, als sie im Nissan vorbeifuhr. Ein arbeitsloser, durch und durch weißer Mann. Ein immer häufigerer Anblick dieser Tage.

Persy hatte ein Meeting mit Cheswin April und Dizu wegen des Capri-Einbrechers. Dizu sah ungewöhnlich zerzaust aus, sein Hemd war sogar zerknittert! Das fand Persy überaus gewinnend. Er kam nicht auf den Hundekampf zu sprechen, wofür sie dankbar war.
Stattdessen erzählte er Persy von den deutschen Mädchen und dem Capri-Einbrecher. Diese Geschichte irritierte sie irgendwie, vielleicht weil die beiden Männer sich sehr viel länger über das Foto des »verdächtigen *bergie*« und der beiden deutschen Mädchen beugten, als notwendig gewesen wäre, oder weil Dizu damit prahlte, dass eine von

ihnen, Olga, ihn gefragt hätte, was er am Samstagabend vorhabe.
»Du hast am Samstag Dienst, Calata«, erinnerte ihn Persy gereizt.
»Ach, wie schade«, erwiderte Cheswin.
Persy entriss ihnen das Foto. »Ich werde bei der Zeitung anrufen – sie sollen das Foto drucken und eine Warnung herausgeben«, sagte sie. »Ich habe schon die Headline vor Augen: ›Mitfühlende Seelen fallen auf Bergie herein‹.«
»Das ist jetzt aber etwas heftig«, gab Dizu grinsend von sich. »Wir sollen doch Tourismus fördern.«
Cheswin erzählte ihnen von dem Einbruch in Irene Grootbooms Haus. Persy nahm ein Funkeln in Dizus Augen wahr und ärgerte sich. Sie hätte ihm niemals von ihrem Zusammenstoß mit dem Pavian bei Dollerys Haus erzählen sollen.
Glücklicherweise wurde sie in dem Moment in Titus' Büro gerufen. Das Radio lief, die leise Übertragung eines Kricketspiels.
»Was geht hier vor, Jonas?«
»Wie bitte, Sir?«
»Jetzt mach kein solches Geheimnis. Erst wirst du auf der Straße angegriffen, dann führst du eine Razzia bei einem Hundekampf durch. Beide Male ohne Verstärkung. Du machst hier aus meiner Wache keinen Solobetrieb, ist das klar?«
»Ja, Sir, tut mir leid.«
Wie konnte sie erklären, dass sie nicht nach Ärger suchte, aber dass sie in letzter Zeit aus irgendeinem Grund zu einer Art Magnet für die schlechte Energie anderer geworden war?
»Paviane, Hunde – was zum Teufel ist da los? Was ist mit Dollery? Lass uns zur Abwechslung mal einen menschlichen Kriminellen festnehmen.«

»Da bin ich dran, Sir.«
»Gut, denn morgen früh will ich einen vollständigen Bericht mit konkreten Ergebnissen haben. Fish Hoek weist eine hohe Rate gelöster Fälle auf, und der Leiter der übergeordneten Leitstelle übt Druck aus, damit die Statistiken weiterhin gut aussehen.«
»Ich verstehe, Sir.«
»Ich hoffe, ich werde es nicht bedauern, dir eine Chance gegeben zu haben, Jonas?«
»Nein, Sir, ich werde Sie nicht enttäuschen.«
»Ich will Ergebnisse, oder ich übertrage den Sherwood-Fall einem erfahreneren Ermittler.«

Zurück in ihrem Büro erzählte Persy Dizu von ihrem Gespräch. »Wir müssen bald mit irgendetwas aufwarten.«
Dizu informierte sie über sein Treffen mit Philip Makana. »Seine Beschreibung des Brandstifters der Schule passt auf Dollery. Ein farbiger ›hübscher Kerl‹ und bekannter Gangster in der Gegend, der Dolly genannt wird – für mich ist das nahe genug dran.«
»Und der weiße Typ?«
»Makana hatte ihn schon zuvor auf dem Schulgelände gesehen.«
»Was steht in Mhlabenis Bericht dazu?«, wollte Persy wissen.
»Lass es mich so sagen. Es ist nicht so, als hätte er jeden Stein umgedreht. Es ist eine sehr dünne Akte. Er schreibt den Brand ein paar Landstreichern zu, die am Rand des Schulgeländes Fisch gekocht haben sollen. Keine Verdächtigen, keine Beweismittel, keine Verhaftungen. Und ohne Versicherung war auch kein Gutachter einer solchen vor Ort und hat nach Spuren für Brandstiftung gesucht.«
»Wo stehen wir also?«, fragte Persy mit einem Blick auf

das Organigramm, das schnell zu einem nahezu unleserlichen Wust aus Verbindungen wurde.

»Hauptverdächtiger: Sean Dollery«, sagte Dizu. »Brandstifter, Einbrecher und Drogendealer. Er und seine beiden ständigen Gefolgsleute, Pieter ›Pietchie‹ Adams und Quinton ›Bandiet‹ Goliath haben ihre Hände bei so vielen Dingen im Spiel, dass es mich überraschen würde, sollten sie noch die Zeit haben, sich die Eier zu kratzen. Entschuldige, dass ich so durcheinander spreche. Daran ist wohl mein Xinglish schuld.«

Tatsächlich war Dizus Englisch durch die Missionsschule und sein Jurastudium sehr viel besser als das der meisten auf dem Revier, und er verfiel selten in die merkwürdige Mischung aus Xhosa und Englisch. »Dann ist da noch Samodien, der Metzger, der ihr Hehler ist, und die Williams-Brüder, die in die Hundekämpfe involviert sind.«

»Vergiss alle anderen«, sagte Persy. »Konzentrier dich auf Dollery. Wir haben seine Fingerabdrücke und können ihn für Freitag mit Sherwoods Wagen in Ocean View in Verbindung bringen.«

Dizu tippte mit dem Marker auf das Organigramm. »Dollery ist der offensichtliche Verdächtige, da stimme ich zu, aber warum habe ich das Gefühl, dass uns noch etwas entgeht? Irgendwie denke ich, dass es noch eine andere Verbindung geben muss, die mit dem zu tun hat, was vor sieben Jahren war: der Brand, das böse Blut zwischen Crane und Sherwood aufgrund des Bauvorhabens, die mutmaßliche sexuelle Belästigung.«

Persy runzelte die Stirn. »Da gibt es keine Verbindung.«

Dizu blieb beharrlich. »Marge Labuschagne denkt auch, dass es da eine Verbindung gibt.«

Persy konnte ihre Verärgerung nicht verbergen. »Labuschagne hat da ihr eigenes Hühnchen zu rupfen. Sie hat beruflich etwas mit Sherwood verbockt und kommt nicht davon los.«

Stirnrunzelnd sah Dizu sie an. »Unterschätz sie nicht. Sie hat ein paar schwere Fälle geknackt.«

»Früher einmal vielleicht, aber sie ist nicht mehr in Topform. Sie ist quasi in Rente. Wir müssen uns auf handfeste Beweise stützen und dürfen uns nicht ablenken lassen. Finde die beiden Jungs, die Duncan am Freitagabend in Sherwoods Wagen gesehen hat. Sie könnten die Verbindung zwischen Dollery und Sherwood sein.«

»Was ist mit Gregory Crane?« Dizu lehnte sich in seinem Stuhl zurück, die Hände hinter dem Kopf verschränkt. Entspannt, doch ohne klein beizugeben. »Er hatte es auf Sherwood abgesehen.«

Persy wollte ihre Autorität eigentlich nicht spielen lassen, aber sie hatte genug. Sie stand auf. »Keine weiteren bescheuerten Spekulationen, Dizu. Dollery ist unser Mann. Lass uns Beweise finden und ihn festnehmen.«

Genau in dem Moment streckte Cheswin April den Kopf durch die Tür. Er stank nach Deo.

»Ich gehe heute Nachmittag früh. Willst du mitfahren?«

Ging zweifelsohne mit seiner aufmerksamkeitsbedürftigen Freundin shoppen, dachte Persy.

»Danke«, sagte sie. »Aber ich muss nicht mehr mitgenommen werden. Bin aus Parkland weggezogen.« Aus dem Augenwinkel bemerkte sie, wie überrascht Dizu war.

Cheswin sah amüsiert drein. »Au Mann, wann ist das denn passiert?«

Persy zuckte mit den Schultern. »Ist ’ne lange Geschichte. Erzähle ich dir irgendwann.«

Sie wollte nicht mit ihm darüber reden.

Nachdem Cheswin verschwunden war, sah sie sich Dizus fragendem Blick gegenüber. Sie würde ihm das von Donny erzählen müssen. Sie fragte sich, wie er es auffassen würde.

Er verspannte sich sichtlich, als sie ihm die Ereignisse der vergangenen Nacht schilderte.
Als sie schließlich endete, platzte Dizu heraus: »Warum hast du mich nicht angerufen? Ich hätte den Scheißkerl so was von in die Mangel genommen!«
Persy war äußerst überrascht über diesen untypischen Ausbruch.
»Ich hab's geregelt, okay? Ich musste nicht gerettet werden.« Sie versuchte sich so anzuhören, als hätte sie alles im Griff, obwohl sie wusste, dass es früher oder später über sie hereinbrechen würde: Donny, der Hundekampf, der Hinterhalt in der Kommetjie Road.
»Wo hast du denn dann letzte Nacht geschlafen?«
»Bin aufs Revier gekommen und habe im Krankenzimmer übernachtet.«
»Du lebst jetzt im Krankenzimmer!«
»Tatsächlich bin ich in einen Wohnwagen gezogen.«
Sie erläuterte, wie sie Marge Labuschagne am Strand getroffen hatte, die sie mit Hamish bekannt machte.
Ein merkwürdig angespannter Ausdruck tauchte auf Dizus Gesicht auf. »Also, Persephone, du steckst voller Überraschungen.«
Sein scharfzüngiger Tonfall war ihr unangenehm. »Warum bist du so sauer?«
»Weil ich dein Partner bin. Ich arbeite mit dir. Ich bin da, um dir den Rücken freizuhalten. Aber du hältst mich einfach aus allem raus.«
Plötzlich überkam sie eine Welle der Erschöpfung. »Hey, lass mich einfach in Ruhe, ja? Das hat nichts mit dir oder mit dem Job zu tun.« Und sofort wünschte sie sich, es wieder zurücknehmen zu können.
Dizu wurde still. »Hab's verstanden.«
In angespanntem, kläglichem Schweigen saßen sie beieinander, vermieden es, einander anzusehen.

Phumeza rauschte gerade dann herein, als es so richtig unangenehm zwischen ihnen wurde.
Sie trug einen grünen Mini, der über ihrem breiten Hintern spannte, und passend dazu grünen Nagellack. »Hab den Bericht vom Institut für Meeresforschung bekommen.« Sie reichte Persy die Unterlagen. »Gemäß Ebbe- und Flutdaten vom Freitag hätte Sherwoods Leiche in Scarborough angespült werden müssen, hätte man ihn in Kommetjie ins Wasser geworfen.«
Persy überflog die Seiten des Berichts. »Scarborough liegt in der entgegengesetzten Richtung von Noordhoek.«
»Yep.« Phumeza hielt Dizu ein Stück Papier hin. »Und hier ist die Adresse, die du haben wolltest. Colette McKillian.«
Persy tat so, als würde sie nicht sehen, dass er es entgegennahm. Und er beschuldigte *sie*, ihre Ermittlungen auf eigene Faust zu führen.
Phumeza blieb in der Tür stehen und blickte Persy mit hochgezogener Augenbraue an.
»Cheswin hat mir gesagt, du bist umgezogen.«
»Ja.« Hier waren alle so verdammt neugierig.
Phumeza wartete auf mehr. Persy konzentrierte sich ganz auf ihren Gezeitenbericht.
»Schick mir bis heute Abend eine Mail mit der vollständigen Adresse für die Datenbank. Sicherheitsvorschriften.«
Persy blickte auf. »Das mache ich.« Schon bald würden alle auf dem Revier wissen, dass sie in einem Wohnwagen auf Sunny Acres lebte. Direkt neben Masiphumelele.
Mhlabeni würde das gar nicht gefallen.
Persy war die Letzte, die er bei sich vor der Haustür haben wollte.

Als Marge beim *Bohemian Rhapsody* ankam, hatte sie sich nach der Auseinandersetzung mit Fiona Tinkler wieder deutlich beruhigt. Sie war noch immer wütend genug, um mit ausgefahrenen Krallen dort einzufallen, doch es war eine brenzlige Situation, angesichts der Tatsache, dass Julian ein ehemaliger Klient war. Und wenn sie den Dingen auf den Grund gehen wollte, würde sie einen kühlen Kopf bewahren müssen.

Mustafa kam zu ihr, um ihre Bestellung aufzunehmen. Er fuhr sich mit der Hand durch das tiefschwarze Haar, ein schwerer Silberohrring hob sich von seiner dunklen Haut ab. »Was kann ich für dich tun?«, fragte er mit der üblichen Mischung aus Mitleid und Verachtung, die er allen Kunden entgegenbrachte.

»Ich wollte mit Julian sprechen.«

Er neigte den Kopf zu dem Durchgang, der mit einem Vorhang verhängt war und zu einer Kleinkunstbühne neben der Bar führte. »Er ist da drin. Die Mittagsshow beginnt gleich.«

Melodien, die nach Nina Simone klangen, drangen nach vorn. Marge teilte den Vorhang ins abgedunkelte Theater. Gebrochenes Licht wurde von einer Diskokugel über Julian – oder vielmehr Juliana – gespiegelt, als er auf die behelfsmäßige Bühne trat. Er trug ein Fünfziger-Jahre-Kleid von Dior und Highheels, eine Pagenkopfperücke, falsche Wimpern, und seine Lippen waren rot geschminkt. Ein Bild, das glamourös und zugleich leicht lächerlich wirkte. Er gab *I'm Feeling Good* mit viel Verve und einer großen Dosis Ironie zum Besten. »*Birds in the sky-y-y, you know what I mean.*«

Die Kundschaft im *Rhapsody*, die bereits ein paar Verdauungsdrinks intus hatten, war ein dankbares Publikum, und der Applaus am Ende der Vorstellung fiel stürmisch aus. Während sich die Gäste ins Restaurant begaben, verschwand Juliana hinter einem Vorhang am Rand der Bühne, und Marge ging ihr nach. Juliana, jetzt wieder als Julian, saß ohne Perücke vor einem beleuchteten Kosmetikspiegel und zog sich gerade die Revuegirl-Wimpern ab. Trotz ihrer Wut musste Marge zugeben, dass er ein sehr gutaussehender Mann war. Und ein überaus sensibler. Sie beschloss, es mit einem lockeren Tonfall zu versuchen. »Die müssen ja geradezu halsbrecherisch sein.« Sie zeigte auf die teuren Schuhe mit Fersenriemen, die er ausgezogen hatte.

»Was machst du hier?«

»Ich hatte Lust auf das Tagesgericht Lamm-Tajine.«

»Ich hoffe, du verfolgst mich nicht.« Er drehte sich zum Spiegel und wischte den Rest Make-up weg. »Es gibt Regeln zwischen Therapeut und Klient.«

»Diese Regeln treffen nicht länger zu. Wenn ich mich recht entsinne, hast du unsere berufliche Beziehung beendet.«

»Ich nehme an, du willst wissen, warum.«

»Das kannst du mir sagen, wenn du es möchtest, du bist aber nicht dazu verpflichtet.«

»Na gut. Das Letzte, was ich gebrauchen kann, ist eine homophobe Therapeutin.«

»Das ist eine ernsthafte Anschuldigung, Julian. Noch dazu ist sie gänzlich falsch.«

»Du hast einem armen *moffie* damit gedroht, ihn zu outen, und daraufhin hat er sich vor den Zug geworfen. Ich habe in der *Cape Times* darüber gelesen.«

Also hatte sich Fiona, genau wie vermutet, auf Theo Kruger bezogen. »Das ist nicht die ganze Geschichte, Julian.«

»Er war aber schwul, oder nicht?« Er blickte sie im Spiegel an.

Marge atmete einmal tief ein. »Ich bin von jeglichem Vergehen im Amt freigesprochen worden.« Was auch stimmte – nicht dass es ihr helfen würde, die Schuldgefühle zu mindern. Die konnte nichts ausmerzen. Ihr war bewusst gewesen, dass Theo Kruger sich in einer labilen, psychischen Verfassung befunden hatte, dennoch hatte sie diese ausgenutzt.

»Was hat dich dazu veranlasst, nach dieser Geschichte zu suchen, wenn ich fragen darf?«

Er zögerte. »Shamil. Mein spiritueller Führer.«

Marge muss genauso vor den Kopf geschlagen dreingeschaut haben, wie sie sich fühlte, denn er ging sofort in die Defensive.

»Du kannst so skeptisch sein, wie du willst. Das war ich zunächst auch.«

»Wo bist du auf diesen … diesen Shamil getroffen?«

»Shamil ist ein spirituelles Wesen, das durch Gregory Crane gechannelt wird.«

Julian war intelligent und gebildet. Wie hatte er sich ausgerechnet mit Crane einlassen können? Einen Moment lang gelang es ihr nicht, den professionellen Schein zu wahren.

»Du überraschst mich, Julian – aber bestimmt nimmst du dieses ganze Zeug nicht ernst, oder?«

Julian blickte zur Seite. »Ich wusste, dass du dem gegenüber nicht offen sein würdest, aber ich glaube, dass Shamil mit meinem Vater in Kontakt treten kann.«

Marge war bestürzt. Was hatte Crane vor? Julians Beziehung zu seinem Vater stand genau im Mittelpunkt dessen, woran sie in seiner Therapie arbeiteten – und ihrer Meinung nach auch ganz erfolgreich.

»Du bist dir dessen vielleicht nicht bewusst, aber ich spüre, dass du bezüglich meiner Sexualität Vorbehalte hast. Aus welchem Grund auch immer«, fuhr Julian fort.

»Das stimmt einfach nicht«, widersprach sie.

Oder vielleicht doch? Immerhin hatte sie in Bezug auf Theo Kruger, einen völlig unschuldigen Mann, voreilige Schlüsse gezogen. Plötzlich dachte sie an Persy und daran, dass sie auch davon ausgegangen war, es müsse sich bei ihrem Posten um positive Diskriminierung handeln. Machte sie sich unbewusster Vorurteile schuldig? Sie wäre eine ungewöhnliche Südafrikanerin, wenn dem nicht so wäre – doch darüber würde sie sich später Gedanken machen. Jetzt musste sie den Gerüchten ein Ende bereiten.

»Ich werde mit Gregory Crane reden, oder wer auch immer er vorgibt zu sein. In der Zwischenzeit würde ich dich bitten, nicht darüber zu sprechen, bis ich eine Gelegenheit bekommen habe, meine Version der Geschichte zu erzählen.«

Julian zuckte beiläufig mit den Schultern. »Das interessiert mich nicht wirklich. Wenn du jetzt bitte gehen würdest.«

»Ehe ich das tue, muss ich dir noch etwas sagen. Ich würde dir dringend empfehlen, mit der Therapie weiterzumachen. Du musst das nicht bei mir machen. Es gibt einen Haufen guter Leute.«

»Vielen Dank für deinen Rat«, sagte er unterkühlt höflich. »Wenn es dir nichts ausmacht, ich würde mich jetzt gerne umziehen.«

Marge ging und bemerkte auf dem Weg nach draußen, dass Mustafa nicht zurückwinkte.

Tja, das war ein Desaster. Julian vertraute ihr nicht länger und schien nicht geneigt, ihrem Rat zu folgen. Und sie hatte ein Problem am Hals. Crane hatte ein Feuer entzündet, und Fiona fachte es an. Sie musste wieder an die Klientin von vorhin denken, die die Therapie grundlos beendet hatte. Machte diese Geschichte etwa schon die Runde durch das Tal? Sollte es der Fall sein, wäre das erst der Anfang. Cranes Kampagne, um sie in Verruf zu bringen, würde erst noch an Fahrt aufnehmen. Sie musste ihn aufhalten.

30

Persy hatte Dizu im Nissan zurückgelassen, wo er sich ganz vergnügt im Radio die Analyse eines Fußballkommentators zum letzten Spiel der Bucs anhörte. Sie waren übereingekommen, dass es am besten wäre, wenn Persy Colette allein interviewte, von Frau zu Frau. Es wäre weniger einschüchternd.

Die viktorianische Doppelhaushälfte in Kenilworth mit dem Pfefferbaum davor war von einer eins achtzig Meter hohen, mit Metallspitzen versehenen Mauer umgeben. Der Summer ließ Persy in den engen Garten eintreten, in dem wuchernde Petunien und Lavendel darum kämpften, sich gegen den Schatten des großen Baumes durchzusetzen. Klassische Musik drang aus dem Inneren des Hauses. Die lavendelfarben bemalte Eingangstür wurde zögernd geöffnet, und ein weißes Gesicht tauchte hinter der Sicherheitstür auf, große Augen, die hin und her huschten. Persy erkannte Colette McKillian sofort. Es war dieselbe Frau, die auf dem Parkplatz in Fish Hoek eine aufgewühlte Unterhaltung mit Gregory Crane geführt hatte und später fast auf sie draufgefahren wäre. Heute sah sie weniger nach einem Hippie aus, sie trug ein mädchenhaftes Chiffonsamtkleid in Pink und Violett mit zierlichen silberfarbenen Sandalen.

Persy zeigte ihr ihren Ausweis. »Detective Jonas. Ich habe Sie vorhin angerufen.«

»Oh, ja.« Colette mühte sich mit der Sicherheitstür ab, ihre Hände flatterten nervös, als sie versuchte, den Schlüs-

sel ins Schloss zu stecken. Schließlich bekam sie die Tür auf, und Persy folgte ihr in einen offenen Küchen-Wohn-Bereich, der von einem Flügel beherrscht wurde.
»Wunderschöner Flügel«, sagte Persy.
»Ich unterrichte Musik an der Schule meines Sohnes«, erklärte Colette. Sie schaltete die Musik aus. Der Lärm der Rushhour von der nahe gelegenen Rosmead Avenue drang herein.
»Spielen Sie?«
»Nein.« Persy lächelte höflich. Musikunterricht war ein unvorstellbarer Luxus gewesen. Das glänzend schwarze Piano war fast von der Größe des Hauses, in dem Poppa und sie gelebt hatten. Immer wieder musste sie mit diesen gedankenlosen Annahmen der Weißen umgehen. Es war, als würde man in einem Paralleluniversum leben. Colette bat sie, am Couchtisch Platz zu nehmen, auf dem Rosenquarzkristalle sorgfältig aufgestellt waren. Persy musste sich konzentrieren, um die flüsternde Stimme der Frau zu verstehen.
»Ich habe meine Aussage bei Detective Mhlabeni gemacht.«
»Ja, ich verfolge Informationen von Yoliswa Xolele zurück. Anscheinend gab es etwas Ärger zwischen Ihnen und Andrew Sherwood. Wegen Ihres Sohnes.«
Colette saß ganz still da. »Das sind vertrauliche Informationen.«
Persy erinnerte sich daran, was Yoliswa Xolele über Colettes labilen Zustand gesagt hatte. »Ich weiß, dass es sich dabei um ein heikles Thema handelt, Ma'am«, sagte sie freundlich. »Aber hier geht es um eine Mordermittlung. Ich habe gehört, dass Sie Anschuldigungen vorgebracht haben.«
Unablässig drehte Colette die Armreifen an ihrem Arm. »Ich habe nicht Anzeige erstattet.«

»Können Sie mir erzählen, was passiert ist, Ma'am?«
»Ich … ich wurde in die Klinik eingewiesen … mit psychischen Problemen. Andy hat sich um meinen Sohn gekümmert, bis es mir wieder gut genug ging, um nach Hause zu kommen. Als ich heimkam, war ich ganz paranoid wegen Jasper.«
»Warum?«
»Er wirkte so in sich gekehrt – glaube ich, aber so genau kann ich mich nicht mehr daran erinnern. Ich habe mit Yoliswa über meine … Vermutungen gesprochen. Marge Labuschagne hat mit mir geredet. Und mit Andy. Sie konnte nichts herausfinden. Seitdem ist mir bewusst geworden, dass ich überreagiert habe.«
»Wollen Sie damit sagen, Sie hätten es sich eingebildet?«
»Ja. Und es wäre ganz schrecklich, wenn mein Sohn das herausfinden würde.«
»Was herausfinden?« Ein Teenager war in der Tür aufgetaucht. Im Nu war Colette aufgestanden.
»Jas! Was machst du denn zu Hause?«
»Der Film war ausverkauft.«
Jasper McKillian war von großer, schwergewichtiger Statur, mit blasser Haut, zottigem, schwarzgefärbtem Haar und einem Piercing in der Oberlippe. Auf seinem T-Shirt stand der Schriftzug »Krimineller« über einer Abbildung von Handschellen. Sein Blick glitt abschätzend über Persy, und sie spürte ein verstörendes Aufblitzen sexueller Anziehung.
»Entschuldige uns bitte, Liebling, hier geht es um Vertrauliches«, sagte Colette.
Jasper ignorierte sie und trottete in die Küche. Ihn umgab die merkwürdige Mischung eines Teenagers aus Unbeholfenheit und Anmut. Sie hörten, wie er die Kühlschranktür öffnete und dann innehielt, als warte er darauf, dass sie weitersprachen. Colette versteifte sich auf ihrem Stuhl-

rand, die Hände ineinander verschränkt. Dann schloss sich die Kühlschranktür wieder. Er tauchte mit einem Bier in der Türöffnung auf.

»Du weißt, dass ich es nicht mag, wenn du trinkst«, protestierte Colette schwach. »Du bist noch nicht einmal sechzehn.« Sechzehn! Persy hatte ihn für mindestens achtzehn gehalten.

Er riss das Bier auf und nahm einen großen Schluck, ohne den Blick von Persy abzuwenden. »Sind Sie ein Cop?«, wollte er wissen, als er sich den Mund mit der Hand abwischte.

»Ja.«

Er drückte sich vom Türpfosten ab, ging zur Tür und wuschelte auf dem Weg dorthin durch Colettes Haar. »Entspann dich, Ma«, sagte er nur und verschwand dann den Gang hinunter. Kurz ertönte laute Musik, dann wurde die Tür zugeknallt, die Quarzkristalle auf dem Tisch erzitterten, und der Bass war nur noch gedämpft zu hören.

Colette wartete einen Moment, um sicherzugehen, dass er nicht wieder auftauchte, ehe sie weitersprach. »Ich will nicht, dass er weiß, was mit Andy passiert ist. Ich komme mir bei dem Ganzen so dumm vor.« Müde fuhr sie sich mit der Hand übers Gesicht. »Mir ging es damals nicht gut. Und ich stehe immer noch unter Beobachtung, müssen Sie wissen. Es ist schwierig, ein Kind allein großzuziehen.«

Als wäre Jasper ein kleiner Junge und nicht der massige, voll ausgewachsene Mann.

»Kannten Sie Gregory Crane?«

»Greg? Ja, wir waren mal befreundet.« Sie errötete. »Ich habe den Fehler gemacht, ihm von Andy zu erzählen. Er hat dieses Wissen nicht für sich behalten, was mich sehr wütend gemacht hat. Wir sprechen nicht mehr miteinander.«

»Aber Sie haben ihn am Dienstagnachmittag getroffen. Auf dem Parkplatz in Fish Hoek.«
Colettes Augen weiteten sich. »Hat er Ihnen das gesagt?« Sie spielte erneut an ihren Armreifen herum, drehte sie um das Handgelenk. »Ich … ja, das habe ich. Ich habe ihn darum gebeten, bitte keine Gerüchte bezüglich Andy und Jasper in die Welt zu setzen.«
»Sherwoods Garage steht voller Umzugskartons. Eine Ahnung, wo er hinwollte?«
Colette schüttelte den Kopf. »Nein … ich habe keine Ahnung.«
»In Ihrer Aussage steht, Sie wären am Freitagabend zu Hause gewesen.«
»Ja, das stimmt. Mit Jasper. Wir waren den ganzen Abend zusammen.«

Persy musste warten, bis die hitzige Debatte zwischen dem Kommentator und einem Talkshow-Gast zu Ende war. Der Kommentator sprach nicht gerade sehr schmeichelhaft von der Aufstellung der Bucs. »Der Typ ist so ein *moegoe*«, beschwerte sich Dizu. Er war ein fanatischer Pirates-Anhänger und schwankte niemals in seiner Unterstützung. Er selbst war der Einzige, dem es gestattet war, die Leistung des Teams zu kritisieren. Er schaltete das Radio ab, und Persy informierte ihn über das Treffen mit Colette.
»Sie macht einen Rückzieher wegen der Missbrauchsgeschichte. Behauptet, sie hätte sich mit Crane getroffen, um ihn zu bitten, nichts darüber verlauten zu lassen. Mehr oder weniger sagt sie, sie wäre nicht recht bei Sinnen gewesen, als sie die Anschuldigung vorgebracht hat.«
»Ihr ist klar: wenn jemand ein Motiv hat, dann sie. Tatsächlich ist sie so weit die Einzige, die eines hat«, sagte Dizu.

»Aber warum nach all den Jahren?«
»Irgendetwas muss sie aufgebracht haben. Was ist mit dem Jungen?«
Persy musste an Jaspers pantherähnlichen Gang zum Kühlschrank, seine unbewusste Sexualität und seinen wissenden Blick denken. »Er kommt auch in Frage, doch laut seiner Mutter weiß er nichts von den Anschuldigungen gegen Sherwood.«
Dizu startete den Wagen. »Lass uns auf dem Rückweg mal bei Boniface Osman, Schneiders malawischem Gärtner, vorbeifahren. Mal nachsehen, ob er einen neuen Flachbildfernseher und eine neue Kamera in seinem Schuppen hat. Und dann können wir gleichzeitig auch ein bisschen nach Sean Dollery fischen.«

Vrygrond wurde vor den Autofahrern auf dem Prince George Drive durch neue, billige Reihenhaussiedlungen und das Gewerbegebiet Capricorn verdeckt. Illegale Siedler lebten in den Hütten und heruntergekommenen Häusern, manchmal zu zehnt in einem Raum. Verzweifelte Menschen überall aus Afrika. So verzweifelt, dass selbst Vrygrond besser war als der Ort, von dem sie herkamen. Simbabwe, Kongo, der Demokratischen Republik Kongo, Ruanda, Somalia, Nigeria. Sie flohen vor Kriegen, Verstümmelungen, Vergewaltigungen und Tod.
Die Abenddämmerung hatte eingesetzt, es gab keine Straßenlampen. Die False-Bay-Seite der Halbinsel tauchte früher ins Dunkel ab als die atlantische Küste, da die Sonne hinter den Bergen verschwand. Die Scheinwerfer des Transporters beleuchteten Straßen voller Leute, die durch die Dämmerung eilten, illegale Migranten zurück von ihrer Akkordarbeit oder dem Job als Parkplatzwächter bei Supermärkten.

Boniface Osman wurde seinem Namen gerecht: ein angenehmes Gesicht und große Augen in einem sauberen Poloshirt und ordentlich gebügelten Jeans. Er teilte sich die Hütte mit einem Freund. Sie wies alle Merkmale eines Zuhauses von ehrlichen malawischen »Hausdienern« und Gärtnern auf: Zwei gut gepflegte Fahrräder, die neben der Hütte angekettet waren, zwei ordentliche Pritschen auf dem Boden, die Kleidung hing auf Kleiderbügeln an der Wand, eine brandneue taiwanesische Stereoanlage mit allen Schikanen. Ein starker Geruch nach Axe-Deodorant und frittiertem, billigem Fleisch. Boniface bat sie herein und bedeutete ihnen, auf ein paar mit Nylontüchern bedeckten Autositzen Platz zu nehmen.
Er war nervös, aber unverblümt und hatte einen klaren Blick. Sein Englisch war gut.
»Ja, ich kenne den Code für Mr. Schneiders Alarmanlage. Hab ihn nicht ausgeraubt – Sie können meine Arbeit anrufen. Mrs. Payne, meine Chefin, sie wird Ihnen sagen, dass ich am Dienstagabend in ihrem Haus war. Wenn ihr Mann unterwegs ist, hat sie es gerne, dass ich zu ihrer Sicherheit dort bleibe.«
Mrs. Payne, bei der Boniface in einem Restaurierungsgeschäft für Möbel in Wynberg eingestellt war, hatte ihn am nächsten Morgen zu seiner Arbeit gefahren. Das war sein Alibi, völlig wasserdicht, sollte es bestätigt werden. Persy war geneigt, ihm zu glauben.
Er arbeitete am Wochenende in Schneiders Garten, manchmal auch freitags, wenn er im Laden nicht gebraucht wurde. Persy hakte rasch bei diesem Detail nach. »Haben Sie letzten Freitag bei Schneider gearbeitet?«
»Ja, ich war dort.«
»Haben Sie Sean Dollery da gesehen?«
»Später am Nachmittag, ja. Beim Fernsehen, und dann abends.«

Persy war überrascht. »Abends?«
»Ich bleibe am Wochenende bei meiner Freundin in Masiphumelele. Freitagabend fahre ich mit dem Fahrrad zum Café, um Brot zu kaufen. Ich sehe Mrs. Dollerys Sohn schnell an mir vorbeifahren, in Mr. Schneiders weißem Toyota Twin-Cam.«
Zweifelsohne genau der, der Persy fast von der Straße abgedrängt hätte.
»Wie spät war es da?«
»Etwa neun, halb zehn.«
Persy und Dizu wechselten einen Blick. So viel zu Sean Dollerys Alibi.

31

Die gewundene Straße nach Scarborough bot einen Ausblick auf weiße Strände und den Ozean, der sich nach Westen erstreckte, bis er ohne erkennbaren Horizont in den Himmel überging. Auf der atlantischen Seite des Berges würde die Sonne noch lange nach sieben Uhr zu sehen sein. Das Zusammenfließen von heißer Luft und kalter Atlantikströmung bildete einen feinen Sprühnebel, in dem sich das grelle Sonnenlicht brach und verteilte, so dass alles in einem fast schon berauschenden, diffusen Leuchten erstrahlte.

Es war eine von Marges Lieblingsstrecken, aber sie freute sich nicht auf das, was vor ihr lag: eine Konfrontation mit Gregory Crane. Sie hatte ihn im Vorfeld angerufen und einen Termin ausgemacht, jedoch ohne ihm zu sagen, worum es ging, da sie ihn nicht vorwarnen wollte.

Die kleine Siedlung Misty Cliffs bestand aus ein paar Dutzend Ferienhäusern, die sich an die steile Bergflanke klammerten, die zur Straße hin abfiel. Von der Straße aus war Cranes Einfahrt so schlecht einzusehen, dass Marge daran vorbeifuhr und eine scharfe Kehrtwende machen musste. Sie beschleunigte die steile gepflasterte Auffahrt hinauf, die in einem planierten Parkplatz unterhalb des Hauses auslief. Cranes Mercedes stand dort und sah frisch gewaschen aus, im Gegensatz zu ihrem staubigen, zehn Jahre alten Toyota mit seinen unheilvollen Roststellen unterhalb der Windschutzscheibe. Sie stellte den Motor ab und blickte zum betont modernen Haus in afrikanischem Stil mit seinen überdachten Veranden und den in Stein gemeißelten Details hinauf. Fensterläden mit Lamellen aus heimischem Hartholz flankierten die Schiebefenster. Es war die Art Haus, die in einer kunstvollen Architekturzeitschrift gebracht wurde – eine Monstrosität in ihren Augen. Als sie die Steinstufen zum Eingang hinaufging, schwang die schwere Holztür auf, und Gregory Crane erschien. Seine Kleidung, eine lose sitzende Yogahose und ein Unterhemd, unterstrich den muskulösen, sehnigen Körper, der einem Dreißigjährigen gehören könnte. Nur sein eher ausgezehrtes Gesicht wies Zeichen eines Alters auf, das nach Marges Berechnung ihrem eigenen näher sein musste. Ein durchdringender Geruch nach Räucherstäbchen wehte ihr entgegen.

»Schön, dich zu sehen, Marge.« Sie hatte erwartet, ihn leicht feindselig, vielleicht sogar misstrauisch anzutreffen, doch er wirkte völlig entspannt, vertraute auf seine Guru-Rolle. Er war schon immer gut im Verstellen gewesen. Und darin, seine Gedanken zu verbergen.

»Komm rein.«

Er führte sie in einen großen, offenen Raum mit Holzschwingboden und deckenhohen Fenstern, die eine berauschend blau-grüne Aussicht boten, als würde das Haus zwischen Himmel und Meer hängen.

»Nette Einrichtung«, sagte Marge.

»Es dient meinen Zwecken.«

»Das Geschäft muss gut laufen.«

»Ich komme klar. Nimm Platz.« Crane setzte sich im Schneidersitz auf einen der Läufer, die um den balinesisch anmutenden Tisch ausgebreitet waren. Marge hockte sich ihm gegenüber und war sich dabei überaus bewusst, wie übergewichtig und außer Form sie gerade war.

»Was kann ich für dich tun? Bist du für eine allgemeine Sitzung oder für etwas Spezifisches hier?«

»Tatsächlich für etwas Spezifisches. Ich bin wegen Shamil hier.«
Sein Ausdruck blieb wohlwollend neutral. »Was würdest du gerne wissen?«
»Wer ist er genau?«
»Shamil ist ein spirituelles Wesen, das mich als Sprachrohr ausgesucht hat, um mit gewissen Individuen zu kommunizieren«, sagte er sanft. »Etwas Minztee?«
»Nein danke. Kann ich mit ihm kommunizieren?«
Crane stand auf und begab sich zu einem kleinen Tisch mit einer silberfarbenen Kanne und silberfarbenen Bechern. Er lachte kurz und missbilligend auf, während er den Tee in einen Becher einschenkte.
»Das hängt von deinen Absichten ab. Man kann ihn nicht wie einen Hasen aus dem Hut zaubern. Er entscheidet, mit wem er sprechen will.«
»Verbreitet er deiner Erfahrung nach Gerüchte und diffamiert Leute?«
Crane wurde still. »Ich kann mir nicht vorstellen, was du damit sagen willst. Shamil ist eine höhere Bewusstseinsebene. Er spricht nur die Wahrheit.«
Es war an der Zeit für Marge, die Samthandschuhe auszuziehen. »Entschuldige, aber das ist völliger Schwachsinn. Dieses *Wesen* oder wie auch immer du ihn nennst, verleumdet meinen guten Ruf. Als sein *Sprachrohr* mache ich dich direkt dafür verantwortlich.«
Langsam kam Crane zu ihr herüber, beide Hände um den Becher gelegt, als handelte es sich um ein rituelles Gefäß. Er setzte sich ihr erneut im Schneidersitz gegenüber und blickte sie über den Rand des Bechers an, während er einen Schluck Tee nahm.
»Lass uns nicht aufeinander losgehen, meine Liebe. Shamil existiert. Ich kann dich vielen vorstellen, die seine Weisheit erfahren haben.«

»Ich würde vielmehr sagen, er beutet die psychisch Instabilen aus.«
Crane stellte seinen Becher ab. Als er wieder das Wort ergriff, war sein Tonfall eisig.
»Ich würde nicht davon sprechen, psychisch Instabile auszubeuten, wenn ich du wäre, Marge. Colette McKillian war eine deiner Klientinnen, und dank dir ist sie jetzt eine sehr verstörte Frau, die an allerlei Wahnvorstellungen leidet …«
»Ich habe Colette nie behandelt. Ich habe sie einmal getroffen, und abgesehen davon, geht dich das nichts an.«
»Und Andrew Sherwood?« Crane blickte sie durchdringend an.
Seine Augen waren ihr noch nie aufgefallen. Sie waren fast vollständig opak, eine merkwürdige Unfarbe.
»Auch er war nicht mein Klient.«
»Ich dachte, du hättest als Freiwillige für das *Phoenix*-Zentrum gearbeitet.«
»Worauf willst du hinaus?«
Dann fiel Marge ein, dass Colette Sherwoods Drogenprobleme erwähnt hatte. Und das pathologische Gutachten – keine Zähne – legte Drogenmissbrauch nahe. »Ich habe Sherwood nie wegen seiner Abhängigkeit behandelt, wenn du darauf hinauswillst.«
So wie es aussah, hatte er sich aus der Unterhaltung ausgeklinkt. Es war beunruhigend, wie er ihr gegenübersaß, auch wenn sein Blick auf etwas links von ihr gerichtet war, als würde jemand leicht außerhalb seines peripheren Sehbereichs stehen. Er hob eine Hand, um sie zum Schweigen zu bringen. »Ruhe bitte. Jemand kommt.«
Marge verspürte einen Schauer des Unbehagens.
»Eine Nachricht für dich.« Cranes Stimme hatte plötzlich einen anderen Tonfall. Seine Körpersprache entsprach ganz der eines aufmerksamen Zuhörers.

»Diese Person hatte Schwierigkeiten, hinüberzugelangen, und ist jetzt in der Geistwelt«, sagte er.
Theo Kruger blitzte vor Marges geistigem Auge auf, anklagend und rachsüchtig, ein einsamer Aufschrei aus seiner persönlichen Hölle.
Sie schob diesen lächerlichen Gedanken beiseite. Gerade sie sollte es besser wissen und sich nicht von Cranes amateurhaften Versuchen der Autosuggestion einwickeln lassen. Und dennoch hielt sie den Atem an. Das Meer klang unnatürlich laut, als würden die Wellen direkt gegen das Haus schlagen.
Cranes Blick blieb auf den unsichtbaren Boten zu ihrer Linken geheftet.
»Ihr hattet niemals die Gelegenheit, einander zu treffen, aber diese Person stand dir sehr nahe.«
Marges Herz pochte lächerlich heftig. Sie war Crane geradezu in die Falle gegangen.
»Sprichst du mit Shamil?« Ohne Erfolg versuchte sie, das Zittern in ihrer Stimme zu verbergen.
»Nein.« Er starrte an ihr vorbei. »Ich spreche mit einem Kind. Einem verlorenen Kind.«
Ein Frösteln erfasste sie. Wenn Crane den Fall Theo Kruger in den Zeitungen verfolgt hatte, dann musste er über Clyde Cupido Bescheid wissen.
»Das ist, gelinde gesagt, geschmacklos.«
»Die Nachricht lautet: Ich bin sicher und im Reinen.«
Dass er sich auf so makabre Weise eines toten Kindes bediente, widerstrebte ihr.
»Das ist erbärmlich, hör sofort damit auf.«
Crane fuhr fort, als hätte er sie nicht gehört. Er blinzelte nicht, sein Gesicht war völlig ausdruckslos. Es sah so aus, als wäre er in Trance. Schweigen hatte sich über den Raum gelegt. Ein neues Ambiente, friedvoll und ruhig, herrschte jetzt hier.

»Sie sagt, du sollst dir keine Vorwürfe machen, weil du es nicht rechtzeitig ins Krankenhaus geschafft hast. Es war nicht dein Fehler. Es war nicht der richtige Zeitpunkt für sie, um zu kommen. Sie sagt, du sollst aufhören, um sie zu trauern. Eines Tages werdet ihr in der Geistwelt vereint sein.«

Sie wurde von einer Woge der Liebe und Freude ergriffen. Das war Elizabeth! Doch im darauffolgenden Moment setzte ihr rationales, logisches Denken wieder ein. Es war unmöglich, dass ihre totgeborene Tochter aus dem Jenseits kommunizierte, ganz egal, wie sehr Marge sich wünschte, es wäre so. Gleichzeitig wurde ihr bewusst, dass sich die Atmosphäre im Raum erneut verändert hatte. Eine Art Vakuum hatte sich gebildet, verschlang Sauerstoff und Licht und ließ nur eine dumpfe, graue Leere zurück, die alles einhüllte. Die friedvolle Ruhe von vorhin war verschwunden. Es war mit einem Mal schrecklich kalt. Crane hustete und spuckte. Er hustete so stark, als würde er ersticken. Dann krallte er die Hände in sein Gesicht, als versuchte er, etwas aus seinem Mund herauszuziehen. Sein Gesicht lief ganz blau an.

Marge war erstarrt, als befände sie sich in einem Alptraum, unfähig, daraus zu erwachen.

»Hilf mir«, würgte Crane hervor. »Hilf mir!«

Sie zwang sich aufzustehen, stolperte zu ihm und klopfte ihm fest zwischen die Schulterblätter. Mit einem lauten Keuchen schnappte er nach Luft. Und genau dann, wie aufs Stichwort, klingelte das Telefon in ihrer Tasche. Sie stürzte darauf zu, aber Crane packte sie mit solcher Kraft am Unterarm, dass sie glaubte, er würde ihr die Knochen brechen.

»Lass das«, zischte er.

Marge riss sich los, fiel halb nach vorn und tastete nach ihrer Tasche. Sie zog sie zu sich, wühlte darin herum und

betete, dass der Anrufer nicht auflegte. Sie fand es. Wills Gesicht, so leuchtend wie eine Flamme, tauchte auf dem Bildschirm auf.
»Mom? Wo bist du?«
Seine Stimme kam aus einer anderen Welt, einer Welt der glücklichen Normalität.
Mit großer Anstrengung gelang es ihr, etwas zu sagen. »In Misty Cliffs.«
Crane war aufgestanden und schwankte unsicher hin und her.
Schweigen. »Alles klar, Mom?«
Will, für gewöhnlich so unsensibel, hatte etwas wahrgenommen.
Crane verließ den Raum, ein dahingleitender Schatten, nahm das Grau mit sich, das Vakuum füllte sich wieder mit dem Ozean, den Möwen und dem Wind.
Wills geisterhafte Stimme erkundigte sich ängstlich nach ihr.
»Es … es geht mir gut. Ich bin unterwegs.«
Sie beendete das Gespräch und stand mühsam auf, die Tasche fest an sich gepresst. Sie zitterte so stark, dass ihre Beine nachgaben und sie sich erneut setzen musste.
Mit einem Mal hatte sie Angst, kam sich alt und närrisch vor. Was hatte sie sich nur dabei gedacht, allein hierherzukommen?
Als sie ging, stand Crane in der offenen Eingangstür, regungslos wie eine Schlange, die darauf wartet, zuzuschlagen. Sie empfand starke Abscheu ihm gegenüber. »Damit kommst du nicht durch.«
Cranes durchdringender Blick vermittelte entspannte Gelassenheit. Kein Anzeichen dafür, dass er sich an den Anfall zuvor erinnerte. Tatsächlich war er unnatürlich ruhig. »Manchmal ist es schwer zu akzeptieren, dass wir beständig von Toten umgeben sind.«

»Dein fauler Zauber hier macht mir keine Angst. Ich warne dich, hör damit auf, weiter Gerüchte über mich zu verbreiten.«

»Keine Gerüchte, meine Liebe. Veröffentlichte Berichte. In mehr als nur einer Zeitung.«

»Ich werde dich wegen Rufschädigung anzeigen.«

»Dafür, dass ich die Wahrheit sage? Das glaube ich nicht. Wenn du dich aus meinem Geschäft raushältst, dann werde ich sehen, was ich bezüglich der Gerüchte unternehmen kann.«

»Erpresst du mich?«

»Nenn es, wie auch immer du willst, meine Liebe.«

Und damit schloss sich die Tür.

Auf der Heimfahrt öffnete Marge alle Fenster im Wagen und ließ die Erinnerung an Gregory Crane von der sauberen Seeluft hinausblasen. Sie bezweifelte nicht, dass er die Theo-Kruger-Geschichte nutzen würde, um sie zu diffamieren, sollte sie sich weiterhin der Bebauung von Bellevue entgegenstellen. Außerdem hatte Crane sie psychologisch ins Aus manövriert. Er hatte intuitiv die Schuld erahnt, die sie mit sich herumtrug: für das totgeborene Kind, für Theo Kruger und den niemals aufgetauchten Clyde Cupido. Und jetzt auch noch Sherwood. Geister aus dem wirklichen Leben, die ihr auf die Pelle rückten, die Gerechtigkeit wollten. Sie würde ihre Schuld oder die Befürchtungen der anderen in Bezug auf die Abwicklung des Theo-Kruger-Falls niemals loswerden, aber sie konnte herausfinden, was Andrew Sherwood zugestoßen war, und vielleicht könnte sie sich auf diese Weise freigesprochen fühlen. Allerdings würde sie sich weiterhin gegen diesen hässlichen Baukomplex stellen, und sie konnte nur hoffen, dass ihr Ruf Cranes schädigender Gerüchteküche standhielt. Sie hatte Crane immer für einen harmlosen Exzentriker gehalten, im schlimmsten Fall für einen unwissentlichen Spion für Asha de Groots Bestrebungen. Jetzt wurde ihr klar, wie falsch sie damit gelegen hatte. Hinter dieser clownesken Fassade steckte ein gefährlicher, amoralischer Narziss, der durch Instinkt oder Betrug die tiefsitzendsten Ängste und Verlangen der Menschen erahnen konnte.

Mit dieser Erkenntnis kam eine weitere: Crane war vielleicht geschickt darin, andere zu manipulieren, doch dabei erweckte er auch seine eigenen Dämonen. Und eines Tages würde ihm aufgehen, dass er nicht in der Lage war, sie wieder loszuwerden.

32

Am nächsten Morgen wachte Marge nach einer unruhigen Nacht auf, in der sie das Erlebnis bei Crane wieder und wieder durchgespielt hatte. Tags zuvor war sie entnervt gewesen, aber sie würde nicht zulassen, dass Crane sie davon abschreckte, sich diesen Bauplänen entgegenzustellen. Wenn überhaupt, dann war sie jetzt noch entschlossener, so viele Menschen wie möglich dazu zu bekommen, die Petition zu unterschreiben. Doch der unheimliche Sog der Erpressung und der emotionalen Manipulation blieb.

Wenigstens hatte sie ein nützliches Detail herausgefunden und bestätigt bekommen. Andrew Sherwoods Drogenproblem.

Es war zwar Samstag, dennoch rief sie im *Phoenix*-Zentrum an und bat den Direktor, Stephen Raubenheimer, um einen Termin. Sie kannte ihn von ihrer Zeit als freiwillige Therapeutin im Zentrum, und er bohrte nicht weiter nach, als sie ihm sagte, sie assistiere der Polizei bei den Ermittlungen zu Sherwoods Tod. Sie rief Phumeza an und sorgte dafür, dass Titus eine offizielle Anfrage durchfaxte, in der er Raubenheimer darum bat, ihr alle benötigten Unterlagen zur Verfügung zu stellen.

Während sie am Telefon war, tauchte Will verschlafen aus seinem Zimmer auf, eine anämische Blonde im Schlepptau, die er als Fleur vorstellte. Die beiden schlurften in die Küche, wo Will anfing, ein üppiges Frühstück zuzubereiten. Nachdem sie ihr Telefonat beendet hatte, ging Marge ihnen aus dem Weg. Will war immer sehr empfindlich, was seine Freundinnen betraf, und dachte, sie wäre nicht mit ihnen einverstanden, womit er für gewöhnlich auch recht hatte. Marge erachtete es als das Sinnvollste, Will nichts von ihrem Besuch bei Gregory Crane zu erzählen. Er würde nur unnötig Aufhebens darum machen und sich darüber sorgen, in was sie da hineingeriet.

Sie traf auf die beiden, wie sie aus der Küche kamen, beladen mit Tassen ihres besten Arabica-Kaffees und dem, was so aussah, als wäre jedes verfügbare Ei im Haus zu Rührei verarbeitet und hoch auf ihren Tellern aufgeschichtet worden.

»Will, bist du diese Woche noch da?«

Er zuckte mit den Schultern und blickte argwöhnisch drein. »Bin mir nicht sicher, warum?«

»Ich dachte, wir könnten uns von Chapman's Peak aus den Kometen ansehen.«

Will und Fleur blickten einander an.

»Du natürlich auch, Fleur!«

»Ähm – ich werde in den nächsten Tagen vermutlich zurück nach Woodstock fahren«, sagte Will.

»Es lohnt sich, hierzubleiben und sich das anzusehen.«

»Vielleicht nächstes Mal«, erwiderte Fleur.

»Das ist eher unwahrscheinlich, da er erst wieder in ein paar Millennien auftauchen wird«, giftete Marge, verwirrt durch Wills dümmliches Grinsen.

Als sie die Treppen zu ihrem Liebesnest wieder hochschlappten, hörte sie Fleur sagen: »Du hast recht, sie ist ziemlich verklemmt.«

Marge ignorierte Wills Antwort.

Auf dem Weg zum Tierarzt, wo sie Bongo abholen wollte, spürte sie, wie sich ein schmerzhafter Kloß in ihrer Kehle bildete. Sie verhielt sich einfach *lächerlich*. Deshalb erinnerte sie sich daran, dass es normal und gesund war, wenn

Kinder sich von ihren Eltern entfremdeten und nicht mehr viel Zeit mit ihnen verbrachten.

Bongo erholte sich gut, mal abgesehen von den rasierten Flecken rosafarbener Haut, die von roter Jodtinktur und schwarzen Stichen entstellt waren.
»Er wird sich noch eine Weile schwertun, feste Nahrung zu sich zu nehmen, deshalb empfehle ich Ihnen, ihm diese Ergänzung zu verabreichen.« Damit übergab ihr Dr. Pillay ein paar teuer aussehende Dosen von etwas, das an Milchpulver erinnerte. »Sie können die Antibiotika und die Schmerztabletten daruntermischen. Ein bisschen Liebe und Zuneigung, und dann wird er wieder ganz der Alte.«
Doch etwas war aus Bongos Augen verschwunden. Als Marge sich zu ihm hinunterbeugte, um ihn zu streicheln, duckte er sich weg, und er wollte nicht ins Auto steigen. Zu Hause humpelte er zu seinem Korb und lag apathisch darin; er wedelte noch nicht einmal mit dem Schwanz, als sie ihm seine Lieblingskuhklauen zum Kauen gab.

Das Rehabilitationszentrum befand sich mitten in Kommetjie an der Hauptstraße nach Scarborough, gegenüber von ein paar Dorfläden. Es sah eher nach einem schäbigen Hotel als nach der teuren Rehabilitationseinrichtung für Drogen- und Alkoholmissbrauch aus, von der man munkelte, jeder Tag koste ein paar tausend Rand. Beim Parken fiel Marge ein zugekifft aussehender Rasta auf, der in die *Boma*-Bar schlenderte, die Gitarre über den Dreadlocks, die ihm bis zur Hüfte reichten. »Toller Ort, um eine Einrichtung zum Trockenwerden zu plazieren«, murmelte sie.

Vier Jugendliche mit Kapuzenshirts und Baseballkappen saßen beziehungsweise fläzten sich auf der niedrigen Mauer der Einrichtung in der Sonne. Unbedeutende Dealer, so wie sie aussahen. Warteten darauf, dass jemand im Inneren schwach wurde und sich nach draußen stahl, um etwas gegen die Schmerzen zu bekommen. *Was für Geier*, dachte Marge. Egal, wo man menschlichen Schmerz antraf, sie trieben sich bereits dort herum.

Der Empfangsbereich war gelb gestrichen und überladen mit Plastikblumen in Vasen aus Massenproduktion und falscher Holzverkleidung. Es erinnerte mehr an ein Altersheim als an eine Klinik. Stephen Raubenheimer war ein korpulenter Rotschopf mit Tränensäcken und der müden, selbstkritischen Art eines ehemaligen Abhängigen. Er führte Marge vom Empfangsbereich in einen verglasten Wintergarten und wies auf verschlissene Regiesessel. »Nehmen Sie Platz. Das ist jetzt unser Aufenthaltsraum. Tut mir leid, nicht gerade spaßig hier.«

Da musste sie zustimmen. Der Aufenthaltsraum bestand aus einem Billardtisch mit welligem Billardtuch und einem unscharf eingestellten Fernseher. Ein paar Teenager mit dem Aussehen von Menschen auf dem Weg der Besserung, die nur mehr eine Hülle waren, saßen mit leerem Blick vor einem Rummy-Spiel.

Er nahm Marge gegenüber Platz und legte ein paar Akten auf den Tisch. »Ich habe Sherwoods Akte gefunden. Ich habe sogar die Übersicht der ambulanten Patienten.« Er schlug den Pappdeckel auf. »Andy war aufgrund mehrfacher Abhängigkeiten hier. Marihuana, Speed, Alk, Sex. Das Übliche. Alle Suchtverhalten sind miteinander verbunden – ausschlaggebend sind im Grunde genommen nur die Gelegenheiten, die sich bieten.«

Trotz der stämmigen, gedrungenen Statur, die Raubenheimer bleischwer und kompakt wirken ließ, war er scharfsinnig und sprach mit beruhigender Autorität. »Die Gruppensitzungen haben geholfen, wenn auch nur, um ein paar dieser Verhaltensweisen zu mildern. Vor zwanzig Jahren wussten wir noch nicht so viel über Sucht wie heute. In diesem Sinn war Sherwood ein Stück weit ein Versuchskaninchen.«

»Was meinen Sie damit, vor zwanzig Jahren? Er ist doch erst etwa vor sieben Jahren nach Kommetjie gekommen und hat an der Logos-Schule gearbeitet.«

»O nein! Andy hat schon seit Jahren immer mal wieder an einem Programm teilgenommen. Tatsächlich war er einer unserer ersten Patienten. Ich bin überrascht, dass ich die Reste dieser Akte überhaupt noch habe, ehrlich gesagt. Für gewöhnlich vernichten wir alles nach zehn Jahren. Aber wir haben es noch nicht geschafft, diese frühen Akten zu digitalisieren. Ich habe sie in den Kartons im Lagerraum gefunden.«

In Marge keimte ein Verdacht heran, einer, der von Minute zu Minute stärker wurde. »Hatte Sherwood eine sexuelle Dysfunktion?«

Raubenheimer runzelte die Stirn. »Ich vermeide solche Etiketten, aber ich nehme an, dass ich es Ihnen sagen kann. Jetzt, wo er sozusagen vom Tisch ist. Entschuldigung, das war geschmacklos. Sherwood war bisexuell. Er fühlte sich ebenso zu Jungen wie Mädchen hingezogen. Nicht, dass ich das eine Dysfunktion nennen würde. Doch er hatte auch gewisse psychosexuelle Schwierigkeiten.«

»Minderjährige Jungen und Mädchen?«

Einen Moment zögerte Raubenheimer. »Zwischen den Patienten ist da etwas gemunkelt worden, aber Sherwood hat in den Sitzungen nie darüber gesprochen.«

Marge verspürte dieselbe Aufregung, die sie fühlte, wenn ein Klient sich einem Durchbruch näherte, wenn das Unbewusste bewusst wurde, wenn ein Muster auftauchte und ein Bild, zuvor noch unklar und nur schwer verständlich, plötzlich Form annahm.

»Wenn man zwanzig Jahre in der Zeit zurückgeht ... hatte Sherwood da Freigang und durfte die Einrichtung verlassen?«

Raubenheimer blickte sie fragend an. »Tja, mal nachsehen ... wie gesagt habe ich ein Verzeichnis mit den ambulanten Patienten von damals.« Raubenheimer blätterte durch das Buch. »Schon lustig, wie viel einfacher es ist, Unterlagen zu finden, wenn sie nicht digitalisiert sind. Okay, haben Sie ein Datum für mich?«

Marge nannte ihm das Datum und sah dabei zu, wie seine Finger das Verzeichnis nach unten wanderten. Sie waren entstellt, lilafarben und angeschwollen, das Vermächtnis einer früheren Gewohnheit, sich in die Haut zwischen den Fingern zu spritzen.

»Da wären wir. An diesem Tag waren alle Patienten draußen. Das war ein Feiertag. Der 16. Juni. Tag des Aufstands in Soweto.«

»Gibt es eine Möglichkeit, herauszufinden, wo er an diesem Tag war?«

»Nein, aber wir ermuntern unsere Patienten dazu, hinauszugehen und sich zu bewegen. Für gewöhnlich gehen sie von Long Beach bis nach Noordhoek und wieder zurück.«

Marge war so aufgekratzt, als hätte sie nicht geschlafen. Ihr Gehirn übersteuerte geradezu, so sehr war es damit beschäftigt, Punkte miteinander zu verknüpfen. Sherwood war an dem Tag in Noordhoek gewesen, als Clyde Cupido verschwand.

Raubenheimer schaute die Akte noch einmal durch. »Er hat sich auf eigene Verantwortung aus der Rehabilitation abgemeldet und ist verschwunden.«

»Wissen Sie, wohin er gegangen ist?«

»Nein, aber er ist etwa zwölf Jahre später nach Kommetjie

zurückgekommen. Hat sich was gemietet, einen Job angenommen und sich unserem ambulanten Patientenprogramm angeschlossen. Ich glaube, er tat sich schwer damit, abstinent zu bleiben. Wir haben ihn ins Partnersystem aufgenommen.«

»Partnersystem?«

»Ein Abhängiger, der seit fünf oder mehr Jahren sauber ist, wird zu einem Partner, bei dem man sich regelmäßig meldet. Dasselbe wie bei den Anonymen Alkoholikern. Er hat seinen Partner allerdings fallen gelassen, laut Akte etwa vor sieben Jahren. Vermutlich zerstritten. Das kommt vor.«

»Ich nehme an, Sie können sich nicht daran erinnern, wer dieser Partner war?«

»Erstaunlicherweise kann ich das, weil er ein ziemlicher Sonderling war. Er hieß Gregory Crane. Komischer Typ. Hatte ein ziemlich heftiges Problem mit Kokain, ist aber davon weggekommen und zu einer Art Yoga-Guru geworden. So etwas kommt häufig vor, dass die Leute eine Besessenheit gegen eine andere austauschen.«

In Marges Kopf überschlugen sich die Gedanken nur so. »Danke, Sie haben mir sehr geholfen.«

33

Hilfe kam letztendlich in unerwarteter Form von Fiona Tinkler, die von der Fanatix-Videothek anrief. Dizu nahm den Anruf entgegen.

»Der Räuber ist hier. Ich hab ihn im Laden eingesperrt.«

Persy und Mhlabeni waren nicht im Dienst, also nahmen Dizu und Cheswin April einen Transporter und flitzten die Fish Hoek Main Road hinunter. Fiona kam ihnen entgegengerannt, als sie anhielten. In ihren dunkelblauen Hosen, dem gestreiften Seemannsshirt und den Segelschuhen wirkte sie sehr kräftig. Kein Anzeichen ihrer bisherigen Nervosität. Wenn überhaupt, dann wirkte sie hocherfreut über ihren Zusammenstoß mit einem gefährlichen Kriminellen.

»Er ist hergekommen, um sich einen Film auszuleihen. Das ist ja wohl die Höhe! Frech wie Oskar. Ich habe ihn erkannt, auch ohne Sonnenbrille. George spielt Golf und hat mich gebeten, so lange auf den Laden aufzupassen, bis der Student zum Jobben kommt, also war ich ganz allein hier. Ich hätte niemals gedacht, dass ich einmal einen Kriminellen dingfest machen muss. Eigentlich bin ich ein richtiger Angsthase.« Sie stieß ein schrilles Lachen aus, das schon fast an Hysterie grenzte. »Oh, ich sollte nicht lachen, das ist nicht lustig, oder? Aber ich bin so stolz auf mich. Wusste gar nicht, dass ich dazu in der Lage bin, ehrlich.«

Seit dem Überfall hatte Tinkler seine Sicherheitsvorkehrungen durch einen metallenen Rollladen verstärkt. Dieser war nun heruntergelassen und die Tür abgeschlossen. Fiona schloss die Tür auf, und sie traten mit ihr in den Laden. Am anderen Ende blockierte ein metallenes Sicherheitstor den Zugang in die Abteilung für Erwachsene. »Ich habe gewartet, bis er in der Abteilung für über 18-Jährige war, dann habe ich das Tor zugeknallt und bin nach draußen gerannt, um den Laden abzuschließen. Habe ihn hier schmoren lassen.«

Dizu erkannte ihn sofort. Häufig genug hatte er auf seine GESUCHT-Fotos auf dem Revier gestarrt. Feine Wangenknochen, die sich bis in Augenhöhe schräg nach oben wölbten, ein Erbe seiner malaysischen Herkunft. Er starrte ihn durch die Stäbe des Sicherheitstors an. Gefangen wie eine Ratte im Käfig. Oder eher wie ein Panther.

»Die christliche Fraktion war gegen diesen Abschnitt«, plapperte Fiona weiter, »also hat George ein Sicherheitstor mit Summer installiert. So bummeln die Teenager nicht mal eben dorthin, um einen kurzen Blick darauf zu werfen.«

Ein Halleluja für die fanatischen Gläubigen in Fish Hoek, dachte Dizu, als er die Handschellen hervorholte und darauf wartete, dass Fiona das Tor aufschloss.

»Hallo, Sean«, sagte er, als er ihm die Handschellen anlegte. »Wir haben überall nach dir gesucht.«

Persys Herz klopfte wie wild in ihrer Brust, und sie konnte das Adrenalin in ihrem Mund schmecken. Wie viele Jahre, seit sie das letzte Mal miteinander gesprochen hatten? Sie nahm einen tiefen Atemzug und trat dann ein.

Abgesehen von den Handschellen und Fußfesseln hätte Sean Dollery im Fitnessstudio sein können. Er fläzte auf einem Stuhl, trug eine Eins-a-Sportausrüstung und sah gestylt aus.

Sie setzte sich ihm gegenüber.
Dizu stand in der Nähe der Tür und betrachtete die Szene angespannt und ziemlich beschützerisch. Persy wirkte so verdammt klein, wie sie hinter ihren Brillengläsern blinzelte, mit ihren schmalen Schultern.
»Hallo, Sean.« Sie hörte sich beherrscht an, abgesehen von dem leichten Zittern beim Aussprechen seines Namens.
Sean starrte sie an. Seine Augen waren wie schwarzes Gewässer, unergründlich und kalt.
»Wir hätten dir ein paar Fragen zu stellen.«
»Ich will mit Mhlabeni sprechen.«
Persy starrte ihn nun ihrerseits an. »Ich bin die ermittelnde Beamtin, also wirst du mit mir sprechen müssen.«
»Mhlabeni. Oder meinen Anwalt. Ganz wie du willst.«
Persy fuhr fort. »Wir haben eine Zeugin, die dich als denjenigen identifiziert, der sie am Montag in der Videothek Fanatix mit vorgehaltener Pistole ausgeraubt hat.«
»Sie ist eine verfluchte Schlampe, die lügt. Ich war da drin, um mir ein Video auszuleihen, das ist alles. Und dann schließt sich mich in diesen verfluchten Käfig ein. Wie ein Tier.«
»Tja, darüber können wir nach der Gegenüberstellung sprechen.«
»Fick dich, Schlampe.«
Dizu bemerkte Persys kaum erkennbares Zusammenzucken.
»Wo warst du am Freitag, dem 5. Januar zwischen 18 Uhr und Mitternacht?«
Er blickte an ihr vorbei und warf Dizu einen zutiefst hasserfüllten Blick zu. »Frag deinen Freund da drüben. Er war da und hat meine Ma belästigt. Sie hat ihm gesagt, dass ich bei Schneider war. Den ganzen Tag und den ganzen Abend.«
»Also hast du Andrew Sherwood nicht gesehen?«

»Wen?«

»Wir haben Zeugen, die dich in seinem Auto gesehen haben.«

»*Waaaaas?* Wer hat euch dieses Märchen erzählt? Ach, ich weiß schon! Dein Rasta-Freund.« Er lachte. »Dieser alte *daggakop?* Der erinnert sich doch nicht einmal an das Gesicht seiner Mutter.«

Flüchtig wunderte sich Dizu, woher Sean wusste, dass Duncan sie darüber informiert hatte. Dann wiederum hatte Sean an jeder Ecke von Ocean View jemanden, der für ihn Ausschau hielt. Fußsoldaten seines wachsenden Reichs.

»Du hast ihn umgebracht und den Wagen stehen lassen, als dir das Benzin ausging«, sagte Persy unbeirrt.

Sean tat so, als fühlte er sich angegriffen. »Warum sollte ich diese alte Kiste klauen?« Er richtete seine Aufmerksamkeit auf Dizu. »Persephone liebt Spiele – wir haben als *laaities* Räuber und Gendarm in den Straßen gespielt. Hey, was hat sich seitdem verändert?« Er lachte, hob seine gefesselten Hände und tat so, als würde er auf Persy schießen. »Peng, peng.« Sein Gesichtsausdruck wurde hart. »Fick dich, versuch nicht, mich reinzulegen, du Schlampe.«

»Sherwood wurde ermordet. Wir haben deine Fingerabdrücke in seinem Auto gefunden.« Persy versuchte es auf die harte Tour, aber sie war verunsichert, und das sah man. *Ganz ruhig, Mädchen*, dachte Dizu.

»Das bedeutet, keine Kaution«, schaltete sich Dizu ein. »Sondern Untersuchungshaft in Pollsmoor.«

Dizu sah etwas in Seans Augen aufflackern. Also hatte selbst Sean Dollery Ängste.

Sean richtete seine Aufmerksamkeit auf Dizu. »Bist du ihr Freund?«

»Lass ihn da raus, Sean!« Persy verkrampfte die Hände unter dem Tisch.

Sean ignorierte sie. »Ich könnte dir ein paar Sachen über sie erzählen, die du bestimmt gerne wissen würdest.«
Persy war aufgestanden. »Halt die Klappe, du Arschloch!«
Dizu sagte nur: »Persy, können wir kurz sprechen?«
Sean grinste, als sie den Raum verließen. »Genau das ist es – bring deine Schlampe etwas unter Kontrolle.«
Draußen im Gang war Dizus Tonfall neutral. »Was geht da drinnen gerade ab?«
»Der Scheißkerl will seine Spielchen mit mir spielen.«
»Und du zitterst. Alles in Ordnung mit dir?«
»Ja, ja, mir geht's gut, okay?«
»Lass ihn nicht so an dich ran.«
»Das gilt auch umgekehrt.« Sie nahm ihre Brille ab und rieb sie an ihrem Shirt sauber. Ihre Augen sahen ungeschützt, verletzlich aus. Wie die eines kleinen Kindes. Dizu wurde von Beklemmung ergriffen.
»Gibt es da etwas, das ich wissen sollte?«
Ihr Gesichtsausdruck wurde sofort verschlossen. »Was zum Teufel? Nein!« Sie hatte wieder zugemacht.
»Dann lass mich übernehmen.«
Er wappnete sich gegen einen Ausbruch, und einen Moment lang sah es so aus, als würde sie ihm widersprechen wollen. Dann lehnte sie sich an die Wand, als hätte sie keine Kraft mehr in den Beinen.
»Herrgott, na gut. Wenn du findest, dass ich hier Mist baue.«
»Das ist es nicht.« Er drückte ihre Schulter. »Alles okay – wir sind ein Team, erinnerst du dich?«

Dizu ging wieder nach drinnen. Dieses Mal stand Cheswin an der Tür.
Dollery lehnte sich zurück, ließ seinen Stuhl schaukeln und sah entspannt aus. Als Dizu auf dem Stuhl ihm gegen-

über Platz nahm, sagte Sean: »Und, *nagelst* du sie?« Ein kleines Lächeln umspielte seine Lippen.
Dizu erschrak über die Woge der Wut, die ihn plötzlich ergriff. Am liebsten hätte er sich Dollerys Kopf geschnappt und ein paarmal auf den Tisch geknallt, das schöne Gesicht ein für alle Mal verunstaltet. Ein unvermitteltes Aufblitzen von Blut an Wänden und auf dem Boden. Er hatte das bei Kollegen gesehen, keiner würde sich beschweren. Er atmete tief ein. *Lass dich nicht aus der Ruhe bringen.*
»Das sind die Tatsachen: Wir haben deine Fingerabdrücke. Wir haben zwei Augenzeugen; einer davon hat dich gegen 17 Uhr am Freitagabend in Andrew Sherwoods Auto gesehen, ein weiterer in Klaus Schneiders Auto gegen 21.30 Uhr auf der Kommetjie Road Richtung Noordhoek. Also, fangen wir mal damit an: Was hattest du in Sherwoods Auto zu suchen?«
»Du bist einer von den *laanies*, was? Kein gewöhnlicher Feld-, Wald- und Wiesen-*kaffir*.«
Dizu zwang sich, sich nichts anmerken zu lassen. Dieses verletzende, erniedrigende, entmannende Wort. Er konnte es sich nicht leisten, Seans Köder zu schlucken. Er musste stärker sein als seine Wut, wenn er dieses Arschloch so richtig dranbekommen wollte.
Sean zuckte mit den Schultern. »Kaution. Oder ich sage *fokkol.*«
»Es geht hier um eine Mordanklage, und wir haben Fingerabdrücke. Warum sollten wir einem Kautionsgesuch nachgeben?« Dizu angelte im Trüben, ging Persys Spur nach und spielte mit Seans Ängsten. Wovor genau?
»Wir könnten dich hier auf dem Revier bis zur Kautionsverhandlung festhalten oder dich in die Untersuchungshaft nach Pollsmoor überführen. Da gibt es nicht viel zu verhandeln.«
Dollery starrte ihn an, wägte seine Chancen ab. Dizu

konnte fast sehen, wie es in seinem Hirn arbeitete. Bestimmt würde er beschützt werden, es sei denn, daran hatte sich etwas geändert, weil er im Alleingang unterwegs gewesen war. Und dann würden sich die Gefängnis-Gangs ihm gegenüber nur bedingt nachsichtig zeigen. Wochenlang wäre er in eine Zelle eingesperrt, würde in Schichten schlafen, dicht an dicht mit dem Schlimmsten, was die Flats so zu bieten hatten. Wer wusste, welche Vergeltung auf ihn wartete? Oder auch nicht. Wer wusste schon, was sich wirklich in Dollerys Welt abspielte? Schweigend fixierte er Dollery, dann stand er auf, als hätte er die Geduld verloren. »Aber das ist deine Entscheidung. Ich muss los.«
»Ja, okay. Ich war in Sherwoods Auto. Aber ich habe ihn nicht umgebracht.«
Dizu machte kehrt, ging zurück zum Tisch und nahm ganz langsam wieder Platz.
»Einer meiner Leute hat mir gesagt, zwei Weiße wollten draußen bei der Marine-Grundschule etwas kaufen«, sagte Sean. »Also wollte ich sie mir genauer ansehen, ich hab mir gedacht, wenn es reiche weiße Jungs sind, dann könnte ich ihnen etwas Geld abknöpfen. Und dann stelle ich fest, dass sie in diesem alten Mazda sitzen.«
»Hast du sie erkannt?«
»Ja, den einen, ’n Farbiger. Er ist der Lehrer-*laaitie*, Fortuin. Sein Freund war ein Weißer. Hab ihn noch nie zuvor gesehen. Sie wollten mit ihrem Taschengeld was zu rauchen kaufen. Hab ihnen den Gefallen erwiesen und eine Verbindung hergestellt.«
»Wer ist die Verbindung?«
Sean zuckte mit den Schultern.
»Du willst also sagen, du bist die Verbindung.«
»Ich hab denen eben ein bisschen *dagga* verkauft, aber ich hab keinen umgebracht. Versuch ja nicht, mir das anzuhängen. Und jetzt will ich meinen Anruf machen.«

»Warum bist du zu denen in den Wagen gestiegen, wenn du wusstest, dass sie nur ein bisschen Geld für Gras hatten?«
»Mein Auto wird gerade neu lackiert. Ich musste irgendwie zu Schneider kommen.«
»Hör mal gut zu, Sean. Das liegt uns alles gegen dich vor: Mord, bewaffneter Raubüberfall, Autodiebstahl, illegale Autowerkstatt, Drogenhandel, Hundekampf, der Einbruch bei Schneider … Die Liste ist noch länger.«
Und mit einem Zeugen für den Überfall würde Sean dieses Mal Schwierigkeiten haben, sich wie bislang immer aus der Affäre zu ziehen, indem er Zeugen bezahlte, bedrohte oder die Sache mit »verschwundenen« Akten und korrupten Richtern hinbog. Dieses Mal hatten sie etwas gegen ihn in der Hand, und er war schlau genug, sich Sorgen zu machen, ob sie vielleicht noch mehr hatten. Er wusste nicht, dass es nicht viel war. Eine Identifizierung von Fiona Tinkler, die Fingerabdrücke in Sherwoods Wagen, Duncans Aussage, wozu auch immer diese gut war. Und Philip Makana, der Sean mit dem Fall von Brandstiftung in Verbindung gebracht hatte, selbst wenn das sieben Jahre zurücklag und es gut möglich war, dass der Rasta Duncan und Philip Makana von einem guten Anwalt zerrissen würden. Fiona Tinkler war ihre einzige glaubwürdige Zeugin, aber auch da gab es keine Garantie. Dizu hatte oft genug erlebt, wie Leute freigesprochen wurden, obwohl sie mehr gegen sie in der Hand gehabt hatten. Sie konnten es sich nicht leisten, Sean Dollery entwischen zu lassen. Würde das passieren, würde er in zwei, drei Jahren Ocean View beherrschen.
»Du hast ihnen also Stoff verkauft. Und was ist dann passiert?«
»Sie haben mich bei Schneider, dem Arbeitgeber meiner Mutter, abgesetzt. Das war so gegen 17 Uhr.«

»Wir haben einen Zeugen, der dich gegen 21.30 Uhr am Freitagabend in Schneiders *bakkie* auf der Kommetjie Road gesehen hat.«
Einen Augenblick zögerte Sean. »Ich war auf dem Weg zum McDonald's im Einkaufszentrum. Was denn, ist es gegen das Gesetz, sich einen Hamburger zu kaufen?«
»In Schneiders *bakkie?*«
Er grinste. »*Ja*, Klaus ist ein Freund.«
Dizu wollte nicht zu sehr über Charlenes »Freundschaft« mit Schneider nachdenken. Er drehte Sean weiter durch die Mangel, bekam aber nicht mehr aus ihm heraus. Sorgfältig nahm er seine Aussage auf und ließ Sean unterschreiben.
»Es wär besser für dich, wenn deine Geschichte stimmt.«
Auf der Suche nach Persy ging Dizu hinaus. Sie lief im Gang auf und ab, war aufgeregt. Er setzte sie ins Bild.
»Okay, lass uns später eine Gegenüberstellung machen und dann zu den Fortuins fahren, um herauszufinden, ob sich die Geschichte bestätigt«, sagte sie.

Cheswin kam aus dem Verhörraum und führte Dollery zu den Zellen hinunter. Sean lächelte leicht, als er an ihnen vorbeischlurfte, drehte sich dann um und sah Persy an. »Wie geht's Poppa?«, wollte er wissen.
Dizu spürte, wie sich Persy neben ihm verspannte. Über Seans Gesicht huschte ein flüchtiger, schwer zu deutender Ausdruck, der sogleich wieder verdrängt wurde. »Grüß ihn von mir, nicht vergessen.«
In dem Moment hätte Dizu schwören können, dass Dollery es ernst meinte.

34

Joel und Yasmin Fortuin lebten in einer kleinen Wohnstraße etwas vom Strand entfernt, doch auch von dort war Sherwoods Haus noch gut fußläufig zu erreichen. Sie hatten sich angekündigt, und Joel wartete in einem roséfarbenen Polo-Hemd und langen Bermudashorts auf sie: Das Outfit eines popperhaften Teenagers, eine unpassende Auswahl für einen farbigen Mann mittleren Alters, der einem leicht betagten Rugby-Stürmer mit ein paar Extrakilos auf den Hüften ähnelte.

»Wir müssen mit Ihrem Sohn sprechen, Mr. Fortuin.«

Joel sah besorgt aus. »Steckt mein Junge in Schwierigkeiten?«

In wenigen Worten erklärte Persy, warum sie hier waren, während er sie in den kleinen, gepflegten Garten eines bescheidenen Hauses mit zwei Schlafzimmern im maurischen Stil führte. Ein Weber-*braai* und ein kleiner Swimmingpool ließen auf das Streben hin zu einem bürgerlichen Lebensstil schließen, was Joel Fortuin mit seinem Lehrergehalt an einer unabhängigen Schule bestimmt nur schwer bewerkstelligen konnte. Ein köstlicher Duft nach Biryani drang aus dem Haus.

»Lassen Sie mich bitte zuerst mit meiner Frau sprechen«, bat Joel. »Sie regt sich sehr leicht auf. Sie wird in die Luft gehen, wenn sie glaubt, Ryan könnte Ärger mit der Polizei bekommen.«

Er führte sie um ein großes Nebengebäude, das an das Haus angrenzte. Im Inneren herrschte reges Treiben. Eine kleine Heimindustrie von Frauen aus Ocean View, die wie wahnsinnig Samosas, gefüllte Blätterteigtaschen und Chicken Wings zubereiteten. Hier kam das zusätzliche Geld für den Haushalt der Fortuins also her. Eine rundliche Frau mit Kopftuch trat zu ihnen, wischte die mehlbedeckten Hände an ihrer Schürze ab und lächelte einladend. Persy erkannte die Rezeptionistin der Logos-Schule wieder.

»Yasmin«, sagte Joel behutsam, als würde er ein Kind beschwichtigen wollen. »Diese beiden hier sind Detectives von der Polizei. Sie wollen mit Ryan sprechen.«

Sie presste die Hände vor den Mund und riss erschrocken die Augen auf. Dann drehte sie sich zu einem leicht muskulösen Teenager um, der gerade einen *bobotie*, einen Hackbraten, aus dem Industriebackofen holte. »Ryan, was hast du gemacht?« Sie schlug wild mit dem Geschirrtuch nach ihm, ihre Stimme wurde ein paar Oktaven höher. »Was hast du jetzt angestellt, Ryan? Was?«

»Nichts, Ma, das schwöre ich dir!« Ryan war ein hellhäutiger fünfzehn- oder sechzehnjähriger Junge. Sein großer Afro wurde ihm von einem neonfarbenen Haarreif aus dem Gesicht gehalten. Er sah verwirrt und ängstlich aus.

»Sind Sie hier, um ihn festzunehmen?«, platzte Yasmin heraus. »Sie wissen, was die Gangster mit einem Jungen wie ihm anstellen, oder nicht?«

Persy bedeutete Ryan, dass er nach draußen in den Garten kommen solle. Yasmin wollte ihm nachgehen. Ihr Mann fasste sie bestimmt am Arm, aber sie schüttelte ihn ab.

»Wo bringen Sie ihn hin? Er ist doch noch ein Kind!«

Persy versuchte, sie zu beruhigen. »Einer von Ihnen oder auch Sie beide können mitkommen.« Ryan sah seinen Vater an und schüttelte wild den Kopf. Joel nahm Yasmin am Arm und brachte sie behutsam, aber bestimmt zurück in die Garage. »Mein Sohn wird Ihnen erzählen, was Sie wissen wollen«, rief er Persy über den Kopf seiner Frau hinweg zu. »Alles, Ryan, hast du verstanden?!«

Wieder im Garten, setzten sie sich an einen Kunststofftisch auf der *stoep*. »Verhaften Sie mich jetzt?« Ryan schielte leicht, was seine schreckliche Bestürzung nur unterstrich.

»Nicht, wenn du uns die Wahrheit sagst«, teilte Persy ihm mit.

Ryan suchte Dizus Blick, den er weniger einschüchternd zu finden schien als Persy. »Bitte, sagen Sie meinem Dad nichts. Der bringt mich um. Und meine Mutter rastet aus. Sie ist immer so … hysterisch. Da wird dann alles richtig aufgebauscht.«

Persy hatte ganz andere Sorgen als Yasmin Fortuins pathetische Ausbrüche. »Entspann dich. Wir wollen nur ganz genau wissen, was du letzten Freitag gemacht hast.«

Nervös leckte sich Ryan über die Lippen. »Ich bin so gegen fünfzehn Uhr nach der Schule zu Hause gewesen. Dann ist Jasper zum Übernachten rübergekommen.«

»Jasper?«, fragte Persy.

»McKillian.«

Persy und Dizu tauschten einen Blick. Beide dachten sich: *Wie klein die Welt doch ist.*

»Er war mit mir auf der Logos-Schule. Er ist von dort weggegangen, als er etwa acht war, aber wir sind Freunde geblieben. Seine Mom brachte ihn so gegen drei her. Wir haben etwas Wodka und Bier von meinem Dad gemopst …« Er stockte.

»Die Wahrheit, Ryan«, sagte Persy.

»Ja, okay, wir haben diesen Typen am Strand getroffen. Duncan.«

»Den Rasta?«, erkundigte sich Dizu.

Überrascht blickte Ryan ihn an. »Woher wissen Sie das?«

»Lass mich raten. Ihr habt Gras gekauft?«, sagte Dizu trocken.

Ryan schien erleichtert zu sein, dass es heraus war. »*Ja. Sjoe!* Das war richtig stark. Dann sind wir zurück zu mir. Als wir an Andy Sherwoods Haus vorbeigekommen sind, ist Jasper ganz komisch geworden. Er hasste den Typen.«

»Warum?«, wollte Persy wissen.

»Weil einer an der Schule gesagt hat, Jasper musste von der Logos weg, weil Andy ein Pädo wäre und Jasper belästigt hätte. Ich habe es Jasper erzählt. Er ist völlig ausgerastet.«

»Wann hast du ihm das gesagt?«

»Vielleicht vor zwei, drei Monaten. Ich kann mich nicht mehr genau daran erinnern.«

»Ihr steht also vor Andys Haus. Was ist dann passiert?«, hakte Dizu nach.

»Da stand dieser popelige alte Honda Ballade, und Jas meinte: ›Das war mal Mums Auto.‹ Und ich hab dann gesagt: ›Warum spielen wir ihm nicht einen Streich?‹ Sie wissen schon, so tun, als würden wir den Wagen klauen, ihn zum Spaß ausflippen lassen.«

»Und dann?«, drängte Dizu weiter. Es war, als würde er versuchen, einem Stein Blut abzuzapfen. Persy trommelte ungeduldig mit den Fingern.

»Wir haben die Autotür aufgebrochen, und Jas hat die Kabel kurzgeschlossen.«

»Wie spät war es da?«

»Etwa vier, halb fünf.«

»Kann einer von euch überhaupt fahren, nur so interessehalber?«, fragte Persy.

»Jasper kann fahren, aber nicht so gut. Er hat sich völlig durchgeknallt aufgeführt. Hat gesagt, wir sollten nach Ocean View rüber und noch mehr Gras besorgen.«

Der Rest von Ryans Geschichte passte zu der von Sean Dollerys Aussage. Die Jungs waren nach Ocean View gefahren. Sie blieben an einer Ecke bei einem Dealer stehen, der Sean angerufen hatte. Sean war zu ihnen in den Wagen gestiegen, hatte zunächst versucht, ihnen etwas Koks oder *tik* anzudrehen, verlor dann aber das Interesse, als ihm klar wurde, dass sie nur Gras haben wollten. Er war bereit, ihnen welches zu verkaufen, wenn sie ihn dafür mitnahmen. Sie waren einverstanden. Also ist er in Ocean View in ein Haus, hat ihnen etwas Gras gebracht, und sie setzten ihn bei dem »großen Haus am Strand« ab.

Von dort waren die beiden Jungs zum Leuchtturm gefahren, hatten dort geparkt und den Bohlenweg zu den Felsen beim Kom genommen, wo sie sich zukifften und Wodka und Bier tranken.

»Und danach wollte ich wieder zurück, weil ich wusste, dass mein Dad ausrasten würde – er ist ziemlich streng. Aber das Auto ist nicht mehr angesprungen. Ich wollte, dass Jasper in den Spirituosenladen geht und die Flasche Alk von meinem Dad ersetzt, weil ich sonst richtig Ärger bekommen konnte. Er wollte nicht, also haben wir uns gestritten und sind getrennte Wege gegangen. Ich zu mir nach Hause.«

»Wie spät war es da?«

»Vielleicht sechs? Ich hab meinem Dad gesagt, Jasper wäre bei einem Freund geblieben, den wir im Dorf getroffen hätten. Aber er ist nicht wiedergekommen. Dann hat seine Mom angerufen und war ganz aufgelöst, weil Jasper nicht hier war. Mein Dad hat sich auf die Suche nach ihm gemacht. Ich hatte keine Freiminuten mehr, also konnte ich Jasper nicht anrufen und ihm sagen, dass er schleunigst zu uns kommen soll. Hören Sie, das mit dem Auto tut mir echt leid. Ich wollte das gar nicht, und nachdem der Typ dann tot aufgefunden worden war, konnte ich vor lauter Angst nichts sagen. Ich dachte, dass wir dann in eine Riesenscheiße verwickelt werden.«

Erleichtert stellte Joel Fortuin fest, dass sein Sohn nicht nach Pollsmoor gebracht würde, und bestätigte, was Ryan gesagt hatte. Colette McKillian habe Jasper gegen drei Uhr vorbeigebracht und die Jungs seien zum Strand gegangen. Colette sei zum Tee dageblieben und habe etwa eine Stunde mit den Fortuins geplaudert. Sie unterrichte jetzt Musik an einer exklusiven Privatschule, was bedeute, dass Jasper die Schule umsonst besuchen könne. Doch sie höre noch immer gerne die neuesten Nachrichten aus der Logos-Schule. Gegen fünf Uhr sei sie von den Fortuins weggefahren. Ryan sei gegen halb sieben nach Hause gekommen und habe gesagt, Jasper sei zu Freunden in der Nähe gegangen und er wisse nicht, wann er zurück sein werde. Gegen halb elf habe Colette McKillian auf der Suche nach Jasper bei ihnen angerufen, da er nicht an sein Handy ging. »Sie war ganz schrecklich aufgelöst, als ich ihr gesagt habe, Jasper wäre bei einem anderen Freund. Am Nachmittag war es ihr gutgegangen, sie hat sich sehr entspannt mit meiner Frau unterhalten, aber dann am Telefon, das war eine andere Person. Sie ist eine ziemlich labile Frau, insbesondere, wenn es um Jasper geht. Also habe ich versucht, sie zu beruhigen, und Ryan gesagt, er solle rumtelefonieren und den Jungen finden. Zu diesem Zeitpunkt war mir dann auch klar, dass die Jungs ein bisschen über die Stränge geschlagen hatten, da ein Sixpack Bier und eine halbe Flasche Wodka aus meinem Kühlschrank fehlten.«
Joel hatte eine Taschenlampe genommen und sich auf die Suche nach Jasper gemacht. »Ich bin durch ganz Kommetjie gelaufen. Zum Schluss habe ich ihn weggetreten am Strand neben dem Kom gefunden. Besoffen. *Verdammt*, Mann, ich war so richtig sauer. Hab Colette angerufen, um ihr zu sagen, dass ich ihn gefunden habe.« Joel lachte. »Der hatte vielleicht einen *babbelas* am nächsten Morgen – hat bis zum Nachmittag geschlafen.«

»Glauben Sie, jemand könnte Sherwood auf dem Kieker gehabt haben?«, wollte Dizu wissen.
»Es gab etwas Ärger an der Schule, aber das liegt Jahre zurück, als Andy und Gregory Crane im Aufsichtsrat waren. De Groot war ein englischer Geschäftsmann, der an Anlageobjekten interessiert war. Crane und de Groot wollten ein Stück Land von der Schule verkaufen, um eines von diesen gesicherten Dörfern zu errichten. Sie führten als Argument an, dann könnten wir den Gewinn dafür nutzen, anstelle dieser Holzhütten und Fertigbauteile richtige Klassenzimmer zu errichten. Der Aufsichtsrat war da geteilter Meinung. Wir hatten das Land als Schenkung erhalten. Crane dachte, Andy würde für ihn stimmen, wodurch er die Mehrheit gehabt hätte. Doch Andy stimmte dagegen. Empört ist de Groot zurück nach England, doch wie es aussieht, ist er jetzt wieder hier. Mit Frau und Kindern. Wie auch immer, Crane war stinksauer, das kann ich Ihnen sagen. Er und Andy haben sich auf dem Parkplatz der Schule geprügelt.« Er lachte. »Ein bisschen *skinder* für die Eltern.«
»Wo wir gerade von *skinder* sprechen. Anscheinend hat Jasper herausgefunden, dass seine Mutter Sherwood verdächtigte, ihn belästigt zu haben«, sagte Persy.
Joel sah erschüttert aus. »Wer hat Ihnen davon erzählt?«
»Ihr Sohn hat Klassenkameraden darüber reden hören und es Jasper gesagt.«
Jetzt sah Joel ernsthaft betroffen aus. »O Mann, Colette hat sich die größte Mühe gegeben, es vor Jasper zu verheimlichen. Indem sie von Kommetjie wegzog und ihn auf eine andere Schule schickte, hoffte sie, sie könnte dem Getratsche entfliehen. Das liegt schon Jahre zurück, und die meisten Leute haben das bestimmt auch vergessen. Jasper war zu klein, um sich an etwas zu erinnern.«

Als sie wieder im Auto saßen, stellte Dizu Vermutungen an: »Jasper hätte am Freitag irgendwo auf Sherwood treffen können. Er hatte ein Motiv und wollte es ihm ganz bestimmt heimzahlen.«

»Colette wusste, dass Jasper zur Zeit des Mordes verschwunden war«, sagte Persy.

Dizu blickte sie an. »Also hat sie ihm ein Alibi verschafft.«

Persy musste an Jaspers T-Shirt mit dem Aufdruck »Krimineller« denken. Wie er in die Küche geschlendert und an der Kühlschranktür stehen geblieben war, um etwas von ihrer Unterhaltung mit Colette mitzubekommen.

»Ist wohl an der Zeit, den McKillians einen unangekündigten Besuch abzustatten.«

35

Colette öffnete den Flügel und wärmte sich mit den Tonleitern auf, um anschließend in Vorbereitung auf das Konzert am folgenden Wochenende die Schubertlieder zu proben. Aber sie konnte sich weder konzentrieren noch entspannen. Sie ging ins Badezimmer, öffnete den Schrank und sah nach, wie viele Anti-Angst-Pillen noch in der Schachtel waren. Hatte sie ihre Dosis heute genommen? Sie erinnerte sich nicht daran. In jedem Fall hatten sie nicht geholfen – sie war so angsterfüllt wie eh und je. Mit einem Schluck Wasser aus dem Zahnputzbecher nahm sie eine weitere Pille ein.

Jasper war vor dem Haus in den Pfefferbaum geklettert und hörte mit seinem iPhone Musik. Das war seine Art, ihr und ihrem beengten Lebensraum zu entfliehen, auch wenn er behauptete, er möge die Aussicht auf die Berge. Der Baum war so groß geworden, dass er den gesamten Garten ausfüllte. Ihr Vermieter drohte immer wieder damit, ihn zurückzustutzen, weil er fürchtete, früher oder später könnten die morschen Äste abbrechen und das Dach beschädigen. Da Jasper das rundheraus ablehnte, hielt sie den Vermieter immer noch etwas hin. Seit Jasper davon erfahren hatte, verbrachte er noch mehr Zeit im Baum. Ryan Fortuin und seine große Klappe. Doch traf ihn irgendeine Schuld? Er war ein ganz normaler Teenager. Er würde alles Wissen mit seinen Freunden teilen, so verbunden wie diese geheime Bruderschaft war, die Erwachsene ausschloss. Man konnte einfach nicht auf die

Verschwiegenheit bauen, alles drehte sich immer um Gerüchte, Anspielungen und Tratsch. Ganz besonders in Kommetjie. Die Leute hatten nichts Besseres zu tun. Sie war von dort nach Kenilworth gezogen, bereit, die Verkehrsstaus und die Farblosigkeit in Kauf zu nehmen, um von der Inselgemeinschaft wegzukommen. So inzestuös. Jeder wusste über jeden Bescheid. Wie sich jetzt herausstellte, hatte sie zwar Kommetjie, nicht aber sein giftiges Getratsche verlassen.

Sie rief Jasper zum Essen nach drinnen, doch mit seinen Kopfhörern blendete er sie aus, konnte sie nicht hören. Er war ruhig gewesen, sehr ruhig, seit die junge Beamtin vorbeigeschaut hatte. Gerade als der Zug auf den Schienen vorbeiratterte, ging Colette in den Garten. Winzige Vögel flogen kreischend von den Stromleitungen auf und wirbelten wie kleine Ascheteilchen im grauen Himmel herum. Sie bedeutete Jasper, die Ohrstöpsel herauszuziehen. Widerwillig tat er das.

»Jasper, komm von da runter«, sagte sie.

»Warum?«

»Weil das ungesellig ist.«

»Ich komme runter, wenn du mir sagst, was die Polizei hier wollte.«

Seit Persy Jonas' Besuch redete er dauernd davon. Colette fühlte sich außerstande, ihm zu antworten. Wer wusste schon, was sie wollten, wonach sie suchten?

»Du hast einen Detective angelogen.« Er starrte sie aus zusammengekniffenen Augen an, als hasste er sie.

»Ich wollte ihnen keinen Grund geben …« Ihr Widerspruch klang schwach und mangelte an Überzeugungskraft.

»Einen Grund wofür?« Er hatte sich im Baum vornübergebeugt, als wäre er bereit, sich jeden Moment auf sie zu stürzen. »Einen Grund wofür?« Er spuckte es ihr fast

schon entgegen. »Sag mir die Wahrheit, Mom. Dann sage ich dir auch die Wahrheit. Oder willst du die gar nicht hören?«
Aus diesem Blickwinkel sah er so groß und bedrohlich aus, seine breiten Schultern zeichneten sich deutlich unter seinem T-Shirt ab.
»Ich passe nur auf dich auf, Jasper, mehr nicht!«
»Das ist eine faule Ausrede, und das weißt du. Ich bin derjenige, der auf dich aufpassen muss! Weil ich nie weiß, was für einen Irrsinn du als Nächstes anstellen wirst!«
Dieses Wort nahm ihr den Atem. *Irrsinn*. Seine Augen sahen leicht glasig aus.
»Hast du etwas getrunken?«
»Was hat das damit zu tun, Mom? Ich frage dich nach der Polizei! Was hast du ihnen gesagt? Antworte doch einfach!«
Sie ertrug seine Wut nicht. Das machte sie panisch, und sie konnte nicht mehr klar denken.
»Ich habe ihnen nichts gesagt, Jasper.« In dem Bemühen, ihn zu beruhigen, zwang sie sich zu einem nachgiebigen Tonfall. Sie durfte ihm nicht zeigen, dass sie Angst vor ihm hatte, vor den möglichen Gedanken, die ihm durch den Kopf gingen. »Mach dir bitte keine Sorgen, Liebling!« Sie griff nach oben, um ihn zu beschwichtigen. »Ich kümmere mich um alles.«
Er zuckte zurück, als würde ihre Berührung ihn verbrennen. »Fass mich nicht an!«
Sie hörte ein Knacken, als der Ast vom Baum absplitterte. Jasper fiel nicht tief, maximal eineinhalb Meter. Es war vielmehr die Art und Weise, wie er fiel, dieses verdrehte Fallen, und wie er dann einfach so dalag.
Mit entsetzlicher Gewissheit wusste sie, dass er nicht wieder aufstehen würde.

Titus wohnte in einem kleinen Haus im Stil der vierziger Jahre in Kuils River, in einer Straße, in der hauptsächlich Cops wohnten. Nichts Ausgefallenes, ein solides Steinhaus, ein 350 Quadratmeter großer Garten mit einer einzelnen Pinie und ein paar Oleanderbüschen entlang der Grundstücksgrenze. Ein Versuch, die Auffahrt zu pflastern, war unternommen und wieder abgebrochen worden. Zwischen den wenigen verlegten Pflastersteinen wucherte das Unkraut hervor, die restlichen waren neben dem Tor aufgehäuft. Das typische Haus eines Cops, dachte Marge, halbfertige Dinge, halbwegs instand gehalten. Das kam daher, dass man immer mitten in einer Tätigkeit unterbrochen wurde und Hausarbeiten ganz unten auf der Liste standen.

Das Innere war jedoch Letitias Bereich, da hätte man vom Boden essen können, alles war picobello. Preisgünstige Deko im Afrikastil, ein großer Fernseher, viele gerahmte Zitate aus der Bibel, betende Hände und schmückende Kreuze. Letitia war eine ruhige, anspruchslose Person, doch Marge hatte keinen Zweifel an ihrer Charakterstärke. Man blieb keine fünfundzwanzig Jahre mit einem Polizisten verheiratet, wenn man nicht über innere Stärke verfügte. Letitia hatte zunächst im Groote-Schuur-Krankenhaus als Krankenschwester gearbeitet, später dann als Oberschwester. Jetzt hatte sie eine etwas angenehmere Stellung und arbeitete als private Kinderkrankenschwester. Sie war äußerst kompetent, kochte und sorgte für die Kinder und arbeitete sehr hart. Sie stand für alles, was in der Welt richtig war, in der wirklichen Welt, in der Welt, für deren Schutz Titus sein Leben riskierte.

Ihre Töchter Melinda, siebzehn, und Charné, zwanzig, machten viel Aufhebens um Marge, füllten ihr Glas mit Sekt, der eigens für diese Gelegenheit geöffnet worden war, und häuften Brötchen, frittierte Zwiebeln und Krautsalat auf ihrem Teller auf. Titus kam mit einem Tablett voller *wors* aus dem Garten.

»Nicht umsonst nennt man mich den *boerewors*-Baron«, verkündete er. »Selbst bei diesen Windverhältnissen bekomme ich eine schöne *wors* hin.« Er stellte den Teller mit scharfer Sauce mitten auf dem Tisch ab. »Okay, wer spricht das Tischgebet?«

Nach dem Essen gingen Letitia und die Mädchen zur Abendandacht in die Kirche und ließen Titus und Marge bei einer Fernsehübertragung vom Catchen zurück. »Tut mir leid, dass ich einfach so in deine Freizeit mit der Familie platze«, entschuldigte sich Marge.

Titus hatte es sich auf dem Sofa bequem gemacht, zwischen den fülligen Satinkissen sah er leicht fehl am Platz aus. Er wandte den Blick vom Fernseher ab, wo ein muskelbepackter Irrer in einem Ganzkörpertrikot mit Zebramuster wohlgezielte Tritte gegen den Kopf seines Gegners austeilte. »Hey, das ist eine Erleichterung. Frauen! Die hören nie auf zu reden. Ich bin immer so lange weg, und wenn ich endlich zu Hause bin, vereinnahmen sie mich völlig – du weißt, wie das ist.«

Marge verspürte ein leeres Gefühl in der Brust, als hätte sie einen Moment lang kein Herz mehr. »Das vergeht so verdammt schnell«, sagte sie. »Und als Nächstes wünscht man sich, man hätte niemals auch nur eine Sekunde ohne sie verbracht.«

»Ja, ich beklage mich, und doch sind sie der Grund, der mich morgens aufstehen lässt.« Er richtete sich auf dem Sofa auf und schaltete den Fernseher aus, wenn auch eher widerwillig, wie Marge dachte.

»Also, was hat es mit Sherwood und dem Clyde-Cupido-Fall auf sich?«

Marge informierte ihn rasch über das Gespräch mit Raubenheimer. »Ich habe herausgefunden, dass Sherwood vor zwanzig Jahren im *Phoenix* zur Reha war. Während seiner Therapie wurden gewisse psychosexuelle Schwierigkeiten ausgemacht.«

Verblüfft sah Titus sie an. »Wohin soll das führen, Marge?«

»Noch ein bisschen Geduld!«

Marge ging den Cupido-Fall durch. »Clyde schlief im Haus, seine Mutter hat in der Küche gebügelt, und seine ältere Schwester war im Garten. Keiner hat etwas gesehen. Er ist einfach verschwunden. Am gleichen Tag, zur gleichen Zeit hatte Sherwood Ausgang vom *Phoenix*. Er geht von Kommetjie nach Noordhoek den Long Beach entlang und wieder zurück.« Marge versuchte, sich Cupidos Hütte vorzustellen. Sie lag irgendwo im Schatten von Chapman's Peak, umgeben von dichtem Gebüsch, unweit vom Strand. Sie konnte sie nicht mehr genau verorten, mit den ganzen Neubauten. »Damals war Noordhoek noch wild, nur wenig bebaut. Der perfekte Ort, um ein Kind zu entführen und zu ermorden.«

Titus hörte ihr aufmerksam zu.

»Kurz darauf unterschreibt Sherwood seine Entlassungspapiere und zieht weg. Keiner weiß, wohin. Zwanzig Jahre später kommt er zurück nach Kommetjie. Arbeitet an der Schule dort. Fängt etwas mit einer Lehrerin an, und als Nächstes wird er beschuldigt, ihren Sohn belästigt zu haben. Ich wurde als Mittlerin hinzugezogen und sollte herausfinden, ob etwas an der Geschichte dran war.«

Titus runzelte die Stirn. »Jonas hat das in ihrem Bericht erwähnt, misst dem aber keine Bedeutung bei.«

Marge fühlte sich wieder zurückversetzt in den dunklen, heißen Raum an der Schule, in dem sie Sherwood und Colette McKillian befragt hatte. Sherwoods blasses Gesicht und sein rötliches Haar leuchteten. Je mehr er auf seiner

Unschuld beharrte, umso mehr schien sich Colette in die Dunkelheit zurückzuziehen.

»Sherwood passte ins Profil. Passiv-aggressiv, nicht durchsetzungsfähig, ein bisschen Einzelgänger, umgab sich auf der Arbeit und im Privatleben gern mit Kindern und so weiter. Er bestritt das alles sehr vehement, was wiederum bei Pädophilen nichts Ungewöhnliches ist. Doch er war sehr überzeugend. Außerdem war die Mutter in psychiatrischer Behandlung gewesen. Und obwohl es letzten Endes Hinweise darauf gab, dass das Kind missbraucht worden sein könnte, war es nicht eindeutig. Damals habe ich aus irgendeinem Grund immer noch an Theo Kruger gedacht. Ich war ganz besessen davon, denselben Fehler nicht zu wiederholen.«

»Das passiert, Marge. Wir beschuldigen die Unschuldigen. Wir trauen den Schuldigen. Wir können nur die Verantwortung für unsere Fehler übernehmen und weitermachen.«

»Nachdem ich Sherwoods Leiche gefunden habe, habe ich mich seinetwegen schrecklich schuldig gefühlt. Des Kindesmissbrauchs bezichtigt zu werden, wenn man unschuldig ist, muss die Hölle auf Erden sein. Doch seit meinem Treffen mit Raubenheimer bin ich mir seiner Unschuld nicht so sicher. Was, wenn Sherwood ein gefährlicher Pädophiler war?«

Mit einem Mal sah Titus sehr müde aus. »Ich will genauso sehr herausfinden, was mit Clyde Cupido passiert ist wie du. Aber es gibt nicht einen winzigen Beweis, der Sherwood mit Clydes Verschwinden in Verbindung bringen würde. Oder mit dem Missbrauch des McKillian-Jungen.«

Marge wusste, dass er recht hatte. Doch sie wurde das Gefühl einfach nicht los, dass es eine Verbindung zwischen den Fällen gab. Auch für sie war es frustrierend, dass sich ihr das Wie entzog. Sie war nur ein winziges Stück von der

Wahrheit entfernt. »Was ist mit Clydes Mutter? Sie könnte Sherwood an diesem Tag gesehen haben.«
»Gloria Cupido ist Alkoholikerin geworden und verschwunden. Ich glaube nicht, dass sie eine sonderlich aufopfernde Mutter war.«
Marge erinnerte sich an den penetranten Gestank nach Schweiß und Alkohol in dem Raum mit der niedrigen Decke und Gloria Cupidos mangelndes Interesse, als das kleine Mädchen an ihrem Ärmel zupfte.
»Marge, wir sind hinter Sherwoods Mörder her. Wir haben keine Zeit, ungelösten Fällen nachzugehen, die damit eventuell oder eben auch nicht in Verbindung stehen. Detective Jonas hält den Sherwood-Fall für ziemlich unkompliziert.«
Das war kein Vorwurf, aber eine klare Feststellung.
Marge versteifte sich. »Ach ja, Persy. Ein interessantes Mädchen.«
»Sie ist ein guter Cop. Dickköpfig, aber mit einer guten Arbeitsethik.«
»Was ist mit ihren Familienverhältnissen?«
»Katholisch. Gute Schule – Star of the Sea in St. James. Hat erstklassig an der Polizeiakademie bestanden – mit Bestnoten im Detective-Kursus.«
»Was ist mit ihrer Familie?«
Titus zuckte mit den Schultern. »Keine Ahnung. Sie lässt nicht viel raus. Ich weiß, dass sie ihrem Großvater, der Krebs hat, sehr nahesteht.«
Marge dachte darüber nach, wie wenig sie doch von dem Mädchen wusste.
»Ich hasse es, die verfluchte Seelenklempnerin zu geben, Paul, aber ich muss darauf zu sprechen kommen, denn es hat Einfluss auf die Ermittlung. Nach meiner fachlichen Beurteilung leidet Persy an einer starken posttraumatischen Belastungsstörung. Sie weist alle Symptome auf.

Nicht überraschend nach allem, was ihr letzte Woche widerfahren ist, aber ich glaube, es hat tieferliegende Gründe.«

Titus rieb sich müde das Gesicht. »Da ist sie nicht die Einzige, Marge. Das könntest du von meiner gesamten Einheit behaupten.«

Und die meisten würden niemals eine Therapie erhalten, da auf fünftausend Cops nur ein Therapeut kam. Der gesamte Polizeiapparat arbeitete unter schrecklichen Belastungen. Scheidung, Mord in der Familie und Selbstmord waren das Ergebnis.

Marge ging vor zehn Uhr. Sie lehnte einen Kaffee ab, da sie meinte, die Gastfreundschaft schon genug strapaziert zu haben. Als sie auf den Highway einbog, um den langen Weg zur südlichen Halbinsel zurückzufahren, grübelte sie über ihre Schwierigkeiten mit Persy Jonas nach. Was würde es brauchen, damit sie ihre gegenseitige Antipathie und neurotischen Projektionen überwanden? Und wenn ihnen das nicht möglich war, wie sollten sie im Sherwood-Fall dann jemals die Wahrheit herausfinden und den Mörder vor Gericht bringen?

36

Das Alphen House College war direkt neben dem größten Gefängnis in Kapstadt errichtet worden. Auch eine Möglichkeit, wie man Disziplin garantierte, witzelte Dizu. Die Anhäufung der Gebäude erinnerte an den traditionellen Kap-Stil, doch die Wirkung wurde dadurch geschmälert, dass sie zwischen dem Gefängnis, einem umzäunten Golfplatz, der amerikanischen Botschaft, einem gesichtslosen Gewerbegebiet und einem Einkaufszentrum eingezwängt waren. Diese Garnisonsmentalität hatte auch auf die Schule abgefärbt. Die Studenten waren hinter hohen Wänden, elektrischen Zäunen und Barrieren eingesperrt.

Die Schule als solche roch nach Privilegien und neuem Geld, mit ordentlichen Sportplätzen und einem Imbiss, der zu einer teuren Naturkostkette gehörte. Die Kinder in ihren khakifarbenen Chinos und Golf-T-Shirts erinnerten an eine Management-Riege im unternehmenseigenen Look, die sich einer Teambildungsmaßnahme unterzogen.

»Als handelte es sich hierbei um ein Unternehmensprojekt für Kinder, bei dem nur Weiße zugelassen sind«, bemerkte Persy, als sie sich am Montagmorgen dort zum Empfang begaben.

Kunstvoll drapierte Chintz-Vorhänge bildeten eine Kulisse für die blonde Frau, die hinter ihrem Schreibtisch aus Walnussholz saß und auf einen Computer blickte. Sie sah aus wie eine Brokerin in einem exklusiven Finanzinstitut. Na ja, das war eine Schule wie diese in gewisser Weise ja auch, würden manche bestimmt behaupten – eine Investition in die Zukunft der Sprösslinge. Persy würde Yoliswa Xolele und ihren Garten vorziehen. Aber was wusste sie schon? Sie hatte keine Kinder. Dann erinnerte sie sich an Poppas Worte von einst: Die Schule, die ein Mensch sich für seine Kinder aussuchte, war der eindeutigste Hinweis auf seine Werte.

Die Empfangsdame begrüßte sie mit einem angestrengten, professionellen Lächeln. »Kann ich Ihnen helfen?«

»Wir suchen nach Colette McKillian.«

Der Gesichtsausdruck der Blonden wurde besorgt. »Es tut mir leid, sie ist noch immer in der Constantiaberg-Klinik.«

Vermutlich sah Persy verwirrt aus.

»Oh, Sie wissen das nicht? Ihr Sohn Jasper ist am Wochenende vom Baum gefallen und hat sich den Rücken gebrochen.« Sie schien sich ernsthaft Sorgen zu machen. »Das ist tragisch. Er könnte gelähmt sein. Ein großer Verlust für das Wasserpoloteam, und noch dazu so kurz vor dem Spiel gegen die Bishops. Der Trainer ist am Boden zerstört.«

Der Anruf von Phumeza kam, als sie den Empfangsbereich verließen. »Du kommst besser gleich zurück aufs Revier – Sean Dollery ist auf freiem Fuß.«

Persy hatte das Gefühl, als hätte jemand sie k. o. geschlagen. »Was zum Teufel ist passiert?«

»Cheswin hat eine übergezogen bekommen, als er Dollerys Essen geholt hat. Titus tobt. Er will eine umfassende Untersuchung.«

»Wer hatte Dienst?«, wollte Persy wissen.

»Mhlabeni. Sagt, er hätte nichts gesehen.«

Sie fuhren Patrouille in Ocean View und suchten nach Sean, obwohl sie wussten, dass sie ihre Zeit vergeudeten. Dizu fuhr, Persy schäumte neben ihm. Nur durch einen glücklichen Zufall hatten sie Dollery erwischt. Das würde kein zweites Mal passieren. Sie fuhren zu Schneider nach Kommetjie, doch dort war niemand. Dann durchkämmten sie die kleinen Straßen.

Schließlich fuhren sie Richtung Meer und landeten in einer Sackgasse, die beim Kom endete.

»Soso. Sieh an, wer heute Morgen hier draußen Illegalem nachgeht«, sagte Dizu, als er den Motor abstellte.

Persy schaute sich um und sah, wie Duncan große Stoffbeutel aus einem kleinen Motorboot zog. Seine langen Dreads zeichneten sich als Silhouette vor dem glitzernden Wasser ab.

»Glaubst du, er ist in das *perlemoen*-Syndikat involviert?«

»Nein«, erwiderte Persy. »Der ist nur ein kleiner Fisch. Außerdem ist er dauernd zugedröhnt. Kann mir nicht vorstellen, dass die Triade mit ihm dealt. Könnte aber wetten, dass er trotzdem alles darüber weiß«, sagte Persy, als sie mit knirschenden Schritten über den muschelübersäten Strand zu ihm gingen.

Sie rief ihm zu: »Hallo! Duncan, richtig?«

Duncan war nicht begeistert, sie zu sehen. »*Ja* – Detectives – was habe ich jetzt getan?«

»Grad dabei, junge Katzen zu ertränken?« Dizu zeigte auf die verräterische Auswölbung in dem Stoffbeutel.

»Ich habe eine Erlaubnis«, widersprach Duncan.

Dizu streckte die Hand aus. »Lass mal sehen.«

Wie ein Pantomime durchsuchte Duncan seine Taschen und schnalzte verärgert mit der Zunge. »Die muss ich zu Hause gelassen haben.«

Dizu öffnete den Sack. Grüngraue Fühler und Scheren krabbelten und klapperten darin herum. »Wow – mein

Freund, das hier sind genug *kreef*, um die erlaubte Quote fünfmal zu überschreiten.«

»Was habe ich getan, dass ihr mich jetzt wegen so ein paar Fischen schikaniert?«, beschwerte sich Duncan.

»Zunächst einmal Drogen an Minderjährige verkauft.« Dizu verschloss den Sack mit den Langusten.

»Ich verkaufe nicht. Ich teile das heilige Gras. Das ist meine Religion.«

»Sean Dollery in der Gegend?«, wollte Persy wissen.

Duncan schüttelte den Kopf. »Kommt nicht in meine Nähe. Hat zu viel *poep*-Angst.« Er kicherte und entblößte dabei braune Zähne. »Hab ihn einmal fast umgebracht.« Er hielt Persy seinen dünnen Arm hin, spannte den Bizeps an, und sie erkannte ein verblasstes Gefängnistattoo. »Damals hatte ich Jah noch nicht gefunden.«

»Und worum ging es bei dieser Auseinandersetzung?«, fragte Persy.

»Um Andy. Andy Sherwood. Diese Leute an der Schule, diese *Bonzen*. Asha de Groot.« Duncan rieb mit dem Daumen seine Fingerkuppen, um zu demonstrieren, dass Asha unglaublich viel Geld zur Verfügung stand. »Sie wollten auf dem Gelände der Schule bauen, aber Andy hat sie aufgehalten. Weißt du, Afrikas Land ist für uns alle, meine Schwester. Allerhöchstens Jah kann das Land quasi besitzen. Andy wollte nicht, dass sie es wegnehmen. Also haben sie Dollery dazu gebracht, ein bisschen Drecksarbeit für sie zu erledigen.«

»Was heißt das?«, fragte jetzt Dizu.

Duncan räusperte sich und spuckte ins Gras. Seine Augen waren blutunterlaufen, aber er wirkte relativ klar. »Sie haben ihn umgebracht.« Er schüttelte den Kopf. »Das ist traurig. Andy war ein rechtschaffener Mann. Ein wirklich rechtschaffener Mann.«

Persy konnte nicht ausmachen, ob an dem, was Duncan

erzählte, ein Funken Wahrheit war, und sie verlor schnell die Geduld mit seinen Abschweifungen. »Warum hast du mir nicht gesagt, dass du die Jungs kanntest, die mit Dollery im Auto saßen?«

Duncan schaute sie voll Argwohn an. »Ich kenne sie nicht.«

»Sie haben gesagt, sie hätten bei dir am Freitagnachmittag am Strand *dagga* gekauft«, half Dizu weiter.

»Der weiße Junge ist ein Verdächtiger«, fügte Persy hinzu. »Er war verschwunden, als Andy Freitagnacht ermordet wurde.«

In gespielter Überraschung starrte Duncan sie an. Dann lachte er und schüttelte den Kopf. »Schwester – dieser Junge hätte keine Kakerlake töten können. Der ist Freitagnacht genau hier weggetreten gewesen.« Er zeigte auf die nahe gelegene Sanitäranlage. »Eine halbe Flasche Wodka und ziemlich starkes Marihuana intus. Ich hab am Strand gesessen, Gitarre gespielt und ein Auge auf ihn gehabt. Als der Lehrer kam, habe ich mich weggeduckt, ehe er mich sehen konnte.«

Persy und Dizu blickten ihn erstaunt an. »Du warst die ganze Zeit bei ihm?«, hakte Dizu nach.

Duncan sah beleidigt aus. »Ich würde einen *laaitie* nicht einfach so allein am Strand zurücklassen. Jemand hätte ihn umbringen können.«

Dann streckte er eine schmutzige Hand nach dem Sack aus. »Kann ich jetzt bitte meine *kreef* zurückhaben? Ein Mann muss leben, und Jah sagt, was vom Meer kommt, ist umsonst.«

Jasper lag unbeweglich im Krankenhausbett, sein Körper war vollständig eingegipst, selbst Nacken und Kopf. Nur die Augen bewegten sich noch, beobachteten sie. Colette war erschöpft neben seinem Bett zusammengesackt, ihr

Gesicht ein kleiner Flecken Weiß, umhüllt von einem dunklen Schal. Wie eine Witwe, die ihren Toten betrauerte.

»Wir würden gerne mit Jasper sprechen, Mrs. McKillian«, sagte Persy. »Sie können dableiben, wenn Sie wollen.«

Jasper gelang es, die Worte »Geh, Ma. Bitte« zu sagen.

Sie widersprach nicht. Nachdem sie weg war, fühlte es sich so an, als hätte ein Schatten den Raum verlassen. Persy nahm ihren Platz neben Jaspers Bett ein, und Dizu stand an der Tür.

Die Haare so aus dem Gesicht gestrichen und ohne Lippenpiercing wirkte der Junge sehr viel jünger. Auch kein Anzeichen dafür, dass er sich bereits rasierte. Wie er so regungslos dalag, hatte sich seine körperliche Präsenz verringert. *Er ist noch ein Kind,* dachte Persy. »Es tut mir leid, dass wir jetzt mit dir sprechen müssen, aber es ist sehr wichtig.«

»Schon okay«, flüsterte er.

»Ryan hat uns erzählt, was ihr zwei am Freitag gemacht habt.«

Jasper leckte sich über die Lippen. Sie waren trocken und aufgeplatzt.

»Hast du Sean Dollery noch einmal gesehen, nachdem Ryan und du euch am Parkplatz beim Leuchtturm getrennt habt?«

»Nein. Ich hab niemanden gesehen. Ich bin zum Strand.« Seine Stimme krächzte, weil er zu starke Schmerzen hatte, um tief zu atmen. »Ich wollte nach dem Kometen Ausschau halten. Ich hatte den Wodka von Ryans Dad, die Flasche halb voll, und noch ein bisschen Gras. Ich wollte einfach nur alles ausblenden, Sie wissen schon.«

»Also warst du nicht bei deiner Mutter?«

»Warum? Hat sie das behauptet? Hören Sie nicht auf meine Mom. Wenn es ihr nicht gutgeht, dann spinnt sie manchmal ganz schön rum.« Er wirkte mit einem Mal aufgewühlt. Persy half ihm, etwas Wasser mit einem Strohhalm zu trinken. Diese Anstrengung ermüdete ihn, und er machte einen zerknirschten Eindruck. »Sie glaubt, ich hätte Andy umgebracht.« Tränen rannen aus seinen Augenwinkeln, die Wangen hinunter und tropften dann auf das Kopfkissen.

»Das ist alles so verkorkst – ich habe nämlich irgendwann gedacht, dass es vielleicht meine Mom war. Wie verrückt ist *das* denn?« Er weinte, sein Brustkorb bebte.

Persy wischte ihm die Tränen von den Wangen und dachte darüber nach, dass Jaspers kurzes Leben bereits eine einzige Litanei des Unglücks war.

Manchmal kam sie sich aufgrund ihres Jobs wie ein Monster vor.

»Meine Mom ist eine wunderbare Pianistin, wissen Sie«, flüsterte er. »Eines Tages wird sie mal berühmt – wenn es ihr bessergeht.«

Vor der Station saß Colette auf einem Plastikstuhl und trank Kaffee aus einem Styroporbecher.

Persy setzte sich neben sie. Dizu hielt Abstand, blieb außer Hörweite.

»Warum haben Sie mir gesagt, dass Jasper Freitagnacht bei Ihnen war?«

Im Neonlicht des Krankenhauses wirkte Colette aschfahl. Unablässig drehte sie den Becher zwischen den Händen. Ihre Fingernägel waren heruntergekaut und dreckig.

»Ich werde Ihnen alles sagen, was Sie wissen wollen. Ich will nur, dass mein Sohn wieder laufen kann. Das ist alles, was ich will.«

»Sie haben gedacht, dass wir Jasper verdächtigten, Sherwood umgebracht zu haben, nicht wahr? Deshalb haben Sie gelogen.«

Colette war ganz bestürzt. »Nein! Warum sollte ich das denken?«

»Weil Sie herausgefunden haben, dass er von den Anschuldigungen gegen Sherwood wusste. Und weil er zu der Zeit, zu der Sherwood ermordet wurde, verschwunden war.«

Colettes Unterlippe zitterte unkontrolliert. Sie verdeckte ihren Mund mit der Hand.

»Das … war der Schock über Andys Tod. Ich war verwirrt, das ist alles.«

»Jasper gehört nicht zu den Verdächtigen, Ma'am. Er saß zur Mordzeit betrunken am Strand. Wir haben einen Zeugen, der bei ihm war.«

Colette starrte Persy an. Dann verbarg sie ihr ganzes Gesicht hinter den Händen. »Gott sei Dank«, flüsterte sie zwischen ihren Fingern. »Gott sei Dank.«

Vor dem Krankenhaus schüttelte Dizu ungläubig den Kopf. »Die Mutter dachte, der Sohn hätte es getan, und der Sohn dachte dasselbe von der Mutter. *Haai,* das ist vielleicht ein Chaos, Mann!«

»Manchmal kann man einfach den Menschen, die einem am nächsten stehen, die Wahrheit nicht sagen.« Persys Stimme war angespannt. Dizu fragte sich, ob sie sich auf die McKillians bezog oder auf etwas völlig anderes.

37

Long Beach war keinen Tag gleich. Jeden Morgen und jeden Abend zeigte sich eine gänzlich veränderte Landschaft. Es war das erste Mal, dass Marge nach Long Beach kam, seit sie Sherwoods Leiche dort vor über einer Woche gefunden hatte. Eine Woche, die fälschliche Anschuldigungen aufgewirbelt, Verdächtigungen erweckt und falsche Entscheidungen zurückgebracht hatte. Die Polizei war dem Mörder keinen Schritt näher gekommen, und der Hauptverdächtige war aus der Haft entwischt.

An diesem Nachmittag war die Ebbe weit hinausgezogen, enthüllte Meilen von Strand, der mit Seetang bedeckt war. Keine Spur der kleinen Fluttümpel, in denen Sherwoods Leiche sich verfangen hatte. Stattdessen ragten die Felsen kastanienfarben in dem weißen Sand auf. Wie lange noch, ehe dieser unberührte Flecken mit denselben hässlichen Zersiedelungen wie an der Hout Bay zerstört würde? Marge blickte zum Chapman's Peak und den vertrauten hohen Palmen von Bellevue hinauf, die das Gebüsch überragten, eine besorgniserregende Mahnung an Cranes Bauvorhaben.

Ein junger Surfer war draußen vor den Wellenbrechern, trainierte im späten Abendlicht, sein Körper im Neoprenanzug so glatt und glänzend wie der eines Seehunds, wenn er sich gegen die Wellen drehte, eins mit dem schillernden, aufgewühlten Meer, das immer in Bewegung war. Das hätte Will vor ein paar Jahren sein können.

Der Strand war mit Hundeausführern übersät, und weiter

hinten genossen Reiter die letzten Sonnenstrahlen. Ein paar Hunde tobten in der salzigen Lagune herum, ein Überbleibsel der Flut, waren klatschnass und schüttelten sich, die Ohren freudig nach hinten geklappt. Einer der Hundebesitzer warf einen Stock in die Lagune, dem ein Jack Russell nachjagte, wobei silberfarbene Wassertropfen hochspritzten.

Eine braungebrannte junge Frau in Bikinioberteil, ein Handtuch um die Hüften geschlungen, joggte vorbei, das nasse Haar zurückgestrichen. Ein neun, zehn Jahre alter Junge mit brauner Haut und sonnengebleichtem Haar trabte neben ihr her und plapperte dabei unablässig in seiner hohen Stimme. Sie und Will waren auch einmal so gewesen, erfüllt von derselben unkomplizierten Verbundenheit, deren unausgesprochene, ungezwungene Liebe wie Licht oder Sauerstoff zwischen ihnen hin und her geflogen war. Hinter der Frau und dem Jungen tauchte eine vertraute Silhouette auf. Ein wuscheliger Heiligenschein aus rotgefärbtem Haar, ein langer Rock mit Paisleymuster, sehnige Arme in einem Tanktop. Renuncia Campher. Sie erkannte Marge und wedelte mit den Armen wie eine Windmühle, hielt auf sie zu. »Halloooo, Marge!«, trällerte sie.

»Wo hast du denn gesteckt?«, fragte Marge schärfer als beabsichtigt, als sie näher kam. Renuncias wässrige Augen weiteten sich besorgniserfüllt.

»Du musst nicht so erschrocken dreinblicken. Es geht nur um ein paar NAG-Angelegenheiten«, erklärte Marge.

»Oh!« Renuncia sah schuldbewusst aus. »Also, tatsächlich hatte ich so ein paar gesundheitliche Probleme. Ich versuche, mein Trinken in den Griff zu bekommen«, gab sie verlegen zu.

Sogleich bedauerte Marge ihren anklagenden Tonfall. Die arme Frau sah noch erschöpfter aus als sonst. »Tut mir leid, meine Liebe. Ich wollte dich nicht unter Druck setzen.«

»Ist es dringend?« Renuncia rieb sich ihre dünnen, sommersprossigen Arme, als wäre ihr kalt.

Marge kramte in ihrer großen Tasche nach den Unterlagen. »Ich wollte, dass du das hier unterschreibst.« Sie fand die zerknitterte Petition zwischen Kippen, Schlüsseln, leerem Schokoriegelpapier und mehreren Brillen. »Das ist ein Einspruch gegen Gregory Cranes Vorhaben, bei Bellevue eine Wohnsiedlung zu errichten.«

»Oh!« Renuncia wurde rot. »Es wäre heuchlerisch von mir, das zu unterschreiben, Marge. Ich bin die Maklerin bei diesem Verkauf.«

Das hätte Marge nicht überraschen sollen – genau so war Renuncia. Ein wohlmeinender Dussel, der keinen Interessenkonflikt erkennen konnte und auch keinen Widerspruch darin sah, gleichzeitig Umweltschützerin und Maklerin für gierige Bauunternehmer zu sein. Sie war dermaßen unaufrichtig, dass es schwierig war, auf sie böse zu sein.

»Das mit Ivor Reitz tut mir so leid«, sagte sie. »Ach du meine Güte, er wollte Bellevue wirklich für sein Projekt für den Erhalt der Berge. Die ganzen Komplikationen mit dem Pachtvertrag waren zu seinen Gunsten, bis Andy gestorben ist.« Sie presste eine Hand auf den Mund. »O Gott, das hört sich schrecklich an.«

Marge war verwirrt. »Was für Schwierigkeiten mit dem Pachtvertrag?«

»Du hast nicht zufällig eine Kippe für mich? Entschuldige, aber ich brauche einfach gerade eine Zigarette.« Für gewöhnlich ließ Marge ihre Zigaretten zu Hause, wenn sie draußen spazieren war, und belohnte sich nach der Rückkehr mit einer, doch tatsächlich hatte sie sie heute dabei. Sie holte das Päckchen hervor. Renuncias Hand zitterte,

als sie die Zigarette anzündete. Marge fragte sich, wie lange es ihr wohl gelänge, nüchtern zu bleiben.
»Erinnerst du dich an Eva Szabó? Der Bellevue gehört?«
Dunkel erinnerte sich Marge an eine eher verschrobene alte Frau mit unverständlichem Akzent. »Ungarin. Vollkommen verrückt. Stark tablettenabhängig?«
»Genau die.«
»Wie hast du mit dem Ganzen zu tun bekommen?«
»Die Kaolin-Mine am Berghang hatte das Land oberhalb von Bellevue ausgehöhlt, und Eva sorgte sich um Erdrutsche während des Winterregens.« Nervös paffte Renuncia weiter. »Also habe ich die Geländeauffüllung für sie überwacht. Das liegt fast zwanzig Jahre zurück. Und seitdem bin ich ihre Maklerin.«
»Und wie kommen Ivor und Crane ins Spiel?«
»Als Eva mich bat, Bellevue zu verkaufen, bin ich direkt zu Ivor gegangen, weil er das Land haben will, solange ich denken kann. Hat immer davon gesprochen, diesen Teil des Berges wiederherzustellen. Er hat ein vernünftiges Angebot unterbreitet, über das Eva nachdachte. Alles lief wie geschmiert, bis Gregory Crane Wind von dem Verkauf bekam. Er machte über Asha de Groot ein beeindruckendes Angebot. Natürlich entschied sich Eva dann dafür.«
»Für Ivor muss es ein ziemlicher Schlag gewesen sein, bei dem Verkauf zu verlieren«, sagte Marge.
»Er war schrecklich verärgert, konnte aber nicht so viel Geld auftreiben. Doch das ist nur die halbe Geschichte.«
Marge war leicht verärgert, als sie sah, dass Renuncia sich einfach eine weitere Zigarette nahm – Marge teilte sich ihre zehn Stück pro Tag sorgfältig ein.
»Aus heiterem Himmel lässt Andy dann die Bombe platzen, dass er die Pacht für Bellevue hat und dort hinziehen wird. Und es stellt sich heraus, dass er und Eva Szabó

früher ganz gerne zusammen um die Häuser gezogen sind.« Renuncia lächelte reuig. »Trinkkumpane. Ich weiß alles darüber, das kannst du mir glauben. Wie auch immer, sie haben sich einen Abend zusammen volllaufen lassen, und Eva bestand darauf, dass Andy zu einem lächerlichen Preis einen Zehn-Jahres-Pachtvertrag für Bellevue unterschrieb. Haben das am nächsten Tag von einem Anwalt bestätigen lassen. Sie dachte, Andy wäre eine gute *Aufsichtsperson* für Bellevue, während sie nicht da war. Sie ist wirklich eine exzentrische alte Schrulle. Ein einziger Alptraum für Leute wie mich, die mit ihr arbeiten müssen. Zunächst habe ich gedacht, Andy hätte nicht vor, dorthin zu ziehen. Dass er die arme Alte nur bei Laune halten wollte.«

»Ein solcher Pachtvertrag kann doch unmöglich bindend sein!«

»O doch! In diesem Land schützt das Mietrecht den Mieter, insbesondere, wenn man von dort aus ein Geschäft führt, und Andy beharrte darauf, dass er Bellevue als Werkstatt für Holzspielzeug oder so nutzte. Man kann das Eigentum solange auch nicht verkaufen, es sei denn, der neue Eigentümer erklärt sich bereit, den Pachtvertrag anzuerkennen, oder der Pächter ist damit einverstanden, wegzuziehen. Eva war wütend, aber Andy war nicht umzustimmen. Hat gesagt, sie würden abwarten müssen, bis die Pacht nach zehn Jahren erlischt. Crane ist an die Decke gegangen. Sagte, Andy sei dafür bekannt, ein Quertreiber zu sein, und dass er das aus Rache tun würde. Ich hatte den Eindruck, dass da eine alte Feindschaft am Auflodern war. Ivor Reitz war natürlich begeistert. Er dachte, Crane würde sein Angebot zurückziehen, dann hätte Eva an ihn verkaufen können. Die Pacht war ihm egal. Er war ganz glücklich damit, dass Andy dort lebte. Nicht dass Andy dort überhaupt leben wollte. Er wollte einfach nur Cranes

Pläne durchkreuzen. Dann bekam Crane de Groot dazu, Andy eine haarsträubende Summe zu bieten, damit er aus dem Pachtvertrag ausstieg.«

»Hat er es angenommen?«

»Er hat gesagt, er würde darüber nachdenken. Ich glaube, Andy gefiel es, Crane zappeln zu lassen, aber das war nicht sehr fair Ivor gegenüber, der wie auf glühenden Kohlen dasaß. Und als Nächstes höre ich, dass Andy tot ist.«

38

Sean Dollery wartete auf einer kleinen Lichtung, die an einer Nebenstraße quer durch das Sumpfland hinter Masiphumelele lag, auf Mhlabeni. Er wurde bei lebendigem Leib von den *mozzies* verschlungen; er hasste es, auch nur in die Nähe dieser Gegend zu kommen. Alles war hier in Ordnung gewesen, ehe die Schwarzen hergezogen waren – insbesondere die Ausländer. Ein paar von ihnen fingen an, bei seinen Geschäften mitzumischen. Drogen. Waffen.

Verfluchter Mhlabeni, verspätet wie immer. Sean hatte nur deshalb zugestimmt, ihn zu treffen, weil er ihm etwas dafür schuldig war, ihn aus der Zelle in Fish Hoek rausgeholt zu haben. Nicht, dass sich Mhlabeni einen Dreck um ihn scheren würde. Der Scheißkerl wollte nur die Gans nicht verlieren, die goldene Eier legte, das war alles. Solange ihre Vereinbarung wechselseitig von Nutzen war, war das ja okay gewesen, doch in letzter Zeit kam er sich immer mehr wie Mhlabenis Schlampe vor, die hin und her gezerrt wurde wie eine Marionette an ihren Fäden. Die Sache war die – er ertrug es nicht, eingesperrt zu sein, hielt das nicht aus. Sein Vater hatte ihn auf dem Abtritt eingesperrt, manchmal tagelang, und ihn dort schwitzen und auf seine Prügel warten lassen. Das Warten war schlimmer gewesen als die eigentlichen Prügel. Einmal hatte er gehört, wie sein Vater mit den Männern im Garten über Clyde Cupidos Verschwinden gesprochen hatte. Sein Vater sagte, Clyde sei vermutlich von Männern entführt worden, die *Dinge* mit ihm gemacht hätten. Sean konnte sich nicht vorstellen, was das für Dinge sein sollten, aber sie hatten sich beschämend und erschreckend angehört. In seinen schlimmsten Alpträumen zog man Clyde aus einem Loch in der schwarzen Erde und tat ihm auf eine Weise weh, die Sean sich zwar nur schwer vorstellen konnte, die ihn aber mit Verzweiflung erfüllte. Dieser Unterhaltung gelauscht zu haben war der entscheidende Moment in seinem Leben. Genau da und dort hatte er sich geschworen, dass er sich mit Gewalt seinen Weg durch die Welt bahnen, dass er Furcht verbreiten würde, damit er niemals wieder Angst empfinden musste. Doch die verschiedenen, miteinander verschwimmenden Bilder von Clyde konnte er nicht auslöschen. Ihretwegen graute ihm vor beengten Räumen, ihretwegen hatte er im Dunkeln Angst zu ersticken und fürchtete sich davor, ohne jemandes Wissen irgendwo verschüttet zu werden.

In der Zelle bei den Cops eingesperrt zu sein hatte die alten Erinnerungen und Schrecken mit voller Wucht zutage gefördert. Mhlabeni hatte bei Sean den Geruch der Angst wahrgenommen. Er wusste, dass er es nicht riskieren konnte, ihn dort zu lassen, dass Sean Persy und Dizu Calata alles erzählen würde, um rauszukommen.

Er hörte den Polizeitransporter langsam von der Straße abfahren und den Pfad herunterkommen. Seine Sinne waren angespannt – jemand, der sich draußen herumtreibt, ist darauf vorbereitet, die kleinste Veränderung in seiner Umgebung wahrzunehmen, ganz egal, wie unbedeutend sie ist. Die Scheinwerfer wurden gelöscht, und er hörte, wie sich eine Tür öffnete. Anhand der schweren Stiefelschritte und des fröhlichen Pfeifens wusste er, dass Mhlabeni gekommen war, um seinen Gefallen einzufordern, und Sean wusste genau, was er wollte.

Will lag auf dem Gras im Garten, während der Abend fortschritt, lauschte dem entfernten Brummen eines Rasenmähers vor dem einschläfernden Hintergrundrauschen des Meeres. Insekten summten an ihm vorbei. Hin und wieder humpelte Bongo zu ihm, wedelte schwach mit dem Schwanz und presste ihm die feuchte Nase ins Gesicht oder ließ einen Stein neben sein Ohr plumpsen, in der Hoffnung, er würde ihn für ihn wegwerfen. Nicht dass der große Tölpel gerade in der Lage gewesen wäre, ihm hinterherzurennen. Der arme alte Bongo.

Will war leicht bekifft und hatte ein paar Bier getrunken, nach einer Woche voller Exzesse kam er langsam wieder herunter. Angefangen hatte diese Woche mit einer Tranceparty in Clanwilliam, wo er sich mit einer neuen Varietät von »gentechnisch modifizierten Rauschpilzen« das Hirn weggepustet und Fleur getroffen hatte. Auf dem Weg zurück nach Kapstadt hatte er durch mehrere kleine Städte hindurch weitergefeiert – mit Ecstasy, viel Gras und noch mehr Jack Daniel's. Es war eine Erleichterung, jetzt bei seiner Mutter zu Hause zu sein, wo er sich ein wenig erholen und entspannen konnte, bevor er sich wieder über seine Doktorarbeit beugte. Durch seine halbgeschlossenen Lider hatte das schwächer werdende Licht eine rosafarbene Durchsichtigkeit. Er fühlte sich angenehm verschwitzt und war leicht erregt. Seine Gedanken wanderten zu Persy, dem Detective-Mädel. Etwas an ihrer Art, das Couragierte und Unkonventionelle, zog ihn an. Sie hatte diese unwiderstehliche Verletzlichkeit, die in einem sexy Widerspruch zu ihrer verdammt coolen Haltung stand. Und ihr Körper – oder das, was er durch ihre jungenhafte Kleidung erkennen konnte, schien viel kurviger zu sein, als man zunächst annahm. In dieser noch immer leicht erotischen Stimmung wanderten seine Gedanken zu der heißen Brünetten in dem dünnen Blumenkleid, die er vor ein paar

Tagen entdeckt hatte – wie sie sich mit ihren schweren Brüsten durch das Drehkreuz der Bücherei an der UTC schob, wo er über einen Schreibtisch gebeugt dasaß und die soziale Geschichte von Zulu-Waschmännern in der Witwatersrand um 1900 recherchiert hatte. Er stellte sich vor, diese Brüsten zu liebkosen, die Brustwarzen zwischen seinen Lippen zu spüren. Kurz kam ihm der Gedanke, aufzustehen und sich schnell irgendwo einen runterzuholen, als er spürte, wie sich der Schatten von jemandem über ihn legte. Er öffnete die Augen und blickte auf ein Paar erbsengrüner Crocs.

»Hey, Mom.« Er blinzelte zu ihr nach oben. »Du bist früh zurück.«

»Es ist schon fast acht – ich dachte, du wolltest ein Feuer machen.«

In ihrer Stimme schwang der leicht anklagende Ton, den sein Vater gehasst hatte.

Ab einem Alter von etwa sechs Jahren hatte Will die Spannungen zwischen seinen Eltern wahrgenommen. Er hörte sie streiten, wenn sie dachten, er würde schlafen, seine Ohren schienen immer größer zu werden, während er ihre Auseinandersetzungen verfolgte. Die Zankereien nahmen zu, bis nur noch ein missliches Schweigen blieb, ein steinernes Nicht-Kommunizieren, das ihm ein flaues Gefühl im Magen verursachte. Daher hatte er seinen Ruf, »verträumt« oder »nicht anwesend« zu sein. Er entfernte sich aus diesem Schweigen, trat in eine Welt der Tagträume ein, ließ sich an weit, weit zurückliegende Orte tragen, zu Menschen, die Geschichte gemacht hatten, zu Wunderdingen.

»Immer mit der Ruhe, Mom, es ist noch früh.«

»Also, ich bin am Verhungern. Hast du Bongo gefüttert?«

»Nee – ich weiß nicht, wie das mit diesem Milchshake-Mist geht.«

»Ach, also wirklich, Will! Du bist ein bisschen zu alt, um wie ein Protagonist aus *Ananas Express* zu sprechen.«
Seine Mutter hatte ein Talent, ihm das Gefühl zu geben, dumm zu sein, und er stieg voll darauf ein. »*Ananas Express* war und ist ein zeitloser Klassiker.«
»Machst du ein Feuer, oder muss ich das tun?«
Er sah zu, wie sie im Haus verschwand, stand dann widerstrebend auf und schlurfte neben die Garage, wo das *braai*-Holz gelagert war. Er legte sich ein Holzstück nach dem anderen auf den Arm, bis ihm klar wurde, dass er so die ganze Nacht dafür brauchen würde. Er ging in den Schuppen im Garten; er hätte schwören können, dass hier irgendwann mal eine Schubkarre gestanden hatte. Ach, da war sie ja, unter einem alten Kartoffelsack und leeren Pflanzkübeln aus Plastik, überzogen von Spinnennetzen und Staub. Er zog sie heraus.
Wann war seine Mutter das letzte Mal hier drin gewesen? Es sah ganz danach aus, als hätte sich keiner die Mühe gemacht, hier mal aufzuräumen, seit sein Dad die Familie verlassen hatte. Einen Moment lang fühlte er sich etwas schuldig. Natürlich sollte er sich um diese Dinge kümmern, solange er hier war, den Schuppen säubern, Unkraut im Gemüsebeet jäten, den Pool reinigen. Den guten Sohn geben. Eigentlich sollte Matt nach Mom sehen, er war der älteste Sohn, aber er war schon lange weg. Außerdem hatte Will ihrer Mutter schon immer näher gestanden; sie liebten beide die Natur, den Strand, Geschichtliches, Musik und Bücher. Doch das war, ehe Dad und sie sich getrennt hatten. Am Tag nach der Party zu seinem 21. Geburtstag. Danke, Dad! Als hätte er bis dahin durchgehalten und auf diesen Tag gewartet, um von seiner letzten Verpflichtung als Dad befreit zu sein.
Seine Mutter steckte den Kopf in den Schuppen.
»Was um Himmels willen machst du da?«

»Ich wollte die Schubkarre benutzen, um das Holz zum *braai* zu bringen.«

Ärgerlich stützte sie die Hand auf der Hüfte auf. »Dafür ist es zu spät, findest du nicht? Ich weiß ja nicht, wie du das siehst, aber ich würde gerne vor Mitternacht essen.«

Jetzt wurde ihm klar, dass es eine völlig bescheuerte, zugekiffte Idee gewesen war. Er hatte es also wieder mal geschafft, mit seiner Mutter alles zu vermasseln. Er wurde wütend, immer noch besser, als sich total dämlich vorzukommen. Er rieb sich die staubigen Hände an der Jeans ab. »Du warst diejenige, die mir mit dem *braai* auf den Zeiger gegangen ist.«

»Vergiss es. Ich habe eine Lasagne in den Ofen geschoben.«

»Warum bist du so sauer?« Er ging ihr nach, als sie zurück ins Haus und dann in die Küche stapfte. Kam sich hilflos vor. So, wie er sich immer in Gegenwart seiner streitenden Eltern gefühlt hatte. *Ich kann es nicht wieder in Ordnung bringen.*

»Nichts. Ich habe einfach nur gedacht, du würdest den *braai* früh anwerfen, das ist alles. Um dann vielleicht zusammen zum Chapman's Peak zu laufen und zu schauen, ob McNaught bereits zu sehen ist.«

Schon wieder diese bescheuerte Kometengeschichte! Sie machte immer so eine große Sache aus allem, machte Stress wegen der Essenszeiten und wahllosen Vereinbarungen, von denen er nichts wusste oder gar zugestimmt hatte.

Und das stresste ihn, so was von!

»Ich wusste nicht, dass dir das so wichtig ist, okay? Mach dir mal keinen Kopf ums Abendessen. Ich kann mir mit Dave und Liam eine Pizza im *Red Herring* holen.«

Dave und Liam waren alte Surfkumpel aus Noordhoek.

Seine Mutter knallte die Kühlschranktür zu. »Gute Idee – warum machst du das nicht?«

Er ging ihr hinterher, als sie eine volle Eiswürfelform ins Wohnzimmer trug. Er kam sich bescheuert und erbärmlich vor. »Ich habe das Gefühl, dass ich die Gastfreundschaft hier etwas überstrapaziere.«

»Ach ja? Wie kommst du darauf?«

In dem Versuch, Eiswürfel herauszubekommen, ging sie recht unsanft mit der Form um.

»Ma, lass mich das machen.« Er nahm ihr die Schale ab.

Sie ließ sich aufs Sofa fallen, schleuderte die Crocs von sich und setzte sich wie immer auf die Füße. Bongo humpelte mitleiderregend zu ihr und steckte seine Nase in ihren Schoß. Liebevoll streichelte sie seine Ohren. Geschickt pulte Will einen Eiswürfel nach dem anderen aus der Schale. Klimpernd fielen sie in eine kleine Keramikschale. Seine Mutter seufzte laut und sah zu ihm hoch.

»Tut mir leid, Junge. Das kommt vom Alleinleben. Man vergisst, wie man andere empfängt.«

Er schenkte ihr einen ordentlichen Schluck Scotch in ihr Lieblingsglas ein, ließ ein paar Eiswürfel hineinfallen und brachte es ihr. »Ich weiß nicht, du warst ziemlich gut darin, uns alle über die Jahre bei dir unterzubringen. In deinem ganz persönlichen, autokratischen Stil natürlich«, verkündete er grinsend. »Aber wie Hunter S. Thompson sagen würde: ›Politik ist die Kunst, das eigene Umfeld zu kontrollieren.‹«

»Ich bin aber alles andere als eine Politikerin. Ich gehe immer irgendjemandem auf den Wecker.« Plötzlich wirkte sie verzweifelt. Will war sehr überrascht, dass seine Mutter mit ihrer toughen Art und ihrer schroffen, sachlichen Herangehensweise sich genau wie alle anderen mit einer Unmenge von Komplexen herumschlug.

»Möchtest du sonst noch was?«

Sie nahm einen großen Schluck Scotch. »Nein, das ist lecker.«

Sie lächelte ihn an, gab vor, ihre normale dreiste Selbstsicherheit wiedererlangt zu haben. »Na dann mal los mit dir. Ich fühl mich erledigt. Ich habe nichts dagegen, den Abend allein zu verbringen.«

Er fuhr gerade mit dem Motorrad aus der Einfahrt heraus, als er George Tinkler auf der anderen Straßenseite an den Rand fahren sah. Rassist, Frömmler, Frauenfeind, homophob, egal was, alles traf auf George zu. Trotzdem mochte er den alten Kerl. Er vermutete, dass er aus der Ferne ein väterliches Auge auf ihn geworfen hatte, nachdem sein Dad verschwunden war. Seine Mutter war danach nämlich am Boden zerstört gewesen. Sie hörte mit all den Dingen auf, die sie eigentlich gerne machte, ließ sich selbst gehen und war häufig zu deprimiert, um das Haus zu verlassen. Will war noch ein paar Jahre zu Hause geblieben und jeden Tag den langen Weg zur Uni gefahren; er fand sich mit dieser Unannehmlichkeit ab und bekam vom geselligen Leben an der Uni nichts mit, weil er sie nicht allein lassen wollte.

Damals war es ihm einfacher erschienen, sie dafür verantwortlich zu machen, als im tiefsten Kern seines Wesens nach dem wirklichen Grund dafür zu suchen, dass sein Vater sie verlassen hatte – im Grunde war er nämlich überzeugt, dass er, Will, Geschichtsfreak und »Muttersöhnchen«, eine riesige Enttäuschung für seinen Vater darstellte und ihn vertrieben hatte.

Er startete das Motorrad. Im Büro seiner Mutter ging das Licht an. Er empfand einen schmerzhaften Stich beim Gedanken daran, wie die Dinge zwischen ihnen standen, hatte das Gefühl, das Kind verloren zu haben, das er einst gewesen war. Vielleicht sollte er hierbleiben und mit ihr Poker spielen – etwas, das sie beide gerne machten –, viel Scotch

trinken und über irgendwelchen Mist reden. Sie zum Lachen bringen, wie er das früher getan hatte. Sie war noch immer die interessanteste Person, die er kannte. Aber er wusste nicht mehr, wie er die Kluft zwischen ihnen überbrücken sollte.
Er schaltete in den ersten Gang, ließ die Maschine aufheulen und fuhr die Keurboom Road hinunter. Über dem Meer blitzte die Sonne ein letztes Mal auf und versank dann am Horizont.

Persy machte einen kleinen *braai* für sich, erfreute sich an dem schweren Vollmond, der tief am Himmel stand und den Campingplatz in silbernes Licht tauchte, so dass es fast schon festlich aussah. Nach ein paar Nächten fühlte sie sich hier zu Hause. Sie genoss die Ungestörtheit, auf niemanden achtgeben zu müssen. Abgesehen von Gaia, der Katze, die sich nur selten blicken ließ. Marge hatte vorhin angerufen, etwas von Sherwoods zehnjähriger Pacht von Bellevue erzählt und sie gedrängt, mit Gregory Crane zu sprechen. Das hörte sich weit hergeholt an. Persy rief Crane zu Hause und auf dem Handy an, erreichte aber nur den Anrufbeantworter, eine Ansage mit seinem affektierten, anzüglichen Tonfall, untermalt von dem Geklimper und Geflöte irgendeiner New-Age-Musik. Was für ein *poephol!* Sie würde dem Ganzen morgen nachgehen. Heute war sie nicht mehr im Dienst. Mhlabeni hatte ein Suchkommando nach Dollery rausgeschickt. Sie rechnete nicht mit einem Erfolg.
Sie versuchte, etwas Papierkram im Wohnwagen zu erledigen, aber im Inneren war es heiß und stickig. Sie musste mal früh ins Bett. Der Mond war aufgegangen, also ließ sie das kleine Schiebefenster einen Spalt offen, den Sicherheitsriegel eingerastet und die Jalousie so weit oben, dass

sie ihn vom Bett aus sehen konnte. Sie nahm zwei Schlaftabletten und hoffte auf völliges Vergessen oder wenigstens auf gnädigen, traumlosen Schlaf. Sie versuchte, die Berichte zu überfliegen, dämmerte jedoch fast sofort weg, vollständig bekleidet, den Mondschein im Gesicht.

Etwas weckte sie, ein plötzliches Gewicht auf den Beinen – Gaia, die Katze!

Sie hätte schwören können, dass sie sie ausgesperrt hatte. Das Tier sprang lautlos auf den Boden und ging erwartungsvoll hinüber zum Fenster. Persy blickte auf die Neonziffern ihrer Uhr. Elf. Sie hatte weniger als eine Stunde geschlafen. Trotz der Schlaftabletten war sie schlagartig hellwach. Was sie störte, war das Fehlen von Geräuschen. Dann vernahm sie es – ein leichtes Kratzen. Nicht die Katze – Gaia stand reglos da, bereit zu fliehen, ihre Augen leuchteten im Dunkeln. Da, wieder das Kratzen. Es kam vom Fenster. Sie tastete nach ihrer Brille, setzte sie auf, dann sah sie das Fenster deutlich. Jemand hatte den Riegel aufgebrochen und schob es ganz langsam auf. Durch die Jalousien konnte sie gerade so ein Profil ausmachen.

Sean Dollery.

Persy griff zur selben Zeit nach ihrer Waffe, zu der etwas Helles durch die Luft flog und kurzzeitig das Innere des Wohnwagens erleuchtete. Mit einem Aufblitzen knallte das brennende Bündel auf den Boden und loderte dann auf. Ein beißender Geruch erfüllte die Luft.

Benzin.

Flammen züngelten entlang der Spur der heruntergetropften Flüssigkeit über den verlegten Sperrholzboden: Der Wohnwagen eignete sich hervorragend als Brennkammer. Beide Fenster standen in Flammen, und mit dem Knistern von Plastik schmolzen die Kunstfaservorhänge. Sie rannte zur Tür, griff mit der linken Hand nach dem Türgriff, Gaia unter den rechten Arm geklemmt, doch die Tür war von außen verbarrikadiert. Sofort zog sie ihre Hand von dem heißen Türgriff zurück, doch zu spät, um den stechenden Schmerz verhindern zu können. Sie ließ Gaia los, die sich aus ihrem Arm wand und mit einem klagenden Schrei unter dem Bett verschwand. Die Katzenklappe! Persy folgte der Katze unters Bett und spürte den angenehm frischen Luftzug. Gaia war durch die kleine Klappe im Boden verschwunden, die kaum groß genug für ein kleines Kind war.

Das Feuer raubte Persys Lungen die ganze Luft. Der Geruch nach verbranntem Haar erfüllte ihre Nase. Ihre Dreads, Augenbrauen und Wimpern wurden von der Hitze versengt. Die Brandwunde an ihrer linken Hand pochte. Ihr blieb keine Zeit für Abwägungen. Sie krabbelte unter das Bett und zwängte den Kopf durch die kleine Öffnung, keuchte, als sie die kalte Luft in ihre brennenden Lungen saugte. Sie nahm die Brille ab und warf sie als Erstes nach draußen, gefolgt von ihrer Waffe, dann zwängte sie ihre rechte Schulter mit dem Arm nach draußen. Zum ersten Mal in ihrem Leben war sie froh über ihren schmächtigen Körper. Aber sie war nicht schmal genug. Ihr zweiter Arm passte kaum durch die Öffnung, und der Druck auf ihrer Brust war unerträglich. Jede einzelne Rippe wurde in ihr Zwerchfell gedrückt – kein Raum mehr, um zu atmen oder um Hilfe zu rufen, und sie dachte: *Ich verbrenne bei lebendigem Leib!* Gaias verzweifeltes Miauen ertönte irgendwo unter ihr, und sie hätte am liebsten gerufen: *Halt die Klappe, das hilft nichts. Ich sterbe!,* als plötzlich starke Hände nach ihren Unterarmen griffen und daran zogen.

Der Schmerz, als ihr Körper fast entzweigerissen wurde, ließ sie beinahe ohnmächtig werden. Mit einem Ruck rutschte sie schließlich durch die Klappe, ein letzter Widerstand auf Höhe der Hüften, dann glitt sie durch die

Katzenklappe wie ein Baby durch den Geburtskanal und fiel auf den feuchten Boden. Die starken Arme halfen ihr hoch.
»Alles klar, Lady?«, wollte der Mann wissen. Er reichte ihr die Brille.
Persy setzte sie auf, und die Welt nahm wieder Konturen an. Sie erkannte das betroffene, ausgemergelte Gesicht des Mannes, den sie zuvor auf den Stufen seines Wohnwagens gesehen hatte. »*Ja* … danke, vielen Dank.« Sie keuchte, stand vornübergebeugt da, um endlich wieder Luft in ihre Lungen zu bekommen.
»Die Feuerwehr ist informiert«, sagte er noch, doch sie hatte bereits ihre Waffe aufgehoben und machte sich auf den Weg zum Eingang des Campingplatzes. Als sie wieder besser Luft bekam, fing sie an zu rennen, biss die Zähne aufgrund der Schmerzen in ihrer Hand zusammen. Der Schlagbaum am Tor war heruntergelassen und verschlossen.
Auf diesem Weg war er nicht hereingekommen.
Als sie sich zum Wohnwagen umblickte, sah sie den sich ausbreitenden Brand, der knisternd an Hamishs selbstgemachter Pergola leckte. Aus allen Richtungen kamen Leute angerannt, schrien, die meisten von ihnen im Nachthemd, mit Eimern und anderen Behältnissen voller Wasser. Der Manager tauchte aus dem Büro auf, schleppte einen Feuerlöscher an. Es war zu spät – mit einem zischenden Geräusch erhellte sich der Himmel, ließ die erschrockenen Gesichter der Gaffer in einem feurigen Glanz erstrahlen, dann ging der gesamte Wohnwagen in Flammen auf.
Persy umrundete das Inferno und die schockierten Gaffer und zog sich in den Waschraum zurück. Sie schnappte sich eines ihrer T-Shirts aus dem Trockner, tauchte es in das kalte Wasser in einem der Betonbecken und wickelte es

um ihre verbrannte Hand, die jetzt unerträglich pochte. Sie zog ihre noch feuchten Turnschuhe an, war glücklich, keine Schnürsenkel, sondern Klettverschlüsse zu haben, und rannte hinaus zu der Einzäunung, die an Masiphumelele grenzte. Wenn er irgendwo hereingekommen war, dann hier.

Sie konzentrierte sich auf die Wand, beugte sich nach vorn und schritt langsam vorwärts, hielt ihre eingewickelte Hand in die kühle Luft.

Da war es.

Ein mannsgroßes Loch, das an der seichtesten Stelle des Fundaments der Einzäunung gegraben worden war. So viel zu elektrischen Zäunen. Sie kletterte hindurch und fand sich am hinteren Ende der Sümpfe wieder, ganz in der Nähe von der Stelle, an der laut Dizu Philip Makanas Hütte lag. Sie konnte die Silhouetten der Baracken zwischen dem kleinen Gehölz sehen und die entfernten Geräusche von Radios und Fernsehern ausmachen.

Sie kämpfte sich durch den schmatzenden Schlamm, schwitzte in Jeans und T-Shirt. Ihre Rippen schmerzten, und aufgrund des beißenden Rauchs musste sie noch immer husten. Bäume und Gebüsch hoben sich deutlich vor dem silberfarbenen Licht des Mondes ab. Die Nacht wurde von lärmenden Fröschen und Grillen und dem Surren der Moskitos zum Leben erweckt.

Glücklicherweise sah sie nachts gut und erkannte den schmalen Pfad. Abgebrochene Zweige und zertrampeltes Gras zeigten ihr, dass er über diesen Weg in die Anlage hinein- und wieder herausgekommen war. Wenn sie diesem Pfad folgte, sollte sie ihm auf der Spur sein.

Sie kannte die Gegend gut, doch das tat Sean ebenfalls. Als Kinder hatten sie hier gemeinsam viele Stunden verbracht. Außer ins Wasser konnten sie nirgendwo anders hingehen. Sie schlug sich auf den Arm, der bereits juckte und ange-

schwollen war. Hier wurde man bei lebendigem Leib von den Insekten aufgefressen. Sie musste vorsichtig weitergehen. Dieses Sumpfgebiet war ebenfalls voller Schlangen und trügerisch morastigen Stellen.
Noch ehe sie ihn sah, hörte sie ihn, das Rascheln von Blättern und das Knarzen seiner Lederjacke. Er trat einen Schritt vor, und sie vernahm das sanfte Ploppen der Kugel, spürte die Kugel neben ihrem Fuß einschlagen. Er hatte einen Schalldämpfer. Eine Waffe, um zu töten. Sie ließ sich fallen und rollte zur Seite, kroch in den Schutz der nahe gelegenen Büsche und blieb so weit unten, dass sich ihre Silhouette nicht vor dem mondbeleuchteten Himmel abzeichnete.
»Polizei!«, rief sie. »Lass die Waffe fallen!«
Ein zweites Ploppen, dann ein weiteres. Drei Kugeln. Sie war zu einer Schießübung geworden. Auf dem Weg zu einem umgestürzten Baum fand sie sich auf einmal in knietiefem Wasser wieder. Sie suchte nach einer besseren Deckung, doch plötzlich reichte ihr das Wasser bis zum Oberschenkel. Dann ein Platschen – auch er war jetzt im Wasser. Er war ganz in der Nähe, so nah, dass sie ihn fast riechen konnte.
Ihre Sinne waren in Alarmbereitschaft versetzt. Eines wusste sie, sie war schneller. Sie zog sich auf den Baumstumpf, schabte dabei über Rinde und abgebrochene Äste, ehe sie die Beine wieder auf trockenen Boden schwang. Dann stand sie auf und rannte geduckt und im Zickzack über den Weg, war ihm ein gutes Stück voraus. Ihr Herz raste, ihr Atem ging rasselnd. Adrenalin wurde durch ihren Körper gepumpt, spornte sie an, half ihr, sich zu konzentrieren, und betäubte den Schmerz in ihrer Hand. Irgendwo hinter sich hörte sie sein Gegrunze, als er sich auf den Stamm hievte. Sie warf einen Blick hinter sich und sah, wie der Stamm unter seinem Gewicht einsank. In

diesem Moment war er gut zu sehen. Sie hob ihre Waffe, zielte und feuerte, spürte den Rückschlag in ihrer Hand und Schulter. Sie hörte, wie er im Wasser aufkam, dann Geräusche, wie sich jemand abkämpfte und um sich schlug.

Danach Stille. Hatte sie ihn getroffen, oder hatte er nur seine Waffe ins Wasser fallen lassen? Zögerlich bewegte sie sich auf den Stamm zu, die Pistole parat, alle Sinne aufs äußerste angespannt, um Geräusche oder Bewegungen wahrzunehmen. Angestrengt lauschte sie dem Gesurre der Insekten und dem Gequake der Frösche, das nur vom Rascheln des Schilfgrases überdeckt wurde.

Aus dem Nichts tauchte plötzlich eine Erinnerung auf. Von ihr und Sean, wie sie am Ufer Fische angelten. Wie das kräuselnde Wasser sich in seinen Augen spiegelte, wenn er sie ansah.

In der Ferne krächzte ein Vogel, erhob sich vom silberfarbenen Wasser, und die Erinnerung war verschwunden. Sie bahnte sich ihren Weg um den umgestürzten Baum. Kein Anzeichen von ihm. Auf dem Weg dahinter sah sie eine Spur von silberfarbenen Tropfen, wie Quecksilber im Mondlicht. Blut. Sie hatte ihn getroffen, so viel stand fest. Er musste irgendwo da draußen im Sumpf sein.

Sie folgte der Spur auf dem Pfad, bis sie plötzlich am Ufer endete. Irgendwie war er in die Sümpfe verschwunden.

Wie ein Tier, das sich zum Sterben zurückzieht.

Dizu erhielt die Nachricht erst gegen Mitternacht, als er einen Anruf vom Revier auf sein Handy bekam. Er machte sich sofort auf den Weg, wartete nicht erst den ganzen Bericht ab und verfluchte den diensthabenden Beamten, ihm nicht früher Bescheid gegeben zu haben.

Persy angegriffen mit einem Molotowcocktail.

Er sah den Rauch bereits von der Straße und fuhr auf den Campingplatz, der voller Feuerwehrautos war. Sie waren zu spät gekommen, um Hamishs Wohnwagen zu retten. Ein geschwärzter, rauchender Haufen Müll, der an einem verbogenen Metallrahmen hing, war alles, was noch davon übrig war. Persy in schmutzigen, verrußten Jeans und T-Shirt sah mitgenommen, aber okay aus. Die Sanitäter waren vor Ort, und ihre Hand war in irgendetwas eingewickelt.

»Was ist mit deiner Hand passiert?«

»Hab ich mir verbrannt, aber alles okay. Die Sanis haben das behandelt und mir Schmerzmittel gegeben. Anscheinend eine leichte Verbrennung.«

Schnell und erstaunlich zusammenhängend berichtete sie ihm von den Ereignissen des Abends.

Dizu konnte seine Bestürzung nicht verbergen. »Verdammt, Persy, warum bist du Dollery allein nachgegangen? Er hätte dich umbringen können!«

Sie zuckte mit den Schultern. »Ich hatte keine Zeit, darüber nachzudenken. Ich wusste, dass ich ihn ansonsten verlieren würde.«

Dizu starrte in ihr schmales Gesicht, das von Dreck und Rauch verschmiert war. Ihre Dreads waren angesengt, ihre Brille saß schief. Ihr Mumm und ihre Entschlossenheit verblüfften ihn. Er kämpfte gegen den Impuls an, sie in den Arm zu nehmen, und kanalisierte seine Furcht in seine Wut auf Dollery.

»Dieser Scheißkerl!«

»Mir geht's gut. Wirklich. Mhlabeni war hier, als ich zurückkam. Er ist sofort mit einem Suchtrupp losgezogen.«

»Mhlabeni! Nach allem, was wir wissen, war er derjenige, der Dollery rausgeholt hat!«

Sie zuckte mit den Schultern. »Das wissen wir nicht.«

»Wer wusste, dass du hierhergezogen bist?«

»Jeder, der Zugang zur Datenbank hatte – also so ziemlich jeder auf dem Revier. Phumeza hat sich nach meiner neuen Adresse erkundigt, erinnerst du dich?«

»Was war im Wohnwagen?«

»Ein paar Toilettenartikel – und mein Geldbeutel. Meine Klamotten waren im Waschraum, und mein Ausweis und das alles ist im Safe auf dem Revier. Das Handy ist futsch. Aber wenigstens habe ich meine Waffe.«

Dizu dachte an den Brand der Logos-Schule, nur einen Steinwurf von hier entfernt. Beide Brände am Stadtrand von Masiphumelele. Beide galten ausgesuchten Zielen. War Dollery der gemeinsame Nenner, der Brandstifter? Dizu blickte in die erschrockenen, rauchgeschwärzten Gesichter der Campingplatzbewohner, Kinder in Pyjamas, Frauen mit Lockenwicklern im Haar. Gott sei Dank war es nicht windig gewesen, sonst hätte sich das Feuer schnell ausgebreitet. Diese provisorischen Wohnstellen brannten wie Plunder. Er war sich seines aufgestauten Ärgers bewusst und wäre Dollery am liebsten nachgejagt.

Sein Telefon klingelte.

»Wie geht es ihr?«

»Sie hat Verbrennungen an der Hand, aber es geht ihr gut.« Er gab Persy sein Handy weiter. »Für dich.«

»Dizu hat mir erzählt, was passiert ist.« Persy erkannte die Stimme von Marge Labuschagne. »Ich rufe an, um Ihnen zu sagen, dass ich ein Bett für Sie gemacht habe.«

Das war das Letzte, womit Persy gerechnet hätte. »Ich kann auf dem Revier schlafen.«

»Schwachsinn.«

Persy hörte etwas aus Marges Stimme heraus. Etwas, das sie selbst kannte.

Sie ist allein.

»Und ich habe die Reste einer sehr guten Lasagne im Ofen.«

Persy würde zwar keinen Bissen hinunterbekommen, aber das Angebot eines Bettes und eines selbstgekochten Essens brachten sie in dieser Nacht zum ersten Mal an den Rand der Tränen.
»Also gut. Danke.« Sie legte auf.

Crane hatte seinen Abend genossen. Er hatte drei Stunden lang sehr schnelles Ashtanga-Yoga gemacht und sich mit einem Roten Thunfisch und einem asiatischen Salat belohnt. Er beendete das Ganze mit einem Entspannungstee, während er durch die geöffneten Schiebetüren zuschaute, wie der Vollmond über dem Meer aufstieg. Zuvor hatte er Möwen nach unten stürzen und Delphine hochspringen sehen. Da draußen musste ein regelrechtes Festessen stattgefunden haben. Er war von einem Gefühl der Zufriedenheit erfüllt. Jetzt war es nach Mitternacht, seine bevorzugte Tageszeit, und er gab sich den angenehmen Gedanken an die dunklen Stunden hin, die vor ihm lagen.
Er ging zu dem großen Rollschreibtisch, holte die Zeichnungen und Vermessungspläne hervor und breitete sie auf dem langen Buchenholztisch aus. Zufrieden betrachtete er die Modellzeichnungen von »Bellevues Exklusiver Luxus-Sicherheitssiedlung«. Das Bauprojekt war hochwertig: Schiefer, Glas und Holz, eine mit Fynbos gestaltete Landschaft, um die ökologischen Anforderungen zu erfüllen, und dann natürlich der Hauptbestandteil, den man für maximale Rendite benötigte: Sicherheit, Sicherheit, Sicherheit. Palisaden, elektrische Zäune, Rund-um-die-Uhr-Bewachung, die hochmodernsten Videoüberwachungen und Monitore, Sensoren, das ganze verflixte Gedöns. Angst war ein wunderbarer Wirtschaftsfaktor – Menschen, die Angst hatten, bezahlten jeden Preis, um sich sicher zu fühlen. Sie sehnten sich nach Anlagen und Personenschutz.

Sie holten auch den Beistand der Götter ein und suchten nach jemandem, der sie beruhigen und ihnen spirituellen Schutz bieten konnte. Seine Führung war in solchen Fällen unschätzbar. Er kannte ein paar von der fröhlich-christlichen Fraktion aus Fish Hoek, die ihn als »Hexendoktor« verschrien und ihre Freunde davor warnten, dass spirituelle Wesenheiten böse Absichten haben konnten. Crane fand das äußerst amüsant – in der Tat. Wenn er solch ein Hexendoktor war, dann ein sehr kultivierter mit einer exklusiven Kundschaft.

Er richtete seine Aufmerksamkeit wieder auf die Skizzen. Bellevue war nur der erste Gebäudeblock in seiner sehr viel größeren Vision. Noordhoek als neues Camp's Bay, ergänzt durch Cafés, Läden und teure Hotels, vielleicht sogar mit einem Golfplatz, der sich zum Meer hinunter erstreckte. Keine weiteren kleinen hässlichen Bungalows, verborgen in den Milkwood-Wäldern, oder heruntergekommene Ferienhäuser wie das von Marge Labuschagne. Da konnten die Ökofreaks noch so toben und wettern, Fortschritt und Entwicklung waren unumgänglich, und große Profite waren dazu da, eingestrichen zu werden. Der Gedanke an Marge Labuschagne verursachte ihm Kopfschmerzen. Er sollte ein paar Tabletten einnehmen, ehe die Cluster-Kopfschmerzen sich breitmachten. Kopfschmerzen, verursacht von den »Stimmen«, die ihn dazu zwangen, tagelang in einem abgedunkelten Raum zu verweilen. Er spürte die vertraute Anspannung im Nacken und gleichzeitig den Zwang, sich abzulenken.

Es zog ihn zu seinem liebsten und absolut geheimsten Zeitvertreib. Er holte den Computer aus dem Safe. Das war das Erste, was er getan hatte, als er hierherkam – einen Safe einbauen. Kein anderer sollte Zugang zu seinem Computer haben. Er fuhr ihn hoch. Er enthielt ein geheimes »Portfolio«, an dem er sich seit Wochen ergötzte. Ein

Live-Feed einer Verführung, eine sexuelle Anmache mit einem köstlichen Unbekannten, der nur als »Raphael« bekannt war. In der Tat ein Engel.

Als er den Computer hochfuhr, stellte sich ein kurzer Moment der Besorgnis ein, ein Gefühl, dass seine Verstöße auf dieser Seite beobachtet wurden. Oh, nicht von »Shamil« oder den sogenannten anderen »Führern«, die er für seine Kunden hervorzauberte. Nein, die hier gab es wirklich, die körperlosen Stimmen, die zum ersten Mal in dem Heim zu ihm gekommen waren, nachdem Lance ihn »auserwählt« hatte. Zunächst suchten sie ihn nur dann auf, wenn er in Not war, doch inzwischen waren sie präsenter geworden, ganz egal, wie sehr er sie zu verdrängen versuchte. Das Problem war, dass sie ihren ganz eigenen Kopf hatten. Sie kamen zu den unterschiedlichsten Zeiten und immer häufiger. Es war nicht so, als könnte man sie in Schranken halten oder vernünftig mit ihnen reden. Sie waren der Preis, den er bezahlen musste, um Zugang zu anderen Welten zu haben, dafür, ein weiteres Bewusstsein als der durchschnittliche Otto Normalverbraucher zu haben, der völlig blind durch die Welt ging. Die meisten Leute dachten im Traum nicht daran, dass man sein Leben modellieren konnte, indem man spirituelle Impulse durch den gestärkten Willen kontrollierte und formte. War sein Leben nicht Zeugnis für diese Tatsache? Noch vor nicht allzu langer Zeit hatte er eine heruntergekommene Hütte im Sun Valley gemietet und einen Corolla aus den Achtzigern mit verrosteter Karosserie gefahren.

Während der Laptop am Downloaden war, stand er auf und ging zu den offen stehenden Schiebetüren hinüber. Der Mond hing noch immer tief über dem Meer, das sich in der stillen Nachtluft nicht zu regen schien. Er blickte zur Auffahrt hinunter, wo der Mercedes im Mondlicht glänzte. Aus dem Nichts trat eine Präsenz zu ihm. So kamen sie, scheinbar aus der dünnen Luft, manchmal klagend, manchmal unerträglich redselig, eine widerhallende Kakophonie in seinem Kopf. Doch dieses Mal war es eine der schlechten.

Ein Miasma des Schreckens schob sich über ihn, erdrückte ihn und erschütterte ihn bis ins Mark. Die Stimmen erinnerten ihn daran, dass seine Verstöße einen Preis hatten. Sie fingen immer sanft an, zunächst nur ein Flüstern, doch schon bald würden sie lauter werden, bis ihr Gebrüll seinen Kopf fast zum Platzen brachte. Sie hatten es auf ihn abgesehen, und es gab nichts, was er tun konnte. Er hielt sich die Ohren zu, konnte sie aber noch immer hören. Niemals wurde er sie los, die Kopfschmerzen waren beständig da. Tatsächlich wurden sie sogar schlimmer. Seine größte Sorge war die, dem Wahnsinn zu verfallen. So zu enden wie Colette McKillian, in einer Klinik, so verschnürt wie ein Hühnchen, und mit Medikamenten zwangsernährt zu werden.

Er erstarrte. Jemand war bei ihm im Raum. Er drehte sich um, um nachzusehen. Aus dem Augenwinkel nahm er einen Schatten wahr, der an der Wand entlanghuschte.

»Wer ist da?« Furcht schwang in seiner Stimme mit.

Die Gestalt machte einen Satz auf ihn zu. So ruckartig wie eine Marionette, und sie roch nach etwas Fauligem.

»Wie bist du reingekommen?«

»Ich kann überall rein. Das solltest du eigentlich wissen.«

Erleichterung durchflutete ihn, als er Sean Dollerys Stimme vernahm. Der war wenigstens *menschlich!* Doch als die Gestalt näher kam, entdeckte Crane den blutgetränkten Fetzen um seine Schulter und den leeren Blick, und er wusste sofort, dass dieser Abend eine Wende zum schlechteren genommen hatte.

»Was ist mit dir passiert?« Die Kopfschmerzen pochten in seinen Schläfen.

»Jonas, diese Schlampe, hat mich angeschossen. Pietchie hat mich auf der anderen Seite von Slangkop rausgelassen, und ich bin von hinten über die Berge von Ocean View gekommen – aber sie haben die Hunde auf mich angesetzt. Ich brauche ein Auto. Und Geld.«
Crane konnte einen Schauer des Ekels nicht unterdrücken. Dollery war nass und moorig wie ein wildes Tier. Wie konnte er es wagen, so bei ihm aufzukreuzen, seine schmutzigen Ghetto-Probleme hier in Cranes persönlichen Raum zu bringen!
»Ich habe dir gesagt, du sollst niemals hierherkommen.«
»Leck mich, Crane. Ich habe dir genug Gefallen erwiesen, wenn dir danach war.«
»Was willst du von mir?«
»Gib mir deine Autoschlüssel.«
»Du weißt, dass das nicht in Frage kommt.«
Drohend kam Sean auf ihn zu. Crane wusste, dass er sich bewegen sollte, doch etwas hatte jeglichen Willen aus ihm herausgesaugt. Heiße Eisenstacheln drangen in seinen Schädel ein. Das verursachten die Stimmen. Es war qualvoll. Am liebsten hätte er Sean zugerufen: »Hilf mir!« Doch ihm konnte keiner helfen. Sean gestikulierte jetzt, verlangte nach den Schlüsseln, kam weiter auf ihn zu, stieß ihn, wodurch er nach hinten auf die offenen Schiebetüren zustolperte, hinter denen es steil abfiel. Crane zog die Schlüssel aus seiner Hosentasche und warf sie ihm zu, doch Sean kam immer näher. Die Stimmen waren jetzt so laut wie der Ozean: *Boom, boom, boom!*
Crane spürte die kühle Luft des offenen Fensters in seinem Rücken, dann fiel er durch die Luft, und ein Strahlenkranz des Schmerzes explodierte in seinem Kopf.

39

Es war ein Uhr früh, als Persy schließlich bei Marge Labuschagne abgesetzt wurde. Beim Anblick des einladenden Lichts, das zwischen den Milkwood-Bäumen hervorleuchtete, einer Oase der Normalität, kamen ihr plötzlich Bedenken. Was, wenn die Einladung herzukommen nichts weiter als eine spontane höfliche Reaktion gewesen war? Was, wenn man sie mit Entsetzen oder Unverständnis aufnahm? Wohin sollte sie dann gehen? Die Ereignisse des Tages hatten sie zu sehr ausgelaugt, als dass sie sich nach einem anderen Schlafplatz umsehen könnte. Sie zitterte vor Hunger und Erschöpfung nach dem Adrenalinschub. Sie öffnete das Tor, und beim Anblick von Bongo, der humpelnd und zaghaft schwanzwedelnd auf sie zukam, blieb ihr fast das Herz stehen. *Ich bin mit den Nerven am Ende,* dachte sie, als sie sich nach unten beugte, um ihn zu streicheln.

Marge öffnete die Tür, noch ehe sie geklopft hatte, und nahm ihr den Wäschesack voll zerknüllter Klamotten ab.

Als sie den Verband an Persys Hand sah, schien sie ganz eindeutig erschüttert. »Ich kenne keinen Menschen, der innerhalb einer Woche so oft mit knapper Not davongekommen ist.« Marges Stimme klang ruppig, aber freundlich.

Persy sah noch immer das Aufblitzen des Molotowcocktails, roch das verbrennende Plastik und ihr angesengtes Haar. »Hab meine Dreads angesengt«, sagte Persy und strich sich reuevoll durch das Haar.

»Wenn das das Schlimmste ist, dann können Sie sich glücklich schätzen«, sagte Marge.
Sie gingen in die offene Küche, ein planloses Durcheinander von Küchengeräten, alten Kochbüchern, Schüsseln und Töpfen. Marge öffnete den Trockner und stopfte Persys feuchte Wäsche hinein. Dann schenkte sie ihnen beiden ein großzügiges Glas Wein ein.
»Oh, nein danke«, sagte Persy. »Wasser wäre okay für mich.« Es würde ihr ganz bestimmt den Rest geben, sollte sie auf all die Schmerzmittel auch noch Alk trinken. Und sie wollte jetzt nicht in einen ihrer Zustände fallen.
»Dann bleibt mehr für mich.« Marge tischte die Überreste einer Lasagne und einen Salat auf. »Ich hoffe, Sie sind keine Vegetarierin oder sonst irgendwas Verrücktes in der Richtung.« Sie nahm einen Schluck Wein. Persy versuchte, etwas zu essen, schob das Essen aber nur auf ihrem Teller herum. Marge tat so, als würde ihr das nicht auffallen.
»Irgendeine Ahnung, wo Dollery sein könnte?«
»Nein. Er könnte überall sein.« Persy überlegte, dass er, sollte er es bis nach Ocean View geschafft haben, vermutlich auf die Berge zusteuerte. Er kannte diese Berge wie seine Westentasche. Doch wohin konnte er von dort aus gehen?
»Wie läuft der Rest der Ermittlungen?«, wollte Marge wissen.
Persy informierte sie über Ryan Fortuins und Jasper McKillians Spritztour in der Nacht von Sherwoods Mord. Dann erzählte sie ihr von Jaspers Unfall.
»Der arme Junge, wie schrecklich. Mir tut seine Mutter leid. Die hat schon so einiges durchgemacht.«
Später brachte Marge Persy nach oben. »Ich habe die Tür zugelassen, damit die Katzen draußen bleiben.«
Persy war überrascht, dass Marge sich an ihre Allergie erinnerte. »Ich ändere meine Meinung bezüglich Katzen

gerade«, sagte sie in Anbetracht der Tatsache, dass sie Gaia wohl das Leben verdankte.
Marge öffnete eine Tür im Flur. »Das Badezimmer ist da drüben. Will ist auch da, schläft aber auf der anderen Seite. Hier haben Sie es ruhig.«
Das warme Licht einer Leselampe neben dem Bett ergoss sich über das Einzelbett, die Bettdecke war zurückgeschlagen, und ein sauberes Handtuch lag zusammengefaltet darauf. Frische Blumen standen auf der Kommode. Persys Kindheitstraum war es immer gewesen, ein solches Zimmer zu haben, doch sie hatte geglaubt, so etwas gäbe es nur im Fernsehen oder in Zeitschriften. Marge zog die Vorhänge auf. »Von hier können Sie die Berge sehen.«
Persy erhaschte einen Blick auf den Mond über den Umrissen von Chapman's Peak. Er stand jetzt höher als vorhin, als sie im Sumpf war. Lief Sean noch immer da draußen herum?
»Schon den McNaught-Kometen gesehen?«, unterbrach Marge ihre Gedanken.
»Nein.« Persy lächelte schwach. Sie hätte ihr gerne für alles gedankt, aber sie bekam kein Wort heraus. Und bis sie die Worte fand, war Marge nicht mehr da.

Marge verriegelte das Haus für die Nacht, als ihr einfiel, dass sie nichts von Sherwoods Aufenthalt im *Phoenix* und der vermuteten Verbindung zu Clyde Cupidos Fall erwähnt hatte. Titus hatte ihren wilderen Vermutungen einen Dämpfer verpasst, doch das Rätsel um Sherwoods Pachtvertrag bestand noch immer. Ivor würde ihnen mehr dazu sagen können. Morgen würde sie Persy zu ihm mitnehmen. Sie zog die Vorhänge zu. Weit entfernt über dem Tal blinkten die Lichter eines Flugzeugs am Himmel. Sie stellte sich die Passagiere vor, eingelullt vom Dröhnen der

Maschine, wie sie bei gedimmtem Licht in der Kabine schliefen, nichts von der Flugbahn des Kometen und dem Schweif von verdampfendem Eis ahnend, das Millionen Meilen über der Galaxie verbrannte. Sie ging ins Bett und löschte das Licht. Aus irgendeinem Grund musste sie an Persys zaghaftes Lächeln denken. Zum ersten Mal hatte sie das Mädchen lächeln sehen. Sie nahm alles immer so ernst. Damit hatte sie erschreckend jung und überraschend weiblich ausgesehen. Sie ist noch ein Kind, dachte Marge. Doch ein Kind, das mehr brauchte als nur eine anständige Mahlzeit. Sie dachte an ihre Tochter, die sie nie kennengelernt hatte, die jedoch immer wie ein schattenhafter, flüchtiger Geist zwischen Matthew und Will stand. Eine Tochter, die jetzt fünfundzwanzig wäre. Genauso alt wie Persy. Ob sie der jungen Detective irgendwie geähnelt hätte? Mutig, unabhängig, verletzlich. Marge spürte, dass ihr die Tränen kamen – wegen der Tochter, die sie niemals gehabt, und den Söhnen, die sich von ihr entfremdet hatten, wegen Louis, jetzt ebenfalls ein Fremder, und der Familie, die sie einst gewesen waren. Die restliche Nacht schwebte sie zwischen Wachen und Träumen, sah Kometen durch den Himmel fliegen und den Leuchtturm von Kommetjie seinen sanften Strahl über den Ozean schicken. Das letzte Bild, das sie sah, ehe sie schließlich einschlief, war ein tröstliches: Bongo, der an der Tür lag, nachdem er sich in ihr Zimmer geschlichen hatte, den Kopf zwischen den Pfoten, die Augen geschlossen. Immer mal wieder stieß er ein Wimmern aus, und seine Beine zuckten, als träumte er davon, über den Strand zu rennen.

40

Die Vögel, das abnehmende Licht, oder war das die Morgendämmerung? Sean wusste es nicht, er spürte nur, wie die Hitze aus ihm herausfloss, Wasser, Luft, alle Elemente, in die Erde strömten. Er hatte es zu guter Letzt bis hierher geschafft, aber es war anstrengend gewesen. Diese verdammte Schlampe hatte ihm einen Durchschuss durch die Schulter verpasst, Knochen und Nerven getroffen. Er konnte seinen Arm bewegen, aber jeder Ruck daran war höchst schmerzhaft.

Er hatte die Sümpfe durchqueren, durch Schlamm und schmutziges Gewässer waten müssen, um sich von Ocean View und Masiphumelele fernzuhalten, wo Straßensperren errichtet worden waren. Vor dem vornehmen, umzäunten Anwesen in den Sümpfen, das an die alte Imhoff-Farm grenzte, fand er sich wieder. Dort war er in der Dunkelheit herumgeschlichen wie ein Hund mit eingezogenem Schwanz und hatte dem Surren und Klicken des Elektrozauns gelauscht, ein Geräusch wie von einem wahnsinnigen Insekt, während er auf Pietchie wartete.

Pietchie hatte sich wegen der Straßensperren in die Hose gemacht und sich geweigert, ihn weiter als bis zur Abzweigung nach Misty Cliffs zu bringen. Von dort hatte Sean es zu Fuß zu Cranes Haus schaffen müssen. Zu diesem komischen Haus. Voller Gespenster und weiß der Teufel was noch.

Jedes Mal, wenn Sean sich an den durchdringenden Schrei erinnerte, den Crane beim Sturz aus dem Fenster ausgestoßen hatte, als säße ihm der Teufel höchstpersönlich im Nacken, empfand er einen brennenden Brechreiz. Er hatte sich den Mercedes geschnappt und zugesehen, dass er so schnell wie möglich von dort verschwand. Er war hierhergekommen, an den einzigen Ort, an dem er jemals eine Art Frieden empfunden hatte, ehe alles schiefgelaufen war. Ein Ort, an dem er sich vor seinem Vater versteckt hatte. Die geheime Welt mit den Schatten spendenden Bäumen. Hier auf dem Dachboden mit dem Geruch nach feuchtem Holz, wo Persys Gesicht zwischen den glänzenden Staubpartikeln geleuchtet hatte, die Augenbrauen wie Mottenflügel auf ihrer braunen Haut. Wie alt waren sie damals gewesen? Sechs, sieben? *Laaities.*

Als es im Raum heller wurde, wurden auch die Vögel lauter. Persy kannte die Namen aller Vögel. Von Poppa. Sie hatte ihm an jenem Tag, als sie den Pfad aus dem Milkwood-Wald genommen hatten, Nektarvögel gezeigt, die sich vom Proteabusch ernährten. Ein Teil seiner gegenwärtigen Schwäche war eine schmerzhafte Mahnung seiner Kindheit. Einen »Schwächling« hatte sein Vater ihn genannt. Er war kränklich und hatte sich immer abgestrampelt, um mit Persy mithalten zu können, sein schwerfälliger, asthmatischer Atem laut und beschämend. Für gewöhnlich hatte er hier oben in den Bergen immer schrecklich Angst gehabt, vor den Schlangen, den Pavianen und dem Echo des Berges, doch das verriet er ihr niemals, denn sie hätte gelacht, ihn mit diesem foppenden Blick aus ihren dunklen Augen herausfordernd angeblickt. Dann hätte sie ihm ihren spitzen Ellbogen in die Seite gestoßen und gesagt: *»Aber warum? Warum?«*

Ihr spöttischer Tonfall hätte erahnen lassen, dass es in seinem Leben trotz allem etwas Licht gäbe, ein paar Möglichkeiten, wenn er nur eine Lösung fand. Vielleicht wäre ihm das gelungen, wenn die Dinge sich anders entwickelt hätten. Ein Leben außerhalb des Ghettos, fernab von Gewalt, Armut und Schmutz. Alles schien schwächer zu werden, bis nur noch ihre Stimme zu hören war: *Warum? Warum?*, die sich mit dem Vogelgezwitscher vermischte. Doch noch immer schlief er nicht, wartete nur, da er wusste, dass sie schließlich kommen musste.

41

Persy erwachte in einem leeren Haus. In der Küche fand sie eine Nachricht von Marge vor, in der sie ihr mitteilte, sie sei zur Post gegangen und Persy solle sich selbst Frühstück machen. Die Nachricht enthielt ein PS: *Wir essen mit Ivor Reitz zu Mittag*. Persy hatte sich von Marges Wärme und Sympathie am Abend zuvor einwickeln lassen. Dieses PS war eine Erinnerung an Marges äußerst ärgerliche Gewohnheit, das Kommando über die Ermittlungen zu übernehmen.

Allein in dem Haus kam sich Persy vor wie ein Eindringling in die weiße bürgerliche Welt mit dem angeborenen Privileg auf Raum und Luft. Eine Welt, die sie nie kennengelernt hatte, und sie war zugleich neidisch darauf und eingeschüchtert davon. Sie rief auf dem Revier an. Der Suchtrupp hatte keine Spur von Dollery gefunden. Die Hundestaffel war seit dem Morgengrauen wieder unterwegs, hatte seine Spur aber in den Sümpfen verloren. Sie machte Kaffee und schlenderte dann ins Wohnzimmer. Obwohl Marge nicht hier war, zeigte sich ihre Gegenwart überall in den vielen Fotos von ihr und ihrer Familie: dem stets großartig aussehenden Will, einem mürrisch dreinblickenden älteren Jungen, der sein Bruder sein musste, und irgendwo im Hintergrund ein ungepflegter Mann mit Brille und undurchdringlichem Blick, der etwa in Marges Alter war. Vermutlich der Ex-Mann.

Die Katzen dösten in den Sesseln. Schalen mit trocknendem Fynbos verteilten sich auf staubigen Oberflächen.

Wenn man das Chaos ignorierte, war das Ambiente im Raum angenehm und gemütlich. Keiner könnte Marge Labuschagne vorwerfen, sich etwas auf ihr Haus einzubilden. Bücher und Zeitschriften stapelten sich auf dem Couchtisch, ein paar benutzte Teetassen und eine Kanne standen auf einem Tablett, Toastkrümel und verschmierte Butter auf einem Teller. Mehrere CDs lagen neben ihren Hüllen. Persy schaute sie durch. Klassisches Zeug, ausländische Männer in Anzug und Fliege. Und Re-releases von Achtziger-Jahre-Aufnahmen, den Covers nach zu urteilen. Ein Buch lag aufgeschlagen, mit den offenen Seiten nach unten auf dem Tisch. *Trauma und Erinnerung*. Auf dem Cover die Schwarzweiß-Illustration eines zusammengekauerten Mädchens in einer Ecke, auf die von oben Lichtstrahlen fielen. Wie Gefängnisstäbe. Persy drehte es um. Die Worte sprangen ihr ins Auge: *Charakteristiken des Verleugnens, Zwangshandlungen, Alpträume, Rückblenden von wiedererlangten Erinnerungen, Über-Bewusstsein.* Sie klappte das Buch zu. *Diese Psycho-Scheiße.* Einen Moment lang sah sie wieder Seans Profil im Fenster des Wohnwagens, spürte die Hitze des Feuers und hörte das Kreischen der Vögel im Sumpf. Ihre pochende Hand holte sie in die Gegenwart zurück. Sie brauchte eine weitere Schmerztablette. Der unordentliche Raum, der sie zuvor nicht gestört hatte, erfüllte sie jetzt mit Schrecken. Sie empfand einen starken Drang, aufzuräumen; wie konnte man nur so leben? Das reinste Chaos! Sie fing damit an, die Bücher auf ordentliche Stapel zu legen, schob die CDs in ihre jeweilige Hülle, reihte sie neben den anderen auf den Regalen ein und tadelte sich währenddessen dafür, Marges Angebot, herzukommen, angenommen zu haben. Nach dem Brand war sie schwach gewesen und hatte ihre Deckung vernachlässigt. Die Gastfreundschaft der Psychologin am Abend zuvor konnte sehr gut eine sehr viel dunklere, unheimlichere Absicht verbergen. Das Buch schien das zu bestätigen. Marge wollte in ihrem Gehirn herumwühlen, etwas aufdecken. Es war genau so, wie sie immer vermutet hatte. Persy war für sie eine Art Testfall.

Marge fuhr am späten Nachmittag mit Persy zu Reitz' Haus hinunter, wobei der Auspuff ein schreckliches Geräusch verursachte; nur Gott allein wusste, woher sie das Geld nehmen sollte, ihn reparieren zu lassen oder sich ein neues Auto zu kaufen. Als sie Ivor zuvor wegen Sherwoods Pacht für Bellevue angerufen hatte, war er überrascht gewesen, dass sie diese Information für wichtig erachtete. Ivor gehörte nicht zu den gesprächigen Männern, doch in letzter Zeit war er noch undurchdringlicher und unzugänglicher geworden als bislang. Marge musste einen gewissen Druck auf ihn ausüben, damit er zustimmte, sich mit Persy zu treffen. Und dann, als wollte er sie für sein Zuspätkommen entschädigen, lud er sie zum Mittagessen ein.

Ärgerlicherweise klang das, was Persy im Wagen zu ihr sagte, ganz so, als teilte sie seine Meinung, dass sie hier ihre Zeit vergeudeten.

»Wir haben unseren Verdächtigen, wir müssen ihn einfach nur wieder festnehmen.«

»Was haben Sie denn schon gegen Dollery in der Hand?«, widersprach Marge. »Er hat seine Fingerabdrücke in Sherwoods Auto erklärt. Dann bleibt noch Schneiders Gärtner, der ihn Freitagabend in Masiphumelele vorbeifahren sah. Um sich einen Burger zu holen. Das hört sich nicht wirklich nach Beweisen an.«

»Wir haben bei Dollery noch ganz andere Dinge im Blick als Sie«, sagte Persy. »Wir sind schon seit geraumer Zeit hinter ihm her.«

Ihre alte Stacheligkeit und Rivalität tauchte wieder auf, als ob die Entspannung am Abend zuvor nichts weiter als eine kurze Unterbrechung der Feindseligkeiten gewesen wäre.

»Ich bin dennoch der Meinung, dass Sie sich dem unvoreingenommen stellen sollten«, entgegnete Marge scharf. Persy versank in trotzigem Schweigen, während Marge etwas Musik anmachte, um die Stimmung aufzulockern. Die Kalahari Surfers, *Hope Fades for Finding Survivor*. Eine neue Lieblings-CD, die sie mit Will gemein hatte.

Das Anwesen der Reitz lag an der Straße zum Chapman's Peak und umfaste mehrere Hektar, die sich über dichten Fynbos im Schatten des Berges erstreckten. Sie fuhren durch ein verschnörkeltes Eisentor, das auf eine von Eichen gesäumte Kiesauffahrt führte, von der mehrere Koppeln abgetrennt waren. Grasende Pferde, deren Fell aufglänzte, wenn sie sich durch das Licht- und Schattenspiel unter den Bäumen bewegten.

Marge stellte die Musik leiser. »Ivor hat dieses Anwesen mit ursprünglichem Bergfynbos restauriert. Beeindruckend, nicht wahr?« Oje, jetzt hörte sie sich so besitzergreifend wie ein Groupie an. *Und wenn schon*, dachte sie. Das Haus war ein original kapholländisches Gutshaus aus dem 18. Jahrhundert mit dicken, weißgetünchten Mauern, gekrönt von einem *holbol*-Giebel, einem Zwerchgiebel, mit Flügelfenstern und Fensterläden. Persy starrte es an und wendete dann schnell den Blick ab, als hätte der Anblick sie beleidigt. Was für eine merkwürdige kleine Kreatur sie doch war! Am Abend zuvor war sie wie ein müdes Kind gewesen, jetzt versank sie in düsterem Teenager-Schweigen. Marge hielt neben Ivors Range Rover, an dem ein Pferdetrailer angehängt war. Daneben stand Morganas sportlicher Zweisitzer.

Auf der *stoep* oberhalb der geschwungenen Treppe tauchte

die Haushälterin der Reitz' in der Dienstkleidung einer Hausangestellten auf: Latzhose, Schürze und das typische Kopftuch oder *doek*.
Sie führte sie in das kühle Empfangszimmer mit der hohen Decke. Der geflieste Boden glänzte im Nachmittagslicht, genau wie der Mahagonitisch, auf dem ein leuchtendes Messinggefäß mit einer prahlerischen Zurschaustellung von Hortensien stand.
Morgana kam die Treppe herunter, um sie zu begrüßen, bekleidet in Jodhpurhosen, Stiefeln und einem frischen weißen Shirt. Ihr Blick glitt über Marge hinweg und blieb an Persy hängen. »Sie müssen Detective Jonas sein.« Sie ließ etwas aufblitzen, was sie vermutlich als unwiderstehliches Lächeln erachtete. »Ich bin Morgana Reitz. Kommen Sie bitte mit, Ivor ist im Wohnzimmer.«
Sie folgten ihren gemächlichen, provokativen Schritten in das geschmackvoll mit traditionellen kapholländischen Möbeln eingerichtete Wohnzimmer. Ein strenger Stil, abgemildert durch helle Sofas und gemusterte Läufer. Ein Adagio für Streicher lieferte einen sanften melodischen Hintergrund. Marge fand, dass es so künstlich wirkte wie eine Filmkulisse – mit Morgana in der Hauptrolle, keine Frage.
»Liebling, die Polizei ist da«, verkündete Morgana und dann, scheinbar als Nachsatz, »und Marge.«
Ivor saß mit einem geöffneten Laptop auf dem Sofa am Couchtisch. Er stand auf. »Ach ja. Hallo, Marge.« Er streckte Persy die Hand hin. »Ivor Reitz.«
Persy zögerte, ehe sie unbeholfen seine Hand schüttelte. »Detective Persy Jonas.«
Sein Blick fiel auf ihre bandagierte Hand. »Was ist mit Ihrer Hand passiert?«
»Kleinerer Unfall.«
»Seien Sie damit bloß vorsichtig.«

Marge hatte vergessen, wie schrecklich reizend Ivor sein konnte.

»Ich dachte, wir könnten draußen essen«, schlug er vor. »Den windstillen Nachmittag ausnutzen.«

»Gute Idee«, sagte Marge begeistert. Sie lechzte nach einer Zigarette.

Die Terrasse wurde von einer Pergola beschattet, die von einer schweren lila Bougainvillea nach unten gedrückt wurde. Auf dem Tisch stand ein Eiskübel mit Wein. Körbe mit Brot und Teller mit Oliven, Käse und Salat standen bereit. Der Tafelaufsatz bestand aus einer Schale mit leuchtend schwarzen Trauben. Marge war begeistert; sie ignorierte Morganas missbilligendes Stirnrunzeln.

»Was zu trinken, Marge? Detective?«, fragte Ivor.

»Ich nehme einen Schluck Chardonnay.«

»Ein Glas Wasser«, bat Persy.

Marge war aufgefallen, dass sich Persy seit ihrem Eintreffen hier unbehaglich fühlte, aber Reitz' Haus war auch tatsächlich überwältigend, für jedermanns Verhältnisse. Die Haushälterin brachte ein Tablett mit einem Krug eisgekühlten Wassers mit Zitronen und Minze für Persy, während Morgana Schalen mit Nüssen und Oliven herumreichte, sie selbst aß jedoch nichts davon. Im hellen Tageslicht konnte man die Botox-Klümpchen unter ihrer Haut erkennen. Marge nahm sich eine Handvoll Cashewnüsse und kaute sie laut. Mit einer geschickten Drehung öffnete Ivor die Flasche Wein. »Schreckliche Sache, das mit Sherwood.« Er schenkte Marge ein großzügiges Glas ein. »Wie kann ich behilflich sein?«

»Wenn ich richtig informiert bin, war Mr. Sherwood Ihr Mieter«, sagte Persy.

»Ja.« Entspannt lehnte sich Ivor mit seinem Glas nach hinten. »Er hat eines meiner älteren Häuschen in Kommetjie gemietet. Seit sieben, acht Jahren schon.«

»Wir wissen nicht viel über ihn. Hat er Ihnen irgendwelche Referenzen dagelassen?«

Ivor lachte herablassend. »Ich habe keine Zeit, mich mit solchen Details zu befassen, tut mir leid. Das überlasse ich meiner Immobilienmaklerin, Renuncia Campher.«

Persys Lippen wurden schmaler. Witzigerweise war Marge Ivors bevormundendes Verhalten bis jetzt gar nicht aufgefallen.

»Er hatte ein kleines, aber regelmäßiges Einkommen von einem Treuhandfonds und das Gehalt von der Logos-Schule. Ich habe mal gehört, dass er ein Suchtproblem haben soll, der arme Kerl. Was die Miete betrifft, so war er eine ganze Zeitlang sehr zuverlässig, dann ging seine Beziehung in die Brüche, und als Nächstes hat er seinen Job verloren. Und ich nehme an, dass er dann angefangen hat zu trinken. Er hat auch begonnen, Holzspielzeug für Kinder herzustellen und auf Märkten zu verkaufen, hat ein bisschen auf Kindergeburtstagen und Jahrmärkten jongliert und so. Ein paarmal hat er seine Miete nicht bezahlt, aber ich schmeiße Leute nur sehr ungern raus.«

Ivor konnte es sich leisten, großzügig zu sein. Geldmangel gehörte nicht zu seinen Sorgen, auch wenn Marge gehört hatte, dass der wirtschaftliche Rückgang sein Vermögen dezimiert hatte.

Konnte er deshalb de Groots Angebot für Bellevue nicht überbieten? Ach, was wusste sie schon? Sie hatte noch nie im Leben ein Investment getätigt.

»Ich glaube, Sherwood hatte einen zehnjährigen Pachtvertrag auf das Grundstück, dass Sie kaufen wollten«, sagte Persy.

»Ja, ich habe Sherwood gesagt, meinetwegen könne er gerne auf Bellevue wohnen, sollte ich der neue Besitzer werden. Ich bin mir sicher, dass Marge Ihnen gesagt hat, was für ein Naturschutzfanatiker ich bin.« Ivor erwärmte sich für sein Thema. »Das Bergstück über Bellevue wurde durch den Kaolinabbau an dieser Seite abgetragen. Der Großteil der offenen Mine wurde schon vor zwanzig Jahren wieder aufgefüllt. Ich wollte ursprünglichen Berg-Fynbos darauf anpflanzen. Doch leider hat Gregory Crane ein höheres Angebot gemacht.«

»Hat denn Sherwoods Pacht den Verkauf nicht behindert?«

»Tja, schon ...«

»Aber nur, wenn er dort auch wohnte?«

»Ich nehme an, das ist zutreffend.«

»Ist das von Bedeutung?« Morgana schaute demonstrativ auf die Uhr.

Persy blinzelte hinter ihrer Brille.

»Es wäre also durchaus in Ihrem Sinn gewesen, dass Sherwood nach Bellevue zieht.«

»Ich weiß nicht genau, worauf Sie hinauswollen ...«

»Sherwood hatte gepackt und wollte aus Ihrem Haus in Kommetjie ausziehen.«

»Ach ja? Das wusste ich nicht.«

»Und wussten Sie, dass Crane Sherwood Geld angeboten hat, um die Pacht aufzugeben?«

Ivor war nicht ganz wohl. »Nein, aber das würde mich nicht überraschen.«

Persy blickte sich in dem ruhigen Garten um. »Haben Sie Sherwood ein Gegenangebot gemacht? Ihn vielleicht bezahlt, damit er nach Bellevue zieht, um so zu versuchen, Cranes Vorhaben zu torpedieren?«

»Moment mal!«, unterbrach Morgana.

Marge war sprachlos. Das war so peinlich. Persy behandelte Ivor wie einen Verdächtigen. Das hier sollte ein nettes Gespräch bei einem Essen sein, kein Verhör!

»Wenn Sie damit andeuten wollen, dass ich ein Motiv hatte, dann nehme ich daran Anstoß.« Ivor hielt seine höfliche

Maske nicht länger aufrecht. »Sherwood hatte persönliche Gründe, Crane zu hassen. Kein Geld der Welt hätte ihn dazu gebracht, die Pacht aufzugeben.«

»Er hätte Sie und Crane gegeneinander ausspielen können, wodurch ein Bieterkrieg eingesetzt hätte, den Sie nicht hätten gewinnen können. Und als es Ihnen nicht gelang, Sherwood dazu zu überreden, an Bellevue festzuhalten, und Ihr Traum, den ganzen Berg zu besitzen, in Gefahr war, haben Sie vielleicht beschlossen, Sherwood umzubringen.«

Ungläubig lachte Ivor. »Das ist lächerlich!«

»Ivor hatte nichts damit zu tun!«, widersprach Morgana, wenngleich etwas halbherzig, wie Marge fand.

Doch Persy ließ nicht locker. »Wo waren Sie beide am Freitagabend?«

Angesichts Persys feindseligem Angriff rang Ivor mit sich, um freundlich zu bleiben. Marge wusste nicht, ob sie jetzt beeindruckt oder erschüttert sein sollte. Persy würde sie immer wieder aufs Neue überraschen.

»Ich war zu Hause. Ich hatte vor, zum Chapman's Peak hinaufzuwandern, um nachzusehen, ob der Komet schon sichtbar war, doch dann wurde ich von der Arbeit abgelenkt. Ich habe unten bis etwa zwölf gearbeitet und bin dann ins Bett.«

»Ich hab's nicht so mit Sterne gucken und Vögel auskundschaften.« Morgana konnte sich einen gewissen Sarkasmus nicht verkneifen. Galt er Marge? Bestimmt nicht. Die Göttin Morgana hielt Marge für eine Rivalin? Was für eine lächerliche Vorstellung.

»Ich war tatsächlich sehr erkältet und bin früh ins Bett gegangen.« Morganas Haar sandte eine Duftwolke aus, als sie mit einem Mal aufsprang. »Und wenn Sie mich jetzt bitte entschuldigen würden, ich habe Reitunterricht.«

Morgana rauschte hinaus. Persy stand ebenfalls auf. »Wir

sollten dann auch mal gehen.« Demonstrativ blickte sie Marge an, die so tat, als würde sie es nicht bemerken. Sie wäre verflucht, wenn sie ein gutes Glas Chardonnay verkommen ließe, insbesondere, wo die Dinge gerade erst anfingen, interessant zu werden. Doch Persy und Ivor begaben sich nach drinnen, gingen zur Eingangstür. Sie folgte ihnen auf die *stoep* unter dem Giebel. Wenn sie sich richtig erinnerte, so hatte sie diesen Ausblick auf Reitz' Anwesen noch nie zuvor gesehen; der Blick über die Koppeln, Ställe und das offene Buschland wirkte vertraut, doch zugleich schien etwas hier leicht verändert.

Als hätte sie ihre Gedanken lesen können, fragte Persy Ivor: »Wie lange gehört Ihnen das Land schon?« Ihre Stimme hörte sich merkwürdig an.

Marge warf ihr einen flüchtigen Blick zu. Sie war ganz blass, und ihre Augen waren groß und sehr dunkel.

»Das Haus habe ich geerbt und das restliche Land vor etwa zwanzig Jahren erstanden.« Ivor klang wieder höflich, um seine vorherige Freundlichkeit bemüht.

Persy zeigte auf die Nebengebäude. »Dort standen mal Hütten.«

»Das stimmt. Wir haben sie abgerissen und die Ställe gebaut. Kennen Sie diese Gegend?«

»Mein Großvater hat hier gelebt. Auf einer kleinen Farm.«

»Wirklich? Wie hieß er?«

»Die Leute nannten ihn Poppa.« Ihre Stimme klang angestrengt.

»Poppa Jonas? An den kann ich mich gut erinnern! Ein richtiger Gentleman der alten Schule. Dann müssen Sie …«

»Persephone Jonas. Cupido war der Name meiner Mutter.«

Marge war verwirrt. Worüber redeten sie da?

Ivor war sichtlich verblüfft. »Persephone? Natürlich! Wie konnte ich das nur vergessen haben? Na ja, das letzte Mal

habe ich Sie vor sehr langer Zeit gesehen ... Wie alt werden Sie damals gewesen sein ...«
»Sieben. Clyde war fünf.«
Marge spürte, wie sich ihre Nackenhärchen aufstellten.
»Ihr Bruder, natürlich. Diese ... diese schreckliche Tragödie ...« Ivor wurde leiser, verlegen.
Marge hatte das Gefühl, als würde sich der Boden unter ihr bewegen – plötzlich war nichts mehr, wie sie es sich vorgestellt hatte ... Clyde Cupido, Persys Bruder? Dieses kleine Mädchen, das an Gloria Cupidos Ärmel zupfte, der Großvater, der sie hinausführte – *das* war Persy gewesen? Alles, was Marge über Persy, Clyde Cupido und Theo Kruger wusste, all ihre Mutmaßungen mussten im Licht dieser Enthüllungen neu ausgerichtet werden.
Kaum nahm sie die Verabschiedung wahr oder ihren Rückweg zum Wagen. Sie startete den Motor und fuhr langsam vom Grundstück.
Persy saß wie eine Statue auf dem Beifahrersitz, die Hände ineinander verkrampft.
Nach einer Weile musste Marge etwas sagen. »Ich hatte keine Ahnung, dass Clyde Cupido Ihr Bruder war.«
Persy wandte das Gesicht ab und starrte aus dem Fenster.
»Ich muss Ihnen sagen, dass ich an dem Fall Ihres Bruders mitgearbeitet habe«, sagte Marge. »Mit Titus.«
Sie hörte, dass Persy die Luft scharf einzog, doch sie sagte nichts. »Wir waren damals beide jung und unerfahren, und ich habe es so richtig vermasselt – das tut mir leid.« Schweigend fuhren sie weiter. Marge empfand den Drang, diese schreckliche Anspannung zu zerstreuen. »Ich hätte Sie niemals hierhergebracht ... Ich hatte ja keine Ahnung. Das muss ein schrecklicher Schock gewesen sein, insbesondere nach der Woche, die Sie hatten.«
Persy starrte geradeaus.
»Ich glaube, Ivor war auch ziemlich geschockt.«

Ihr Fehler wurde ihr umgehend bewusst. Persy drehte sich zu ihr.

»Warum sollte ich mich für Ivor Reitz interessieren? Er hat Ställe für seine schicken Pferde auf dem Land meines Großvaters gebaut!« Vor Wut war die Stimme des Mädchens ganz schrill. »Poppa hat dort Blumen und Gemüse gezogen, genau wie sein Vater vor ihm. Reitz hat das Stück Land für einen Hungerlohn bekommen. Das hat Poppa mürbe gemacht; dabei war er so ein stolzer Mann. Er musste Fischernetze flicken und Gelegenheitsjobs nachgehen, um zu überleben, während dieses Arschloch einen Range Rover fährt und Wein auf seiner *stoep* trinkt!«

»Tut mir leid«, begehrte Marge leise auf, »ich weiß nicht, was ich sagen soll.«

»Lassen Sie mich bitte am Revier raus.« Persys Tonfall vernichtete jegliche Hoffnung auf eine Unterhaltung.

Marge schämte sich für ihre Bekanntschaft mit Ivor Reitz. Persy und ihrer Familie war eine schreckliche Ungerechtigkeit widerfahren. Aber Marge fühlte sich auch etwas zerrissen. Ivor war jemand, den sie bewunderte und zu dem sie sich hingezogen fühlte. Es war schwierig, den Mann, den sie kannte, mit dem Stereotyp des habgierigen, herzlosen Siedlers in Einklang zu bringen. Vielleicht, weil sie wie viele weiße Südafrikaner nur ungern zugab, dass die moralische Verantwortung dafür auch die ihre war. Keiner ist gerne der Böse. Apartheid war immer ein scharfer Niednagel, der über die Haut kratzte. Alte Geschichten, die sich überlappten und widerhallten, darauf warteten, in der Gegenwart zu detonieren. Schweigen breitete sich aus, bedeutungsschwanger und voll unausgesprochenen Worten, während die ethnische Kluft sich zwischen den beiden Frauen auftat.

Marge umklammerte das Lenkrad, während die Fragen nur so durch ihren Kopf stoben. Verdachtsmomente, die

ihr in Reitz' Haus gekommen waren, zunächst nur zögerlich und als entfernter Gedanke, drängten sich ihr auf, erschwerten es ihr, sich auf etwas anderes zu konzentrieren. Persy hatte niemals irgendjemandem gesagt, dass Clyde Cupido ihr Bruder war, nicht einmal Titus. Was, wenn Persy bereits von Colettes Anschuldigungen gegen Sherwood gewusst hatte, bevor sie auf Marges Drängen hin bei Yoliswa Xolele gewesen war? Wenn sie herausgefunden hatte, dass Sherwood an genau dem Tag, an dem ihr Bruder verschwunden war, Freigang vom *Phoenix*-Zentrum gehabt hatte? Das hätte sie ganz leicht herausfinden können. Es wäre einfach gewesen, Sherwoods Mord zu vertuschen und das Verbrechen einem naheliegenden Verdächtigen wie Sean Dollery anzuhängen.
Marge setzte Persy vor dem Polizeirevier in Fish Hoek ab.
»Sehe ich Sie später zu Hause?«, fragte sie.
Persy nickte nur und stieg aus.
Marge beobachtete, wie die kleine Silhouette mit hochgezogenen Schultern und gesenktem Kopf zum Eingang eilte. Das Mädchen verheimlichte etwas. Das wurde durch ihr impulsives Verhalten, ihre Furcht vor Unordnung und ihre defensive Persönlichkeit deutlich. Vielleicht litt sie sogar an einer Art Amnesie, verursacht durch ein Trauma. Was konnte schon traumatischer sein als ein Bruder, der einfach so verschwand? Je mehr Marge über Persys Entschlossenheit nachdachte, sie von diesem Fall fernzuhalten, zusammen mit ihrer unbeirrbaren, irrationalen Verfolgung von Dollery, umso mehr sah es danach aus, als würde sie den Verdacht von sich ablenken wollen. Doch Marge kannte sich sehr gut mit den Zeichen von Schuld und Scham aus. Persy bestrafte sich für irgendeinen Verstoß.
Handelte es sich dabei um Mord?

42

Bestimmt ist er irgendwo in die Sümpfe verschwunden und dort verblutet. Irgendwann wird seine Leiche auftauchen.« Bei seiner dritten Tasse Chai-Tee – einem scharfen Gebräu, über das sich die anderen Detectives auf dem Revier lustig machten – stellte Dizu laut Mutmaßungen zu Sean Dollerys Schicksal an.

»Eine schreckliche Art zu sterben. Im Dunkeln.« Angespannt saß Persy über einen Berg Akten gebeugt da.

»Ich vergieße keine Tränen. Er war ein Gangster, der sich seinen Lebensunterhalt damit verdiente, Leute auszurauben und Schülern *tik* zu verkaufen.«

»Er hatte eine Mutter, die ihn geliebt hat. Und er war Vater eines kleinen Kindes. Willst du diesen Frauen sagen, dass er einfach nur ein Gauner und Gangster war?«

Dizu fand Persys neuerliche Kritiksucht einfach lächerlich. Er konnte nicht widerstehen, sie zu ärgern. »Du wärst in irgendeinem Sozialberuf besser aufgehoben, Jonas.«

»Schon mal was von bürgernaher Polizeiarbeit gehört, großer Junge?« Ihre Stimme war leicht schnippisch.

»Was ist nur los mit dir? Ich dachte, du hasst Dollery?«

»Er hat im Leben nicht viele Chancen gehabt. Sein Vater hat ihn grün und blau geschlagen …«

Überrascht entdeckte Dizu Tränen in ihren Augen.

»Alles okay bei dir?«

»Was sollte nicht okay sein?«, zischte sie und vertiefte sich wieder in ihren Papierkram, damit man ihr Gesicht nicht sehen konnte.

»Hand okay?«
»Ja. Ich nehme Schmerzmittel.«
»War irgendwas mit Reitz?«
Sie blickte auf, ihr Gesicht ausdrucklos. »Nein. Hat uns nur über die Pacht und den ganzen Mist aufgeklärt.«
Sie fasste den Nachmittag und Reitz' Befragung zusammen, gab ihm einen kurzen, schnörkellosen Bericht. Dizu zweifelte nicht daran, dass da noch mehr war, doch sie hatte zugemacht. Und er wollte sie nicht bedrängen.
»Sherwoods zehnjährige Pacht war also ein Hindernis für Cranes Baupläne. Und wir wissen, dass Dollery die Drecksarbeit für Crane erledigte.«
Müde hob Persy ihre bandagierte Hand. »Wir haben keine Beweise für ein Komplott, aber klar, befrag Crane doch einfach. Mal sehen, was du aus ihm herausbekommst.«
Persy war vielleicht an Crane nicht interessiert, doch so konnten sie den Fall niemals abschließen, selbst wenn sie Dollerys Leiche finden sollten. Es gab noch zu viele unbeantwortete Fragen.
»Ich habe es bei Crane versucht, schon jede Menge Nachrichten hinterlassen«, sagte Dizu. »Kein Glück. Aber ich habe seine Adresse. Werde da morgen mal vorbeifahren. Hast du übrigens gehört, was letzte Nacht passiert ist?«
Verständnislos blickte sie ihn an.
»Die Kollegen von der Verkehrspolizei haben das Dragracing auf der Fish Hoek Road verfolgt. Sie haben einem Polo nachgesetzt, der mit 170 Sachen in Richtung Kommetjie unterwegs war. Auf Höhe des Obst- und Gemüsekiosks auf der Linken hat der Bursche die Kontrolle über das Fahrzeug verloren und ist ins Schlingern geraten. Der Bursche ist, na ja, neunzehn Jahre alt und aus Belhar. Eine leichte Gehirnerschütterung, ein paar Schnitte und Prellungen. Ein Obdachloser, der für die Nacht Schutz beim Kiosk gesucht hatte, hatte nicht so viel Glück. Mausetot.

Wie sich herausstellte, war er aber kein normaler *bergie*. Hat eine Lederjacke von Prada und eine goldene Damenuhr getragen und ein iPhone bei sich gehabt.«
»Der Capri-Einbrecher?«
»Mhmm! Die Fingerabdrücke passen zu denen aus der Wohnung der *frauleins*. Doch die Sache ist die, er hatte fünfzehn Stichverletzungen. Er war schon lange tot, ehe der junge Raser in ihn reingedonnert ist.«
Persy schien ihn kaum gehört zu haben.
»Hallo – bist du noch da?«
»Ähm, ja. Sorry, fühl mich total erledigt.«
Verdammt, Dizu, siehst du nicht, wie fertig sie ist? Sie hatte eine schreckliche Woche hinter sich. Kein Wunder, dass sie erschöpft war.
»Wie läuft es so mit Marge Labuschagne?«, wollte er wissen.
»Das klappt nicht.«
»Ich dachte, das Eis wäre geschmolzen.«
»Sie steckt ihre Nase in alles.« Das war auch gleichzeitig eine Warnung an ihn. *Halt dich raus.*
»Du musst nicht bei ihr bleiben. Will sagen, du kannst gerne bei mir wohnen. Es ist einfach, aber …«
Peinliches Schweigen erfüllte den Raum, das Summen der Computer und das Surren des elektrischen Ventilators waren mit einem Mal entsetzlich laut.
»Dizu, hör zu … ich habe darauf keine Lust …«
Er ballte die Hand auf seinem Tisch zur Faust. »Verdammt …«
»Für so etwas gibt es in meinem Leben keinen Platz.«
Es folgte ein langes, angestrengtes Schweigen. Für Dizu war es, als hätte ihm jemand einen Schlag in den Bauch verpasst. Als er wieder sprach, klang er äußerst geniert.
»Du missverstehst mich. Ich mach mich nicht an dich ran, Persephone.«

43

Mit einem metallischen Knirschen im Getriebe kam die Maschine auf sie zu. Es gab kein Entrinnen. Eine unbarmherzige Heimtücke trieb sie voran. Dieses Mal würden sie sie kriegen. Sie konnte ihrem Schicksal nicht entkommen: die Vergeltung war unvermeidbar. Da war es einfacher, ihr entgegenzusehen und den Schlaf willkommen heißen, der unter der kalten schwarzen Erde auf sie wartete, als in dem verzweifelten Aufbegehren um Sonnenlicht und Luft zu kämpfen.

Keuchend vor Schrecken wachte Persy auf; dem Schrecken vor Donny, dem schrecklich schleifenden Dröhnen des Pick-ups, dem Schrecken vor den Frontschutzbügeln des Wagens, der in sie krachte, dem explodierenden Feuerball in dieser Büchse von einem Wohnwagen. Doch noch schlimmer war der dunklere, tiefgründigere Schrecken am Tag zuvor bei Reitz' Haus gewesen, der sich wie schwarzes Gewässer erhob, das aus den Tiefen aufstieg, wo es so lange gewartet hatte. Sherwoods Mörder zu jagen kam ihr so vor, als würde sie einen verlorenen Teil von sich selbst jagen und immer tiefer in diese Dunkelheit vordringen. Sie hatte die kleine Farm, auf der sie groß geworden war, fast völlig vergessen. Doch beim ersten Anblick von Reitz' Haus mit seinen markanten Giebeln waren Bruchstücke von Erinnerungen zurückgekommen. An Ivor Reitz selbst konnte sie sich nicht erinnern, sehr wohl aber daran, dass Poppa von *Kleinbaas* Ivor gesprochen hatte, dem Sohn des Besitzers vom großen Haus, der die ganze Bergseite kaufen wollte. Der Poppa wegen der Besitzurkunde für seine kleine Farm bedrängt und ihm, als er diese nicht vorweisen konnte, einen Hungerlohn für das Land angeboten hatte. Poppa wusste, dass es einiges mehr war, als er sonst bekommen würde, da Farbige eigentlich gar nicht in diesem Gebiet leben sollten. Es war schon vor langer Zeit zu einer Zone für Weiße geworden.

Die Dollerys auf dem Nachbargrundstück waren die Ersten, die weggingen. Persy sah zu, wie Sean davonfuhr, wie er hinten neben den Möbeln auf dem kaputten Lastwagen seines Vaters saß. Der Gedanke an Seans Vater brachte eine weitere Erinnerung zurück: Wie Sean sein T-Shirt nach oben schob, so dass sie mit den Fingern über seinen schmalen Rücken fahren konnte, der mit Narben übersät war – ein Vermächtnis der Prügelattacken seines Vaters. Eine Erinnerung, die sie bis jetzt verscharrt hatte.

Was Marge und Titus betraf, so konnte sie sich nicht an sie erinnern. Doch alles an diesem Tag und alles, was danach kam, war ausgelöscht, ein riesengroßer leerer Raum, in den Clyde gefallen war. An einem Abend schlief er noch neben ihr, und sein sanftes Atmen und der Ruf der Eule waren die einzigen Geräusche im Zimmer. Und am nächsten Tag war er fort, hatte sie ohne eine Erinnerung an sein Gesicht oder seine Stimme zurückgelassen. Nichts, nur das Foto, das Poppa versteckt in der Schublade aufhob, ein Foto, das einst auf dem Kaminsims gestanden hatte. Ein Foto von dem Gesicht eines Fremden.

Lange Zeit hatte sie gedacht, sie hätte sich Clyde nur vorgestellt, dass sie niemals einen Bruder gehabt hatte. Doch die Alpträume kamen immer wieder zurück, sickerten aus der weit zurückliegenden Vergangenheit. Irgendeine Kleinigkeit, ein Geruch, ein Geräusch, dann eine aufblitzende Erinnerung, die am Rand ihres Bewusstseins auftauchte, bis ihre Angst sie wieder vertrieb. Woran sie sich erinnerte, waren die Nachwirkungen: ihre jeglichen Antriebs beraubte Mutter, die herumstolperte, lallte und stundenlang schlief, sogar tagsüber. Und irgendwann verschwand sie dann nach Jo'burg und kam niemals mehr zurück. Nur Poppa war noch da. Poppa, der seine Trauer verbarg und immer da war, um sie zu trösten, ein Fels, an dem sie sich während der schwierigen Monate festhalten konnte, nachdem sie nach Ocean View gezogen waren und dort mühselig ihr Leben wieder aufbauten. Nur sie beide.

In ihrem halbwachen Zustand, fröstelnd wegen des trocknenden Schweißes, war sie kurze Zeit verwirrt über dieses fremde Bett und den ungewohnten Raum, der durch ein schwaches Licht aus dem Gang beleuchtet wurde. Sie tastete nach ihrer Brille und setzte sie auf. Jetzt konnte sie die Umrisse wieder genau erkennen. Die halb geöffneten Vorhänge des Fensters umrahmten die schwarze Masse des Berges, der darauf wartete, sie zu zerquetschen und unter sich zu begraben. Jetzt erinnerte sie sich. Sie musste bei Marge Labuschagne nächtigen, in der Höhle des Löwen, da sie nirgendwo anders hinkonnte. Wenn sie daran dachte, dass sie diesen Ort für eine Zufluchtsstätte gehalten hatte und davon ausgegangen war, dass Marge Labuschagne ihr Unterschlupf geboten hatte … Die herumschnüffelnde Marge mit ihrer Suche nach versteckten Motiven. Morgen würde sie packen und so weit weg von hier wie nur möglich gehen.

Persy hatte das überwältigende Bedürfnis, sich zu waschen. Sie fühlte sich verschwitzt, dreckig, vom Alptraum beschmutzt. Sie schlüpfte aus dem Bett, stolperte aus dem Zimmer in den Gang. Sie war sich sicher, dass es hier oben irgendwo ein Badezimmer gab, doch die Türen zum Gang schienen sich vermehrt zu haben, und alle sahen sie gleich aus. Sie fürchtete, in ein Labyrinth aus Räumen zu plat-

zen, Schlafende zu wecken, sich selbst in diesem Zustand zu zeigen. Ihr fiel ein, dass es im Untergeschoss ein Badezimmer gab, und sie tastete sich mühsam die Treppe nach unten, die im Dunkeln gefährlich steil schien.
Sie fand sich in der Küche wieder. Die Dimmer waren heruntergedreht, das schwache Licht verlieh den glänzenden, übergroßen Töpfen, die über dem Herd hingen, ein bedrohliches Aussehen. Die Messer funkelten an ihrem magnetischen Streifen, waren scharf wie Skalpelle. Sie stolperte zum Edelstahlspülbecken hinüber, in dem sich das Geschirr des gestrigen Abends stapelte und das nicht sehr sauber war. Sie schauderte beim Anblick des Bodensatzes, fand das Spülmittel und drehte den Hahn auf. Dann wartete sie, bis das Wasser brühend heiß war, stellte sich vor, wie sie gleich das Spülmittel in ihre Handflächen geben, dann überall mit der kleinen Spülbürste verteilen und kräftig schrubben würde, und die Erleichterung, die sie spüren würde, wenn der Schrecken mit dem heißen Seifenschaum durch den Ausguss abfloss. Doch noch ehe sie den Abwasch beginnen konnte, erinnerte ein pochender Schmerz sie an ihre Brandwundkompresse, das Feuer, den abgebrannten Wohnwagen. Langsam stellte sie das Wasser ab, als würde sie aus einer Trance aufwachen. Dann hatte sie eine Eingebung. Sie wusste, wo Sean war.
An dem *einzigen* Ort, wo er sein konnte.

Marge sah Persy im Gang, die Pistole hinten in den Hosenbund gestopft, und hörte, wie sich die Eingangstür leise schloss. Es hatte sie schockiert, Persy mit einer Waffe zu sehen. So sah sie härter, gefährlicher aus. Früher am Morgen hatte sie in der Küche gestanden, ganz dicht vor ihr, mit wachem Blick, und hatte ihr gesagt, dass sie gehen würde.

»Wohin denn?«, wollte Marge wissen.
Das Mädchen hatte mit den Schultern gezuckt. »Irgendwohin, aber hier kann ich nicht bleiben.«
Marge hatte ihr ins Gesicht gesehen, hatte versucht, sie mit dem kleinen Mädchen in Einklang zu bringen, das sie bei den Cupidos befragt hatten, wo sie sich hinter den Beinen ihres Großvaters versteckte und Marge aus seltsam dunklen Augen anblickte. Damals hatte sie sich gefragt, ob mit dem Mädchen etwas nicht stimmte, ob sie autistisch oder stumm war. Sie wollte nicht sprechen, nur über den Großvater. Für eine Siebenjährige war sie ziemlich klein gewesen. Clyde war aus seinem Zimmer verschwunden, als er dort seinen Mittagsschlaf hielt. Zum ersten Mal musste Marge daran denken, dass sie den engsten Familienkreis im Fall Cupido nicht näher untersucht hatten, was darauf hindeutete, wie unerfahren sie und Titus damals gewesen waren. In neun von zehn Fällen war in einem Mordfall ein Familienmitglied der Täter. Sie hatten Gloria Cupido nicht verdächtigt, weil sie so zutiefst bestürzt gewesen war und bereits Anzeichen von Alkoholismus aufgewiesen hatte. Dann war da noch der Großvater, Poppa. Damals war er nicht älter als fünfzig gewesen. Sie erinnerte sich an einen emotional gefassten, würdevollen Mann. Ein drahtiger Farmarbeiter, stark wie ein Bulle. Wo war er gewesen, als Clyde verschwunden war?

44

Die Bergstraße von Kommetjie nach Misty Cliffs war fast betörend schön. Heute jedoch warf der bewölkte Himmel einen unheilvollen, dunklen Schleier auf die Landschaft. Die Luft war schwerer und das Meer eine eiskalte Masse, die sich kaum kräuselte. Es verstärkte das Gefühl der Angst, die Dizu wegen Persy empfand. Er fragte sich, warum sie am gestrigen Tag so überreagiert hatte. Sicher, er fühlte sich zu ihr hingezogen, doch er würde ihre Partnerschaft niemals ausnutzen. Er war verletzt und sauer, gleichzeitig machte er sich aber auch Sorgen, und sein Bauchgefühl sagte ihm, dass mehr dahintersteckte, dass Persy in einer schlechten Verfassung war. Sie war so zerbrechlich wie dünnes Glas, als würde sie schon allein durch ein lautes Geräusch zerbersten. Er spürte, dass der Grund dafür tiefer saß als die Sorgen der letzten Woche. Marge Labuschagnes Ansicht konnte hilfreich sein, doch Persy würde jede Unterhaltung zwischen ihnen als Verrat werten.

Fast wäre er am Haus vorbeigefahren, so gut lag es von der Straße versteckt. Kein Anzeichen eines Autos. Er stellte den Nissan ab und sprang hinaus in die feuchte Luft, das T-Shirt klebte ihm bereits am Rücken. Er blickte auf das Haus. Sehr *laanie*. Der Typ musste ganz schön viel Kohle haben, so wie es aussah. Ein deckenhohes Spiegelfenster war zum Meer hin aufgeschoben. Die Aussicht war bestimmt eine Wucht. Crane musste also da sein, er hatte wohl einfach keine Lust gehabt, ans Telefon zu gehen.

Dizu ging die Steinstufen zur beeindruckenden Tür hinauf, in die afrikanische Muster geschnitzt waren, und klingelte. Keine Antwort. Er drückte mehrmals kurz hintereinander auf die Klingel. Er drückte gegen die Tür. Zu seiner Überraschung schwang sie auf. Er rief: »Mr. Crane. Detective Calata vom SAPS!« Stille. Irgendwo im Haus erklang ein Glockenspiel.

»Ich komme rein!« Er ging den Gang hinunter, eine Hand an seiner Waffe. Ein scharfes, süßliches Parfüm lag in der Luft. Rautenförmige Lichtstreifen fielen durch einige mit Schilfrohr verschalte Oberlichter herein. Ziemlich beeindruckend. Der Gang führte zu einem großen Raum, der bei den deckenhohen Schiebetüren endete, die er vom Parkplatz aus gesehen hatte. Mit dem sanften Rauschen des Meeres im Hintergrund strömte eine wohltuende, salzige Frische durch die offenen Türen ins Zimmer, eine ziemliche Erleichterung nach der verbrauchten, parfümierten Luft im Gang. Abgesehen von teuer aussehenden Kissen und Matten auf dem makellosen Holzboden war der Raum leer. Er mochte den afrikanischen Touch, konnte sich vorstellen, hier zu leben, aufs Meer hinauszusehen, während im Hintergrund die sanften Klänge von Lira oder Femi Kuti ertönten.

An einem Couchtisch neben der Wand stand ein geöffneter Laptop, über den der Bildschirmschoner flimmerte. Asteroiden bewegten sich durchs All. Dizu betätigte die Maus, und eine Website öffnete sich. Zunächst dachte er, er würde Fotos von Crane und seinem Sohn sehen. Ein süßes Kind, etwa acht Jahre alt. Es waren stimmungsvolle, kontrastreiche Bilder, und Dizu brauchte einen Moment, bis ihm klarwurde, was die Personen da taten. In einem ersten Impuls wollte er den Laptop schließen, die Bilder aus seinem Kopf verbannen, doch er wusste, dass er den Rechner geöffnet lassen musste, oder sie würden niemals

herausfinden, woher diese Bilder stammten. Ihm war bewusst, dass es Leute gab, die auf Kinder standen, doch er war noch nie selbst damit konfrontiert gewesen. Und er wünschte, das wäre er noch immer nicht. Jetzt waren die Bilder in seinem Kopf verankert, und mit ihnen fühlte auch er sich ein Stück weit beschmutzt. Er holte sein Handy heraus und wollte damit zum offenen Fenster gehen, um frische Luft zu schöpfen. Sein Herz pochte heftig, er fühlte sich irgendwie unruhig. Die Stimmung im Raum hatte sich verändert – Gefahr schien die Luft zu verdichten, spürbar und nervenaufreibend.
Da sah er die Blutspritzer auf dem hellen Läufer auf dem Holzboden. Er folgte ihnen bis zum Fenster. Die Aussicht war fast unwirklich, als würde das Haus zwischen Meer und Himmel hängen. Schwindel ergriff ihn, und da er Angst hatte zu fallen, blickte er nach unten, versuchte sich im festen Boden zu verankern. In diesem Moment erblickte er die Gestalt mit den ausgebreiteten Armen auf der steinigen Bergflanke, die Gliedmaßen wie bei einer kaputten Puppe merkwürdig verdreht.

45

Persy lief den Weg hinunter, der zu Reitz' Ställen führte, wo einst Poppas Haus gestanden hatte. Es war überraschend einfach, von dort zum Nebenweg zu finden. Zugewachsen und vom Haus aus nicht einzusehen, doch noch genauso vertraut, als hätte sie ihn gestern erst genommen. Durch den aufgesprungenen Asphalt wucherte Unkraut, ganz ausgebleicht von der Sonne. Eine Bergstraße, die einst für die Kaolin-Mine benutzt wurde, aber schon lange ausgedient hatte.

Sie folgte der Straße, bis sie keine Straße mehr, sondern nur noch Schotter war, und ging weiter den steilen Berghang hinauf. Mit der tiefen Wolke, die sich darüber ballte, zeichnete sich der Berg erschreckend nah ab. Schon bald war sie durch die Anstrengung des Kletterns außer Atem. Feuchtigkeit und Hitze hatten die Luft zu einer warmen Suppe verdichtet, in der das Atmen schwerfiel, weshalb sie langsamer wurde.

Vor ihr lag der von Milkwood-Bäumen gebildete Tunnel. Sie trat ein, und der vertraute schwarze Baldachin umschloss sie. Auf der weichen, feuchten Erde verursachten ihre Schritte kein Geräusch. Das tiefe Dröhnen des Ozeans wurde schwächer. Hin und wieder drang von einem gezackten Stück Himmel zwischen den Blättern ein Lichtstrahl nach unten.

Hier oben auf dem Berg, wo keiner sie oder Sean sehen konnte. Sie konnten verschwinden, ohne dass es jemand bemerkte. Sooft es ihnen möglich war, kamen sie hierher, entzogen sich der Aufsicht der Erwachsenen. An diesem Morgen hatte Poppa sie gemahnt, nicht hier heraufzukommen, wegen der Maschine. Sie würden in große Schwierigkeiten geraten, sollte jemand sie hier sehen …

Mit einem Mal kam ihr eine Erinnerung an Clyde. Seine Stimme drang bis in die Gegenwart vor, ein schriller Schrei wie der eines Vogels, hoch, klar und immer näher: »*Wartet auf mich!*«

Er hatte geschlafen, als sie hinausgeschlichen war. Er musste sie gehört haben und war ihnen gefolgt. Er folgte Persy überallhin, ließ sie niemals allein.

»Geh nach Hause«, sagt sie, »du kannst nicht mit uns mitkommen!«

Er ist erst fünf, aber unglaublich beharrlich mit seiner ärgerlichen Dickköpfigkeit. Die Augen sind riesig in seinem kleinen Gesicht. Anklagend. »Voetsêk – geh«! Persy schreit, hebt drohend den Arm, als würde sie ihn schlagen wollen. »Ich warne dich.« So drohend wie nur möglich blickt sie ihn an. »Geh nach Hause!«

Doch er folgt ihnen noch immer, seine Beine stapfen, seine Unterlippe zittert. In dem Moment hasst sie ihn. Dafür, die ganze Aufmerksamkeit ihrer Mutter für sich zu beanspruchen, für sein bescheuertes, kindisches Verhalten, dafür, sie niemals in Ruhe zu lassen. Als er nur noch eine Armlänge von ihr entfernt ist, stößt sie ihn weg. Er verliert das Gleichgewicht und fällt, plumpst wie ein Käfer auf den Rücken, verstummt vor Schreck.

Sie rennt Sean hinterher, überholt ihn. »Komm, schnell!«, ruft sie, und die beiden rennen von ihm weg, die schwarzen Blätter blenden den Himmel aus. Das wehklagende Weinen folgt ihnen weiter durch die Bäume. »Wartet auf mich! Wartet auf mich!«

So plötzlich die Erinnerung aufgetaucht war, war sie auch wieder verschwunden. Der Schrei des Verlassenseins hall-

te noch nach, vermischte sich mit dem Kreischen einer vorbeifliegenden Möwe.
Persy ging weiter, mit raschem Schritt, versuchte, die aufsteigende Panik unter Kontrolle zu halten, suchte zwischen den Bäumen nach dem Ende des Tunnels. Gefiltertes Licht brach durch die Blätter. Plötzlich trat sie in blendenden Sonnenschein. Sie stand auf einer weiten runden Lichtung, als wäre ein großer See versandet und mit Unkraut überwuchert. Ivor Reitz' Worte fielen ihr wieder ein: *»Ein Teil der offenen Mine wurde bereits vor etwa zwanzig Jahren wieder aufgefüllt.«*
Das Gebiet hier war zu einer Müllhalde geworden: Holzteile, alte Balken, der verrostete Federkern einer Matratze, benutzte Farbeimer und viele Meter aufgerolltes Kabel. Alte Autositze, die man in den Busch geworfen hatte. Schaumstoff, der aus den Rissen in dem Kunststoffüberzug hervorquoll wie Gischt auf einem schmutzigen Gewässer. Sie schlug sich durch das dichte Gebüsch, um einem scharfen Metallträger auszuweichen, der die Straße blockierte. Ab da war der Pfad zerfurcht und überwachsen, ging in ein Dickicht aus Wandelröschen und Khakibüschen über.
Sie kämpfte sich weiter voran und tauchte zerkratzt und voller Kletten auf der obersten einer Reihe von Terrassen auf. Direkt vor ihr reckten sich die neun Palmen in den Himmel.
Hier hatten sie gestanden, genau hier, ihre Augen auf Höhe der Wipfel der Palmen. In den vergangenen zwanzig Jahren waren die Palmen größer geworden als alle anderen Bäume. Über die wuchernden Mispeln, Zypressen und Eukalypten hinweg, die die absteigenden Terrassen überwucherten, konnte sie unten das durchgerostete, wellige Eisendach des Hauses erkennen, Farne wuchsen zwischen dem Mauerwerk und der Regenrinne. Ein Anblick, der

mit einem Mal so vertraut war, dass sie sich fragte, wie sie ihn so völlig aus ihrem Gedächtnis hatte streichen können. Langsam machte sie sich an den Abstieg nach Bellevue.

Mhlabeni und Cheswin April trafen mit einem Team bei Crane ein, um nach Fingerabdrücken zu suchen. Dizu rief auf der Suche nach Persy bei Marge zu Hause an.

»Wir sind heute Morgen etwas wütend auseinandergegangen«, teilte Marge ihm mit. »Wenn ich etwas von ihr höre, bitte ich sie, Sie anzurufen.«

Zuerst war Persy also auf ihn losgegangen, dann auf Marge. *Du kannst weglaufen, aber du kannst dich nicht verstecken, Persephone*, dachte er. Die Sorge legte sich wie ein Mantel um seine Schultern.

Dizu erzählte Marge, dass er bei Crane gewesen und was passiert war.

Marge wirkte überrascht. »Glauben Sie, er ist gesprungen?«

»Kein Anzeichen von Selbstmord. Keine Nachricht. Wir müssen die Autopsie abwarten. Im Haus selbst waren viele Blutflecken – den Verletzungen nach zu urteilen, sind sie nicht von ihm.«

Dizu dachte an die ungeniert präsentierte Seite mit Kinderpornographie, das fehlende Auto samt Schlüsseln. Der verletzte Dollery kam ihm in den Sinn. Könnte das sein Blut sein? Aber wie wäre er hierhergekommen?

Er berichtete ihr von der Kinderpornographie, die er auf Cranes Laptop gefunden hatte.

»Widerlicher Perversling.« Dizu wunderte sich selbst über seine Wut und seinen Ekel. »Und jetzt ist er der Justiz entkommen. Nur gut, dass ich nicht früher hier war, sonst hätte ich ihn da vermutlich eigenhändig hinuntergestoßen.«

Nach einem langen Schweigen sagte sie ruhig: »Colette McKillian hatte also recht – Jasper *war* sexuell belästigt worden. Aber Crane war derjenige, der es getan hat.«
Dizu war überrascht, etwas wie Erleichterung in ihrer Stimme zu hören.
Er ging die Auffahrt hinunter zu seinem Wagen; im Haus war es einfach zu gruselig. Mhlabenis Auto stand mit offenem Kofferraum neben dem Nissan. Im Vorbeigehen warf er einen Blick hinein. Zwischen den üblichen Utensilien für Tatorte machte Dizu einen Benzinkanister, ein Bündel Lappen und Streichhölzer aus. Die Ausrüstung eines Brandstifters. Daher stammten also Dollerys Materialien für den Angriff auf Persy. Mhlabeni steckte bis zum Hals in dieser Scheiße drin und arbeitete die ganze Zeit gegen sie. Vermutlich war er auch für Dollerys Flucht verantwortlich. Nicht dass irgendjemand etwas davon beweisen könnte – natürlich nicht. Dollery, der Ausführer, Mhlabeni, der korrupte Cop, und Crane, der Geldgeber. Und Kinderschänder. Das allein reichte aus, um einem so richtig übel werden zu lassen.
Dizus Gefühl der Ohnmacht war überwältigend. Was nutzte es denn schon, gegen Korruption vorzugehen? Eine Flutwelle von Unrat überschwemmte das Land. Er blickte genau in dem Moment auf, in dem Mhlabeni bei ihm eintraf.
»Was ist das?«, fragte er.
Mhlabenis Blick wanderte von seinem Kofferraum zu Dizu, wohl wissend, dass er gesehen hatte, was darin lag, doch er ignorierte das seelenruhig.
»Die Einheit für Kinderschutz ist unterwegs«, sagte er und schlug den Kofferraumdeckel zu.
Die Erinnerung an den ausgebrannten Wohnwagen, an Persys verbrannte Hand und ihre großen Augen, die durch den Schock hinter den Brillengläsern noch weiter waren,

überfiel Dizu, setzte seiner unbändigen Wut noch eins drauf.
Als Mhlabeni sich wegdrehte, schlug Dizu zu. Er spürte das befriedigende Gefühl, als der Knochen des anderen unter seiner Faust nachgab. Ganz egal, was beim Disziplinarverfahren herauskommen sollte, das war es wert.

Der Pfirsichbaum, der sich an die bröckelnde Steinmauer der Terrasse anschmiegte, wuchs neben der Küchentür. Bienen summten wie wild. Der Geruch nach verrottenden Pfirsichen lag in der Luft. Persy drückte die Tür in den heißen, feuchten Raum auf. Einst war das hier eine Küche gewesen, aber die Fenster waren zugenagelt, das Spülbecken von der Wand gerissen, und das Linoleum löste sich in ausfransenden Löchern auf. Der Geruch nach Staub, feuchtem Holz und Meer ließen Erinnerungen in ihr aufblitzen wie elektrische Stromstöße.
»Wartet auf mich!« Seine Stimme war vor Schreck ganz schrill.
Ein kleiner Junge, verlassen im Wald, wie etwas aus einem Märchen. Eine Welle der Übelkeit überkam sie. Trotz der Hitze war ihr eiskalt. Ihre Waffe presste sich in ihren Rücken, das Metall hart und heiß an ihrer Wirbelsäule.
Sie ging von der Küche in das Durchgangszimmer. Darin befand sich ein Werktisch, auf dem eine Drehbank, Stichsägen und mehrere Werkzeuge zur Holzbearbeitung und halbfertige Spielzeugelefanten aus Holz standen, gerade groß genug für die Hand eines Kindes. Holzblöcke waren auf dem Boden aufgestapelt. Hier war es modrig, und über allem lag ein widerlicher, verfaulender Geruch, der stärker zu werden schien. Auf der Suche nach frischer Luft machte sie sich zu den offen stehenden Glastüren mit Holzrahmen auf. Dann stand sie auf der langen, offenen *stoep*.

Noordhoek lag unter ihr, die Dächer halb versteckt von den Milkwood-Bäumen. Weiter hinten erstreckten sich der weiße Streifen von Long Beach und der glitzernde Sumpf, und schließlich kamen Kommetjie und die Spitze des Leuchtturms von Slangkop. Der stark bewölkte Himmel hing tief über der Landschaft. Das laute Dröhnen des Meeres und das sanfte Rascheln der Palmen verstärkten nur die bereits bedrückende Atmosphäre. Um sie herum gab es Hinweise auf menschliche Anwesenheit – zerdrückte Bierdosen und eine leere Wodkaflasche, ein von der Sonne ausgebleichter Plastikball. Ein Autositz aus Kunststoff, genauso einer wie der, den sie auf der Müllhalde gesehen hatte, lehnte an der Wand. Eine aufgeschlagene Zeitung lag darüber. Sie hob sie auf. Die *Mail and Guardian* von letztem Freitag. Der Tag von Sherwoods Ermordung. Jemand hatte vor kurzem auf diesem Sitz gesessen, ein paar Drinks genommen und die Zeitung gelesen. Sie entdeckte ein Handy auf dem Autositz. Es war von der Zeitung verdeckt gewesen. Drei ungelesene Nachrichten und das Symbol für niedrigen Batteriestand. Sie steckte es ein, drehte sich um, und als sie wieder ins Haus trat, fiel ihr auf, dass eines der Fenster herausgerissen worden war. Mauerstücke von der bröckelnden Wand waren auf dem Boden verstreut. Ein Stück lag etwas weiter von den anderen entfernt und war von dunklerer Farbe. Ein ungeübteres Auge hätte keinen zweiten Blick darauf verschwendet, aber Persy beugte sich hinunter, um sich den Brocken genauer anzusehen.

Blut und verfilztes Haar. Er war als Waffe benutzt worden. Sie richtete sich auf und nahm den Raum genauer in Augenschein. Jetzt, wo sie danach suchte, sah sie es überall, Spritzer an der Wand, auf dem Boden, die unverwechselbaren Indizien für einen blutigen Mord. Mit einem Mal erklärte sich auch dieser süßliche Geruch.

Über ihrem Kopf knackte ein Dielenbrett.
Jemand war da oben.
Sie zog ihre Waffe und ging vorsichtig zur Treppe hinüber, die Ohren gespitzt, um das kleinste Geräusch wahrzunehmen.
Stille.
Langsam stieg sie die Stufen hinauf, die Pumas dämpften das Geräusch ihrer Schritte, ihr Puls pochte stetig in ihrer Kehle. Sie kam auf dem oberen Treppenabsatz an, die Tür vor ihr stand offen. Schweiß strömte ihr über Gesicht und Nacken. Hier oben war es sehr viel heißer. Sie zögerte auf der Türschwelle, weil sie wusste, was sie erwartete. Ein Dachzimmer mit kleinen, in Metall eingefassten Dachfenstern, die in den Dachvorsprung eingelassen waren. Sie machte einen weiteren Schritt, trat prüfend auf den Holzboden. Die innere Struktur bestand aus Holz und Deckenplatten, von denen fast alles systematisch weggerissen worden war. Alle Fenster waren kaputt. Die Überreste der Filzunterlage eines Teppichs bedeckten noch Teile des Bodens. Eine spürbare Anspannung erfüllte den Raum wie das Summen einer elektrischen Hochspannungsleitung.
Die Erinnerungen überfluteten sie.
Sie umrunden die offene Mine, gehen vorbei an der ruhenden Maschine, ein riesiges totes Insekt, dessen metallische Klauen in den Himmel ragen, und schleichen sich an den Arbeitern vorbei, die gerade unter den Bäumen Mittag machen. Sie haben die Terrassen erreicht. Sie sehen die Palmen und das Wellblechdach des Hauses und machen kurz Pause, um zu Atem zu kommen. Dann rennen sie die Terrassenstufen nach unten, immer zwei auf einmal, zur Rückseite des Hauses. Sean schiebt ein Fenster für sie hoch und klettert nach ihr hindurch. Sie gehen durch die Küche, die Treppe hinauf, zu ihrem ganz besonderen Platz. Hierher, in das höchste Zimmer des Hauses.

Langsam begab sie sich zum Fenster im Dachvorsprung am anderen Ende des Raumes. Zu spät bemerkte sie die Bewegung hinter sich. Ein Arm wurde um ihren Nacken geschlungen und zwang ihren Kopf in einem Würgegriff nach hinten. Schmerz zuckte durch sie bis in ihre Hand, ihr Griff löste sich etwas, und er nahm ihr die Waffe ab. Der kalte Stahl wurde ihr in den Hals gerammt.

»Ich wusste, dass du kommen würdest.« Rauh ertönte Seans Stimme an ihrem Ohr. Bei dem Gestank von Schweiß und Blut drehte sich ihr der Magen um.

Er schob sie zum Fenster im Dachvorsprung. Da sie wusste, was kommen würde, wehrte sie sich mit aller Macht dagegen und stemmte die Fersen in den Boden. Sean zwang sie weiter, presste sich eng an sie, drängte sich von hinten gegen ihren Rücken und Hintern. Sie schoben sich in einem merkwürdig angestrengten, krabbenartigen Tanz über den knarzenden Boden.

Er bekam sie zum Fenster. Die Scheibe war zerbrochen. Nur noch Splitter waren zurückgeblieben.

»Schau raus«, flüsterte er heiser.

Sie kämpfte darum, den Kopf abgewendet zu lassen, *nicht* zu sehen, und hatte dabei das Gefühl, als würde ihr Genick unter der Belastung brechen.

»Schau aus dem Fenster, Persephone.« Er benutzte den Lauf der Pistole, damit sie den Kopf drehte. Aber sie wehrte sich. Der Würgegriff wurde fester.

Erinnerungen überfluteten sie.

Sie rennen zum Fenster, lachend, atemlos, um zu sehen, ob Clyde ihnen gefolgt war. Sie sehen nach unten, und da steht er.

Beleuchtet von einem Sonnenstrahl wie von einem Kamerascheinwerfer, überquert er den Pfad unten, ein tränenüberströmter, rotgesichtiger kleiner Teufel, der zum Haus hinaufsieht, nach ihnen sucht. Das Gelächter der Arbeiter dringt bis zum Fenster nach oben, als sie ihr Essen einpacken und sich wieder an die Arbeit machen.

Persy versuchte, sich auf die Glassplitter des halb zerbrochenen Fensters, auf das Spinnennetz in der Ecke des Rahmens, auf irgendetwas zu konzentrieren, das ihren Blick davon abhielt, zur Straße nach unten zu wandern. Doch diese zerbrochene, verzerrte Linse konnte die Erinnerung an das, was sie vor zwanzig Jahren durch dasselbe Fenster gesehen hatte, nicht verdrängen.

Clyde hat sie am Fenster entdeckt. Sein Mund öffnet sich zu einem großen O, bereit, seine Wut herauszuschreien. In diesem Moment erwacht die Maschine bebend und mit einem ohrenbetäubenden Dröhnen wieder zum Leben, wie eine Bestie, die den Schlaf von sich abschüttelt.

Persy ruft: »Lauf! Lauf!«

Clyde dreht sich langsam um und sieht zur Maschine. Er ist so klein, so klein wie eine Puppe, seine Beine wie Stöcke in den leuchtend grünen Sandalen.

Mit ruckartigen, mechanischen Bewegungen kommt die Maschine auf ihn zu. Sean brüllt neben ihr, aber sie kann ihn nicht hören. Die riesige Metallschaufel ragt mit ihrer Last bröckelnder schwarzer Erde in den Himmel auf. Persy kann sich nicht regen, kann nicht denken. Die Schaufel kippt. Schwarze Erde regnet herunter, und Clyde ist verschwunden.

Persys Knie knickten ein und gaben nach. Sie sackte zusammen, und Sean musste den Griff um ihren Hals lockern. Im Bruchteil dieser Sekunde zog sie seine Hand mit der Pistole mit aller Kraft nach unten in die Scherben. Er brüllte. Sie hörte, wie die Waffe auf den Boden polterte, und befreite sich. Seine blutige Hand griff nach ihr, bekam sie aber nicht zu fassen. Er fiel schwer gegen die Wand. Persy schnappte sich die Waffe und richtete sie auf ihn. Sie zitterte, die Waffe bebte in ihrer Hand.

»Steh auf!«, krächzte sie mit brennender Kehle. Er quälte sich auf die Beine, ließ sie keinen Moment aus den Augen. Zum ersten Mal, seit sie ihn auf dem Revier gesehen hatte, konnte sie wieder einen Blick auf ihn werfen. Unter der offenen Lederjacke trug er kein Hemd, ein Jackenärmel hing herunter. Ein zerrissenes T-Shirt bildete an seiner linken Schulter einen blutigen Druckverband. Blut tropfte stetig von seiner rechten Hand auf den Boden.

»Dreh dich um.«

Er drehte ihr den Rücken zu, die Arme stützend an die Seiten des Fensters gelegt, die Beine gegrätscht. Sie hielt ihn in Schach und tastete ihn ab: Ihre linke Hand fuhr an seinen Schenkeln nach oben, klopfte die Taschen seiner Jeans ab, seinen Hintern und griff unter die Jacke, wo sie die Zickzacklinien seiner Narben spürte. Unter ihrer Hand spürte sie, wie sich seine Rippen hoben und senkten, als die qualvollen Schluchzer geräuschlos aus ihm herausbrachen.

46

Dizu erinnerte sich nicht daran, wie er nach Bellevue gekommen war, so schnell war er gefahren. Überall wimmelte es von Kriminaltechnikern. Titus kam auf ihn zu.

»Es geht ihr gut. Sie ist bei Marge Labuschagne.«

»Und Dollery?«

»Den haben sie ins Victoria-Krankenhaus gebracht. Schulterverletzung und ein übler Schnitt an der Hand. Ist kaum bei Bewusstsein, hat viel Blut verloren. Cranes Mercedes stand unter ein paar Bäumen. Allem Anschein nach ist es Dollerys Blut auf dem Sitz. Vermutlich hat er Crane umgebracht, dann sein Auto gestohlen und ist damit hierhergekommen. Persy hat Sherwoods Handy gefunden, und wir lassen es gerade analysieren. Im Haus haben wir auch eine Tasche mit Sherwoods Personalausweis, Führerschein und ein paar Klamotten gefunden. Das müssen die Kriminaltechniker sich ansehen, doch so wie es aussieht, ist er hier umgebracht worden. Persy hat Blut und Haare an einem Stein gefunden. Der könnte als Mordwaffe verwendet worden sein.«

»Glauben Sie, Dollery hat auch Sherwood umgebracht?«

»Sieht ganz danach aus, aber wir müssen die Ergebnisse abwarten.«

»Wie ist Sherwoods Leiche dann zum Strand gekommen?«, fragte Dizu.

»Wir haben Blut in einer alten Standseilbahn gefunden, die im Unterholz vor sich hin rostet.«

»Was ist das?«
»Eine kleine Drahtseilbahn am Berghang. Wie ein alter Aufzug, der über Schienen den Berg hinauffährt. Sie wurde früher benutzt, um Sachen vom Berg zum Strand zu transportieren, und endet in der Nähe vom Chapman's Peak Drive. Und von dort könnte man eine Leiche einfach über den Rand ins Meer werfen.«
Dizu starrte zum Haus hinauf, wo sich die großen Palmen vor dem dunkler werdenden Himmel im Wind bogen.
»Also hatte Persy recht«, sagte Dizu. »Sie hat immer geglaubt, dass es Dollery war.«

Das Haus lag dunkel da, der Wind frischte auf und ließ die Fensterläden klappern, bald würde es regnen. Eingewickelt in eine Decke saß Persy, zusammengerollt wie ein Kind, in Marges Büro.
Ihr Rücken zeigte zum Fenster, ihr Gesicht war ein unleserlicher Klecks in der Dunkelheit. Der Wind rüttelte an den Milkwood-Bäumen im Garten, die tiefhängenden Äste schlugen gegeneinander, und die lederartigen schwarzen Blätter raschelten.
»Ich möchte, dass Sie mir zuhören. Das ist doch Ihr Job, oder nicht?« Persys leise Stimme war gegen den auffrischenden Wind kaum zu hören.
»Ja, wenn Sie das wollen.« Marge stand auf, um das Licht einzuschalten.
»Bitte nicht«, sagte Persy. »Es ist einfacher im Dunkeln.«
Das, was wie Marges aufdringliche Neugier gewirkt hatte, die zuvor so schmerzlich gewesen war, erkannte Persy jetzt als professionelle, aber teilnahmsvolle Besorgnis. Marge würde ohne Beurteilung oder Kommentar Zeuge ihrer Geschichte werden.
Langsam und stockend fing Persy an zu sprechen, nicht

sicher, ob das, was sie sagte, einen Sinn ergab oder woher die Worte kamen. Sie wusste nur, dass sie sie hinauslassen musste, ehe sie in tausend Stücke zerbarst.

Mit vom Nieselregen durchweichter Jacke langte Marge in Bellevue an, nachdem sie Persy ein starkes Beruhigungsmittel verabreicht und sie schlafen geschickt hatte. Der Himmel war so dunkel geworden, dass man im Unterholz kaum noch etwas erkennen konnte. Die Polizei hatte Carbonstrahler aufgestellt, die mit einem Generator betrieben wurden und dem Tatort eine unwirkliche, Filmset-artige Atmosphäre verliehen.

Coombes traf mit seinem Team ein und durchsuchte das ganze Gebiet sorgfältig, ebenso das Gebüsch um den oberen Teil der Standseilbahn. Marge überkam eine lähmende Müdigkeit. Sie machte sich Sorgen um Persy. Das Mädchen würde stundenlang schlafen, und Will war zu Hause bei ihr, doch keiner wusste, in welcher Verfassung sie sein würde, wenn sie erwachte.

Der Himmel öffnete seine Schleusen, und schwerer Regen klatschte herunter. Marge suchte zusammen mit Titus in seinem Auto Schutz. Er hörte zu, als Marge ihm Persys Geschichte erzählte.

Sein Gesicht flackerte in dem wässrigen Licht des Regens, der von Scheinwerfern angestrahlt die Windschutzscheibe hinunterrann.

»Ich hatte keine Ahnung, dass Persy Clyde Cupidos Schwester war«, sagte Titus.

»Das wusste keiner«, erwiderte Marge. »Ich habe es erst gestern herausgefunden, als wir zu Ivor Reitz gefahren sind. Ihrer Familie gehörte ein Teil dessen, was jetzt sein Besitz ist. Dorthin zurückzukehren muss alle Erinnerungen wieder heraufgeholt haben.«

»Warum haben sie es denn niemandem erzählt?«

»Sie waren vermutlich zu stark traumatisiert. Weder sie noch Dollery haben darüber gesprochen, noch nicht einmal untereinander. Kleine Kinder nutzen magisches Denken, um mit schwierigen Situationen umzugehen. In diesem Alter begreifen sie das Konzept des Todes noch nicht so ganz. Vielleicht haben sie geglaubt, es wäre nicht wirklich passiert und Clyde würde zurückkommen. Persy, die jünger war, hat die Erinnerungen daran ganz vergraben. Nicht dass sie jemals wirklich weg waren … aber dieser Fall hat die Erinnerungen wieder an die Oberfläche gebracht.«

»Packt sie das?«

»Bei Fällen von unterdrückter Erinnerung muss der Patient das Trauma verinnerlichen und es dann in eine Art Erzählung bringen, damit er es bewusst begreift. Das ist ein langsamer, schmerzhafter Prozess.«

Marge sah wieder das kleine Mädchen vor sich, das die Hand in die seiner Mutter schob und auf so barsche Zurückweisung traf. Persy hatte ein schreckliches Geheimnis mit sich herumgetragen, hatte es über zwei Jahrzehnte versteckt, auch vor sich selbst. Ein Geheimnis, das zu Theo Krugers Selbstmord geführt, Gloria Cupido dazu gebracht hatte, ihr Kind zu verlassen, und das vielleicht auch an Sherwoods Tod schuld war.

»Sie wird gesund werden, wenn sie sich selbst verzeihen kann«, sagte Marge.

»Sie ist nicht die Einzige.« Titus sah sie ernst an. »Auch du musst Theo Kruger hinter dir lassen.«

Marge spürte, wie sich ein Kloß in ihrem Hals bildete. »Persy war ein Kind. Sie ist nicht verantwortlich für das, was passiert ist. Ich wusste, was ich tat.«

»Du warst eine Mutter von zwei kleinen Jungen, die die Ermordung eines Kindes durch einen verdächtigen Pädophilen ermittelte, Marge. Wir waren beide jung und unerfahren. Theo Kruger befand sich in einem psychisch labilen Zustand. Eine verhängnisvolle Mischung, aber wir können nicht ändern, was passiert ist. Wir können nur um Vergebung bitten. Erlösung ist immer möglich, selbst für die Schlimmsten von uns. Du hast für die Wahrheitskommission gearbeitet, du solltest das wissen.«

Marge wünschte, sie könnte an Titus' alles verzeihenden Gott glauben. Doch das konnte sie nicht. Wenn überhaupt, dann hatte ihr die Wahrheitskommission die Grenzen der Vergebung aufgezeigt. Manche Dinge konnten nicht und sollten auch nicht vergeben werden.

Genau da klopfte Cheswin April ans Fenster.

Titus kurbelte es nach unten. Kurz dachte Marge, Cheswin würde weinen, aber sein Gesicht war nur vom Regen so nass. »Wir haben was gefunden«, sagte er.

47

Die Knochen waren schrecklich klein.

»Von einem Kind. Zwischen vier und fünf, würde ich sagen. Männlich.« Coombes schaute in seinem dunkel karierten Hemd und seiner Regenjacke ungewöhnlich finster drein.

»Clyde Cupido. Fünfjähriger Junge. Ist vor zwanzig Jahren in dieser Gegend verschwunden.« Titus' angespannte Stimme verriet seine Gefühlslage. *Nicht nur ich werde von diesem Fall verfolgt,* dachte Marge.

»Bis ich die DNS-Proben habe, kann ich nur spekulieren«, sagte Coombes. »Doch von dem, was ich hier sehe, dem Zeitfenster und der Größe des Skeletts, ist das gut möglich.«

Das Special-Operations-Team schwieg, jeder ging seiner Arbeit mit grimmigem Gesichtsausdruck nach. Alle hassten es, ein Kind zu finden. Marge schauderte, als sie Theo Krugers Gesicht vor sich sah. *»Ja, ich liebe Kinder. Seit wann ist das ein Verbrechen?«* Zum ersten Mal wurde ihr in aller Deutlichkeit klar, dass Theo Kruger unschuldig gewesen war. Der Wind blies den feinen Kies gegen sie. Der Südostwind wurde stärker, brachte Wind und Regen mit sich. Sie würden schnell machen müssen, um den Tatort zu sichern, ehe der Regen alle Beweise wegspülte, die sie hatten. Neben den zugedeckten Überresten lag eine einzelne grüne Plastiksandale auf einer Beweismitteltüte.

»Deshalb haben wir hier gegraben. Sie stand aus der niedrigeren Terrasse halb heraus.«

Marge erkannte sie sofort. »Die gehörte Clyde Cupido. Die hat er an dem Tag getragen, als er verschwunden ist. Ich hatte ein Foto von ihm, auf dem er sie trug. Das war in meiner Akte.«

»Kann nicht sagen, wie er gestorben ist«, sagte Coombes. »Kein Hinweis auf Verletzungen an den Knochen.«

»Er wurde lebendig begraben«, sagte Marge. »Als sie die Mine auffüllten.«

Ein dumpfes Donnergrollen drang vom Meer herauf, und ein Blitz ließ die Wasserfläche aufleuchten. Die Regentropfen wurden schwerer, klatschten auf den Boden, glänzten wie Perlen, ehe sie im trockenen Boden verschwanden. Titus nahm eine Taschenlampe und ging mit Marge zu den überhängenden Milkwood-Bäumen. Dort war es kühl, aber bedrückend, das Donnern des Meeres klang gedämpfter.

»Ich sage das Persy besser«, verkündete Titus bedrückt. Sein Kopf sank zwischen seine Schultern wie bei einem alten Mann.

»Lass mich das machen«, meinte Marge.

Er blieb stehen. »Danke.« Dann bedeckte er seine Augen einen Moment mit der Hand. Schweigend gingen sie zurück zum Auto.

48

Das Priorat St. Norbert befand sich ganz oben in der Rubbi Road, der letzten Straße vor den Bergen. Zypressen umrahmten den jenseitigen Anblick des Dorfs und die Weite des Meeres mit Chapman's Peak und dem Sentinel an der Hout Bay, die den Horizont unterbrachen. Die Kapelle war für die Trauermesse gefüllt. Persy saß in der ersten Reihe. Marge direkt dahinter, eine unerschütterliche Präsenz.

Poppa saß neben ihr, völlig regungslos. Wie viel hatte er mitbekommen? Das konnte Persy nicht sagen. Er wusste nur, dass man Clydes Überreste gefunden hatte. Eines Tages würde sie ihm die ganze Geschichte erzählen. Und das musste schon bald sein, das wusste sie.

Leute aus Ocean View, die Poppa von früher kannten, waren da, hauptsächlich ältere. Auch ein paar Leute vom Revier waren gekommen – Titus, Cheswin April, Phumeza. Und natürlich Dizu, er stand respektvoll im hinteren Teil der Kapelle, denn auf den Bänken gab es keinen Platz mehr.

Die Männer, die die Kirche nicht gewohnt waren, blickten angespannt drein, husteten hin und wieder oder lehnten sich unbehaglich nach vorn. Vor dem Altar stand ein Sarg, eine kleine Kiefernholzschachtel mit ein paar Lilien darauf. Nachdem die Autopsie vorbei war, wurden Clydes Knochen für die Beerdigung hergerichtet. Für eine weitere Beerdigung. Aber jetzt wussten sie wenigstens, wo er war. Es war ihnen nicht gelungen, Gloria Cupido ausfindig zu machen. Ihre Spur hatte sich in Johannesburg verloren, bei der letzten Adresse, die Poppa von ihr besaß. Sie wusste nicht, dass man ihren Sohn gefunden hatte. Vielleicht sorgte sie sich auch gar nicht mehr darum, vielleicht war sie auch selbst nicht mehr am Leben.

Persy war schon oft zur Messe in St. Norbert gewesen, häufig hatte dann Sean neben ihr gesessen. Viele Sonntage hatte sie die Statuen von Maria und Joseph in den kleinen blauen Nischen, die den Altar flankierten, und die stets brennende rote Kerze über dem Taufbecken genauestens betrachtet. Die Flachrelief-Tafeln mit den zwölf Stationen des Kreuzwegs voller Schmerz und Leiden waren ihr vertraut wie ein Bilderbuch.

Als Kind war die Geschichte über das Martyrium, das jemand ertragen hatte, um sie von ihren Sünden reinzuwaschen, ein großer Trost für sie gewesen. Doch ab der späten Pubertät hatte die schmerzerfüllte Atmosphäre der Kapelle sie abgestoßen, und bis jetzt war sie nicht mehr hierher zurückgekehrt.

Die Kapelle kam ihr sehr viel kleiner vor. Der marmorne Christus, der die Welt mit seinem Kreuz und Banner beherrschte, überzeugte sie nicht länger davon, dass die Gerechtigkeit siegen würde. Keiner kümmerte sich darum, dem Bösen Einhalt zu gebieten, kein großer Tag der Abrechnung, an dem die Übeltäter untergehen würden, keine Strafe für die Bösen, aber auch keine Errettung für die Guten.

Die einzige Gerechtigkeit war diejenige, die mehr schlecht als recht durch Menschenhand bemessen wurde, im besten Fall eine Sache mit Glückstrefferquote.

Sie würde Titus dem Trost der evangelikalen Erziehung seines christlichen Glaubens überlassen, seiner Überzeugung, dass er einen gerechten Kampf kämpfte. Ihrer war der einer verbissenen Mission. Nur der Mensch konnte eine unvollkommene Vergeltung erwirken. Aber immer noch besser als überhaupt keine Vergeltung.

Nach der Beerdigung und nachdem alle gegangen waren, verweilte Persy noch im Meditationsgarten neben dem frischen Grab. Die Zypressen hoben sich als dicke schwarze Stifte vor dem hellblauen Himmel ab. Eines Tages würde Clyde einen ordentlichen Grabstein mit einer blühenden roten Geranie in einer Schale haben, und die Brüder würden sich gut darum kümmern. Die Inschrift würde lauten: *Hier liegt Clyde Benjamin Cupido. Innig geliebter Sohn von Gloria und Ashton Cupido, Enkel von Henry »Poppa« Jonas und Mary Eleanor Jonas, geliebter Bruder von Persephone.*

Gloria, ihre längst verschwundene Mutter, Ashton Cupido, der Vater, den sie niemals kennengelernt hatte. Und in Bälde würde sie neben Clyde Poppa beerdigen. Ein Familienmausoleum, das vom Wind und dem Regen der Stürme, die diese Landspitze heimsuchten, gepeitscht oder von der unnachgiebigen Sonne ausgetrocknet und von Rissen durchzogen würde. Aus der Ferne vernahm sie Hundegebell und die Autos, die auf dem Heimweg von der Beerdigung an Kommetjie entlangfuhren. Diese Geräusche wurden von der schweren, warmen Luft, angefüllt mit dem Kräuterduft von Pelargonien und Rautengewächsen, umfangen. Sie nahm Platz auf der kleinen Steinbank, die dem Mann gewidmet war, der den Marmor aus Italien mitgebracht hatte, um an dieser Spitze von Afrika eine Kirche zu errichten.

Sie hörte Schritte, die die Steinstufen der Terrasse zu ihr herunterkamen. »Hab mir gedacht, dass du hier sein könntest.« Es war Dizu. Er musste noch dageblieben sein, nachdem die anderen gegangen waren.

»Tja, na ja. Ein gutes katholisches Mädchen.« Sie hatte einer Begegnung mit ihm voll Nervosität entgegengesehen, doch jetzt, wo er hier war, war alles in Ordnung.
Er blickte zum Sentinel hinüber. »Tolle Aussicht.«
»Ja. Wir sind hier firmiert worden. Sean Dollery und ich. Damals hat er wie ein Engel ausgesehen.«
Dizu setzte sich neben sie. »Wie kommst du klar?«
»Einen Tag um den anderen«, sagte sie, hasste das Zittern in ihrer Stimme. »Marge Labuschagne hat mir jemanden vorgestellt, einen Psychotherapeuten. Also bin ich letzten Endes doch bei einem Seelenklempner gelandet, wie findest du das?« Sie versuchte sich hart zu geben, fühlte sich aber so aufgerieben, als hätte sie keine Haut mehr; Wut und Tränen brachen in den letzten Tagen nur allzu leicht aus ihr heraus. »Er sagt, es ist ein langsamer Prozess. Eigentlich sollte ich mich länger beurlauben lassen, aber ich will arbeiten. Mich ablenken. Was ist auf dem Revier los?«
»Mhlabeni hat die Köperverletzungsanzeige gegen mich fallen lassen. Er ist nicht so dumm, dass er sich daran die Finger verbrennen würde. Und übrigens: die Untersuchung wegen Mhlabenis Spitzel? Dem kleinen Fisch, der auf der Toilette im Gericht niedergestochen wurde, nur wenige Minuten nachdem er auf Kaution freigekommen ist? Der Bericht wurde an die übergeordnete Leitstelle geschickt, und es läuft eine interne Ermittlung in der Abteilung. Jetzt ist also raus, wer das Plappermaul war und Mhlabeni verpetzt hat.«
»Wer war es?«
»Cheswin April.«
»Im Ernst?« Persy lachte. »Alle Achtung! Ich wusste gar nicht, dass er den Mumm dazu hat. Vielleicht hasst Mhlabeni mich jetzt ja etwas weniger, wo er weiß, dass ich es nicht war.«

»Den wirst du eine Weile nicht sehen. Er ist versetzt worden. Nach Delft, damit er zum Problem eines anderen wird. So viel also dazu, dass der Mist unter den Teppich gekehrt wird.«
»Und Dollery?«
»Wir können ihm den Mord an Crane nicht anhängen. Er behauptet, es wäre ein Unfall gewesen, und wir können nichts anderes beweisen. Wir bekommen ihn für den Überfall auf die Videothek und den Angriff auf dich auf dem Campingplatz dran. Er wird einsitzen.«
»Aber wir wissen immer noch nicht, wer Sherwood umgebracht hat?«
»Nee. Wir wissen, dass er im Bellevue umgebracht wurde, aber wir haben keine übereinstimmenden Fingerabdrücke auf dem Mauerstein, der als Mordwaffe benutzt wurde.« Er streckte ihr eine halbleere Colaflasche hin.
»Tut mir leid. Was anderes kann ich dir nicht bieten.«
Sie nippte daran. Schal und warm.
Sie gab sie ihm wieder zurück. »Das stimmt übrigens nicht.«
»Was?«
»Dass du nichts zu bieten hast.«
Er blickte sie an, sagte aber nichts. Schweigend saßen sie beieinander, schauten aufs Meer, umgeben von duftenden Blumen und Kräutern, während Bienen träge in der Hitze herumsummten.
Dizus Handy klingelte. Er hörte zu und legte dann auf. Sein Blick wanderte zu Persy. »Das war Titus. Sean Dollery will ein Geständnis ablegen.«

49

Colette las Jasper Murakami vor. Sein Lieblingsautor im Moment. Während sie las, blickte er zum Pfefferbaum im Garten hinaus, als wünschte er, wieder dort hinaufzukönnen, die Zeit irgendwie zurückzudrehen. Die Tage vergingen langsam, und sie versuchte, über nichts zu sehr nachzudenken. Manchmal überraschte sie sich dabei, dass sie etwas tat, ohne zu wissen, wieso sie damit begonnen hatte.

Sie hatte von Gregory Cranes Tod gehört und wunderte sich, wie das passiert war. Seit Jaspers Unfall fand sie es schwierig, überhaupt etwas zu fühlen. Sie hatte etwas in ihrem Kopf weggesperrt und fand keinen Zugang mehr dazu. Jasper war eingedöst. Gut. Er musste seine Kräfte für die OP sammeln. Ein Spezialist für orthopädische Chirurgie war ganz optimistisch, was seine Chancen betraf.

Sie ging in die Küche, um sein Mittagessen vorzubereiten – eine nahrhafte Linsensuppe mit Fladenbrot und einen Tomaten-Basilikum-Salat. Ryan Fortuin würde vorbeikommen. Sie sollte ihm besser auch eine Schüssel rausstellen. Ryan war Jaspers erster Besucher zu Hause seit dem Unfall. Colette hatte Ryan seit der Nacht, in der Andy gestorben war, als sie Jasper bei den Fortuins abgesetzt hatte, nicht mehr gesehen. Das war so ein schöner Nachmittag gewesen. Und er schien so lange zurückzuliegen. Die Jungs waren zum Strand gegangen, während sie mit Yasmin und Joel Fortuin auf der Veranda etwas getrunken hatte. Nette Leute, insbesondere Joel.

Sie war die Kommetjie Road entlanggefahren, als sie den Tramper gesehen hatte. Bei sich hatte sie noch gedacht: *Wie merkwürdig – ich habe schon seit Jahren keinen Weißen mehr trampen gesehen.* Sie wurde langsamer, um einen besseren Blick auf ihn zu werfen, und sah, dass es Andy war. Sie wollte schon an ihm vorbeifahren, doch er erkannte sie und bedeutete ihr anzuhalten. Spontan und ohne genau zu wissen, warum, hielt sie nach ein paar Metern und sah im Seitenspiegel, wie er zum Wagen gerannt kam. Er sagte: »Hallo, Colette. Kannst du mich nach Noordhoek mitnehmen? Mein Auto ist gestohlen worden.« Als wäre nichts zwischen ihnen vorgefallen, als wären sie Freunde, die einander in der vergangenen Woche zuletzt gesehen hätten, wo sie ihn doch tatsächlich seit sieben Jahren oder noch länger nicht gesehen hatte. Und dann saß er auf einmal einfach so in ihrem Auto. Er sah müde aus, sein Haar war dünner, aber er war immer noch derselbe Andy. Ein netter Mann mit einer sanften Stimme. Jemand, dem man instinktiv vertraute.

Dem ein Kind instinktiv vertraute.

Und in dem Moment kam ihr der Gedanke, dass dieses Aufeinandertreffen schicksalhaft war. Es war eine Gelegenheit. Um ihre Dämonen zum Schweigen zu bringen. Um die Wahrheit zu erfahren. Sie plauderten auf dem Weg nach Noordhoek. Ihr war klar, dass er getrunken hatte, aber er war nicht betrunken. Sie erzählte ihm von ihrem Job am Alphen House College, davon, dass sie lernte, die Winterreise zu spielen, und wie sehr sie Schubert liebte. Er wiederum sprach ununterbrochen vom Kometen. »Ich werde den besten Blick auf McNaught haben. Das ist nicht übertrieben! Im Ernst. Es gibt nur zwei Plätze auf der Welt, wo man ihn so weit südlich noch sehen kann. Irgendwo in Neuseeland und hier in Kapstadt. Und in dieses verfluchte Neuseeland will ja wohl keiner, oder?«

Colette lachte und schüttelte den Kopf.
»Genau. Der beste Ort, um ihn zu sehen, ist genau hier. Chapman's Peak, Noordhoek. Wo ich, Andy Sherwood, jetzt beabsichtige zu leben. Mit dem besten Ausblick der ganzen Welt.«
»Du bist von Kommetjie weggezogen?«
Er legte den Zeigefinger an die Lippen. »Psst – geheim – das weiß jetzt noch keiner.«
Er lud sie ein, auf einen Drink mitzukommen, damit sie sich selbst davon überzeugen konnte, und sie nahm die Einladung an. Rückblickend ergab das keinen Sinn, doch in dem Moment schien es zu passen. Aber so war das Schicksal nun einmal. »Karma« nannte Gregory Crane das. Man traf jemanden und spürte eine Verbundenheit, und dann wiederholte man die gleichen Fehler, bis einer von beiden tot war.
Bellevue war völlig heruntergekommen. Eigentlich würde es abgerissen gehören. Teile des Mauerwerks waren eingestürzt, und überall lagen Ziegelsteine herum. Andy hatte seine Gerätschaften zum Bearbeiten von Holz hierher gebracht, schien bislang aber nicht zu hart gearbeitet zu haben. Er schlief auf einem alten Autositz und sagte, er habe sein ganzes Zeug zusammengepackt und warte darauf, dass die Umzugsfirma es für ihn transportierte.
Er nahm sie mit neben das Haus, um ihr die Standseilbahn zu zeigen. Sie sah aus wie eine antiquierte Miniaturversion der Seilbahn am Tafelberg. Sehr detailliert erzählte er, was es damit auf sich hatte und wie sie funktionierte. Schon immer hatten ihn mechanische Dinge fasziniert. Er beschrieb, wie man sie vor langer Zeit dazu benutzt hatte, um Sachen vom Haus den Berg hinunterzutransportieren. Sie war verrostet, doch er zeigte ihr, dass sie noch immer funktionierte.
Zurück im Haus tranken sie dann ziemlich viel, etwas, das

Colette aufgrund ihrer medikamentösen Behandlung auf keinen Fall tun sollte, aber sie genoss es, sich leicht benebelt zu fühlen. Andy war betrunken, sehr betrunken, und dann, mit einem Mal, war sie es auch. Zu diesem Zeitpunkt war noch alles in Ordnung, sie kamen klar, lachten. Sie hatte vergessen, wie *witzig* Andy sein konnte.

Als es dann später dunkel war, hielten sie nach einem Anzeichen des Kometen am Himmel Ausschau, aber er war noch nicht zu sehen. Sie fand es ziemlich schwierig, überhaupt etwas zu sehen, da ihre Sicht durch die Mischung aus Medikamenten und Alkohol recht verschwommen war. Ihr war nicht aufgefallen, dass Andys Stimmung sich verändert hatte.

Er lallte jetzt, brüstete sich damit, dass er schon bald ein reicher Mann sein würde, wenn er seine Karten richtig ausspielte. Er erzählte, sein Vermieter und Gregory Crane würden darüber streiten, ihm Geld zu geben. Er wollte es Crane heimzahlen, so sagte er, für den ganzen Scheiß, den er fabriziert, all die Lügen, die er herumerzählt hätte. Er starrte sie an und sagte dann: »*Die Lügen, die du rumerzählt hast.*«

Sie leckte sich über die Lippen, die plötzlich sehr trocken waren. Sie fühlte sich benommen, ihr war schwindelig, und sie wünschte sich, sie wäre niemals hergekommen. Alles war auf einmal durcheinander und verwirrend.

»Ich will, dass du öffentlich dazu Stellung beziehst«, sagte er mit leiser, wütender Stimme.

»Was?«

»Du sollst öffentlich Stellung beziehen. Dass ich kein verfluchter Kinderschänder bin.«

»Oh … ich … ich weiß nicht, Andy …«

Andys Gesichtsausdruck veränderte sich. Wurde zur Maske. Unlesbar und ausdruckslos. Seine Augen waren schwarze Schlitze.

Anfangs redete er nur, doch schon bald flippte er aus und torkelte wild um sich schlagend durch das Zimmer. Speichel sammelte sich in seinen Mundwinkeln, er brüllte, spuckte und fluchte, sie hätte sein Leben ruiniert, ihn seinen Job gekostet und Leute dazu gebracht, ihn zu hassen. Ihr Nacken verspannte sich, und sie konnte nicht mehr normal atmen. All der Hass, der ihr von ihm entgegenschlug, machte sie ganz taub. Seine Worte waren wie brennende Messer, die in sie eindrangen.
Dann ein Pochen, wie ein Muskel, der in ihrem Kopf pulsierte und nicht mehr von ihr abließ. Sie wusste, dass sie ihn nicht fragen sollte, dass ihr diese Worte nicht über die Lippen kommen sollten, aber sie konnte sich nicht davon abhalten.
»Aber hast du es getan? Hast du Jasper belästigt?«
Er sprang vom Autositz auf, blieb schwankend stehen, eine Bierflasche in der Hand.
»Hast du nicht gehört, was ich gesagt habe? Du bist verrückt! Eine verrückte Schnalle! Die hätten dich niemals aus der Klapse rauslassen sollen!«
Es war genau wie früher, dieselbe spöttische Stimme, die Zweifel an allen Gedanken aufkommen ließ, die sie je gedacht hatte. Er baute sich über ihr auf wie der Riese aus der Gutenachtgeschichte, die sie Jasper einst vorgelesen hatte.
»Wenn du nicht die Wahrheit sagst, dann bringe ich dich um, du verrückte Schlampe!«
So viel Angst hatte sie noch nie in ihrem Leben gehabt. Er würde sie umbringen, da war sie sich sicher. Sie warnte ihn davor, sich ihr weiter zu nähern, doch ihre Stimme schien von weit her zu kommen. Sie blickte auf sich selbst herunter – sie war geradewegs aus ihrem Körper gewichen. Sie sah sich, wie sie einen losen Backstein vom Boden aufhob. Als er diesen in ihrer Hand erblickte, lachte er. »Du bist

völlig durchgeknallt! Jemand sollte dir den Jungen wegnehmen, ehe du sein Leben ruinierst!«
Sie dachte an Jasper mit seinen acht Jahren, daran, wie er sie angesehen hatte, als sie aus dem Krankenhaus gekommen war. Dieser verhaltene, wachsame Blick. Sie warf den Backstein nach ihm. Er schien ohne Wirkung von seiner Schläfe abzuprallen, doch dann sah sie, wie Blut über Andys Gesicht rann. Er taumelte leicht nach hinten, und als er auf sie zukam, hob sie schnell einen weiteren Ziegel auf und schlug erneut zu, schlug mit dem Ziegel auf ihn ein. Und noch einmal, und dieses Mal ging er zu Boden. Es war schrecklich! Widerlich! Er versuchte unablässig, nach ihren Beinen zu greifen, brüllte: »Du bist verrückt! Völlig verrückt! Sie hätten dich in der Klapse einschließen und den Schlüssel wegwerfen sollen!«
Sie musste ihn zum Schweigen bringen, seiner verhassten Stimme Einhalt gebieten! Sie schlug auf ihn ein, wieder und wieder. Überall war Blut, überall an ihrer Kleidung.
Irgendwann lag er dann still da. Ganz lange blieb sie mit dem Ziegelstein in der Hand dort stehen, hörte dabei zu, wie durch die zerbrochenen Fenster das Rauschen des Ozeans hereindrang und den Raum erfüllte, während das Geräusch sich zu einem unerträglichen Druck in ihrem Kopf aufbaute. Sie hatte die Fähigkeit verloren nachzudenken. Gedanken und Bilder wirbelten in ihrem Kopf herum, Strandgut des Wahnsinns. Sie ging im Raum auf und ab, murmelte vor sich hin, wich Andys reglosem Körper aus. Sie musste etwas unternehmen, wusste aber nicht, was. Es gab nur einen Einzigen, der das verstehen würde, eine einzige Person, an die sie sich in diesem Moment wenden konnte. Sie wählte Gregory Cranes Nummer. Ihr kam der Gedanke, dass er wütend sein könnte, doch er reagierte sehr ruhig. Er stellte ihr viele Fragen. Ob jemand sie mit Andy gesehen habe? Er sagte ihr, sie solle bleiben,

wo sie war, er würde jemanden namens Sean vorbeischicken, um die Sauerei zu beseitigen.
Sie wartete auf der Treppe vor dem Haus. Ein Halbmond hing über Chapman's Peak. Andy hatte recht, es war eine wunderbare Aussicht. Wenn sie doch nur aufhören könnte zu zittern. Der Komet war verschwunden, hatte aber noch ein Nachbild hinterlassen, das immer wieder vor ihrem geistigen Auge aufploppte: der winzige, hell leuchtende Punkt und der blassere Schweif dahinter. Sie wiederholte sich immer wieder: *Das ist einer der wenigen Plätze auf der Welt, wo man ihn sehen kann.*
Eine halbe Stunde später schlich ein weißer Pick-up über die Straße herauf und fuhr leise unter die Bäume. Sean, ein junger Farbiger, übernahm das Kommando. Er sah sich Andy an, kam dann zurück und sagte ihr, sie müssten die Leiche loswerden und aufpassen, dass man sie dabei von der Straße aus nicht sah. Deshalb zeigte sie ihm die Seilbahn und erklärte ihm, wie sie funktionierte. Er war sehr professionell, zog sich Handschuhe über, agierte schnell. Im Gegensatz dazu schien sie sich verlangsamt zu haben. Jede Bewegung war, als würde sie sich durch Schlamm kämpfen. Sie stand unten auf dem Chapman's Peak Drive Schmiere, während Sean die Leiche an den Rand der Straße und über die Mauer zog. Dann folgte sie ihm durch das dichte Gebüsch hinauf zum Haus und fuhr schließlich heim, auch wenn sie sich überhaupt nicht an die Fahrt erinnern konnte.
Dort angekommen, zog sie ihre blutgetränkte Kleidung aus, steckte sie in die Waschmaschine und stellte sich unter die Dusche. Danach rief sie Joel Fortuin an, um Jasper Gute Nacht zu wünschen. Als er ihr sagte, Jasper sei verschwunden, wurde sie panisch und brüllte ihn an. Sie war der festen Überzeugung, dass Jasper etwas Schreckliches passiert sein musste. Andy könnte ihn gefunden und

all seinen Hass an *ihm* ausgelassen haben! Dann fiel ihr wieder ein, dass Andy niemals wieder jemandem weh tun könnte.

In ihren dunkelsten Momenten fragte sie sich, ob Jasper jetzt den Preis dafür zahlen musste, was sie getan hatte, dann wieder hatte sie das Gefühl, dass sie glücklicher und verbundener waren als je zuvor. Wann immer unangenehme Erinnerungen und Gefühle drohten den dichten Nebel aus Medikamenten zu durchbrechen, tröstete sie sich damit, dass sie eine andere Mutter, ein anderes Kind davor geschützt hatte, ebenfalls Opfer von Andy Sherwood zu werden.

50

Ein paar Leute standen schon auf dem Chapman's Peak Drive, als Marge ankam. Einige Familien waren mit Wein und Picknickkörben ausgestattet. Ein oder zwei von ihnen hatten ein Fernglas dabei, mit dem sie ab und zu den Himmel absuchten. Eine gewisse Kameradschaft hatte sich breitgemacht, alle sprachen sie über den McNaught-Kometen, darüber, wie er sich während der letzten Tage bewegt hatte. Heute war vermutlich der letzte Abend, an dem er über Kapstadt zu sehen wäre. In Neuseeland würde es vielleicht noch eine weitere Sichtung geben, aber danach wäre er weg. Es gab viele Spekulationen darüber, hin und wieder einen, der seine besserwisserische Ansicht zum Besten gab. Sie grüßte diejenigen, die sie kannte, fest entschlossen, ihre gewöhnlich missgestimmte Einstellung ihren Nachbarn gegenüber abzuschütteln. Was konnte sie mit einer moralisch überlegenen Einstellung auch erreichen? Da war es doch besser, sich mit den anderen zu beschäftigen, Trost im Durcheinander und Gewirr des Lebens zu finden. Sie alle hatten ihr Päckchen an Verletzungen und Enttäuschungen zu tragen. Bei diesem Gedanken tauchte Persys schmales, ernstes Gesicht vor ihr auf, ihre blinzelnden Augen hinter den Brillengläsern, der grimmige Zug um ihr Kinn. Ein langer, schmerzlicher Prozess lag vor dem Mädchen, wenn sie das Trauma von Clydes Tod langsam assimilierte und dann in einer Erzählung verarbeitete. Es würde auch ein gefährliches Unternehmen sein. Doch wenn jemand das angehen konnte, dann Persy.

Und Marge wäre da, um ihr zu helfen.
Ein böiger Wind kam auf. Die Kinder beschwerten sich über die ungewohnte Kühle in der Luft. Marge hatte nicht an einen Pulli oder eine Jacke gedacht, doch das hier würde die letzte Sichtung des Kometen sein, ehe er wieder für Tausende von Jahren verschwand, also würde sie sich von diesem bisschen Kälte nicht abschrecken lassen.
Am Strand unterhalb hoben sich Reiter vor dem silbrigen Sand ab, das Meer hinter ihnen eine dunkle, wogende Masse. Dieser Anblick ließ sie an Ivor Reitz denken. Er war am letzten Abend für ein Gespräch und ein Glas Wein vorbeigekommen. Mit der höflichen Entschuldigung, bereits eine Verabredung zu haben, hatte Marge ihn abgewiesen, und er tat so, als würde er ihr glauben. Als er ging, sah sie ihm in der Dunkelheit nicht nach, sondern machte die Eingangstür entschlossen zu, genau wie man ein Buch nach einem letzten, enttäuschenden Kapitel zuschlug.
Sie spürte, dass jemand hinter ihr auftauchte, dann legte sich eine Jacke um ihre Schultern, die von einem anderen Körper noch ganz warm war.
»Na, wo ist der berühmte Komet?«
Sie wirbelte herum und erblickte Will. Er wirkte sehr groß, seine Augen leuchteten wie Sterne. *Er ist ein Mann*, wurde ihr bewusst. *Es ist an der Zeit, ihn ziehen zu lassen.*
Einen Moment standen sie schweigend da und blickten in den dunkler werdenden Himmel. Zunächst war der Komet ein kaum auszumachender Lichtfleck, fast eine optische Täuschung. Wenn man sich darauf konzentrierte, dann schien er zu verschwinden, doch wenn man den Blick leicht abwendete, dann tauchte er wieder auf. Vorneweg ein Glitzern, dahinter ein geschwungener diesiger Streifen.
Will schnappte nach Luft. »Oh, wow«, rief er leise aus, »das ist ja toll!«

Der Wind flaute zu einem sanften Rascheln im Gebüsch ab, die Sterne tauchten auf, und der Fynbos verströmte seinen Geruch in der Dämmerung. Das Meer unter ihnen wurde zu einer riesigen, sich verändernden quecksilberfarbenen Fläche. Pferde und Reiter bewegten sich weg vom Strand, nahmen ihren Weg durch die Dünen. Die Komet-Beobachter zerstreuten sich langsam.

»Sollen wir gehen?«, fragte Will. »Ich bin am Verhungern.«

Marge zog seine Jacke fester um ihre Schultern, und sie folgten den anderen, die zusammenpackten und Kinder und Picknickkörbe im Auto verstauten.

»Wohin zieht es dich heute Abend?«, fragte sie ihn.

»Nirgendwohin. Ich dachte, ich bleibe zu Hause und hänge ein bisschen ab. Wenn du nichts zu tun hast.«

Ihre Antwort fiel beiläufig aus, aber ihr Herz machte einen Sprung. »Nein, ich habe nichts zu tun.«

Eine Schar Möwen flog über ihre Köpfe hinweg und zerstreute sich mit immer leiser werdenden Schreien. Will bot ihr den Arm an, und zusammen gingen sie zum Auto.

Persy saß auf dem zerkratzten, verunstalteten Holzsitz vor dem Saal 14 B des Gerichts in Wynberg, um sich eine Pause von den Verhandlungen zu gönnen. Sie erkannte ein paar ihrer Kollegen, die durch die Gänge liefen. Sie sahen resigniert aus, wussten, dass so manches von ihrer harten Arbeit nicht von Erfolg gekrönt war. Ein bestochener, eingeschüchterter oder einfach nur stinkfauler Richter. Ein paar von ihnen bemühten sich trotz aller Schwierigkeiten, einen anständigen Job zu machen, folgten beharrlich ihrer Überzeugung.

Das Urteil über Dollery würde nach der Unterbrechung verkündet werden. Es gab ein paar schwerwiegende Anklagepunkte – bewaffneter Raubüberfall, versuchter Mord,

Brandstiftung. Sein Geständnis, Beihelfer bei Sherwoods Mord gewesen zu sein, wirkte sich strafmildernd aus, aber er würde für lange Zeit weggesperrt werden.

Colette McKillian war in das Valkenberg-Klinikum eingewiesen worden, die staatliche Psychiatrieanstalt, wo ein Gutachter feststellen sollte, ob man sie wegen des Mordes an Andrew Sherwood vernehmen konnte. Persy war der Meinung, dass sie vermutlich niemals verhandlungsfähig sein würde. Es gab mildernde Umstände. Ihre geistige Gesundheit zum Beispiel.

Jasper, der wieder laufen konnte, war bei Joel und Yasmin Fortuin eingezogen.

Keiner im Revier wusste, wie Clyde gestorben war, abgesehen von Titus und Dizu. Und Marge wusste es natürlich. Auf Marges Veranlassung hin war für diesen Teil des Verfahrens die Öffentlichkeit ausgeschlossen worden, mit der Begründung, dass zum damaligen Zeitpunkt Minderjährige in den Fall verwickelt gewesen waren, Persys aktueller Beruf dadurch gefährdet werden und es auch schädliche Auswirkungen auf ihre Familie haben könnte. Sie führte Poppas Alter und Krankheit und den unbekannten Aufenthaltsort von Persys Mutter auf.

Dafür war Persy ihr sehr dankbar. Es hätte ihr überhaupt nicht gefallen, in allen Zeitungen von dieser Geschichte zu lesen oder wenn Poppa es gelesen hätte. Sie hatte es ihm gesagt. Endlich. Das war das Härteste, was sie jemals hatte tun müssen. Er schien es ganz gut verkraftet zu haben, und sie fragte sich, ob ihm die ganze Tragweite bewusst war. Schwester Clare sagte: »Hohes Alter hat, genau wie das Kindesalter, seine eigenen Schutzmechanismen.« Doch da es rapide mit ihm bergab gegangen war, schien er kaum noch anwesend zu sein.

Sean Dollery bekam fünf Jahre für den bewaffneten Raubüberfall auf die Videothek. Zwei dafür, auf einen Polizeibeamten geschossen und ihn mit vorgehaltener Waffe bedroht zu haben. Sieben dafür, Beihilfe zum Mord geleistet zu haben, indem er dem Mörder half, die Leiche zu beseitigen. Zwei Drittel seiner Strafe würde er vermutlich absitzen müssen, ehe er einen Bewährungsantrag stellen konnte.

Persy stand auf der Treppe des Gerichts in der Sonne und sah dabei zu, wie die Lastwagen ankamen, die Gefangenen ausspuckten und mit anderen abfuhr. Ein nicht abreißender Strom nicht Resozialisierter und Verlorener.

Es kam Persy so vor, als hätte ein Teil von ihr den Sherwood-Fall verfolgt, damit sie sich an das erinnern konnte, was sie so angestrengt zu vergessen suchte.

Um die Dunkelheit ins Licht hinauszujagen. Schichten der Vergangenheit abzutragen, die im Schmerz ihrer Kindheit verschüttet waren: der Verlust von Clyde, von ihrer Mutter, von Poppas Land. Sie und Sean, die Vertriebenen. Sie hatte es geschafft, er nicht. Aber sie hatte auch Poppa gehabt. Sean hatte niemals jemanden gehabt, der für das Bessere in ihm eingetreten war. Sie dachte an das Mädchen, das ihr in der Carnation Street Nummer 20, Seans Haus in Ocean View, die Tür geöffnet hatte. Persy hätte sehr gut dieses Mädchen sein können, mit Seans Kind an der Brust.

Sie musste jetzt die Scherben aufsammeln. Sie war selbst ein Fall für den Psychiater, egal, was mit Colette war. Doch mit der Zeit und durch die Therapie würde sie weniger ängstlich, weniger paranoid sein. Sie würde besser schlafen und könnte Menschen wieder näherkommen. Zumindest, wenn sie Marge Labuschagnes Versicherungen Glauben schenken durfte. Marge hatte Persy erklärt, dass der menschliche Verstand sich auf geradezu wundersame Weise seine geistige Unversehrtheit bewahrte, indem er sich selbst belog oder Dinge vergaß. Nicht, dass sie jemals ausblenden könnte, was mit Clyde passiert war. Sie wusste das besser als sonst jemand.

Ein Lastwagen fuhr auf dem Weg nach Pollsmore aus dem Hof. Davor und dahinter ein Polizeiauto. Gefangene für die Hochsicherheitsverwahrung. Durch die dichten Drahtmaschen erkannte sie Sean Dollerys Profil. Und in dem Moment erhaschte sie einen Blick auf den Jungen in dem Mann.

Bis er wieder rauskam, würde alles, was von dem Jungen noch da war, verschwunden sein.

Sie würde ihn besuchen. Zumindest das war sie ihm schuldig. Sie hob die Hand zum Gruß und ließ sie sinken, als der Lastwagen sich in den Verkehr einfädelte und verschwand.

DANKSAGUNG

Mein größter Dank gilt meiner Familie, Warrick, Ruby und Noah, für ihre Geduld und ihre unerschütterliche Unterstützung.

Professor Mark Behr bin ich dankbar für seine unschätzbaren Ratschläge und sein Einfühlungsvermögen bei der Betreuung des Manuskripts, ebenso meiner Freundin und Schriftstellerkollegin Melissa Siebert, die es so aufmerksam gelesen und mich unablässig ermutigt hat.

Dank geht auch an meine Freunde, insbesondere an Caroline Menell, Merle Payne und Trish Urquhart für ihr freundliches, großzügiges Wesen, genau wie an Bibi Black, in deren Zuhause in Noordhoek diese Geschichte ausgebrütet wurde. Weiter möchte ich mich bei Denise Cruse bedanken, die in ihren »Salons« regelmäßig eine Gruppe talentierter Schriftsteller versammelt, deren gesellige Runde mir Stütze und Ansporn zugleich ist.

Dann möchte ich meiner Agentin Jane Gregory bei Gregory & Company und Stephanie Glencross für ihre beachtliche redaktionelle Bearbeitung danken. Alison Lowry bei Penguin bin ich für ihre enthusiastische Antwort sehr verbunden, genau wie Jane Bowman für ihre sorgfältige endgültige Überarbeitung. Auch die umsichtige Lektüre und die Anmerkungen von Joanne Hichens sind dem Buch zugutegekommen.

Und zu guter Letzt möchte ich Stephen Watson nennen, bei dem ich mich nie bedanken konnte.

GLOSSAR

babbelas	Südafrikanisch für Kater (einen Kater haben)
bakkie	(leichtes) Nutzfahrzeug mit offener Ladefläche; Pick-up
bergies	ein Begriff, der eine Untergruppe Obdachloser in Kapstadt bezeichnet
bliksem'd	jemandem eine überziehen; jemanden schlagen, stoßen
blokke	Plural von blok; Klotz, Block
bobotie	südafrikanischer Hackbraten
boep	Bierbauch
boereseun	Burenjunge
boerewors	traditionelle südafrikanische Wurst aus Rind und Schwein
braai	Grill
brak	Promenadenmischung (Hund)
bru	Südafrikanisch für das englische »bro« – Bruder
daggakop	Bezeichnung für eine Person, die Marihuana raucht
dashiki	traditionelles farbenfrohes Kleidungsstück für Männer in Westafrika
Die Blokke	Bezeichnung für einen Häuserblock mit Sozialwohnungen in Ocean View
doek	Kopftuch
dop	1. Drink, 2. Rausch
fokkol	gar nichts, überhaupt nichts

fraulein	junge Frauen, Mädchen
gatvol	angenervt, wütend
haai	hey
hoekstaander	Dealer
hoer-kont	Hurenfotze
holbol-Giebel	Zwerchgiebel
ja	ja
kaffir	abwertende südafrikanische Bezeichnung für einen Menschen mit sehr dunkler Hautfarbe
kak	Scheiße
klap	Ohrfeige
kleinbaas	junger Herr
kreef	Flusskrebs, Krebs, Languste
kwerekwere	abwertend für schwarze Nicht-Südafrikaner, die den örtlichen Dialekt in den Townships nicht sprechen
laaitie	eine jüngere Person, Kind
laanie	1. schick, 2. bessergestellt
laatlammetjie	Jüngster, Nesthäkchen
lekker	toll, klasse
moegoe	Loser, Sonderling
moffie	Schwuler
mos	Ausdruck, um ohnehin Bekanntes zu unterstreichen: »Sie wissen schon.«
mozzie	Stechmücke
muti	die traditionellen Heilmethoden der Zulu-Medizin in Südafrika. Mit dem Begriff werden auch die verschiedenen Heilmittel bzw. Mixturen selbst bezeichnet.
nee	nein
quens	Typen
pap	traditionell-südafrikanisches Porridge
perlemoen	Abalone oder Seeschnecke

poep	Scheiße, Kacke
poephol	Arschloch
poes	Fotze, Möse
rhodie	umgangssprachliche Bezeichnung für weiße Simbabwer oder ausgewanderte Rhodesier
sierangs	wilde Beeren
sjoe	Ausruf »Puh!«
skaam	beschämt
skat	Liebling, Schatz
skedonk	Schrottkarre
skilpadbessies	wilde Früchte
skinder	Tratsch
skollie	ortsansässiger Krimineller, Gangster
snoek	Hechtmakrele, Speisefisch der Familie der Schlangenmakrelen
snotneus	Rotzbengel, Rotznase
spaza-Shop	ein kleines, informelles Ladengeschäft in den Townships
skrik	Schreck
stoep	Veranda
stompie	Zigarettenstummel
tannies	südafrikanischer Ausdruck, mit dem man respektvoll über ältere Frauen spricht
tik	Crystal Meth
tjoeps	schwupps
vet lip	wörtlich »dicke Lippe«, jemand, der viel redet
vetkoek	Afrikaans für »Fettkuchen«, ein frittiertes Gericht der Kap-Küche in Südafrika und Namibia
vetkoek paleis	Verkaufsstand für Vetkoek
vlei	Sumpf-, Feuchtgebiet
voëltjie	Vogel, Vögelchen
voetsêk	»Verpiss dich!«

voetstoots	»wie es da steht«
waBenzi	abwertende Bezeichnung, die sich auf Mitglieder der neuen herrschenden Schicht bezieht, die das Kolonialregime ersetzt hat. Wird heutzutage für die herrschende Klasse in jedem postkolonialen afrikanischen Land verwendet. Abgeleitet von »wa«, das in manchen Bantu-Sprachen Menschen bezeichnet, und »Benzi« von Mercedes-Benz, der angesehenen Automarke.
witmens	Europäer, Weißer
wors	Wurst
zol	Joint

Linwood Barclay

NACHTS KOMMT DER TOD

Thriller

Cal Weaver, ein Privatdetektiv, fährt in einer regnerischen Nacht nach Hause. Auf einem Parkplatz klopft eine junge, nervös wirkende Frau an die Windschutzscheibe und bittet ihn, sie mitzunehmen. Cal hat Bedenken, fährt den Teenager aber zu einer Bar. Ein großer Fehler – denn am nächsten Morgen ist die Anhalterin verschwunden, ihre Freundin wird tot aufgefunden. Und der Verdacht fällt auf Cal …

»Ein Killer von einem Thriller.«
New York Times

KNAUR